बकुल कथा

(उपन्यास)

बकुल कथा

आशापूर्णा देवी

रूपान्तर

हंसकुमार तिवारी

वाणी प्रकाशन ग्रुप
भारतीय ज्ञानपीठ

वाणी प्रकाशन : भारतीय ज्ञानपीठ की पुस्तकों के एकमात्र प्रकाशक एवं वितरक

Email : sales@vaniprakashan.in

सजिल्द सत्रहवाँ संस्करण : 2020
सजिल्द अठारहवाँ संस्करण : 2024

राष्ट्रभारती
लोकोदय ग्रन्थमाला : ग्रन्थांक 404

प्रकाशक
वाणी प्रकाशन ग्रुप
4695, 21-ए, दरियागंज, नयी दिल्ली-110 002
फ़ोन : 011-23273167, 23275710
ईमेल : sales@vaniprakashan.in

ISBN : 978-93-5775-441-5

बकुल कथा
(बांग्ला उपन्यास)
आशापूर्णा देवी

BAKUL KATHA
(Bangla Novel)
by Ashapurna Devi

आवरण : बिन्दु

मुद्रक : आर. टेक ऑफ़सेट प्रिंटर्स, दिल्ली-110 032

Price : INR. 695

प्रस्तुति

प्रथम संस्करण

श्रीमती आशापूर्णा देवी को जब 26 अप्रैल, 1978 को दिल्ली के विज्ञान-भवन में राष्ट्रपति श्री नीलम संजीव रेड्डी द्वारा 'ज्ञानपीठ पुरस्कार' समर्पित किया गया उस समय तक उनकी ख्याति मूर्धन्य और लोकप्रिय लेखिका के रूप में बंगाल में प्रतिष्ठित हो चुकी थी। बंगाल के बाहर, राष्ट्रीय साहित्यिक मंच पर उनका अभिनन्दन और उनके साहित्य से साक्षात्कार देश के लिए गौरवपूर्ण अनुभव प्रमाणित हुआ। 'ज्ञानपीठ पुरस्कार' प्राप्त करनेवाली वह पहली महिला हैं।

साहित्यिक प्रसिद्धि के संचालित माध्यमों से वह इतनी तटस्थ रहीं कि एक सौ से अधिक उपन्यास और लगभग बीस कहानी-संग्रह प्रकाशित होने के उपरान्त भी साहित्य अकादेमी का बांग्ला भाषा का पुरस्कार उन्हें प्राप्त नहीं हो सका। भारतीय ज्ञानपीठ ने अपने को कृतार्थ माना कि श्रीमती आशापूर्णा देवी के अद्वितीय कृतित्व को वह देश के लाखों पाठकों के सामने प्रस्तुत कर सका। लेखिका के जिस मूल बांग्ला उपन्यास पर पुरस्कार समर्पित हुआ वह है 'प्रथम प्रतिश्रुति'। इस उपन्यास के एक लघु नाट्य-रूपान्तर को ज्ञानपीठ ने हिन्दी में प्रकाशित किया और पुरस्कार समर्पण समारोह के अवसर पर इसका मंचन भी प्रस्तुत किया। उपन्यास हिन्दी अनुवाद के रूप में भी उपलब्ध है।

अपने समस्त कृतित्व की गरिमा के बीच श्रीमती आशापूर्णा देवी का नाम विशेष रूप से इसलिए स्मरणीय रहेगा कि उन्होंने एक पूरी शताब्दी का सामाजिक इतिहास तीन उपन्यासों के रूप में परिकल्पित करके युगबोध के प्रत्येक चरण को जीवन्त कर दिया। भारतीय समाज, विशेषकर बंगाली समाज के जीवन को आलोकित करनेवाले चारों ओर के प्रभावों का रेखांकन कालक्रम से उनके इन तीन उपन्यासों 'प्रथम प्रतिश्रुति', 'सुवर्णलता' और 'बकुल कथा' में हुआ है।

भारतीय ज्ञानपीठ द्वारा ही पूर्व प्रकाशित उपन्यास 'सुवर्णलता' की अगली और अन्तिम कड़ी है यह प्रस्तुत कृति 'बकुल कथा'। औपन्यासिक पात्रों के माध्यम से लेखिका ने इसमें शताब्दी के आधुनिकतम चरण के सामाजिक इतिहास के विविधरंगी

आचार-विचार, व्यवहार और युग के संघर्ष से उत्पन्न विसंगतियों का जिस रूप में चित्रण किया है वह अद्भुत है, अन्यत्र दुर्लभ है। जिन पाठकों ने सुवर्णलता को पढ़ा है वे जानते हैं कि युग के इतिहास की जो कथा उपन्यास के अन्त तक लायी गयी है उसके अगले चरण से परिचय प्राप्त किये बिना न तो युगबोध ही प्राप्त होगा और न ही बदलते हुए सामाजिक परिवेश से साक्षात्कार हो सकेगा। उपन्यास की नायिका 'बकुल' के जीवन की द्विधा, 'अनामिका' के छद्म नाम से लेखिका के रूप में एक बार हमें चौंकाती है और प्रतीति उत्पन्न कराती है कि सम्भवतया वह स्वयं श्रीमती आशापूर्णा देवी ही हैं जो एक तटस्थ द्रष्टा के रूप में चित्र पर चित्र उकेरती चली जाती हैं और मानव-स्वभाव के विविध पक्षों को उजागर करने में अपनी सिद्धहस्त कला की चरम उपलब्धि प्राप्त करती हैं–

"आग्रह-उत्सुकता-भरे इन चेहरों में ही अनामिका देवी अपनी जीवनव्यापी साधना की सार्थकता देखती हैं। मन-ही-मन कहती हैं, 'हाँ, मैं तुम लोगों की ही हूँ तुम लोगों के निभृत अन्तर की बातों को बिखेरने के लिए ही मैंने कलम पकड़ी है। मैं देख जो पाती हूँ, इस भयंकर प्रगति की हवा में भी जगह-जगह बन्दी है उस चिरकाल की दुर्गति की रुँधी हुई साँस। देख पाती हूँ मैं, लाखों-लाख स्त्रियाँ आज भी वायु-प्रकाश विहीन अवरोध में रह रही हैं। इनके बाहर का परदा शायद जाता रहा है, पर भीतर की शृंखला अभी भी अटूट है'।"

अनामिका देवी को बंगाल की महिला-पाठक समाज से आदर-सम्मान प्राप्त है। "अनामिका देवी की रचना से वे अभिभूत हैं, विगलित हैं। कारण कि वह स्त्रियों के हृदय की बात को समझकर लिखती हैं। स्त्रियों का सुख-दुःख, व्यथा-वेदना, आशा-हताशा, सार्थकता-व्यर्थता उनकी लेखनी से जैसी फूटती है, शायद ही किसी और की लेखनी से।"

'बकुल कथा' का संसार अनोखा है। प्रबोधचन्द्र की चार बेटियाँ–चम्पा, चन्दन, पारुल और बकुल; जो अपना-अपना एक अलग ही संसार निर्मित किये हुए जीवन की मंज़िलों पर बढ़ती हैं। चम्पा और चन्दन तो पुरानी जर्जरित रूढ़ियों के जाल में फँसकर रह जाती हैं लेकिन पारुल और बकुल की दृष्टि वर्तमान जीवन के मूल्यों को मानो हर क्षण हर पल नापती-तौलती चलती है। उनकी वेदना के आँसू, उनके टकराव, उनके छोटे-बड़े सुख-दुःख के व्यापार इतने सजीव उतरे हैं कि हज़ारों पाठक-पाठिकाएँ उनका तादात्म्य अपने जीवन में और अपने आसपास के क्षेत्रों में आसानी से खोज लेते हैं। यह श्रीमती आशापूर्णा देवी की ही कल्पना है–कल्पना क्या, जीवन से साक्षात्कार का परिणाम है कि उन्होंने शम्पा-जैसा एक चरित्र खड़ा कर दिया है, जो जीवन की स्वच्छन्द हवा में विचरण करती है, अनेक सीमाएँ तोड़ती है और फिर भी आगे के किसी अवरोध को मानने को तैयार नहीं होती।

'नमिता' के चरित्र में हमें झलक मिलती है किसी भी मेरलिन मुनरो की, जो जीवन के सब प्रकार के स्वच्छन्द भोग के उपरान्त हताशा की ही अन्तिम सीढ़ी पर पहुँचती है और नींद की गोली खाकर विसर्जित हो जाती है। इन्हीं शम्पा, नमिता को लक्ष्य कर पारुल के शब्दों में लेखिका का यह कथन कितना सार्थक हो उठा है :

"हमारे अँधेरे में हम कुसंस्कार की बलि थीं और प्रकाश के इस युग में तुम सब सभ्यता की बलि हो।"

इन्हीं पात्रों के बीच में है 'माधुरी'—निर्मल की पत्नी, जो यह जानकर कि बिना सूँघे हुए फूल-सी एक कोमल प्रेमिका, एक कँटीली है बकुल; उसको हृदय की समस्त कमनीयता के साथ अंगीकार करती है, और कहती है :

"तुम्हारा और मेरा दोनों का प्रेम-पात्र जब एक ही व्यक्ति है, तो हम लोगों के समान अपने और कौन हैं ? बोलो तो ? तुम भी उसका मंगल चाहोगी, मैं भी चाहूँगी, ऐसे में विरोध कहाँ से आएगा ?"

सच तो यह है कि लेखिका ने प्रस्तुत उपन्यास के सौध के हर कंगूरे पर दीपक प्रज्वलित कर रखा है, जिसका प्रकाश परिवेश को आलोकित करता है। और, दीपकों के नीचे के अँधेरे को शायद वे स्वयं ही अपनी सहानुभूति में समो लेती हैं।

यदि यह उपन्यास 'बकुल कथा' आप पढ़ें तो 'सुवर्णलता' को पढ़ना न भूलें क्योंकि उसमें भी एक युग की गाथा है; ऐसी गाथा जिसने कि जागरण के आदि युग को 'प्रथम प्रतिश्रुति' से अनेक चुनौतियों के बीच अग्रसरित किया है।

'सुवर्णलता' की तरह प्रस्तुत कृति का हिन्दी अनुवाद भी श्री हंसकुमार तिवारी ने प्रस्तुत किया है। बंगाल के ग्रामीण जीवन में रचे-बसे होने के कारण उन्होंने बांग्ला भाषा के मुहावरों को हिन्दी के प्रचलित रूपों में लाने का प्रयास किया है, फिर भी यदि पाठक को अनुवाद में जहाँ कहीं भी कुछ विचित्र-सा लगे तो वहाँ अनुवादक द्वारा मूल रूप की भंगिमा को व्यक्त करने का प्रयोग माना जाए।

— लक्ष्मीचन्द्र जैन

प्रिय पाठक,

लेखन की एकमात्र सार्थकता है पाठक की स्वीकृति। उससे भी बड़ा पुरस्कार है मेरे लिए पाठकों की आत्मीयता। और यह पुरस्कार पाकर मैं अपने को धन्य मान रही हूँ।

'बकुल कथा' मेरी उपन्यासत्रयी की अन्तिम कड़ी है। कालक्रम से भारतीय सामाजिक जीवन के ढाँचे में तीव्र गति से जो परिवर्तन हो रहे हैं, 'बकुल कथा' उसी का एक आलेख है।

'बकुल कथा' की रचना के बाद भी समाज के ढाँचे में हरदम परिवर्तन होते आ रहे हैं, हरदम पुराने ढाँचे को आघात पहुँच रहा है। जीवन के जिस रूप को साहित्य जब तक पकड़ता है तब तक वह बदल चुका होता है। जिस 'दुस्साहस' से आज का समाज भयभीत है, आनेवाले कल का समाज उसे सहज ही ग्रहण कर लेता है। फिर भी मानव-जीवन में मानवीयता का आदर्श कभी भी परिवर्तित नहीं होता, ऐसी मेरी धारणा है। अपनी लेखनी में भी मैं हमेशा इसी बात को प्रकट करनें का यथासम्भव प्रयास करती आयी हूँ।

परन्तु इस पुस्तक में मैंने एक और बात कहने की चेष्टा की है। यह उचित ही है कि समाज में नारी को पूर्णाधिकार प्राप्त हो, लेकिन 'स्वाधीनता' और 'स्वेच्छाचारिता'—इन दो स्थितियों के बीच जो सीमा-रेखा है वह कहीं मिट न जाए ! क़ानून हाथ में है इसलिए उसका अवांछित उपयोग न हो ! दुनिया की नज़रों में 'भारतीय नारी' शब्द का एक विशेष महत्त्व है, उस महत्त्व को हम कहीं खो न दें !

प्रत्येक की जीवन-पद्धति अलग-अलग है, सभी की समस्याएँ भी अलग-अलग हैं—साहित्य यही सब-कुछ तो कहेगा। लेकिन उसका मुख्य उद्देश्य लोकहित की भावना पर आधारित होना चाहिए। मेरे साहित्य-जीवन का यही एक आदर्श है।

मेरी लेखनी में इस आदर्श का कितना प्रतिफलन हो सका है, यह मैं नहीं जानती, लेकिन वह लेखनी मेरी मातृभाषा की रेखा पार कर आज सारे भारतीय समाज के पास पहुँच रही है, यह मेरे लिए परम आनन्द और गौरव का विषय है।

मैं समझती हूँ, उस परम शक्ति की कृपा से ही यह सब सम्भव हो सका है।

— **आशापूर्णा देवी**

बकुल कथा

एक

बड़ी परिचित-सी ध्वनि, शब्द भी बड़े जाने-चीन्हे, कुरसी से उठकर खिड़की के पास गये बिना भी समझ में आता कि कौन लोग जुलूस में जा रहे हैं और क्या कहते जा रहे हैं वे। जुलूस तो चाँद-सूरज जैसी नित्य की घटना है। यह ध्वनि तो जैसे कान के परदे से लगी रहती है, ''नहीं चलेगी ! नहीं चलेगी !'' ...मानो हर पल मस्तिष्क के कोष-कोष में धक्का मारता है, 'माननी होंगी, माननी होंगी, हमारी माँगें माननी होंगी।'

फिर भी कलम रखकर खिड़की पर आ खड़ी हुईं अनामिका देवी।

लेकिन क्यों खड़ी हुईं ?

इसलिए कि जुलूस की नारेबाज़ी से लिखने में रुकावट पड़ रही थी ? या कि निहायत ही अकारण कौतूहल से ? शायद वही। अकारण कौतूहल ही। मात्र यह जान लेना कि आज का यह विरोध किस नये अन्याय या अत्याचार के विरुद्ध है। वरना रास्ते के शोरगुल से लिखने में रुकावट आये तो काम नहीं चलने का।

शहर कलकत्ता के ऐसे एक भीड़-भरे रास्ते के बिलकुल मोड़ पर के मकान में जिसका आजन्म वास है, ऐसे कोलाहल में ही जिसके कलम पकड़ने का श्रीगणेश हुआ, उसके लिए यह अभिलाषा कैसे सम्भव है—शान्त, एकान्त में डूबकर लिखना चाहती हूँ मैं !

शहर के साहित्यकारों को तो अजीबोग़रीब शब्द, ऊब लानेवाले कोलाहल और अगणित लोगों के आने-जाने के बीच ही साधना जारी रखनी पड़ती है। प्रतिक्षण प्रतिकूलता से जूझना पड़ता है।

और, बिलकुल ख़ामोश, शान्त, बुझे हुए-से ग्रामीण परिवेश ही क्या साधना के लिए नितान्त अनुकूल होते हैं ? वैसा परिवेश मिलता, तो अनामिका देवी और अधिक लिख सकतीं ? और उच्च स्तर की रचना ? अधिकतर मननशील ?

शहर के और-और कवि-साहित्यिकों की क्या राय है, वे क्या मनोभाव रखते हैं, अनामिका देवी को नहीं मालूम। मन की बातों का आदान-प्रदान हो, ऐसी

अन्तरंगता ही उन्हें किससे है ? परन्तु ख़ुद वह ऐसा नहीं कहतीं, नहीं सोचतीं।

उन्हें लगता है, शहर की पल-पल परिवर्तनशील उत्ताल जीवन-तरंगों में ही साहित्य का तीखा और तप्त जीवनी-रस है। शहर के अशेष वैचित्र्य में ही साहित्य के अनन्त उपादान हैं।

सूनेपन की शान्ति में 'गतिवेग' कहाँ ? शहर की नाड़ी सदा ही ज्वरतप्त, चंचल है। इस ज्वर को उतारने की दवा किसी को नहीं मालूम, फिर भी यह बात सभी जानते हैं कि यही ज्वर शिल्प को, साहित्य को, जीवन-चिन्तन को प्रेरणा देता है।

इसलिए अनामिका देवी को कोलाहल कभी बाधा-स्वरूप नहीं लगता। वह हमेशा यही कहा करती हैं, "मैं जनता में से एक हूँ, मैं जनता की लेखिका हूँ। कोलाहल से ही रस ग्रहण करना मेरा काम है।"

किन्तु अनामिका देवी की वह कवयित्री सँझली दी ? लेकिन वह और ही बात कहती हैं, "तुझे धन्यवाद देती हूँ। इस कोलाहल में लिख लेती है!"

वह ऐसा ही कहेंगी, यह स्वाभाविक है। अनामिका देवी यदि जनता की हैं तो वह निर्जनता की।

वह कवि हैं--अपनी इच्छा की कवि।

नगर की बाहरी बस्ती के अपने घर की निःसंगता में निमग्न बैठी इच्छा के फूलों को खिलाती हैं। वही शायद उनके संगी हैं।

अनामिका देवी की भूमिका जुदा है।

इस युग के और सब लोगों की तरह उन्हें दूसरों की माँगें पूरी करनी पड़ती हैं। दूसरों की इच्छा से परिचालित होना पड़ता है।

मन में जुलूस की वह आवाज़ गूँजने पर भी मिटानी पड़ती है।

अनामिका देवी खिड़की पर आ खड़ी हुईं, नीचे की ओर ताका। एक अखण्ड मूर्ति के रूप में मनुष्य की दीवार बढ़ती जा रही थी और उससे एक यान्त्रिक आवाज़ उठ रही थी, "नहीं चलेगी ! नहीं चलेगी !"

अनामिका देवी को एकाएक एक अनोखा कौतुक-सा हो आया।

इधर से अविराम प्रतिवाद होता रहेगा, 'नहीं चलेगी, नहीं चलेगी,' और उधर अबाध गति से वह असहनीय चलता ही रहेगा।

कोटि कल्पकाल की पृथ्वी की छाती पर कोटि-कोटि वर्षों से चल रही है यह लीला। अन्याय और विरोध बग़ल-बग़ल चल रहे हैं। आज का यह जुलूस ख़ास कुछ है, यह बात उसकी लम्बाई से समझ में आ रही थी, ख़त्म होते-होते भी ख़त्म नहीं हो रहा था।

आवाज़ कभी बुझ-सी आती है कि पीछे से नयी आवाज़ की लहर उठती है।

आख़िर, बड़ी देर के बाद हलकी हो आयी भीड़ फीकी हो आयी ध्वनि। जो

पीछे छूट गये थे, वे दौड़े आ रहे थे, उन्हीं लोगों की फाँकों में दूसरे-दूसरे राहगीरों के चेहरे दिखाई दे रहे थे।

दूर बढ़ जानेवाली आवाज़ स्वभावतः कम होकर आने लगी।

अनामिका देवी खिड़की पर से लौट आयीं। कुरसी पर जा बैठीं, कलम को उठा लिया। किन्तु जैसे उन्हें याद नहीं आ रहा कि क्या लिख रही थीं। अन्यमनस्क की नाईं एकबारगी ही अवान्तर एक बात याद आयी। लिखने की बात नहीं, उस जुलूस की बात नहीं, देश के बहुविध अन्याय-अनाचार, दुर्नीति और राजनीति की बात भी नहीं, याद हो आया कि यह मकान जब बना था, तो इस ओर-उस ओर परती ज़मीन पड़ी थी।

अब पूरा रास्ता मानो दम रोके खड़ा है।

यह मकान क्या आज बना ? कितने दिन, महीने, बरस बीते, उसका लेखा-जोखा लगाना हो तो शायद काग़ज़-पैन्सिल लेकर बैठना पड़े।

अनामिका देवी ने सोचा, इसकी शैशव, बाल्य, यौवन और इस प्रौढ़ावस्था सभी अवस्थाओं की साक्षी हूँ मैं या यह मकान ही मेरे सभी दिन, महीने और वर्ष का साक्षी है ! इसकी दीवार-दीवार पर मेरी सारी बातें लिखी हुई हैं।

अच्छा, दीवार क्या वास्तव में गवाही दे सकती हैं ? वह क्या किन्हीं अदृश्य अक्षरों में सारी बातों को पकड़कर रख सकती हैं ? इतना कुछ कर रहा है विज्ञान, यह क्या कभी नहीं कर सकेगा ? इन मूक मौन दीवारों को बुलाकर इतिहास को मुट्ठी में भर लेगा ! निर्मूल इतिहास !

कमरे के कोने में टेलीफ़ोन बज उठा। अनामिका देवी फिर कुरसी से उठीं, रिसीवर को उठाया।

लिखनेवाली मेज़ पर ही टेलीफ़ोन को रखना सुविधाजनक है, समय बचे, श्रम बचे। किन्तु वह उसे कोनेवाली टेबल पर ही रखती हैं। यह एक प्रकार का शौक़ है उनका। बार-बार उठना पड़ता है, फिर भी।

रुक-रुककर, विराम दे-देकर बोलीं, "हाँ, मैं बोल रही हूँ...कहिए, क्या कहना है ?...नयी पत्रिका निकाल रहे हैं ? खुशी हुई। मेरी शुभकामना, सफलता चाहती हूँ।...रचना ? यानी कहानी ? पागल हुए हैं ?...करूँ भी क्या ?...असम्भव है, बिलकुल असम्भव।...गुंज़ाइश होती, तो ना नहीं करती।...ठीक तो है, चलने दीजिए, फिर देखा जाएगा। क्या कह रहे हैं ?...आप न कहूँ ? उम्र में आप मुझसे बहुत छोटे हैं ? ठीक है, तुम ही कहा करूँगी। मगर कहानी तो नहीं दे पा रही हूँ...क्या, क्या कहा ? वचन दे रखूँ ?...नहीं-नहीं, मुझसे यही नहीं होने का। वादा करके बैठी

नहीं रह सकती मैं ! वह मुझे बिच्छू के डंक-सा लगेगा।...ओ, बहुत ज़रूरी है ! समझ गयी, लेकिन उपाय क्या है ?''

''उपाय क्या है ?'' यानी 'निरुपाय'। इसके बावजूद उधर से अपनी निरुपायता दुहरायी जाती रही और बोलने में कॉमा-सेमिकोलन की भी ऐसी गुंज़ाइश नहीं रहने दी कि अनामिका देवी कहीं पूर्णविराम बिठा दें।

सो अन्त में कहना ही पड़ा, ''अच्छा, देखूँगी।''

उधर से उद्दण्ड कण्ठ की ध्वनि ने दीवार पर धक्का मारा, ''जी नहीं, देखना-वेखना नहीं। मैं नाम की घोषणा किये दे रहा हूँ।''

फ़ोन रख दिया।

अनामिका देवी ख़ूब जानती हैं, अब यदि वह रचना दे नहीं पाएँ, तो वह भावी सम्पादकजी यहाँ-वहाँ रोते फिरेंगे, ''करूँ भी क्या, कोई अगर वचन देकर रचना न दें ! अपने देश की यही तो हालत है। किसी का ज़रा नाम हुआ कि अहंकार से कुप्पा। अपनी भी गति नहीं, उन लोगों की रचना लिये बिना भी...''

''लिये बिना भी'' कहते तो ज़रूर हैं, पर असली भरोसा रहता है उन्हें सिनेमा-सितारों की तसवीर पर। वे कैसे चलती हैं, किस अदा से केला मुँह में डालती हैं, होली पर रंग कैसे खेलती हैं आदि-इत्यादि सब। उनकी पत्रिका का मूल जीवन-रस वे अदाएँ ही हैं, उसके सिवाय फीचर हैं। फिर भी कहानी-उपन्यास भी ज़रूरी हैं। हर तरह के ही पाठकों को मुट्ठी में रखना है न ! और इसके लिए, नामी लेखकों की रचनाएँ ही निरापद हैं, पाण्डुलिपि पर नज़र डालने की ज़रूरत नहीं, सीधे प्रेस में। ये नये सम्पादकजी भी इसके सिवाय कुछ नया करेंगे ?

पहले शायद सांवादिकता का एक पवित्र दायित्व था। सम्पादक लेखक तैयार किया करते थे, पाठक भी। अनामिका देवी ने यह देखा नहीं है, ऐसा नहीं। उन्होंने स्वयं ही अपने जीवन में वह उदार आश्रय पाया है।

लेकिन कितने दिनों के लिए ?

वह आदमी गुज़र गये।

उसके बाद जाने कैसे अनामिका देवी इस हाट में खड़ी हो गयीं। चला रही हैं। बंगाल की पाठक-पाठिकाएँ अनामिका देवी को चाहते हैं।

रिसीवर रखकर वह फिर कलम लेकर बैठीं। उन्हें अपनी भतीजी शम्पा की बात नये सिरे से याद आयी।

''बुआजी, इतनी बार उठ-बैठ करना पड़ता है, फ़ोन को तो अपने लिखने की मेज़ पर भी रख सकती हो !''

उन्होंने अपने जवाब को भी याद किया, ''न-न, टेबल पर फ़ोन रखने से कमरा दफ़्तर जैसा लगता है।''

कहती तो ख़ैर यही हैं, लेकिन और भी कारण है। और वही शायद वास्तविक कारण है। जब-तब ही एक ताज़ा और सप्रतिभ गला बोल उठता है, "ज़रा शम्पा को तो बुला दीजिए।"

अनामिका देवी बुला देती हैं।

ख़ुशी से छलकती हुई आकर शम्पा फ़ोन थाम लेती। बुआ की ओर पीठ और दीवार की ओर मुँह करके धीमी आवाज़ में मिनटों बात करती, घण्टा भी हो जाता।...

टेबल पर फ़ोन रखने से दोनों ही को असुविधा होती। शम्पा के जीवन में अभी प्रेम की एक नयी घटना चल रही है। अभी वह हरदम ख़ुशी से डगमग रहती है।

अनामिका देवी ठीक-ठीक जानतीं नहीं, सच पूछिए तो अब सब ख़बर रखतीं भी नहीं, लेकिन जहाँ तक उनकी धारणा है, उस हिसाब से इसे मिलाकर शम्पा का यह साढ़े पाँच बार हुआ। साढ़े, यानी यह अभी चल रहा है, अर्थात् आधी राह पर है।

शम्पा पहली बार प्रेम में पड़ी थी अपने दूर के नाते ममेरे भाई बुबुल के। शम्पा की उम्र उस समय ग्यारह थी, बुबुल की क़रीब सत्रह।

पास के किसी स्कूल से फ़ाइनल पास करके, स्थान के अभाव से दूर के रिश्ते की बुआ के यहाँ रहकर वह कॉलेज में पढ़ने के लिए आया था।

चाँद जैसा लड़का, मधुर स्वभाव और अकिंचन भी नहीं। बाप काफ़ी रुपये भेजता था। आपत्ति किसे हो ? बुआ को भी नहीं हुई, यानी अनामिका देवी की छोटी भाभी को।

किन्तु ज़ोरदार आपत्ति हुई उन्हें भतीजे के साथ बेटी के प्रेम में पड़ जाने पर, उन्होंने पहले घर में मुफ़्त ही ढेरों आनेवाली सिनेमा-पत्रिका (जिसके लिए अनामिका देवी ज़िम्मेदार हैं) को दोष दिया, अनामिका देवी की लिखी प्रेम-कहानियों की ओर कटाक्ष किया, उसके बाद बेटी की रुई की भाँति धुनाई की, और भतीजे को अपनी राह देखने को कहा।

ग्यारह साल की लड़की का यह इलाज किया गया। अनामिका देवी की छोटी भाभी ने सोचा, चलो, सबक़ दे दिया। बेटी अब प्रेम में नहीं पड़ेगी।

किन्तु कैसी मिथ्या यह आशा !

शम्पा साढ़े बारह साल की उम्र में ही फिर प्रेम में पड़ी। मुहल्ले की स्टेशनरी दुकान के एक सेल्समैन छोकरे के साथ। कापी, पेंसिल, रबर, पिन, चाकलेट आदि ख़रीदने में परिचय हुआ और उसके बाद जाने कब वह परिचय प्रेमालाप के पर्याय में जा पहुँचा। बिना पैसे के चाकलेट आने लगे !

यह बात काफ़ी दिनों तक दबी रही, मुहल्ले के ही किसी और लड़के के द्वारा

उद्घाटित हुई। शायद वह ख़ुद उम्मीदवार था, अतः भण्डा-फोड़कर अपना आक्रोश मिटाया।

घर में लोग जब जान-सुन गये, तो कुछ दिनों तक शम्पा की गतिविधि पर चौकस दृष्टि रखी गयी। शम्पा की ज़रूरत की चीज़ें ख़रीदकर ला देने का ज़िम्मा उसके पिता ने लिया। परन्तु शम्पा को ज़रूरत चीज़ों की नहीं, प्रेम की थी।

अतएव कुछ दिनों तक शम्पा मुरझायी-सी घूमती रही। उसके बाद फिर दूसरे पेड़ पर खोंता लगाया। अबकी एक सहपाठिनी का बड़ा भाई।

घर तक यह ख़बर पहुँचने की बात नहीं थी, क्योंकि सहपाठिनी सहायिका थी। अपनी मित्र और अपने भाई को अगोरे रखने के जितने भी बुद्धि-कौशल के प्रयोग सम्भव थे, उनमें उसने कोई कोर-क़सर नहीं रखी।

फिर भी ख़बर आ पहुँची।

आयी अनामिका देवी के पास।

प्रणय-भंग के बाद।

अपनी लेखिका बुआ से शम्पा ख़ुद ही कह बैठी। क्योंकि शम्पा की उम्र अब बढ़ चुकी थी, साहस भी बढ़ गया था। अनामिका देवी के तिनतल्ले मकान के इस कमरे में आकर एक दिन बोली, "कहानी का एक प्लाट लोगी बुआ ?"

उसके बाद वह मज़े से एक प्रेम कहानी कह गयी, फिर बताया, इसकी नायिका वह स्वयं है। धड़ल्ले से सब कुछ सुना जाने के बाद हँसते-हँसते लोट-पोट होकर बोली, "तुम्हीं कहो बुआ, ऐसे बुद्धू मार्का छोकरे से कभी प्रेम चलाया जा सकता है ? या उसे बरदाश्त ही किया जा सकता है ?"

अनामिका की अपनी कहानियों की बहुतेरी नायिकाएँ ही बेपरवाह, मुखरा, प्रखरा हैं। फिर भी वह अपने सहोदर भैया की बेटी, अपने पिता की पोती की ऐसी स्वच्छन्द वाक्-भंगी की ओर अभिभूत आँखों ताकती रह गयीं।

शम्पा ने कहा, "लिली तो मुझ पर आग हो गयी, उसके बड़े भाई का अपमान हुआ।"

"होना स्वाभाविक ही है।"

अनामिका देवी ने कहा था।

शम्पा ने हँसते हुए कहा, "लेकिन किया क्या जाए ? अभी उन्नीस साल पार नहीं हुआ है, अभी-अभी तो थर्ड-ईयर में दाख़िल हुआ है, कहता क्या है, अपनी बुआ से कहकर—हि-हि—ब्याह की चर्चा चलाओ।"

अनामिका देवी ने मुसकराकर कहा था, "तुमने भी तो अभी स्कूल की चौखट नहीं पार की है, पन्द्रहवें साल में क़दम रखा है..."

"मगर मैं क्या—हि-हि—ब्याह करने की चिन्ता में पड़ी हूँ ?"

"प्रेम करती हो !"

शम्पा तनिक भी अप्रतिभ न होकर बोली थी, "वह और बात है। वह एक चार्म है। थ्रिल् भी कह सकती हो। लेकिन ब्याह ?—हि-हि-हि।"

ख़ैर, उस बुद्धू को छोड़कर शम्पा कम-से-कम मुरझायी-सी नहीं घूमी। वह तैराकी क्लब में भरती हो गयी, लाड़ से सितार ख़रीदवाया।

माँ, बुआ, बाप, दादा सबने सोचा, चलो, यह बुरा नहीं। लड़कों के साथ चुहल करते फिरने से अच्छा है। भैया उस समय अपनी ही धुन में मस्त था। एक स्कॉलरशिप का जुगाड़ बैठाकर विलायत जाने के चक्कर में था। तुच्छ एक बहन है या नहीं, यही याद नहीं। और फिर शम्पा की माँ भी बेटी का यह मामला बेटे की जानकारी से दूर ही रखने की कोशिश करती थी। जो भी डाँट-डपट, चुपचाप।

परन्तु शम्पा को 'चार्म' चाहिए।

सो शम्पा अपने तैराकी क्लब के एक मास्टरजी के प्रेम में ऊब-डूब करने लगी। और, शायद वह भी इसका सदुपयोग करने लगे।

तैरने के घण्टे बढ़ने ही लगे, साथ-साथ बढ़ने लगा शम्पा का साहस।

इसलिए माँ-बाप क्रमशः शासन करने का साहस खो बैठने लगे। भैया तो समुद्र-यात्रा में निकल पड़ा। शम्पा का हौसला और भी बढ़ गया। एक बात कहो तो वह सौ सुना देती। घर लौटने में रात हुई, इस पर बकझक करने से दूसरे दिन और ज़्यादा रात कर देती। 'घर से निकलना नहीं होगा' कहा कि पैरों में चप्पल डालकर उसी क्षण निकल पड़ती। कहती, "तुम लोग गये-बीते युग में रह रही हो क्या ?"

बाप ने खीजकर कहा, "जहन्नुम में जाए वह। जो जी में आए, करे।"

अनामिका देवी ने कहा, "अरे बाबा, कोई अच्छा-सा लड़का देखो, सब ठीक हो जाएगा। समय पर ब्याह नहीं होने से ही आजकल लड़कियाँ ऐसी बर्बर हो रही हैं।" बात यह लेखिका-जैसी नहीं, निहायत मौसी-बुआ-जैसी ही थी।

शम्पा की माँ ने बात को उड़ा दिया। बोलीं, "अभी तो फ़र्स्ट-ईयर में पढ़ रही है, अभी ही ब्याह करना चाहो, तो लोग क्या कहेंगे ? और फिर इस उम्र के लायक़ योग्य लड़का ही कहाँ मिलेगा ? अपने युग की तरह दस-बारह साल का दुलहा तो नहीं पकड़कर दे सकती ?"

तो फिर करना क्या ?

शम्पा ही लड़के के साथ घूमने-फिरने लगी। उस आदमी की बातचीत बड़ी एकांगी-सी थी, इसलिए उस तैराक को एक दिन उसने छोड़ दिया।

उसके बाद कुछ दिन वह ज़ोर-शोर से पढ़ने में लग गयी। लगा, मन कुछ स्थिर हुआ।

लेकिन शम्पा एक दिन आप ही बुआ के पास क़बूल कर गयी, "कुछ प्रेम-व्रेम न रहे, मेरे लिए कोई हाँ किये बैठा न रहे, मुझे देखकर धन्य न हो, यह अच्छा नहीं लगता बुआ, समझी ? मगर वास्तव में प्रेम में पड़ूँ, ऐसा लड़का नहीं दिखता।"

जब 'वास्तविक प्रेम' का प्रश्न ही नहीं, तो जैसे-तैसे में ही 'चार्म' खोजने में क्या नुक़सान है ? और शम्पा एक भोंदू जैसे प्रोफ़ेसर के प्रेम में पड़ गयी।

प्रोफ़ेसर यद्यपि विवाहित था।

"तो क्या हुआ ?" शम्पा ने कहा, "मैं कुछ ब्याह तो करना नहीं चाहती उससे ? उसको ज़रा बेवक़ूफ़ बनाने की बात..."

प्रोफ़ेसर को बेवक़ूफ़ बनाने के बाद कुछ दिनों से कॉलेज-लाइब्रेरी के लाइब्रेरियन छोकरे से चक्कर चल रहा है।

अनामिका ने फिर एक बार लिखने में जी लगाने की चेष्टा की थी, कि फ़ोन बज उठा। कोई ताज़ा सप्रतिभ कण्ठ बोल उठा, "ज़रा शम्पा को बुला दीजिए तो !"

बुला दिया।

शम्पा ऊपर आयी।

बोली, "बाप रे, तुम्हारे तिनतल्ले पर चढ़ते-चढ़ते जान निकल आयी। देखूँ, फिर किसने बक-बक करने के लिए बुलाया !...यह लो, नीचे तुम्हारी एक चिट्ठी पड़ी थी..."

टेबल पर लिफ़ाफ़ा रखकर बुआ की ओर पीठ और दीवार की ओर मुँह करके शम्पा रिसीवर को कान-मुँह से लगाकर खड़ी हो गयी।

लिफ़ाफ़े को खोले बिना ही अनामिका देवी उसे हाथ से उलटने-पलटने लगीं। सँझली दी की चिट्ठी।

बहुत दिनों के बाद आयी है। सँझली दी अब चिट्ठी-पत्री नहीं लिखतीं। किन्तु अनामिका ही कितनी लिखती हैं ? अन्तिम चिट्ठी कब दी है, याद भी नहीं आता। लेकिन रोज़-रोज़ कितनी तो चिट्ठियाँ लिखती हैं। ढेरों। जिस-तिस को। सँझली दी बड़ी स्वाभिमानिनी है। बेगार टालनेवाली चिट्ठी नहीं चाहती।

दो

सँझली दी बड़ी स्वाभिमानिनी है।

अनामिका देवी के लिए उस स्वाभिमान का मूल्य भी है। काफ़ी मूल्य है। फिर भी सँझली दी की चिट्ठी का जवाब देना नहीं बनता। अपनी तरफ़ से भी एक चिट्ठी उसे कहाँ लिख पाती हैं। पर, नहीं लिख पाने का काँटा मन में गड़ता रहता है। और उसी काँटा-चुभे मन से ही दूसरी दस चिट्ठियाँ लिख लेती हैं। यानी लिखनी पड़ती हैं।

बंगाल की असंख्य पाठक-पाठिकाएँ उनकी रचना पसन्द करती हैं, इसलिए वे अनामिका देवी को भी प्यार करती हैं। उस प्यार का प्रकाश चिट्ठी का उत्तर पाने की प्रार्थना में होता है। उस प्रार्थना में कितनी विनय, कितना आवेग, कितना संशय, कितनी आकुलता होती है !

उन सबको वंचित करें वह ?

उनका संशय-भंजन नहीं करेंगी ?

महज़ एक चिट्ठी के सिवा और तो कुछ नहीं?

चिट्ठी भी नहीं, चिट्ठी का जवाब। थोड़ी-सी भद्रता, थोड़ी-सी ममता, थोड़ी-सी आन्तरिकता, बस। इतना भी न दे सकें तो वह अपने को माफ़ कैसे कर सकेंगी ? और फिर उनके पास अनामिका देवी की मूर्ति ही कैसे प्रकट होगी ?

शायद इन्हीं कुछ पंक्तियों के अभाव में उनके कैमरे में अनामिका देवी का चेहरा घमण्डी, अहंकारी, अभद्र हो उठे !

अनामिका देवी यह नहीं चाहतीं।

वह अपने बाहरी चेहरे को भीतर के चेहरे-जैसा ही रखना चाहती हैं। थोड़ी-सी असावधानी, थोड़ी-सी उपेक्षा के कारण उसपर धूल पड़ने देना नहीं चाहतीं। इसके सिवा ज़रूरी चिट्ठी-पत्री की संख्या भी तो कुछ कम नहीं ? परम्परागत साधारण जीवन से बाहर दूसरे किसी जीवन में आ पड़ने से उसका एक अलग दायित्व होता है।

उन सब दायित्वों का भरसक पालन करना ही होता है। कम-से-कम उसकी

कोशिश करनी ही पड़ती है। ताकि व्यवहार में कोई त्रुटि न हो।

इसलिए नितान्त अपने लोगों के लिए कुछ भी नहीं हो पाता।

वहाँ त्रुटियों का पहाड़ है।

वहाँ लगातार दिनों, महीनों अपराध का बोझ बढ़ता भारी होता रहा। फिर भी नहीं हो पाता।

किन्तु कारण ? उन सात के साथ और एक का जुड़ जाना क्या इतना असम्भव है ?

शायद असम्भव नहीं। पर असम्भव हो ही। प्रियजन का पत्र बेगार के रूप में नहीं टाला जा सकता। कम-से-कम अनामिका देवी तो ऐसा नहीं कर सकतीं। उसके लिए वह थोड़ा-सा एकान्त चाहती हैं। एक मुट्ठी अवकाश। 'अनामिका देवी' की केंचुल से स्वयं को बाहर निकालकर खुले मन की छत पर बैठना।

किन्तु वह एकान्त है कहाँ ?

कहाँ है वह अवकाश ?

अपने को एकान्त में लेकर बैठने की छत कहाँ है ?

नहीं है। महीनों वह अवस्था ग़ायब।

इसलिए त्रुटि का पहाड़ खड़ा होता। इसीलिए प्रियजन के भेजे लिफ़ाफ़े को खोलने में छाती धड़क उठती है। लगता है, खोलते ही उसमें से टप्प से एक जो चीज़ निकल पड़ेगी, वह है उदासीन अभिमान का एक टुकड़ा।

परन्तु अनामिका देवी के प्रियजनों की संख्या कितनी है ?

खोलने के पहले लिफ़ाफ़े पर ज़रा मुलायम-सा हाथ फेरा उन्होंने। मानो सँझली दी के मान के आवरण को पोंछ डालना चाहा उन्होंने, और तब धीरे से लिफ़ाफ़े को खोला।

ठीक उसी समय टेलीफ़ोन बज उठा।

''अनामिका देवी हैं ?''

''मैं बोल रही हूँ !''

''जी, मैं वाणीनगर विद्यामन्दिर से बोल रहा हूँ...''

अपनी बात कही उन्होंने। अनामिका देवी की बात पर ध्यान न देकर सबल गले से उन्होंने जो कहा, वह यह कि इस ऊँचे आदर्श के विद्यामन्दिर के पारितोषिक वितरण समारोह में इसके पहले बहुत बड़े-बड़े व्यक्ति आ चुके हैं, अबकी आपकी बारी है।

लिहाज़ा समझना चाहिए, अनामिका देवी अब उन बड़े व्यक्तियों की सूची में

आ गयीं। या सूची में आ पहले ही गयी थीं, सिर्फ़ बारी आना ही बाक़ी था।

अनामिका देवी का क्षीण प्रतिवाद, हलकी आपत्ति बाढ़ में बह गयी। उधर से सबल स्वर में कहा गया, "कार्ड छपने दे रहा हूँ।"

सँझली दी की चिट्ठी अब देर तक पढ़ने की इच्छा नहीं हुई। कोमल धुन की मिठास पर जैसे कोई तबला पीट गया।

और फिर खोलकर पढ़ा।

सँझली दी ने लिखा था—

"काफ़ी तो लिखा। पत्रिका खोलो कि अनामिका देवी। लेकिन उसका क्या हुआ ? बकुल की उस कापी का ?

"उसे दीमकों ने चाटकर ख़त्म कर दिया ? या कि खो गयी ? किन्तु..."

'किन्तु...' लिखकर ही सँझली दी ने छोड़ दिया था।

और कुछ नहीं लिखा।

नीचे सिर्फ़ उनका हस्ताक्षर। 'सँझली दी।'

सँझली दी के पत्र लिखने का ढंग सदा से ही ऐसा है। चिट्ठी की रीति-नीति के बारे में उन्हें बिलकुल निष्ठा नहीं। घर के किसी को भी पत्र दो, घर के अन्यान्य लोगों को यथायोग सम्मान और आशीर्वाद देना नितान्त ज़रूरी है, चिट्ठी मुख्यतया कुशल-विनिमय के लिए होती है, और परिचित जगत् की ख़बरों का आदान-प्रदान ही असल प्रसंग होना चाहिए, सँझली दी को यह बोध नहीं है। चिट्ठी में वह मानो हठात् बोल उठती है। और बोलते-बोलते हठात् ही थम जाना जैसे स्वभाव हो उसका। इसीलिए 'किन्तु' कहकर रुक गयी है।

लेकिन बात पूरी की होती तो सँझली दी उनके मन में ऐसा एक काँटा गड़ाकर नहीं रख सकती थी शायद।

इसलिए चिट्ठी पढ़कर अनामिका उसी अधूरी बात को सोचने लगीं।

बकुल की कॉपी का क्या हुआ ?

उन्होंने उसे खो ही दिया है क्या ? या कि सचमुच उपेक्षा और उदासीनता से उसे कीड़ों से कटवा ही डाला ?

कहाँ है वह कॉपी ?

अनामिका क्या खोजेंगी उसे ?

किन्तु उतने दिनों तक अनादर से पड़ी उस कॉपी को खोजने की फ़ुरसत अनामिका को कहाँ ! एक साहित्य सम्मेलन के सिलसिले में आज ही उन्हें उत्तर बंगाल नहीं जाना है ? तीनेक दिन तो वहीं बीत जाएँगे, वहाँ से लौटने पर वाणीनगर विद्यामन्दिर, उसके दूसरे दिन विश्व नारी-प्रगति संघ, उसके अगले दिन युवा उत्सव, और फिर लगातार तीन दिन कहाँ-कहाँ तो ! डायरी देखनी होगी।

तो फिर बकुल की कॉपी को कब खोजें ? गर्द की पर्त हटाकर कब देखें ? दिन आँधी-से निकलते हैं, उस आँधी की धूल सारे पुराने पर जमती है, सँजोकर रखे हुए सारे संचय पर।

'यहाँ हवा नहीं'—कविता में लिखी सँझली दी की उस चिट्ठी की याद आयी। पति पर, या अपने जीवन से ही रूठकर सँझली दी ने कभी कविता लिखना बन्द कर दिया था। प्रेम की कविता नहीं लिखा करती थी।

सँझली दी के पति अमल बाबू का ख़याल था, अन्दर ही अन्दर किसी 'प्रणय काण्ड' या किसी गोपन प्रेमास्पद के नहीं होने से ऐसे गहरे प्रेम की कविता लिखना सम्भव नहीं।

आदि-अन्त काल के हर एक मनुष्य में ही कमोबेश एक 'प्रणय काण्ड' रहता है, एक चिरन्तन प्रेमास्पद भी अविनश्वर महिमा से विराजित रहता है, हृदय की सारी मिन्नतें वहीं जाकर पछाड़ खाती हैं, यह समझने का मन अमल बाबू को नहीं था।

इसीलिए वह अपने हृदय की अधीश्वरी के हृदय पर कड़ी निगाह रखते थे, ताकि उस हृदय की खिड़की-दरवाज़े की छिटकिनी कभी खुली न रहे। बाहर की धूल-गर्द अन्दर न आ पड़े अथवा किसी फाँक से भीतर ही पिचककर निकल न भागे।

इसलिए अपने ही हाथों छिटकिनी बन्द करने की चेष्टा करते थे।

और सँझली दी ने भी चोर से खीजकर माटी पर भात खाया था। उसने प्रेम की कविता-रचना छोड़ दी थी। उसके बाद तो—

हाँ, उसके बाद तो अमल बाबू गुज़र ही गये।

उसके बाद निःसंगता की उस भूमि में फिर गहरे प्रेम की कविता सँझली दी ने नहीं लिखी। वह बल्कि और भी गहराई में डूब गयी। वहाँ बुलबुला नहीं उठता। या 'हृदय' नाम की चीज़ घर के निचले तल्ले से छत की बरसाती तक उठ गयी।

नामी लेखिका अनामिका देवी तक कहती हैं; "तेरी कविता अब समझ नहीं पाती !" भेंट-मुलाक़ात नहीं के ही बराबर, ज़िन्दगी में कभी मैके नहीं आएगी, यह शपथ लिये दूर बैठी है सँझली दी, किन्तु अनामिका देवी को पिता का घर ही एकमात्र भरोसा है। उनका अपना कोई घर नहीं। इसीलिए कभी-कभार सँझली दी के पास जाती हैं। लेकिन कभी-कभार ही—जो नाता सो चिट्ठी में ही। नयी कविता लिखती है, तो सँझली दी भेज देती है। अनामिका देवी राय भेज देती हैं।

लेकिन कभी-कभी बड़ी ही सरल भाषा और सीधे-सादे छन्द की कविता में चिट्ठी लिखती है सँझली दी। लिखती है अनामिका को और अपने नन्हे मित्र मोहन को।

सँझली दी में असमवयस से मित्रता करने की ग़ज़ब की एक क्षमता है। और वे असम भी मज़े में बेझिझक सँझली दी से घुल-मिल जाते हैं।

यह क्षमता सबमें नहीं होती। दुर्लभ है यह क्षमता। शिशु के मित्र होने की क्षमता ईश्वरप्रदत्त होती है।

कभी सँझली दी के पड़ोस के बाशिन्दा थे मोहन के परिवार के लोग। यानी उसके माता-पिता। उस अबंगाली भलेमानस से सँझली दी का परिचय नाम का ही था, परन्तु उनका चार-पाँच साल का बच्चा सँझली दी के पास ही पड़ा रहता था। उससे बोलते-बोलते वह बांग्ला बोलने में चुस्त हो गया था। वे लोग कभी के अन्यत्र चले गये हैं। मोहन स्कूल की चौहद्दी लाँघकर शायद कॉलेज भी पहुँच गया हो अब तक, फिर भी आण्टी के साथ सम्पर्क बनाये रखा है।

सँझली दी को उसके बचपन की नाईं बीच-बीच में उसे कविता में पत्र लिखना पड़ता है। वह भी इन दिनों बांग्ला कविता का अभ्यास कर रहा है। और, सँझली दी पर ही। यह चलता है।

और यह चलता है, अनामिका देवी के साथ।

'यहाँ हवा नहीं' कविता जाने कब लिखी थी। कुछ-कुछ याद है।

"यहाँ हवा नहीं, दिन-रात स्तब्ध हुई रहती है;
और वहाँ उन्मत्त आँधी तुमको आच्छन्न किये रहती है।
तुम्हारे काम के डैने हरदम पंख फड़फड़ाते हैं;
समय-सिन्धु में मेरे विराम सुख खो जाते हैं।
यहाँ हवा नहीं, कैलेण्डर दीवारों पर चुप हैं।
उड़ती तिथियाँ वहाँ तुम्हारी आँधी में झुपझुप हैं।
घण्टा और मिनट जैसे—!"

ना, और याद नहीं। और भी बहुत-सी पंक्तियाँ थीं। तुलनामूलक शैली में लिखी उस कविता को पढ़कर अनामिका देवी अवाक् हो गयी थीं। सोचा, सँझली दी से कितने दिनों से भेंट नहीं, उसने मेरी यह आँधी आँखों से देखी भी नहीं कभी, फिर भी इतना साफ़ कैसे समझा ? केवल अपने विपरीत को देखकर ?

किन्तु इस आँधी के गतिवेग को जो सदा देखते हैं, वे तो ताकते तक नहीं। बल्कि कहते हैं, "बड़े मज़े में है बाबा। कुरसी-मेज़ पर बैठे-बैठे जो जी में आए बना-बनाकर लिखो और बदले में मोटी रक़म..."

ख़ैर, छोड़ो उनकी बातें। बकुल की कॉपी ढूँढ़नी होगी। लेकिन कहाँ खोजें ? अलमारी में ? बक्से में ? पुराने सन्दूक़ में ? या और कहीं ?

अनामिका देवी का वह 'और कहीं' क्या अभी भी है ?

तिनतल्ले से उतर आयीं वह। कुछ लोग मिलने आये थे।

दिन-भर में ऐसी अवस्था कई बार आती है। बार-बार उतरकर आना पड़ता ह। मँझला भैया कहा करता है, "बेहतर है, तू नीचे के ही किसी कमरे में रहा कर। इतनी बार सीढ़ियाँ चढ़ने-उतरने से तो कहीं अच्छा है।"

प्यार से ही कहता है, और किसी मतलब से नहीं। तिनतल्ले के लोभनीय कमरे को बहन छेंके हुए है, इसलिए छल-कौशल से उसे नीचे उतारने का मनसूबा, भाइयों के मन में ऐसा तुच्छ विचार आना सम्भव नहीं। यहाँ वह पिताजी के वसीयत के अधिकार से ही रहती हैं, फिर भी भाई लोग वैसे रहे होते तो वहाँ टिक सकना सम्भव होता ?

नहीं-नहीं, अनामिका के प्रति वैसा कोई दुर्व्यवहार नहीं होता। रात-दिन जो इतने लोग आते हैं, जब-तब महिलाएँ आकर मिल जाया करती हैं, भाभियाँ कभी उन्हें कुछ कहने भी आती हैं ?

नहीं। अनामिका देवी से कोई कुछ कहता-सुनता नहीं। सुनना-सुनाना जो है, सब अपने-अपने पति-पुत्र को सुनाती हैं, या फिर भगवान की हवा को।

पट्टीदारों में बड़े भैया जीवित नहीं हैं, और बड़ी भाभी हैं—हैं नहीं—समान ही है। लेकिन बड़े के हिस्से पर उनका बेटा अपूर्व बैठा है। बैठा है, पर बाल-बच्चों सहित घर के भीतर ही अलग है।

अपूर्व की पत्नी शौक़ीन तबीयत की है। लड़की को आधुनिक ढंग से पालना चाहती है। चचेरी सासों के साथ भेड़ों के बाड़े में रहने को वह राज़ी नहीं। इसलिए अपूर्व ने लकड़ी की स्क्रीन से अपने हिस्से को अलग कर लिया है।

दुतल्ले के दक्खिन का बरामदा अपूर्व के हिस्से में है। उस बरामदे को उसने बरामदा बेशक नहीं रहने दिया है, काँच की खिड़की और ग्रिल लगाकर सुन्दर-सा एक हाल बना दिया गया है। वहाँ उसके खाने की मेज़ और बैठने के लिए सोफ़ासेट दो भागों में सजे हैं।

अपूर्व की स्त्री अलका का दिमाग़ अद्भुत है। ये योजनाएँ उसी के दिमाग़ की उपज हैं न ! वरना चिरकाल से यह सनातनी घर उसी सनातन-धारा से ही चला आ रहा था।

वही ज़मीन पर आसन बिछाकर खाना, फ़र्श पर सरंज़ाम बिखेरकर चाय बनाना। सौकुमार्य की कहीं कोई परवाह नहीं थी।

मकान निहायत छोटा नहीं, पर सब जैसे एकाकार हो। फ्लैटनुमा मकान का ढंग नहीं। इसलिए मकान से आय का कोई उपाय भी नहीं। बनानेवालों को भविष्य की सूझ नहीं थी, और क्या !

यह सब देख-सुनकर अलका ने अपने हिस्से को मनमुताबिक़ बना लिया है।

उसकी लड़की अभिजातों के स्कूल में पढ़ती है, उसका नौकर बुश्शर्ट और पाजामा पहनता है, चप्पल पहनकर रसोई बनाता है।

अनामिका देवी की मँझली भाभी और सँझली भाभी ने शुरू-शुरू में जेठ की पुत्रवधू की बड़ी आलोचना की थी, व्यंग्य की बहुत फुलझड़ियाँ छोड़ी थीं, परन्तु धीरे-धीरे स्वयं भी आधुनिकता की इन सुविधाओं का अनुसरण करती हैं, और जाने कब चुपचाप परिवर्तन भी कर लिया करती हैं। अब कम-से-कम पुरुषों को मेज़ पर खाना देना वह बहुत अच्छा समझती हैं।

अनामिका देवी अवश्य इन सबमें कभी पैठतीं नहीं। न मन्तव्य में, न ही मत देने में। आजीवन के इस स्थान में वह मानो आजीवन ही अतिथि हैं !

अतिथि का सौजन्य, अतिथि की कुण्ठा और अतिथि की निर्लिप्तता लिये ही विराज रही हैं वह।

नीचे आयीं तो देखा, विद्वान-से दिखते तीन-चार व्यक्ति भलेमानस। अनामिका को देखकर सम्भ्रम से नमस्कार किया। प्रतिनमस्कार की रस्म अदायगी हुई। उसके बाद वे काम की बात पर आये।

एक आवेदन-पत्र पर सही कराने आये थे वे। देश के गण्यमान्य व्यक्ति—विशिष्ट विचारक, शिक्षाविद्, समाज सुधारक और शुभबुद्धिवालों के हस्ताक्षर संग्रह कर रहे थे। उसी पंक्ति में अनामिका देवी को भी रखा है।

किन्तु यह आवेदन है किस बात का ?

आवेदन है दुर्नीति के विरुद्ध।

दुर्नीति के समुद्र में डूबे हुए देश के अन्धे भविष्य को देखकर विचलित हो उस समुद्र में बाँध को बाँध देने उतरे हैं वे लोग !

ओजस्वी भाषा और विक्षुब्ध गले से उन्होंने कहा, "सोच सकती हैं आप, अपना देश आज कहाँ उतर गया है ? खाद्य में मिलावट, दवा में मिलावट, शिक्षा से आँख-मिचौनी खेली जा रही है..."

कुछ इस ढंग से कहा, गोया उन्होंने अभी-अभी देखा, देश में यह सब दुर्घटनाएँ घट रही हैं।

अनामिका देवी ने मन-ही-मन कहा, 'मुन्ने बाबुओ, अभी-अभी शायद स्वर्ग से विधाता के हाथ से फिसलकर मर्त्यभूमि में आ गिरे हो ?'

मुँह पर शान्त सौजन्य का भाव लाकर थोड़े दुःख के स्वर में कहा, "सो तो कर ही रहे हैं !"

" 'कर रहे हैं', यह कहकर चुप हो जाने से तो नहीं चलने का अनामिका देवी

जी ! समाज की दुर्नीति में आप लोगों का दायित्व सबसे ज़्यादा है। शिल्पी-साहित्यकार यदि दायित्व से कतराकर अपने उच्च भावों की हाथीदाँत की मीनार पर बैठे सिर्फ़ कल्पना का स्वर्ग गढ़ें, तो वह देश के प्रति विश्वास-घात जैसा है।''

अनामिका देवी चौंकीं।

उन सज्जन की इस भयंकर नयी बात से नहीं, उनके कण्ठस्वर से। उन्हें लगा, घर के लोग सुनें, तो सोचेंगे, कोई मुझे फटकारने आया है।

चौंककर भी शान्त ही गले से बोलीं, ''परन्तु यह आवेदन है किससे ?''

''किससे ?''

भले आदमी दमक उठे, ''मनुष्य की शुभ-बुद्धि से।''

''मनुष्य ! मतलब मिलावट करनेवाले उन चोरबाज़ारियों से ?''

बहुत धीरे से, बहुत नर्म भाव से ही अनामिका देवी ने यह कहा, फिर भी भले लोग आहत हुए और उसे छिपाया भी नहीं। क्षुब्धस्वर से बोले, ''आप शायद हमारी प्रचेष्टा को छोटी निगाह से देख रही हैं, मगर हमें यक़ीन है, कभी-न-कभी मनुष्य की शुभ-बुद्धि जगती है।''

''बेशक'' अनामिका देवी ने नम्र स्वर से कहा, ''आपके आवेदन का मजमून देखूँ ज़रा।''

भले आदमी ने बैग से उसे सावधानी से निकाला।

ज़ोरदार शब्दों में कहा, ''देश के इस संकटकाल में आप लोगों के उदासीन रहने से काम नहीं चलेगा, अनामिका देवी ! अँधेरे में रास्ता कौन दिखलाएगा ? मंगल की मशाल कौन जलाएगा ? युग-युग के साहित्य और शिल्प ने ही दुर्गतिग्रस्त समाज को कीचड़ से निकाला है।''

अनामिका देवी हँसकर बोलीं, ''क्या यही सही है ?''

''सही नहीं है ? क्या कह रही हैं ?''

''फिर तो 'सम्भवामि युगे-युगे', इस बात का कोई मतलब ही नहीं रह जाता।'' कहकर अनामिका देवी ने उस काग़ज़ पर सरसरी निगाह डाली।

वही भाषा, जो वे सज्जन आवेगदीप्त कण्ठ से बोल रहे थे।

''देश पाप-पंक में डूबा हुआ है, मनुष्यों में कोई आदर्श नहीं रह गया, विश्वास नहीं, श्रद्धा नहीं, प्रेम नहीं, परोपकारिता नहीं, मनुष्यता का बोध नहीं—सब कुछ गँवाकर आदमी विनाश की ओर जा रहा है। लेकिन जा रहा है, इसलिए क्या जाने देना चाहिए ? रोक नहीं लगानी चाहिए ?''

अनामिका देवी मन-ही-मन हँसीं। सोचा, यदि मेरे एक हस्ताक्षर से तो इतनी 'नहीं' हो जाने वाली क़ीमती चीज़ों को लौटा लाने में मदद मिले, तो वह क्यों न दूँ ?

लेकिन यह 'विश्वास' नाम की वस्तु जो बिलकुल ही चली गयी है, इसमें सन्देह क्या ? नहीं तो तुम लोगों के इन महत् विचारों और महत् बातों में आशा का कोई रस आख़िर क्यों नहीं पा रही हूँ ? ऐसा क्यों लग रहा है कि महज़ दुर्नीतिग्रस्त लोगों को शुभ-बुद्धि का शुभ्र प्रकाश दिखाने का व्रत लेकर ही तुम लोग दोपहर की इस चिलचिलाती धूप में पसीने-पसीने होकर घूम रहे हो, वह क्या सत्य है ? यह शायद तुम्हारे किसी मनसूबा-ग्रन्थ की ख़ूबसूरत जिल्द है !

फिर सोचा, अपना कारोबार तो जिल्दों का ही है। साहित्य पर इतनी जो लम्बी-लम्बी बातें हैं, वह साहित्य भी तो जिल्द के ही ज़ोर पर बिकता है। जिस पुस्तक का गेट-अप जितना ही चटकदार होगा, उसकी उतनी ही ज़्यादा बिक्री।

उन्होंने कलम उठायी और हस्ताक्षर कर दिया।

ख़ुश मन से लौट गये वे लोग।

अनामिका देवी उन लोगों के चले जाने के बाद भी उसी ओर देर तक देखती रहीं। बाद में सोचने लगीं, 'तुम लोग अगर मतलबी नहीं हो, तो अबोध हो। इसीलिए तुम लोग चोर-बाज़ारियों की शुभ-बुद्धि के दरवाज़े पर हाथ फैलाने चले हो।'

ख़ैर, जो भी हो, उन लोगों के चेहरे पर मंशा पूरी होने की ख़ुशी नज़र आयी। उस दिन से वे दिखाई नहीं दिये, वही और एक मानवमंगल व्रती लोग।

इसी काम से उस दिन दुबले-दुबले, काले-काले तीन-चार लड़के और एक लड़की आये थे।

आवेदन-पत्र पर हस्ताक्षर।

और उनका उद्देश्य केवल देश की सँकरी सीमा तक ही सीमित नहीं, विश्व के परिप्रेक्ष्य में था। युद्धोन्माद से भरी हुई दुनिया को शान्ति मन्त्र देने के लिए हस्ताक्षर संग्रह करते रहे थे वे।

अनामिका देवी ने कहा था, "मुझे नहीं लगता है कि इस तरीक़े से सही काम होगा।"

वे क्षुब्ध नहीं हुए, आहत नहीं हुए, फुफकार उठे थे।

कहने लगे, "तो वास्तविक काम कैसे होगा, क्या सोचती हैं आप ?"

अनामिका देवी हँस उठी थीं, "ऐसी अक़्ल ही क्या है अपनी कि झट अपनी राय दे सकूँ ? पर लगता है, उन्माद के आगे शान्ति के आवेदन-पत्र का मूल्य क्या है ?"

उन लोगों ने युक्ति का पल्ला छोड़कर क्रोध की शरण ली। "तो आप युद्ध ही चाहती हैं, शान्ति नहीं चाहतीं ?"

फिर दो-एक वाक्य-विनिमय के बाद ही, ''अच्छा ठीक है। हस्ताक्षर करना न करना आपकी मरज़ी। लेकिन इसी से आप-जैसे साहित्यिकों का मनोभाव समझ में आ जाता है।'' कहकर वे छिटक पड़े थे।

शान्ति के लिए द्वार-द्वार पर प्रार्थना किये चल रहे हैं, किन्तु 'सहिष्णुता' शब्द का हिज्जे भूल गये हैं वे।

उस दिन वे लोग बिगड़कर चले गये थे।

अनामिका देवी ने बेचैनी-सी महसूस की थी।

आज बेचैनी नहीं है। आज ये लोग प्रसन्न होकर लौटे हैं। चैन ख़रीदने का यही उपाय है !

दूसरों की इच्छा-पूर्ति के उपकरण होओ, दूसरों की खुदग़रजी के शिकार बनो, और उनकी ऊपरवाली जिल्द को देखकर ही प्रशंसा से पंचमुख होओ। यह मत समझने दो कि तुमने समझ लिया है, भीतर के पृष्ठों पर क्या है ! बस, राहत है। नहीं तो आफ़त, दुःख की आशंका।

बाहर अभी भी धूप तमतमा रही है। गरमी की दोपहरी काटे भी नहीं कटती। कितने काम बाक़ी पड़े हैं, तक़ाज़े का कितना ऊँचा हो गया है पहाड़, फिर भी इस समय को काम में नहीं लगाया जा पा रहा है। सँझली दी को चिट्ठी लिखें ?

चन्दन नगर में गंगा के किनारे सँझली दी का मकान याद हो आया। अमल बाबू सँझली दी के जीवन में और कोई संचय छोड़ गये हैं या नहीं, पता नहीं किन्तु यह क़बूल किये बिना चारा नहीं कि यही एक संचय वह सँझली दी के लिए रख गये हैं। गंगा के किनारे का वह छोटा-सा मकान।

सँझली दी वहाँ अकेली रहती है।

महज़ अपने को ही लेकर।

दो योग्य लड़के अपनी-अपनी नौकरीवाले स्थान में रहते हैं। उनके ख़ासे बड़े क्वार्टर हैं, काफ़ी बड़े बग़ीचे, ऐश-आराम, स्वच्छन्दता।

किन्तु सँझली दी को वह नहीं जँचता।

सँझली दी को चाहिए और बड़ा आकाश, और अधिक खुलापन। इसलिए गंगा के किनारे का बरामदा उसे चाहिए।

और, तब भी सँझली दी लिखती है, ''यहाँ हवा नहीं है।''

हवा जुगानेवाले तब कौन हैं ?

तीन

बन-ठनकर ख़ुशी से छलकती हुई शम्पा आकर खड़ी हुई, "सिनेमा जा रही हूँ बुआ ! कमाल की एक पिक्चर आयी है लाइट हाउस में। जा रही हूँ, हाँ ? सँवरने में देर हो गयी। तीरथ के कौए की तरह वह अभागा छोरा टिकट लेकर हा किये बैठा होगा। और हज़ार भला-बुरा कह रहा होगा। मैं जा रही हूँ, माँ से कह देना, हाँ ?"

ख़ुशी से उसके उमगते चेहरे को अनामिका देवी ने कभी देखा नहीं है ? रोज़ ही तो देखती हैं। फिर भी क्यों आज हठात् 'बहुत युगों के उस पार से' आकर आषाढ़ ने उन्हें ढँक लिया। उस छाया में हठात् उन्हें शम्पा बकुल-सी लगी !

हवा में बहती-सी उसकी देह से मिलती हुईं हवा-साड़ी की जगह स्वदेशी मिल की मोटी साड़ी का एक हिस्सा देख पायीं मानो।

बकुल की वह साड़ी कुंजीबँधे आँचल की तरह घरेलू ढंग से पहनी हुई, खींच-खींचकर बालों का ताड़-सा जूड़ा बँधा, पैर ख़ाली। बकुल के हाथ में दो किताबें।

लेकिन एकाएक शम्पा बकुल क्यों लग रही है ? उसका चेहरा तो शम्पा के समान उमंग से झूमता हुआ नहीं है !

बकुल भीरु, कुण्ठित और नम्र है।

बकुल में दुस्साहस की भंगिमा कहाँ ?

नहीं है।

फिर भी शम्पा को ओट किये बकुल आ खड़ी हो रही है। और गरदन झुकाये खड़ी उस बकुल को जाने कौन तो डाँट रहे हैं, "ख़बरदार, अब कभी उनके घर मत जाना। हरगिज़ नहीं। इतनी बड़ी लड़की हो गयी, रात-दिन नाटक-उपन्यासों का श्राद्ध कर रही हो, और इतनी बुद्धि नहीं है कि किस बात से निन्दा होती है ?"

बकुल के चेहरे पर दुस्साहस की छाप नहीं, फिर भी वह एक दुस्साहसिक बात बोल उठी। शायद इसीलिए शम्पा से हठात् मिलती-जुलती-सी लग गयी।

बोली, "एकाएक निन्दा क्यों होने लगी ? हमेशा ही तो जाती रही हूँ।"

"हमेशा की तुलना इस समय से मत करो।" टूटे-टूटे-से प्रौढ़ गले ने कहा,

''अब तुम्हारे सिर पर माँ नहीं है। और उनके यहाँ का बड़ा लड़का...''

हाँ, ऐसी एक असभ्य बात अनायास ही बोल गये वह।

बकुल के क्षीण गले से निकला, ''ठीक है, अब नहीं जाया करूँगी, आज केवल ये दो पुस्तकें लौटा आऊँ।''

''कौन-सी पुस्तकें ?''

''ऐसी ही हैं।''

''ऐसी ही मतलब ? नाटक-उपन्यास ?''

बकुल चुप।

''वही तो ! वही नाश की जड़ है। तीन पुश्त की एक ही बीमारी। सुना है, नानी को थी, माँ को तो सोलहों आने थी, अब लड़की को—देखूँ, कैसी किताबें हैं ?''

बकुल के हाथ से किताबें ले लीं, मानो छीन ली हों। खोलकर देखा। उसके बाद व्यंग्य से बोले, ''ओ, कविता ! रवि बाबू ! यों ही कह रहा हूँ मैं कि तीन पुश्त की एक ही बीमारी !...हूँ, ठीक है। मैं दे दूँगा। किसकी हैं ? ज़रूर उस निर्मल की होंगी ?''

बकुल बुत बनी खड़ी रही। जवाब नहीं दे सकी वह।

प्रौढ़ के गले से एक अक्षर का शब्द निकला, ''हूँः।''

उस शब्द के अन्तर्निहित धिक्कार से पत्थर की बकुल आषाढ़ की छाया की आड़ में खो गयी।...उस शून्यता के ऊपर शम्पा की उमंग-भरी मूर्ति चमक-सी उठी।

दमकती शम्पा बोली, ''जा रही हूँ ज़रा मूड देखकर माँ से कह देना।''

अनामिका देवी ने कुछ कठिन स्वर से कहा, ''अरे, तू आप ही कह जा न बाबा, तेरी माँ का मूड-फूड नहीं समझ सकती।''

''तुम नहीं समझ सकतीं ?'' शम्पा हि-हि करके हँस उठी, ''उसी की कमाई खाती हो तुम। दुहाई बुआ ! अभी माँ से कहने जाऊँ तो सिनेमा का बारह बज जाएगा। वह अभागा ख़रीदे टिकट को फाड़कर शायद रेल से कटने को चल दे।''

बुआ को 'टा-टा' की अदा दिखाकर शम्पा हँसती हुई निकल पड़ी।

एकटक उसे ताकती हुई अनामिका देवी ने सहसा सोचा, ग़ज़ब ! वह इसी घर की लड़की है ? कितने युग बाद की लड़की ?

शम्पा जब कभी भी ज़रा दुस्साहसिक अभियान में निकलती है, बुआ को बता जाती है। बुआ से उसका 'माइ-डियर' भाव है।

जभी वह अपने प्रेमी की कहानी बुआ के पास ही जमाती है।

समय के अभाव से अनामिका देवी छटपटा रही हैं शायद, शायद वादे के अनुसार समय पर रचना नहीं दे पाने से तक़ाज़ा पर तक़ाज़ा आ रहा है, ज़रा समय निकालकर काग़ज़-कलम लेकर बैठी हैं कि शम्पा ऊपर आयी और जमकर बैठ

गयी—"तमझी बुआ, 'अभागा' कहा कि बाबू के गुस्से की न पूछो ! कहता क्या है, तो भविष्य में भी तुम इसी तरह से गाली-गलौज करोगी? समझो ज़रा। ये अवतार भी उसी भविष्य का सपना देख रहे हैं ! ज़रा प्रेम-व्रेम भाव देखा और ब्याह की सोचने लगा। ये छोकरे क्यों इतने गँवार होते हैं ! मगर समझीं बुआ, मैंने भी सुना दिया, अभागा नहीं तो क्या ? अभागा नहीं होते तो मेरे सिवा अच्छी-सी 'स्वीट-हर्ट' क्यों नहीं नसीब हुई तुम्हें ? ठीक नहीं कहा बुआ ?"

अनर्गल बक-बक करने लगी।

अनामिका उसे डाँट नहीं सकतीं। कह नहीं सकतीं, तू इतनी वाचालता क्यों करती फिरती है ?

न, नहीं कह सकतीं, बल्कि सच कहें, तो प्रश्रय ही देती हैं।

प्रश्रय शायद अपने ही स्वार्थ से देती हैं। इस लड़की के आस-पास आने से ही मानो अनामिका देवी के पिंजरे से निकल आता है एक क़ैदी पंछी, वह प्रकाश के दरवाज़े पर झाँकता है।

वह जो 'अनामिका देवी' को बिलकुल नकारकर अपनी 'बुआ' के पास आकर खड़ी होती है, वही मानो उनके बदन पर प्यार का हाथ फेर देती है !

चीज़ बड़ी दुर्लभ है।

किन्तु अनामिका में यह चिरौरीपन क्यों ?

उनके लिए क्या नहीं है ?

यश है, ख्याति है, श्रद्धा-सम्मान है, प्यार भी है। बेहिसाब है। किन्तु इन सबका हेतु भी है।

अहेतुक प्रेम ही बड़ी दुर्लभ वस्तु है। और, कुछ भी है, सब तो है अनामिका देवी नामक केंचुल में।

इसीलिए शम्पा की वह वाचालता, उसकी बेपरवाह भंगिमा, लाज-लज्जा की बला से परे उसकी बातचीत, सब सह्य हो जाती है। बल्कि अच्छी ही लगती है। लगता है, शम्पा इसके अलावा और किसी भंगिमा में फबती ही नहीं।

घर के लोग और बहुत कुछ न समझें चाहे, यह समझते हैं।

इसलिए शम्पा की उच्छृंखलता के लिए प्रत्यक्ष और परोक्ष में अनामिका देवी को ही ज़िम्मेदार ठहराते हैं !

"बरगद में नाव बाँधी है..." छोटी भाभी दीवार को ही लक्ष्य कर कहतीं, "डर क्यों हो ? वह अकेले मेरे हाथ में रहती, तो देखते सब कि कैसी ठीक किये देती !" लड़का होने के कई वर्षों के बाद शम्पा का आविर्भाव हुआ था। बड़ी उम्र पर हुई इस लड़की को छोटी भाभी कभी दबाव में नहीं ला सकीं, यह दोष अनामिका के मत्थे ही मढ़ती हैं।

जभी अनामिका बीच-बीच में कहतीं, "अपनी माँ से पूछ न बाबा ? अपनी माँ से कहकर जा न बाबा ?"

शम्पा आँखों को गोल करके कहती, "माँ से ? फिर तो आज बाहर जाने की महानिशा हो गयी। 'क्यों', 'बात क्या है', 'कहाँ', 'किसके साथ ?' आदि-इत्यादि। उफ़, जिरह की न पूछो ! ओह क्या ब्रेन है ! माँ के पिताजी पढ़ा-लिखाकर माँ को यदि वकील बना देते, तो देश का, दस का उपकार होता। और इस शम्पा की भी जान बचती। उन भले आदमी के दिमाग़ में यह बात क्यों नहीं आयी !"

अनामिका उसकी इन बातों की फुलझड़ी पर हँसतीं, किन्तु उनकी उस हँसी की ओट में एक गहरा निःश्वास स्तब्ध रह जाता।

आज की तुम लड़कियाँ नहीं जानतीं, ख़याल भी नहीं करतीं कि उस समय किसी भी भले आदमी के दिमाग़ में यह बात नहीं आती थी। और संयोग से अगर कभी किसी के दिमाग़ में आ भी जाती, तो लोग वैसे में उसे भला आदमी नहीं कहते थे।

इसीलिए वैसे कितने मस्तिष्कों का अपचय हुआ, कितने जीवन का अपव्यय हुआ। आज धरती तुम लोगों के पैरोंतले है, आसमान मुट्ठी में है, तुम लोग अपने जीवन को अपने हाथ में पा रही हो, और उसके पहले उसे गढ़ देते रहे तुम्हारे अभिभावक।

तुम क्या समझोगी कि मिट्टी के जिस लोंदे को गढ़न की बला नहीं, उसका जीवन कैसा है ? और वह टेढ़ा-मेढ़ा लोंदा भी पराये हाथ में !

पराये हाथ के दबाव से विकृत टेढ़े-मेढ़े मिट्टी के लोंदे का जीवन देखा है हम लोगों ने। इसी से सोचती हूँ, तुम लोगों ने कितना पाया ! कितना पा रही हो ! मगर यह बोध कभी आता भी है, तुम्हें ? और आये भी क्यों ? प्राप्य पावना पाने के लिए क्या कृतज्ञता महसूस होती हैं ?

कलेजा भरकर साँस लेने को हवा मिले, तो कोई सोचता है भला कि कौन, कब, कहाँ हवा के अभाव में घुटकर मरा ?

बकुल की छवि एक बार बहुत युगों के उस पार से तिर आयी थी, पर उसकी कॉपी ? वह उन्हें लाख ढूँढ़ने पर भी मिल ही नहीं रही है। खोजने की जगह ही खोजकर नहीं पा रही हैं अनामिका देवी।

ताक-ताककर देखती हैं और लगता है, इन निरे तुच्छ उपादानों में बकुल को कहाँ पाऊँगी ?

भाई-बाप के कठोर शासन से बकुल ने अपने प्रेम को तो लोहे के सन्दूक़ में

बन्द कर दिया, इतना तो देख पायी। लेकिन वह क्या कोई कहने जैसी वस्तु है

किन्तु बकुल की कथा लिखने की कहीं कोई प्रतिबद्धता थी। उस प्रतिबद्धता को क्या अनामिका देवी भूल गयीं ?

भूलीं तो शायद नहीं, फिर भी जीवन में कितने हज़ार पन्ने लिखे गये, कितने हज़ार लोगों की गढ़ी हुई बातें लिखी गयीं, किन्तु एक वही बात दबी रह गयी !

इसके लिए इस समय सोचने का समय नहीं। 'वनवाणी' के सम्पादक फ़ोन पर हताश गले से कह रहे थे, "आपकी पाण्डुलिपि के लिए पत्रिका रुकी पड़ी है। अगले सप्ताह निकलने की बात है, मगर..."

'वनवाणी' के बाद ही 'सीमान्त' की कॉपी, फिर 'अन्तहीन सागर' के प्रूफ़ ! इसी बीच उत्तर बंग साहित्य सम्मेलन।

आठेक दिन बाद सँझली दी की चिट्ठी का जवाब दिया, "बकुल की कॉपी कहीं ढूँढ़े नहीं मिली। लगता है, खो ही दी है मैंने। फिर यह भी लगता है, शायद तेरे ही पास है। ज़रा खोजकर देख न !"

चार

पहले ज़माने में स्त्रियाँ साड़ी में चून देकर पहनती थीं। हलकी महीन 'डोरिया', 'चाँदनी', 'गंगाजली'। सख़्त मरोड़ देकर मोड़ी हुई उस साड़ी को खोलकर बिछा देने से उसकी लहरदार ज़मीन ऐसी लगती थी, जैसी अब गंगा देखने में लग रही है।

ज्वार नहीं, भाटा नहीं—स्थिर गंगा।

हवा के धक्के से सिर्फ़ छोटी-छोटी लहरें। वह लहर चूननवाली गंगाजली साड़ी जैसी इस किनारे उस किनारे आँचल बिछाये थर-थर काँप रही है।

वेला झुक आयी है। अभी गंगा और गंगातट की शोभा की तुलना नहीं—इस शोभा की अन्तिम बूँद तक को पीकर, तब सँझली दी बरामदे से उठेगी। जिसका नाम पारुल है और जिसे इस नाम से पुकारनेवाला यहाँ कोई नहीं।

यही उनकी पूजा है, यही ध्यान और यही है नशा उनका। धूप ढलते ही गंगा के किनारे बरामदे पर आकर बैठना। हाथ में कोई किताब हो शायद, पर वह किताब पढ़ी नहीं जाती। इस समय मानो अपने को लेकर उस गंगा की भाँति ही किसी

अतल में डूब जाती हैं वह।

गोरा रंग, दीप्त चेहरा, कुछ घुँघराले हलके रूखे बालों पर रुपहले बुश का परस। बिलकुल निराभरण हलकी पतली देह पर सफ़ेद मारकीन की साड़ी और ब्लाउज़—उसकी शुभ्रता दूध को भी मात देती है जैसे। बल्कि सफ़ेद फूल से तुलना करने योग्य।

टोले की महिलाएँ कभी-कभी घूमने आ जाती हैं—सधवा, विधवा दोनों ही। निकलने पर वे अवश्य सफ़ेद कपड़ा पहनती हैं, लेकिन यहाँ आने पर उनकी वह शुभ्रता मर्यादा खो बैठती है।

वे अचरज से पूछने से भी बाज़ नहीं आतीं, ''कौन धोबी आपके कपड़े धोता है दीदी ? उफ़्, कितना उजला ! और घर में भी आप जानें कैसे इतना साफ़ रखती हैं। हम तो रसोई में गयीं और कपड़े की दुर्गत।''

इतनी बातों के उत्तर में सिर्फ़ मुसकराकर सँझली दी कहतीं, ''इतना क्या भार है मेरी रसोई का ?''

मितभाषी हैं सँझली दी।

बहुत-सी बातों का जवाब दो-एक पंक्तियों में दे लेती हैं। महिलाएँ ही बहुत कुछ बोलतीं और आख़िर 'अब चलें दीदी, आपका बड़ा समय नष्ट किया' कहकर चली जातीं।

सँझली दी इसका भी 'अरे नहीं' कहकर प्रतिवाद नहीं कर उठतीं। सिर्फ़ वैसी ही हँसी हँसकर कहतीं, ''हुँ, मेरा समय नष्ट ! हरदम ही तो समय है।''

जाती हुई महिलाएँ फिर ठिठक जातीं, कुछ ईर्ष्या और कुछ प्रशंसा से कह उठतीं, ''क्या पता बहन, आप इतना समय कैसे पाती हैं। हम तो इतना-सा समय निकालने में परेशान हो जाती हैं। इह-संसार का लगान चुकता ही नहीं।''

सँझली दी इसके जवाब में कहतीं नहीं कि काम में आप लोगों की नाक में दम क्यों न हो, आप लोगों के कामों की सूची ही तो विराट् है ! नित्य गंगा-स्नान, नित्य जहाँ जितनी मूर्तियाँ हैं, उनका अनुग्रह करना, नित्य भागवत-पाठ-श्रवण। और फिर घर में भी बीसियों ठाकुर-देवता को कोई फूल-चन्दन देंगी, कोई तुलसी की माला लेकर हज़ार जप करेंगी।

रोज़ के इतने 'नित्य नैवेद्य' जुटाने के बाद ही तो आप सब अनित्य इह-संसार का लगान चुकाने बैठेंगी ? तिस पर जानबूझकर काम बढ़ा लेने की आदत ! भरे हुए घड़े को फिर से भरना, मँजी-मँजाई कलसी को फिर से माँजना, फींचे हुए कपड़े को अनफींचा समझकर फिर से फींचना; इसके अलावा भी—छोटी बात को बड़ी बनाकर अवकाश का गला घोंटना। मुट्ठी-भर कंकड़ीला चावल, मुट्ठी-भर कोयले की बुकनी—यह सब आप लोगों के लिए समय से ज़्यादा क़ीमती है !

सँझली दी यह सब नहीं कहतीं।

हँसकर इतना ही कहतीं, ''आप लोगों की घर-गिरस्ती और मेरी ! मेरी गिरस्ती भी क्या !''

अग्नी और अपने जीवन-निर्वाह सम्बन्धी बातों से सँझली दी को बड़ी झिझक है। कोई यदि पूछ बैठे, 'क्या रसोई हुई आज ?' तो जवाब देने में सँझली दी शर्म से गड़ जातीं मानो। रसोई का प्रकार बताने में ही तो मुसीबत। उनकी थाली में एक से ज़्यादा प्रकार का होना दैवीय घटना ही है। किसी छुट्टी-वुट्टी में यदि लड़के आ जाते हैं, तो...

लड़के बाहर रहते हैं। छुट्टी होते ही कलकत्ता उन्हें खींचता है। छुट्टी हुई कि पत्नी और बच्चे को लेकर रेलगाड़ी पर बैठ गये, 'चलो कलकत्ता।' हाँ, यह इसलिए सम्भव हुआ है कि दोनों ही लड़कों की ससुराल कलकत्ते में है। नहीं तो शायद यह कहना पड़ता, 'चलो मध्यप्रदेश', 'चलो उत्तर बंग'।

पति की छुट्टी में बहुओं का गन्तव्य मैके के सिवाय और कहाँ होगा ? अनादिकाल से तो यही होता आ रहा है, माँ दुर्गा ही तो इसका प्रमाण हैं। शाख से छूटे फूल के मन की बात किसी को नहीं मालूम, परन्तु वृन्तच्युत नारी-समाज की मर्मकथा उनकी पितृगृहप्रीति से पकड़ में आती है।

प्रीति तो रहेगी ही।

स्मृति की महक बन जहाँ शैशव के स्वर्णिम दिन बिखरे पड़े हैं, कैशोर्य के रंगीन दिन जहाँ निखरे, आशा-आनन्द से डोला किये, वहाँ के लिए मन नहीं ललकेगा ? जहाँ जाकर खड़े होते ही एकान्त प्रियजनों का मुखड़ा—वहाँ का आकर्षण दुर्वार नहीं होगा भला ?

होता है।

इसलिए पति की छुट्टी में पत्नी कहती है, ''छुट्टी में कश्मीर घूमने की कह रहे हो ? परन्तु माँ बहुत दिनों से कह रही हैं...''

अतएव बेटे बोरिया-बिस्तर बाँधकर पत्नी-पुत्रों सहित शिवजी की तरह गिरिराज के ही यहाँ जा पहुँचते हैं। ससुर का घर छोटा है, कमरे कम हैं, या कि दूसरी असुविधाएँ हैं—इन बातों की विशेष चिन्ता नहीं करते। महीने-भर की छुट्टी में सिर्फ़ तीन दिन काटकर अपनी माँ के यहाँ भी हो आते हैं।

यह अवश्य अनामिका देवी की सँझली दी के ही यहाँ नहीं, घर-घर ही होता है। स्त्रियाँ बहुत कुछ समझती हैं, समझती केवल यह नहीं हैं कि पति के भी 'हृदय' नाम की एक वस्तु है।

प्रवास में जाने पर पुरुष बेचारों को भी बालपन और शैशव की स्मृतियों से भरे अपने घर के लिए मन में थोड़ी-सी लेकिन एक गहरी जगह होती है, स्त्रियाँ यह नहीं समझना चाहतीं। पुरुषों का यह, 'जी कैसा करना' क्या ? इसलिए निकाले हुए तीन दिन के समय में कहीं दो दिन और जुड़ जाएँ, तो पत्नी तुनककर कह बैठती है, "तुम तो छुट्टी का सारा समय वहीं बिता आये !"

बहुतेरे कार्यक्रम रहते हैं उनके, घनी बुनावट-जैसे। उस बुनाई में से एकाध धागा खींच लेने से भी ख़ालीपन झलक आता है।

सँझली दी की दोनों बहुएँ दो तरह की हैं, पर छुट्टी में मैके जाने के मामले में दोनों हूबहू एक। फिर भी बड़ी बहू तो कभी-कभार चन्दन नगर आ भी जाती है, छोटी कभी नहीं।

वे आ जाते हैं, तो सँझली दी की गिरस्ती उन दो-तीन दिनों के लिए गिरस्ती का रूप ले लेती है।

इसके अतिरिक्त पूरा वर्ष एक अनन्त स्तब्धता।

मुहल्ले की महिलाएँ अपवाद स्वरूप ही आती हैं, क्योंकि 'मोहन की माँ' से उनका सुर नहीं मिलता। जो आती भी हैं, कौतूहल से ही। निहायत ही कुछ ख़बर जान जाने को, नहीं तो सँझली दी तो वास्तव में ज़ात से अलग हैं।

गंगा की छाती पर वास करने के बावजूद मोहन की माँ रोज़ की बात तो दूर रही, योग-याग में भी गंगा-स्नान नहीं करतीं। हिन्दू-विधवाओं के बहुविध आचारों का ही पालन नहीं करती हैं वह। यहाँ तक कि जानतीं भी नहीं। भगवान के शयन के बाद विधवाओं को परवल और कलमी साग नहीं खाना चाहिए, यह भी नहीं जानती थीं वह। तारक की माँ ने जब बताया तो हँसकर उन्होंने कहा, "अच्छा ? लेकिन भगवान के शयन से इस परवल और कलमी साग का कौन-सा नाता है ?"

तारक की माँ गाल पर हाथ दे बैठी थीं, "हाय राम ! मैं पूछती हूँ मोहन की माँ, तुम किस विलायत में पली-बढ़ी थीं। भगवान कलमी साग के बिछौने पर परवल का तकिया बनाकर सोते हैं, तुम्हें यह भी नहीं मालूम ? उस दिन अम्बवाची के दिन की बात से तो हम दंग रह गयीं। दत्त-दीदी, फूल कुमारी और मैं—हँसते-हँसते बेदम ! अम्बवाची में विधवा को आग का स्पर्श नहीं करना चाहिए, यह सुनकर तुम आसमान से गिर पड़ीं ! ...सो जो कहो बहन, तुम्हारे आँख-कान बड़े बँधे हैं। मानती हूँ, घर में सास-ननद नहीं हैं, पास-पड़ोस में भी तो देखता है आदमी ?"

सँझली दी के बड़े लड़के का नाम है मोहन !

इसीलिए महिलाओं में वह 'मोहन की माँ' के नाम से परिचित हैं।

सँझली दी के पति अमल बाबू की नौकरी बदलीवाली थी। जीवन के काफ़ी दिन सँझली दी के बाहर ही बाहर बीते, अन्तिम दिनों में अमल बाबू ने पुराने मकान

का संस्कार करके गंगा के किनारे की तरफ़ का यह बरामदा बनवा दिया था। कहा था, ''यह बरामदा तुम्हारे लिए है। तुम कवि हो !'' पति सँझली दी को प्यार तो करते थे, ख़ूब ही करते थे, किन्तु वह प्यार उनके अपने ढंग का था। ख़ैर, वह बात छोड़िए। दुनिया में कितने तो लोग हैं, कौन किसके साँचे में ढला है !

कोई नहीं।

फिर भी जो बुद्धिमान होते हैं, वे सुविधा और शान्ति का मुँह देखकर अपने नुकीले कोणों को घिसकर भोथरा करके औरों से मेल मिला लेते हैं। रोज़ के संघर्ष की नौबत से बचते हैं।

वे जानते हैं, घर-गिरस्ती करनी हो तो वे धारवाली नोकें तो रहेंगी नहीं, घिस ही जाएँगी। किन्तु घिसेंगी रोज़ के संघर्षों की पीड़ा देनेवाली अभिज्ञता से। उससे अच्छा है, उन्हें ख़ुद ही घिस लें।

और, जो बुद्धिमान नहीं हैं तथा संघर्ष से डरते हैं, वे एक ओर को खिसक जाते हैं, अपने में ही सिमटे रहते हैं। वे अगर कभी कहीं अपने-जैसा कोई मन पाते हैं, तभी अपने को वहाँ खोलते हैं।

सँझली दी बुद्धिमान नहीं हैं !

वह इन्हीं के दल में हैं।

इसीलिए वह तारक की माँ, फूलकुमारी से यह तर्क नहीं करतीं कि ''आप लोगों के भगवान को गोलोक वैकुण्ठ में दूसरा कोई बिछौना नहीं जुटा ? माँ-लक्ष्मी का भण्डार ख़ाली है ? इसलिए उन भलेमानस को कलमी साग-परवल का सहारा लेना पड़ा ?'' ...यह तर्क भी नहीं करतीं, ''घर में यदि अकेली विधवा माँ और लड़के ही हों, तो आग का यह निषेध मानकर वह लड़कों को भूखे रखेगी ? बना-पकाकर उन्हें देगी नहीं ?'' ये बातें सँझली दी के मन में तो आयी थीं।

शायद वह इन तर्कों को शक्ति का अपव्यय मानती हैं, या वह उन महिलाओं की समालोचना को वैसा महत्त्व नहीं देतीं। शायद वह उन्हें वैसा समझतीं ही नहीं।

बाहर से सँझली दी जितना ही निश्छल दीखें, भीतर से वह बदस्तूर अभिमानी हैं।

इसीलिए लड़कों के जाने के समय वह कभी अपनी पलकें गीली नहीं करतीं, 'जल्दी आना फिर' कहकर सजल विनती नहीं करतीं।

हँसते-बोलते ही उन्हें विदा करती हैं।

पोते-पोतियों को देखने की उन्हें ख़ूब इच्छा होती है, उनके आने से इनका मन भर जाता है, यह बात सँझली दी के मोहन-शोभन नहीं जानते। इसलिए माँ के पास उन्हें लाने की उन्हें चिन्ता ही नहीं रहती।

शोभन की लड़की देखने में बड़ी सुन्दर हुई है, इसीलिए सिर्फ़ एक बार दिखाने

के लिए ले आया था। मोहन के छोटे बच्चे को चेचक हुआ था, मात्र इसी कारण से बड़े को कुछ दिनों के लिए माँ के पास रख गया था। बच्चों की नानी परिवार सहित उस समय तीरथ गयी थीं।

मोहन आसनसोल में रहता है, ख़ास दूर भी तो नहीं।

शोभन काफ़ी दूर है।

शोभन की दूरी क्रमशः बढ़ती ही जा रही है। मील के हिसाब से अब उस दूरी को नहीं नापा जा सकता।

किन्तु पहले शोभन ही माँ के बहुत निकट था। वही पहले अच्छा और बड़ा क्वार्टर मिलने पर माँ को अपने पास ले गया था।...कहता था, "वहाँ तुम्हारा अकेले रहना नहीं चलेगा।"

मगर शोभन की यह गँवारू भावुकता शोभन की बीवी क्यों बरदाश्त करे ? पति के इस लाड़पने से ताल मिलाकर चले तो उसकी अपनी ताल बेताल नहीं हो जाएगी ? छन्द-भंग नहीं होगा ?

तसवीर-से सजे-गुजे उसके इस घर में सास एक अनोखे छन्द-पतन के सिव और क्या है ?...दो-चार दिन के लिए आकर रहिए, आदर करूँगी, जतन करूँगी, यह दिखा दूँगी कि व्यवहार किसे कहते हैं। पर, जड़ गाड़ना हो ?

पीपल के पौधे को छोटेपन में ही उखाड़ डालना चाहिए।

दुलारी बिलैया को पहली ही रात में काटना चाहिए।

शोभन की स्त्री यह जानती थी।

और अपनी जानी हुई विद्या के प्रयोग में उसने देरी नहीं की।

हो सकता है, कुछ देरी करती, शायद एक बार शोभनता-अशोभनता का मुँह निहारती, बशर्ते कि सास साधारण विधवा बूढ़ी-जैसी भण्डार-घर से पूजाघर तक ही सीमित रहती। योग्य बेटे की बहू के साथ जैसा व्यवहार करना चाहिए, वैसा करती, यदि घोड़े को तड़पाकर घास खिलाने की पद्धति के समान बहू को तड़पाकर बेटे से गप्प नहीं करने बैठ जाती।

लेकिन शोभन की निर्बोध माँ 'साहब' बेटे को 'साहब' न देखकर बेटे की नज़र से देखने गयीं। शोभन की माँ ने भण्डार और पूजा-घर की छाँह नहीं छूकर ड्राइंगरूम के सोफ़े पर बैठकर अख़बार पढ़ना शुरू किया, पशम बुनने लगीं।

बुना अवश्य शोभन के लिए ही, लेकिन वह चीज़ चाहता कौन है ? बहू क्या बुनना नहीं जानती ? वह अपनी कारीगरी जताएगी नहीं ?

सँझली दी ने इसलिए बेटे से कहा, "कहने से तू मुझे डाँटेगा शोभन, पर गंगा किनारे

के उस बरामदे के लिए मेरा मन कितना-कैसा कर रहा है। बेटे, तू मुझे वहाँ पहुँचा दे। तुझे छुट्टी न हो तो तेरा चपरासी-वपरासी कोई...''

शोभन अन्दर ही अन्दर कुछ भाँप रहा था, शायद एक अदृश्य उत्ताप में ही चल रहा था, परन्तु अकस्मात् इतने के लिए तैयार नहीं था। माँ की शक्ति पर उसे आस्था थी।

इसलिए शोभन को मान-सा हुआ।

शोभन को शायद अपनी माँ की प्रकृति ही अधिक मिली है। इसलिए वह 'हाँ-हाँ' नहीं कर उठा। वह केवल इतना ही बोला, ''आज ही जाना चाहती हो ?''

''अजीब है ! आज ही क्यों, कल-परसों, तेरी सुविधा के अनुसार...''

''रहना बिलकुल असम्भव हो गया ?''

हलके गले से शोभन की माँ ने हँसकर कहा, ''ना, देख रही हूँ तू बहुत नाराज़ हुआ जा रहा है। किन्तु सच, कई दिन से मन केवल गंगा-गंगा ही रट रहा है।''

शोभन ने कहा, ''ठीक है।'' यानी सबसे ज़्यादा बेठीक के समय लोग जो कहते हैं। 'ठीक है' यानी 'ठीक नहीं है।'

ऐसे समय शोभन को माँ क्या निष्ठुर नहीं लगी होगी ? उसने क्या यह नहीं सोचा होगा कि माँ ने मेरे मन को नहीं देखा ? माँ का मान ही बड़ा हुआ ! मैं जानता हूँ, रेखा वैसी नम्र नहीं है, किन्तु किया क्या जाए ? सभी क्या समान होते हैं ? आख़िर मैं क्या उसके साथ नहीं निभा रहा हूँ ?

शोभन की माँ बेटे के चेहरे की इन लकीरों की भाषा शायद ही पढ़ सकीं, फिर भी वह यह नहीं कहने गयी, ''बेटे, तू जितना देख पाता है, उतना ही सब नहीं है।''

सारे अपराधों का बोझ अपने माथे पर ले शोभन की माँ बेटे के यहाँ से लौट आयी। यह लौट आना क्या अपराध हुआ पारुल का ? अनामिका देवी की सँझली दी का ? मोहन-शोभन की माँ का ?

अपराध ही तो।

बेटा-बहू की एकान्त-भक्ति के नैवेद्य को पाँवों से ठेलकर मामूली-से मान-अभिमान से यों गटगटाकर चला आना अपराध नहीं ?

आस-पास के क्वार्टर की रहनेवाली पड़ोसिनें यों हठात् चले जाने पर अवाक् हुईं और पूछने पर और भी अवाक् हुईं।

बहू एक दिन सास के रात्रि-भोजन के लिए रबड़ी बनाकर रखना भूलकर घूमने चली गयी, इसलिए बेटे का घर छोड़कर चली जाएगी ? छिः !

किसी-किसी ने कहा, ''लेकिन देखने से तो ऐसी नहीं लगती थीं।'' मुख पर एक अपूर्व व्यंजना का भाव लाते हुए रेखा ने कहा, ''बाहर से जो जितना दिखता

है, सब सत्य ही नहीं होता।''

अचरज !

''अचरज कुछ भी नहीं ! बड़े बेटे के यहाँ भी तो ठीक यही किया था।''

जो पारुल को चाहती थीं, उनका मन ज़रा खिन्न हुआ। जो बान्धवी की सास या बन्धु की माँ को अपनत्व जताने-जैसे हास्यास्पद व्यापार के लिए मग़ज़-पच्ची नहीं करते, उन्होंने यों ही थोड़ी निन्दा की।

उसके बाद शोभन के घर-संसार में उसकी माँ के अस्तित्व की कोई स्मृति नहीं रही। शोभन के लिए वह अधबुना स्वेटर दिनों तक ट्रंक पर पड़ा-पड़ा जाने कहाँ ग़ायब हो गया।

शोभन के दामी क्वार्टर का सुन्दर लॉन गंजी-ट्राउज़र पहने साहबों और कमर में आँचल कसी मेमसाहबों के टेनिस-कल्लोल से मुखरित होता रहा, शोभन की डाइनिंग टेबल प्रायः ही निमन्त्रित अतिथियों की अभ्यर्थना के आयोजन से मह-मह होती रही, शोभन का घर जब-तब रेखा की उमड़ती हुई हँसी से मुखरित होता रहा।

फिर शोभन अपने भीतर की एक उदास शून्यता को पालकर दुःखी क्यों ? हृदय-भारावनत जननी और अभिमान-उत्तप्त स्त्री—इन दोनों के बीच अपराधी की भूमिका लेकर पड़े रहने में सुख ही कहाँ ? एक को तो जीवन से उतार फेंकना ही होगा।

पाँच

लौटते समय पारुल रेलगाड़ी की खिड़की पर मुँह रखकर बाहर के गहरे अँधेरे की ओर ताकते हुए कुछ देर तक सोचती रही थी। उसका ख़याल था युग का नियम बहुत कुछ सीढ़ी के नियम-सा ही है। वह एक-एक धाप परिवर्तित होता चलता है।...तो क्या मेरी अन्यमनस्कता के कारण एक युग अपना काम करके चला गया, मैंने ख़याल नहीं किया ?

नहीं तो वह युग कहाँ गया ?

मेरा युग?

मैंने अपनी माँ को देखा है, देखा है ताई-चाची-फूफियों को; देखा है अपनी सास,

चचेरी-सासों को। ऊपरवालों के जाँते के नीचे पिसकर वे सब जीवन केवल अपचय का हिसाब छोड़कर चले गये...हम भी अपने वधू-जीवन में उसी क्रम को खींचकर चली आयी हैं और सोचती आयी हैं; हमारा 'कल' आना शायद अभी बाक़ी है। उस पगध्वनि की आशा में कान लगाये बैठी हुई देख रही हैं, हम सब तो बेकार के घर में जगह पा चुकी हैं।

तो वह 'कल' गया कहाँ ?

जिसके लिए हमें आशा थी, तपस्या की थी, एक सपना था।

अभी जिनका 'कल' है, वे बिलकुल नये हैं, एकबारगी अपरिचित। उनके पास जाकर पूछा नहीं जा सकता, "क्यों जी, वह 'कल' किस सुराख से निकल गया ? देख तो नहीं पा रही हैं ?" हमारी तपस्या फिर तो बेकार ही गयी।

"हम स्त्रियों ने लड़ाई लड़ी थी..."

पारुल ने मन-ही-मन उच्चारण किया था, "अन्याय के विरुद्ध, उत्पीड़न के विरुद्ध, बेकार शासन के विरुद्ध, पराधीनता के विरुद्ध—मैंने, मेरी पूर्ववर्तिनियों ने।"

तो उस लड़ाई में जीत हुई हमारी।

सारी शक्तियाँ स्त्रियों के हाथों आ गयीं। सब अधिकार।

...केवल प्रकृति की असावधानी से अपना हिस्सा हमने नहीं पाया। हमारा युग कब स्खलित होकर गिर पड़ा ?

तो अब क्या करें ?

प्रत्याशा के पात्र को क्यों ढोते फिरें ?

खिड़की बन्द करके पारुल एक किताब खोलकर बैठ गयी, उसके होठों पर एक महीन रूखी हँसी फूट उठी थी। सोचा, इस युग के नाटक में तब अपनी भूमिका क्या है ? कटे हुए सैनिकों की ? मंच पर आने से पहले ही जिन्हें मरकर पड़े रह जाना होता है ?

किन्तु यह सब तो बहुत पहले की बातें हैं। उस समय तो शोभन की खिलौने-सी वह लड़की पैदा नहीं हुई थी। उस बार शोभन उमंग-भरा दिखाई दिया। उस बच्ची की अलौकिक बुद्धिमत्ता के परिचय में कितना बकबक कर गया।

उस बच्ची को देखकर सचमुच ही पारुल का जी जुड़ा गया था। लगा, ऐसी एक अनिन्द्य सुन्दर वस्तु का अधिकारी हो सकना कितना बड़ा सौभाग्य है !

किन्तु कहाँ, जाते समय यह तो नहीं कहा, "फिर ले आना रे !" चले जाने के बाद इतने दिनों में पत्र में तो यह आग्रह नहीं किया, "फिर उसे देखने की बड़ी इच्छा होती है रे !"

शोभन अपनी इच्छा से बच्ची की नयी अवस्था और उम्र की तसवीरें भेजता है, उसी से पारुल ने जाना, बच्ची अब यूनिफ़ार्म पहनकर स्कूल जाने लगी है।

स्वस्थ रहे, सुखी रहे। माँ के लिए शोभन ने प्यार तो रखा है कम-से-कम।

पारुल उनकी कृतज्ञ है।

पारुल अपने परलोकवासी पति के प्रति भी कृतज्ञ है—इस बरामदे के लिए।

यहाँ—

ढलते सूरज की किरणें उसके मुँह पर पड़ रही थीं। आकाश की ओर ताकते हुए वह सोच रही थी कि कवि ने किस ग़ज़ब की तुलना दी है !

'वह जहाँ सन्ध्या के तट पर जलती चिता दिवस की !'

दिवस की चिता ! कितना मौलिक !

पहले क्या किसी ने इस 'चिता' को देखा था ?

बहुत दिन पहले की पढ़ी—कण्ठस्थ की हुई यही कविता एक नया अर्थ लेकर आ खड़ी हुई है। पारुल उस अर्थ को जैसे कहीं मिला रही थी कि ठीक उसी समय अनामिका देवी की चिट्ठी आयी।

"बकुल की कॉपी मुझे ढूँढ़े नहीं मिल रही है, तू ज़रा खोजकर देखना।"

बकुल की सँझली दी को कुछ खोजकर देखना नहीं पड़ता।

सँझली दी के सन्दूक़ में सब रखा रहता है। कौन जाने सँझली दी का सन्दूक़ कितना बड़ा है ! हाथ में चिट्ठी दबाये सँझली दी ने मन-ही-मन कहा, "मेरे पास है, पर पूरी नहीं, बहुत है। किन्तु उसे निकालकर मैं करूँगी क्या ?"

सँझली दी लिख नहीं सकतीं ?

कविता लिख सकती हैं, गद्य नहीं।

इसलिए मन-ही-मन बोलीं, "खोजने पर मिले तो मैं क्या करूँगी ?"

फिर बोलीं, "बकुल ने कहा था, अपनी बात पहले नहीं कहनी चाहिए। पहले पितामही, प्रपितामही का ऋण चुकाना चाहिए।...वह ऋण फिर चुका क्यों नहीं रही है बकुल ? या कि कभी किया है, मेरी असावधानी से वह भी मुझे नज़र नहीं आया।"

छः

उत्तर बंग साहित्य सम्मेलन का आयोजन बुरी तरह से असफल रहा। त्रिदिवसीय अधिवेशन के पहले ही दिन सभा के बीच ही में अध्यक्ष के भाषण पर ज़ोरों का शोरगुल हुआ और सभा भंग हो गयी।

उसी दिन के लिए ही भंग नहीं हुई, अगले दो दिन की आशा भी जाती रही। यों परिस्थिति शोचनीय तो थी ही, आशंकाजनक भी थी। इतनी ही देर में मण्डप की साज-सज्जा चूर-चूर होकर ऐसी हो गयी कि उसी से सम्मेलन का भविष्य स्पष्ट झलकने लगा।

जब वह भयंकर हो-हल्ला शान्त हुआ, तो देखा गया, सभा का फूलदान टूट गया है, मंगलघट फूट गया है, वरेण्य मनीषियों की तसवीरें टूट गयीं हैं, काँच के ग्लास फूटे पड़े हैं। अध्यक्ष, प्रधान अतिथि, उद्घाटनकर्ता के लिए सेक्रेटरी के यहाँ से लायी गयी मेज़-कुरसियाँ टूट गयी हैं, स्वागत समिति के अध्यक्ष की एक हड्डी टूट गयी है।

पण्डाल के बाँस जले, जल गया डेकोरेटर का परदा-शामियाना। एक स्थानीय तरुण कलाकार द्वारा बड़े जतन से तैयार की गयी मण्डप की रूपसज्जा मिट्टी में मिला दी गयी और परोक्ष में टूटीं सम्मेलन बुलानेवालों की खोपड़ियाँ। इस सम्मेलन को सफलतापूर्वक सम्पन्न कराने के लिए उन लोगों ने अर्थ और श्रम कम ख़र्च नहीं किया था।

आयोजन में कोई त्रुटि नहीं थी।

विशिष्ट अतिथियों का समय और श्रम बचाने के लिए कलकत्ते से उन्हें लिवा लाने के लिए हवाई जहाज़ की व्यवस्था की गयी थी। हवाई जहाज़ से उतरते ही हुलू ध्वनि और शंख फूँकने का बन्दोबस्त कर रखा था। माला-चन्दन, तिलक से भूषित करके सम्मानसहित गाड़ी से उन्हें उनके अतिथि निवास तक ले गये थे।

इन्हें श्रम नहीं होते हुए भी श्रम अपनोदन की बड़ी व्यवस्था थी और थी कृतकृत्य होने की भंगिमा।

बांग्ला साहित्य के बड़े-बड़े दिग्गज अपना अमूल्य समय देकर उत्तर बंगाल के

इस साहित्य सम्मेलन को गौरवान्वित करने आये थे, इसके लिए उनकी कृतज्ञता का अन्त नहीं था।

माला के मनका मुख्य अतिथि ही थे, संगगुण से बाक़ी लोगों ने भी प्राप्य के अतिरिक्त ही पाया। कम-से-कम अनामिका देवी ने यही सोचा, यह नैवेद्य अमलेन्दु घटक के लिए है। हम 'सर्वदेवता' में से एक हैं।

सत्संग से स्वर्गवास, यह तो शास्त्र का वचन है।

स्वयं अनामिका देवी यह सोचें, पर लोग अमलेन्दु घटक से उनकी कुछ कम प्रशंसा नहीं कर रहे थे। ख़ास करके महिला पाठिका-समाज। अनामिका देवी की रचना से वे अभिभूत हैं, विगलित हैं। वह स्त्रियों के हृदय की बात को समझकर लिखती हैं ! स्त्रियों का सुख-दुःख, व्यथा-वेदना, आशा-हताशा, व्यर्थता-सार्थकता उनकी लेखनी से जैसी फूटती है, वैसी शायद ही किसी और की लेखनी से।

उच्छ्वास के फेन को हटाकर भी, इसका कुछ सत्य है, यह बात कलकत्ते से बहुत दूर गाँव की सभा में आकर अनामिका देवी अनुभव कर रही हैं। जिन्होंने दूर रहते हुए भी उनकी रचना से उन्हें पहचाना है, उन्हें प्यार किया है, वैसे लोगों के प्यार को बड़ा मूल्य देती हैं वह।

कलकत्ते में रहती हैं, वहाँ भी असंख्य पाठिकाएँ हैं, पर कौन उन्हें देखने आती हैं ? पर यहाँ ये एक बार मात्र उन्हें अपनी आँखों से देखने के लिए ही पागल हैं।

आग्रह-उत्सुकता-भरे इन चेहरों में ही अनामिका देवी अपनी जीवनव्यापी साधना की सार्थकता देखती हैं। मन-ही-मन कहती हैं, "हाँ, मैं तुम लोगों की ही हूँ। तुम लोगों के निभृत अन्तर की बातों को बिखेरने के लिए ही मैंने कलम पकड़ी है। मैं देख जो पाती हूँ, इस भयंकर प्रगति की हवा में भी जगह-जगह बन्दी है उस चिरकाल की दुर्गति की रुँधी हुई साँस। देख पाती हूँ मैं, लाखों-लाख स्त्रियाँ आज भी वायु-प्रकाशविहीन अवरोध में रह रही हैं। इनके बाहर का परदा शायद जाता रहा है, पर भीतर की शृंखला अभी भी अटूट है।"

कलकत्ते से बाहर आने का मौक़ा मिलने से खुश होती हैं अनामिका देवी।

किन्तु इस बार परिस्थिति और ही हो गयी।

सभा में आकर बैठने तक तो परिवेश सुन्दर और सौष्ठवयुक्त ही था। हवाई अड्डे से अलग-अलग गाड़ी में उद्घाटनकर्ता, मुख्य अतिथि तथा सभानेत्री को अलग-अलग निवास पर ससम्मान ले जाया गया था। सभानेत्री को स्वागत समिति के अध्यक्ष के यहाँ, उद्घाटनकर्ता को एक विशिष्ट स्कूल में और मुख्य अतिथि को सचिव के यहाँ।

स्वागत-सत्कार की सुविधा के लिए ही यह अलग-अलग ठहराने की व्यवस्था थी। दिन-भर जतन के समुद्र में ही ऊब-डूब करती रहीं अनामिका देवी। घर की

एक बहू कलकत्ते की लड़की थी, वह इतनी अधिक विगलित होकर उनके पास-पास घूम रही थी, मानो उसके मैके का संवाद लेकर आयी हैं अनामिका देवी।

इसके पहले वह उत्तर बंग नहीं आयी थीं। अच्छा ही लग रहा था। अधिवेशन समाप्त होने पर अतिथियों को दर्शनीय स्थान दिखाने की भी व्यवस्था थी।

मतलब कि कलकत्ता से आने के समय क्लान्ति और अवसाद-जैसी जो एक अनिच्छा घर कर रही थी, यहाँ आकर खड़े होते ही वह सहसा अन्तर्हित हो गयी और सब रुचने लगा। और एक बात बार-बार मन में आ रही थी, कितना आग्रह और उत्साह रहने पर भी इस तरह से 'हरिद्वार-गंगासागर' को एक करके ऐसा सम्मेलन कर सकना सम्भव होता है !

वही आयोजन एक भयंकर निष्ठुरता से नष्ट हो गया।

किसकी निष्ठुरता ?

मनुष्य की ?

या भाग्य की ?

गड़बड़ी शुरू होने की शुरुआत में स्वागत-समिति के अध्यक्ष स्वयं तथा सचिव बारी-बारी से माइक के सामने आकर अमायिक कण्ठ से हाथ जोड़कर प्रार्थना करते रहे, "आप लोग कृपया शान्त हों। आप लोगों को जो कहना है, वह कहने का मौक़ा दिया जाएगा। कोई प्रतिनिधि मंच पर आ जाए।"

उनकी प्रार्थना बेकार हुई।

बाँध एक बार टूट जाए तो उद्दाम जनस्रोत को कौन रोक सकता है ?

मुख्य अतिथि के भाषण के सुर से उत्तेजित हो जिन लोगों ने सभा में ढेला फेंका और चिल्ला उठे, "बन्द करो, बन्द करो, यह बात नहीं चलेगी" उनके अलावा भी तो बहुतेरे लोग थे, जिन्हें न तो वक्तव्य है, न प्रतिवाद, है मात्र तमाशा देखने का उन्माद, उल्लास !

तोड़-फोड़ और आग लगाने का भार उन्हीं लोगों ने लिया था।

शायद सदा यही करते हैं।

यह भार यही लोग लेते हैं।

सादी पोशाकवाले पुलिस के सिपाही की तरह तमाम यही करते रहते हैं शान्त चेहरा लिये। 'ज़रूरत' नहीं पड़ने पर भले आदमी की तरह रवीन्द्र-संगीत का रस लेते हैं या यन्त्रसंगीत पर ताल देते हैं। यदि बहुत हुआ तो, किसी गायिका का गीत अच्छा लगने पर भीड़ में से 'एक और दीदी' कहते हुए उठकर झट बैठ जाते हैं। बस।

परन्तु 'ज़रूरत' पड़ने पर ?

बाँध टूटने पर ?

पल में उनका कर्तव्य-बोध सजग हो उठता है। उस टूटे बाँध को और भी तोड़कर वे बाढ़ के पानी को घर के आँगन में ले आते हैं। स्टेशन के क़ुलियों-जैसा आप ही हो-हल्ला मचाकर धक्कम-धुक्की करके कुरसी, टेबल तोड़ने को, पण्डाल में आग लगाने को दौड़ पड़ते हैं।

वह रास्ता केवल शुरुआत का।

उतना शायद किसी अति प्रगतिवादी दुस्साहसिक दल ने किया था। उसके बाद जो होना था वही हुआ।

माइक पर की घोषणा, हाथ जोड़कर विनती। किसी का कोई नतीजा नहीं निकला। लगातार ढेले चलते रहे।

लाचार आयोजकों ने अपने मान्य अतिथियों के साथ भागकर जान बचायी। सचिव का घर सभास्थल के पास ही था, जहाँ इन तीन विशिष्ट एवं कई 'अविशिष्ट' लोगों ने जाकर आश्रय लिया। उन लोगों ने वहीं से सभास्थल पर हो रहा हो-हल्ला सुना।

जो लोग बड़े आग्रह से, बड़ी-बड़ी तैयारियों के साथ दूर-दूर से इस सम्मेलन में भाग लेने के लिए आये थे, वे, जिनसे जिधर बन पड़ा, भाग खड़े हुए—शिशु, बूढ़े, महिलाएँ, जिसके जिधर सींग समाये, भागे।

क्योंकि कुछ ही देर में तोड़-फोड़ का काम ख़तम करके आग लगाने का काम शुरू कर दिया था उन लोगों ने।

मामला बढ़ता देख माइकवाले माइक के तार-वार समेटकर भागने लगे। उन्हीं के हाथों में से एक माइक छीनकर किसी 'कर्तव्यनिष्ठ' ने ज़ोर-ज़ोर से गाना शुरू कर दिया—''जीर्ण प्राण के जंजालों को आग लगाकर फूँको, फूँको...''

वह गीत यहाँ से सुनाई पड़ रहा था।

अमलेन्दु घटक ने क्षुब्ध हँसी हँसकर कहा, ''रवीन्द्रनाथ सबके हैं, इस बात का सबूत मिल रहा है।...वह सबके लिए गीत लिख गये हैं।''

मंच से हड़बड़ाकर उतरते समय धोती की कोर में पाँव फँस जाने से ठोकर के झटके से उनका चश्मा कहीं गिर गया था, इसलिए उनकी आँखें अजीब असहाय-असहाय-सी लग रही थीं।

उद्‌घाटनकर्ता ने कहा, ''मुझे यह पूरा का पूरा पॉलिटिक्स लग रहा है।'' सचिव के कान और प्राण, दोनों उस हो-हल्ला की ओर लगे थे, फिर भी उन्होंने इन लोगों की आलोचना में साथ देना अपना कर्तव्य समझा। सूखे मुँह से बोले, ''ठीक वैसा नहीं लग रहा है ! मुहल्ले में कुछ शैतान छोकरे हैं, उन्होंने बिना दाम के ही टिकट की माँग की थी। नहीं मिला। उन्होंने धमकी दे रखी थी, 'अच्छा, हम भी देख लेंगे ! सम्मेलन कैसे कर लेते हैं आप !' उस समय इस बात को वैसा महत्त्व नहीं दिया।

अब लग रहा है, शनि और मनसा देवी की पूजा पहले कर लेनी चाहिए थी।''

लेकिन सम्मेलन में आये हुए कुछ लोगों ने मुहल्ले के कुछ शैतान छोकरों की हरकत मानकर इसे टालना नहीं चाहा, उन्हें इसमें 'सोलमारी' की गन्ध मिली, 'नक्सलबाड़ी' की पगध्वनि सुनाई दी। अतः मामले को उड़ा नहीं देना चाहा उन्होंने।

सचिव का मकान बड़ा था, बड़ा दालान।

ढेलों से जान बचाने के लिए बहुतों ने आकर यहीं सिर छिपाया था। उनमें से किन्हीं-किन्हीं ने इस आलोचना की धारा को दूसरे तटों से बहाया।

आवाज़ धीमी करके वे आपस में बतियाने लगे, ''मुख्य अतिथि ने अदूरदर्शिता दिखायी, ऐसी सभा में आधुनिक साहित्य में श्लीलता-अश्लीलता के प्रश्न को यों नहीं उठाना चाहिए था। मधुमक्खी के छत्ते में ढेला मारने से डंक तो खाना ही पड़ेगा, साँप की पूँछ दबाने से काट...।''

''अरे बाबा, माना, तुम एक प्रतिष्ठित साहित्यिक हो। बाज़ार में तुम्हारी माँग है, नाम-यश है ! अरे, अच्छा है उसी को लेकर टिके रहो न बाबा ! सो नहीं, तुमने हाथ बढ़ाकर हाथी पकड़ना चाहा। युग को नहीं पहचानते हो ? जानते नहीं, यह युग किसी को अमर होने देने को तैयार नहीं, उसका अभियान है सब कुछ को झाड़-बुहारकर अपना आसन जमाने का !''

अनामिका देवी कमरे में बैठी थीं, व्ही. आई. पी. लोगों के साथ। बाहर की ये बातें वह सुन नहीं पा रही थीं। वह सिर्फ़ उस राजनीति की ही सुन रही थीं और सोच रही थीं, आग तो धुआँ ही रही है, जिस-किसी भी क्षण जल उठ सकती है, इन्तज़ार है सिर्फ़ दियासलाई की एक तिली का।

जलाने की तैयारियाँ जुदा-जुदा हो सकती हैं, किन्तु आग जब धधक उठती है, तो हर आग का रूप एक ही होता है।

तोड़-फोड़, तहस-नहस।

किसकी चीज़ कौन तोड़ रहा है, किसे कौन क्षतिग्रस्त कर रहा है, हिसाब नहीं। तब तक यह ख़बर आयी, माइक के डण्डे से स्वागत समिति के अध्यक्ष की नाक की हड्डी टूट गयी।

सात

इस ख़बर से स्तब्ध रह गयीं अनामिका देवी।

सदा हँसते हुए वह प्रियदर्शन भले आदमी !

अनामिका देवी उन्हीं के यहाँ ठहरी थीं। एक ही दिन में उनसे आत्मीयता हो गयी।

नाम है उनका अनिल, पर उनकी माँ उन्हें 'नेनू-नेनू' कहकर पुकारती थीं, उन्होंने हँसते हुए कहा था, "तुम मुझे अपना मान-सम्मान नहीं रखने दोगी माँ। देखिए तो, आप जैसी लेखिका के सामने इतने बड़े लड़के को ऐसे ही नाम से पुकारती हैं !"

बड़ा अच्छा घरेलू परिवेश।

प्रीतिकर।

कम-से-कम अनामिका देवी के लिए। बहुत बार, बहुतों के यहाँ एक अजीब-सी कृत्रिमता मिली है। वे हर पल अपने मन को यह सोचकर जागरूक रखे बिना नहीं रह सकते कि अनामिका देवी एक लेखिका हैं। अस्वाभाविक-सा लगता है।

इस पर अनामिका देवी ने हँसते हुए कहा था, "मैं इससे अवाक् नहीं हो रही हूँ। मेरा भी पुकार का एक नाम है, जिसे सुनने से लेखिका जैसा क़तई नहीं लगेगा।"

वह बोले, "अधिवेशन हो जाने दीजिए, फिर आपके लिखने की कहानी सुनूँगा।"

"लिखने की कहानी क्या होती है ?" अनामिका देवी हँसीं।

अनिल बाबू ने कहा, "वाह, कहानी नहीं होती ? ख़ैर, कहानी न सही इतिहास ही। कब से लिख रही हैं, लिखने की प्रेरणा पहले कहाँ से, कैसे मिली, कैसे पहली रचना छपी—यह सब।"

अनामिका देवी बोलीं, "वाल्मीकि की कहानी तो जानते हैं न ? मरा-मरा कहते-कहते राम-राम। मेरे साथ भी लगभग वही हुआ समझिए। 'खेलना' मेरे लिए जाने कब कैसे 'लिखना' हो गया ! लिहाज़ा, क्यों लिखने लगी, किससे प्रेरणा मिली

यह सब मैं नहीं बता सकती।''

अनिल बाबू की पत्नी ने कहा, ''अज़ी, आप इन्हें नहाने-धोने भी देंगे या नहीं ! अभी तो कृपा कीजिए, बातें फिर होंगी।''

यह 'फिर' फिर नहीं मिला।

सारा परिवेश ही ध्वंस हो गया।

अनामिका देवी को हठात् भयानक कुण्ठा-सी हो आयी, जैसे ख़ुद को ही अपराधी-सा महसूस करने लगीं।

अनिल बाबू के ही यहाँ तो ठहरी हैं। इस संकट के समय अनिल बाबू की माँ और पत्नी उनकी सुविधा-असुविधा, आहार के आयोजन में व्यस्त होंगी। शायद हो कि अनामिका देवी को...

न, वे न भी सोचें चाहे, अनामिका देवी आप ही अपने को 'अशुभ' मानने-सोचने लगीं। सोचने का कोई कारण नहीं, फिर भी सोच रही हैं।

और सोचकर उस झिझक का अन्त नहीं रह जाता। अभी ही तो उन्हें उनके यहाँ जाना है, खाना है, सोना है।

इस्। इससे तो अच्छा मुझे भी लोगों ने उसी स्कूल के किसी कमरे में टिकाया होता !

लेकिन नहीं।

महिला को महिला-जैसे आदर से ही रखेंगे—इस मुख्य आयोजक के ही यहाँ। पर, उन्हें लग रहा था, मैं कैसे अनिल बाबू की माँ के सामने खड़ी होऊँगी जाकर !

अचानक सुनाई पड़ा, कोई कह रहा था, ''नाक की हड्डी ! छोड़ो भी। ऐसी कोई ख़तरनाक बात नहीं !''

सुनकर बुरा लगा।

ख़तरनाक नहीं है तो क्या कुछ नहीं ?

जिस चोट से उत्सव का सुर थम जाता है, नृत्य का ताल-भंग हो जाता है, वीणा के तार टूट जाते हैं—तो दुःख की बात नहीं होती ?

ऐसे आघात से कितनी बार कितने अवसर बेकार हो जाते हैं।

जानलेवा नहीं, किन्तु पीड़ा देनेवाली निश्चित ही थी।

सारा घर जैसे सहमा-सहमा-सा था।

जैसे शोक की छाया छिपी हुई हो कहीं। यह अप्रत्याशित आघात उस उत्साही आदमी के मन की कितनी क्षति करेगा, यह सोचकर जननी-जाया शंकित हो रही थीं।

रात को उन्हें अस्पताल से नहीं आने दिया। कल की हालत देखकर ही आने देंगे लोग। टूटा मन लिये उनकी माँ और पत्नी अनामिका देवी से मामूली दो-एक बात बोलीं, और फिर उन्हें उस बहू के हाथों सौंप दिया। वह बहू जो कलकत्ते की है, जो आज दिन-भर छाया-सी उनके साथ-साथ डोलती रही।

''भूख नहीं है'' कहकर थोड़ा-सा जलपान करके लेट गयीं वह। उनकी मसहरी लगा देने को आयी बहू हठात् बिस्तर के पायताने बैठकर एक दीर्घ निःश्वास छोड़ती हुई बोली, ''आप तो इतने नये प्लॉटों पर कहानी लिखती हैं, फिर भी मैं आपको एक प्लॉट दे सकती हूँ।''

अनामिका देवी के मन में हँसी की एक बारीक रेखा खिंच गयी। प्लॉट !

यानी अपनी जीवन-कथा।

जिसे बहुतेरे लोग अद्भुत मौलिक और दुनिया में सबसे दुःखमय समझते हैं।

बेशक दुःख ही।

सुखी सन्तुष्ट लोग अपने जीवन को उपन्यास का प्लॉट नहीं समझते। ऐसा समझते हैं दुःखी लोग, दुःख-भोगी लोग।

दिन-भर तो बहू बड़ी हँसमुख-सी लगी, लेकिन अभी एकाएक देखा, उसके चेहरे पर उदासी है, दीर्घ-निःश्वास छोड़ती हुई कह रही है, ''मैं आपको एक 'प्लॉट दे सकती हूँ।''

तो दुःख-विलासी है।

जिस विलास की उत्पत्ति अपने प्रति अधिक मूल्यबोध से होती है।

''मुझे जो चाहिए था, नहीं मिला।''

इसी सोच में उसाँस लेती है, सारे प्राप्य को ही आस्वादहीन बनाकर सदा दुःख पाती है।

बहू का नाम है नमिता।

अनिल बाबू के भानजे की स्त्री।

किन्तु अपने ममिया-ससुर के यहाँ क्यों रहती है ? पति कहाँ है इसका ?

अनामिका देवी के मन में यह प्रश्न उठा था, परन्तु मुँह से यह नहीं पूछा जा सकता। फिर भी यह नहीं सोचा था कि ऐसा दीर्घ निःश्वास सुनना पड़ेगा।

सुनकर भी नहीं सुनने-जैसा भाव दिखाया।

कहा, ''मेरे जीवन की राह की धूल-रेती में ही तो उपन्यास के उपादान बिखरे पड़े हैं। प्लॉट तो रोज़ ही जमा हो रहा है। मसलन, आज जो घटना घटी, यह भी क्या किसी नाटक का प्लॉट नहीं हो सकता ?''

नमिता कुछ चंचल-सी हुई मानो।

उन्हें लगा कि नमिता को तत्त्व की यह बात अच्छी नहीं लगी। या ठीक से

उसने सुना भी नहीं। इसीलिए जाने कैसे अनमने भाव से बोली, "जी, सो तो है। पर यह तो एक सामयिक घटना है। हो सकता है; अगले साल और भी अधिक धूमधाम से साहित्य-समारोह हो। परन्तु जो नाटक दुबारा अभिनीत नहीं होता उसका क्या होगा ?"

अनामिका देवी कुछ चकित हुईं। दुबली-पतली, सुन्दर-सी उस सीधी-सादी तरुणी के मुख से इस तरह की बात की आशा नहीं की थी उन्होंने।

धीरे-से बोलीं, "उसकी भी कहीं कोई सार्थक परिसमाप्ति है।"

"न, नहीं है।"

नमिता बिस्तर से उतर गयी।

मसहरी लगाने लगी।

जैसे एकदम उसने अपने को संयत कर लिया हो।

अनामिका देवी मसहरी से बाहर निकल आयीं। बोलीं, "अभी नींद नहीं आएगी, बैठो, तुमसे गप-शप करूँ।"

"नहीं-नहीं, सो जाइए आप। बड़ा झमेला हुआ। मैं आपको बातों में उलझा रही हूँ, देखेंगी तो मामीजी नाराज़ होंगी।"

"ख़ूब ! तुम कहाँ उलझा रही हो ? मैं खुद ही तो बातें करने के लिए उठी। बैठो-बैठो। या तुम्हें ही नींद आ रही है ?"

"मुझे ? नींद ?" बहू हँसी।

अनामिका देवी ने बाँकी-आँकी राह से विलम्ब नहीं किया।

बिलकुल सीधे पूछ बैठीं, "अच्छा, तुम्हारे पति को नहीं देखा ? कलकत्ते में काम करते हैं शायद ?"

नमिता कुछ देर चुप ही रही।

उसके बाद एकाएक बोल उठी, "कलकत्ते में नहीं, 'काम' करते हैं हृषिकेश में। पर-भव का काम ! साधु हो गये हैं।" कहकर वह कमरे से बाहर चली गयी।

अतएव प्लॉट पानी जैसा निर्मल हो गया।

हालाँकि ऐसे एक अनोखे प्लॉट की कल्पना उन्होंने की नहीं थी।

सोचा था, सांसारिक घात-प्रतिघात की अत्यन्त ही गतानुगतिक कोई कहानी बढ़ा-चढ़ाकर कहेगी नमिता। या फिर जीवन के पहले प्रेम की व्यर्थता। जो कि और भी अमौलिक है।

किन्तु नमिता नाम की इस बहू ने मानो घर की एक ऐसी खिड़की खोल दी, जो बिलकुल अप्रत्याशित थी।

अनामिका देवी अवाक् होकर सोचने लगीं, "वह छोकरा यदि इतनी जल्दी ही परिपक्व हो गया था, तो ब्याह क्यों किया ?"

ब्याह किये हुए भी कितने दिन ?

निरी बच्ची-सी तो बहू है !

अहा, उसे थोड़ा-सा और स्नेह देना था, उसे अपने और निकट बिठाना था।

बुलाएँ उसे ?

नहीं, वह पागलपन होगा। और, हो सकता है, वह अब मुँह से एक शब्द भी न कहे। कौन-सी घड़ी कब क्या जो कर बैठती है !

ऐसे ही हठात् खोये हुए क्षण, हठात् ख़ामोश हो गये क्षण, यही तो जीवन के बहुत कुछ को सूना कर जाते हैं।

बत्ती बुझा दी उन्होंने।

खिड़की के सामने जाकर खड़ी हुईं।

बिलकुल अनचीन्हा एक दृश्य।

घुप अँधेरा, माथे पर क्षीण नक्षत्र का प्रकाश। सारी पृष्ठभूमि मानो वर्तमान को पोंछे दे रही हो।

कुछ देर तक खड़ी रहीं, फिर धीरे-धीरे चलकर बिस्तर पर आ बैठीं। और, ठीक उसी क्षण बकुल आकर सामने खड़ी हो गयी। उसी अँधेरे में।

अन्धकार में वह साफ़ दिखाई नहीं पड़ी, पर उसकी व्यंग्य हँसी साफ़ सुनी गयी।

"हाय राम, मुझे बिलकुल भूल ही गयी ? सिर्फ़ कह दिया, कॉपी खो दी है ?"

अनामिका देवी उस छाया के नज़दीक गयीं। बोलीं, "नहीं, नहीं ! एकाएक देख रही हूँ, खोयी नहीं है। मेरे पास ही है। तुम्हारी सारी तसवीरें देख रही हूँ मैं।"

वही तो, तुम निर्मल नाम के उस लड़के के आमने-सामने खड़ी हो; वही तो, तुम अपने बड़े भाई के सामने माथा झुकाये चली जा रही हो; वही तो, तुम्हारी सँझली दी पारुल और तुम कविता मिलाने का खेल खेल रही हो; वही तो मृत्यु-शैया पर लेटी अपनी माँ के आँखमुँदे मुखड़े की ओर एकटक देख रही हो—सब देख पा रही हूँ मैं।

देख पा रही हूँ, मातृशोक की गहरी विषण्णता में भी तुम्हारी उत्सुक दृष्टि की प्रतीक्षा। उस मृत्यु के झमेले में दो परिवारों में घनिष्ठता बढ़ गयी है, बाँध कुछ टूट गया है। उस समय बकुल का बड़ा भाई हर पल चौकसी करता हुआ यह नहीं देख रहा है कि बेहया बकुल बग़ल के मकान के उस छोकरे के सामने खड़ी हो गयी है या नहीं !

आठ

हाँ, बकुल के बड़े भाई ने ही यह गुरु उत्तरदायित्व अपने ऊपर लिया था। किसी मौक़े से बकुल लुक-छिपकर बग़ल के मकान के लड़के के आमने-सामने होती है या नहीं—यह देखने का भार।

अच्छा, उस युग में बाल्य और कैशोर्य की सीमा-रेखा उम्र की किस रेखा पर खींची जाती थी ?

बकुल यह नहीं जानती।

बकुल दस-ग्यारह साल की उम्र से सुनती आयी है, "धड़ंग लड़की, तुम्हें बरामदे पर खड़े रहने की इतनी क्या ज़रूरत पड़ी है ?...इस घर-उस घर घूमती-फिरती रहती है। जाकर गिरस्ती के काम-काज करो न ? छत पर घूम रही थी ? क्यों ? बड़ी हो गयी, यह ख़याल कब होगा ?"

बड़ा भाई कहता था, पिता कहते थे।

ज़्यादा बड़ा भाई ही।

और बड़े भाई की उस शासन-वाणी में हितचेष्टा की अपेक्षा आक्रोश ही स्पष्ट था। बग़लवाले घर के उस निर्मल को इस घर की बकुल के प्रति ख़ासी एक दुर्बलता है, यह सत्य बड़े भाई की निगाहों में पड़ने में देर नहीं हुई थी। इसलिए इधर-उधर कुछ देखते ही बड़े भाई के शरीर की नस-नस में दौड़ता हुआ सनातनी लहू गरम हो उठता था। शासन की मात्रा बढ़ जाती थी। उसे निर्मल भी फूटी आँखों नहीं सुहाता। क्या इसलिए कि निर्मल बड़े आदमी का इकलौता बेटा है ?

बकुल की माँ ज़िन्दा थी, तब तक बकुल को फिर भी एक बल था। बड़े बेटे की पारिवारिक पवित्रता की रक्षा के लिए यह कर्तव्यपालन देखकर माँ बिगड़कर कहतीं, "तुझे सब बातों पर इतनी नज़र रखने की क्या पड़ी है ? मना करना होगा, तो मैं मना करूँगी।"

"तुम नज़र रखतीं, तब तो कोई बात ही नहीं थी..." बड़ा लड़का कहता, माँ

के मुँह पर ही मुँह फुलाकर कह देता, "मगर देखता तो नहीं हूँ कि वह नज़र रखती हो। बल्कि हम लोगों से होड़ लेकर बेटी को उकसाते ही तो देखता हूँ। लड़की बड़ी मनदुलारी है न !"

माँ चुप हो जाती थीं।

कभी-कभी केवल उनकी आँखों में चिनगारी लहक उठती थी। फिर भी बकुल को ही बुलाकर कहतीं, "बड़े भैया को जो पसन्द नहीं, वह उनके सामने मत करो।"

बचपन से ही माँ ने बकुल आदि को सिखाया है, जो करना हो, हिम्मत के साथ करो। छिप-छिपाकर कभी कुछ मत करना। मगर अपने बड़े बेटे के तीखे-कड़वे व्यंग्य-भरे चेहरे को देखकर कहतीं, "उसके सामने मत करो।" यह नहीं कहतीं कि "कभी मत करना।"

किन्तु बकुल की क़िस्मत से माँ थीं ही कितने दिन ? मरने से बहुत पहले ही तो घरवालों की दृष्टि में मर चुकी थीं। छाँह कहाँ दे सकीं ?

उसके बाद तो सूरज की प्रखर धूप के नीचे 'सनातनी परिवार' के जाँतातले भैया के आमने-सामने खड़ा होना पड़ा बकुल को।

बड़े भैया अकारण ही जब कभी कह बैठते, "उनके घर की खिड़की की तरफ़ हाँ किये क्या देख रही थी ?...बता तो बरामदे में खड़ी-खड़ी इशारे से किससे बात हो रही थी ?"

अपराध सच हो या झूठ, प्रतिवाद का साहस नहीं था बकुल में। वह सिर्फ़ सिर झुकाकर कहती, "वाह रे, किससे भला ?"

कहती, "खिड़की की ओर क्यों खड़ी होने जाऊँगी ?"

इससे ज़्यादा जवाब देने की हिम्मत नहीं पड़ती। डर से उसकी छाती धड़का करती।

आज की लड़कियाँ यदि बकुल की वह हालत देख पातीं, तो पता नहीं कितने ज़ोर से हँस पड़तीं !

अनामिका देवी की भतीजी ही यदि उस अतीत की तसवीर की दर्शक होती ?

वह शायद हँस नहीं उठती।

इसके प्राण में माया-ममता है !

वह शायद चेहरे की रेखाओं पर सहानुभूति का एक प्रलेप लगाकर कहती, "बेचारी !" उनकी भतीजी ही क्यों, अनामिका देवी को भी तो उस भीरु और निर्बोध लड़की की ओर देखकर लगता है, "बेचारी ! कैसी भीरु है, कैसी भीरु !"

लेकिन भीरु होने के सिवाय चारा ही क्या था बकुल को ? किसके भरोसे वह साहसी बने ? बग़ल के मकानवाले उस लड़के के भरोसे ? अनामिका देवी के होठों पर कृपा की एक पतली-सी मुसकराहट खेल गयी।

हाथों में हाथ देने से ही सर्दियों में भी उस लड़के को पसीना आ जाता था। 'प्यार' जैसी बात कहने में उसकी जीभ लटपटा जाती थी। और ताई-बुआ के डर से आँखों में सरसों-फूल दीख जाता।

उस समय ताई-बुआ को भी तो शासन करने का पूरा अधिकार था। निर्मल नाम का वह लड़का उसकी निष्ठुर ताई के डर से सकपकाया रहता। ताई की घ्राणशक्ति भी बड़ी तीव्र थी। घर में जहाँ कहीं भी मछली रखी हो, बिल्लियाँ जैसे उसकी गन्ध पा जाती हैं, वैसे ही ताई को घर में जहाँ भी क्यों न हो अपराध, उसकी महक मिल जाती थी।

इसलिए, निर्मल की छत के सीढ़ी-घर या सात जनम से धूल से अटे पड़े चौंतरे को, जो घर के पिछवाड़े था, एकान्त और निरापद सोचकर खड़े-खड़े वे दो मिनट बात करते कि तभी ताई की धप्-धप् सफ़ेद साड़ी के आँचल की कोर उनकी आँखों के सामने हिल उठती।

"हाय राम, तू यहाँ है निर्मल ? और मैं तुझे तमाम घर में बछड़ा खोजने-जैसा खोजती फिर रही हूँ !"

उन दो मिनटों से पहले के मिनट में निर्मल अपनी ताई की नज़र के सामने ही था, मतलब कि जानकर ही उनके सामने ही इधर-उधर कर रहा था, ताकि उसकी अनुपस्थिति की अवधि 'बड़ी देर' की धूसरता में न बिखर जाए। फिर भी ताईजी इतने में ही बछड़े की तरह उसे तमाम खोजकर घर के इस अव्यवहृत अवान्तर स्थान में ढूँढ़ने आयी हैं !

किन्तु खोजने का कारण ?

वह तो अनकहा ही रह गया।

ताई की विस्मयोक्ति ने ही तो श्रोतायुगल के कलेजे को छुरी से चीरकर उसपर नमक छिड़क दिया।

"अरे हाय, बकुल भी यहीं है ? कब आयी बिटिया ? अहा, मातृहीना लड़की, घर में टिक नहीं पाती, टोले का चक्कर काटती-फिरती है। चल, मेरे पास बैठ चलकर।"

लाचार मातृहीना बालिका को मातृस्नेह की छाया में आश्रय लेने के लिए सिटपिटाकर जाना पड़ा। निर्मल तो पहले ही हवा हो गया, गढ़ी हुई कोई कैफ़ियत देने की भी कोशिश नहीं की।

•

ताईजी बाल-विधवा हैं, अतएव निःसन्तान हैं। उनका सीमाहीन स्नेह-समुद्र हरदम देवर के बेटे-बेटियों को अभिषिक्त करता है। वे अभिषिक्त जीव क्या ऐसे होंगे

अकृतज्ञ कि उनके प्रति श्रद्धा न रखें, उनका आदर न करें ? बकुल के लिए भी वैसा नहीं होने का उपाय है क्या ?

बकुल को ताई के साथ-साथ उनकी निरामिष रसोई में जाना पड़ता। वह दरवाज़े के पास बैठ जाती और ताई शाक चुनते हुए या छीलनी चलाते हुए मीठे प्रश्न करतीं, "हाँ रे बकुल, तेरा बाप क्या कान में तेल डालकर सो रहा है ? तेरे ब्याह के लिए कुछ नहीं कर रहा है ?"

कहना व्यर्थ है, बकुल की ओर से इस प्रश्न का कोई जवाब नहीं मिलता। ताई फिर पूछतीं, "बातचीत कहीं हो रही है ? सुनती है कुछ ?" ...उसके बाद उस निरुत्तर प्राणी की ओर से दृष्टि हटाकर निर्मल की माँ की ओर ताककर कहतीं, "समझी छोटी बहू, बकुल का बाप अब बेटी का ब्याह-व्याह नहीं करेगा। कद्दू-कोंहड़े की तरह पकने को छोड़ देगा।"

निर्मल की माँ बड़ी सभ्य महिला थीं, ऐसी बातों से उन्हें खीज होती थी। लेकिन उन तेज़-तर्रार जिठानी से बोलने की जुर्रत उन्हें नहीं थी।

इसलिए दोनों कुल बचाने की पद्धति से कहतीं, "माँ के मर जाने से कुछ और टल गया, नहीं तो अब तक हो गया होता। भले आदमी ने तो और भी तीन-तीन लड़कियों को पार किया है !"

इस युक्ति से ताईजी दबतीं नहीं, कहतीं, "किया है समय-काल में, लड़कियों के छक्का-पंजा हो उठने के पहले। अब तो क्रमशः जितना शेष उतना वेष। बकुल आज की उपन्यास पढ़नेवाली लड़की है, वह शायद कहीं प्रेम-व्रेम करके बाप से कहेगी, 'बाबूजी, हाड़ी-डोम, ब्राह्मणं-कायस्थ जो भी हो, मैं 'अमुक' से ही ब्याह करूँगी।' क्यों री बकुल, ऐसा ही कहेगी ?"

ताई हँस उठतीं।

ताई के सामने का दाँत टूटा हुआ था। उसी टूटे दाँत की फाँक से हँसी मानो छिटक-छिटककर निकल आती थी।

ताई थीं लेकिन स्नेहमयी।

इसीलिए कुछेक मिनटों के बाद बोल उठतीं, "बकुल, कद्दू के फूल के पकौड़े खाएगी ?...क्यों, 'नहीं' क्यों ? चावल की पिसान के साथ खरा-खरा भुना है। ले, एक तो खा। तेरा परिवार जब पहली बार इस घर में आया, तू तो तब कथरी पर पड़ी रहनेवाली नन्ही नादान थी। तेरी माँ कभी-कभी घूमने आया करती थी। एक दिन इसी तरह से कद्दू के फूल के पकौड़े बना रही थी। कहा; 'गरम-गरम निकाल रही हूँ, थोड़े-से खा लो।' खाकर अवाक् हो गयी। बोली, 'पिसे चावल का बड़ा इतना अच्छा बनता है, यह तो मैं जानती ही नहीं थी, दाल पीसकर बनता है, यही मालूम था।' "

बकुल के वैसे एक आवेग-कम्पित मुहूर्त में चील झपट्टा मारकर उसे छीन लाती और ऐसी ही आलतू-फ़ालतू बातें कहती रहतीं ताई, कुछ खिला भी देतीं आख़िर तक। और बकुल को उसके घर के दरवाज़े तक पहुँचा आतीं।

और अन्त में एक बार कहतीं, "अब तेरे बाप को ही पकड़ना होगा। जवान लड़की सूनी माँग लिये यहाँ-वहाँ डोलती फिरती है, घर-गिरस्ती में ध्यान नहीं देती। और बाप स्त्री के शोक में भूसी की आग-सा ज़लता-घुलता रहेगा, यह उचित नहीं।"

बकुल मर्म से भर जाती, लज्जा से लाल हो जाती, सिर नहीं उठा सकती।

उस माथा नवाये चेहरे की ओर ताककर अनामिका देवी को फिर लगा, "बेचारी !"

जो पीड़ा ताईजी 'उचित नहीं' से देतीं, उसकी जलन सहज ही नहीं जाती। बकुल का पदचिह्न इसलिए दिनों तक फिर उस घर के चौखट पर नहीं पड़ता। समस्त आवेग-आकांक्षा को दबाकर बकुल अपनी पढ़ाई-लिखाई की दुनिया में डूबे रहने की कोशिश करती। किन्तु वह तपस्या क्या स्थायी होती ? एक दुर्निवार आकर्षण मानो उसे उस घर की ओर खींचता रहता। इसके अलावा उस घर में रास्ते की ओर जो खिड़की है, वहाँ से एक उदास-उदास-सा मुखड़ा विनती के इशारे से तपस्या भंग कर ही छोड़ता।

सोचकर हँसी आती है, एक मर्द बच्चा प्रायः एक भीरु लजीली लड़की की भूमिका में अपने को रख देता था।

विनती-भरी आँखों की उस पुकार को बकुल टाल नहीं सकती थी। वह फिर किसी बहाने किसी दिन उस घर के दरवाज़े पर जा खड़ी होती।

बकुल का वह बहाना बिलकुल बहाने जैसा नहीं होता, इसलिए आसानी से पकड़ में आ जाता कि बहाना है।

परन्तु अबोध बकुल और उसका अबोध प्रेमी—दोनों ही सोच लेते कि बड़ों की आँखों में ख़ूब धूल झोंकी है।

जैसे, एक दिन की बात—बाप को हँफनी जैसी हुई है, उन्हें होम्योपैथी पर आस्था है और बग़ल के मकान का निर्मल किसी अच्छे होम्योपैथिक डॉक्टर का नाम जानता है। यह क्या मामूली बहाना है ?

सो बकुल मज़े में निर्मल की माँ से जाकर पूछ सकती है, "चाचीजी, निर्मल दा घर में हैं ? पिताजी कह रहे थे, निर्मल दा किसी होम्योपैथिक डॉक्टर...मतलब उनकी हँफनी फिर ज़रा..."

निर्मल नाम का उच्चारण साफ़-साफ़ करना पड़ता, जैसे और कुछ नहीं। मानो उस नाम के उच्चारण में उसका गला नहीं काँपता, भीतर से भय-सा नहीं लगता। लेकिन निर्मल की माँ बड़ी भली हैं, सरल चित्त की हैं। बचपन से परिचित ये दोनों

फिर किसी नये 'परिचय' से 'नये' हो उठ सकते हैं, ऐसी सम्भावना उनके दिमाग़ में नहीं आती। और यह भी नहीं सोच सकतीं कि उनका यह भला लड़का और पड़ोस की यह निरीह लड़की उनसे ऐसी चाल खेल सकते हैं।

लिहाज़ा खिड़की से आँखों के संकेत पर विभ्रान्त-सी होकर आयी बकुल उनके सामने धड़ल्ले से कह सकती थी, "चाचीजी, निर्मल दा घर में हैं ?"

चाचीजी को एक आदत पड़ी है—हमेशा टाट का आसन बुनने की। इसलिए वह गिरस्ती के काम-काज के बीच-बीच में अपनी प्रखरा जेठानी और मुँहज़ोर ननद की नज़र बचाकर टाट का आसन लिये बैठ जातीं। आसन की बुनावट से नज़र उठाये बिना ही उन्होंने जवाब दिया, "निर्मल अभी-अभी तो था। है शायद। उसके पढ़ने के कमरे में देखो तो जाकर। तुम्हारे पिताजी की तबीयत फिर ख़राब हो गयी ?"

"हूँ।"

"अहा, तेरी माँ के गुज़र जाने के बाद से ही यह अवस्था हुई। वह शायद अब बचेगा नहीं। जा, देख। कौन डॉक्टर, क्या पता ? हमारे अनादि बाबू तो..."

तब तक बकुल हवा। वह निर्मल के पढ़ने के कमरे में पहुँच गयी, यानी तिनतल्ले की छत की बरसाती में !

किन्तु जाकर क्या बकुल अपने प्रेमी के सीने से जा लगती ? या कि निबिड़ सान्निध्य का स्वाद लेती थी ?

कुछ नहीं, कुछ नहीं।

इस युग के लड़के-लड़कियाँ उस युग के पनछा प्रेम की तुलना शहरी ग्वाले के दूध से करते हैं।

मसलन, उस दिन की बात लीजिए—

हाँफते हुए आकर बकुल ने कहा, "मुझे कहना पड़ा कि बाबूजी की हँफनी फिर बढ़ गयी है। उस पाप से मुझे ही हँफनी हो गयी।"

निर्मल ने आगे बढ़कर उसका हाथ भी नहीं पकड़ा, उसने कृतज्ञता-भरी दृष्टि से ताककर कहा, "किससे कहा ?"

"कहा चीचीजी से। झूठ बोलने का यह पाप तुम्हारे कारण लगा।"

निर्मल के चेहरे पर अप्रतिभ छाप।

"ऐसा झूठ भी क्या कहा ? मौसाजी तो हँफनी से कष्ट पा ही रहे हैं।"

बकुल निर्मल की माँ को 'चाचीजी' कहती है, निर्मल की ताई को ताईजी, पर निर्मल किस तरह बकुल की माँ को मौसी और पिता को मौसाजी कहता था, क्या जानें। लेकिन कहता वही।

"बुलाया क्यों जा रहा था ?"

"यों ही ! भेंट-मुलाक़ात तो अब होती ही नहीं। लेकिन लाइब्रेरी से सौरीन्द्र मोहन मुखोपाध्याय की एक नयी किताब लाकर रखी हुई है।"

बकुल ने उत्सुकता से कहा, "कहाँ है ?"

"दूँगा। पहले ज़रा बैठोगी,.तब।"

"बैठकर क्या होगा ?"

"यों ही।"

"बस 'यों ही और यों ही', आप नहीं आ सकते हैं श्रीमन् !"

"मैं ?"

निर्मल ने भय का बोध करते हुए कहा, "बाप रे, तुम्हारे बड़े भैया की सुर्ख़ आँखें देखते ही मेरी नसों का ख़ून बर्फ़ हो जाता है। मेरी ओर कैसे ताकते हैं वह!"

"बड़े भैया तुमसे क्या इतने बड़े हैं कि उनसे इतना डर ? बाबूजी तो कुछ नहीं कहते, माँ तो तुम्हें कितना..."

"हाँ, मौसीजी तो कितना प्यार करती थीं। जाने से कितनी ख़ुश होती थीं। लेकिन बड़े भैया ? मतलब अधिक बड़े नहीं होते हुए भी ख़ौफ़नाक आदमी हैं। उनका पुलिस अफ़सर होना ही उपयुक्त पेशा होता।"

"और मुझपर ही जैसे सारा आया...। बुआ और ताई के सामने पड़ जाने पर..."

"ऐ, आज तो नहीं पड़ी ?"

"नहीं। ताईजी शायद पूजाघर में हैं और बुआ रसोई में।"

"सच, उन लोगों के कारण तुम्हें..."

निर्मल ने उदासी-भरी उसाँस ली।

बकुल की आँखों में आवेग की छाया उभर आयी।

बकुल ने आहत अभिमान के स्वर में कहा, "सच, उन लोगों के कारण तुम्हें...कहकर निःश्वास लेने से ही सब चुक गया, क्यों ?"

"क्या करूँ, कहो ?"

"ठीक है। मैं अब नहीं आऊँगी।"

"नहीं-नहीं, सोना मेरी, इतनी बड़ी सजा मत दो।"

बस।

प्रेम सम्बोधन की दौड़ यहीं तक।

और प्रेमालाप का नमूना भी तो लाइब्रेरी की किताब, और 'कोई आ रहा है' या नहीं, इतने में ही सीमित।

कोई आए भी तो कोई दृश्य तो नहीं देखेगा, फिर भी डर।

डर ! डर ! प्रेम का मतलब ही डर।

बार-बार लगता, शायद कोई पीछे आकर खड़ा हुआ। बार-बार लगता, घर में खोज हुई नहीं कि चोरी पकड़ी जाएगी, बकुल निर्मल के यहाँ गयी है। चोरी पकड़ी जाने के साथ यह भी पता चल जाएगा कि वह बहाना बहाना ही है। बाबूजी कहेंगे, "कहाँ, मैंने तो निर्मल के पास जाने को नहीं कहा। मैंने तो सिर्फ़ यह कहा था, निर्मल के यहाँ तो बड़ी-बड़ी बीमारी में भी होम्योपैथी दवा चलाते हैं।"

और बड़े भैया कहेंगे, "उसके घर किसलिए गयी ? उसके यहाँ ? वहाँ क्या ज़रूरत है ? इत्ती बड़ी लड़की, इतनी आज़ादी काहे की ?"

फिर भी बिना आए भी तो रहा नहीं जाता।

लेकिन इस घर में आमने-सामने कोई यह नहीं कहता कि क्यों आयी हो, यहाँ इतनी बेहयाई कैसी ?

पर यहाँ तो हर जगह कानाफूसी।

दैववशात् यदि ताईजी न भी आ धमकें, तो भी सीढ़ी से उतरते समय किसी न किसी से तो भेंट हो ही जाएगी। शायद बुआ से ही।

बुआ भी भँवें सिकोड़कर कहेंगी, "बकुल, कब आयी ?"

बकुल को कहना पड़ेगा, "कुछ ही देर पहले।"

"थी कहाँ ? देखा तो नहीं ?"

"निर्मल दा ने लाइब्रेरी की एक किताब देने को कहा था..."

"ओ, किताब ! उसके लिए भतीजे को भी तो भेज दे सकती थी। बाप को यह बीमारी, और तू बड़ी लड़की किताब के लिए उसे छोड़कर–और फिर हाँफते-हाँफते तिनतल्ले की छत पर जाना। निर्मल था घर में ?"

"हाँ।"

गले में मरुभूमि और आँखों के सामने अगाध समुद्र। फिर भी उस गले को गीला करके कहना पड़ता, "हाँ। यह रही किताब, दी।"

"नावेल-नाटक ?"

"जी नहीं, कहानी।"

"वह एक ही बात है। इस उम्र में इतना नावेल-नाटक न पढ़ना ही ठीक है बिटिया, यह केवल माथे में कुचिन्ता आने की जड़ है। यह तो बाप ध्यान नहीं देता, नहीं तो समय पर ब्याह कर देने से अभी तक दो बच्चे की माँ हो जाती।"

यह उपदेश ! ऐसी ही भाषा !

इसीलिए बकुल सोचती, "इस छत से उस छत तक अदृश्य होकर यदि उड़कर जाया जा सकता !"

"प्रभात मुखर्जी के मन के मीत-जैसा !"

"बहुत ख़ूब ! सच, बड़ी इच्छा होती है, सपने में कोई जड़ी मिल गयी, जिसे

माथे से छुलाते ही ग़ायब हो जाया जा सके ! हम दोनों अपने-अपने माथे से छुला ले, फिर मज़े से सबके सामने ही बातें करते रहें..."

हठात् डरपोक निर्मल एक साहसिक काम कर बैठा।

सामनेवाली का एक हाथ पकड़कर धीरे से हँसकर बोला, "अदृश्य हो सकने पर क्या केवल बातों में ही छोड़ दूँगा ?"

"आह, धत् !"

और उस 'धत्' के साथ ही हाथ छुड़ा लिया।

"छत से छत पर डालनेवाली एक सीढ़ी होती, तो बड़ा अच्छा होता। जासूसी कहानियों में डोरी की सीढ़ी-वीढ़ी-जैसी..."

हाँ, ऐसी ही सारी बातें।

लेकिन दुरूह पथ की यह चिन्ता क्यों, यह दो में से किसी को पता नहीं।

भेंट होना ही जैसे अन्तिम बात हो।

बकुल अनामिका देवी की इस युग की भतीजी की तरह बोल उठने की कल्पना भी नहीं कर सकती थी, "पहले मन को दृढ़ करो कि घर की राय के ख़िलाफ़ ब्याह कर सकोगे, ब्याह करके पत्नी को रानी की तरह रख सकोगे, तभी प्रेम की बोली बोलने आना।"

बकुल का युग दूसरा था।

बकुल लड़की भी और ज़्यादा दूसरे टाइप की थी।

इसीलिए उसे अभिमान नहीं था, अभियोग नहीं था, केवल प्रेम था।

यानी ग्वाले के पनछाहा दूध-जैसा प्रेम ही।

बकुल ने कहा, "कहाँ है, किताब दो, मैं भागूँ।"

"आयी नहीं कि भागूँ-भागूँ।"

"तो क्या करूँ, वाह !"

"अगर ज़ाने न दूँ, रोक रखूँ ?"

"हिस्, बड़ी हिम्मत है ! रोककर करोगे क्या ?"

"कुछ नहीं, यों ही।"

रोमांचक घड़ियों को निर्मल इसी तरह से व्यर्थ करता था।

क्योंकि इससे ज़्यादा हिम्मत थी नहीं उसमें।

उस लड़के की ओर ताककर भी ममता होती अनामिका देवी को।

कहने को जी होता है, 'बेचारा !'

लेकिन उस दिन उस बेचारे को भी रिहाई नहीं मिली। किताब हाथ में लिये ज्यों ही कमरे से बाहर आने लगा, ताई जप-माला हाथ में लिये सामने खड़ी !

"हाय राम, यह क्या ! बकुल, तू यहाँ है ? उधर तेरे यहाँ से—ओ, किताब

लेने आयी थी, क्यों ?"

"हाँ !"

"मुझे क्या पता था। नहीं तो तेरे भतीजे से कह देती। मैं देखने आयी कि छत साफ़ है या नहीं। कल थोड़ी-सी बड़ी डालनी है।"

ताई कल बड़ी डालेंगी, इसलिए जप-माला लिये आज दौड़ी आयी हैं यह देखने कि छत साफ़ है या नहीं !

और भतीजा ?

यह बात बिलकुल कल्पित भी हो सकती है। यह तो मालूम ही है कि बकुल घर जाकर 'वेरीफ़ाई' नहीं करेगी। या सच भी हो सकती है। बड़े भैया को जैसे ही पता चला कि बकुल घर में नहीं है, चर को भेज दिया।

कलकत्ते के दक्खिनी इलाक़े में राजेन्द्र लाल स्ट्रीट के बिलकुल रास्ते पर उम्र की छाप लिये इस मकान के दुतल्ले पर साबिक़ी ढंग के लम्बे बरामदे की ऊँची दीवार की सीढ़ी के बिलकुल सामने चौड़े फ्रेम में बँधा जो मुखड़ा देदीप्यमान है, वह मुखड़ा इस मकान के मूल स्वामी स्वर्गीय प्रबोधचन्द्र मुखोपाध्याय का है।

चारों ओर खुली ज़मीन के बीच सस्ते में ज़मीन ख़रीदकर उन्होंने ही यह मकान बनाकर सम्मिलित परिवार का मोह-बन्धन तोड़कर यहाँ अपनी अलग गिरस्ती बसायी थी। वर्तमान मालिक लोग अर्थात् प्रबोधचन्द्र के पुत्र तथा उनके वयस्क पौत्रगण अब ज़रूर प्रबोधचन्द्र की दूरदर्शिता के अभाव को धिक्कार देते हैं, क्योंकि उस परती पड़ी ज़मीन में से सस्ते में और दो-चार कट्टा ख़रीदकर रख लिया होता तो आज बाज़ार में उसी को बेचकर लाल हो जाया जा सकता था। किन्तु अदूरदर्शी प्रबोधचन्द्र ने केवल ज़रूरत-भर ज़मीन ख़रीदकर यों ही बिना किसी प्लान के केवल एक ही मकान बनाकर अपना कर्तव्य पूरा कर लिया था। उस मकान में उनके बेटे-पोतों को सिर छिपाकर रहना-भर ही होता है—उससे ज़्यादा नहीं। मगर सुनियोजित नक़्शे से यदि फ़्लैटनुमा मकान बनाया होता, तो इकतल्ले के कुछ हिस्से को किराया देकर आज कुछ आमदनी भी की जा सकती थी, यह ख़याल भले आदमी के दिमाग़ में आया ही नहीं।

किन्तु यह बात इनके दिमाग़ में भी नहीं आती कि उस समय फ़्लैट शब्द की ही जानकारी नहीं थी। समाज में उस समय फ़्लैट के अनुसरण का आभास तक नहीं था। बासा किराया, कमरा किराया, मकान किराया—इतनी ही तो बात !

यह दृष्टि नहीं होती, इसीलिए जब-तब आलोचना होती।

हाँ, इतना मानते हैं कि कमरे-वमरे ख़ासे बड़े-बड़े हैं और इधर-उधर बेक़ार के

बेढंगे कमरे-जैसे रहने से फैलकर रहने की सुविधा है।

पर, इकतल्ले पर, दुतल्ले पर वे जो लम्बे दालान हैं ? किस काम आते हैं वे ? जिन दिनों परिवार सहित पीढ़ा बिछाकर 'पंक्ति-भोजन' की व्यवस्था थी, उस समय नीचे के दालान की फिर भी ज़रूरत हो जाती थी, अब तो वह भी नहीं। अब तो सारा परिवार सम्मिलित नहीं है ? अब सबने अपनी हाँड़ी अलग कर ली है और खाने के लिए इलाक़ा भी बाँट लिया है।

प्रबोधचन्द्र के बड़े लड़के अवश्य अब इस संसार के अन्न-जल के भागीदार नहीं हैं, उनकी विधवा स्त्री इकतल्ले पर अपना पवित्र इलाक़ा बनाकर अपने खान-पान की शुचिता बचाकर रह रही हैं—उन्हीं का बड़ा लड़का अपूर्व दुमंज़िले के कमरे-बरामदे को घेरकर अपने म्लेच्छपन की सीमा में रह रहा है।

अपूर्व के और दो भाई नौकरी के सिलसिले में बाहर रहते हैं। छुट्टी में कभी-कभार कोई आता है और कभी माँ की रसोई में, कभी-कभी भाभी की रसोई में और किसी-किसी दिन न्योता खाकर ही बिता देते हैं। एक रंगून में रहता है, एक त्रिपुरा में। जाने-आने में समय लगता है।

न्योता आता है। चाचाओं के यहाँ से, ससुराल के आत्मीयों के यहाँ से, कभी बुआ के यहाँ से। कलकत्ते में बड़ी बुआ चम्पा ही हैं।

प्रबोधचन्द्र का मँझले पुत्र, पुकार का नाम जिनका 'कानू' है, अपनी गिरस्ती लिये दुतल्ले के ही एक हिस्से में रहते हैं। उनकी स्त्री वातरोग से पीड़ित है, हिलना-डोलना कम होता है। लड़के-लड़कियाँ मुँहचोर स्वभाव की-सी हैं। उनका अता-पता कम ही रहता है।

कानू अपने बड़े भाई और बड़ी भाभी की नीति पर चलने के विश्वासी हैं, जितनी जल्दी बन पड़ा, लड़कियों का ब्याह कर दिया है। ब्याही लड़कियों का आना-जाना कम होता है, क्योंकि कानू नाम के यह व्यक्ति आमद-ख़र्च के बारे में बड़े सतर्क हैं, वह जानते हैं कि हृदय की सुनी जाए, तो पॉकेट के प्रति निर्दयता होगी।

यह समझना भी पड़ता है, इसलिए कि हाल में ही सेवा-निवृत्त हुए हैं। और हैं प्रबोधचन्द्र के छोटे लड़के, पुकार का नाम मानू, अच्छा नाम प्रतुल, जो अभी छोटे हैं।

इस परिवार में पोशाकी नाम के मामले 'प्र' का प्रताप प्रबल है !

सुबल नाम का छोटा लड़का जो कभी प्रबोधचन्द्र के घर में बाहर से आये हुए की-सी भूमिका में निर्विकार-सा घूमता-फिरता था, उसने घर-गिरस्ती नहीं बसायी, वह अपनी जगह छोड़कर बहुत दिन पहले ही चला गया है।

बकुल और सुबल दोनों पीठ पर के भाई-बहन थे, एक-दूसरे का नाम लेकर

पुकारते थे। सँझले भाई मानू को ही बकुल बराबर छोटे भैया कहती।

बकुल की ठाँव छोटे भैया की रसोई में ही।

प्रबोधचन्द्र की सृष्टि से बाहर की यह छोटी लड़की तो सदा के लिए ही इस घर में जड़ जमाये बैठी है!

मरते समय प्रबोधचन्द्र अपने पुराने मकान के तिनतल्ले की छत, बरामदा आदि हड्डी जलानेवाली इस छोटी लड़की के नाम क्यों वसीयत कर गये थे, यह एक रहस्य है। पर कर गये थे वसीयत—अपने बेटों को चौंका करके, विचलित करके और परगोत्र में गयी हुई बेटियों को ईर्ष्यालु बनाकर।

तीन तल्ले के उस कमरे से लगा एक भाग 'कमरे-सा' भी है, रसोईघर के लिए, पर वह उस काम में कभी नहीं आया। वहाँ अनामिका देवी के फ़ालतू के किताब-काग़ज़ की ढेरी पड़ी है।

पिता के गोत्र में अविचल रहकर अनामिका निरन्तर साहित्य-सेवा करती चली जा रही हैं।

अनामिका के ख़याल में प्रबोधचन्द्र-जैसे रक्षणशील ब्राह्मण के यहाँ लड़की के अनब्याही रह जाने का दृष्टान्त विरल है। मगर फिर भी यह अविश्वसनीय घटना घटी थी। निहायत घटनाचक्र से घटी थी। किसी उल्लेख योग्य कारण से नहीं, केवल घटनाचक्र से ही।

नाम के आगे स्वर्गीय जुड़े प्रबोधचन्द्र का मिज़ाज वैसा सख़्त न हो, गँवारपन बड़ा प्रबल था। तीन-तीन लड़कियों का ब्याह उन्होंने यथारीति ठीक समय पर किया और छोटी बेटी के समय वह हार गये, सो बेटी की ज़िद से या उसकी 'चिर कुमारी' रहने की कामना से नहीं, नितान्त ही अपने आलस्य से।

या केवल आलस्य ही नहीं, और कोई सूक्ष्म कारण था।

उनके चार बेटों और चार बेटियों में सात तो हाथ से निकल गये थे। बेटों में से तीन को ले लिया था बहुओं ने अर्थात् परायी बेटियों ने। उन लड़कों का एक-एक अच्छा-सा पोशाकी नाम रहते हुए भी पुकार का नाम तो वही—भानू, कानू, मानू। चौथे बेटे को किसी की परायी बेटी आकर 'दख़ल' नहीं कर सकी थी, क्योंकि 'सुबल' नाम के उस लड़के को किसी की मुट्ठी में आने के पहले भगवान ने ही ले लिया था।

और चार लड़कियों में से चम्पा, चन्दन और पारुल नाम की बड़ी, मँझली, सँझली बेटियों को बदस्तूर पराये बेटों ने हथिया लिया था। शायद इसीलिए जामाताओं को प्रबोधचन्द्र फूटी निगाहों भी नहीं देख सकते थे। स्त्री-वियोग के बाद तो और भी। लड़कियों को लाने-लिवाने का भी नाम नहीं लेते थे—इस आशंका से कि उनके पीछे-पीछे खुद जमाई और उनके बच्चे-कच्चे की भीड़ बढ़ेगी।

लिहाज़ा अन्तिम भरोसा यह छोटी।

उसके हाथ से बाहर हो जाने के डर से उसकी उम्र के बारे में आँखें मूँदकर रहते-रहते भले आदमी ने ऐसे समय में सदा के लिए आँखें मूँद लीं कि तब ब्याह कराने का प्रश्न ही नहीं उठता। इसलिए उसके बड़े भाई लोग इस प्रश्न पर माथा खपाने नहीं बैठे।

और बैठें भी क्यों ? पारुल की जोड़ी 'बकुल' नाम की वह शान्त निरीह लड़की तो तब तक दूसरे नाम से झिलमिलाती हुई घर छोड़कर बाहर निकल पड़ी थी !

और फिर बाप की वसीयत।

उस वसीयत की बदौलत बकुल अगर इस घर का एक हिस्सा दख़ल किये रह ही सकती है, तो उसे घर से निकालने की चेष्टा से लाभ भी क्या ? वह पति को भी साथ लेकर यहीं आ बैठे तो वह अच्छा होगा ?

इसीलिए ख़ास किसी कारण से नहीं, विशेष कोई इतिहास की सृष्टि करके नहीं, नितान्त मध्यवित्त, निहायत ही मध्यचित्त इस परिवार की लड़की उस समय समाज में नियम की वज्र-गाँठ से छिटककर आज के समाज में विचर रही है।

अब और कोई क्या कहे ? आज कोई किसी को कुछ नहीं कहता।

परन्तु आज के समाज में पड़ने से पहले ?

उस समय तो बहुतों ने तरह-तरह की बातें कही थीं। बहुत दिन पहले प्रबोध चन्द्र जिस परिवार के बन्धन को तोड़कर चले आये थे, उन लोगों ने कहा था। कलकत्ते के उत्तरी अंचल से किराये की गाड़ी से दक्षिणी अंचल में हाज़िर होकर महिलाएँ वंशमर्यादा की बातें सुना गयी थीं, किन्तु उस सुनाने में वैसा ज़ोर नहीं ला सकीं क्योंकि मुज़रिम तो तब तक फ़रार हो चुका था।

प्रबोधचन्द्र की मृत्यु के बाद ही न माथा ठनका था उन लोगों का ? श्राद्ध के समय कुटुम्ब-भोजन में आकर उसे देख 'हाँ' होकर उनकी उम्र का हिसाब लगाने बैठी थीं—इस अविश्वसनीय घटना की नायिका की। और तब तक बकुल के कारण नाम भी मज़े में फैल गया था।

सार बात, तालगोल या गोल-हरिबोल में बकुल राजेन्द्रलाल स्ट्रीट के इस घर में जड़ जमाये बैठी आँख पसारकर देखती जा रही है कि कैसे घर के चारों ओर की उदार शून्यता सँकरी होती आ रही है और समाज की बद्ध संकीर्णता उदार हो रही है।

बकुल के अपने जीवन से इस मुहल्ले का शायद मेल है। अपने में बकुल कहीं भी निःश्वास छोड़ने की खुली जगह नहीं पाती। किसी दिन कहीं पर काफ़ी ख़ालीपन था, इसे सोचने का समय भी नहीं उसे, हर जगह ठोस बुनाई है। रास्ते के किनारे के मकानों की क़तार जैसी।

रास्ते के किनारे से देखने से केवल एक पंक्ति। और तिनतल्ले की छत पर से देखने पर—उसके पीछे, और उसके पीछे सिर्फ़ मकान और मकानों की क़तारें।

परन्तु तिनतल्ले की छत पर जाकर ग़ौर से देखने की लालसा का समय कहाँ बकुल को ? कमरे के सामने की छोटी-सी छत पर भी खड़े होकर देखने का समय नहीं मिलता।

अजीब है !

जब समय था, तब तिनतल्ले पर की छत पाने से एक राज्य पा जाने की सुखानुभूति हो सकती थी, तब उस वस्तु की पैदाइश नहीं हुई थी। अब कभी-कभी छत पर जाने की लोहे की पतली सीढ़ी के सामने खड़ी होकर बकुल मन ही मन कल्पना करती है, काश, उसके कैशोर्य जीवन में यह रहा होता ! रहा होता तो क्या होता, यह नहीं जानती बकुल, 'रहा होता' इतना ही सोचने से दूसरे एक मकान की छत पर एक हँसता-सा मुखड़ा तिर आता है। जिस मुख के स्वामी को सँझली दी पारुल कहती थी, 'बुद्धू, भोंदू !'

ये सारी बातें निश्चय ही चुके हुए समय की हैं—जब पारुल एकाध बार बाप के घर आती थी। बहुत दिन पहले ब्याही गयी तीन लड़कियों में से पारुल ही माँ के मरने के बाद कभी-कभार आती रही है।

और चम्पा, चन्दन ?

वे तो माँ के मरने के समय ही रो-रोकर बोली थीं, "माँ तुम भी चलीं। हम लोगों का भी मैके आना हो गया..."

यद्यपि वहाँ मौजूद महिलाएँ, जो उनकी ताई, चाची, बुआ थीं, बोल उठी थीं, "राम का नाम लो, सौ साल की दीर्घायु लेकर बाप जीवित रहें..."

उन लोगों ने क्रन्दन-विजड़ित गले से ही गुरुजनों को संसार का नियम समझा दिया था। बोली थीं, "जिएँ, सौ क्यों हज़ार साल, परन्तु माँ के मरने पर बाप क्या होता है, कौन नहीं जानता ?"

शायद माँ के रहते-रहते ही पिता के व्यवहार से इस बात की झलक मिली थी उन्हें। यह देखा था कि पिता के नहीं चाहते हुए भी माँ प्रायः ज़बरदस्ती ही उन्हें बुलवाती हैं, यद्यपि यह भी समझना बाक़ी नहीं रहता था कि इस युद्ध में स्नेह विगलित चित्त उतना नहीं है, जितना कि कर्तव्य-बोध।

सुवर्णलता के इस प्रबल कर्तव्य-बोध ने ही तो प्रबोधचन्द्र को सदा क़ाबू कर रखा था। प्रबोधचन्द्र यह समझ नहीं पाते हैं कि आदमी अपने जीवन में जो चाहे सो क्यों नहीं कर सकता।

हालत निहायत ही बुरी न हो, तो आदमी सहज ही खा-पहनकर, सुख-चैन के साथ जीवन बिता सकता है, फिर 'कर्तव्य' नाम की एक विरक्तिकर वस्तु के लिए

वह भारग्रस्त क्यों हो ? उसी वस्तु के पीछे-पीछे तो दुनिया-भर की चिन्ता, दुनिया-भर की असुविधा होती है।

प्रबोधचन्द्र के इस सिद्धान्त को लेकर सुवर्णलता की हमेशा की लड़ाई थी, पर अन्त के कुछ दिन सुवर्णलता ने हथियार डालकर मानो युद्धविरति के अँधेरे शिविर में शरण ली थी।

माँ के बारे में सोचते ही बकुल को माँ की वह निर्लिप्त, निरासक्त हाथ से पतवार छोड़ देनेवाली मूर्ति ही याद आती है।

मरने के बहुत पहले से ही सुवर्णलता ने मानो इस घर से विदाई लेकर अपने को मृत की श्रेणी में रख दिया था। मृत्यु की उस शीतलता में बकुल का कैशोर्य काल बीता।

आश्चर्य, फिर भी उसी शीतलता में ही फूल खिला, रोशनी जली।

उसके बाद तो सुवर्णलता ने सचमुच ही विदाई ली।

उसके कितने दिनों के बाद उस बार पारुल मैके आयी।

ठीक याद नहीं आता, कब।

नौ

पारुल उस बार बहुत दिनों के बाद ही मैके आयी। इसलिए नहीं कि इधर आग्रह नहीं है, उसका आना भी कदाचित् ही होता है, क्योंकि वह ससुराल में नहीं रहती, रहती है पति के यहाँ। पति की नौकरी बदली की है और फिर उसे रसोइया-नौकर के हाथ का खाना पसन्द नहीं। इसलिए माँ-बाप से लड़-झगड़कर पत्नी को साथ ले गया है। बेटा अपनी स्त्री को साथ ले जाए, उन दिनों कौन माँ-बाप खुशी मन से इसका समर्थन करते थे ? बहू अगर नाचते-नाचते पति के साथ डेरे पर जाए और वहाँ पूर्ण स्वामित्व का स्वाद पाए, तो वह बहू भला फिर कभी सास, फुआ-सास की छत्रछाया में बहू बनकर रहेगी ? हरगिज़ नहीं।

तो और क्या ? डेरे पर जाने का मतलब ही है बहू का स्वतन्त्र हो जाना। आख़िर बेटे को पाल-पोसकर लायक़ बनाकर उसका ब्याह करने का मतलब ही क्या, यदि बेटे की बहू के हाथ का सेवा-जतन ही नहीं मिला ? परन्तु पारुल के पति

ने स्त्री के उस कर्तव्य की ओर नहीं देखा, अपनी ओर ही केवल देखा।

और पारुल ? उसे कोई कर्तव्य-बोध नहीं ? कम-से-कम आँखों की लज्जा ?

बकुल के इस सवाल पर पारुल हँस पड़ी थी। कहा था, "बेशक, वह अच्छा दीखता। मैं यदि सास के पाँव पकड़कर कह पाती, 'वह बेहया, निर्लज्ज, स्वार्थी जो भी कहे, मैं आपके चरण नहीं छोड़ने की।' तो ज़रूर धन्य-धन्य हो जाती। पर उस धन्य-धन्य में है क्या, सो बता? नक़ली रूप धारण कर धन्य-धन्य बटोरने से मुझे सख़्त नफ़रत है। और फिर..." पारुल ज़रा हँसी थी, "उस आदमी को जलाकर मारने में थोड़ी ममता भी हुई। मुझे आँखों की ओट में रखना होता तो वह पल-पल दाह से जलता रहता !"

बकुल भी हँसी।

लड़की कुमारी है, इसलिए कुछ छिपाकर नहीं बोली।–"ख़ूब ! सिर्फ़ उन्हीं की निन्दा की जा रही है–अपनी तरफ़ जैसे कुछ है ही नहीं। पेटी-बिस्तर बाँधकर अमल बाबू चलते बने होते तो तू ख़ुद जैसे त्रिभुवन अँधेरा नहीं देखती ?"

"वह भी देखती शायद। जो भी हो मौक़े-बे-मौक़े पीठ पीछे एक सहारा तो है !"

"सहारा ही केवल ? और कुछ नहीं ?"

"और कुछ ? वह भी शायद है कुछ। चक्षुलज्जा की माया तजकर निकल पड़ने से कम-से-कम रसोई, भण्डार घर पर तो निरंकुश कर्तृत्व रहता है। यह स्वाधीनता ही क्या कम है ?"

"तू बड़ी निन्दक है। अमल बाबू तो तुझे सर्वस्व सौंपकर निःस्व हो बैठे हैं।"

"यही तो आफ़त है।" पारुल कैसी तो एक उदास हँसी हँसी थी, "सर्वस्व पा जाने का भार तो कम नहीं, वह न उगलते बनता है, न निगलते।"

"उगलते नहीं बनता, यह तो समझी, किन्तु निगलने में क्या बाधा है?"

"अरे बाबा, यह प्रश्न तो हरदम मैं ही अपने आपसे पूछती हूँ, उत्तर कहाँ मिलता है ? क्रमशः भार ही बोझिल हुआ जा रहा है। ख़ैर, छोड़ भी। मेरे अमल बाबू की रहने दे, तेरे निर्मल बाबू की क्या ख़बर है, बता ?"

"आह, बदतमीज़ी मत कर।"

"बदतमीज़ी कैसी ? इतने दिनों में कहाँ तक क्या प्रगति हुई, यह तो सुनूँ।"

"रुकेगी भी तू ?"

पारुल अचानक गम्भीर हो गयी थी। बोली, "वह दईमारा शायद अभी भी माँ-ताई के आँचल में मुन्ना ही बना बैठा है ? कोई चेष्टा नहीं की ?"

उस समय गम्भीर बकुल भी हुई थी, "चेष्टा करने का तो कोई प्रश्न ही नहीं है सँझली दी !"

"ओह, प्रश्न ही नहीं ? वही गण-गोत्र, कुल-शील, ब्राह्मण-कायस्थ,

राढ़ीवारेन्द्र ? तो फिर मरने को तू अभी भी किस प्रत्याशा में बैठी है ?''

''प्रत्याशा ? प्रत्याशा काहे की रे सँझली दी ? बैठी रहना बात भी बेमानी है। हूँ, इसलिए हूँ।''

''मैं सोच रही हूँ, ये अभिभावक अभी भी तुझे घर से निकाल बाहर करने को सत्तू बाँधकर पीछे क्यों नहीं पड़ रहे हैं ?''

''सो मैं क्या जानूँ ?''

बकुल कह रही थी, ''सो मैं क्या जानूँ ?''

लेकिन बकुल क्या सचमुच ही नहीं जानती थी यह बात ? बकुल के पिता अपने सदा दुर्बल चित्त की सारी आकुलता लिये उस लड़की पर ही निर्भर करते हैं क्या ? जो लड़के बड़े हो गये, वे तो बाप के लिए अब बन्धु-बान्धव के बराबर हैं, कम-से-कम बकुल के पिता की चिन्ता इससे ऊपर नहीं उठ सकती। विवाहित बेटों को वह बदस्तूर प्रतिपक्ष ही मानते हैं। और विवाहिता लड़कियों की तो बात ही छोड़ दीजिए। 'अपनी' कहने को अतएव वह लड़की ही है। वह क्वाँरी लड़की।

बेटी का चाल-चलन यद्यपि उन्हें फूटी आँखों नहीं सुहाता, फिर भी समय पर दवा का गिलास वही तो मुँह के सामने ला देती है ! वही तो देखती है कि बाबूजी का बिस्तर साफ़ है या नहीं, बाबूजी की फतुही में बटन हैं या नहीं, बाबूजी को अच्छा-बुरा खाने को मिल रहा है या नहीं ?

भरोसे का एकमात्र यह आधार भी यदि पराये घर चली जाए, तो उस विपत्नीक असहाय आदमी की क्या गति होगी ?

हो सकता है, ज़ात, मान, लोक-लज्जा सब बहुत बड़ी चीज़ हो, परन्तु स्वार्थ से बढ़कर और क्या है ? और सबसे बड़ा स्वार्थ प्राण-रक्षा !

बकुल पिता की यह दुर्बलता समझती है।

परन्तु यह क्या कोई कहने की बात है ?

ना, यह बात सँझली दी से भी नहीं कही जा सकती। इसीलिए कहा, ''मैं क्या जानूँ !'' परन्तु पिता की इस दुर्बलता के प्रति बकुल कृतज्ञ नहीं है क्या ?

पारुल ने कहा, ''तो फ़िलहाल तुम्हारी कॉपी के पन्नों पर ज़ोर-शोर से व्यर्थ प्रेम की कविता ही लिखी जा रही है ?''

बकुल हँसकर बोली, ''मैं भला प्रेम की कविता कब लिखने लगी ? यह तो तेरे हिस्से है। जिसके लिए अमल बाबू...''

''दुहाई है बकुल, हर बात में 'तेरे अमल बाबू' की याद मत दिलाया कर, दो-चार दिन भूले रहने दे बाबा !''

"छिः सँझली दी, हिन्दू-नारी का क्या यही मनोभाव है ?"

"यही तो मुश्किल है," पारुल हँस उठी, "मैं किसी भी तरह से अपने को हिन्दू-नारी की केंचुल में घुसा नहीं पाती, पर उस केंचुल को ठोकर भी मारती हूँ।"

पारुल का चेहरा एक अजीब रहस्य की धूप-छाँव से जैसे दुर्बोध्य लग रहा है। लगता है, चाहते ही पारुल उस केंचुल को उतारकर निकल आ सकती है। नहीं निकल रही है, मानो केवल अपने ऊपर एक निष्ठुर कौतुक का खेल खेलती हुई मज़ा देख रही है।...

अनामिका वह चेहरा देख पा रही हैं, उधर निर्निमेष ताकते हुए बकुल का मुँह भी। बकुल गोरी नहीं है, पारुल का रंग चम्पा फूल जैसा है। पारुल का पति उसके चम्पई शरीर पर फबने लायक़ साड़ी भी ख़रीद देता है। उस दिन पारुल ने एक महीन 'चाँदनी' साड़ी पहन रखी थी, काली चूड़ी-कोरवाली। वह कोर महज़ जूड़े के किनारे को घेरकर उसके कन्धे के बग़ल से छाती पर लटक आयी है। बड़ी सुन्दर दीख रही है पारुल।

'चाँदनी' साड़ी में लाल कोर और भी अच्छी लगती है। मगर लाल कोर की साड़ी पारुल को पसन्द नहीं। किसी उपलक्ष्य में सधवा के नाते कोई उसे लाल कोर की साड़ी देता है, तो वह किसी और को दे देती है। इसकी वजह बकुल के सिवा सबकी अजानी है। किन्तु बकुल के अलावा पारुल और किसे कहे, "लाल कोर की साड़ी में बड़ी 'पतिव्रता-पतिव्रता' जैसी गन्ध लगती है मानो। पहनने से लगता है, बदन पर ग़लत विज्ञापन चिपकाये घूम रही हूँ।"

बचपन में पारुल की ऐसी अनेक उद्भट धारणाएँ थीं। और था एक बेपरवाह साहस।

इसीलिए पारुल ने पिता के सामने खड़ी होकर पूछा था, "बकुल के ब्याह की उम्र तो हो गयी। हम लोगों के हिसाब से तो उम्र पार भी हो गयी, उसका ब्याह क्यों नहीं कर रहे हैं ?"

"पारुल", बकुल के पिता अचकचाकर बोल बैठे थे, "ब्याह नहीं करने की कभी कही है क्या ? अच्छा लड़का नहीं मिलने से ?...मेरी तो यह लाचार अवस्था, बड़े भाई सब अपनी ही घर-गिरस्ती में व्यस्त..."

भले आदमी वैसे बहुत लाचार नहीं थे, पर स्त्री-वियोग के बाद उन्होंने स्वेच्छा से ही अपने को लाचार-सा बना लिया था, क्या जानें, किसी मनोविज्ञान से !

शायद औरों की दया बटोरने के लिए।

या कि घर में अपना मूल्य बरक़रार रखने के लिए। किसी ने कुछ कहा नहीं, तब भी अपने ही घर में स्वयं को अवान्तर-सा महसूस करने लगते थे, इसीलिए जब-तब अब-तब होते थे।

ख़ैर। अपने को लाचार कहते-कहते अन्त में वही हो पड़े थे वह। बोलते ही खाँसने लगते।

पारुल कहती, "वह नर्वसनेस है, झूठी खाँसी खाँसते-खाँसते आख़िर..."

परन्तु पारुल तो ऐसी अनेक विद्वत्तापूर्ण बातें बोलती है। उस दिन भी पिता के मुँह पर कह बैठी थी, "आप लोग आँख रहते अन्धे हैं। लड़का तो आपकी नज़र के ही सामने है।"

"नज़र के सामने ही लड़का !"

पारुल के पिता आसमान से गिर पड़े थे, "किसके बारे में कह रही है तू ?"

"और किसकी कहूँगी बाबूजी ? क्यों, निर्मल की याद नहीं आयी आपको ?"

"निर्मल ! यानी अनुपम बाबू का लड़का सुनिर्मल ?"

वह अशक्त आदमी सख़्त और सीधा तनकर उठ बैठे थे, "ओह ! उस हरामज़ादी ने तुझे अपना वकील खड़ा किया है ? मैं उसका निर्मल के यहाँ जाना निकालता हूँ।"

"अब जाती भी नहीं है। और, आप तो जानते हैं, मैं किसी की सिखायी बातें नहीं बोलती। मैं आप ही कह रही हूँ..."

"आप ही कह रही हो ?"

विवाहिता बेटी और योग्य जमाई की मर्यादा भूलकर पिता झुँझला उठे थे, "क्यों नहीं कहोगी ? डेरे पर रहती हो, अप-टु-डेट हो गयी हो। मैं पूछता हूँ, उन लोगों से हम लोगों का सम्बन्ध होता है क्या ?"

वह झुँझलाना यदि पारुल के लिए होता, तो पारुल बेशक दूसरा शब्द भी नहीं बोलती, पर वह तो बकुल को किसी किनारे करने आयी थी। इसलिए उसने कहा, "नहीं होता है, इस बात का कोई अर्थ नहीं। करने से ही होता है।"

"करने से ही होता है ?"

"और क्या ? ये नियम-क़ानून तो भगवान के बनाये नहीं हैं कि इनका इधर-उधर नहीं हो सकता ! अपने बनाये नियम को आदमी आप ही तोड़ता है।"

"ख़ूब, ख़ूब !" पिता और भी खिजला उठे थे, "बोली में तो बिलकुल 'माँ' को बिठा दिया है ! मेरे तोड़ने से ही टूटेगा ! ये लोग राज़ी होंगे ?"

"अगर हों ?"

"होंगे ! कहा है तुझसे ?"

"मैं कहती हूँ, यदि हों तो आप तो नहीं नकारेंगे न ?"

पिता फिर लाचार हो लेट गये। बोले, "मेरा नकारना ! रोगी मुरदा, एक ओर पड़ा हूँ। मर जाने पर लड़के एक दिन खींचकर फेंक आएँगे। लड़की अगर प्रेम करके किसी के साथ निकल भी जाए, तो कुछ कर सकूँगा मैं !"

पारुल अपलक आँखों से छाती पर हाथ रखे हाँफते-हाँफते निःश्वास फेंकनेवाले उस आदमी की ओर ताकती रह गयी थी। उसके बाद चली आयी थी।

लौटकर सोचने लगी—तो क्या पतवार मैं ही थामूँ ?

किन्तु पतवार थामने से ही क्या नाव चलती है ? नाव यदि बालू के चौर में अटकी हो ? फिर भी अन्तिम कोशिश कर जाऊँगी !

ना, बकुल की जीवन-नैया को फिर भी बहा नहीं पायी पारुल, उस बार चले आने के समय सिर्फ़ बोली थी, "तेरे आगे मैं अपराधी हूँ बकुल। ख़ामख़ा ही मैंने तुझे छोटा बनाया...ताज्जुब है, मैं सोच भी नहीं सकी थी कि तू माटी के एक खिलौने को...।"

रोष और क्षोभ से चुप हो गयी थी पारुल।

उस मुँह की ओर ताककर धीरे-से हँसती हुई बकुल बोली थी...

बकुल की उस बात का अन्त लेकिन नहीं सुना जा सका। उस हलकी-सी हँसी पर रूढ़, रूखा, कर्कश एक ज़ोरों का धक्का-सा लगा।

घड़ी का अलार्म !

नियमवाले घर में रात पूरी होने पर कर्म-चक्र को चालू करने के लिए घड़ी में अलार्म दिया रहता है। नमिता बड़ी लक्ष्मी और होशियार बहू है। अलार्म की घण्टी से जगकर वह पहिये को चलाना शुरू कर देती है। ठण्डी जगह नौकर-चाकर भोर में उठना नहीं चाहते हैं। लेकिन सुबह-सुबह ही घर में सबको 'बेड्-टी' चाहिए, गरम पानी चाहिए।

यह काम नमिता पर किसी ने लादा नहीं है, उसने अपनी इच्छा से ही अपने ऊपर लिया है। आत्मनिपीड़न भी एक प्रकार का वित्तविलास है। कोई नहीं भी चाहे, तो आदमी त्याग स्वीकार करता है, स्वार्थ-त्याग करता है, बेज़रूरत मशक़्क़त करता है, अकारण सेवा करता है।

नहीं तो अनामिका देवी का दरवाज़ा खटखटाकर 'बैड्-टी' बढ़ाने की क्या ज़रूरत थी उसे, इनकी ज़िम्मेदारी तो उसकी नहीं है ?

अलार्म की घण्टी से चौंककर टेबल पर रखी कलाई की घड़ी को देखा था अनामिका देवी ने। अवाक् होकर सोच रही थीं, तो क्या मैं सोयी नहीं ?

चाय का प्याला देखकर और भी हैरान होकर सोचा, "यह लकड़ी भी नहीं सोयी क्या ?"

उससे यह बात कही उन्होंने।

नमिता ज़रा उदास-सी हँसी हँसी। बोली, "सोयी थी, उठ गयी। मैं इसी समय

उठती हूँ। घड़ी में अलार्म दे रखती हूँ।''

''क्यों भला ! अँधेरा रहते इतना क्या काम रहता है तुम्हें ?''

अनामिका देवी ने एक सहज और साधारण-सा सवाल किया। नमिता ने किन्तु जवाब अ-सहज दिया। गले को धीमा करके बोली, ''छोड़िए इसे। कौन कहाँ से सुन ले !''

अनामिका गम्भीर हो गयीं।

बोली, ''ख़ैर ! तुम्हारे अलार्म से आज मुझे भी सुविधा हुई। छः बजे ही तो जाने की बात है।''

कई मील मोटर से जाना होता है। तब स्टेशन। सवेरे सात बजे गाड़ी।

नमिता झट बोल उठी, ''अरे, आज ही कैसे चली जाएँगी ? और भी दो दिन का कार्यक्रम है न !''

उसके इस अबोध प्रश्न से अनामिका हँसीं।

बोलीं, ''बात तो थी। पर इसके बाद भी कार्यक्रम होने की सोचती हो तुम ?''

नमिता ने धीमे किन्तु दृढ़ स्वर से कहा, ''होगा। कल जब आप सो गयीं, तो सम्मेलन के कौन लोग तो बड़ी रात गये यहाँ आये थे। कह गये, आप जब जगें, तो आपसे कह दिया जाए कि अधिवेशन होगा। पुलिस के ज़ोरदार पहरे की व्यवस्था की गयी है।''

पुलिस का पहरा !

ज़ोरदार पुलिस के पहरे में साहित्य सम्मेलन !

अनामिका देवी हँसें कि रोएँ ?

लेकिन उन्होंने इन दो में से एक भी नहीं किया। सिर्फ़ बोलीं, ''नहीं, मैं आज ही चली जाऊँगी। सुबह की गाड़ी से न जा सकूँ, तो दोपहर की गाड़ी से। न जा सकूँ मतलब, उन लोगों से कहना तो होगा !''

अनामिका देवी चली ही आयीं। बहुत-बहुत आग्रह-अनुरोध को टालकर। पुलिस के पहरे में साहित्य-सम्मेलन से रुचि नहीं रही उन्हें।

अनुष्ठान-समिति के अध्यक्ष ने बड़ा निहोरा किया, यह भी कहा कि अनिल बाबू ने अस्पताल से विनती की है, परन्तु भगोड़े मिज़ाज को किसी भी तरह से लौटा नहीं सकीं अनामिका देवी।

बोलीं, ''तबीयत भी वैसी...यानी कल की घटना से कैसी हो गयी...''

तबीयत ठीक नहीं है, इस बात पर लोग लाचार हो गये। शरीर सभी देवताओं का सार देवता है, उसका नैवेद्य देना ही पड़ेगा। मन ? मिज़ाज ? इच्छा ? अनिच्छा ?

सुविधा ? असुविधा ? इन सबके टुकड़े-टुकड़े कर देने योग्य सुदर्शन चंक्र आयोजकों के पास है। लेकिन तबीयत ख़राब होने के आगे वे बेहथियार हैं। दूसरे पक्ष का ब्रह्मास्त्र है यह तबीयत ख़राब होना। यह कहते ही छुटकारा मिल गया।

परन्तु उन लोगों का मतलब सम्मेलन बुलानेवालों का अबकी शनि-राहु योग था।

यह पता कलकत्ता लौटने पर अख़बार से चला।

साड़ी के आँचल को लपेटते-लपेटते अख़बार पढ़ती हुई ही शम्पा सीढ़ियों से ऊपर आयी।

"बुआ, हाय मेरी बुआ, तुम्हारे उत्तर बंग साहित्य-सम्मेलन की यह परिणति ? पुलिस शासन बेकार हुआ। स्थानीय युवकों से संघर्ष में दो व्यक्ति निहत, बाईस आहत। स्वागत-समिति के अध्यक्ष गम्भीर रूप से घायल होकर अस्पताल में।... हि-हि...यह हाल ! कहाँ, कल तो तुमने कुछ कहा नहीं ?"

अनामिका देवी किसी सम्पादक के तकाज़े से तंग आकर मन की सारी शक्ति लगाकर अभी-अभी लिखने बैठी थीं, इस हि-हि से उन्होंने सिर थाम लिया। यह अब आसानी से जानेवाली नहीं, ज़बरदस्त जिरह करके जान लेगी कि हक़ीक़त में हुआ क्या है।

इस काण्ड से शम्पा को बड़ा कौतूहल है।

जहाँ भी और जिस कारण से भी हो, कोई काण्ड होने पर शम्पा उल्लसित हो उठती है। और, अपने उस उल्लास का हिस्सा देने आती है माइडियर बुआ को।

अनामिका देवी गम्भीर होना चाहें भी तो उस गम्भीरता को वह उड़ा देती है।

"बुआ, सुना ? शिवनाथ कॉलेज के प्रिंसिपल का छात्रों द्वारा घेराव। बेचारे प्रिंसिपल ने हाथ जोड़कर माफ़ी माँगी तब कहीं..." हि-हि से ही उसने बाक़ी बात समझा दी।

"क्या काण्ड हुआ, जानती हो बुआ ? अभी-अभी उस दिन इतनी धूमधाम से ललिता ने शादी की और अभी ही परेशान, दोनों ही अडिग हैं !...तुम ख़ाली गढ़े हुए लोगों से रात-दिन झूठे कारबार करती हो बुआ, वास्तविक मनुष्य की ओर तुम्हारी दृष्टि नहीं है। मुहल्ले में क्या काण्ड हुआ, पता है ! अनिल बाबू की गाड़ी से छिटककर सतीश बाबू के पैण्ट में कीचड़ पड़ गया, इसके लिए दोनों में ख़ूब हाथापाई हुई। दोनों ही मुक़दमा ठोकने गये हैं।"

यह सब शम्पा के उल्लास का उच्छ्वास है।

अनामिका देवी बुझे स्वर में बोलीं, "तेरे ही पास इतनी ख़बरें कैसे आती हैं, यह तो बता ?"

दोनों हथेली उलटकर शम्पा ने कहा, "आँख-कान खुले रहने से ही आती हैं।"

"ऐसी वाहियात बातों के लिए आँख-कान को कुछ कम खुला रखो शम्पा, दुनिया में और भी बहुत-सी अच्छी चीज़ें हैं।"

"अच्छी !"

ऐसी बात सुनकर शम्पा आकाश से गिरी। बोली, "अच्छी शब्द का अर्थ क्या है बुआ ? किस स्वर्गीय अभिधान में है वह...जिसे तुम वाहियात कहती हो, वही असली काम की है। ये काण्ड ही समाज के दर्पण हैं। समाज, संस्कृति की प्रकृति तुम देख कहाँ पाओगी, यदि इन काण्डों पर ध्यान नहीं दोगी ! डाल-पत्ते तो महज़ दिखावा हैं, असली वस्तु काण्ड ही है। यह काण्ड !"

अपने स्वाभाविक ढंग से बहुत बातें कह गयी शम्पा। सदा ही कहती है। आज भी बोली, "कल तो तुमने कहा, तुम्हारा भाषण हो गया, इसलिए नाहक़ ही तुम दो दिन वहाँ नहीं रुकीं ! और इधर यह हाल ! तुम्हारे रहते-रहते ही तो..."

निरुपाय-सी हो हाथ की कलम रखकर अनामिका देवी ने कहा, "तो क्या करती, बोलो ? तुमसे काण्ड का बयान करने बैठती तो मेरा कोई काम होता ? मारे जिरह के तुम एक काण्ड को सात काण्ड करती। ख़ैर छोड़ो। अख़बार में क्या लिखा है ! सचमुच दो आदमी मारे गये ?"

"लिखा तो यही है।" शम्पा फिर हँस उठी। "अवश्य यह अख़बार की ख़बर है। दो पर दो बाईस हो सकते हैं। या तो पुलिस निर्देश से एक '2' को दबा दिया गया है या छापाख़ाने के भूत एक '2' को डकार गये। हो सकता है, बाईस मरे, बाईस घायल हुए हों।"

उसके उमगते मुखड़े की ओर ताककर अनामिका देवी ज़रा सख़्त लहज़े में बोलीं, "मन में यही सन्देह लिये तुम हँस-हँसकर लोटपोट हो रही हो ? 'निहत' शब्द का मतलब नहीं जानती हो क्या ?"

"बस, हो गया..." शम्पा ने अपने तिकोने चश्मे के कोने को और तीखा करके आँखें उठाकर कहा, "बुआ, गुस्से से आग हो गयी ! माने क्यों न जानूँगी बुआ, इस युग में उस शब्द का माने तो प्रांजल हो गया है। रास्ते से एक बानइट उठाकर निशाने पर छोड़ते ही तो मतलब जानना हो गया।...उस रोज़, जैसे ही तुम निकलीं, प्रायः उसी क्षण घट ही तो गयी एक घटना। टीले के लड़के बीच रास्ते में ईंटें खड़ी करके क्रिकेट जैसे खेलते हैं, खेल रहे थे। जाने कहाँ से एक मस्तान आया और यह मारा कि वह मारा ! 'रास्ता पब्लिक के चलने के लिए है, ईंट की दीवार खड़ी करने के लिए नहीं। उठ ले जाओ' आदि-आदि कहा और हाथों-हाथ सबक़। क़िस्मत अच्छी थी कहो, किसी की संसार-लीला समाप्त नहीं हुई, सिर फूटने तक ही निबट गया। मगर जान जा तो सकती थी ?"

अनामिका देवी हताश-सी बोलीं, "मुझे झटपट एक रचना ख़त्म करनी है।"

"बाप रे बाप, हर समय तो तुम्हें झटपट ही लिखना है। सोचा, इन दो दिनों की घटनाएँ तुम्हें बता दूँ। जाने दो, भाड़ में जाएँ यह रहा तुम्हारा उत्तर बंग। 'पाँचवें पृष्ठ के सातवें कॉलम में देखिए।' मैं रुख़सत हो रही हूँ। दो बातें करो, घर में ऐसा भी कोई नहीं। यों ही निकल जाया करती हूँ मैं..."

अनामिका देवी उसे जाने तो दे सकती थीं, वह तो सारी शक्ति बटोरकर लिखने बैठी थीं, फिर भी उसके यों रूठने से विचलित हुईं।

यह मन का रहस्य क्या है, कौन जाने !

शम्पा का हर कुछ अनामिका देवी के लिए दृष्टिकटु है, फिर भी उसके लिए हृदय में बहुत स्थान है।

तक़ाज़े की रचना तैयार करने में आजकल सचमुच ही बहुत देर होती है। ज़ोर-ज़बरदस्ती ही लिखने के लिए बैठना पड़ता है, फिर भी वह अलसा गयीं। बोलीं, "जैसा असभ्य है तुम्हारा बाल बाँधना, वैसी ही असभ्य बातचीत।"

शम्पा ठकठक करती चली जा रही थी। यह सुनकर उसने गरदन फेरी। तेजी के साथ बोल उठी, "जूड़े में क्या असभ्यता है, ज़रा सुनूँ तो सही ?"

"एड़ी-चोटी है।" उसके एक हाथ को कसकर पकड़ अनामिका देवी ने कुरसी के पास खींचते हुए कहा, "क्या है जूड़े में ? आम की डलिया, गोबर की टोकरी।"

"उसमें रहने योग्य बाज़ार में काफ़ी माल-मसाला बिकता है बुआ, परन्तु बात यह है कि जूड़े की बनावट तुम्हें अच्छी नहीं लगती।"

"लगती है, यह कहती तो तू शायद ख़ुश होती, पर तुझे ख़ुश नहीं कर पा रही हूँ। समझ नहीं पा रही हूँ, कुछ ही दिन पहले 'सिर का बोझा हलका कर दूँ' कहकर तू बाल कटाने पर आमादा हुई थी, माँ ने क़सम-वसम दी, सिर्फ़ इसलिए नहीं कटाये, पर वही तू, अचानक सिर पर इतना बड़ा बोझा कैसे रख लिया ?"

"कैसे रख लिया ? हि-हि-हि, क्यों बुआ, बचपन में तुम जब क़िस्सा सुनाती थीं, कहा था, 'पटरानी पनडब्बा ढोने में मूर्च्छित हो गयी थी, और उसी पटरानी ने फ़ैशन के नाते गले में सोने की सिलौटी लटकायी थी' !"

"वह कहानी याद है ?" मुसकराकर अनामिका देवी ने कहा, "ये कहानियाँ क्यों बनायी जाती थीं और क्यों सुनायी जाती थीं, बता तो ?"

"वाह रे ! जैसे मैं जानती ही नहीं। लोकशिक्षा के लिए, और क्यों ! ख़ास करके स्त्री-जाति को शिक्षा देने के लिए ही तो दुनिया-भर की कहानियों की अवतारणा हुई।"

"जब सब-कुछ जानती है, तो यह भी जानना उचित है कि 'शिक्षा' लेने की ही चीज़ है। ज़रा सोच, फ़ैशन की शिकार होकर यह स्त्री-जाति कितनी हास्यास्पद

होती है।"

शम्पा मान भूल गयी। एक कुरसी खींचकर वह बुआ के पास बैठ गयी। बोली, "मगर इस जूड़े के बारे में तुम चूँ नहीं कर सकतीं महोदया, यह ब.त अजन्ता स्टाइल है !"

"हो सकता है। परन्तु अजन्ता स्टाइल की स्त्रियाँ क्या उस जूड़े के साथ हाई-हिल जूते पहनती थीं ? कलाई में घड़ी बाँधती थीं ? हड़बड़ में दौड़कर ट्रामबस पर सवार हो कॉलेज-दफ़्तर जाती थीं ? ख़ुद ड्राइव करके मीलों चक्कर काटती थीं ?"

"क्या जानें !"

कुरसी में पीठ टिकाकर शम्पा हिलने लगी।

"क्या जानें, नहीं। नहीं काटती थीं। साज से काज का सामंजस्य होना ज़रूरी है, समझी !"

"समझी..." शम्पा हँस-हँसकर बोली, "साज बरक़रार रखते हुए यदि काज किया जाए ?"

"सोहता नहीं।"

"यह तुम्हारी संकुचित दृष्टि में। दृष्टि को उदार करो देवीजी, देखोगी यह सामंजस्य बात ही बेमानी है। अजीब है, लेखिका होकर भी तुम क्यों इतनी पुरानपन्थी हो ! और मज़ा यह कि लोग तुम्हारे नाम के आगे 'प्रगतिशील लेखिका' का विशेषण लगाते हैं !"

"इसपर तुझे आपत्ति है, न ?"

"बेशक।"

"तो फिर जा, जो लोग यह विशेषण लगाते हैं, उनसे यह कह दे कि उस प्रगति के पहले एक 'अ' बिठा दें। हाँ, दो दिन की क्या ख़बर बता रही थी ?"

"छोड़ो, कुछ विशेष नहीं।"

शम्पा टेबल पर ताल देकर सुर में आयी। परन्तु उसके मुख पर जो भाव फूट रहे थे उनमें बहुत कुछ था।

अनामिका देवी उसकी यह अदा जानती हैं।

मन-ही-मन हँसकर बोलीं, "कुछ नहीं ? तो रहने दे। मैं सोच रही थी, शायद..."

"अहा, मैंने एकबारगी 'कुछ नहीं' नहीं कहा। कहा, वैसी कुछ विशेष नहीं। ख़ैर, कह ही दूँ। परसों छोरे ने एक कीर्ति की है।"

शम्पा ने ज़रा दम लिया, फिर धड़धड़ाकर बोली, "ब्याह-ब्याह करके मुझे तो पागल बनाकर मार ही रहा था, परसों सीधे बाबूजी के पास आ धमका। कहता क्या

है, 'मैं आपकी बेटी से ब्याह करना चाहता हूँ।' है न मज़े की बात !''

सहज हँसी हँस-हँसकर ही बोली, पर अनामिका देवी को एकाएक लगा, शम्पा व्यंग्य की हँसी हँस रही है। वह मानो कहना चाहती है, ''देखो-देखो, हमारे युग को देखो। तुम्हारे युग के प्रेमियों को थी ऐसी हिम्मत ? उस साहस की पराकाष्ठा तो 'देवदास', 'शेखर', 'रमेश' हैं ? मिट्टी का घोड़ा, महज़ मिट्टी का घोड़ा ! दौड़ने की अदा लिये अचल खड़ा रहता है।''

सिर से पैर तक जैसे बिजली की एक लहर दौड़ गयी।

और दिनों की तरह आज भी एक बार सोचा अनामिका देवी ने, मैं क्या इस युग से ईर्ष्या करती हूँ ? मेरी यह नापसन्दगी मेरी उस ईर्ष्या का ही रूपान्तर है ?

''क्या हो गया बुआ, यों चुप्पी साध ली ?''

अनामिका देवी ने फिर से कलम उठा ली और जो बात उन्होंने पल-भर पहले भी नहीं सोची थी, वह कह बैठीं, ''देख रही हूँ, यह छोकरा तो बड़ा बेहया है !''

''क्यों कहा ?''

ठीक उसी क्षण बिलकुल विपरीत ही नहीं सोच रही थीं अनामिका देवी ? सोच नहीं रही थीं, ''बकुल, काश ! तुम्हारे निर्मल को यह साहस होता !'' किन्तु शम्पा उनके मन की इस बात को नहीं जानती। इसीलिए वह बोल उठी, ''उस हतभागे को मैंने भी ठीक यही कहा। मगर वह ऐसा ना-छोड़ बन्दा है कि लगता है, ब्याह किये बिना छोड़ेगा नहीं।''

''तेरे बाप ने क्या कहा ?''

''बाबूजी ? वह फिर नयी कौन-सी बात कहेंगे ! हर पिता जो कहते हैं, वही कहा—बोले, 'तुम्हारी हैसियत क्या है, रहने-खाने का ठिकाना है या नहीं, यह सब जाने-सुने बिना ही तुम्हारे चाहते ही मैं मारे ख़ुशी के अधीर होकर कन्यादान के लिए बैठ जाऊँगा, यही सोचा है तुमने ?' फिर वह...''

''फिर वह क्या ? भावी ससुर को पीटकर चला गया ?''

शम्पा ने हँसकर कहा, ''वह नौबत तो नहीं आयी, मगर धमकी दे गया है—देखता हूँ, आप कैसे नहीं कराते हैं ब्याह !''

''ख़ूब ! तू यह सब मसाला कहाँ से जुटाती है, मैं यही सोचकर हैरान हूँ।''

''बात क्या है, जानती हो बुआ...'' शम्पा ने पाँव हिलाते हुए कहा, ''अवस्था संगीन है। कुछ दिन से मैं दिखा-दिखाकर दूसरे एक लड़के से कुछ चलाने लगी हूँ न ! लेकिन हाँ, वह बिलकुल फ़ॉल्स है। महज़ जेलसी बढ़ाने के लिए...''

अनामिका देवी ने उसे बात पूरी नहीं करने दी। एकाएक गम्भीर होकर बोलीं, ''ख़ैर, तुम्हारी बकवास बाद में सुनूँगी, अभी मुझे रचना पूरी कर लेने दो।''

शम्पा टप्प से उठ खड़ी हुई। क्षुब्ध अभिमान के स्वर में बोली, ''मैं तो जा

ही रही थी, तुमने ही तो बुलाकर बिठाया।''

वह फटाफट सीढ़ियाँ उतर गयी।

अनामिका देवी भी उसी ओर ताकती रहीं। कलम हाथ में यों ही रखी रही, सारी शक्ति लगाने की इच्छा जैसे ढूँढ़े नहीं मिली।

बहुत धीरे, बहुत ही गहराई से सोचने की चेष्टा की, इस युग के किस कोने पर मैं अपना कैमरा खड़ा करूँ ? किस ऐंगिल से तसवीर लूँ ?...इसी घर में कहीं-कहीं अभी भी जेठ को देखकर घूँघट काढ़ा जाता है, भण्डार-गृह के कोने में मंगल कलश रखा जाता है, या शायद ख़ास-ख़ास दिन लक्ष्मी की पांचाली भी पढ़ी जाती है। किन्तु इसी घर में शम्पा...

इन सबमें कौन-सा सत्य है ?

दस

नहीं, इस युग में युग का कोई स्पष्ट अवयव ढूँढ़े नहीं मिलता। कहीं वह खौफ़नाक संहार की मूर्ति लेकर क्षण-क्षण युगों से संचित संस्कारों को चूर-चूर करके उड़ा देता है, उड़ा देता है चिरन्तन मूल्य-बोध, अभ्यस्त ध्यान-धारणा के अवलम्बनों को, और कहीं वह आदिकाल की उस बुढ़िया-सा है जो आज भी बहुतेरे संस्कारों से भरी झोली कन्धे पर लिये जमी बैठी 'पाप-पुण्य', 'भला-बुरा', 'इहलोक-परलोक का चिर-आचरित लगान दिये जा रही है।'

इसीलिए इस युग के मानस-लोक में सत्य का चेहरा भी अस्थिर और अस्पष्ट है। हिलते हुए दर्पण में प्रतिबिम्ब की तरह वह चेहरा कभी कम्पित, कभी विकृत, कभी द्विधाग्रस्त और कभी असहाय-सा है। आँधी से उजड़े घोंसले के पंछी-सा मानो डैने फड़फड़ाते हुए चक्कर काटता हुआ मर रहा है; अभी भी यह तय नहीं कर पा रहा है कि आँधी के थम जाने पर पुराने बसेरे को ही ठीक-ठाक करके रह लेगा या किसी नये पेड़ पर नया नीड़ बनाएगा।

किन्तु यह आँधी थमेगी ?

टूटन की आँधी बिना तोड़े-फोड़े, बिना तहस-नहस किये रुकती है ? वह क्या उस आदिकाल की बुढ़िया को जड़ से उखाड़कर फेंके बिना छोड़ती है ?

थमती है शायद।

शायद छोड़ती है।

जैसे कहीं कोई रफा-दफ़ा हो जाता है। वैसे में वह बुढ़िया नहीं भी दिखाई दे, जड़ माटी के नीचे रह जाती है। वह चुपचाप अपना काम किये जाती है। इसीलिए 'विश्व-विनाश' के इस युग में भी 'महात्मा' और 'महाराज' की संख्या बढ़ती ही जा रही है। बढ़ते ही जा रहे हैं 'भाग्य-गणना कार्यालय' और 'ग्रहशान्ति-रत्न-कवच'।

इसीलिए, जब 'साम्य', 'मैत्री' और 'स्वाधीनता' की जयजयकार से आकाश-पाताल काँप रहे हैं, तब भी केवल चमड़े के रंग के तारतम्य के बहाने आदमी आदमी की खाल उधेड़ता है। और जब मनुष्यों का एक दल चाँद पर पहुँचने के लिए आकाश की परिक्रमा कर रहा है, तो दूसरा एक दल 'सभ्यता के सारे पथों की परिक्रमा कर चुका' कहकर फिर गुफा की ओर जाना चाह रहा है।

एक साँस में इतना बोलकर वक्ता एक बार रुके। सामने की ओर देखा। बहुत अधिक और अच्छी सीटोंवाला सुन्दर विराट् हाल। सभा के आयोजक ने मोटी रक़म की दक्षिणा और अथक धरना देकर एक शाम के लिए सांस्कृतिक अनुष्ठान और साहित्य-सम्मेलन के लिए इस हाल को लिया था। उसी उद्देश्य से कुछ दिन पहले से ही प्रचार-कार्य चल रहा है। 'अभिनव सांस्कृतिक अनुष्ठान' और 'साहित्य-सम्मेलन।' आइए अग्रिम टिकट लीजिए। पचीस रुपया, दस रुपया और पाँच रुपया। दो रुपये का टिकट समारोह के दिन ही हाल में बिकेगा।...और एक घोषणा, इस आयोजन से हुई आमदनी का एक तिहाई 'दुख-निवारण समिति' को दे जाएगा।

आदमी पर्याप्त परिमाण में हृदयवान् है, यह टिकट लेने के प्रबल आग्रह से ही प्रमाणित हो चुका। तीन दिन पहले ही ऊँचे दाम के टिकट समाप्त, हाल में बेचने की योजना की निर्बुद्धिता से परेशान आयोजकगण को पुलिस की शरण लेने को मजबूर होना पड़ा।

दुःखी व्यक्तियों के लिए प्राण रोता नहीं तो इतना होता ? निन्दक लोग शायद और कुछ कहेंगे, किन्तु निन्दक क्या नहीं कहते ? दूसरी ही बात कहना तो उनका पेशा है। ख़ैर, दुःखियों के लिए हो या दुर्बलों के लिए, टिकट सब बिक गये।

यह ख़बर ढोल पीटकर प्रचारित भी कर दी गयी।

लिहाज़ा यह उम्मीद करना असंगत नहीं कि सामने की क़तारबद्ध सीटों का रूप ख़ासा भरा-पूरा और जमा हुआ होगा।

मगर वह भरा-भराया रूप कहाँ ?

कहाँ है वह परिपूर्णता का समारोह ?

आज के सम्मेलन के प्रधान वक्ता थे प्राध्यापक चक्रपाणि चट्टोपाध्याय, इसलिए भाषण के बीच में दम लेकर एक बार उन्होंने हाल के अन्तिम छोर तक ताककर देखा। ना, आदमी नहीं हैं, सिर्फ़ झकमकाती गद्दीदार क़ीमती कुरसियाँ शून्य हृदय

से प्रतीक्षा की घड़ियाँ गिन रही हैं !

केवल सामने की कई कुरसियाँ, जिन पर 'अतिथि' की छाप लगायी हुई थी, कुछ विशिष्ट अतिथियों को हृदय में धारण किये बैठी थीं। इन लोगों को शायद गाड़ी से लाया गया था, इसलिए ये सभा की शोभा होकर बैठने को विवश थे। इनमें से कई जाने-माने पत्रकार थे, बाक़ी सब विशिष्ट नागरिक। 'ये-ये लोग सभा में उपस्थित थे' कहकर अख़बार में जिनके नामों का उल्लेख होता है, ये वही थे।

चक्रपाणि बहुतों को अच्छी तरह पहचानते हैं, बहुतों की सूरत पहचानते हैं। किन्तु इनमें से कोई तो 'नवयुग के वाहक' नहीं लग रहे थे, फिर चक्रपाणि 'युग की वाणी' किसे सुनाएँ ! गोकि उनके भाषण का विषय निर्धारित कर दिया गया था, 'युग के साहित्य में सत्य'। सच पूछिए तो इस शीर्षक का वास्तविक अर्थ उन्हें वैसा प्रांजल नहीं लगा, ख़ूब अच्छी तरह से समझ नहीं सके कि इस शब्द से आयोजकों ने असल में समझाना क्या चाहा है। या तीन-चार बड़े-बड़े साहित्य-महारथियों को बुलाकर उनसे क्या सुनना चाहा है ?

प्राध्यापकों को लेकिन भाषण में कठिनाई नहीं होती, जिस-किसी भी विषय पर वे घण्टों सारगर्भित भाषण दे सकते हैं। और फिर चक्रपाणि सिर्फ़ प्राध्यापक नहीं, प्राध्यापक साहित्यिक हैं। प्रौढ़त्व छूने-छूने-जैसी उम्र, छात्रों में लोकप्रिय (जो आज के युग में दुर्लभ है) और पाठकों की दुनिया में आज भी चमकते हुए नायक ! 'अति आधुनिक' के कल-कल्लोल में भी चक्रपाणि की जयजयकार अटूट है। कम-से-कम उनकी पुस्तक की बिक्री की संख्या देखकर यही लगता है। परन्तु भाषण-मंच पर खड़े होने पर भक्तों की वह अगणित संख्या क्यों नहीं दिखाई देती ? गिने-चुने कई परिचित मुखड़ों के पीछे रिक्तता का अन्धकार क्यों ? हालाँकि उन कुरीतियों के न्यायोचित मालिक हैं। आये भी हैं वे। केवल झूठ-मूठ का कुछ भाषण सुनने के डर से वे हाल के बाहर इधर-उधर घूम रहे हैं, 'मताल मूढ़ी' या 'आइसक्रीम' खा रहे हैं, गप मार रहे हैं।

और भी आकर्षण हैं, गायक-गायिकाओं के साथ कुछ नायक-नायिकाओं के भी नामों की घोषणा की गयी है, जिन लोगों ने दुखियों के कार्य के लिए बिना कुछ लिए 'श्रमदान' करने की स्वीकृति दी है। वे केवल अभिनय ही नहीं करते, कण्ठ संगीत में भी सक्षम हैं, यह उनके सामने बैठकर स्पष्ट देखा जाएगा। अब बात यह कि आख़िर वे नायक-नायिकाएँ आकाश-मार्ग से उड़कर तो मंच पर आएँगे नहीं ! उन्हें गाड़ी से उतरकर सदर रास्ते से ही आना पड़ेगा। उस अनोखे दृश्य का दर्शक होने के सौभाग्य से अपने को वंचित करना चाहे, ऐसा मूर्ख कौन है ?

उनके आने पर उल्लास-ध्वनि के साथ भीतर जाया जाएगा। टिकट में सीट नम्बर लिखा है, फ़िक्र क्या है ?

पहले वक्ता चक्रपाणि विशेष बुद्धिमान होते हुए भी स्थिति को ठीक से हृदयंगम नहीं कर सके। उतने बड़े हाल को ख़ाली देखकर आयोजक से क्षुब्ध होकर पूछा था, "मैं शुरू तो करूँ, पर सुनेगा कौन ? ये ख़ाली कुरसियाँ ?"

आयोजक ने विनयपूर्वक कहा, "सभी आ जाएँगे सर।"

किन्तु उस आश्वासन पर चक्रपाणि भरोसा नहीं कर सके। इसलिए उन्होंने फिर कहा, "और कुछ देर तक इन्तज़ार किया जाता तो ठीक नहीं था ?"

यह सुनकर संस्था के सचिव और सह-सभापति हाँ-हाँ कर उठे, "और देर करने से तो नहीं चलेगा सर। आप चार महानुभावों के भाषण समाप्त होते-होते ही तो सभा के बारह बज जाएँगे। मतलब...सभी तो सर...शुरू किया तो फिर रोके कौन ? आप ही का भाषण थोड़ा-बहुत सुनने लायक़ है। बाक़ी सब तो..."

यह बात अवश्य बहुत धीमे से कही गयी थी। आयोजक ऐसे असभ्य तो नहीं कि चिल्लाकर ऐसा कहे।

चक्रपाणि के नज़दीक साहित्यकार मानस हालदार बैठे थे। वे एक विशिष्ट साप्ताहिक के सम्पादक भी हैं। भाषण देने की आदत नहीं है, इसलिए फुलस्केप-काग़ज़ के दोनों ओर बहुत ही छोटे-छोटे अक्षरों में अपना भाषण लिखकर ले आये थे। उसखुस करते हुए वह बोल उठे, "आपके कार्ड में तो समय छः बजे का है। पौने सात बज गये, अभी भी..."

"बात यह है सर..." सचिव ने हाथ रगड़ते हुए सफ़ाई दी, "ये आर्टिस्ट लोग बड़ी देर कर देते हैं न। और, टिकट की इतनी बिक्री तो उन्हीं लोगों के नाम पर हुई। पैसे ख़र्च करके साहित्य सुनने को कौन आता है, कहिए ?"

ना-ना, उसने साहित्य या साहित्यकारों की अवमानना के ख़याल से ऐसा नहीं कहा। निहायत ही सीधेपन से यह सहज सत्य वह कह बैठा।

दबे हुए क्रोध से मानस हालदार ने पूछा, "तो यह साहित्य-सम्मेलन का नाटक किस लिए ?"

उसने इस प्रश्न के उत्तर में सरलता की पराकाष्ठा दिखायी। अमायिक दबे स्वर से कहा, "ठीक कहा आपने। मगर बात यह है, आयोजन के ख़र्च के लिए एक 'सोवेनीयर' तो निकालना ही पड़ता और उसमें नामी लेखकों की रचनाएँ नहीं रहने से विज्ञापन नहीं मिलता। सो समझ ही सकते हैं, आपसे रचना लें और आपको बुलाएँ नहीं, यह कैसा लगेगा ? इसलिए, आप ग़ौर से देखें, जिनकी रचनाएँ ली गयी हैं, चुन-चुनकर केवल उन्हीं लोगों को बुलाया गया है। नहीं तो साहित्य पर बकवास सुनना किसे अच्छा लगता है ? अपने देश में बातें तो बहुत हुईं, काम जैसा काम कुछ नहीं हुआ, सिर्फ़ बातों की फुलझड़ी।"

उस छोकरे ने खुद भी बहुतेरी अच्छी-अच्छी बातें सीखी हैं, इसका परिचय देने

के लिए उसने स्वयं फुलझड़ी छोड़ी, "देश जा कहाँ रहा है, कहिए ! रुचि नहीं रही, सभ्यता नहीं, सौन्दर्य-बोध नहीं, गम्भीरता नहीं, चिन्ता नहीं, बस, बातों का प्रवाह। इसीलिए हमारे शशांक दा ने कहा है सर, भाषण संक्षिप्त ही दें। उन्होंने बड़े मज़े की बात कही", छोकरे ने दाँत निपोर निःशब्द हँसी हँसकर कहा, "भाषण संक्षिप्त नहीं होने से श्रोतागण ऊब जाते हैं। और आर्टिस्टों का नखरा तो जानते ही हैं, कुछ देर बैठना पड़ा तो कहेंगे 'और जगह जाना है' और कहकर चल देंगे। एक मशहूर गायिका हैं, वह तो गाने के समय सभा में किसी के चूँ करते ही उठकर चली जाती हैं। आख़िर शिल्पी हैं न ? बड़ी मूडी हैं।"...विचलित हँसी हँसते हुए छोकरे ने कहा, "अन्त तक रुकेंगे तो सर ? अच्छे कलाकारों को अन्त में ही रखा जा रहा है।"

"किन्तु तुम लोगों की सभानेत्री ?"

"आ गयी हैं सर ! महिला हैं तो क्या, समय की बड़ी पाबन्द हैं। उन्हें कॉलेज की लड़कियाँ ऑटोग्राफ़ के लिए घेरे हुई हैं—विंग्स के उस तरफ़। वह आकर बैठ जाएँगी, आप शुरू कर दीजिए न।"

चक्रपाणि ने ऊबकर कहा, "ऐसा भी होता है ? सभा का आख़िर एक क़ायदा-क़ानून है न ?"

"आप कह तो रहे हैं सर, इधर हमारा मिनट-मिनट मीटर उठ रहा है।"

"मीटर उठ रहा है !"

अध्यापक साहित्यकार ने भयभीत होकर इधर-उधर ताका।

"मीटर उठ रहा ? काहे का मीटर ?"

"जी, इस 'हाल' का।" अपनी फुसफुसाहट के बीच ही ज़रा ऊँची हँसी हँसकर छोकरे ने कहा, "बहुत खर-खुशामद के बाद कनशेसन पर भी पाँच सौ। शाम के पाँच बजे से रात के दस बजे तक। दस के बाद फ़्री घण्टा सौ रुपया अतिरिक्त। आप ही कहिए, मीटर कहकर कोई ग़लती की है ? आप लोगों की साहित्यिक बक-बक ख़त्म होने से पहले ही कोई आर्टिस्ट पहुँच गया, तो क्या हाल होगा?"

छोकरा कभी चक्रपाणि का छात्र रहा था, अन्तरंगता का यह सुर इसीलिए। पर शिशुसुलभ सरलता, किन्तु मूँछ-दाढ़ीवाले लम्बे-चौड़े अपने इस छात्र को देखकर चक्रपाणि की स्नेह-धारा उमड़ उठी, ऐसा नहीं लगा। उन्होंने नीरस गले से पूछा, "क्यों, क्या हाल होगा ?"

"क्या होगा, यह मैं आपको क्या समझाऊँ सर ? समय बरबाद होने से दर्शक बिगड़ उठेंगे। दिन-समय कैसा आ गया है, देख रहे हैं न ?...लीजिए, सभानेत्री आ गयीं। अब क्या है !"

अब क्या !

माइक के पहले बलिदानी चक्रपाणि चट्टोपाध्याय ने 'युग-साहित्य में सत्य' विषय

पर आलोचना शुरू कर दी।

बोल तो रहे थे, पर बार-बार सामने की ख़ाली कुरसियों की पाँत की ओर ताक रहे थे।...और सोच रहे थे, तो क्या इस युग का स्पष्ट चेहरा इस सूने प्रेक्षागृह जैसा ही है ?

लेकिन ऐसा सोच रहे थे, इसलिए रुके जा रहे थे, सो नहीं। सिर्फ़ एक ही बार रुके थे। फिर कहते चले गये—"शिल्पी, साहित्यिक, कवि, बुद्धिजीवी, चिन्तक—इन सबके लिए इसीलिए आज संकट का समय है। वे भी आज द्विधाग्रस्त हैं। वे क्या चिर-आचरित संस्कार में ही डूबे रहकर परम्परागत क्रम से सृष्टि करते जाएँगे, या नयी-नयी परीक्षाओं में पड़कर नये सत्य का उद्‌घाटन करेंगे ? सबके सामने आज यही प्रश्न है।"

दो युवक धीरे-से पीछे की पंक्ति में आ बैठे थे। एक ने धीमे से हँसकर दूसरे से कहा, "ले हलुआ ! यह 'सत्य' कौन-सी अजीब चीज़ है, बता तो सही ? ये बाबा लोग 'सत्य-सत्य' करके सिर पीटकर मरते क्यों हैं ?"

"शायद इसलिए कि बच्चुओं का अपना सारा कुछ क्रमशः मिथ्या होता जा रहा है।"

"धत्तेरे की ! इतनी देर के बाद अन्दर आया, तो भी बैठे-बैठे भाषण ही सुनना होगा ? ये आयोजक लोग मधु परोसने के पहले थोड़ा-थोड़ा नीम का काढ़ा क्यों पिलाते हैं भला ?"

"यही फ़ैशन है।"

चक्रपाणि बोलते ही जा रहे थे, "तो, इस युग को किस नाम से अभिहित करें ? 'अनुसन्धानी युग ?' जो युग तीली-तीली ढूँढ़ रहा है, कसौटी पर परख रहा है कि अभ्रान्त सत्य कहाँ है, जो मनुष्य को मिथ्या के बन्धन से मुक्त करता है..."

"फिर वही सत्य !" वह काला, दुबला-दुबला-सा जवान सफ़ेद दाँत निकालकर हँसते हुए धीमे से बोला, "सत्य मर गया दादाजी ! उसे खोजते फिरना बेकार है !"

चक्रपाणि अच्छा बोल रहे थे, फिर भी दूसरे वक्तागण रह-रहकर घड़ी देख रहे थे। मानस हालदार मुँह बनाकर जेब में हाथ डालकर अपने लिखित भाषण का अवलोकन कर रहे थे और बुदबुदा रहे थे, "ना, इस कम्बख़्त ने तो अकेले ही सबका बारह बजा दिया। आयोजकों को प्रत्येक वक्ता का समय निर्धारित कर देना चाहिए था। विदेशों में ऐसा नहीं होता। घड़ी की सूई देखकर काम। और अपने देश में ? हुँः।"

आयोजकों को लेकिन वह समझ है। एक ने पीछे आकर धीरे-से कहा, "थोड़ा संक्षेप में सर !"

"संक्षेप में !"

क्षुब्ध होकर चक्रपाणि ने सामने की ओर ताका, दो-चार करके लोग आ-आकर बैठने लगे थे और अभी तो भाषण की भूमिका ही बाँधी गयी है, इतने में ही संक्षेप ?

लेकिन वह बिगड़ैल नहीं, बल्कि कुछ कौतुकप्रिय हैं, इसलिए कौतुक में एक तीखा मन्तव्य करके उन्होंने भाषण का उपसंहार कर दिया। परन्तु उनका वह बुद्धिदीप्त तीखा मन्तव्य पानी में ही आ गया।

बाहर से एक हर्ष-कोलाहल अन्दर आया, ''आ गये, आ गये !''

''कौन आ गये ?''

जिनके लिए ऐसा तुमुल हर्ष हो रहा है !

आह, पूछने की क्या बात ? उन्हें कौन नहीं पहचानता है ?

वह आ गये।

पीछे-पीछे उनका तबलची।

उसके बाद और एक नायक। उनके साथ एक नायिका।

कहने की ज़रूरत नहीं, इसके बाद साहित्य पर भाषण नहीं चल सकता। मानस हालदार, शीतेश बागची, सभानेत्री अनामिका देवी ने नितान्त अवांछित अतिथि की तरह संक्षेप में अपना भाषण ख़त्म कर दिया। मंच के अधिपति उन उप-सभापति महोदय ने ज़ोरदार स्वर में घोषणा की, ''साहित्य-सभा समाप्त हुई। अब हमारा सांस्कृतिक अनुष्ठान आरम्भ होगा। कृपया शान्त रहें।''

परन्तु काँपते हुए परदे के सामने शान्त कौन रह सकता है ? उत्सुकता से डोलते मन का मृदु गुंजन साफ़ सुनाई दिया, ''गद्दी मिल जाए, तो कोई मियाँ नहीं छोड़ना चाहता। उनकी प्रतिज्ञा ही होती है, अन्त-अन्त तक उससे चिपके रहेंगे। भाषण सुनने में मुझे उन गद्दी से चिपकनेवालों की याद आ जाती है।''

''अहा, समझते क्यों नहीं, कौन कितना बड़ा पण्डित है, किसमें कितनी चिन्तन-शक्ति है, यह समझाने की कोशिश नहीं करेंगे ?''

''सबको अपना छात्र ही समझते हैं, इसलिए समझाकर पेट नहीं भरता। अरे बाबा, कौन-सी नयी बात कहोगे तुम लोग ? लम्बा-लम्बा कोटेशन, बस तो ? अमुक ने यह कहा और फ़लाँ ने यह कहा है। अरे बाबा, यह सब कहना तो छापे के हर्फ़ों में लिखा ही हुआ है, सभी पढ़ते हैं, तुम क्या कह रहे हो, सो कहो !''

परदे के पीछे अपना जूता खोजते हुए अध्यापक साहित्यिक ने क्षुब्ध हँसी हँसते हुए उस समय कहा था, ''अब तक असंस्कृति की महफ़िल चल रही थी, अब सांस्कृतिक अनुष्ठान शुरू हो रहा है। देश में संस्कृति की अच्छी-ख़ासी एक प्रांजल परिभाषा निकली है, संस्कृति के मानी नाच-गान। क्यों अनामिका देवी ?''

अनामिका देवी की चप्पल जगह पर ही थी, अतः उन्होंने आत्मस्थ गले से कहा, ''वही तो देखती हूँ और हैरान होती हूँ कि इस नयी व्याख्या का व्याख्याकार

कौन है ?"

"और कौन ? ये फ़ंक्शनबाज़ !"

मानस हालदार के जूते मंच पर चढ़ने की बाँस की सीढ़ी के नीचे घुस गये थे, उन्हें निकालते हुए उन्होंने चेहरे पर बल देकर कहा, "इन फ़ंक्शनबाज़ों ने देश को चौपट कर डाला। हम लड़कों से क्या पा रहे हैं, अपने बाद की पीढ़ी से ? या तो पॉलिटिक्स या फ़ंक्शन। कोई ऊँचा विचार नहीं, कोई ऊँचा आदर्श नहीं, कोई स्वस्थ कर्मशीलता नहीं–केवल ओसारे की अड्डेबाज़ी ! इसके सिवा उनसे कुछ नहीं मिल रहा है।"

अनामिका देवी ऐसे प्रबलों से तर्क करने में डरती हैं। जानती हैं कि इनका असली हथियार प्राबल्य ही है। इसलिए वहाँ उनकी हार है। उनके प्रश्न पर वह सिर्फ़ मुसकरायीं।

जवाब मन में चक्कर काटता रहा।

हम उनसे कुछ नहीं पा रहे हैं। ठीक है। मगर वही लोग हमसे क्या पा रहे हैं ?

आदर्श ! आश्रय ? सभ्यता ? सत्य ?

मंच से उतरकर वे सामने की पंक्ति में बैठ गये। एकाध गीत सुने बिना चल देना अच्छा नहीं लगता।

यद्यपि अच्छे गीत की आशा दुराशा ही है।

शुरू में लाचारी में मौक़ा दिये गये गायकों के गीत। या तो उन लोगों ने ज़्यादा चन्दा दिया है, या आयोजकों में से ही हैं।

कुत्ते के आगे मांस का टुकड़ा झुलाकर उसे दौड़ा लेने की भाँति, अच्छे कलाकारों को अन्त के लिए लटकाये रखकर एक-एक करके इन सबके कार्यक्रम खपाये जाएँगे।

दस बज जाएँगे ?

बज जाएँ।

बारह ही बजे तो क्या, प्रति-घण्टा सौ ही रुपये तो ? घाटा नहीं रहेगा।

अध्यक्षता के उद्देश्य से मुख्य अतिथि ने धीरे-से कहा, "इसमें मीटर नहीं उठेगा, देख रही हैं न ?"

अनामिका देवी हँसीं," देख तो बहुत कुछ रही हूँ।"

सच, देख तो बहुत कुछ ही रही हैं।

उनकी भूमिका ही तो दर्शक की है।

आयोजकों ने अपनी 'साहित्य सभा' के मुख्य अतिथि और अध्यक्षा को सम्मान के साथ टैक्सी पर बिठा दिया। गाड़ी पर रख दी उनकी माला और गुलदस्ता। उसके बाद हाथ जोड़कर बोले, "बड़ा कष्ट हुआ आप लोगों को।"

ऐसा कहना चाहिए, इसलिए कहा, वरना मन में तो जानते हैं, कष्ट किस बात का ? गाड़ी से ले आये, गाड़ी से विदा किये दे रहे हैं, इसके अतिरिक्त उन्हें मंच दिया, माइक दिया, इतने-इतने लोगों के सामने अण्ट-सण्ट बोलने का मौक़ा दिया—ये दो-तीन घण्टे तुम लोगों ने आराम से ही काट दिये। कष्ट जो हुआ, वह तो हम लोगों को हुआ। बेटी के ब्याह का भार जैसा लिये हम तुम्हारे यहाँ बार-बार दौड़ते रहे, सिर पर उठाकर ले आये, कन्धे पर बिठाकर पहुँचाने जा रहे हैं।

फिर भी सौजन्य का तरीक़ा है, इसीलिए हाथ मलते हुए बोले, "बड़ा कष्ट हुआ आप लोगों को।"

ये लोग भी सौजन्य के तौर-तरीक़े से अनिभज्ञ नहीं थे। कहा, "अरे, कष्ट काहे का ? बड़ी खुशी हुई।"

"हम लोगों से काफ़ी भूल-चूक हुई। क्षमा कीजिएगा।"

"छि-छि, यह क्या ? ऐसा कहकर हमें शर्मिन्दा न करें।"

"अच्छा, नमस्कार। आएँगे आपके पास।" यह बात मानस हालदार के लिए कही गयी, क्योंकि वह साप्ताहिक के सम्पादक हैं।

"नमस्कार।"

गाड़ी किसी की अपनी रही होती तो यह शिष्टाचार कुछ देर और चलता, टैक्सी ड्राइवर की हड़बड़ी से जल्दी ही चुक गया। टैक्सी चल दी।

पीठ टेककर अध्यक्षा अनामिका देवी और उद्घाटनकर्ता मानस हालदार आराम से बैठ गये।

और मुख्य अतिथि चक्रपाणि चट्टोपाध्याय ?

उन्हें इस सौजन्य-विनिमय की बला नहीं सुहाती, एक ही गीत सुनकर वह अपनी गाड़ी से घर चले गये। ये दोनों गाड़ीविहीन थे और एक ही तरफ़ रहते थे, इसलिए एक ही गति थी दोनों की।

मानस हालदार का लिखित भाषण अनपढ़ा ही जेब में पड़ा रह गया, समय की कमी के कारण 'थोड़ा-बहुत' बोलकर बारी पूरी करनी पड़ी। नहीं पढ़ पाने का क्षोभ था। हालाँकि वह एक साप्ताहिक के सम्पादक हैं, उनका परिश्रम बेकार जाने का नहीं, स्वनाम-बेनाम या छद्म नाम से छाप दिया जाएगा। किन्तु दस सुधीजनों के सामने माइक पर बोलने का और ही एक सुख है। उस सुख से वह वंचित रह गये।

गाड़ी चली कि मानस हालदार ने क्षोभ-भरे स्वर में कहा, "पैर पकड़-पकड़कर ये लोग ले ही क्यों आते हैं। इनके लिए असली भरोसा तो ये कलाकार हैं।"

अनामिका देवी मुसकराकर बोलीं, ''इनका क्या दोष, 'जनगण' जो चाहते हैं...''

''तो केवल उन्हें ही बुलाएँ। साहित्य किसलिए ?''

''रिवाज। और क्या !''

''कार्यक्रम भी उतना ही लम्बा। एक ही साथ ब्रह्मा-विष्णु-महेश, इन्द्र-चन्द्र-वरुण-वायु—सबको ही बिठाना ज़रूरी है ? एक ही उस्तरे से सबका सर मूड़ेंगे, एक ही तलवार से सबकी गरदन काटेंगे। शुरू में जिन गायकों को बिठा दिया, वे लोग क्या हैं, कहिए तो भला !''

उनकी इस उत्तेजना से अनामिका देवी को मज़ा आया। मुसकराकर बोलीं, ''अहा, नये लोग इसी तरह से तैयार होंगे न !''

''तैयार ?'' मन की झाँस को छुटकारा देते हुए मानस हालदार बोल उठे, ''वह ऊँचे दाँतवाला छोकरा, ज़िन्दगी में वह कभी तैयार भी होगा ?''

इन बातों का जवाब देना बड़ा कठिन है। निहायत ही सौजन्य के नाते थोड़ी हामी भर देने से ही शायद उनके कानों तक फिर यह बात आएगी, वही नये की बेहद अवज्ञा करती हैं और उस आयोजन की बड़ी कड़ी आलोचना की है। अनामिका देवी को यह मालूम है। जिस प्रसंग में उन्होंने थोड़ी-सी हामी भरने जैसी बात की है, उसी प्रसंग का सारा दायित्व उन्हीं पर आ पड़ा है।

अमुक ने आकर अमुक की बात उन्हीं से कही। देखते-देखते सावधान हो गयी हैं अनामिका देवी।

कुछ हँसकर बोलीं, ''इसमें अविश्वास करने की ही क्या बात है, अभ्यास से क्या नहीं होता है, चेष्टा से क्या नहीं होता है ?''

मानस हालदार खीजकर बोले, ''यह टालने की बात हुई। हमें बहुत ज़िल्लतें उठानी पड़ती हैं, इसलिए आपकी तरह इतनी भद्रता से नहीं बोल सकते। एक अख़बार चलाता हूँ, यह तो आप जानती हैं शायद। साप्ताहिक। नये लेखक-लेखिकाओं के उत्साह से तो जीवन गर्त है ! आपसे क्या कहूँ, यह साहित्य जो चीज़ है, वह बच्चों का खेल नहीं है, उसके लिए अभ्यास की ज़रूरत है, चेष्टा-निष्ठा की आवश्यकता है, इसे ये मानते ही नहीं। कुछ लिखा नहीं कि फ़ौरन छपाने के लिए ले आये।...हमें क्या ! सबको रद्दी की टोकरी में डाल देते हैं।''

अनामिका देवी ने कहा, ''किन्तु उनमें सम्भावना के बीज भी तो हो सकते हैं, बिलकुल बिना देखे...''

''क्या किया जाए ? ढेर सारी रचनाएँ दफ़्तर में जमा हो गयी हैं। देश-भर के सभी लोग यदि साहित्यिक बन जाना चाहें...''

''तब भी लेखक तैयार करना, नयी कलम का स्वागत करना, सम्पादक की ही

ड्यूटी है।''

''यह सब उन दिनों की बात है अनामिका देवी, जब नयों में नम्रता थी, भव्यता थी, प्रतीक्षा का धीरज था। किन्तु आज ? थोड़े में ही अधीर, अपने प्रति बड़ा ऊँचा ख़याल, और रचना के छपने का ही आनन्द नहीं, दक्षिणा की भी उम्मीद। ना-ना, देश का तो बारह बज गया।''

मानस हालदार ने जेब से रूमाल निकालकर कपाल का पसीना पोंछा। भले आदमी थोड़े में ही उत्तेजित हो जाते हैं, समझ में आया।

बहुतेरे लोग ऐसे होते हैं। देखकर मज़ा आता है।

अनामिका देवी इतनी उद्वेलित, इतनी उत्तेजित कभी नहीं होतीं।

कुछ ही देर पहले उन्होंने जो कहा, ''हमारी भूमिका ही तो दर्शकों की है'' वह महज़ बात ही नहीं थी। वह लगभग दर्शक का ही मन लिये जीवन को देखती आ रही हैं।

हो सकता है, उनकी इस प्रकृति के गढ़ने के पीछे माँ की प्रकृति ने कुछ काम किया है। अर्थात् माँ की प्रकृति का दृष्टान्त।

अनामिका देवी की माँ सुवर्णलता बहुत अधिक आवेग-प्रवण थीं, बहुत अधिक स्पर्श-कातर। छोटी-सी बात से ही उद्वेलित हो जातीं, थोड़े में ही उत्तेजित हो उठतीं।

मतलब कि यह 'थोड़ा' ही उनके लिए 'थोड़ा' नहीं था। दुनिया के और सारे लोग जिसे सहज ही सह ले सकते हैं, उसमें कुरूपता देखकर वे विचलित हो उठती थीं, रुचिहीनता देखकर पीड़ित होती थीं। आदमी की नीचता, क्षुद्रता, हीनता, दीनता मानो उनपर हथौड़े का प्रहार करती। उस चोट से चूर-चूर हो जाती थीं वह।

अनामिका देवी की उम्र जब निहायत ही तरुण थी, तब माँ चल बसीं, फिर भी वह उसी समय माँ की इस मूढ़ता पर दुःख अनुभव करतीं। माँ की उस सदा उद्वेलित विदीर्ण होनेवाले वित्त की ओर निहारकर करुणा आती थी उन्हें, समझ नहीं पातीं कि माँ इन मामूली घटनाओं को इतना महत्त्व क्यों देती हैं।

आगे चलकर समझीं, आदमी के बारे में माँ का मूल्यबोध बड़ा ऊँचा था, इसीलिए उन्होंने इतना दुःख उठाया। उनकी माँ को दुनिया से बहुत अधिक आशा थी, मनुष्य नाम के जीव को वह 'मनुष्य' शब्द की संज्ञा से मिलाना चाहती थीं।

इस ग़लत गणित का प्रश्न हल करने में जीवन की परीक्षा में वह महिला व्यर्थ ही हुई थीं और दुनिया के आघात से चूर-चूर हुए प्रत्याशा के पात्र की ओर ताकते हुए खुद भी टूट गयी थीं। अनामिका माँ को समझ सकी थीं।

और टूट जाने के उस दृश्य से ही अनामिका देवी ने यह परम सबक़ सीखा, जिससे मनुष्य के बारे में ग़लत हिसाब लगाने नहीं बैठतीं वे।

''क्यों, क्या हो गया अनामिका देवीजी ! एकाएक चुप हो गयीं आप ?'' मानस

हालदार ने कहा। "लगता है, नये लेखकों के लिए आपको बड़ी ममता है। हो सकती है, आपको उनके आमने-सामने तो नहीं होना पड़ा है न !"

अनामिका देवी बोलीं, "हो सकता है। आमने-सामने होने पर शायद आप ही लोगों पर ममता होती।"

"बेशक !" मानस हालदार ने दृढ़ स्वर में कहा। उसके पश्चात् बोले, "आज की कविता का सिर-पैर भी तो ख़ाक समझ में नहीं आता। उसका विचार क्या करें ? बिना विचारे ही नकार देते हैं।"

"अपने पत्र में कविता नहीं छापते ?"

"क्यों नहीं ? लब्धप्रतिष्ठ कवियों के लिए नियमित दो पृष्ठ रहते हैं, वे साँप-मेढक जो भी देते हैं, आँख मूँदकर छाप देते हैं।"

अनामिका ने ज़रा मज़ाक़ करते हुए-से कहा, "सुनकर आश्वस्त हुई। भविष्य में यदि साँप-मेढक लिखने लगूँ, तो उसके लिए एक स्थान है।"

मानस हालदार कुछ हिल-डुलकर बैठे, "आपके बारे में यह नहीं कहा जा सकता। आपकी रचना कभी हताश नहीं करती।"

"पता नहीं, आप लोगों को करती है या नहीं," अनामिका देवी ने कहा, "लेकिन मुझे करती है।"

"आपको ? मतलब ?"

"मतलब कुछ भी लिखकर अन्त तक सन्तुष्ट नहीं हो सकती। लगता है, जो कहना चाहा था, उसे ढंग से कह नहीं पायी।"

"यही तो असली कलाकार का धर्म है।" मानस हालदार ने शायद महिला को सान्त्वना देने के लिए ही सोत्साह कहा, "वास्तविक कलाकार आत्म-सन्तुष्टि के मोह से कभी अपनी क़ब्र नहीं खोदते। आप सही अर्थ में शिल्पी हैं, इसीलिए..."

और भी बहुत-सी अच्छी-अच्छी बातें कहीं मानस हालदार ने। जो बातें अनामिका को लगभग आसमान पर उठा देने जैसी थीं। अनामिका को अटपटा-सा लग रहा था फिर भी 'नहीं-नहीं, क्या कह रहे हैं आप' जैसी बात मुँह से नहीं निकली, सो जब मानस हालदार का गन्तव्य स्थल आ गया, तो उन्होंने राहत की साँस ली। बाक़ी रास्ता अकेली रहेंगी। अपने को लेकर थोड़ी देर अकेले रहने में कितना आराम है !

नमस्कार विनिमय के बाद मानस हालदार उतर गये।

अनामिका देवी गाड़ी की गद्दी से पीठ टिकाकर बैठीं और जैसे अपने-आप में खो गयीं।

किन्तु अनामिका की प्रकृति का गठन केवल माँ की प्रकृति के दृष्टान्त से ही है ?

बकुल से नहीं क्या ?

बकुल में भी आवेग नहीं था क्या ? नहीं था मोह, विश्वास, प्रत्याशा ? माँ के समान तीव्र भाव से नहीं हो चाहे, सुषमा की मूर्ति में ?

बकुल का वह मोह, वह विश्वास, वह प्रत्याशा नहीं टिकी।

आख़िर बकुल ने अनामिका होकर आवेग जैसी चीज़ को हास्यकर समझना सीखा।

फिर भी वह सुषमा ?

वह क्या एकबारगी खो गयी ?

बकुल की उस दिन की वह मूर्ति देखकर तो ऐसा नहीं लगता। उसने मानो सब-कुछ को झाड़-फेंककर उस सुषमा को मन में पहरा देकर रखा है।

वही उस दिन, जिस दिन पारुल ने उस घर में जाकर कहा था, "माँ नहीं है, पिताजी को फ़िक्र नहीं, इसलिए मैं ही कहने आयी हूँ ताईजी, ब्याह में अब देर करने की क्या ज़रूरत है ?"

निर्मल की ताई आसमान से गिर पड़ी थीं, "किसके ब्याह के बारे में कह रही है पारू ?"

पारुल को पता था, ऐसी ही परिस्थिति के सम्मुख होना पड़ेगा उसे, इसलिए उसने स्थिर स्वर में कहा, "और किसके ब्याह की मैं कहूँगी ताईजी, बकुल के ही बारे में कह रही हूँ।"

ताईजी के बग़ल में निर्मल की माँ बैठी थीं, उनके आँख-मुँह में एक बेबस विवशता फूट उठी थी, वह वही असहाय-असहाय-सा मुँह लिये जेठानी की ओर उम्मीद-भरी आँखों से ताकने लगी थीं लेकिन जेठानी ने उनकी ओर नहीं ताका। उन्होंने अपनी नज़र पारुल पर ही टिकाये रखकर कहा, "तो, हम पुरा-पड़ोसी क्या करें बिटिया ? तेरे बाप तो हमें पूछते ही नहीं।"

"बाबूजी तो सदा के ही वैसे हैं ताईजी, इतने दिनों से तो देख रही हैं आप। लेकिन इसलिए चुप तो नहीं बैठा जा सकता ? माँ नहीं है, भाभियों की बात नहीं कहना ही ठीक है, बकुल को आप लोगों के पास पहुँचा पाऊँ तो मैं निश्चिन्त होकर ससुराल जा सकूँ।"

पारुल ने इसी प्रकार कहा था।

उसे शायद अपनी बुद्धि और चतुराई पर ख़ासी आस्था थी। इसलिए उसने इसी तरह से कहने की सोची थी, आवेदन-निवेदन के दूर-पथ से नहीं जाना चाहा था। मगर कितनी भूल भरी आस्था थी उसकी !

ताईजी अबकी जैसे आसमान से भी किसी और ऊँचे लोक से गिर पड़ीं। और उसी छिटक पड़ने के-से भाव से बोलीं, "तेरी बात मैं कुछ समझ नहीं रही हूँ पारू !

बकुल को हम लोगों के पास रख जाएगी ? तेरे अभिमानी पिता इस प्रस्ताव पर राज़ी होंगे ? नहीं तो हमें क्या है ? मातृहीना जवान लड़की जैसे मौसी-बुआ के पास रहती है, हम लोगों के पास रहती।"

पारुल फिर भी उत्तेजित नहीं हुई। उसने बल्कि और भी शान्त स्वर में कहा था, "आप ऐसी बात क्यों कह रही हैं ताईजी ? आपने क्या सचमुच ही नहीं समझा कि मैं आपसे बकुल के ब्याह की बात क्यों कहने आयी हूँ ?"

ताई ने विरस गले से कहा, "इसमें सच-झूठ की क्या बात है, समझ नहीं पा रही हूँ पारू ! पहेली समझने की चेष्टा करने की उम्र भी नहीं है अपनी। तेरी माँ मुझे बड़ी बहन जैसी मानती थी। मैंने यही समझा, हम लोगों से परामर्श लेने आयी हो। इसके सिवा और क्या है, यह तो नहीं मालूम !"

निर्मल की माँ तब तक अकुलाकर धीमे से बोल उठी थी, "दीदी !"

दीदी ने उस पर कोई कान नहीं दिया।

समाज का चक्कर जो आज उलटा घूमने लगा है, इसका कारण शायद इसपर ध्यान नहीं देना ही है। जो क्षमता के आसन पर बैठे हैं, जिन्हें गद्दी का अधिकार मिला है, उन लोगों ने उस धीमी आवाज़ पर कान देने की ज़रूरत नहीं समझी। अपने अधिकार की सीमा के बारे में वे सचेत नहीं रहे, दबी आवाज़ को दबाये रखकर शासन-कार्य को चलाते रहने की नीति को उन्होंने बरक़रार रखा। इसीलिए आज अब उस दबी आवाज़ की भूमिका कहीं नहीं है। आज सर्वत्र प्रचण्ड कोलाहल है। उस शोर, उस तरंग में ऊपरवालों की गद्दी बह गयी, बह गया उनका शासन-दण्ड। अब ऊपरवाले निर्वाक् असहाय दृष्टि से उस शोर की ओर ताक रहे हैं। हाथ से निकले राज्य के लौटने की अब आशा नहीं है। इतना ही नहीं कि गुरुजन के नाते जो मर्ज़ी सो नहीं किया जा सकता, बल्कि जो गद्दी पर आ बैठे, उन लघुजनों के आगे चुप ही रहना होगा। इतिहास की शिक्षा शायद इसी नियम से चलती है। लेकिन निर्मल की माता का दल मध्यवर्ती युद्ध में निहत हुआ।

अतएव, उस समय उनकी क्षमता की वह 'दीदी' पुकार के सिवा और कुछ करते नहीं बनता था। और अब ? ना, अब की बात छोड़िए।

दीदी ने तब भी नहीं ताका।

वह बोलीं, "चूल्हे पर दूध तो नहीं चढ़ा आयी हो छोटी ?"

छोटी बहू ने सिर हिलाया।

छोटी बहू पारुल की ओर ताक नहीं पा रही थीं, इसलिए दीवार की ओर ताकती रहीं।

पारुल ने कहा, "मुझसे ही ग़लती हुई थी ताईजी, मैं यह ख़याल नहीं कर सकी कि इस तरह से कहने से आप समझ नहीं सकेंगी। तो साफ़ ही कहूँ, मैं निर्मल

दा के साथ बकुल के ब्याह की बात कहने आयी हूँ। काफ़ी बड़ी हो गयी है बकुल और निर्मल दा भी तो काम-काज कर रहा है...''

ताईजी ने पारुल को सब कह लेने का मौक़ा दिया था। फिर, सब-कुछ सुन लेने के बाद होठों पर एक कुटिल हँसी निखारकर बोलीं, ''मुझे यह विश्वास था कि तुम्हें थोड़ी बुद्धि-उद्धि है, लेकिन देख रही हूँ, मेरा वह विश्वास ग़लत था। साहब पति की गिरस्ती करके मेमसाहब बन गयी हो। निर्मल से बकुल का ब्याह ? पागल के सिवा यह प्रस्ताव और कोई नहीं करेगा पारू !''

''लेकिन क्यों, सो तो कहिए ?'' पारुल ने आख़िरी कोशिश की थी, हँसकर कहा था, ''आप लोगों का यह राढ़ी-वारेन्द्र, ज़ात-गोत ? आजकल वह सब उतना नहीं मानते हैं लोग।''

ताईजी ने संक्षेप में कहा, ''हम लोग आजकल की नहीं हैं पारू।''

निर्मल की माँ इस समय एक बात कह बैठी थीं, अवश्य अस्फुट ही बोली थीं, ''पारुल के पिता का ख़ानदान तो हम लोगों से ऊँचा है दी !''

देवरानी की ओर कठोर भर्त्सना की दृष्टि डालकर ताईजी ने कहा था, ''तुम चुप भी रहो छोटी। ऊँच-नीच की बात नहीं, बात है रीति-नीति की। ख़ैर, बेसिर-पैर की बातों के लिए मुझे समय नहीं है पारू। फिर यह भी कह दूँ, तुम्हारी वह धड़ंग बहन स्व-जाति की भी होती तो मैं उसे अपने घर की बहू नहीं बनाती। एक परपुरुष युवक से हरदम फुस-फुस, खुसुर-पुसुर, उसे आकर्षित करने की चेष्टा—ऐसी लड़कियों को हम अच्छी नहीं कहतीं।''

पारुल का चेहरा सुर्ख़ हो उठा है, यह पारुल ख़ुद ही अनुभव कर रही थी। यह भी समझ रही थी कि अब उसमें एक शब्द भी बोलने की शक्ति नहीं है। वह चुपचाप चली आयी थी वहाँ से।

अपनी एकान्त स्नेहपात्री के लिए बेचारी पारुल ने फिर भी कष्ट किया था। उसने गली के मोड़ पर निर्मल से कहा था। कहा था, ''तुमसे कुछ कहना है निर्मल दा!''

निर्मल अचकचा गया था, ''क्या ?''

''वह बात रास्ते पर खड़े होकर नहीं कही जाएगी, ज़रा आओ तुम।''

''पहले देख लो, हमारी खिड़की पर कोई है या नहीं।''

उसकी ओर अपलक देखते हुए पारुल ने पूछा, ''कोई हो तो क्या होगा ?''

उस दृष्टि से निर्मल शायद अप्रतिभ हुआ था। बोला, ''नहीं-नहीं, होगा क्या ? मगर ताईजी को तो जानती हो। देखते ही पूछ बैठेंगी, क्यों, बात क्या है ? वहाँ क्या काम है तुम्हें ?''

पारुल के होठों पर हँसी छिटक आयी थी। उसने धीरे-से कहा था, "रहने दो, तुमसे अब कुछ नहीं कहना है मुझे। हो गयी बात।"

धोती के छोर से मुँह पोंछते हुए निर्मल ने कहा, "हो गयी बात ? कौन-सी बात हो गयी ?"

एक अजीब हँसी हँसकर पारुल बोली थी, "देखती हूँ, तुम भी अपनी ताईजी जैसे ही हो। बढ़ा-चढ़ाकर कहे बिना कुछ भी नहीं समझ सकते। छोड़ो—पूछती हूँ, घरवालों की राय के ख़िलाफ़ ब्याह करने का साहस है ? या उनकी राय को अपने अनुकूल करने की शक्ति ?"

निर्मल ने सिर झुका लिया था।

उसने नाहक़ ही कपाल का पसीना पोंछा था। फिर अस्फुट स्वर में बोला था, "वह कैसे हो सकता है ?"

"नहीं हो सकता है, है न ?"

निर्मल ने आवेग से रुँधे गले से कहा था, "माँ-बाबूजी तक ही होता, तो शायद बात बन जाती पारुल, पर ताईजी...? उन्हें राज़ी करना असम्भव है।"

"असम्भव ही है, तो फिर कहने के लिए क्या रहा ?" पारुल हँस पड़ी थी, "जाओ, अब तुम्हें नहीं रोकूँगी। ताईजी शायद तुम्हारा दूध गरम किये बैठी हैं।"

निर्मल का भी चेहरा लाल हो उठा था।

और चूँकि रंग ख़ूब गोरा है, इसलिए ख़ूब ज़्यादा प्रकट हो पड़ा था।

निर्मल ने कहा था, "मेरा मज़ाक़ उड़ा रही हो पारुल ? किन्तु उनकी अवज्ञा कर बाहर जाने की मैं कल्पना भी नहीं कर सकता।"

" 'उनसे' क्यों कह रहे हो, तुम्हारे माँ-बाप तो ख़िलाफ़ नहीं हैं।"

"उससे कोई लाभ नहीं है पारुल, ताईजी पर चूँ करने की भी जुर्रत किसी को नहीं।"

"अरे बाप रे, फिर तो मुझे भी कुछ नहीं कहना है..." पारुल अचानक बड़े मज़ाक़ के सुर में हँस पड़ी थी।

उसने कहा, "लेकिन एक बहुत बड़ी ग़लती कर बैठे थे मेरे भाई, ताईजी की इजाज़त लिये बिना मुहल्ले की लड़की से प्रेम-व्रेम करना ठीक नहीं हुआ। नहीं तो वह बेचारी लड़की नहीं मरती !"

"मैं भी ज़िन्दा नहीं हूँ पारुल..." निर्मल की आँखों से हठात् आँसू की दो बूँदें टपक पड़ी थीं। धोती के छोर से उस आँसू को पोंछते हुए वह चला गया था—"मेरे मन की हालत समझने की क्षमता तुममें से किसी को नहीं है।"

उसकी ओर ताककर पारुल को ममता हो आयी थी ?

नहीं।

पारुल बड़ी निर्मम है।

पारुल को घृणा हुई थी। पारुल ने कहा था, "मिट्टी का खिलौना !"

लेकिन इस मिट्टी के खिलौने के लिए बकुल के मन में काफ़ी ममता थी। सौन्दर्य में लिपटी वह ममता बकुल में कहीं रह गयी है।

ग्यारह

पति के पास चले जाने के समय पारुल कहती गयी थी, "मैं समझ नहीं सकी थी, महज़ एक माटी के खिलौने को दिल दे बैठी है तू। बिना समझे तेरा भला करने की कोशिश में मैंने तुझे छोटा ही किया।"

बकुल ने कहा था, "छोटी नहीं हुई, ऐसा सोचने से कौन छोटा कर सकता है सँझली दी ?"

पारुल बोली, "यह तत्त्व-कथा है। इससे केवल मन को ढाढस बँधाया जा सकता है। सोचकर दुःख होता है, तूने ऐसा ख़ाक प्रेम किया कि माटी के एक गणेश को उसकी ताई के आँचल-तले से खींचकर नहीं निकाल सकी !"

बकुल ने कहा था, "रहने दे सँझली दी ! बाबूजी के स्वर में कहूँ, 'जीवन नाटक-उपन्यास नहीं है।' "

किन्तु यह बात क्या बकुल ने प्राणों से कही थी ? अपात्र को दान दे बैठी थी जिस हृदय को, वह हृदय क्या नाटक-उपन्यास की नायिका की तरह ही पीड़ा से नीला-नीला नहीं हो उठा था ? यन्त्रणा से जर्जर नहीं हो गया था ?

काफ़ी रात गये, जब पूरा घर नींद से बेहोश हो जाता, तब बकुल जगकर खिड़की पर खड़ी यह जानने की कोशिश नहीं करती थी क्या कि उस घर के तिनतल्ले पर अभी भी उस कमरे में रोशनी जल रही है या अँधेरा है ?

उस रोशनी-अँधेरे से बकुल को कोई हानि-लाभ नहीं था, उसे सिर्फ़ वह रोशनी अच्छी लगती थी। उसे यह सोचना अच्छा लगता था कि तिनतल्ले पर का वह आदमी भी सो नहीं पाता है, वह जगकर बकुल के बारे में सोचता है। यह भावना ही उपन्यास की नायिका-जैसी नहीं है ?

इसके अतिरिक्त भी बकुल बहुत सारी अवान्तर कल्पनाएँ करती थी। जैसे,

बकुल एक दिन बिना रोग के ही मर गयी। घर में रोना-धोना। 'वह घर' इस आकस्मिकता से विमूढ़ बना निषेध भूलकर इस घर में चला आया, आकर सुना, डॉक्टर ने बताया, 'मानसिक आघात से दिल कमज़ोर हो जाने से हार्ट फ़ेल हो गया'।

यह सुनकर उस माटी के खिलौने दुरन्त प्राण की चेतना जग जाती, शून्य में माथा ठोंककर वह सोचता, "कैसा मूर्ख हूँ मैं, कितना मूढ़ !"

हाँ, उनींदी रात की दुर्बलता में ऐसी एक-एक निहायत अनाड़ी लेखक की लिखी कहानी-जैसी कहानी रचा करती थी बकुल। लेकिन ज़्यादा दिन नहीं, बड़ी जल्दी ही एक दिन उस घर में बहुत बत्तियाँ जलीं--तिनतल्ले का वह कमरा रात-भर बत्तियों से जगमगाता रहा, उसी रोशनी में आत्मस्थ हो गयी बकुल।

और, उन अनगढ़ कहानियों को देखकर खुद ही उसे बेतरह हँसी आयी। सोचा, अच्छा है कि मन-ही-मन में लिखी इन कहानियों का किसी को पता नहीं होता !

बकुल ने क्या वह रोशनी अपने ही घर बैठकर देखी ? रोशनी की उस नदी में वह एक बार घट भरने नहीं गयी ? वहाँ भी गयी वह। आख़िर वह उपन्यास-नाटक की नायिका तो नहीं ?

लाल चिट्ठी लिये निर्मल के बाबूजी स्वयं आये थे। बकुल के पिता से अनुरोध किया, "मेरा यह पहला ही मौक़ा है भैया ! सबको जाना होगा, खड़े होकर यत्नपूर्वक इसे सम्पन्न कराना होगा। ...ना-ना, तबीयत ठीक नहीं है, यह कहकर टालने से नहीं चलेगा। कोई हीला-हवाला नहीं सुनूँगा। बहुओं को बुलाकर मेरे सामने कहें, उस घर के चाचा कह रहे हैं, हलदी और बहूभात के दिन—ये दो दिन इस घर में चूल्हा नहीं जलेगा। बाल-बच्चे सभी उस घर में ही—चाय-जल-पान, भोजन, सब वहीं..."

बकुल के पिता ने कहा, "हाँ-हाँ जाएँगे, बहुएँ, लड़के जाएँगे।"

"सिर्फ़ लड़के-बहुएँ नहीं," निर्मल के पिता ने निर्वेद से कहा, "पोता-पोती सबको लेकर आपको भी आना होगा। और निर्मल की माँ ने ख़ास तौर से कहा, बकुल ज़रूर आए। उस पर बहुत काम-काज का भरोसा करती हैं वह।"

हो सकता है, बकुल के जाने में उन्हें सन्देह था, इसीलिए बकुल को 'ख़ास तौर' से कहा गया।

बकुल के पिता प्रबोध बाबू अपने गठिया के दर्द को भूलकर सीधे बैठते हुए बोले, "बहूरानी से कहना भाई। बकुल के बारे में मैं नहीं कह सकता। जवान कुमारी लड़की, समझ ही सकते हो, दस के सामने लाज..."

बकुल के ज़माने में वास्तव में ही इसमें लज्जा थी। जवान कुमारी लड़की को

चोर से भी ज़्यादा छिपाकर रखना होता था। प्रबोध बाबू ने कुछ अत्युक्ति नहीं की। परन्तु निर्मल के पिता ने उसे उड़ा दिया। शायद उस लड़की को वे लोग कुछ विशेष स्नेह की दृष्टि से देखते थे, इसलिए ममता के वशीभूत हो उसके संस्कार-सम्पर्क को ज़रा सहज कर लेना चाहा। बोले, "ये दोनों घर तो एक ही हैं भैया, इस घर में ब्याह होता, तो क्या करती ?"

बकुल के पिता ने अनिच्छा से कहा, "अच्छा, कहूँगा।"

निर्मल के पिता बोले, "उसकी चाची की एक इच्छा और है, वह भी कह जाऊँ। काम-काज की भीड़ से वह निकल नहीं पा रही है, आएगी लेकिन, किन्तु पहले से ही कह रखने को कहा है उसने। आप ज़रा बुला दीजिए न बकुल को। बहुत दिनों से भेंट-मुलाक़ात नहीं हुई है, नहीं तो वह और पहले कहती। और भी, यह ब्याह भी तो अचानक ही तय हो गया न !"

बकुल के पिता इतनी आत्मीयता से भी अधिक विगलित नहीं हुए, लगभग अनमने भाव से कहा, "घर के काम-धन्धे में लगी होगी। बात क्या है ?"

इसपर निर्मल के पिता ने खोलकर बात बतायी।

निर्मल की माँ ने बकुल से आग्रह किया है कि वह निर्मल के ब्याह में माँ के नाम से एक 'प्रीति-उपहार' लिख दे।

बकुल के पिता की पेशानी पर जो शिकन आये, वे पड़े ही रहे, "क्या लिख दे ?"

"प्रीति-उपहार। मतलब कविता। ब्याह में छपाते हैं न लोग ! वही।"

भौं सिकोड़ बकुल के पिता ने विस्मय-विरस गले से कहा, "बकुल ने कविता लिखना कब सीखा ?"

निर्मल के पिता हँसकर बोले, "कब ? छुटपन से ही तो लिखती है। उसकी कविता तो पत्रिका में छपी भी है, नहीं देखा है आपने ? संकोच से उसने शायद दिखाया नहीं। उसकी चाची ने देखा है। कहती तो है कि बहुत अच्छा है। इसीलिए 'प्रीति-उपहार' लिख देने का आवेदन है। ज़रा बुला दीजिए उसे, मैं स्वयं ही कह जाऊँ।"

जैसे दवा निगलते हों, ऐसे गले से प्रबोधचन्द्र ने बेटी को बुलाया। कहा, "सुना, तुम कविता लिखती हो ?"

बकुल ने शंकित दृष्टि से ताका।

उस घर के चाचा ही यहाँ क्यों, और, उनके सामने यह प्रश्न ही क्यों !

लेकिन इस क्यों का उत्तर जानने में देर नहीं हुई। निर्मल के पिता ने झटपट अपनी बात रख दी।

बकुल उपन्यास की नायिका नहीं है, फिर भी उसके पैरों-तले की ज़मीन खिसक

नहीं गयी ? क्या उसके जी में यह नहीं आया कि चाचीजी क्या वास्तव में अबोध हैं या निरी निष्ठुर ? इस निर्मम षड्यन्त्र के विरुद्ध बकुल की सारी सत्ता क्या एक बार विद्रोही हो उठने के लिए नहीं चाहने लगी ?

क्यों ? क्यों ? उसे निर्मल के ब्याह में क्यों जाना होगा ? निर्मल के ब्याह में कविता क्यों लिखनी पड़ेगी उसे ? उपन्यास की नायिका नहीं होते हुए भी बकुल ने क्या यह नहीं सोचा ? मनुष्य की इस निष्ठुरता पर वह टूट नहीं पड़ना चाह रही थी ?

हो सकता है, कुछ हुआ हो, फिर भी उसने धीमे से कहा, "अच्छा।"

"आपकी बकुल जैसी लड़की इस युग में नहीं मिलने को भैया," निर्मल के पिता ने प्रसन्न मन से कहा, "उसकी चाची तो उसकी बड़ाई करते-करते..."

बकुल को चिल्लाकर कहने की इच्छा हुई, "रुकेंगे भी आप ?" किन्तु बकुल के शरीर के भीतर ही हुई थोड़ी हलचल को छोड़कर और कुछ नहीं हुआ।

एक बार फिर से सबको जाने का विनीत आग्रह करते हुए निर्मल के पिता खुशी-खुशी चले गये। वह आदमी शायद वास्तव में ही अज्ञ, अबोध है। क्योंकि निर्मल की माँ ने पारुल के प्रस्ताव के अलावा और कुछ भी नहीं कहा था उनसे। कहतीं भी क्या ? निर्मल और बकुल के प्रेम की बात ? वह कहने की बात है भला !

उनके चले जाने के बाद प्रबोधचन्द्र फट पड़े थे। कहा, "कह दिया 'अच्छा' ! कहने में तुझे शर्म नहीं आयी हरामज़ादी ?"

बकुल ने कहा था, "उन्हें माँगने में यदि शर्म नहीं आयी, तो देने में मुझे क्यों शर्म हो बाबूजी ?"

"अभी-अभी उस दिन उन लोगों ने कितना बड़ा अपमान किया..."

"अपमान सोचिए तो अपमान..." उस युग की लड़की होते हुए भी बकुल ने पिता से खुलकर ही कहा था, "ब्याह योग्य पुत्र-कन्या रहने से लोग रिश्ता करने की सोचते हैं, चेष्टा करते हैं, लेकिन चेष्टा करने से ही क्या सब जगह हो जाता है रिश्ता ? तो क्या, वह नहीं हुआ, इसलिए वे शत्रु हो गये ?"

ऐसी खुली बात से प्रबोधचन्द्र अचकचाकर बोले थे, "तुमसे हुआ तो हुआ। पारुलबाला तो बहुत तरह की बात कह गयी न...।"

"सँझली दी की बात छोड़िए।" इस तरह सारी बात पर ही बकुल ने पूर्णविराम की लकीर खींच दी।

हाँ, उसके पश्चात्।

'चि. निर्मल' के शुभ-विवाह में स्नेहोपहार लिख दिया था बकुल ने, उसकी माँ की ओर से। उस कविता को पढ़कर लोगों ने प्रशंसा के पुल बाँधे थे। निर्मल की माँ ने कहा था, "मैंने तो तुझे कुछ भी नहीं बताया था बिटिया, फिर भी तूने मेरे

मन की बात कैसे समझ ली ? और इतना अच्छा लिखा भी कैसे ?''

बकुल इस पर सिर्फ़ हँसी थी।

निर्मल की माँ की आँखों से हठात् आँसू टपक पड़े थे। उन्होंने दूसरी ओर मुँह फेरकर कहा था, ''तेरे लिए ईश्वर से प्रार्थना करती हूँ बिटिया, तुझे राजा पति मिले।''

सुनकर बकुल और ज़रा हँसी थी।

उस हँसी को याद करके इतने दिनों के बाद अनामिका देवी भी ज़रा हँसीं। निर्मल की माँ का वह आशीर्वाद बेकार ही पड़ा रह गया।

निर्मल की माँ ने छलछलाती आँखों से फिर कहा था, ''तेरे लिए भगवान ने बहुत-बहुत घर-वर अच्छा रखा है, बहुत-बहुत अच्छा।''

''यह भविष्यवाणी उनकी ग़लत नहीं हुई। बकुल ने शायद अच्छा ही पाया है, बहुत-बहुत अच्छा...'' अनामिका देवी ने सोचा।

बहू देखने लिए के बकुल तिनतल्ले पर चली गयी थी। उस दिन उसने ताईजी की तीखी नज़र की परवाह नहीं की। उसने बहू को देखा, ब्याह का न्योता खाया, आमन्त्रित औरतों की पाँत में खाना परोसा और दूसरे दिन निर्मल की माँ के पास बैठकर बहू को उपहार में मिले सामानों का हिसाब-किताब भी लिख दिया।

उसी सिलसिले में निर्मल की बहू से एक अनोखी ही आत्मीयता हो गयी। बात अजीब-सी है। ऐसा नहीं होता। किन्तु दुनिया में कभी-कभी कुछ-कुछ अद्भुत घटना भी घटती है।

हिसाब-किताब हो रहा था, कुछ ही दूर पर बैठी घूँघट में बहू पसीने-पसीने हो रही थी। सास की उपस्थिति में कुछ बोल नहीं पा रही थी। जाने किस काम से सास उठकर चली गयीं कि वह घूँघट हटाकर मृदु किन्तु स्पष्ट स्वर में बोल उठी, ''अजी, न्योता खाने आयी हो, इतना क्यों खट रही हो ?''

बकुल इस प्रश्न के लिए तैयार नहीं थी। कुछ चौंकी। सोचा, बहू ने मुझे पहचाना कैसे ? फिर सोचा, इस प्रश्न का अर्थ ? बड़ी ताईजी से तालीम लेकर बकुल से संग्राम में उतर पड़ी क्या ?

ऐसे ही एक सन्देह ने क्षण में ही बकुल को कठोर कर दिया था। इसलिए वह भी युद्ध में उतरने को तैयार हो गयी। स्थिर और सख़्त गले से कहा, ''आपसे यह बात किसने कही कि मुझसे सिर्फ़ न्योता खाने का ही नाता है ?''

बहू ने नज़र उठाकर ताका था।

लम्बी पपनियों से ढँकी गाढ़ी काली दो आँखें।

निर्मल की बहू बड़ी ख़ूबसूरत है, यह बात पहले ही सुनी थी बकुल ने। बहू के आने के बाद देखकर समझ भी गयी। लोग 'धन्य-धन्य' कर उठे थे, यह भी उसके कानों में आया था, फिर भी ठीक उस क्षण से पहले यह अनुमान नहीं कर सकी थी कि वह सौन्दर्य कितना मोहमय है। उन गाढ़े नयनों की व्यंजनामय दृष्टि में मानो बहुत कुछ छिपा था–था विशाल हृदय। जिस दिशा के बारे में अब तक बकुल ने सोचा ही नहीं था।

वह मानो 'निर्मल की बहू' शब्द की अवज्ञा करने की प्रतिज्ञा किये बैठी थी। चेतन में न सही, अवचेतन में।

लेकिन बहू ने प्यार की भर्त्सना-भरी दो आँखें बकुल की ओर उठायीं। बकुल मानो प्रतिज्ञा की दृढ़ता खो बैठने लगी।

बहू 'माधुरी' ने आँखों की उसी दृष्टि को स्थिर रखकर कहा, "मैंने तो तुम्हें 'तुम' कहा बहन, तुम मुझे आप क्यों कह रही हो ?"

चाची वहाँ थीं नहीं, आमने-सामने केवल वही दोनों–बकुल ने संकोच छोड़ दिया। बोली, "आप नहीं कहूँ ? बाप रे ! मैं मुहल्ले की एक तुच्छ लड़की हूँ और आप ठहरीं एक गण्यमान्य महिला। इस घर की बड़ी बहू।"

बकुल के कण्ठस्वर में क्या क्षोभ था ?

या तिक्तता !

थी शायद।

परन्तु बहू ने उलटकर उसका जवाब नहीं दिया। जवाब में उसने हाथ बढ़ाकर बकुल की एक हथेली को दबाकर पकड़ा और प्यार से कहा, "तुम लाख चेष्टा क्यों न करो, मुझे दूर हटाकर नहीं रख सकोगी बहन। मैं जानती हूँ, तुम बहुत ही निकट की हो, बहुत ही अपनी।"

कुछ अवाक् तो ज़रूर ही हुई बकुल।

यह तो ताईजी की तालीम-सी नहीं लगती है। तो फिर क्या है यह ?

बकुल के गले में क्षोभ और तिक्तता का जो स्वर था, वह उसके अनजाने ही झर गया था। उसने मानो कुछ कौतुक से कहा था, "ख़ैर, 'तुम' ही कहूँगी, मगर मैं बहुत निकट की हूँ, यह अजीब ख़बर तुम्हें दी किसने ?"

बड़ी ही मीठी हँसी हँसकर वह बोली, "जिसे देनी चाहिए, उसी ने दी हैं। उसने मुझसे कल सब-कुछ कह दिया है।"

बकुल क्षण में ही फिर कठोर हो उठी थी, गुस्से से एड़ी-चोटी लहक उठी थी। ओह, कोहबर की रात पत्नी के आगे हृदय उँड़ेलकर रख दिया गया है ! पता नहीं, अपना बदन बचाकर और बकुल को अपमान के सागर में डुबाकर कितनी चतुराई से कहा होगा !

ऐसा है निर्मल !

निर्मल इतना नीच, असार, क्षुद्र है ! या वैसा नहीं, बिलकुल बछिया का ताऊ ! सोचा होगा, बहू कहीं कानाफूसी में सुन-सुना ले, इसलिए पहले से ही सफ़ाई दे रखूँ। यह भी ज्ञान नहीं है कि यह नहीं होता।

अतएव बकुल कठोर हो गयी थी।

रूखे गले से कहा, ''सब-कुछ कह दिया ! एक ही रात में इतना मेल हो गया ? ख़ैर, क्या-क्या कहा ? मैं तुम्हारे पति के प्रेम में ऊब-डूब करके मर गयी ? उसके लिए मेरा जीवन व्यर्थ हो गया, पृथ्वी बेमानी हो गयी ? यही सब ? इसीलिए मुझ पर दया कर रही हो ?''

कहा था उसने।

ग़ज़ब ! बकुल के मुँह से भी उस दिन ऐसी भोंड़ी बातें निकली थीं। उसके माथे में आग जल उठी थी मानो।

परन्तु बहू माधुरी ने इस रुखाई, इस तीखेपन का उचित जवाब नहीं दिया। उसने सिर्फ़ अपनी उन बड़ी-बड़ी आँखों में गम्भीरता भरकर कहा, ''नहीं-नहीं, वह ऐसा क्यों कहने लगे। वह ख़ुद ही प्रेम में मरे पड़े हैं, यही कहा।''

''ख़ूब !'' बकुल सख़्त हँसी हँस पड़ी थी, ''सत्यवादी युधिष्ठिर ! ख़ैर छोड़ो, तुमने अवश्य उस मरे हुए को जिलाने की शपथ ली होगी ! सो, निश्चिन्त हुई।''

ये बातें किसने कही थीं ?

बकुल ने या बकुल की गरदन पर सवार किसी भूत ने ? शायद भूत ने ही, वरना बकुल ने अपने जीवन में ऐसी बात कब कही है ? इससे पहले, इसके बाद ?

माधुरी ने फिर भी शान्त गले से ही कहा, ''मैं पागल तो नहीं कि वैसी शपथ लूँगी। वह तुम्हें कभी भूल नहीं सकेगा।''

बहू के चेहरे पर निश्चित प्रत्यय की ऐसी आभा थी, जिस पर व्यंग्य नहीं किया जा सकता।

बकुल अवाक् हुई थी।

यह लड़की है क्या ?

अबोध या नादान बच्ची ?

बुद्धू भावुक पति की उस गद्गद स्वीकारोक्ति को हज़म करके ऐसे अमलिन भाव से उस प्रसंग की चर्चा कर रही है ! तो क्या फ़रेबी है ? बात से बात निकालना चाह रही है ? यह सरलता रोहू मछली को खींच निकालने का चारा है क्या ?

भाषा और भंगी ठीक यही नहीं होते हुए भी बकुल ने उस दिन पहले ऐसा ही कुछ सोच लिया था।

परन्तु उसके बाद बकुल ने देवी-जैसे उस मुखड़े को अच्छी तरह से ताककर

देखा था, ताककर देखा था लम्बी पपनियों के साये में काली-काली बड़ी-बड़ी उन दो आँखों की ओर, और देखकर मानो संकोच के मारे मर गयी थी। बकुल समझ गयी थी, यह और ही एक ज़ात की लड़की है, इसे दुनिया के मामूली मापदण्ड से नहीं मापा जा सकता।

बकुल को भीतर का एक गूँगा दाह बड़ी यन्त्रणा दे रहा था, बाहर से भद्रता और अहंकार को बनाये रखने में कष्ट के मारे वह मरी जा रही थी, किन्तु माधुरी बहू की उस जलनहीन-ईर्ष्याहीन पवित्र सरलता के ऐश्वर्य की ओर ताककर अपने चित्त के दैन्य से वह मर्माहत हो गयी।

बकुल का वह दाह भी शायद कुछ शान्त हो गया। उसने सहज कौतुक के स्वर में कहा, "तुम तो ख़ूब बुद्धू लड़की हो ! तुम्हारा पति ऐसी एक परम सुन्दरी बहू लाकर टोले की एक काली-कलूटी लड़की को अपने हृदय में चिर-स्मरणीय बनाकर रखेगा, और तुम इस घटना को बरदाश्त करोगी ?"

"काली-कलूटी ?" बहू ज़रा हँसी, "विनय ख़ूब है तुममें !" फिर हँसती हुई ही बोली, "बाहर का रूप ही तो सब-कुछ नहीं।"

अबकी बकुल ने ही हाथ बढ़ाकर उसके हाथ को पकड़ा। हाथ—जिसे कर-पल्लव कहते हैं। जितना कोमल, उतना ही मसृण। निर्मल जीत गया, इसमें सन्देह नहीं। इस लड़की को देखकर बकुल मुग्ध हो रही है !

बकुल ने अपने हाथ में ली हुई उसकी हथेली पर कुछ गहराई से दबाव डाला और कहा, "तुम्हारा बाहर का रूप भी अतुलनीय है, भीतर का रूप भी।"

माधुरी कुछ देर चुप रहकर धीरे-से बोली, "प्रथम प्रेम के आगे कोई कुछ भी नहीं लगता।"

बकुल का कलेजा काँप उठा, माथा झिम्-झिम् कर उठा जैसे। उसने क्या अपने बारे में 'प्रेम' शब्द को पराये मुँह से इस तरह साफ़-साफ़ उच्चारित होते इसके पहले किसी दिन नहीं सुना ? पारुल ने कितनी ही बार तो कहा है।

लेकिन यह मानो दूसरा ही कुछ है, और ही कुछ।

निर्मल के ब्याह के मामले में शुरू से अपमानित ही होती रही है बकुल, अभी एकाएक स्वयं को अपराधी-सा महसूस करने लगी। उसने जैसे बेहया की तरह किसी के वाजिब पावने पर अपना हिस्सा बिठा रखा है। अभी वह उस दावेदार की तुलना में अपने को बहुत तुच्छ मानने लगी।

उस लड़की के सामने बकुल केवल रूप में ही नहीं, महिमा में भी बहुत तुच्छ है।

उसने अपने को उसी तुच्छता के भाव से देखने की चेष्टा की।

माधुरी-बहू की बात पर हँसकर बोली, "अरे वाह, बड़ी लम्बी-चौड़ी हाँककर

निर्मल दा ने तो तुम्हारे सामने अपना भाव बढ़ा लिया है। अजी, वह सब महज़ कल्पित है, समझी ?''

''यह तुम लज्जित हो कह रही हो,'' बहू ने धीमे-से हँसकर कहा, ''स्त्रियाँ तो सहज ही हार नहीं मानतीं। मन के मामले में पुरुष इतने सख़्त नहीं हो सकते। इसके सिवा वह तो एकबारगी...''

माधुरी शायद आप ही लज्जा से चुप हो गयी थी।

बकुल उस परम सुन्दर मुखड़े की ओर मोहग्रस्त के समान ताकती रही। इस ऐश्वर्य का मालिक बना निर्मल नाम का वह लड़का ?

बकुल क्या निर्मल से ईर्ष्या करे ?

आज के युग के आगे उस युग का वह पनछाहा-पनछाहा प्रेम कितना हास्यकर था!

'अनेक युगों के उस पार से तिरते आते आसाढ़' की ओर ताककर अनामिका देवी प्रायः हँस पड़तीं

आज की स्त्रियाँ यदि बकुल की कहानी सुनें, तो यही कहेंगी, श्रीमती बकुलबाला, तुम्हें फ्रेम में बाँधकर दीवार पर टाँगकर रखना चाहिए।

तुम अपने प्रेमपात्र की प्रिया के रूप-गुण से मुग्ध होकर उसके प्रेम में पड़ गयीं ?

उसकी उस रूपसी प्रिया ने जब कहा, ''तुमसे ईर्ष्या क्यों होगी बहन, चूँकि वह तुम्हें इतना प्यार करता है, इसलिए तो मुझे भी तुम्हें प्यार करने की इच्छा होती है। आज से तुम्हारे साथ 'बन्धु' का नाता जोड़ लिया मैंने।''

तब तुम एकबारगी द्रवित हो 'बन्धुत्व' की शपथ ले बैठीं। माना कि निर्मल नाम का वह भावुक लड़का, पहली झोंक में बीवी के सामने ईमानदार बना, प्रथम प्रेम का गुण गाते हुए कविताई की, किन्तु तुम उस फन्दे में कैसे पड़ गयीं ?

ठीक ही तो बोली थी, ''ज़्यादा कहानी-उपन्यास पढ़कर ही निर्मल दा का यह हाल हुआ है, 'देवदास' बनने की इच्छा होती है, 'शेखर' बनने की इच्छा होती है, इसीलिए तिल को ताड़ बनाकर 'हीरो' बन गया वह !''

ख़ूब तो कहा था, ''तुम्हारे दिमाग़ में ऐसी ऊटपटाँग बातें भरकर निर्मल दा की कौन-सी इष्ट-सिद्धि हुई, नहीं जानती ! बेकार की बातों पर कान मत दो।''

और कहा था, ''यह संसार ही बिलकुल सही जगह है, समझी बहूजी, यहाँ यह कविता-वविता नहीं चलती। ख़ास करके प्रबल-प्रतापी श्रीमती ताईजी के यहाँ...''

उसके बाद—हठात् उस लड़की के कोमल कर-पल्लव को थामे देर तक स्तब्ध क्यों बैठी रही ? उसके बाद क्यों आहिस्ता से निःश्वास फेंककर कहा, ''अच्छा,

बन्धुत्व किया तुमसे।"

मतलब तुम्हारा सारा गर्व माटी में मिल गया, तुम पकड़ ली गयीं।

एक सरल पवित्रता, एक प्रेम-भरा हृदय, एक हिंसा-शून्य, अहंकार-शून्य निर्मल मन बेशक बहुत कुछ को बदल दे सकता है। सारे गर्व को चूर करके वह एकबारगी जीत ले सकता है।

बकुल भी हार गयी।

माधुरी नाम की उस लड़की के अद्भुत जीवन-दर्शन ने उसे आकृष्ट किया, आविष्ट किया।

"तुम्हारा और मेरा दोनों का प्रेम-पात्र जब एक ही व्यक्ति है, तो हम लोगों के समान अपने और कौन हैं ? बोलो तो ? तुम भी उसका मंगल चाहोगी, मैं भी चाहूँगी, ऐसे में विरोध कहाँ से आएगा ?"

माधुरी बहू का यही जीवन-दर्शन है !

वह सोलहों आना अधिकार का दावा लिये राज-राजेश्वरी होकर आयी थी, फिर भी कहा था, "तुम्हारे निकट मेरे अपराध का अन्त नहीं है बहन। मुझे सदा ही ऐसा लगेगा कि—बिना हक़ के ज़बरदस्ती दख़ल किये बैठी हूँ।"

बकुल हँसी थी।

उसने कहा था, "तुम-जैसी धर्मनिष्ठ महामानवी दुनिया में दो-चार होतीं, तो यह दुनिया स्वर्ग हो जाती बहूजी। नहीं हैं, जभी यह मर्त्य-भूमि होकर रह गयी !'

ये सारी बातें उसी दिन नहीं हुईं। उस दिन तो स्तब्ध रह जाने की ही बारी थी।

दिनोंदिन बात जमा होती जा रही थी।

तुच्छता की ग्लानि, वंचना का दाह—सब जाता रहा और मन दूसरी ही एक अनुभूति से लबालब भर गया। और उस भरे हुए मन में 'निर्मल' नाम के उस मेरुदण्डविहीन आदमी पर वह क्रोध-विरक्ति पालकर नहीं रख सकी। अपने बीच उदासीनता की उस गूँगी दीवार को खड़ी नहीं रख सकी—जिस दीवार को बकुल ने निर्मल से अपने को ओट में रखने के लिए खड़ा किया था। नहीं रख सकी, बल्कि उसके लिए ममता ही हुई।

लेकिन उस दिन नहीं।

जिस दिन उसने माधुरी बहू से बन्धुत्व जोड़ा, हाथ पर हाथ रखकर संकल्प किया, उस दिन बल्कि दीवार को और मज़बूत ही करने की सोची थी।

चाचीजी काम से जानें कहाँ चली गयी थीं, थोड़ी देर में निर्मल आकर दरवाज़े पर खड़ा हुआ। निर्मल को स्वयं आने की हिम्मत नहीं पड़ती, क्योंकि इस कमरे में उसके 'अपराध' के दो-दो बोझे थे। या आतंक की दो-दो वस्तुएँ थीं, इसीलिए

कमरे में आने में वह आनाकानी कर रहा था।

बकुल यदि देख ले कि निर्मल नयी बहू के आस-पास घुर-घुर कर रहा है, तो वह ज़रूर ही घृणा से, धिक्कार से व्यंग्य की हँसी हँस उठेगी। और यदि ताईजी देख लें कि वह कम्बख़्त गधा ब्याह के बाद भी उस पाजी लड़की के पास-पास चक्कर काट रहा है, तो रसातल पहुँचा देंगी।

पत्नी के पास ?

नहीं, पत्नी से निर्मल को ख़तरा नहीं। उसके आगे तो अपने को खोलकर रख दिया है उसने।

आबाल्य की व्याकुलता का इतिहास उसे सुनाया है।

कहा है, "उसे भूलने में मुझे समय लगेगा, तुम मुझे माफ़ करना।"

लेकिन बहू ने उस समय एक विचित्र बात कही थी, "तुम यदि उसे भूल जाओ, तो वैसा होने पर बल्कि मैं तुम्हें कभी क्षमा नहीं कर सकूँगी। यह सोचूँगी कि तुम एक सारहीन आदमी हो।"

"मेरे दुःख को तुम समझ रही हो माधुरी ?"

उसकी आँखों से आँसू टपक पड़ा था।

वह बोली थी, "मनुष्य का प्राण रहने से ही मनुष्य का दुःख समझा जाता है। मैं क्या तुम्हें मन-प्राणहीन पाषाणी-सी लगती हूँ !"

इसके बाद निर्मल ने क्या कहा था, वह अवश्य बकुल को मालूम नहीं। लेकिन इतनी सारी बातें ही बकुल ने कैसे जान लीं ? वह क्या निर्मल के कमरे में कान लगाने गयी थी ? नहीं, वैसी असम्भव घटना नहीं घटी।

उदास और म्लान मुख से निर्मल ने ही कहा था। उस समय निर्मल के चेहरे पर चाँदनी जैसी स्निग्ध प्रकाश की एक आभा फूट उठी थी। देवी जैसी कन्या, अपनी पत्नी के महिमान्वित हृदय का परिचय पाकर वह विमुग्ध होने लगा था, उस समय निर्मल धीरे-धीरे उसके प्रेम में डूबने लग गया था। और इसीलिए वह अकुलाकर बकुल को समझाने की चेष्टा करने लगा था कि वह कितना निरुपाय है !

"इससे अच्छा होता कि कोई शैतान झगड़ालू लड़की मेरी पत्नी होती !"

निःश्वास फेंककर यह कहा था निर्मल ने।

बकुल हँस पड़ी थी।

बकुल उस समय जैसे निर्मल से बहुत बड़ी हो गयी थी।

निर्मल के ब्याह को केन्द्र बनाकर जितनी घटनाएँ घटी थीं, उन घटनाओं ने हठात् एक दिन में ही बकुल को ठेलकर एक दशक पार करा दिया था।

बकुल की भाभियों ने कहा था, "बेहया लड़की बहुतेरी देखी हैं, मगर छोटी ननदजी जैसी दूसरी नहीं देखी। नहीं तो इस ब्याह के न्योते में जाती, कविता

लिख देती !"

बकुल के पिता ने कहा था, "जाना ही होगा ? आख़िर आँखों की लाज काहे की इतनी ! यदि यही था, तो 'तबीयत ठीक नहीं है' यही कहकर घर में पड़ी रहती ! तबीयत ख़राब हो तो कोई क्या कहे ?"

बकुल के बड़े भाइयों ने कहा था, "उस घर के चाचाजी स्वयं आ गये, लाचारी थी। नहीं तो हममें से कोई भी नहीं जाता। लेकिन हाँ, यह धारणा नहीं थी कि बकुल जाएगी।"

अन्दाज़-अनुमान से बकुल के प्रेम का इतिहास सभी जानते थे, गुस्से से घुमड़ते रहते थे सब और सिर्फ़ उसके बड़ी हो जाने के बहाने को ही बड़ा बनाकर उसे डाँटा-फटकारा करते, किन्तु बात किसी ने खोली नहीं। खुलकर कभी किसी ने कहा नहीं। पारुल की व्यर्थ चेष्टा ने ही सब पर्दाफ़ाश कर दिया। पारुल जब विफल होकर चली गयी, तो ताईजी इस घर में आकर एक दिन मीठे-मीठे वचन में जो-सो सुना गयीं और बहुओं को परिवार की इज़्ज़त बचाने का भार दे गयीं।

कह गयीं, "सास नहीं है, यह ज़िम्मेदारी तुम्हीं लोगों की है। जब तक ब्याह नहीं करा पा रही हो, ननद को आँखों ही आँखों में रहने का उत्तरदायित्व तुम्हीं लोगों का है। पति को, ससुर को समझा-बुझाकर झटपट इसका ब्याह कर दो। उमर का अब बाक़ी क्या रहा ?"

ऐसा नहीं कि यह बात बकुल के कान में पड़ी ही नहीं।

इतना होने के बाद कोई लड़की उस घर में जाएगी, भाभियाँ सोच भी नहीं सकतीं।

लेकिन बकुल गयी थी।

हो सकता है, बकुल ताईजी को उस घर की वास्तविक मालकिन नहीं मानती थी। या फिर गये बिना बकुल से रहा नहीं गया।

ब्याह करके लौटने के बाद निर्मल का चेहरा कैसा लगता है, यह देखने की बड़ी लालसा हो आयी थी उसे। परन्तु उसने उदासीनता ओढ़ रखी थी, निष्ठुर हो गयी थी वह।

भोज-भात के घर की चहल-पहल में बकुल के बहुत ही निकट आकर निर्मल ने एक बार जब रुँधे गम्भीर गले से पुकारा था, "बकुल !"

तो बकुल ने हड़बड़ाकर कहा था, "हाय राम, तुम यहाँ हो ? जाओ-जाओ, देखो, तुम्हारी ससुराल के लोग शायद आ गये !"

निर्मल उसके और भी नज़दीक आकर बोला, "बकुल, तुम मुझे क्या समझ रही हो, मैं नहीं जानता..."

बकुल ने बात पूरी नहीं करने दी।

वह बोल उठी थी, ''मैं तुम्हें क्या समझ रही हूँ, अचानक इसके लिए दिमाग़ खपाने क्यों बैठ गयी ? और तुम्हारे बारे में मैं ही क्यों सोचने लगी ?''

''बकुल...''

''हर चीज़ की एक सीमा होती है निर्मल दा,'' कहकर वह वहाँ से चली गयी।

उसके बाद से जितनी भी बार निर्मल ने क़रीब आने की कोशिश की, बकुल खिसक गयी।

परन्तु उस दिन घर में नयी बहू थी।

कमरे के दरवाज़े के पास खड़े होकर निर्मल जैसे दीवार से कह रहा था, ''माँ ने कहा, मैं अभी नहीं आ सकूँगी, सब दराज में रख दो।''

बकुल ने हाथ की चीज़ें नीचे रखकर कहा, ''हुक्म सुन लिया न बहूजी ? तो रख दो सहेजकर, पति देवता से बल्कि मदद ले लेना।'' और वह निर्मल के बग़ल से निकल गयी थी।

बकुल की उस निष्ठुरता पर आश्चर्य होता है अनामिका देवी को। उस दिन बकुल इतनी निर्मम कैसे हुई थी ? किस पद-गौरव से ? निर्मल की बहू तो उससे दस गुनी सुन्दर है, तिस पर सम्पन्न घर की।

और बकुल ?

कुछ भी नहीं। वह तो केवल निर्मल की दी हुई मर्यादा से ही मूल्यवान है। लेकिन बकुल...

किन्तु उसके बाद बदल गयी बकुल।

निर्मल के ब्याह के बाद निश्चिन्त हो, कुछ साथी बटोरकर ताईजी बदरी-केदारनाथ गयीं। उस परम सुयोग में निर्मल की माँ और बहू ने इस घर-उस घर को एक कर दिया। माधुरी-बहू के घूमने की जगह तो बस यही घर हो गया। निर्मल की माँ भी जैसे एक भारी जाँते के नीचे से निकलकर दो दिन के लिए बच गयी थीं।

इस मुक्ति में माधुरी ने बकुल को एक निविड़ बन्धन में बाँध लिया। और इसी सूत्र से निर्मल के साथ सम्पर्क एकाएक विचित्र रूप से सहज हो गया।

बकुल जैसे माधुरी की ही ज़्यादा अपनी हो गयी। व्यवहार में उसने निर्मल की साली की ही भूमिका अपनायी। प्रखर पुरमज़ाक़ मुखरा साली।

उसी समय से बकुल बिलकुल बदल गयी थी। कुछ ही दिन पहले कितनी डरपोक और लजीली थी वह। उस भीरु, संकोची और लज्जालु किशोरी की केंचुल उतारकर जैसे कोई दूसर ही निकल आयी हो। प्रखर, पूर्ण यौवनवाली, दुस्साहसी।

उसकी दुस्साहसिक बातचीत से निर्मल डरता था, अवाक् रह जाता था और सम्भवतः और भी ज़्यादा आकृष्ट होता था। वैसे में बकुल उसे व्यंग्यकौतुक की छुरी

से बेधा करती। माधुरी-बहू उसी कौतुक से हँसती, कौतुक का मज़ा लेती।

केदार-बदरीनाथ से लौटकर ताईजी ने देखा, परिवार के जिस स्थान से वह खिसक गयी थीं, वह जगह जैसे अब नहीं रही। जाने कब किसने उनका सूना सिंहासन किधर को हटाकर अपना आसन डाल लिया है। दुनिया में ऐसा ही होता है शायद।

कोई भी ख़ाली स्थान ख़ाली नहीं रहता।

उसे और कोई दख़ल करके बैठ जाता है।

निर्मल की बहू अब मानो ताई-सास से अधिक अपनी ही सास को प्रधानता देती। यहाँ तक कि पुराने नौकर-नौकरानियाँ भी अब बड़ी माँजी से पहले जैसा नहीं डरते। एक अकेला निर्मल ही अपनी पुरानी शक्ल में था।

यह दृश्य देखकर बड़ी माँ फिर से कमर बाँधकर जुट रही थीं, दोनों घर के 'श्रीक्षेत्र' भाव को दूर करने की चेष्टा में लग रही थीं, तभी निर्मल की बदली मोतिहारी हो गयी।

माधुरी-बहू अपने पति के साथ चली गयी।

शायद बकुल के लिए विधाता का यह आशीर्वाद ही हो। पता नहीं, ताईजी नये सिरे से बकुल के नाम क्या-क्या कलंक लगातीं। क्योंकि एक दिन घर पर आकर झगड़ गयीं वह। बोलीं, "आज के ज़माने में ज़ात नहीं जाती, इसलिए क्या बेटी का ब्याह नहीं करोगे देवरजी ? बिठाल रखोगे ?"

प्रबोधचन्द्र सिर झुकाये रहे।

कुछ बोल नहीं सके प्रबोधचन्द्र। ताईजी जब चली गयीं तो जी का सारा गुबार उन्होंने बकुल पर उतारा।

"ख़ैर, जाने दीजिए।"

अब उसपर सोचने की कोई बात नहीं। निर्मल उसके बाद बहुत दूर चला गया।

मोतिहारी जैसा दूर नहीं, बहुत-बहुत दूर।

लेकिन कब ?

बकुल उस समय कहाँ थी ?

वह क्या उस समय बकुल नाम की केंचुल से ही लिपटी थी ?

नहीं, वह तब बकुल नाम के परिचय तक ही सीमित नहीं थी, एक नये नाम के हस्ताक्षर से फैल गयी थी। नये नाम की उस डोंगी पर चढ़कर वह नाले से नदी में, गढ़ैया से समुद्र में निकल आयी थी।

धीरे-धीरे यह नया नाम ही पुराना हो गया, परिचय के ऊपर सख़्त छिलका-सा जम गया। लेकिन उस समय भी उतना नहीं जमा था। उस समय नये नाम की

वह डोंगी चुपचाप घाट पर आ खड़ी हुई थी। 'बकुल' नाम के बिलकुल ही तुच्छ प्राणी को वह 'नाम', 'ख्याति', 'यश' के घाटों तक पहुँचा देगी, ऐसी कोई प्रतिश्रुति लेकर नहीं आयी थी। बल्कि ख़ासी कुछ अप्रीतिकार किन्तु मज़ेदार घटना हो गयी थी।

उनमें से सबसे पहली घटना है, उस नाम से एक लिफ़ाफ़े का आना।

वह चिट्ठी प्रबोधचन्द्र के हाथ में पड़ गयी थी। क्योंकि प्रबोधचन्द्र हमेशा बाहरवाले कमरे में ही डटे रहते हैं, रात के सिवा दुतल्ले पर नहीं जाते। सीढ़ी चढ़ने में तकलीफ़ होती है। बाहर निकलना भी तो बन्द-सा ही है।

रोगी बन-बनकर आप ही अपनी राह में और भी काँटे बिछा रखे हैं। यदि लड़के-लड़कियाँ कभी कहतीं, "बाबूजी, हरदम आप नीचे के उस छोटे कमरे में बैठे रहते हैं, ज़रा बाहर भी तो घूम-फिर आ सकते हैं।"

वैसे में प्रबोधचन्द्र ने लोगों को झिड़क दिया, "फिर ? घूम-फिर ? घूमने-फिरने की क्षमता रही होती तो मैं कुएँ के मेढक की तरह हमेशा यहीं बैठा रहता ?...तुम लोग कहोगे, इस अपेक्षा में बैठा रहता ? मेरा दम नहीं फूलता है ? करूँ भी क्या, ईश्वर ने सारी क्षमता ही छीन ली। तुम लोग न मानो, भगवान जानते हैं, मेरी देह में क्या हो रहा है ! उठते ही हाथ-पाँव काँपते हैं, आँखों के आगे अँधेरा छा जाता है..." आदि-आदि।

लिहाज़ा प्रबोधचन्द्र कुएँ के बेंग की तरह मैली दरी बिछी एक चौकी पर पड़े-पड़े हिसाब रखते हैं कि कब कौन निकलता है, कब लौटता है, ग्वाला कितना दूध दे जाता है, धोबी कितने कोड़ी कपड़ों की गठरी का लेन-देन करता है, डाकिया कब किसके नाम से कितनी चिट्ठियाँ लाता है।

अवश्य, चिट्ठियाँ ही सबसे ज़्यादा आकर्षणीय हैं।

डाकिये के हाथ से प्रायः झपटकर ही प्रबोधचन्द्र उन्हें लेकर काफ़ी देर तक अपने ही पास रखते हैं, जिसकी हैं, उसे तुरत बुलाकर नहीं देते। यहाँ तक कि वह व्यक्ति यदि किसी कारण से कमरे में भी आ पड़े, तो झट चिट्ठी को तकिये के नीचे छिपा देते हैं।

क्यों ?

यह प्रबोधचन्द्र खुद भी बता सकेंगे या नहीं, सन्देह है। सम्भवतः उनके सृष्टिकर्ता ही कहना चाहें, कहें। लेकिन प्रबोधचन्द्र यह जानते हैं कि चिट्ठी जिसके भी नाम की हो, पोस्टकार्डों को पढ़ लेना उनका कर्तव्य है और लिफ़ाफ़े का नाम-पता बार-बार पढ़कर अन्दाज़ लगा लेना कि पत्र आया कहाँ से ! इसे बदस्तूर ज़रूरी समझते हैं।

अधिकतर चिट्ठियाँ अवश्य ही बहुओं के बाप के घर से आती हैं, हाथ की

लिखावट पहचानने के लिए भौंहें सिकोड़कर बार-बार देखते रहते हैं प्रबोधचन्द्र, और यह सोचने लगते हैं कि इस लिखावट की चिट्ठी अन्तिम बार कब आयी थी। यदि जल्दी आयी होती तो मुँह को टेढ़ा करके मन-ही-मन कहते, "ओह, बेटी के लिए जी कैसा उमड़ रहा है ! रोज़ चिट्ठी !—और मेरे अपने लोग ? बेटियाँ ! जमाई ! बेटे सब ? जो दिल्ली दरबार (प्रबोधचन्द्र यही व्याख्या करते) में अधिष्ठित हैं, कहाँ, बूढ़ा बाप मानकर महीने में पोस्टकार्ड भी तो कभी नहीं लिखते ये ? दो पैसे का तो सवाल !"

चिट्ठियों को फाड़ फेंकने की इच्छा होती उन्हें।

पोस्टकार्डों में फिर एक मादकता है। पढ़ लेने से बहुत सारी अजानी बातें मालूम हो जाती हैं। बहते हुए संसार की किसी भी घटना-तरंग को कोई पास आकर प्रबोधचन्द्र तक नहीं पहुँचाता। वह खुद ही 'हें-हें' करके पूछताछ से जुटा लें। यह फिर भी–

नहीं, दूसरे की चिट्ठी पढ़ने को बिलकुल बुरा नहीं मानते प्रबोधचन्द्र। घर के मालिक होने के नाते इतना वह वाजिब हक़ मानते हैं अपना। लेकिन लिफ़ाफ़ा खोलने की हिम्मत नहीं होती। बार-बार उलट-पुलटकर, कुछ देर तक अपने पास रखकर, कमरे में किसी के आने पर लाचार हो दे देते हैं।

किन्तु इस लिफ़ाफ़े को हाथ में लेने पर प्रबोधचन्द्र की आँखें विस्फारित हो गयीं। यह किसके नाम की चिट्ठी है ?

लिफ़ाफ़े पर यहीं का पता है, लेकिन नाम बिलकुल अपरिचित। और मार्फ़त प्रबोधचन्द्र के नहीं। चिट्ठी चाहे जिसकी आए—पते में साफ़-साफ़ अक्षरों में 'मार्फ़त प्रबोधचन्द्र मुखोपाध्याय' तो लिखा ही रहेगा।

जो रीति है।

जो सभ्य नीति है !

किन्तु इस चिट्ठी में उस सुरीति-सुनीति का उल्लंघन हुआ है। मालिक प्रबोधचन्द्र के कर्तृत्व को अस्वीकार किया गया है।

दूसरे घर की चिट्ठी है ?

ग़लती से यहाँ चली आयी है ?

यही कैसे कहा जा सकता है ?

साफ़-साफ़ तो लिखा है, तेरह बटा दो राजेन्द्रलाल स्ट्रीट।

तेरह बटा एक निर्मल का घर है, तेरह बटा दो प्रबोधचन्द्र का।

तो, इस चिट्ठी की अधिकारिणी कौन है ? किसी बहू का छद्म नाम है यह ? या बड़ी बहू की वह भतीजी, जो कई दिनों से आयी हुई है, उसकी है ?

किन्तु दस-बारह साल की नथिया पहननेवाली लड़की को ऐसे लिफ़ाफ़े में कौन

चिट्ठी भेजेगा ?

दुर्दमनीय कौतूहल से लिफ़ाफ़े के मुँह पर थोड़ा-सा पानी डालकर उसे मेज़ पर रखा प्रबोधचन्द्र ने, ताकि आसानी से खुल जाए।

लेकिन अदृष्ट के परिहास से ठीक उसी वक़्त पिता के लिए दूध का गिलास लेकर बकुल कमरे में आ पहुँची।

अकबकाकर चिट्ठी को हटाना भूल गये प्रबोधचन्द्र। और ऐसा फूटा कपाल उनका कि उसी क्षण उसी धड़ंग लड़की की उसपर नज़र पड़ गयी, जिससे प्रबोधचन्द्र मन ही मन डरते हैं। डरने का कारण स्पष्ट नहीं है, मगर डरते हैं। और उसी डरी हुई हालत में–जब बकुल ने पैनी निगाह से चिट्ठी की तरफ़ देखते हुए पूछा था, "लिफ़ाफ़े पर पानी कैसे पड़ गया बाबूजी ?" तो प्रबोधचन्द्र झट बोल पड़े, "पानी नहीं, पसीना है। टप् से उसी पर गिर पड़ा, इसीलिए हवा में..."

पसीना।

बकुल निर्वाक् होकर पिता को ताकने लगी थी। उसके बाद जाड़े के अग्रदूत हेमन्त के धुँधले आकाश की ओर ताका था और फिर बकुल के होठों पर हँसी की एक बारीक रेखा खिंच आयी थी। उसी हँसी के बदले एक बेंत ही पड़ता, तो प्रबोधचन्द्र के लिए अच्छा था।

यही, इसीलिए डर घुस गया है।

पहले हरामज़ादी की हँसी ऐसी नहीं थी। कुछ ही दिनों से हुई है। देखने से बदन सिहर उठता है। ऐसा लगता है जैसे सामने के आदमी के मन के भीतर तक देख पा रही है।

लेकिन बकुल ने और कुछ नहीं कहा, बस इतना ही कहा था, "पसीना !"

और हाथ बढ़ाकर वह उसे उठाने लगी।

प्रबोधचन्द्र को जैसे एक मौक़ा मिल गया। हाँ-हाँ कर उठे, "रहने दो, दूसरे के यहाँ की है। डाकिया ग़लती से दे गया है।"

लेकिन तब तक तो वह उठा चुकी थी और उलटकर देख भी चुकी थी।

लिफ़ाफ़े के पते पर बकुल की आँखें स्थिर हो गयी थीं। फिर बोली थी, "दूसरे के यहाँ की नहीं, यहीं की है।"

"यहीं की ?"

प्रबोधचन्द्र ने उस बारीक़ हँसी की झाँस झाड़ी, "मानो आजकल घर में मेरे अनजाने ज़्यादा लोग भी रहते हैं ?"

"ज़्यादा कोई नहीं बाबूजी !"

"नहीं है ? नहीं है तो यह अनामिकाजी कौन हैं, सुनूँ ज़रा ?"

बकुल ने मुसकराकर कहा, "हक़ीक़त में कोई भी नहीं।"

"हक़ीक़त में कोई नहीं ! मगर उसके नाम से चिट्ठी आती है ! ख़ूब . तुम लोग अब घर में 'रहस्य-रोमांच-सीरीज़' जारी कर रही हो क्या ? रखो चिट्ठी। मैं जानना चाहता हूँ कि यह अनामिका देवी कौन है !"

लेकिन बकुल ने चिट्ठी रखी नहीं।

फिर कुछ मुसकराकर बोली, "बताया तो, हक़ीक़त में कोई नहीं है। यह एक बनाया हुआ नाम है।"

"बनाया हुआ नाम ! मतलब ?" अपनी हँफनी को भूल प्रबोधचन्द्र ने तनकर बैठते हुए कहा था, "बनाये नाम से चिट्ठी कैसे आती है ? यानी यह प्रेमपत्र भेजने का षड्यन्त्र है !"

प्रबोधचन्द्र को उस समय यही लगा था। क्योंकि वह साफ़ समझ रहे थे, इस नक़ली नाम से बकुल नामक लड़की का कोई योगसूत्र है। और फ़ौरन उससे मोतिहारी का लगाव आविष्कार कर बैठे थे।

तो इस लड़की ने यह तरीक़ा निकाला है। नक़ली नाम से चिट्ठी आया करेगी, कोई पकड़ नहीं सकेगा।...यह ज़रूर इसी चिट्ठी की तलाश में आयी थी, मेरे लिए दूध ले आना तो बहाना भर है।

मारे गुस्से के ब्रह्माण्ड जल उठा था प्रबोधचन्द्र का। ओह, वह एक नम्बर का पाजी, बदचलन, शैतान अभी भी मेरी बिटिया का दिमाग़ चाट रहा है। अरे शादी कर ली, परदेश चला गया, फिर भी दुष्प्रवृत्ति नहीं जाती ?...लिफ़ाफ़े में चिट्ठी भेजी है। इतनी हिमाक़त कि केयर ऑफ़ तक देने का सौजन्य नहीं।

प्रबोधचन्द्र की अभिभावक-सत्ता, घर के मालिक की सत्ता—दोनों जाग उठीं। यह डपट उठे, "खोलो चिट्ठी ! मैं देखना चाहता हूँ।"

"देखना चाहते हैं, यह तो मैं देख ही रही हूँ," बकुल ने लिफ़ाफ़े को फिर से पिताजी की मेज़ पर ही फेंककर कहा था, "पानी से भिगोकर खोलने की कोशिश नहीं करके अनामिका देवी की चिट्ठी आने पर आप यों ही खोलकर देखा कीजिए !"

और वह कमरे से चली गयी थी।

पिता का क्या हाल हुआ, उसकी तरफ़ ताका ही नहीं।

किन्तु कुछ ही दिन पहले तक बकुल आँख उठाकर बाप की ओर ताक भी नहीं सकती थी। हठात् उसे यह साहस किसने दिया ? उस अनामिका देवी ने ? जिसके नाम से किसी पत्र के सम्पादक ने लिखा था, "आपकी कहानी स्वीकृत हुई। अगले अंक के लिए और एक कहानी भेज दें तो आभारी होऊँ।" या कि निर्मल के ब्याह के सिलसिले में जो बकुल उद्घाटित हुई थी, उसी बकुल ने यह तय किया था कि पैरोंतले की माटी कहाँ है, उसे खोजना होगा। शायद उसे खोज भी लिया था उसने। इसीलिए एक कॉपी के कोने में जाने उसने कब लिख रखा था,

''डरते-डरते एक ऐसी अजीब आदत हो जाती है जिससे यह याद ही नहीं रहता कि डरने का कोई कारण नहीं है। इस आदत को छोड़ना होगा।''

और जैसे उसने अपने मन में कहीं लिख लिया था, ''निर्मल को सँझली दी धिक्कारती हैं, मगर मैं उसे धन्यवाद देती हूँ। उसके आगे मेरी कृतज्ञता का अन्त नहीं है, मेरी नाव को वह डाँड़ खेकर पार नहीं लगा सका, इसीलिए तो बहाव में बहकर वह समुद्र में आ गयी !''

यह समुद्र उपमा मात्र होते हुए भी प्रबोधचन्द्र के घर में 'अनामिका देवी' एक विस्मय की घटना ही तो है।

अनामिका देवी के नाम की वह चिट्ठी प्रेम-पत्र तो नहीं थी, फिर भी घर में उसके लिए कुछ बात उठी थी। बकुल के बड़े भैया ने उस अनदेखे सम्पादक पर मुसकराते हुए कहा, था ''चूड़े ने दही को पहचाना है !''

बकुल के छोटे भैया का पुकार का नाम मानू था। बकुल-पारुल उसी को छोटे भैया कहतीं। सुबल केवल सुबल था। वह तो अब महज़ एक नाम है—दीवार पर एक तसवीर। वह रहा होता तो इतिहास कुछ और ही तरह का होता। सो उस छोटे भैया ने हँसकर कहा था, ''अरे, लड़की है, इसीलिए रचना छाप दी।...सुनते नहीं हो, युनिवर्सिटी तक में गोबरगणेश लड़कियों को कैसे पास कर दिया जाता है ! वह रचना किसी लड़के के नाम होती, तो रद्दी की टोकरी में जा रहती।''

और बकुल की बड़ी भाभी ने चकित होकर कहा था, ''अजी किताब तो लोग नाम-यश के लिए ही लिखते हैं, जानकर कोई नाम बदलकर लिखता है, यह तो कभी नहीं सुना। रचना तुम्हारी ही है, यह साबित कैसे होगी ? मान लो, मैं ही यदि कहूँ, 'मैं ही अनामिका देवी हूँ' ?''

''कहो न, एतराज़ क्या है ?''

कहकर हँसती हुई चली गयी थी बकुल।

भाभी ने बिलकुल विश्वास नहीं किया, वह यह समझ गयी।

इसके पहले भी उसकी रचना छपी थी, लेकिन वह ख़बर ख़ुद बकुल और निर्मल के घर तक ही सीमित रही, इस घर तक उसका धक्का नहीं पहुँचा।

अबकी धक्का दिया इसलिए धक्का उठा।

सँझली दी पारुल ने और एक धक्के की ख़बर भेजी थी।

लिखा था, ''इधर तो तू मज़े का एक काण्ड कर बैठी। तेरी कहानी पर पुरुष-समाज में ज़ोरों की हलचल है। 'नवीन भारत' पत्रिका यहाँ बड़ी लोकप्रिय है न !...लोग कह रहे हैं, निरुपमा देवी, अनुरूपा देवी, प्रभावती देवी—इन्हें तो जानते हैं, यह नयी देवीजी कौन हैं ? हो न हो, महिला के छद्म नाम से कोई पुरुष हैं।...लिखने की शैली जैसी ज़ोरदार है...'' यानी ज़ोरदार होना पुरुषों का ही

एकाधिकार है।

"तेरे बुद्धिमान बहनोई ने लेकिन लेखिका का असल परिचय किसी को नहीं बताया, किन्तु स्वयं तो वह जानते हैं। वह बेहद अपमान की जलन में जल रहे हैं। क्यों, पता है ? वह शायद उस कहानी के खलनायक के रूप में अपनी छाया देख रहे हैं।

"मैं लाख समझाती हूँ, कहानी का नाम जब 'आईना' है, तो उसके सामने खड़े होने पर अपनी छाया तो दीखेगी ही, पर तुम क्यों अपने को...मगर सुनता कौन है ऐसी अच्छी बात ? कहते हैं, उनकी साली ने उनका अपमान करने के लिए ही ऐसे एक मार्मिक चरित्र की सृष्टि की है। इस पर हँसकर कहना ही पड़ा, साली ने तब तो साली-जैसा ही व्यवहार किया है। देख, तेरे अमल बाबू के सामने ग्राम्य भाषा का व्यवहार किया, इसके लिए 'छि-छि' मत करना। औरतों के मामले में बँगला भाषा कितनी उदासीन है, यह पग-पग पर देख पाओगी। यानी जब लिखने बैठी है, तो नज़र आएगा ही। साले के लिए फिर भी 'सम्बन्धी', 'बड़ा कुटुम्ब' दो-एक शब्द हैं, लेकिन साली के लिए ? बहुत हुआ तो स्यालिका। छिः, अरे कोई गुणवाचक शब्द खोज। नहीं है, स्त्रियों के लिए कुछ नहीं है। लाचार कहना होगा 'महिला कवि', 'महिला साहित्यिक', 'महिला डॉक्टर' आदि-आदि। देखना मिलाकर। लिहाज़ा बात-बात में साली के सिवा और चारा ही क्या ! सो वह कहते क्या हैं, तुम्हारी बहन से जैसा नाता है, वैसा ही व्यवहार किया है।

"मैंने यह भी कहा, तुम अपनी ही छाया क्यों देखते हो ? उतने निष्ठुर हो तुम ?

"इस सान्त्वना से लेकिन कोई नतीजा नहीं निकलता।"

बारह

नहीं होता है। वैसी सान्त्वना से कुछ नहीं होता।

इसका अनुभव अनामिका देवी को बहुत बार हुआ है। अपने दीर्घकाल के लेखिका-जीवन में उन्हें बहुत बार कठघरे में खड़ा होना पड़ा है। क़सूर यह कि उन्होंने अपने परिचितों में से चुन-चुनकर किसी-किसी की हेठी करने के लिए अपनी

कहानियों के नायक-नायिकाओं की सृष्टि की है।

निश्चय ही कहानी के महत चरित्रों के बारे में ऐसा दावा कोई नहीं करता। परिचित लोग हास्यास्पद अथवा क्षुद्रता-तुच्छता में डूबे चरित्रों में ही अनामिका देवी की कुटिल प्रचेष्टा पाते हैं। इसलिए चेहरा स्याह किये कहते हैं, "यह तो मुझ पर ही लिखा गया है।" कहते हैं, "इतना कुछ तुम्हारे मन में था, यह तो नहीं जानता था। मगर इतना नीचे गिराये बिना भी तो चल सकता था।"

वे अपने-आप नहीं पकड़ पाते तो बन्धु-बान्धव आँखों में उँगली गड़ाकर दिखा देते, "देखो, तुम्हारी अमुक देवी ने यहाँ तुम्हें आड़े हाथों लिया है।"

अमल बाबू के लिए भी मित्रों ने ही 'ज्ञानांजन शलाका' का काम किया था।

और मित्र की शलाका के बाद तो दूसरी शलाका काम नहीं करती। लिहाज़ा सँझली दी का किया कुछ काम नहीं आया। 'मुझ पर लिखा है'—यह सोचकर ख़फ़ा हो उठे थे अमल बाबू।

और बार-बार ऐसा अनुरोध भी आता, मुझपर लिखो—

नहीं लिखो तो सोचता है, मेरी अवहेलना की।

लेकिन इस तथ्य के बारे में कोई सोचकर भी नहीं देखता कि सही अर्थ में वास्तविक किसी एक व्यक्ति को लेकर किसी सही 'चरित्र' की सृष्टि नहीं की जा सकती।

शायद यह जानते ही नहीं लोग।

जानते नहीं अथवा मानते नहीं कि इसका नियम बहुत कुछ बारिश-जैसा है।

धरती से ऊपर उठा पानी ही फिर पानी होकर धरती पर बरसता है, यह सही है, लेकिन दोनों एक नहीं हैं। उस पानी को पहले भाप बनना पड़ता है, उसके बाद बादल बनना पड़ता है, तभी फिर बारिश होने की लीला होती है।

ऐसे ही नियम से बहुतेरे चरित्र और बहुत-बहुत वैचित्र्य के संस्पर्श में आयी अनुभूति की भाप भी मन के आकाश पर जाकर चिन्ता के रूप में जमा रहती है। उसके बाद किसी क्षण में चरित्र में रूपायित होकर कलम में उतर आती है।

मगर इतनी बात समझायी किसे जाए ? समझना कौन चाहता है ? उससे तो नाराज़ होना कहीं सहज है। बहुत आसान है भूल समझकर रूठ जाना।

जिस पर लिखा नहीं गया, वह भी दुःखी। और आईने में जिसने अपने को देखा, वह भी दुखी। अतएव वे दूर खिसकने लगते हैं।

हाँ, यह समस्या केवल परिचितों के लिए ही है।

जो दूर के हैं, वे तो आईने में मुँह देखकर उसी सूत्र से पास आ खड़े होते

हैं। आनन्द प्रकट कर कहते हैं, "इस्, कैसे लिखा आपने ! लगता है, ठीक हम लोगों की बात है।"

अनामिका देवी भी हँसती हैं।

कहतीं, "आप लोगों की बातों को छोड़कर मैं बात भी कहाँ पाऊँ ? कहिए, मैं तो आप लोगों में से ही एक हूँ। आकाश-पाताल को एक करके खोजने की क्षमता मुझमें नहीं है। यदि आप ही लोग मेरी फ़सल हैं, तो मेरी खाद भी आप ही लोग हैं। पाठक-पाठिकाएँ ही मेरी नायक-नायिका हैं।"

किन्तु अमल बाबू को यह सब नहीं समझाया जा सका। तब से उन्होंने सँझली दी को यहाँ आने ही नहीं दिया।

ताज्जुब है, अभिमान मनुष्य को कितना निर्बोध बना देता है ! या फिर मनुष्य जाति ही निर्बोध है।

'बकुल की कथा' लिखने की ज़िम्मेदारी लेकर बकुल के बारे में सोचते-सोचते कब जाने बकुल से एकाएक हो गयीं अनामिका देवी। छद्म नाम की केंचुल को उतारकर बहुत दिन पहले बकुल ने सोचा था, वही सोचने लगीं वह, "सच, आदमी कितना निर्बोध है !"

मात्र दो हाथों से सौ दिशाएँ सँभालने का कैसा दुस्सह प्रयास करता है वह ? केवल दो मुट्ठी में पूरी पृथ्वी को भर लेने की चेष्टा में कैसी जीवन की बाज़ी ! कितनी दुश्चिन्ता, कितना षड्यन्त्र !

लेकिन पल में उस मुट्ठी को ढीली करके संसार से चल देना पड़ता है। सब कुछ सहेजने के दायित्व से हाथों को किस आसानी से मुक्ति मिल जाती है।

नौकरी में तरक़्क़ी के लिए अमल बाबू किस जी-जान से कोशिश कर रहे थे, अपनी पत्नी को मुट्ठी में रखने के लिए किस क़दर क्लेश उठाया उन्होंने, पत्नी का महज़ शारीरिक मंगल ही नहीं—ऐहिक, पारलौकिक, नैतिक, चारित्रिक—सर्वविधि मंगल का भार लेकर भले आदमी दिशाहारा हो जाते थे, किन्तु अचानक अल्पकालिक नोटिस मिलने पर चल देना पड़ा उन्हें ! कलेजे में कितनी कचोट लिये !

सँझली दी ने कहा था, "देख बकुल, यह स्वर्ग नाम का स्थान यदि सचमुच कहीं हो और वहाँ से यह मर्त्यलोक दिखाई पड़ता हो, तब तो वह ज़रूर ही मुझे देख पा रहा है। बेचारा मरकर भी कैसी यम-यन्त्रणा पा रहा है, मैं यही सोचकर दुखी हो रही हूँ।"

बकुल कहती, "तुझ जैसी जाँबाज़ बेपरवाह स्त्री को याद रखे उनकी बला !"

सँझली दी कहती, "अरे, जाँबाज़ बेपरवाह लोगों को ही तो याद रखते हैं लोग। देखती नहीं, स्वयं भगवान भी साधु-सज्जनों को याद न रखकर जगाई-मधाई को याद रखते हैं, याद रखते हैं, कंस, जरासन्ध, हिरण्यकशिपुओं को...यह आदमी मुझे नज़रों

की ओट नहीं करता था, वह भी इसीलिए कि मैं जाँबाज़ और बेपरवाह हूँ। शिष्ट शान्त साध्वी नारी रही होती तो वह कब का मुझे भण्डार घर के किसी कोने में डाल देता।...जभी सोचती हूँ, यदि सचमुच देख पाता है तो कितना तड़पता होगा।"

लेकिन नहीं, दिखाई नहीं देता। आदमी बड़ा असहाय है।

सब-कुछ उतारकर, धरकर सर्वहारा होकर चल देना पड़ता है उसे।

उसके बाद करने को कुछ नहीं।

करने को होता तो आज प्रबोधचन्द्र की पोती प्रबोधचन्द्र के ही घर में बैठकर प्रेम करने को बहुत बड़ी बहादुरी समझकर महाउल्लास से अपनी बुआ के पास आकर कहती–"बुआ, पता नहीं तुम विश्वास करोगी या नहीं, फिर एक नये शिकार को जाल में फाँसा है।"

इस अभागी लड़की के आगे किसी भी प्रकार से अपनी गम्भीरता बनाये नहीं रख पाती हैं अनामिका देवी ! उसके प्रति एक विशेष स्नेह है, इसीलिए ? फिर तो कहना चाहिए, स्नेहान्ध की दशा हो गयी है।

यही ?

नहीं। उसकी उस निर्लज्जता में कहीं जैसे एक अमलिन सचाई है, इसलिए ? जो चीज़ इस दुनिया में दुर्लभ है ! फिर भी गाम्भीर्य बरक़रार रखने के लिए उन्होंने आँखें गुरेरकर कहा, "नये शिकार को जाल में फाँसा है, मतलब ? यह कैसी असभ्य-सी बात ?"

किन्तु शम्पा ज़रा भी नहीं दबी। तेज़ स्वर में बोल उठी, "असभ्य हो सकती है, पर दुनिया की कौन-सी सत्य बात सभ्य है बुआ ? सत्य मात्र ही अ-सभ्य है, यानी दुनिया के लोग जिसे असभ्य कहते हैं।"

"दुनिया में रहना हो तो दुनियावालों की रीति-नीति के मापदण्ड पर ही चलना होगा।"

शम्पा कुरसी पर बैठी थी, अब ज़ोर-ज़ोर से पाँव हिलाते हुए बोली, "यह बात मेरी परमाराध्य मातृदेवी कह सकती हैं, तुम्हारे मुँह से अच्छी नहीं लगती।"

अपनी कोशिश को और कुछ ज़ोरदार बनाने के लिए अनामिका देवी ने कहा, "अच्छी नहीं लगने की क्या है ? माँ और बुआ क्या अलग हैं ? माँ जो कहेगी, वही बुआ भी कहेगी।"

शम्पा एकाएक तड़ाक से खड़ी हो गयी। दोनों कमर पर हाथ रखकर बोली, "यह सचमुच तुम्हारे मन की बात है ?"

इस सीधे आक्रमण से अनामिका देवी हँस पड़ीं, उसके सिर पर एक चपत

लगाकर कहा, ''इस स्थान पर शैतानी का पहाड़ है। मैं कहती हूँ, यह शिकार-विकार की बात क्या अच्छी है ?''

''भली-बुरी की मैं नहीं जानती बाबा, यही बात ज़रा कहने जैसी लगी इसीलिए कही। जब एक-एक को पकड़कर छोड़ देती हूँ, तो शिकार नहीं तो क्या है ?''

''मैं तेरी गुरुजन हूँ या नहीं ?''

''हज़ार बार।''

''फिर ? मेरे सामने ऐसी बेहया बातें करने में तुझे शर्म नहीं आती ?''

अनामिका देवी भी बोलकर अनमनी-सी हो उसी की तरह पाँव हिलाने लगीं।

कनखियों से उधर एक बार ताककर बोली, ''देखो बुआ, यह शर्म-वर्म की कोई बात मुझमें नहीं है, यह बात मैं बाबूजी से भी कह सकती हूँ, पर कहने को जी नहीं चाहता। वह इसका मतलब ही नहीं समझेंगे। तुम साहित्यिक हो, मनस्तत्त्व-वत्त्व समझती हो, इसीलिए तुम्हीं से कहती हूँ। कहाँ, बड़ी, मँझली, सँझली बुआ से तो कहने नहीं जाती ?''

''वह तुझे मिलती कहाँ हैं ?''

''अहा, चाहूँ, तो उन्हें पा तो सकती हूँ। एक जनी तो कलकत्ता शहर में ही रह रही हैं, बाक़ी दोनों भी आसपास ही हैं। मगर बात वह नहीं है, आशा करती हूँ कि तुम मुझे समझोगी।''

अनामिका देवी उसकी ओर ताकने लगीं। सोचा, वह मुझपर विश्वास रखती है कि मैं उसे समझूँगी। हालाँकि दुनिया में वही सबसे कठिन काम है। कौन किसको समझता है ? कौन किसे समझना चाहता है ?

मैं उसे समझने की चेष्टा करती हूँ, वह यह जानती है। इसीलिए वह मुझसे ही मन की बात कहने आती है। किन्तु नित्य नया प्रेम ही यह कहाँ से जुटाती है ?

अनामिका देवी ने वही पूछा।

शम्पा भर मुँह हँसकर बोली, ''ठीक ही जुट जाता है। बहुत बार तो एक ही साथ दो-तीन की भीड़ लग जाती है, और यह तो अभी मेरी वेन्केसी चल रही थी। तुम लोग कहा करती हो न, रत्न रत्न को पहचानता है...बस, वैसा ही।''

अनामिका देवी हँस पड़ीं। बोलीं, ''तो यह नया रतन कारख़ाने का कुली-वुली होगा ?''

शम्पा ने भौंहें सिकोड़कर कहा, ''एकाएक यह पूछ बैठी ? कुछ सुना है शायद !''

''सुनती कहाँ से, अन्दाज़ कर रही हूँ। तुम्हारी पसन्द की क्रमोन्नति देख रही हूँ न !''

शम्पा फिर हँसकर बोली, ''तुम्हारा अन्दाज़ ठीक है। क्यों न ठीक हो। लेखिका

हो न ! सच, कारख़ाने में ही काम करता है। एण्टाली में लोहे के कलपुर्जों का कारख़ाना है। वहीं असिस्टेण्ट फ़ोरमैन है। ख़ासा कंक्रीट चेहरा है, जंगली-बर्बर। जंगली बर्बर जैसा भाव...''

''जंगली बर्बर, जंगली बर्बर-जैसा भाव है !''

''वाह, अवाक् क्यों हो रही हो ? नहीं रहता है किसी-किसी के ?''

अनामिका देवी ने हताश गले से कहा, ''रह सकता है लेकिन...''

''लेकिन का कुछ नहीं है बुआ ! मर्दों के लिए वही तो सौन्दर्य है। देखने से लगता है, बिगड़ उठे तो लगा भी देगा दो हाथ। कुछ नहीं तो बरतन तोड़ेगा, बिस्तर फाड़ेगा, किताब-कापी को फुटबाल की तरह किक् करेगा, शायद मुझे भी...''

''बहुत ख़ूब! सुनकर मोहित हुई जा रही हूँ। यह निधि पायी कहाँ?''

''वह एक नाटक है, समझी बुआ!'' शम्पा कुरसी पर हिल-डुलकर बैठी, ''तो सुनो, बताती हूँ। बेगबगान के उस मोड़ पर बस बदलने के लिए उतरी, देखा, वह भी क़रीब आकर खड़ा हुआ। कालिख लगी नीली पैण्ट और ख़ाकी शर्ट पहने, सिर में कदमछाँट बाल, शकल नीग्रो पैटर्न की, नाटा-छोटा मुद्गर-जैसा गढ़न, रंग छाते के कपड़े से मिलता-जुलता। बड़ा इण्टरेस्टिंग लगा। जब तक बस नहीं आयी, अनिमेष नयनों से ताक़ती ही रही। देखती क्या हूँ कि मुझे ताकते देख वह पाजी भी टुकर-टुकर ताकने लगा है। हाय राम, उसके बाद क्या हुआ कि एक ही बस में सवार हो गया। ज़रा देखो मनसूबा। बस पर चढ़कर बिलकुल पास आकर बोला, 'उस तरह से ताक रही थीं आप। चिड़ियाघर का जानवर देख रही थीं क्या...' सुनकर मन आह्लाद से उछल पड़ा। गले की आवाज़ कैसी! चिड़ियाघर में क़ैद बाघ की हुंकार हो जैसे। उसकी वही एक बात सुनकर लगा, ऐसे एक प्राणी को झुलाये रखने में मज़ा है।...बस, लग गयी कोशिश में।''

''कोशिश में लग गयी!''

अनामिका देवी उसके चेहरे की ओर ताकने लगीं। छल-कौशलवाला चेहरा नहीं, बिलकुल मिलावट रहित। गो कि क्या नहीं कहती जा रही है।...अब तक तो उसके बाल छोटे-छोटे छँटे थे, लेकिन बहरहाल उन्हीं बालों से जाने किस अलौकिक उपाय से, माथे के बीचोंबीच शिखर जैसा जूड़ा बाँधा है, और उस जूड़े से उसका चेहरा बिलकुल बदल गया है।

देखने में वह अहंकारी लड़की-सी लगती है।

अनामिका देवी को हठात् अपनी माँ का मुँह याद आ गया।

माँ के बाल बड़े घने थे। गरमी के दिनों में जब दोपहर में जूड़ा बनाये रहतीं तो बहुत हद तक ऐसी ही दिखती थीं। अहंकारी-अहंकारी-सी।

शम्पा के मुँह पर अनामिका देवी की माँ के मुँह की बनावट है। पर शम्पा के

पिता के मुँह पर उसकी छाया भी नहीं। शम्पा की माँ तो एकदम दूसरे ही परिवार की है। प्रकृति का यह एक अजीब रहस्य है! वह जाने कितने रहस्यों का सन्दूक़ अगोरे अपना काम करती जाती है! चेहरे पर माँ की बनावट देख अनामिका देवी को वह फिर नये सिरे से भली लगी क्या? और उसे यह अहेतुक प्रश्रय देने का वह भी एक कारण है?

माँ जैसा मुँह।

माँ के बारे में सोचते ही माँ के लिए एक भयानक कष्ट होता है, अनामिका देवी को।

अभी भी हुआ।

याद आया, बहिर्जगत् के लिए कितनी अकुलाहट थी माँ को! प्रकाश की दुनिया के टिकट के लिए कैसी छटपटाहट!

किन्तु ये–

सिगरेट के उस मशहूर विज्ञापन की याद आ गयी उन्हें, "आपको पता नहीं, आप क्या खो रहे हैं!"

ये नहीं जानतीं ये क्या पा रही हैं।

इनके हाथ में मनमाना विहार का पास है, इनके हाथों पर दरवाज़े की कुंजी है, पूरी दुनिया का टिकट। ये सोच भी नहीं सकतीं, सुवर्णलता कितनी मज़बूत दीवारों में क़ैद थी और बकुल को कितनी दीवारें तोड़नी पड़ी हैं, धीरज की कितनी परीक्षा देकर।

इन्हें वह परीक्षा कभी नहीं देनी पड़ी।...महाकाल अपने नियम से आगे बढ़ रहा है, सारे प्रतिकूल चित्त उस प्रवाह में बहते-बहते आप ही अनुकूल हुए जा रहे हैं।

बकुल के जो बड़े भाई अपनी छोटी बहन को टोले के लड़के के सामने खड़ी होते देख 'सृष्टि जहन्नुम में जा रही है' सोचकर गुस्से के मारे आपे से बाहर हो जाते थे, उन्हीं बड़े भैया का लड़का अट्ठारह साल की लड़की को उसके ब्वॉयफ्रेण्ड के साथ दीघा में पिकनिक के लिए जाने देता है, जाने देता है पुरी, राँची, कोलाघाट, नेतरहाट।

वही लड़की नाते में अनामिका देवी की पोती हुई न! उचित तो उसी के लिए था कि वह आकर इनके पास अपने ब्वॉयफ्रेण्ड के बारे में बातें करे।

लेकिन, वह वैसा नहीं करती।

वह लड़की इधर फटकती ही नहीं।

उसकी माताजी अपने परिमण्डल में डूबी रहती है, मामूली लेखिका को वह गिनती नहीं। उसके पितृकुल के सभी लोग जगह-जगह अच्छे पदों पर हैं, सरकार में ऊँचे पदों पर प्रतिष्ठित । वह उसी समाज को अच्छा समझती है, अपनी बेटी

को वह उसी समाज के योग्य बना रही है। बेटी को 'नर्तकी' बनाने के लिए क्या कुछ नहीं कर रही है!

साहित्य-वाहित्य उनके लिए एक अवान्तर वस्तु है।

वह लड़की, जिसका अच्छा नाम सत्यभामा और पुकार का नाम कृष्णा है (इस युग में महाभारत के नाम ही तो लेटेस्ट फ़ैशन हैं। और झट से समझना भी मुश्किल कि बंगाली है या अबंगाली) वह चुस्त सलवार-कमीज़ पहनकर पूरा क्रीम-पाउडर पोते लाल-लाल रंगे मुँह पर मोम की पालिश लगाकर ही-ही करते हुए अपने ब्वॉयफ्रेण्डों के साथ घूमने जाती है, तो वह दृश्य देखकर अनजाने ही अनामिका देवी को अपने बड़े भैया का मुँह याद आ जाता है।

वही घर। सदर दरवाज़ा भी वही है। जिस दरवाज़े के सामने भीम-सा मनोभाव लेकर बड़े भैया पहरा देते थे और पड़ोस के घर से बकुल के घूमकर आते ही दबे गर्जन से पूछते, ''कहाँ गयी थी?''

पड़ोस के उस घर के सिवा बकुल को जाने की दूसरी कोई जगह नहीं है, यह जानते हुए भी बड़े भैया यही पूछते थे।

सत्यभामा की माँ, अलका के उस बड़े भाई के लिए बड़े जतन से खोजकर लायी हुई बहू ने क्या अपने उस ज़माने के ससुर को 'उचित जवाब' देने के लिए ही छुटपन से बेटी को हथियार बनाया है?

बड़े भैया अब अवश्य मरकर जी गये हैं।

किन्तु जतन से धार चढ़ाया हुआ वह हथियार अब अपने माँ-बाप के लिए ही और धारवाली हो रही है या नहीं, कौन जाने। दुनिया का नियम तो यही है।

सत्यभामा और शम्पा की उम्र का अन्तर कम ही है। एक ही घर में रहती हैं, मगर उनमें मेल नहीं है। शम्पा सत्यभामा को दया की दृष्टि से देखती है, सत्यभामा शम्पा को कृपा की दृष्टि से देखती है।

शम्पा की एकमात्र प्रिय बान्धवी है बुआ।

तभी वह अनायास कह दे सकती है, ''कोशिश में लग गयी।''

अनामिका के कठोर स्वर की शम्पा परवाह नहीं करती, फिर भी वह दृढ़ स्वर में बोलीं, ''कोशिश में लग गयी का क्या मतलब?''

''हुआ बण्टाढार! तुम्हें मैं मतलब क्या समझाऊँ? क्या नहीं जानती हो तुम? और क्या नहीं लिखती हो! 'कोशिश में लग गयी का मतलब'—कटमटाकर ताकते हुए कहा, 'हिम्मत हो तो साथ ही उतर पड़िए' जवाब देती हूँ।...बस मैं उतरी कि झट से वह भी उतर पड़ा।''

''उतर पड़ा?''

''उतर नहीं पड़ेगा?'' शम्पा ने कुछ विजय-गौरव की हँसी हँसकर कहा, ''तब

तक तो जाल में पाँव फँस चुका था उसका। रास्ते पर उतरकर पहले मैंने कहा, 'आपके प्रश्न का जवाब है, चिड़ियाघर के जीव को खुले रास्ते में छुट्टा देखने पर आदमी ताकेगा ही। मगर आप टुकुर-टुकुर क्यों ताक रहे थे, यह तो कहिए?' उस पाजी ने कहा, 'आप जैसे विचित्र साज-पोशाकवाले हास्यास्पद प्राणी को भी लोग ताकेंगे ही।' उसके बाद यों बातें हुईं—मैंने कहा, 'पता है, इससे मैं अपने को अपमानित अनुभव कर रही हूँ।'

''उसने कहा, 'इसका मतलब है, आपका चमड़ा अंगूर के छिलके जैसा है। सत्य बात सुनते ही फफोले पड़ते हैं।'

''मैं—मैं यदि आपकी स्पर्धा-भरी यही उक्ति रास्ते के लोगों को बुलाकर कह दूँ, तो जो जहाँ हैं, सब मिलकर आप पर टूट पड़ेंगे और खाल उधेड़ देंगे?'

'' 'जानता हूँ। और इसी बात से तो आपकी छाती चौड़ी है। दोष चाहे जिधर का हो, कठघरे में पुरुष जात को ही खड़ा होना होगा।'

'' 'करते तो कुलीगिरी हैं, इतनी लम्बी-लम्बी बातें कहाँ सीखीं?'

''उसने रुक्ष स्वर में कहा, 'आप जैसी लड़कियों को देख-देखकर।' मैंने कहा, 'इतनी कहाँ देखीं?' वह बोला, 'आँखें हों तो दिख जाती हैं। कोई हरम में तो वास करती नहीं।' इसके बाद बहुत-बहुत बात! सारांश यह कि अन्त तक पटरी बैठ गयी। दोनों ने साथ चाय पी। और तभी से...''

शम्पा कुछ हँसकर चुप हो गयी।

''तो अब उसी के साथ घूमती फिर रही है?''

''घूमना नहीं। समय कहाँ है उसे? कारख़ाने का काम है। ओवरटाइम खटता है। बीच-बीच में घूमा करती हूँ। कालिख लगे कपड़ों में ही किसी पार्क में आकर बैठ जाता है।''

''बड़ा अच्छा लगता है, न? ख़ास करके शकल का जो वर्णन सुना!''

शम्पा अब गम्भीर हो गयी।

बोली, ''शकल से क्या आता-जाता है बुआ? देखने का विषय है, आदमी कैसा है। इस देश में एक समय पुरुष की शकल का आदर्श था, कार्तिकजी और उसकी साज-पोशाक का आदर्श था लटकती हुई धोती में फूल बाबू। अब वह शकल बरदाश्त कर सकती हो? मन के साथ-साथ आँखों की पसन्द भी तो बदलेगी?''

अनामिका देवी हँस पड़ीं। बोलीं, ''ख़ैर, अभी तो जंगली-जंगली बर्बर पर आ उतरी हो, इसके बाद? पूरा जंगली जीव?''

शम्पा ने उदास होकर कहा, ''वह भी असम्भव नहीं है। यह आदमी जात दिन-दिन जैसी मिलावटवाली होती जा रही है!''

टेलीफ़ोन बज उठा।

शम्पा तुरत उछल पड़ी, "ज़रूर वही है।"

रिसीवर के मुँह को हाथ से दबाकर अनामिका धीमे से बोलीं, "मैंने तुझे मना किया था न कि अपने दोस्तों को तू यह फ़ोन नम्बर मत देना?"

"कहा था, मानती हूँ। मगर बिना दिये उन लोगों की क्या गति होगी, सो तो कहो?" परन्तु फ़ोन हाथ में लेते ही शम्पा हताश होकर बैठ गयी, "वह नहीं है।"

अनामिका देवी ने तब तक बोलना शुरू कर दिया, "मिलना चाहते हैं? किस लिए? कोई रचना चाहिए या सभा है? मैं बहरहाल दोनों के लिए ही असमर्थ हूँ।...क्या कहा, मेरा अभिनन्दन करना चाहते हैं? मुसीबत है? आख़िर क्यों? हठात् कौन-सा अपराध कर बैठी मैं?...पागल हुए हैं! न-न, यह सब बचपना छोड़िए।...लोग चाहते हैं? क्यों, मेरी उम्र तो अभी अस्सी की नहीं हुई है! अस्सी से पहले यह सब नहीं करना चाहिए।...फिर भी मिलना चाहते हैं? देखिए, यह तो नहीं कह सकती कि मेरे यहाँ मत आइए, लेकिन आकर करेंगे भी क्या? यह स्वाँग सजना मुझसे होने-हवाने का नहीं।...फिर भी आइएगा? ठीक है, आइए। परन्तु कार्ड-वार्ड छपा लें तो जान लीजिए, वह ज़िम्मेदारी आप लोगों की होगी। क्या कहा? नाकतला शिल्पी-संस्था?...अच्छा, धन्यवाद।"

फ़ोन रख दिया।

थकी-थकी-सी दीखीं वह।

चलेगी आपस में बहस-मुबाहसा। नितान्त अभद्र हुए बिना उनसे छुटकारा नहीं। क्योंकि अभिनन्दन की ओट में 'अभिसन्धि' नामक जो जन्तु है, वह अपने मुँह के कौर को क्या आसानी से छोड़ना चाहेगा?

राज्य अनामिका देवी का अभिनन्दन करना चाहता है, इसीलिए 'नाकतला शिल्पी-संस्था' राज्य की ओर से यह गुरु दायित्व अपने सिर उठा रही है, ऐसी बात पर विश्वास करने जैसी भोली बच्ची अब अनामिका देवी नहीं हैं। फिर भी जितना कुछ देखने को मिल रहा है, उतना विश्वास करने का भान ही ठीक है। सारे राज़ को नहीं खोलना ही बुद्धिमानी है। शम्पा के नियम से दुनिया में वास नहीं किया जा सकता।

शम्पा बोली, "क्यों बुआजी, लोग तुम्हारा अभिनन्दन करना चाहते हैं?"

"कह तो ऐसा ही रहे हैं। हाँ, लगता है, मरने से पहले ही श्राद्ध के मन्त्रपाठ से शेष कृत्य समाप्त किये दे रहे हैं।"

"लेकिन यह रोग बढ़ता ही जा रहा है। रोज़ ही तो सुनती हूँ, आज इनका अभिनन्दन है, तो कल उसका अभिनन्दन है।"

"बढ़ना अनिवार्य है, देश को आयोजनों के नशे ने मदहोश कर दिया है। इस नशे को उतारनेवाले किसी दूसरे नशे के आने तक यह चलता रहेगा, दिनोंदिन बढ़ता

ही जाएगा।''

मुख से इतना कहेंगी और मन-ही-मन बोलेंगी, सिर्फ़ नशा ही तो नहीं, ऐसे आयोजन के पीछे कुछ मधु भी रहता है। नशा दरअसल उस मधु का ही है। लोगों से चन्दा वसूलना, सरकार से अनुदान लेना। और कुछ नहीं तो अपने को पाद-प्रदीप के सामने पहुँचाना—हर कुछ का ही माध्यम तो यह 'फ़ंक्शन' है! जब ज़ो उपलक्ष्य मिल जाए।

अजीब है! पहले ये चीज़ें कितनी मूल्यवान लगती थीं। शुरू-शुरू में जब तेरह बटा दो राजेन्द्रलाल स्ट्रीट की चौखट पार करके बाहरी दुनिया के मंच पर अनामिका देवी पहुँचीं, जब इस 'अभिसन्धि' नाम के छिपे जन्तु की मूँछ की नोक देखकर पहचान लेने जैसी पैनी निगाह नहीं प्राप्त हुई थी, उस समय सब कुछ कितना अच्छा लगता था, उफ़्! अच्छी-अच्छी बातें महज़ बात ही हैं, यह समझने में काफ़ी दिन लगे।

तो क्या, सच्च। आदमी देखा ही नहीं उन्होंने? छिः, वैसा कहें, तो पाप होगा।

उदार देवोपम चरित्र उस व्यक्ति को आज भी क्या वह प्रतिदिन प्रणाम नहीं करती हैं? जिन्होंने बकुल नाम की लड़की को हाथ पकड़कर खुले आकाश के नीचे ला खड़ा किया था, जिनका स्नेह उनके लिए एक परम संचय है?

उस खुले गले का उदात्त स्वर अभी भी कानों में गूँजता है, ''बाबूजी आपत्ति करेंगे? नाराज़ होंगे? वैसा करें तो दो कौर ज़्यादा खाएँगे। तुम मेरे साथ चलो तो। मैं देखता हूँ, कौन क्या कहता है तुम्हें!...कोई ग़लत काम नहीं, किसी की बुराई नहीं, कवि को देखने जाओगी। इसमें इतना डर? कितने लोग जा रहे हैं, सारी दुनिया के लोग आ रहे हैं। और तुम यहीं रहते हुए नहीं देखोगी? लोग देवता के दर्शन को नहीं जाते? तीरथ नहीं जाते? सोच लो, वहीं जा रही हो। बोलपुर शान्तिनिकेतन आज तीरथ ही तो है! और तुम लेखिका-वेखिका हो रही हो, तुम जैसों के लिए तो है ही!''

उदार कण्ठ से उस गम्भीर स्वर ने भय की परतों को मानो खोल-खोल दिया।

लेकिन फिर भी बाधाएँ क्या कम झेलनी पड़ी थीं?

प्रबोधचन्द्र की चारदीवारी के घेरे से बाहर जाकर प्रबोधचन्द्र की जवान कुँआरी लड़की एक नितान्त ही दूर के आत्मीय पुरुष के साथ दो रात घर से बाहर बिता आएगी, इससे बड़ा अनौचित्य दुनिया में है या नहीं, यह प्रबोधचन्द्र को मालूम नहीं था। यह जानने में बड़ी मेहनत करनी पड़ी थी उन्हें, बड़ी बाधाओं का सामना करना पड़ा था।

मगर प्रबोधचन्द्र की कुमारी बेटी फिर भी निकल पड़ी थी। एक बार पत्नी की तीर्थयात्रा रोकने के लिए जिस कौशल का सहारा लिया था, उस कौशल का इस

बार साहस नहीं हुआ।

बकुल की माँ सुवर्णलता ने कुछ संगिनियों को जुटाकर एक बार केदार-बदरीनाथ की ओर क़दम बढ़ाया था, उस बढ़ाये क़दम को मामूली-से एक कौशल के ज़ोर पर वह घर लौटा लाये थे। परन्तु अब उस कौशल का प्रयोग नहीं किया जा सकता। एक साथ काफ़ी मात्रा में जुलाब लेकर अब नब्ज़ डुबा लेने की हिम्मत नहीं होती! अब डर लगता है, कहीं वह डूबी नाड़ी फिर न लौटे!

अतएव इस घर में वह भयंकर अनियम हुआ था।

बकुल के बड़े भाई का लड़का उस समय स्कूल की सरहद पार नहीं कर पाया था, बाकी सब तो चुन्नू-मुन्नू थे।

उस समय इस घर में असामी केवल बकुल नाम की लड़की थी।

बड़े भैया ने पिता से पूछा था, ''तो घर में अब यह स्वेच्छाचार चलेगा?''

धोती की कोर से आँख पोंछते हुए प्रबोधचन्द्र ने कहा था, ''मैं कौन होता हूँ? अब तो मैं आदमी की गिनती में रहा नहीं। तुम लोग बड़े हुए हो...''

''मैं अपने घर पर शासन कर सकता हूँ, आपकी उस धड़ंग बेटी पर किस अधिकार से शासन करूँ? तिस पर वह लेखिका हुई है, पाया भारी हो गया है।''

शासन करने फिर भी आया था—बड़े भैया नहीं, मँझला भैया, जो सात-पाँच में नहीं रहता।

कहा था, ''बाबूजी के ऊँचे सिर को यों नीचा किये बिना नहीं चलता?''

अपने मँझले भैया के सामने ही खड़ी होकर बकुल ने कहा था, ''इससे बाबूजी का सिर नीचा होगा, यह मैं नहीं मानती। ऐसी बहुतेरी तो जाती हैं।''

''ओ 'नहीं मानती? बहुतेरी ऐसी जाती हैं!' ख़ूब! फिर कहने को क्या रहा? किन्तु सुविधा के चलते यह भी शायद भूलती हो, सबका घर एक-जैसा नहीं। इस घर की रीति-नीति में...''

बकुल के होठों पर हलकी हँसी खेल गयी थी।

उस हँसी के साथ ही वह बोली थी, ''सुविधा के चलते बहुत लोग तो बहुत कुछ भूल जाते हैं मँझले भैया! कभी इस घर में गौरीदान का नियम था, अब कुमारी बेटी की उम्र पचीस की हो जाने पर भी अनियम नहीं लगता। यही बात क्या सब समय याद रहती है?''

यानी अपने पचीस साल के कुमारीत्व से भैया को ताना दिया था उसने। यानी उसने यह समझाया था कि यह बकुल की ही ज़िद से नहीं हुआ है।

''अच्छा!'' एक तीखी निगाह डालकर मँझले भैया ने कहा था, ''समय पर ब्याह नहीं कराया गया, इसलिए मनमानी करने की छूट मिल गयी है, इसका ख़याल नहीं था। किन्तु बाबूजी के रहते ब्याह की कोशिश करना हमारा काम नहीं है! वह नहीं

रहे तो अवश्य...''

अबकी बकुल ज़ोर से हँस पड़ी थी।

बोली थी, ''दुहाई मँझले भैया, तुम लोगों ने मेरा ब्याह नहीं कराया, इस गुस्से से मनमानी किया चाहती हूँ, यह न सोचो। वह ब्याह नहीं हुआ, मेरे लिए वह परम आशीर्वाद है। चूँकि सनत् चाचा ने आग्रहपूर्वक कहा, इसीलिए साहस हुआ! यह तो कभी सोचा नहीं था कि जीवन का यह सपना कभी पूरा होगा, और यह कि तुम्हारे घर की एक लड़की के जीवन में ऐसा अघटित घटेगा।''

तेरह

अन्त में वह अघटित घटा था।

बकुल ने सनत् काका के साथ बोलपुर के लिए क़दम बढ़ाया था।

जीवन का पहला विस्मय!

कैसा अनूठा स्वाद!

कैसा अभावित रोमांच!

आकाश में कितना प्रकाश है, हवा में कितने गीत हैं, जगत् में कितना आनन्द है, बकुल ने यह कब जाना था?

किन्तु उस ज्योतिर्मय पुरुष के निकट पहुँची थी बकुल? उनके पैरों पर हाथ रखकर प्रणाम किया था? उनसे यह कह सकी थी वह कि 'मेरा जीवन धन्य हुआ!'

पागल!

बहुतों की भीड़ में वह बहुत पीछे बैठी थी, वह औरों से जो कह रहे थे, वही सुना था। या कि बात सुनी भी नहीं। वह केवल एक रूपमय, शब्दमय, आलोकमय जगत् के द्वार पर खड़ी थी—सारी चेतना खोकर।

''पौष मेला' देखने के लिए सनत् चाचा मैदान में ले गये थे।

मज़बूर होकर ही उनके साथ-साथ जाना पड़ा था बकुल को। लेकिन बकुल को

लगा था, यह घूमना कितना अर्थहीन है! मिट्टी की सुराही, काठ की परात-रंगीन सूप, माटी पत्थर के बर्तन, लोहे की कड़ाही, कड़छुल और कठघोड़वा देखने का क्या लाभ!...हाँ, यही नहीं, मेले के और भी आकर्षण थे। लोग तो मेले में ही रह रहे थे और उनकी शकल देखकर यह नहीं लगता था कि वे कोई अर्थहीन काम कर रहे हैं। बकुल को ही केवल यह लग रहा था, अनन्तकाल उस देवमन्दिर के द्वार पर ही बैठे रहने में क्या नुक़सान है? जीवन में फिर कभी क्या यह सौभाग्य मिलेगा?

मिला भी नहीं। उसके बाद कितने-कितने दिन बीते।

उसके बाद तो देवता विदा ही हो गये।

सनत् चाचा ने आकर कहा था, "सौभाग्य से ही उस दिन बाप के बिगड़ने के डर से रुकी नहीं रह गयी, जभी तो..."

परन्तु बकुल के संसार में बकुल के सनत् काका का परिचय क्या?

मासिक पत्रिका के सम्पादक?

प्रेस के मालिक?

पुस्तक प्रकाशक?

असल में परिचय के सूत्र तो यही सब थे।

लेकिन एक टिकट और था, जिसके बल पर सनत् चाचा को इस घर में प्रवेशाधिकार था। वह प्रबोधचन्द्र के बड़े दूर के नाते में ममेरे भाई थे। वरना केवल सम्पादक या प्रकाशक होने से उन्हें चौकठ के पार पाँव रखने कौन देता? और यह बात ही कौन निगल लेता कि आपकी बेटी तो एक रत्न है प्रबोध दा! इसे आपने घर में क़ैद कर रखा है? कॉलेज में भेजा होता तो..."

लेकिन क्या केवल नाता ही?

चरित्र नहीं?

जिसके बल पर कोई स्थिर गले से कह सकता है, "मेरे साथ जाएगी तो इतनी चिन्ता की क्या बात है?"

शायद काफ़ी वक़्त गुज़र गया था। शम्पा के हठात् प्रश्न करने पर दूसरी दुनिया से छिटककर लौट आयीं अनामिका देवी।

शम्पा ने पूछा, "अपने सनातनी पिता की बेटी होते हुए भी चिरकुमारी कैसे रह गयीं, यह तो कहो बुआ? तुम्हारे बूढ़े पिता के जो-जो क़िस्से सुनती हूँ?... हताश प्रेम तो नहीं?"

"तुझे बड़ी हिमाक़त हो गयी है शम्पा।"

"अहा, वह तो अच्छा ही है बुआ। अपनी घटना बताओ न..."

"मुझे देखकर तुझे यही लगता है कि तेरी तरह रोज़ घटना घटाया करती थी, न?"

"लगता ज़रूर नहीं है, पर चिरकुमारी रहने का कारण तो जानना ज़रूरी है।"

"तू चुप भी होगी कि इत्ती बड़ी होकर पिटेगी?"

वाचाल शम्पा को डाँटकर चुप किया उन्होंने। परन्तु उसके सवाल के धक्के को उसी समय रोक नहीं पायीं। और एक दिन जैसे सोचने लगी थीं, सोचने लगीं, उनके जीवन की यह अविश्वसनीय घटना, अपने मन से अपने मन माफ़िक रह जाना, यह और कुछ नहीं, उनके भाग्य देवता की अपार करुणा का फल है। उस करुणा के स्पर्श का उन्होंने आजीवन बार-बार अनुभव किया है, फिर भी यही शायद सबसे बड़ी है, जिसके लिए भाग्य के प्रति उनकी कृतज्ञता का अन्त नहीं।

हताश प्रेम?

पागल है!

आज के दृष्टिकोण से उस प्रथम प्रेम को कौतुक से देखते हुए उसका मूल्यांकन करके अवज्ञा नहीं करतीं वह, केवल उस समय के परिप्रेक्ष्य में ताककर कह रही हैं, पागल है!

हताश प्रेम से जो कातर होती है, वह क्या अनामिका देवी हैं? वह तो बकुल है।

उसी बकुल के बारे में वैसी एक विचित्र बात सोचना सम्भव था।

बकुल के बाप-भाई अगर योग्य पात्र जुटाकर उस तरुणी कन्या को ब्याह के पीढ़े पर बिठाल देते, तो वह लड़की क्या आज की फ़िल्मी नायिका की तरह पीढ़े पर से छिटककर, रूमाल से माथे पर की चन्दन-सजावट को पोंछकर, फूल की माला को गले से खींचकर तोड़ती हुई ब्याह की चहल-पहलवाले घर से रास्ते पर दौड़ पड़ती, 'असम्भव है यह, असम्भव है यह' कह सकती?

या कि अभिभावकों के मुँह पर यह कह सकती कि "आप लोग कोशिश न करें, करेंगे तो वह ज़िम्मेदारी आपकी होगी?"

नहीं, वह यह सब कुछ भी नहीं कह सकती। उस ज़माने में यह कोई नहीं कह सकता था। बकुल आदि 'देवदास' पढ़कर बड़ी हुईं। अभिभावक यदि ब्याह करते तो वह दुलहा 'हाथीपोल' का जमींदार ही हो या 'मच्छड़पोल' का स्कूल मास्टर उससे गाँठ जोड़कर ठीक उसके पीछे-पीछे जाकर दूध अलता के पत्थर पर खड़ी हो जाती।

उसके बाद?

उसके बाद जीवन-भर उसी जीवन की पागुर करती रहती और कभी किसी एक अनमनी घड़ी में शायद एक उदास निःश्वास फेंकती।

पारुल के जीवन में प्रथम प्रेम-व्रेम कुछ नहीं है, फिर भी उसका जीवन भी उस पागुर करने के सिवा क्या है? पारुल ने भी उद्विग्न निःश्वास बहुत फेंका है। जो प्रेम जीवन में कभी आया नहीं, उसी के विरह में पारुल ने निःश्वास फेंका है। शायद अभी भी गंगा के किनारेवाले अपने बरामदे पर डूबते हुए सूरज की ओर ताकते हुए जो निःश्वास पारुल फेंकती है, वह अपने बेटों के प्रति अभिमान से नहीं, उसे नहीं पाने की गहरी शून्यता से ही फेंकती है।

अनामिका देवी हठात् एक बात सोच बैठीं, ''निर्मल ने यदि सँझली दी को प्यार किया होता!''

पारुल नाम की उस प्रखरा लड़की ने हालाँकि मेरुदण्डहीन उस भीरु लड़के को नकार दिया था, फिर भी अनामिका देवी को इतने दिनों के बाद यह बात याद आयी।

बकुल के बारे में निर्मल से एक प्रत्याशा थी, शायद इसीलिए पारुल ने उस लड़के को इतना धिक्कार दिया था। यदि वैसी कोई प्रत्याशा नहीं रही होती, यदि वह लड़का उसके परिपूर्ण जीवन के बीच बैठकर भी पारुल की ओर दीन दृष्टि से ताकता रहता, पारुल शायद सम्पूर्णता पाती। उस संचय को पारुल परम मूल्य देती।

सँझली दी अभी भी प्रेम-व्रेम ख़ूब समझती है—मन-ही-मन बोलीं अनामिका देवी : वह मेरी तरह ऐसी नीरस नहीं हो गयी है। लगातार दुनिया-भर के काल्पनिक लोगों के प्रेम-प्यार की बातें लिखते-लिखते मेरी अपनी अनुभूतियाँ भोथरी हो गयी हैं।

नहीं तो उस दिन, महाजाति सदन में, उस फ़ंक्शन के दिन, कैसे मैं...

सहसा कैसी स्तब्ध हो गयीं वह।

भोथरी अनुभूति भी क्या एकाएक पैनी होकर झनझना उठी? वह उसी के झटके से स्तब्ध हो गयीं?...

निर्मल...सुनिर्मल नामक अच्छी नौकरीवाले उस लड़के में भी सबकुछ पाने के बावजूद सँझली दी जैसी ही नहीं पाने की एक शून्यता थी।

इसीलिए निर्मल ने कहा था, ''इतनी तो कहानियाँ लिखती हो, हम लोगों की लिखो न।''

उस समय निर्मल मोतिहारी में नहीं था, बदली होकर कहीं और चला गया था। जहाँ बांग्ला पत्रिका दुर्लभ थी, फिर भी खोज-खोजकर पढ़ता था। और, छुट्टी में घर आने पर उसी नितान्त छोटी उम्र के समान ही कोशिश करके बहाना ढूँढ़कर अनामिका देवी से भेंट कर जाया करता था।

उस समय भी उपलक्ष्य ढूँढ़ने की चेष्टा तो करनी ही पड़ती थी।

दुनिया में इतने लोगों के रहते, एक आदमी और एक आदमी से मिलने के

लिए छटपटा रहा है, यह पकड़ में आ जाना बेहद शर्म की बात जो है! उम्र कितनी भी क्यों न हो उनकी, पकड़े जाने पर ही मारे गये!

और पकड़ाई तो पड़ना ही है।

वह छटपटाहट ऐसी चीज़ है कि संसार के अनुभवी लोगों की बात तो अलग, बच्चों की नज़र में आने में भी देर नहीं लगती। बच्चे भी विशेष दृष्टि से जो 'विशेष है,' ताड़ लेते हैं और कौतूहल से ताककर देखते हैं।

लिहाज़ा अपने जाने कै साल के बच्चे से भी डरते हुए, कोशिश करके कोई कारण ढूँढ़ निकाला करता निर्मल।

ऐसी ही एक झूठे उपलक्ष्य की घड़ी में गहरी दृष्टि डालकर निर्मल ने कहा था, "इतनी कहानियाँ लिखती हो, हमारी भी लिखो न?"

बकुल तो उस समय अनामिका की केंचुल में क़ैद थी, उस केंचुल को उतार फेंककर बकुल के रूप में खिल पड़ने का उपाय कहाँ था उसे? उसे तो अब सदा-सदा के लिए इस केंचुल के बोझ को ढोते ही फिरना होगा। यह केंचुल चीज़ ही बड़ी भयंकर है। पहले ऐसा लगता है कि शायद मैंने अपने आप ही उसे बदन पर डाल लिया है, जब जी चाहे उतार दूँगी। मगर ऐसा होता नहीं। धीरे-धीरे वह नाग-पाश में जकड़ लेती है, छुटकारा नहीं मिलता।

लाचार अनामिका देवी को अनामिका देवी होकर ही रहना पड़ेगा। अब कभी भी बकुल हो सकना सम्भव नहीं होगा, कुछ और भी होने की इच्छा करने से वह भी नहीं हो सकेगा।

सो निर्मल की उस बच्चे जैसी बात पर बकुल को हँसकर कहना पड़ा था, "हम लोगों की कहानी? वह फिर क्या चीज़ है?"

निर्मल की उस बच्चे जैसी लेकिन गहरी दृष्टि में चोट खाने की पीड़ा फूट उठी थी। वह आहत गले से बोल उठा था, "अब शायद वह चीज़ तुम्हारे लिए निहायत नाचीज़ हो गयी है, तुम बहुत बड़ी हो गयी हो, पर मेरे लिए वह वैसी ही मूल्यवान् है। तुच्छ नहीं हुई है।"

मन को चंचल नहीं होने देना चाहिए।

क्योंकि वह बचपना है, वह उस केंचुल के योग्य नहीं। लिहाज़ा अचंचल कौतुक से कहना पड़ा, "बाप रे, उस तमादी हुए दस्तावेज़ को अभी भी आयरन चेस्ट में रखे हुए हो? ख़ूब तो अध्यवसाय है!"

अपने प्रकृतिगत आवेश से निर्मल ने कहा था, "तुम्हारे लिए शायद तमादी हो गया है बकुल, मेरे लिए नहीं हुआ है।"

"अच्छा! फिर तो तुमने सोच में डाल दिया!"

और अनामिका देवी हँस पड़ी थीं।

और सोचा था, सोचती हूँ मेरी अनुभूतियों की धार घिसकर भोथरी हो गयी है, लेकिन सच ही क्या? यदि ऐसी ही बात हो, तो उसे देखने पर भीतर से एक उमंग क्यों उमड़ आती है? उसे जो कई दिनों की छुट्टी रहती है, उस बीच मुझे क्यों लगता है कि सारा आकाश-वातास आनन्द में तैर रहा है, उसकी छुट्टी ख़त्म होने पर क्यों ऐसा लगता है, अरे! एक महीना हो गया? और क्यों यह लगता है कि दिन कैसे तो इकरंगे हो गये?

"तुम्हें सोच में डाल दिया?" आग्रह-भरे गले और कौतुक-सने स्वर में निर्मल ने कहा, "यह भी आशाजनक है। तो उस सोच को रूप दे डालो न लिखो न हम लोगों की कहानी। मनगढ़न्त कहानियाँ तो इतनी लिखती हो!"

उस आवेग की ओर ताककर अनामिका देवी को ममता हुई थी। सहसा ही जानें किस धूलि-स्तर के नीचे से सिर उठाकर एक विश्वासघातक दुष्ट बोल उठा था चुपचाप, "बेकार की बातें क्यों करती हो? अपनी ही छाती पर हाथ रखकर कहो न, तुम ख़ुद ही यह विश्वास करती हो कि वह तमादी हो गया?"

अनामिका देवी ने मुसकराकर कहा, "मान लो, लिख ही ली एक सही कहानी, परन्तु उसके बाद?"

"उसके बाद क्या?"

"भूल-भाल गये हैं लोग, उन्हें याद दिलाकर बुढ़ापे में रंगे हाथों पकड़ा जाना!" उनका द्रवित स्वर सुनाई पड़ा था।

निर्मल की आँखें ख़ुशी से झलमला उठी थीं। उसे क्या अनामिका की उस तरलता में बुलबुले में बकुल की परछाईं दिखाई पड़ी थी?

ग़ज़ब है, निर्मल की आँखों की यह झलमलाहट कभी भी म्लान नहीं हुई। शायद यह दीप्ति और ही किसी प्रकाश की है। निर्मल ने सम्भवतः अपने जीवन के सारे बहिरंग समारोहों की ओट में किसी अन्तरंग कोने में अकम्प एक दीपशिखा जलाकर, उसे विश्वस्तता के स्फटिक के डिबिये में भर रखा था, यह दीप्ति उस शिखा की है।

वही दीप्ति लिये निर्मल ने कहा था, "पकड़े जाने का मतलब? फिर इतनी बड़ी लेखिका किस बात की? इस चतुराई से लिखो कि कोई समझ ही नहीं सकेगा—यह 'सच्ची' कहानी है।"

"जाने-पहचाने लोग समझ लेंगे।"

"उहूँ, ऐसे लिखो कि न समझ सकें।"

अनामिका देवी हँस उठी थीं, "तो लिखने का लाभ ही क्या, यदि किसी ने जाना

ही नहीं?''

''वाह, नहीं ही ताड़ पाया तो क्या! वही तो चाहता हूँ। औरों के लिए नहीं, अपने लिए ही। कोई नहीं जानेगा सिवा हम दो जने के। ज़रा सोचो, कैसा मज़ा आएगा।''

''फिर भी...'' अनामिका देवी कुछ शरारत की हँसी हँसी थीं, ''कहानी की मूल नायिका तो बड़ी ताईजी को ही बनाना होगा?''

''धत्, उस कहानी के लिए कौन गिड़गिड़ा रहा है तुमसे? बिलकुल हमारी-अपनी कहानी लिखो—जो कहानी आज भी रोज़ बन रही है।''

''लिखूँगी तो दोनों पलड़े बेहिसाब ऊँचे-नीचे दीखेंगे।'' अनामिका देवी हँसती हुई बोल रही थीं, ''एक ओर सुन्दरी स्त्री, सोने के चाँद-सा बच्चा, मोटी तनख़्वाह की नौकरी, कर्मस्थल में सम्मान। दूसरी ओर एक वैसी-सी लेखिका, जिसे वर नहीं नसीब हुआ, घर नहीं नसीब हुआ, समय काटने को कलम घिसती है।''

निर्मल की झलमलाती आँखों पर मेघ की छाया उतर आयी थी। वह बोला था, ''सुन्दर स्त्री, मोटी तनख़्वाह की नौकरी—यह तो बाहर के लोग देखेंगे। तुम लेखिका हो, तुम भी वही देखोगी?''

''वाह-वाह, लेखिका भला क्या न देखेगी?''

''लेखिका वह दैन्य देखेगी, जो समारोह की ओट में है। वह देखेगी जगर-मगर की उल्टी पीठ पर की शून्यता। किन्तु...'' निर्मल ने ज़रा मीठा-सा हँसकर कहा था, ''परन्तु यह कहानी भी मैं अभी नहीं चाहता। यह कहानी तब लिखना, जब मर-मग जाऊँ। मैं तो उन दो बुद्धू लड़के-लड़की की कहानी चाहता हूँ—जिन्होंने आँकी न छवि, रची थी केवल पटभूमि।''

अनामिका देवी ने इस पर कहा था, ''अच्छा लिखूँगी।''

निर्मल ने पूछा, ''यह कह दो, किसमें लिखोगी, कल से ही उस पत्रिका का ग्राहक बन जाऊँ।''

''तुम ख़ामख़ाह ग्राहक क्यों बनोगे, लेखिका तुम्हें खुद ही भेज देगी।''

''नहीं-नहीं।'' उसने मुसकराकर कहा था, ''बिना इन्तज़ार किये पायी हुई चीज़ क़ीमती नहीं रह जाती। इससे हर महीने डाक से खोलते समय हाथ काँपा करेगा...''

अनामिका देवी चिन्तित हो गयी थीं।

अनामिका देवी को लगा था, ऐसी ही छोटी-छोटी बातों को कुंजी घुमाकर निर्मल नामक लड़का शायद अनामिका देवी के बहुत पहले बन्द कर दिये हुए नीचे के पाताल-कमरे को खोल डालना चाहता है।

इसलिए वह ख़ूब ज़ोर से हँस उठी थीं, ''बाप रे, कहते क्या हो? इतना?''

"मज़ाक़ कर रही हो तुम?"

"मज़ाक़ क्यों करने लगी। यों ही कह रही हूँ, इतना?"

निर्मल ने उदास हँसी हँसकर कहा था, "मज़ाक़ अवश्य कर सकती हो तुम। वह अधिकार तुम्हें है। मुझे मुँह ही कहाँ रहा?"

"यह मत कहो निर्मल दा," बकुल व्याकुल होकर बोली थी, "यह बात कभी मत कहना। मेरे ख़याल में यही अच्छा हुआ है।"

"यही सोचूँ!"

अनामिका देवी को दीर्घ निःश्वास जैसी एक आवाज़ सुनाई पड़ी थी। उसके बाद फिर वही आवेग-भरा स्वर—"मैं लेकिन प्रतीक्षा करूँगा।"

कहा था निर्मल ने।

प्रतीक्षा करूँगा!

किन्तु वह कहानी लिखी भी गयी थी कभी?

कहाँ लिखी गयी?

लिखी गयी होती तो वह घर-गिरस्तीवाला प्रौढ़ आदमी कितने दिनों के बाद फिर एक चिट्ठी क्यों लिख बैठता? "कहाँ, वह कहानी कहाँ है? जिस कहानी को केवल मैं और तुम समझेंगे, दूसरा कोई नहीं!"

चौदह

हाँ, अकस्मात् ही एक दिन वह चिट्ठी आ पहुँची थी। अनामिका देवी अवाक् हो गयी थीं। यह आदमी तो विचित्र बच्चा-सा है! अभी तक उस कहानी की बात को गाँठ बाँधे हुए है? अभी भी यह सोचता है कि वह कहानी उसे अच्छी लगेगी? महज़ अकेले उसे समझकर वह परम आनन्द का उपभोग करेगा?

या परम वेदना से एक दीर्घ निःश्वास फेंकेगा, उस निःश्वास को विरही हृदय के तप्त श्वास से मिला देगा?

ईश्वर को मालूम है क्या सोचता है वह।

मगर ताज्जुब तो लगता है।

ताज्जुब होता है यह सोचकर कि माधुरी बहू को वह प्राणों के समान प्यार करता

है। निबिड़ गहरी स्नेह-सहानुभूति भरे उस प्रेम की बात बकुल की अजानी नहीं। अंजानी अनामिका देवी के लिए भी नहीं। लेकिन अतीत कैशोर्य काल के 'प्रथम-प्रेम' नामक हास्यकर उस नासमझी को वह आज भी जकड़कर पकड़े हुए है!

आज भी हृदय की अतल गहराई में उस नासमझी के लिए हाहाकार है! हो सकता है, उसके बच्चे जैसे इस मन को बनाये रखने की जड़ में माधुरी बहू के अनूठे हृदय के निष्कलुष प्रेम का अवदान ही है। माधुरी यदि दुनिया की अन्य असंख्य स्त्रियों जैसी ईर्ष्या-द्वेष, सन्देह और अभिमानवाली स्त्री होती, यदि वह अपने अधिकार की पैनी-तीखी छुरी से उस अबोध-से आदमी की उस नासमझी को टुकड़े-टुकड़े करके उखाड़ फेंकने में लगी होती, यदि वह उसे यह समझाकर ही रहती कि 'उस प्रथम प्रेम को अब भी परम प्रेम की तरह यों पालना तुम्हारे लिए महापाप है,' तो क्या होता, पता नहीं। शायद वह मूढ़ आदमी उस कठोर शासन से कुण्ठित होकर सिमट जाता, अपने को समेट लेता।

लेकिन माधुरी बहू ने कभी ऐसा नहीं किया।

उसने मानो उसे मातृहृदय से प्यार किया है, प्यार किया है बन्धु-हृदय से।

उसके प्रथम प्रेम की इस निष्ठा की माधुरी बहू श्रद्धा करती है।

पत्र माधुरी बहू भी बकुल को लिखा करती थी।

यह कहा जा सकता है, माधुरी बहू ही लिखती थी। निर्मल ने तो मात्र दो बार लिखा। वही, बहुत दिन पहले दो पंक्तियों का एक—उसमें क्या लिखा था, अनामिका देवी भूल ही गयी हैं। उसके बहुत दिनों के बाद यह पत्र।

सम्पर्क रखती थी माधुरी बहू।

बदली होकर कहाँ-कहाँ जा रहे हैं, कैसा क्वार्टर मिला, जगह कैसी है—ऐसी ही छोटी-मोटी ख़बरों से भरी चिट्ठी।

पर बकुल?

नियमित जवाब देती थी?

उँहूँ। बिलकुल नहीं।

शुरू-शुरू में भद्रता से दिया था जवाब दो-एक का, फिर नहीं।

लेकिन क्यों?

उसके बाद क्या अभद्र हो गयी वह? या अहंकारी? या आलसी?

यह सब कुछ नहीं।

बकुल निषेधाज्ञा पालन करने में स्तब्ध हो गयी थी। बकुल के बड़े भैया की निषेधाज्ञा? या निर्मल की बड़ी ताईजी की?

बकुल ने वह मनाही मानी थी?

नहीं-नहीं। उस समय वैसी कोई हास्यास्पद घटना नहीं घटी।

निषेधाज्ञा स्वयं पत्र देनेवाली की थी।

माधुरी बहू ने स्वयं ही लिखा था, "अपने समाचारों की चिट्ठी मैं कभी-कभी दिया करूँगी बहन, उससे तुम्हें ख़ुशी हो न हो, मुझे होगी। तुम लेकिन जवाब मत देना बहन।...क्यों? ज़रूर सोच रही होगी, यह फिर कैसी भलमनसाहत हुई? सो तुम सोचो, मगर मैं यह अभद्रता कर रही हूँ। ऐसी अभद्रता दुनिया में शायद और किसी के साथ नहीं कर सकती, पर चूँकि तुम हो, इसलिए कर सकीं। नहीं जानती ऐसा इसलिए कर पा रही हूँ कि तुम लेखिका हो, या इसलिए कि तुम मेरे पति की प्रेमिका हो। जो भी हो, सारांश इतना ही कि कर सकी। इसके बिना उपाय भी क्या? जिस दिन तुम्हारी चिट्ठी आती है, इस आदमी का खाना-सोना बन्द हो जाने की नौबत आ जाती है।

"खाने-बैठा तो भूख नहीं, सोने गया तो रह-रहकर लम्बी उसाँस। और ऐसा भी सन्देह होता है, मुझसे शायद ईर्ष्या ही करता है। जो चीज़ उसके लिए दुर्लभ है, वह मैं किस आसानी से पा जाती हूँ, यह ईर्ष्या का विषय भी हो सकता है।

"मगर हज़रत को हिम्मत करके लिखने की जुर्रत भी नहीं। मैंने कहा था, 'मेरी चिट्ठी क्यों पढ़ रहे हो, यह तो कहो? जी चाहे, ख़ुद लिखकर जवाब मँगाओ। मेरी चिट्ठी में तो ठेंगा है, तुम्हारी चिट्ठी में बल्कि रोमांस-वोमांस हो सकता है।'...इसका कोई ठीक जवाब ही नहीं दे सका वह। चिट्ठी रखकर बोला, 'ठीक है, नहीं पढ़ूँगा।'

"ज़रा समझो बहन।

"ऐसे में मान गँवाकर पढ़ भी नहीं सकेगा, नतीज़ा होगा, दीर्घ श्वास और बढ़ेगा।"

ऐसी ही चिट्ठी लिखा करती थी माधुरी बहू।

एक बार लिखा था, "कभी-कभी सोचती हूँ, अजीब है कि तुम लोग पत्राचार क्यों नहीं करते? चिट्ठी से समाज को अब कहाँ तक रसातल में भेजा जा सकता है? फिर सोचती हूँ, छोड़ो, यही ठीक है। लक्ष्मी के पिटारे में रखी अशर्फ़ी तुड़ाने के लिए नहीं निकालना ही ठीक है।"

और एक बार लिखा था, "अरे बाप रे, धीरे-धीरे कैसी लेखिका हुई जा रही हो! यहाँ तो तुम्हारे नाम की जय-जयकार है। मैं तो बहना, मर भी जाऊँ तो यह रहस्य खोलने की नहीं कि लेखिका मेरी जानी-पहचानी है।...ज़रूरत भी क्या है, कहो? लाकर दिखा तो नहीं सकूँगी? और फिर यह भी सोचती हूँ, सचमुच ही क्या जानी-पहचानी है? जिस 'तुम' को देखती हूँ, बातें करती हूँ, हताश प्रेम की नायिका कहकर कभी-कभी करुणा भी कर बैठती हूँ, ये सब जटिल कुटिल, भयंकर-भयंकर

कहानियाँ क्या उसी की लिखी हुई हैं? या कि और कोई लिख देता है। सच कहूँ बहन, तुम्हारे मुँह की भाषा से तुम्हारे लिखने की भाषा का बिलकुल मेल नहीं है।...बीच-बीच में इस बदनसीब आदमी के लिए माया हो जाती है। बेचारा ऐसी एक निधि को घर ला सकता, विधि वाम हो गया! उसके बदले नसीब क्या हुआ तो यह गाजर!"

श्लेष से नहीं लिखती, ईर्ष्या से भी नहीं, माधुरी बहू का मन ही तो सहज-सरल था। औरत का मन ऐसा ईर्ष्यारहित हो, वह बड़ा दुर्लभ है।

माधुरी बहू ने कहा था, "लछमी की पिटारी की अशर्फ़ी को नहीं तुड़ाना ही ठीक है!"

फिर भी उस बार निर्मल ने वह अशर्फ़ी निकाल ली थी। पता नहीं, माधुरी बहू को जताकर या बिना जताये।

जताया नहीं था शायद।

सम्भवतः दफ़्तर से ही लिख भेजा था, "कहाँ, कहाँ है वह कहानी? जिस कहानी को केवल तुम समझोगी और मैं समझूँगा। और कोई नहीं समझेगा।... पत्र का जवाब नहीं चाहिए, कहानी ही पत्र का उत्तर होगी।"

चिट्ठी के उत्तर की मनाही निर्मल ने भी की थी।

पढ़कर हँस पड़ी थीं अनामिका देवी। नसीब बुरा नहीं है, लोग पत्र लिखकर जवाब देने को मना करते हैं।

लेकिन उत्तर के रूप में जो चाहा था?

जिसके लिए दिनों, महीनों प्रतीक्षा की थी? वह कहानी कहाँ?...अनामिका देवी के जीवन में वही एक विदारण रेखा खिंची हुई है। वह कहानी नहीं लिखी गयी।

हालाँकि उसके बाद कितनी ही कहानियाँ लिखीं, अभी भी लिखती जा रही हैं।

परन्तु वह कहानी क्या बिलकुल ही नहीं लिखी गयी?

उस रोज़ महाजाति सदन से लौटकर अनामिका देवी ने आकाश के किसी नक्षत्र से धीरे-से यही पूछा था, "मैंने क्या तुम्हारी-अपनी कहानी लिखी ही नहीं बिलकुल? लिखी है, लिखी है। लिखी है अनेक छल से, नाना रंगों में, विविध परिवेश के माध्यम से। अपनी कहानी को धूल ही धूल बना करके बहुतों की कहानी में मिला दिया है!

"लेकिन...

"तुमने यही जाना, मैंने बहुत-सी कहानियाँ लिखीं, सिर्फ़। मेरी-तुम्हारी वह कहानी कभी नहीं लिखी! तुमने बहुत बार कहा, फिर भी नहीं लिखी। तुम बच्चे

की तरह प्रतीक्षा करते रहे, बच्चे की तरह निराश हुए, मैं यह बात समझ भी गयी, फिर भी हो नहीं पाया।

"क्यों नहीं हो पाया, यह मैं ही ठीक से नहीं जानती। शायद मुझसे बन नहीं पड़ा। फिर भी आज उस बात को सोचकर मुझे बड़ी पीड़ा हो रही है, बड़ी पीड़ा!"

नक्षत्र ने इस बात पर विश्वास किया था? विश्वास करने की तो बात नहीं। उसने तो आकाश के आसन पर बैठकर सब कुछ देखा था।

देखा था, महाजाति सदन में एक विशाल सांस्कृतिक अनुष्ठान हुआ, भीड़ से हाल का बुरा हाल, रोशनी से जगमगा रहा है प्रवेश-द्वार।

एक बहुत बड़ी गाड़ी से उतरी अनुष्ठान की अध्यक्षा। गाड़ी इन्हीं लोगों ने भेजी थी। शान्त प्रसन्न चेहरा, भद्र और सुरुचिपूर्ण वेश-विन्यास। आयोजकों के झुककर नमस्कार करने पर प्रतिनमस्कार कर रही हैं। मुहल्ले का वह एक लड़का, राजेन्द्रलाल स्ट्रीट में कहीं पर उसका घर है, जिसने अनामिका देवी से माँगकर जाने कब इस आयोजन का एक प्रवेश-पत्र जुटाया था, उसने कैसे तो उन बड़े-बड़ों से घिरी अध्यक्षा के क़रीब जाकर ख़ूब धीमे स्वर में कहा, "इधर आप भी घर से निकलीं और उधर उसी क्षण बग़ल के मकान में एक बड़ी दुःखद घटना हो गयी। ज़ोरों का रोना-धोना!"

वह छोकरा अनामिका देवी के निकट आने की जैसी चेष्टा कर रहा था, उससे अनामिका देवी ने समझा, उनके साथ-साथ जाकर वह पहली पंक्ति की कुरसी पर बैठने का मनसूबा बाँध रहा है।...टोले के लड़के सुयोग-सुविधा का मौक़ा ढूँढ़ते हैं, घर के लड़के नहीं। अनामिका देवी के भतीजे उनकी गतिविधि के सम्बन्ध में कभी मामूली-सा कौतूहल-प्रश्न भी नहीं करते! कभी किसी अच्छे अनुष्ठान का प्रवेश-पत्र देकर भी देखा है, उन्हें जाने का समय नहीं मिला। मगर पैसा ख़र्च कर उससे वाहियात चीज़ देखने गये हैं वे। दूसरे ही दिन शायद।

टोले के लड़के ही मौक़े की ताक में क़रीब आते हैं।

अनामिका देवी ने सोचा, वही बात होगी। लेकिन उस लड़के ने आकर हठात् बग़लवाले मकान की ख़बर दी।

बोला, "जैसे ही आप निकलीं..."

अनामिका देवी ने धुँधले तौर पर एक बार अपने घर के अगल-बग़ल के घरों को याद किया।

तो ताराचरण बाबू की माँ चल बसीं! बहुत दिनों से बीमार थीं। बोलीं, "अच्छा? मैं तो..."

आयोजक-गण आगे बढ़ने लगे। उस लड़के को वे लोग हटाये रहे, पर वह भी जैसे ज़िद्दी हो।

वह शायद ऐसे ही स्वभाव का है, जो किसी को कोई दु:संवाद देने को एक प्राप्तियोग समझता है। इसलिए सुयोग को फिसलने नहीं देता। वह साथ-साथ बढ़ता रहा, हाल के अन्दर पहुँच गया और एकाएक मौक़ा पाकर बोल उठा, ''आप कैसे जानतीं? उसी समय तो तार आया। आपके पड़ोस में सुनिर्मल बाबू थे न, बक्सर में रहते थे...''

अपनी बात वह पूरी नहीं कर सका।

तब तक अनामिका देवी को मंच पर ले जाने के लिए लोग उन्हें ग्रीन रूम की तरफ़ ले जा चुके थे। सबके सामने हिलते हुए मख़मली परदे के पीछे उन्हें ढंग से बिठाकर शुभ मुहूर्त में परदा उठाएँगे।

सोचते हुए अभी भी अनामिका देवी को विस्मय की थाह नहीं मिलती। समझ नहीं सकतीं, सच ही वह घटना घटी थी या नहीं। लेकिन घटी थी। नाटकीय ढंग से परदा उठा, उत्सुक दर्शकों ने देखा, कुरसियों पर अध्यक्षा, मुख्य अतिथि, उद्घाटनकर्ता बैठे हैं।

उसके बाद नाटक के दृश्यों की तरह ही एक के बाद एक देख पायी थीं, स्वागत-गीत के बाद तीनों प्रधान अतिथियों के गले में फूलों के हार डाले गये, संयोजक ने उदात्त भाषा में अपना लक्ष्य, आदर्श आदि बताया। उसके बाद एक-एक करके उद्घाटनकर्ता, मुख्य अतिथि, अध्यक्षा ने भाषण दिया। अन्त में समाप्ति-संगीत।

उसके बाद सांस्कृतिक कार्यक्रम के लिए फिर से परदा गिराया गया।

सभानेत्री का भाषण हुआ था?

हुआ तो था।

ऐसे जमे-जमाये आयोजन में त्रुटि हो सकती है भला?

उसके बाद अस्वस्थ हो पड़ने से अध्यक्षा यदि घर चली जाएँ, तो आयोजन में त्रुटि की कोई बात नहीं।

आयोजन में कोई त्रुटि नहीं हुई।

अध्यक्षा के भाषण में भी त्रुटि का लेश नहीं था। आयोजकों में से एक ने कहा भी, वे ऐसा ही सरल, संक्षिप्त और हृदयग्राही भाषण चाहते हैं। लम्बा भाषण नहीं सुहाता।

अतएव यह माना जा सकता है कि सभा सफल हुई। और कृतज्ञता-ज्ञापन, धन्यवाद, शुभेच्छा-ज्ञापन आदि भी सुचारु रूप से ही हुआ।

आकाश के उस नक्षत्र ने आकाश की खिड़की से झाँककर सब-कुछ तो देखा

था।

फिर वह कैसे विश्वास करें कि यह भयंकर पीड़ा सच्ची है। विश्वास नहीं किया, निश्चय ही विश्वास नहीं किया। शायद उसने चुपचाप हँसकर कहा था, इतनी ही पीड़ा थी, तो वे सहेजी हुई बातें चली कैसे आयीं। सुनते ही तो तुम बेहोश हो ज़ा सकती थीं। ऐसी स्थिति में जो बहुत ही स्वाभाविक था।

उस आकस्मिक अस्वस्थता को लोग वैसा अस्वाभाविक भी नहीं मानते।

कहते, 'गरमी से हुआ,' 'बेहद दिमाग़ी परिश्रम से हुआ।' या यह कहते, शायद अस्वस्थता में ही आयी थीं।

और क्या?

सभा भंग हो जाती!

पागल!

अजी, राजा के बिना राज्य चलता है, अध्यक्षा के बिना सभा नहीं होती?

कितनी जगहों में तो यों ही सभापति अन्तर्धान होते हैं। 'बस, आ ही चले', 'आ ही रहे हैं,' 'लिवाने के लिए गये हैं लोग' कहते-कहते आख़िर आयोजक और किसी को सभापति के आसन पर बिठा देते हैं।

अनामिका देवी उस दिन बेहोश हो गयी होतीं तो वही होता। इसके सिवा और क्या नुक़सान होता?

लेकिन उस मूर्ख अध्यक्षा ने जी-जान से उस होश को ही पकड़े रखने की चेष्टा की। अनामिका देवी ने सचमुच यही किया था। भाग जाने की चेष्टा करने की वस्तु को पकड़ रखने के लिए उन्होंने एक युद्ध का मनोभाव लेकर संग्राम-क्षेत्र में क़दम रखा था।

हार नहीं मानूँगी।

हरगिज़ हार नहीं मानूँगी।

किसी को समझने नहीं दूँगी। जानने नहीं दूँगी कि मेरे भीतर क्या हो रहा है!

सम्भव हुआ था न?

बकुल ने बहुत बार आप ही अपने से पूछा है, कैसे सम्भव हुआ?

इसका मतलब यह कि इस 'मन' नामक चीज़ का कोई चरित्र नहीं है। वह केवल परिवेश से नियन्त्रित होता है!

भगवान के बारे में बकुल को कभी भी ख़ास कोई ख़याल नहीं था। चलते नियम से ही 'भगवान' शब्द का व्यवहार करती थी। 'भगवान ने ख़ूब बचा लिया!' 'भगवान जानें, क्या बात है!' 'ग़नीमत है कि भगवान ने ऐसा नहीं किया!'

ऐसा ही।

इसके अलावा और कहाँ कुछ!

केवल इसी एक मौक़े पर भगवान को आमने-सामने रखकर बकुल ने प्रश्न किया, अभी भी करती है, "भगवान, उस शान्त-सभ्य-अबोध आदमी को इतनी जल्दी दुनिया से उठा लेने की क्या ज़रूरत पड़ी थी तुम्हें? कौन-सा नुक़सान होता तुम्हारा, अगर वह आदमी दुनिया के किसी कोने में थोड़ी-सी जगह दख़ल किये और कुछ दिन रह जाता तो! तुम्हारे उस आसमान में सितारों की तो कमी नहीं, फिर भी एक अदद और बढ़ाने के लिए ऐसी निर्लज्ज चौर्य-वृत्ति क्यों?"

भगवान के नाम पर बोलने की आदत वही पहली बार हुई।

हुई भगवान की निर्लज्जता से स्तम्भित होकर, भगवान की निठुराई से अवाक् होकर।

बकुल की बही में छन्द की पगध्वनि उठते ही वह ध्वनि सँझली दी के पास पहुँच जाती थी। यही सदा का नियम था।

केवल उसी एक बार, महाजाति सदन के अनुष्ठान के कई दिन बाद बकुल की बही में छन्द का चरण पड़ा, परन्तु सँझली दी के पास नहीं पहुँचा। वह उस बही में ही समाधिस्थ है।

वह बही, जिसके पन्ने की तलाश में वह चिट्ठी अभी भी खोयी है।

"कहाँ, कहाँ है हम लोगों की वह कहानी?"

ना, सँझली दी के पास कॉपी का वह पन्ना नहीं पहुँचा। गया होता, तो उसपर शायद जतन की छाप पड़ती। पता चलता, छन्द में कितनी त्रुटि है, शब्द-विन्यास में कितनी दक्षता है।

शायद अन्त तक वह पूरी भी होती। किसी एक स्थान पर समाप्ति की रेखा खींची जाती। पर वह सँझली दी के पास नहीं गयी, वह बकुल की अक्षमता की गवाह होकर कॉपी में ही पड़ी है, हालाँकि बकुल ने उसी रात को नहीं लिखा था कि अक्षमता को माफ़ किया जाए। लिखा तो कई दिनों के बाद था—

लिखा था—

"रात के आसमान में बैठे हैं वे जो
स्थिर अचंचल
लाखोंलाख कोटि-कोटि तारा
आलोक की चिनगारी-से
हम उन्हें जानते हैं।
पृथ्वी से भी बड़े, बहुत बड़े
ग्रह-उपग्रह

नाम-परिचयहीन सुदूर के पड़ोसी हमारे।
दुर्लंघ्य नियम से रात-दिन घूमते हैं
अपने अपने कक्ष में--
किरणें बिखेरते हुए।
विज्ञान के ज्ञान-आलोक में
साफ़ झलक गया है उनका स्वरूप।
बहुतेरे अंक और बहुतेरी युक्तियों के
ठोस प्रमाण से।
सन्देह का रहने दिया है कहीं अवकाश नहीं—
वे सत्य हैं—वे सब ग्रह हैं।
फिर भी लगता है—
जीवन के उषाकाल में माँ के मुँह से
सुनी हैं जो भ्रान्त बातें, सीखी हैं जो भूलें
वही सबसे अधिक सत्य हैं।
सबसे ज़्यादा सत्य युक्तिहीन बुद्धिहीन
वही मिथ्या मोह।
इसीलिए रात के सन्नाटे में
सीमाहीन निष्कपट पर अपलक आँखें बिछा
ताक-ताककर देखा करती हूँ।
अनेक तारों के बीच में कहाँ हैं वे
दो नैन-तारा।
जो दो तारे कोटि-कोटि योजन के
सुदूर लोक में
तन्द्राहीन आँखों से ताक रहे हैं!
ताक रहे हैं सकरुण मौन महिमा से
माटी की धरती की ओर
जहाँ वह कभी—
एक नक्षत्र होकर जलता था एकाकी
आलोकित करते हुए एक घर को!
नियति के क्रूर आकर्षण से
प्राणवृन्त से अलग कर अपने को
हो गया विदा।
लाखों कोस दूर से—

स्थिर करके लक्ष्य
शायद वह देख रहा है
झुकी आँखों से अपने उसी घर को।
शायद वह ढूँढ़ रहा है
दीपहीन दीप्तिहीन उस घर से
ऊँचे आकाश की ओर निहारे
जगी हैं या नहीं दो आँखें
कोटि-कोटि तारों के बीच
खोजने को आँखों के दो तारे
एकाएक यदि कभी..."

आगे नहीं लिखा गया।

कितने दिन हो गये। कॉपी के पन्ने का रंग पीला हो गया, वह कविता अधूरी ही रह गयी। तो फिर कैसे कह सकते हैं कि मन नाम की कोई सत्य वस्तु है?

नहीं है। मन नामक कोई सत्य वस्तु नहीं है। कम-से-कम अनामिका देवी में तो नहीं है। यदि होता तो उसके बाद और भी इतनी-इतनी कहानियाँ नहीं लिख सकती थीं वह। रहा होता तो वह चिट्ठी ही उनकी कलम की नोक को धर दबाती। कह उठती, "रुको-रुको, शर्म नहीं आती है तुम्हें? भूल जाती हो, नक्षत्र रात-दिन ताकते रहते हैं।"

लेकिन ऐसा कुछ भी नहीं हुआ। वह कलम अबाध गति से चल रही है। बल्कि दिनों-दिन और धारवाली, और ज़ोरदार हो रही है। कम-से-कम शम्पा तो यही कहती है और शम्पा अपने को इस युग की पाठक-पाठिकाओं की प्रतिनिधि ही समझती है।

वह यदा-कदा आकर कहती है, "अच्छा यह तो कहो बुआ, तुम ऐसी भीगी बिल्ली-सी क्यों हो?"

उसकी किसी भी बात पर अनामिका देवी आश्चर्यचकित नहीं होतीं। इसलिए हँसतीं। या कहतीं, "इसका जवाब मेरे सृष्टिकर्ता के पास है। पर तू ही ऐसे बाघिन पैटर्न की क्यों है, यह भी तो एक प्रश्न है।"

"फ़िज़ूल की बात छोड़ो।" शम्पा उद्दीप्त गले से कहती, "देखने से तो तुम एक भोथरी बुआजी लगती हो, मगर कलम से ऐसी ज़बरदस्त रचनाएँ कैसे निकालती हो?"

आज भी शम्पा दमकती हुई मूर्ति-रूप में ही उदित हुई, "ना, तुम्हारा यह भीगी बिल्ली

नाम ही असल नाम है।"

अनामिका देवी समझती हैं, उनकी हाल की कोई रचना उसे बेहद पसन्द आ गयी है, यह उच्छ्वास उसी का है। वह मुसकराकर बोलीं, "यह बात तो पहले ही तय हो गयी है।"

"हो गयी है, फिर भी कुछ शक था, आज वह जाता रहा।"

"जी गयी मैं।"

"तुम तो जी गयी, मुसीबत मुझपर टूटी। तुम्हारे पास आकर बैठते ही यह फ़िक्र होने लगेगी, बैठी तो भीगी बिल्ली-सी आँख मूँदकर हो, पर न जाने कब अन्तर के अन्तस्तल तक देख लेती हो।"

"इससे फ़िक्र कैसी?" अनामिका हँसीं, "तेरे अन्तस्तल में तो कुछ कालिख-वालिख नहीं है!"

"मानती हूँ, वह नहीं है," शम्पा ने अनायास गर्वीले स्वर में कहा, "मेरा भीतर देख ही लिया तो क्या, मेरी बला से। मगर औरों का? उनकी बातें तो सोचनी हैं?"

"यह तू ही सोच और फिर मेरे लिए जो-जो सज़ा हो, दे।"

"सज़ा!" शम्पा ने ऊँचे गले से कहा, "सज़ा क्या बुआ, कहो पुरस्कार! 'उदयन' में क्या तो जानलेवा कहानी लिखी है इस बार, मेरे कॉलेज की साथिनें पढ़कर दंग रह गयी हैं। कहा, अच्छा, तेरी बुआ को तो हम लोगों ने देखा है, देखने से तो बिलकुल ही नहीं लगता कि वह हमारी, मतलब आधुनिक लड़कियों के बारे में ऐसी पैठ रखती हैं। आश्चर्य है, किस तरह से वह आधुनिक लड़कियों की, एकबारगी जिसे कहते हैं गहरी गोपन व्यथा-वेदना की बात इस ढंग से प्रकट करती हैं! सच ही बुआ, तुम्हें देखने से नहीं लगता कि तुम आधुनिकता-वाधुनिकता को वैसा पसन्द करती हो!"

अनामिका देवी ने ज़रा गम्भीर गले से कहा, "ऐसा समझने का कारण?"

"अजीब आफ़त है, समझने का भी कारण होता है?"

"क्यों नहीं? कार्य हो तो कारण रहेगा ही, यह तो शाश्वत सत्य है। वैसा कारण दिखा।"

"बाप रे, यों टेंटुआ न दबाओ। वही सब तो कहती हैं।"

"देख बिच्छू, अपने उन सबको यदि कभी इस प्रश्न का जवाब देना चाहती है तो कहना, आधुनिकता और उच्छृंखलता एक वस्तु नहीं है। और..." वह ज़रा हँसीं, "और, आधुनिक शब्द का एक ख़ास अर्थ है, उसे उम्र से नहीं नापा जा सकता। अस्सी साल से अधिक उम्र का कोई बूढ़ा भी आधुनिक हो सकता है और बीस का एक नौजवान भी पुरानपन्थी हो सकता है। वह मन की भावना है। महज़ उम्र का टिकट हाथ में लेकर जो अपने को आधुनिक समझकर गर्व-गौरव से फूलते

हैं, उन्हें पता नहीं है कि वह टिकट हर पल बासी हुआ जा रहा है, निकम्मा हुआ जा रहा है। बीस साल वाला पच्चीस साल की ओर ताककर अनुकम्पा की हँसी हँसता है। और, दो साल बीतते न बीतते अठारहवाले बीस की ओर ताककर उसी तरह ही हँसी हँसेंगे। मैं एक व्यक्ति को जानती हूँ, जिनकी उम्र अस्सी से कम नहीं है, फिर भी मैं जितने लोगों को जानती हूँ, उनमें उन्हीं को सबसे ज़्यादा आधुनिक मानती हूँ।''

''पता नहीं बाबा!'' शम्पा ने दोनों हथेली उलटकर कहा, ''अपने उस अस्सी साल के आधुनिक को एक दिन दिखा देना, देखकर इन आँखों को सार्थक करूँगी। मगर तुम्हें यह बता दे रही हूँ, 'उदयन' में छपी तुम्हारी 'नवकन्या' कहानी पढ़कर कॉलेज की लड़कियाँ तुम्हें फूल-चन्दन दे रही हैं। लिली तो कह रही थी, जी चाहता है, चलकर बुआ के चरणों की धूल लूँ।...हज़रत लेखक लोग तो युग-यन्त्रणा से तड़पकर मरते हुए लड़कों को ही देखते हैं, वह यन्त्रणा लड़कियों में भी है, यह कब किसने सोचा? वे इतना ही जानते हैं, देह-यन्त्रणा के सिवा स्त्रियों को और कोई यन्त्रणा नहीं। घिन होती है, शर्म आती है, गुस्से से दिमाग़ जल उठता है। बुआ से जाकर कहूँगी...''

टोककर अनामिका देवी ने कहा, ''ख़ैर, यह तो समझी, लेकिन पैरों की धूल लेना! यह तो भैया, बड़ा सनातनी है। यही है तेरा मित्र, गँवई! छिः!''

''सो तुम कहो, कोई नुक़सान नहीं है।''

जमकर बिस्तर पर बैठ शम्पा ने कहा, ''देखो बुआ, तुमसे मैं क्या कह सकती हूँ, तुम क्या नहीं समझती हो! लेकिन मैं तो देखती हूँ, असल प्राणों में जब वास्तविक आवेग आता है, तो तुम्हारा यह नया-पुराना का ख़याल नहीं रहता।''

''नहीं रहता है!''

''कहाँ? अपने से ही तो मैंने देखा, सात जनम में भी ठाकुर-देवता का क़र्ज़ नहीं खाया, पास तक नहीं फटकती। जो लोग देवी-देवता करते हैं, उनपर बल्कि दया की दृष्टि ही डालती हूँ। मगर तुमसे कहने में शर्म क्या, जम्बो का बुख़ार जिस दिन एकाएक एक सौ छह हो गया, डॉक्टर भी माथा थामकर बैठ गये जैसे ही उस दिन मैं झट देवता से, मन्नत या क्या तो कहते हैं, मान बैठी। कहा, हे देवता, उसका बुख़ार ठीक कर दो, बहुत चढ़ावा चढ़ाऊँगी। समझो ज़रा हाल!''

अनामिका देवी हँस पड़ीं। बोलीं, ''हाल तो समझा, पानी की तरह साफ़ समझा, मगर यह जम्बो क्या बला है, सो तो नहीं समझा।''

''जम्बो कौन है, नहीं जानती हो?''

शम्पा आसमान से गिर पड़ी।

''उसका नाम कभी तुम्हें बताया नहीं है?''

''किसका नाम?''

''अरे वही, उस छोकरे का! मतलब उस मिस्त्री का! जिसके जंगली-जंगली भाव के कारण अभी तक उसे रिजेक्ट नहीं किया है।''

''उसका नाम जम्बो है? अफ्रीकी है, क्यों?''

''अहा, अफ्रीकी क्यों होने लगा? उसकी वैसी शकल के कारण उसका चाचा शायद उसे इसी नाम से पुकारता था। सुनकर मुझे भी जँच गया।''

''क्यों नहीं! तुम खुद जैसी हो! तेरा नाम भी शम्पा के बजाय हिडिम्बा होना चाहिए था, क्यों! थोड़ी सभ्य नहीं हो सकती? घर में तेरी उमर की और भी तो एक लड़की है, उसे देखकर भी तो कुछ सीख सकती है!''

''क्या सीख सकती हूँ? सभ्यता? किसे देखकर? तुम्हारी उस पोती को देखकर? ज़रूरत नहीं है मुझे।'' अवज्ञा से शम्पा ने होठ बिदकाया।

''माना, पढ़ने-लिखने में वैसी नहीं है, पर और बातों में तो...''

''लिखने-पढ़ने के लिए कौन मर रही है।'' शम्पा झुँझला उठी, ''वर्ण-परिचय भी न हो तो कोई हर्ज़ नहीं। परन्तु यह 'और बातों' में क्या हुआ, सुनूँ?''

''क्यों, नाच-गीत, चित्रकारी, सूची-कार्य, टेबल मैनर्स, पार्टी में भाग लेने की कैपेसिटी...''

''रुको भी बुआ, माथे में आग मत लहका दो। तुम्हारी बहूरानी उस लड़की का इहलोक-परलोक सब चाट बैठी हैं, समझीं? चित्र बनाती है। हूँः। जो भी देखो, समझो सब उसके मास्टर का बनाया हुआ है। सिलाई तो सब उसकी माताजी की है। लेकिन हाँ, बनना-ठनना अच्छा ही सीखा है। भाड़ में जाए, महापुरुषों का कहना है, परचर्चा महापाप है! दया करके तुम अपनी उस पोती को ही आधुनिकाओं की प्रतिनिधि नहीं मान बैठी हो, यही ठीक है! ख़ैर, लिली यदि आए और पैरों की धूल ले ही बैठे तो उस पर कुछ बोलना नहीं।...ज़रा आवेग से आएगी न? और उस झोंक में हठात् हँसी-ठट्ठा सुनने से...''

''अच्छा-अच्छा, अपनी सहेली का भार मुझी पर छोड़ दे लेकिन उस जामवन्त या किसके लिए जो मन्नत मान बैठी थी, पूजा की? या कि उसके बुख़ार उतरने के साथ-साथ तेरे कन्धे से भी भगवान का भूत उतर गया?''

शम्पा हँस पड़ी।

अप्रतिभ-अप्रतिभ हँसी।

बोली, ''माजरा मैं खुद ही ठीक से नहीं समझ पा रही हूँ बुआ! ठाकुर-देवता मानती तो नहीं हूँ—जाने अचानक क्यों मरने गयी—अब सोच नहीं पा रही हूँ कि क्या करूँ! पूजा-वूजा की सोच अपने ऊपर ही दया हो आती है, किन्तु...''

''तो फिर 'किन्तु' क्या?'' अनामिका निर्लिप्त गले से बोलीं, ''सोच ले कि

एकाएक एक बेवक़ूफ़ी कर बैठी थी, उसके लिए इतना खेद क्यों?"

"यही करूँ?"

शम्पा ने प्रायः असहाय-से मुख से कहा, "मैं भी तो वही सोच रही हूँ, यानी सोचने की चेष्टा कर रही हूँ लेकिन कैसी तो अकबकी-सी महसूस कर रही हूँ! कपड़े में चोर-काँटा लग जाने से जैसा लगता है, वैसा ही। देख नहीं पाती! परन्तु..."

"मतलब कि चीज़ यह चोर-काँटा ही है।" अनामिका होठ दबाकर हँसीं, "चोर का काँटा। अदृश्य चोर चुपचाप सेंध मारता है..."

"पागल हुई हो!" शम्पा हड़बड़ा उठी, "तुम सोचती हो, इस मौक़े से मुझमें देवता घुसकर बैठा है? दिमाग़ ख़राब है! हाँ, उस अकबकाहट के लिए सोच रही थी—तुम नहीं दे दोगी?"

"दे दोगी? क्या दे दूँगी?"

"ख़ूब, जैसे समझ ही नहीं रही हो! बुद्धू बन रही हो! वही पूजा-वूजा देने से—यानी वचन रहेगा और क्या! प्रतिज्ञा का पालन करना चाहिए।"

अनामिका ने बिगड़कर कहा, "किससे प्रतिज्ञा? जिस पर विश्वास नहीं करती, उसी के आगे न! वहाँ वचन निबाहने का क्या है? मज़े में सोच ले सकती है, 'नहीं देती, दे मरी बला! देवता क्या हाथी'!"

"कोशिश की है," शम्पा ने और कुछ अप्रतिभ हँसी हँसकर कहा, "सुविधा नहीं हो रही है। तुम जैसे भी हो, कुछ कर देना!"

"मैं? मैं क्या कर दूँगी?"

"आह! कहा तो पूजा-वूजा, जैसी भी हो कुछ। आख़िर तुमसे ही तो पैसे लेकर मैं करती!"

कौतुक की हँसी छिपाकर अनामिका बोलीं, "वह बात अलग है। पर तूने किस देवता की मन्नत मानी है, मुझे क्या मालूम?"

"किस देवता की? देवता फिर कौन? ऐसा ही कोई!"

"अरे, किसी एक मूर्ति की तो सोची होगी, काली या कृष्ण, दुर्गा या शिव..."

"नहीं बुआ, सो कुछ सोचा नहीं है।" शम्पा ने अब धीर गले से कहा, "यों ही आकाश की ओर ताककर कह गयी। यानी उसका तापमान जितना बढ़ने लगा, मेरी आँखें भी उतनी ऊपर चढ़ने लगीं। उसका बुख़ार एक सौ छह से भी जब चार पाइण्ट बढ़ गया, तो मेरी भी आँखें बड़ी-बड़ी होकर चढ़ने लगीं आकाश पर! मूर्ति की बात नहीं सोची, केवल उस आकाश को ही कहा—यह छोरा तुम्हारे ऐसे किस काम आएगा कि तुम इसकी खींचातानी कर रहे हो? तुम्हारे वहाँ तो बहुत-से तारे हैं, एक और बढ़ाकर क्या होगा?"

शम्पा हठात् ज़ोर से हँस पड़ी, "देखती हो बुआ, कुसंस्कार की कैसी शक्ति है! बीमार पड़ना कि नन्हे-नादान की तरह सोचने लगना—मृत्यु का दूत आसमान से उतरता है, मरकर आदमी आकाश में नक्षत्र हो जाता है! यह सब ग़लत शिक्षा का कुफल है!...ले बलैया, सो हो गयी! हाय राम, तुम्हें कब से मेरी माँ की तरह नींद लगने लगी है? माँ तो—छोड़ो बाबा, सोओ। रात जग-जगकर लिखते-लिखते ही बुढ़िया मरी...!"

शम्पा उतर गयी।

अनामिका ने मुँदी आँखों से अनुभव किया।

और मुँदी पलकों के नीचे भयंकर जलन होने लगी।

ठीक उसी समय और एक की आँखों में जलन हो रही थी, वह थी शम्पा की माँ रमला। उनकी लड़की उन्हें छोड़कर, सच पूछिए तो उनको टालकर केवल अपनी गुणवती फुआ के पास ही दौड़ती रहे—उनकी आँखों के लिए यह सुखकर हो ही नहीं सकता। लेकिन कोई उपाय भी नहीं। ससुरजी मकान तो रख गये, लेकिन बीच आँगन में ही एक विष-वृक्ष लगा गये हैं।

हो सकता है, ननद परम गुणवती है। उनकी अपनी बहनें, भाभियाँ, भाभियों की बहनें और बहनों की ननद-देवरानियाँ, भानजी-भतीजी आदि सभी परिचित स्त्रियाँ उस गुणवती की भक्त हैं—शम्पा की माँ के लिए यह भी अजाना नहीं, यहाँ तक कि बहुतेरी इसलिए ईर्ष्या का भान भी करती हैं कि वह एक ही घर में साथ रहने जैसे परम सौभाग्य की अधिकारिणी हैं—पर, स्वयं को तो मालूम है कि ननद के नाम-यश से सदा उनकी हड्डी जलती है।

इधर तो यूनिवर्सिटी की छाप तक नहीं, पर बड़े-बड़े पण्डितजी भी सम्मान से बातें करने आते हैं, सभा की शोभा बढ़ाने के लिए खुशामद करके ले जाते हैं—यह क्या सहनशीलता की सीमा में आने योग्य है?

ख़ैर, भाड़ में जाए, वह अपने मान-यश, अर्थ-प्रतिष्ठा के ऊँचे मंच पर बैठी रहें, लेकिन शम्पा की माँ की बेटी छाया-सी उनके पास-पास क्यों डोलेगी? अपनी बेटी को वह अपनी मुट्ठी में नहीं रख सकीं, इसकी जड़ तो वही गुणवती ही हैं!

ना, वास्तव में घर में कोई एक विशेष गुण-सम्पन्न हो उठे, तो घर के और लोगों की ईर्ष्या का अन्त नहीं। आँखें ही नहीं, हर पल सर्वांग जलता रहता है। प्रतिभा दूर से ही देखने में अच्छी है, समीप रहनेवालों को कोई सुख नहीं। सो घर का कोई साधु-संन्यासी हो जाए, तो भी। अपने किसी के भक्त जुट जाएँ, तो घर के लोगों को ज़हर-सा लगेगा ही।

लिहाज़ा शम्पा की माँ को दोष नहीं दिया जा सकता।

फिर भी पुरुष जाति होने से सहा भी जा सकता, यह तो लड़की जात है। इसके सिवा शम्पा की माँ को इस बेटी की मुसीबंत। घर में और भी तो लड़कियाँ हैं, और भी थीं, जिनकी एक-एक करके शादी हो गयी, कोई भी तो उनकी उस बिलल्ला बेटी जैसी बुआ की भक्त नहीं है और बिलल्ला भी तो उसी कारण हुई है।

अलका बहू की ही तो बेटी है, नाक ऊँची, फ़ैशनवाली, आदमी को आदमी ही नहीं समझती—फिर भी देखो तो सही, इसी उम्र में माँ-दीदियों के साथ गुरु-दीक्षा ली है। इधर बन-ठनकर जितनी ही नाचती फिरे चाहे, हफ़्ते में एक दिन उन 'आत्मा बाबा' के मठ में हाज़िरी देने जाएगी ही। फिर भी एक ओर तो उन्नति हो रही आख़िर! वहाँ समाज के सब माथा-चोटी शायद सिर मुड़ाते हैं, इसलिए 'गुरुमन्त्र' की लोक-लाज भी नहीं। कुलगुरु से दीक्षा लेने में जो ग्राम्यता है, इनसे दीक्षा लेने में वह तो नहीं। बल्कि उसी में मान-मर्यादा है, उसी में आधुनिकता है।

वैसी जगहों में एक और सुविधा है। बाबा के बड़े-बड़े शिष्य लोग तो परिवार सहित वहीं धरना देते हैं, अच्छी पात्र-पात्रियों का भी पता मिलता है। बाबा ने ही शायद अपने बहुत-से शिष्यों की लड़के-लड़कियों का ब्याह करा दिया है।

यह सब अवश्य सुनी हुई बातें हैं। देख आने का कौतूहल उन्हें जितना भी क्यों न हो, मगर मान गँवाकर जेठ की बहू से तो नहीं कह सकतीं कि "मुझे अपने गुरु के पास एक बार ले चलो न।"

और कहने पर ले ही जाएगी, इसी का क्या ठिकाना? उसकी अपनी सास ने ही तो एक दिन कहा था। कैसे यह कहकर टाल गयी थी वह कि "वहाँ बेहद भीड़ होती है, आपको तकलीफ़ होगी। आप रक्तचाप की रोगी हैं—संकीर्तन की आवाज़ से आपका रक्तचाप बढ़ जाएगा।" बहू कुछ सीधी तो नहीं, पूरी घाघ है! फिर भी अपनी बेटी को वह कैसा मनमाफ़िक़ गढ़ सकी है। भाग्य, सब भाग्य है! शम्पा की माँ का भाग्य ही उलटा है।

बेटी को ऊपर से उतरते देख रोका, "दिन-भर जाने कहाँ-कहाँ का चक्कर काटकर आयी और आते ही बुआ के मन्दिर में जा पहुँची? मैं पूछती हूँ, वहाँ कौर का भी ठिकाना है कि बुआ का मुँह देखकर ही पेट भर गया?"

शम्पा रुक गयी। सख़्त गले से बोली, "और भी कुछ कहना है?"

"कहने को क्या है तुझे?" शम्पा की माँ भी भारी गले से बोल उठीं, "जब तक मेरी निगरानी में हो, ठीक समय पर खाना खिलाने की ड्यूटी तो बजानी होगी मुझे। चलो, कृपा करके कुछ खा लो।"

"मुझे भूख नहीं है।"

"भूख नहीं है? भतीजी के लिए बुआ ने शायद सन्देश का डिब्बा रखा था?"

शम्पा ज़रा पैनी हँसी हँसकर बोली, "नहीं, वह बुआ की भाभी का ही एकचटिया है।"

"अच्छा! मुँह का बड़ा ज़ोर हो गया है। जाने कब तुझे पर-गोत्र करके हड्डी जुड़ाएगी..."

शम्पा थोड़ा और हँसकर बोली, "उसके लिए तुम दिमाग़ मत खपाओ माँ! गोत्र बदलनेवाला काम मैं अपने आप ही कर लूँगी।"

"क्या कहा? क्या कहा, सुनूँ?"

"जो कहा, सो ठीक ही समझ रही हो। फिर सुनकर गुस्सा क्यों बढ़ाओगी?"

और शम्पा एक चक्कर-सा देकर कमरे में चली गयी।

ऐन उसी समय शम्पा के पिता प्रायः अपने पिता जैसे स्वर में बोल उठे, "रुको। तुमसे कुछ कहना है।"

शम्पा पिता के आमने-सामने खड़ी हो गयी।

खड़ी वह शम्पा के पिता की भीरु बहन की मुद्रा में नहीं, अपनी ही मुद्रा में हुई। जिस मुद्रा में भीरुता तो नहीं ही है, थोड़ी असहिष्णुता ही है। गोया ट्रेन का टिकट कटाया हुआ है, जाने का समय बीत रहा है—इसलिए जो कहना हो झटपट कह लो।

इस असहनीय ढंग को भी प्रायः सह्य करके बाप ने पत्थर के-से गले से कहा, "बचपन से ही तुम्हें बार-बार कहना पड़ा है, फिर भी किसी प्रकार से तुम्हें बाध्य, विनीत, सभ्य बना सकना सम्भव नहीं हुआ। तुम एक भले घर की लड़की हो, यह तुम ख़याल ही नहीं रखती हो जैसे। लेकिन लगता है, अब मुझको ही इसका ख़याल रखना होगा। कुछ दिनों से तुम्हारे नाम पर बहुत तरह की रिपोर्ट मिल रही है, और..."

बात के बीच में ही पिता को अचरज में डालती हुई शम्पा टुप् से हँसकर बोल उठी, "रिपोर्टर ज़रूर हमारी माँ-जननी हैं?"

"चुप्। वाचालता बन्द करो।"

बाप अपने भूले हुए पिता जैसे ही गरज़ उठे, "मैं जानना चाहता हूँ, सत्यवान दास कौन है?"

सत्यवान दास!

शम्पा आसमान से गिरी, "सत्यवान दास कौन है, मैं कैसे जानूँ?"

"तुम कैसे जानोगी? ओह, जानता था कि एक गुण नहीं है, अब वह भी हो गया है, क्यों? झूठ बोलना सीख गयी हो? क्यों न हो, जैसी जैसे दोस्त-मित्र जुटे हैं! कारख़ाने का मजूरा, मिस्त्री..."

"कारख़ाने का मजूरा, कुली!"

शम्पा के चेहरे पर बिजली की लौ-सी खेल गयी।

जम्बो का नाम सत्यवान है, यह तो ख़ाक याद ही नहीं रहता।

मुँह फेरकर हँसी छिपाती हुई वह बोली, "झूठ बोलने की नहीं पड़ी है, जल्दी में याद नहीं आ रहा था, इसलिए। पुकार का नाम ही याद रहता है..."

"ओह!" फट पड़ने जैसी अवस्था को भी ज़ब्त करके शम्पा के पिता ने कहा, "यानी पुकार के नाम से पुकारा जा रहा है! मगर मैं जानना चाहता हूँ, किस साहस से तुम एक नीच आदमी से मिलती-जुलती हो?"

उधर फेरे हुए मुँह को इधर फेरकर शम्पा ने स्थिर गले से कहा, "छोटा काम करने से ही कोई नीच नहीं हो जाता है बाबूजी!"

"रहने दे, ये पुराने सड़े बोल बहुत सुन चुका हूँ। मैं यह नहीं चाहता कि मेरी लड़की एक इतर आदमी से मिले-जुले।"

शम्पा की सारी चपलता की मुद्रा एक कठिन रेखा में सीमित हो गयी। अपने पिता की आँखों में सीधे ताककर बोली, "आपके और मेरे चाहने में यदि मेल न हो?"

"यदि मेल न हो!"

इस दुस्साहस की ओर ताककर शम्पा के पिता आख़िर उबल ही पड़े। बोल उठे, "तो इस घर में तुम्हारे लिए जगह नहीं होगी।"

"ठीक है। मालूम हो गया।"

शम्पा फिर पहले की असहिष्णु भंगिमा में आ गयी, "और कुछ कहना है। मुझे कुछ काम है। ज़रा बाहर जाना है।"

"बाहर जाना है।"

शम्पा के पिता भूल गये कि वह अब अपने पिता के युग से नहीं बँधे हैं। उन्हें यह नहीं याद आया कि वह अब चार रुपये मन चावल नहीं खाते हैं, नहीं खाते हैं आठ आना सेर रोहू मछली। वह तीखे गले से बोले, "तुम्हारा बाहर जाना नहीं होगा। कॉलेज के सिवा तुम और कहीं नहीं जा सकतीं।"

बाप को बिलकुल काठ का मारा-सा करते हुए शम्पा खिलखिलाकर हँस पड़ी।

हँसते-हँसते बोली, "आपने तो उस युग के राजे-रजवाड़ों जैसी बात कही, बाबूजी। जो लोग आज किसी को काटकर उसका लहू देखते थे, कल फिर उसी को बुला लाने को कहते थे! अभी-अभी तो फ़रमान ज़ारी हुआ, 'इस घर में जगह नहीं होगी,' और अभी ही कह रहे हैं, 'घर से बाहर नहीं जा सकतीं।' आश्चर्य है!"

अचानक क्या हो गया!

हिताहित ज्ञानशून्य होकर उन्होंने शम्पा के जूड़े को ज़ोर से हिलाते हुए कहा, "ऐं, फिर बड़ी-बड़ी बात! तुम्हारी हिमाक़त का तो अन्त नहीं। जानती हो, मैं तुम्हें

ताले में बन्द करके रख दूँगा, पाजी लड़की!"

जूड़े से गिरे हुए पिनों को सहेजते हुए शम्पा नितान्त शान्त गले से बोली, "नहीं कर सकेंगे। ख़ामख़ाह बड़े कष्ट से बनाये जूड़े को ही नष्ट कर दिया आपने। ख़ैर, जाने दें। चलती हूँ।"

और पैरों में चप्पल डालकर मज़े में वह पिता के सामने से ही घर से निकल पड़ी। पिता के मुँह से चूँ भी न निकली। क्या उनका झोंटा पकड़ते ही उन्हें अपनी भूल समझ में आ गयी? याद आ गया, निरुपायता का पात्र-बदल हो गया।

इसीलिए उसके चले जाने की ओर स्तब्ध-विह्वल दृष्टि से ताकते रहे? या कि छोटे की उद्धतता उन्हें शक्तिहीन कर दे गयी?

हो सकता है। जिनकी हड्डी चार रुपया मन चावल खाकर पोख़्ता हुई है, उनके चित्त-जगत् से 'ऊँच-नीच,' 'मालिक-नौकर,' 'गुरुजन-लघुजन' इत्यादि विपरीतार्थक शब्द पुराना अर्थ गँवाकर विपरीत अर्थवाही नहीं हो उठना चाहते हैं! जभी तो पग-पग पर इतनी भूल होती है! जिन भूलों के कारण क्रमशः शक्तिहीन होते जा रहे हैं वे।

अनिवार्य के ख़िलाफ़ लड़ने में शक्ति का अपचय ही तो होगा!

अनामिका देवी को इन बातों की कोई ख़बर नहीं, वह अपने तिमंज़िले मकान के परिमण्डल में मग्न थीं। छोटे भैया का ऊँचा गला कान में कुछ-कुछ आया भी हो, तो उन्होंने उसको वैसा महत्त्व नहीं दिया। बात-बात में ही तो उनके गले का स्वर ऊंचा चढ़ जाता है, पूछताछ करो तो पता चलता है, कारण निहायत ही मामूली है।

लिहाज़ा गले की आवाज़ कान से मन में नहीं पैठी।

परन्तु यह घटना शम्पा के माँ-बाप को भयावह घटना-सी लगी थी। वे बेटी की दुस्सह ढिठाई से काठ के मारे-से रह गये थे।

मतलब कि अपनी सन्तान को उन्होंने अभी तक पहचाना नहीं।

पहचानता कौन है?

कौन पहचान सकता है?

सबसे अपरिचित यदि कोई है तो वह है अपनी सन्तान, जिसे आदमी निश्चिन्त विश्वास के आवरण से ओढ़े रखता है।

इसलिए, मामूली-सी उस बतकही से क्या हो गया, शम्पा के माँ-बाप नहीं भाँप सके। उन लोगों ने सोच लिया, अब वह आएगी तो उससे बात नहीं करेंगे। बोलचाल बन्द ही कर देंगे।

अनामिका देवी ने लिखने की इति की और थोड़ा सहज होकर बैठीं। और तभी उनकी निगाह बग़ल की तिपाही पर पड़ी—आज की डाक में आये चिट्ठी-पत्र पड़े थे।

बच्चा नौकर किसी समय अन्दर आया था, रख गया है। कई किताब पत्रों के ऊपर जाने-पहचाने हर्फ़ों में लिखा एक पोस्टकार्ड था।

पन्द्रह

पोस्टकार्ड के शिरोभाग पर तारीख़ के नीचे लिखे पते को देखकर आँखें जुड़ा गयीं। बड़े आग्रह से उसे उठा लिया, उठाकर बड़ी जल्दी से उसपर एक नज़र डाल गयीं, फिर धीरे-धीरे पढ़ने लगीं।

लेकिन उनके नाम आये उस पोस्टकार्ड में दो ही तीन पंक्तियाँ तो थीं! "...बहुत दिनों के बाद कलकत्ता लौटने पर सबसे पहले तुम्हारा ही नाम याद आया, इसलिए यह ख़त डाल रहा हूँ। अवश्य कुशल से ही होगी।

सनत् चाचा।"

सनत् काका की चिट्ठी का ऐसा ही ढंग है।

परम्परागत जो पद्धति है, स्नेह-सम्बोधन से आरम्भ और आशीर्वाद से इति की बला सनत् काका में नहीं। फिजूल की बात भी नहीं। साफ़-सीधी आवश्यक पंक्तियाँ। कभी-कभी पोस्टकार्ड का लिखनेवाला हिस्सा ख़ाली ही रह जाता है। पतेवाली पीठ के आधे हिस्से में ये कुछ पंक्तियाँ रहती हैं।

अनामिका देवी के पिता जब जीवित थे, ऐसी चिट्ठी पर तीखी आपत्ति करते हुए उन्होंने कहा था, "यह कैसी चिट्ठी होती है तुम्हारी सनत्? यह चिट्ठी है?"

सनत् काका ने कहा था, "चिट्ठी तो नहीं, इसे कार्ड कहते हैं, पोस्टकार्ड।"

"तो क्या हुआ? जब लिख ही रहे हो, तो उस चिट्ठी में यथायोग्य सम्पर्क का एक सम्बोधन नहीं रहे, प्रश्न नहीं रहे, स्वयं कैसे हो—यह ख़बर न हो, प्रणाम-आशीर्वाद न हो, ऊपर देवी-देवता का नाम न हो, यह क्या है? ना-ना, यह

ठीक नहीं। इससे कु-दृष्टान्त स्थापित करना होता है। तुम्हारी देखा-देखी दूसरे लोग भी सिर-पूँछ-विहीन ऐसी चिट्ठी लिखना शुरू करेंगे।''

सुनकर सनत् काका लज्जित होने के बजाय बल्कि हँस ही उठे थे। उन्होंने कहा था, ''अरे बाबा, चिट्ठी कुछ टटकी रोहू-मछली तो नहीं कि सिर पूँछ न हो तो नुक़सान है। यथायोग्य सम्बोधन तो नाम ही में है। तुम्हें लिखना हो, तो लिखूँगा 'प्रबोध दा' साफ़ है कि तुम गुरुजन हो। बकुल को लिखूँगा, तो सिर्फ़ बकुल ही लिखूँगा, समझने में कठिनाई नहीं होगी कि छोटी है।''

''उससे क्या, श्री चरणकमलेषु या कल्याणीयाषु नहीं लिखोगे?''

''वह लिखे बिना ही क्या समझ में नहीं आ जाता?'' अपने प्रबोध दा के इस मामूली से कारण पर उत्तेजित हो उठने से सनत् काका को शायद मज़ा आया था, इसलिए वह हँसते हुए कहते जा रहे थे, ''बहुत लाम-काफ़ के साथ नहीं कहने पर भी यह साफ़ है कि छोटों की हम सदा मंगलकामना ही करते हैं, उन्हें आशीर्वाद देते हैं, और, बड़ों के प्रति भक्ति करते हैं, प्रणाम करते हैं। कुशल-क्षेम की बात तो रहती ही है। 'अवश्य कुशल से ही होगी'—यही तो कुशल-प्रश्न है। या कुशल-कामना कहो।''

'' 'अवश्य कुशल से ही होगी' यह भी कोई बात हुई? मतलब है कुछ इसका?'' सनत् काका के प्रबोध दा मारे गुस्से से लाल हो उठे थे, ''सब समय आदमी अवश्य कुशल से ही रहता है? मेरी लो। कै दिन अच्छा रहता हूँ?''

''हम सबकी इच्छा के बल पर अच्छे रहोगे, यही प्रार्थना है।''

''रखो यह सब फ़िज़ूल की बात। यह सब तुम लोगों के इस ज़माने की धोखाधड़ी है। अपना कुशल लिखने में भी आलस!''

सनत् काका को उनके प्रबोध दा 'इस ज़माने का' कहते थे। इस बात को जैसे कितने दिन हो गये? सनत् काका की उम्र भी कहाँ जा पहुँची। किन्तु उनके प्रबोध दा की आधी सदी पार कर जानेवाली बेटी भी कहती है, ''सनत् काका को मैं आधुनिक कहती हूँ।''

यानी सनत् काका उन लोगों में हैं जो चिर-आधुनिक हैं। वही आधुनिक सनत् काका आज भी वैसी ही चिट्ठी लिखते हैं, जिसमें सिर-पूँछ नहीं। अपना कुशल-क्षेम भी नहीं। जिसका विरोध करते हुए उन्होंने कहा था, ''उसे आलस्य कहने देने को मैं हरगिज़ राज़ी नहीं हो सकता। अपने अच्छे रहने, नहीं रहने की ख़बर नाहक़ ही क्यों दूँ? वह किसके लिए आवश्यक है, यह मैं जानता हूँ। जिसे जानने की ज़रूरत है, वह खुद पत्र लिखेगा। पोस्टकार्ड का दाम उन दो पंक्तियों में ही वसूल होता है बाबा!''

पारुल भी वैसी ही चिट्ठी लिखती है। शायद इसी कु-दृष्टान्त के कारण।

लिफ़ाफ़े की चिट्ठी में सनत् काका का अवश्य व्यतिक्रम होता है। वह उसका दाम ही नहीं वसूल करते, वसूल के ऊपर कुछ ज़्यादा महसूल चढ़ाकर ही रहते हैं कभी-कभी। और, चूँकि उसके भी सिर-पूँछ नहीं होती, इसलिए बहुत बार पत्र के बजाय उसे निबन्ध भी कहा जा सकता है। किसी विशेष प्रसंग से ही उसका आरम्भ और अन्त होता है।

वैसी एक चिट्ठी दिल्ली से भतीजे के पास रहते हुए मात्र एक ही बार लिखी थी सनत् काका ने। जिसका आदि और अन्त दिल्ली के समाज से ही था। लेकिन हाँ, यह भी लिखा था, ''यह है पहली छाप। अर्थात् विशुद्ध बांग्ला में फ़र्स्ट इम्प्रेशन। देखूँ, यहाँ रहते-रहते उनके मर्म की गहराई में पैठ सकता हूँ या नहीं और यह छाप बदलती है या नहीं।''

लेकिन उनकी वह चिट्ठी फिर आयी नहीं। क्या 'दिल्ली के समाज के मर्म' तक प्रवेश ही नहीं कर सके वह? या कि उस प्रवेश की छाप को प्रकट करने का उत्साह ही नहीं हुआ उन्हें?

अनामिका ने ही क्या पूछताछ की थी, ''आप पर कैसी छाप पड़ी सनत् काका?'' या यह कहा था, ''आप कैसे हैं, यह जानना मेरे लिए बहुत ज़रूरी है।'' नहीं, सो नहीं कहा।

जीवन के अन्तिम दिनों भतीजे के पास ही रहना होगा, इस अनिवार्यता को मानकर ही सनत् काका गये थे। क्योंकि उन्होंने यह समझ लिया था कि लोगों को चराकर अकेले गिरस्ती करने की उम्र नहीं रही या नहीं रहेगी। और वह नहीं रहे तो अन्तिम गति तो वही भतीजा और भतीजे की बहू है। अपनी पत्नी तो इतना पहले उन्हें छोड़कर चली गयीं कि अब शायद याद भी नहीं आता कि कभी वह थीं भी। आज के परिचित समाज के बहुत-से लोग सनत् बनर्जी को चिर-कुमार ही जानतें हैं।

अनामिका ने उनकी स्त्री को केवल एक बार देखा था। उन्हें लेकर कहीं घूमने जा रहे थे, रास्ते में प्रबोध दा के यहाँ ज़रा उतर गये। प्रेम-विवाह था, इसलिए बहूभात का भोज-वोज तो हुआ नहीं। इसलिए ब्याह में बहू को किसी ने देखा नहीं।

अनामिका को याद है, वे चले गये तो प्रबोधचन्द्र ने कहा, ''यह बहू! ऐसी मरीज़-सी दुबली, कलूटी! हमारे सनत् बाबू क्या देखकर लट्टू हो गये! बनर्जी होकर घोषाल के यहाँ माथा मुड़ाने गये! छिः!''

ख़ैर। अतीत के उस इतिहास पर अब कोई दिमाग़ नहीं खपाता। सबने समझ लिया, इतने दिनों तक आज़ाद होकर अकेले रहते हुए भी अब उन्हें पराधीन होना

पड़ेगा। और इस सिलसिले में बंगाल, बिहार, उड़ीसा, मध्यप्रदेश—संक्षेप में भारतवर्ष के जिस किसी प्रदेश में हो, बाक़ी जीवन बिताना होगा। अतएव, सनत् काका बहुत दिनों से बंगाल से बाहर हैं।

इतने दिनों के बाद एकाएक आये, किसी विशेष ज़रूरी चिकित्सा के लिए? या सनत् काका का वह भतीजा बदली होकर बंगाल की किसी कुरसी पर आसीन होने आया? और, उनके साथ गठरी की तरह सनत् काका भी?

उन्होंने अनामिका को ऐसा इशारा तक नहीं किया कि 'तुम आना' या 'तुम्हें देखने को जी चाहता है।'

फिर भी अभिमान का कोई प्रश्न नहीं।

'आना' शब्द का व्यवहार नहीं करने पर भी अनामिका देवी का सदा वहाँ 'स्वागत' है, यह बात जितना वह जानती हैं, उतना शायद स्वयं सनत् बनर्जी भी नहीं जानते।...असल में, वह चिट्ठी ही तो 'आना' है!

उसी एक अकथित 'आना' शब्द ने ही अनामिका देवी को खींचकर घर से बाहर किया।

निकलने के समय आशा या आशंका की थी, वह दुष्ट लड़की जाने कब आकर जिरह करना शुरू कर देगी, "क्यों श्रीमती लेखिका देवी, ख़ुद ही टैक्सी बुलाकर निकल रही हैं? रथ नहीं आया तुम्हारा—फूलमाला से भूषित करके सभा की शोभा बढ़ाने के लिए?"

नहीं, उस छोरी को आसपास कहीं देख नहीं पायीं। हो न हो, कारख़ाने के उस कुली के साथ कहीं घूम रही होगी, नहीं तो और कहाँ? आज तो कॉलेज में छुट्टी है।

मकान मालूम था। फिर भी ढूँढ़ निकालने में कुछ देर हो गयी। रास्ते का रूप बिलकुल बदल गया है। वह रूप देखकर यह याद हो आया कि बहुत दिनों से इधर आना नहीं हुआ।

मझोली-जैसी एक गली में सनत् काका का पैतृक मकान था, उस गली के मोड़ पर बहुत दिनों तक काफ़ी ज़मीन पड़ी थी। वह बच्चों के खेलने की जगह थी और मुहल्ले की नौकरानियों का डस्टबीन। तकलीफ़ करके कोई क़ूड़ा फेंकने के लिए रास्ते पर कारपोरेशन के डस्टबीन तक नहीं जाती, उसी खुली जगह में फेंकती। उससे लड़कों के खेलकूद में कोई बाधा होती, सो नहीं, हाँ, खेलकूद के बाद घर लौटते तो माँ-दादी 'कपड़े बदल, पैर-हाथ धो' आदि की चीख़ से उनकी शान्ति में कुछ विघ्न ज़रूर डालतीं।

बहुत दिनों के बाद जाकर अनामिका देवी ने देखा, उस खुली जगह में विशालकाय एक मैनसन खड़ा हो गया है। अनगिनत दरबे हैं उसमें। उन दरबों में जाने कितने परिवारों ने आकर बसेरा लिया है। किसे मालूम है, इसी में रहकर वे जीवन का अर्थ खोज पा रहे हैं या नहीं।

लेकिन फिर भी उस बहुत दरबोंवाले गगनचुम्बी मकान से चलते, जाने हुए मकान को खोजने में देर हुई। उसके बाद वह अन्दर दाख़िल हो गयीं।

सनत् काका 'हो-हो' नहीं कर उठे, ख़ूब शान्त सहृदय हास्य से ही बोले, ''आ। तेरी ही राह देख रहा था।''

प्रणाम करके बैठती हुई बच्चे की तरह बोल उठीं वह, ''राह देख रहे थे, मतलब? आने को कहा क्या आपने?''

''कहा नहीं था, ऐं! नहीं कहा तो आयी क्यों?''

सनत् काका हँसे।

अनामिका देवी लज्जित हुईं।

बोलीं, ''ख़ैर। कैसे हैं, सो कहिए?''

''ख़ूब मज़े में। खाता-पीता हूँ, घर में बैठा रहता हूँ। काम-धाम नहीं करना पड़ता, इससे आरामदायक अवस्था और क्या हो सकती है?''

अनामिका देवी अवश्य इस 'आरामदायक अवस्था' की बात सुनकर ख़ास उत्साहित नहीं हुईं। बल्कि कुछ शंकित स्वर में पूछ बैठीं, ''क्यों, बैठे क्यों? निकलते नहीं?''

''निकलूँ? क्यों?'' सनत् काका खुलकर हँस उठे, ''चलना सीखने में यदि साल-भर लगा हो, उसे छोड़कर गिनता हूँ, उन्यासी साल तक तो निकला, चलता रहा, घूमता रहा, बाक़ी दिन अब घर बैठे रहना ही क्या बुरा है?''

''यह तो ख़ैर बेकार क़ी बात है,'' अनामिका देवी ने और भी सशंकित होकर कहा, ''सही बात बताइए तो, स्वास्थ्य ठीक नहीं है?''

''सुन लो बात! स्वास्थ्य ठीक नहीं है, मतलब? भला ठीक न होने से ही हुआ?''

''फिर? फिर घर में क्यों बैठे रहेंगे?''

''वाह, कहा तो! जीवन के हर स्टेज का चख-चखकर स्वाद नहीं लेना चाहिए? मैंने नीरू से कहा, 'देख नीरू, हृदय का यह यन्त्र तो बहुत दिनों से खटकर मरता रहा है, अब यदि यह छुट्टी चाहता है तो लेने दे छुट्टी' पर वह कब सुनने लगा? पकड़ ले आया एक कमबख़्त डॉक्टर को, मोटी फ़ीस, वह भला अपनी विद्वत्ता दिखाये बिना क्यों माने? बस, हुक्म हो गया, 'हिल-डोल नहीं कुछ नहीं।' बस 'गब्बू पिलू' बना बैठा हूँ।''

अनामिका समझ गयीं।

धीरे-से बोलीं, "ऐसा कब से हुआ है?"

"अरे बाबा, हुआ तो कुछ नहीं है। फिर दिन का लेखा कैसे दूँ? फिर तो कब से बाल सफ़ेद हुआ, कब से दाँत हिले—इन सबका भी लेखा पूछ बैठ सकती हो। एक यन्त्र काफ़ी दिनों से चल रहा है, कभी तो वह बिगड़ेगा ही। उसे माँज-घिसकर फिर चक्के में जोत देने की चेष्टा क्या ठीक है? मगर उपाय क्या? कर्ता की इच्छा से कर्म। फ़िलहाल जब नीरू बाबू ही मालिक हैं, तो उन्हीं की इच्छा पूरी हो।"

"नीरू दा बदलकर फिर कलकत्ते ही आ गये, क्यों?"

"बदली? अरे नहीं-नहीं, वह तो रिटायर होकर घर आ बैठा।"

"रिटायर होकर?" अनामिका अवाक् हो गयीं, "अभी ही?"

"अभी ही क्या? सरकारी हिसाब में क्या भूल होती है? समय पर ही हुआ है। हम ही यह याद रखना भूल जाते हैं कि दिन आगे बढ़ रहा है।"

"तो, अब यहीं, यानी कलकत्ते में ही रहेंगे?"

"नहीं तो?" सनत् काका फिर हँसे, "नीरू की गिरस्ती की आलतू-फ़ालतू चीज़ों के साथ एक यह अवान्तर वस्तु भी रहेगी। जब तक..."

हँसकर रुक गये।

"कलकत्ता आकर और किसी डॉक्टर को दिखाया गया है?"

"देख बकुल, जिस भाव से तू केवल यही याद दिलाने की चेष्टा कर रही है...काका, तुम बूढ़े हो गये, काका, तुम मरीज़ हो गये हो, इससे तुममें और नीरू में भेद करना कठिन है। उस प्रसंग पर परदा डाल दे। अपनी बता। ख़ूब तो लिख-विख रही है। दिल्ली में भी नाम यश है। नया क्या लिख रही है, बता?"

"नया क्या लिख रही हूँ?"

अनामिका हँसीं, "कुछ नहीं।"

"कुछ नहीं? कह क्या रही है? लेकिन सुनता हूँ, साँझ-विहान किताबें निकल रही हैं तेरी?"

"ख़बर तो जितनी चलती है, उतनी ही बढ़ती है।" अनामिका कुछ और हँसीं, "नौ सौ मील से आगे पहुँच गयी न ख़बर?"

"इसका मतलब यह कि तू कहना चाहती है, यह ख़बर ख़बर ही नहीं, अफ़वाह है! तू लिख नहीं रही है!"

"लिख नहीं रही हूँ, यह तो नहीं कह सकती, कहना ग़लत होगा, किन्तु नया कुछ कहाँ लिख रही हूँ?"

"क्यों भला?" सन्तु काका चंगे हुए-से उठ बैठे, "समाज में, संसार में रोज़-रोज़ इतनी नयी घटनाएँ घट रही हैं, पल-पल समाज का रूप बदल रहा है, फिर भी नयी बात नहीं लिख पा रही है?"

अनामिका अचानक जैसे अनमनी हो गयीं, वह जैसे अपने-आपसे कहने लगीं, "हो सकता है, इसीलिए नहीं लिख पा रही हूँ। रोज़-रोज़ इतनी नयी जो घटनाएँ घट रही हैं, उनका हिसाब नहीं रख पा रही हूँ, घड़ियों को पकड़ नहीं पा रही हूँ, खो जा रही हैं, और तरह की हुई जा रही हैं।"

"पकड़ना होगा उन्हें।" मानो सनत् काका ने बलपूर्वक निर्देश दिया।

"कोशिश करती हूँ, होता नहीं है। वे पल-क्षण कुछ स्थायी दे तो नहीं जा रहे हैं, साबुन की झाग की तरह बुलबुले काटकर हवा में खो जाते हैं। और एक ओर..." अनामिका देवी ने जैसे कुछ सोचा, "और एक तरफ़ कहाँ तो मानो टूटन चल रही है भयंकर, उससे छिटककर आनेवाले पत्थर के टुकड़े, धूल बदन में, आँख में लग रहे हैं, परन्तु उस भयंकर को ही कैसे पकड़ूँ? उससे मेरा प्रत्यक्ष सम्पर्क तो है नहीं, निकट अभिज्ञता का नाता तो नहीं। आधुनिक, नहीं-नहीं, आधुनिक नहीं कहूँगी, कहूँगी वर्तमान समाज को तब अपनी कलम में भर कैसे लूँ? सुनती हूँ, अविश्वसनीय क़िस्म के नाम न जाने भयानक जीव जंगल से निकलकर घर में आकर घुस रहे हैं, घर के लोगों से घुल-मिल रहे हैं और वे जीव अपने नाख़ून, दाँत, सींग को छिपाने की भी चेष्टा नहीं कर रहे हैं, बल्कि उन्हीं को गौरव मानकर समाज में दिखाते फिर रहे हैं। और, घरवाले भी नाख़ून, दाँत, सींग उगाने के लिए जी-जान से लग जाते हैं। लेकिन ये सारी बातें तो मेरी सुनी-सुनायी हैं! सुनी हुई बातों पर लिखने की कोशिश तो हास्यास्पद है काका! किन्तु यह भी सुनती हूँ, साहित्य की नयी ख़ुराक शायद उन्हीं के पास है, साहित्य की नयी बात उन्हीं के पास है!"

सनत् काका ने धीरे से कहा, "बंगभूमि के बारे में एक मोह था, तो वह न रखूँ, तू यह कह रही है?"

"वैसी एक ज़ोरदार सलाह दे बैठूँ, ऐसा साहस नहीं है काका। मैं तो ख़ुद नहीं जानती, उस मोह को पोंछ फेंकने का दुःसमय आया है या नहीं। परन्तु कभी-कभी सोचती हूँ, यही चाहा था हम लोगों ने? हमारी लम्बी तपस्या का यही पुरस्कार है? बहुत-बहुत दुःख, क्लेश से अपने ध्यान के मन्त्र से इसी देवता को जगाया हम लोगों ने? यदि यही हो, तो वह उस मन्त्र की त्रुटि है।"

"तो तू ज़ोरदार आवाज़ में यही कह। तुम साहित्यिक, कवि, कलाकार—तुम्हीं लोग कहोगे न! यानी तुम लोग कहोगे तो लोगों के कानों में पहुँचेगा; हम जैसे फ़ालतू लोग एक साथ चीख़ेंगे, तो भी कुछ नहीं होगा। कुछ नहीं।"

अनामिका हँस पड़ीं, अस्सी साल के उस बूढ़े की ऐसी निहायत ही बचकानी भंगिमा देखकर उन्हें कौतुक का अनुभव हुआ।

हँसकर बोलीं, "किसी के भी कहने से कुछ नहीं होने का। समाज की अपनी एक गति होती है, वह गति कि जिसे दुरन्त, दुर्वार, दुर्जय कहा जाता है। और, यह

उसे भी नहीं मालूम कि गति का ढाँचा क्या है। जितने ही दिन बीत रहे हैं, मैं उतना ही अनुभव कर रही हूँ काका, कम-से-कम तीन चीज़ों को परिकल्पना करके नहीं गढ़ा जा सकता। वे तीन हैं—समाज, साहित्य और जीवन।''

''ले बलैया, लड़की कह क्या रही है?'' सनत् काका ने विस्मित और आतंकित-सा होकर कहा, ''कहती क्या है रे? दो तो ख़ैर न भी गढ़े जा सकें, लेकिन बाक़ी को? साहित्य को परिकल्पना के मुताबिक़ नहीं गढ़ा जा सकता है? वह तो अपने हाथ में है!''

''मैं भी पहले यही सोचती थी,'' अनामिका फिर जैसे अनमनी-सी हो गयीं, ''पहले ऐसी ही धारणा थी। सोचती थी, कलम तो लेखक के अपने वश में है। लेकिन धीरे-धीरे लगने लगा कि बात शायद वैसी नहीं है। कहीं, किसी जगह, किसी का कोई गहरा अभिप्राय है, जो होने का है, उसी के अनुसार हो रहा है।''

''हाय ग़ज़ब! तू तो तात्त्विकता में चली जा रही है! अर्थात् सभी तुम्हारी ही इच्छा है, इच्छामयी तारा हो तुम!''

''बीच-बीच में ऐसा ही लगता है।''

अनामिका धीमे हँसीं, 'इच्छामयी' या 'अनिवार्य', नाम चाहे जो भी दिया जाए, किसी एक अदृश्य शक्ति को आप अस्वीकार कर सकते हैं काका? कवित्व में कहते हैं, 'जीवन-देवता'। कवि रवीन्द्रनाथ ने भी यह बात कही है—

'ओ कौतुकमयी तुम्हारा नित नूतन कौतुक है यह क्या?
कहना चाहता हूँ जो मैं, कहने देती हो उसे कहाँ?'

सनत् काका ने मुसकराते हुए साथ दिया—

'अन्तर में बैठी रह अहरह
मुँह की बात छीन लेती वह
मेरी बातों में क्या जो कह...'

तो यही तेरा कहना है, न?''

''हर समय न हो चाहे, पर ज़्यादातर। अन्तर्देवता ही कह लें या अनिवार्य ही कहें, कोई एक वस्तु है ज़रूर। वह जानें कैसे तो लेखक की कलम को अपनी जेब में डाल लेता है! जभी मैं कह रही थी, साहित्य की अपनी एक गति है। सभा बुलाकर, क़ानून बनाकर अथवा कोई निश्चित साँचा बनाकर उसे ख़ास एक गति में नियन्त्रित नहीं किया जा सकता। कम से कम मुझे तो ऐसा ही लगता है।''

''मतलब कि तेरी राय में जो व्यक्ति कुछ भी लिखता है, उस अदृश्य शक्ति के हाथ का खिलौना होकर?''

''कौन क्या करता है? यह नहीं जानती काका, लेकिन मैं हर पल वह अनुभव करती हूँ।''

सनत् काका ज़रा हँसे, ''सुनता हूँ, कोई और ज़बरदस्त शक्ति शायद तुम सबके आज के साहित्य की नियन्त्रक है। उसी की शक्ति के प्रभाव से लेखक की लेखनी...''

अनामिका हँस उठीं, ''देखती हूँ, सुनना कुछ बाक़ी नहीं है। लेकिन 'जो भी दोष सब नन्दघोष' कहने से क्यों चले? यह पहेली तो सदा की है–'पृथ्वी किसके वश में?' ''

''अरे, उस पहेली का जवाब तो सबको मालूम है। किन्तु हम चाहते हैं, कवि, साहित्यकार, शिल्पी–ये पृथ्वी से बाहर के होंगे। कम-से-कम हमारी धारणा में यही है।''

''वैसा हो तो बहुत उत्तम। परन्तु वैसी धारणा का वास्तव में कोई कारण है काका? उस युग के भी बड़े-बड़े कवि राज-दरबार के राजकवि का पद पाने से कृतार्थ होते थे। उनकी परम प्राप्ति का यही माप-दण्ड था। और यह कुछ अजीब भी नहीं। चूँकि यह दुनिया रुपयों के वश में है, इसलिए सब कुछ की क़ीमत तो उन रुपयों से ही आँकी जाती है। अपने प्रति आस्था उत्पन्न होने का मापदण्ड भी तो वही है! तिस पर यह साहित्य आज चावल-धान, तेल तीसी जैसे व्यवसाय का एक उपकरण हो गया है। लिहाज़ा रुपये के अंक से ही लेखक भी अपना मूल्य-निरूपण करें तो विचित्र क्या है? फिर जो रचना अधिक रुपये दे सके, कलम में वैसी रचना को लाने की चेष्टा स्वाभाविक है। अत्यन्त स्वाभाविक।''

सनत् काका ज़रा उत्तेजित गले से बोले, ''यानी रुपये के लिए रचना का समर्थन तू भी करती है?''

अनामिका हँस उठीं। बोलीं, ''समर्थन की बात नहीं है काका। समर्थन का कोई प्रश्न ही नहीं। मैं उस अनिवार्य की बात ही कह रही हूँ। मेरे ख़याल में इसके होने से वह होगा ही। आप बेशक जानते होंगे, आज ऐसी स्थिति आ गयी है, समाज के प्रत्येक स्तर के ही लोग यानी अवसरवादी लोग लेखक की कलम को भुनाकर खा रहे हैं। लेखक की कलम ही तो विज्ञापन की वाहन है। पत्रों के सम्पादक अब 'लेखक' तैयार करने की ज़िम्मेदारी से मतलब नहीं रखते, मतलब रखते हैं सिर्फ़ उन लेखकों से, जिनकी रचना छपने से पत्रिका को विज्ञापन मिलेगा। फलस्वरूप प्रतिष्ठित लेखक क्रमशः विज्ञापन संग्रह की मशीन बन रहे हैं। इसका अवश्यम्भावी परिणाम जो होना चाहिए, नये लोग उस दरबार में घुसने की गुंजाइश न पाकर लोगों की दृष्टि आकर्षित करने के लिए उत्कट रंग की विचित्र पोशाकें पहने दरबार के द्वार पर खड़े शकल बनाते हुए टीन पीट रहे हैं। वे जानते हैं कि इससे लोग जुटेंगे ही। दरबार में पहले दाख़िल हो लें, फिर प्रतिभा की बानगी दिखाई जाएगी।''

''अवस्था तो बड़ी मनोरम लग रही है रे!''

"लेकिन मैं कुछ बढ़ा-चढ़ाकर नहीं कह रही हूँ काका। नये लेखकों को बड़ा संघर्ष करके खड़ा होना पड़ता है। बहुत-बहुत नयी भंगिमाएँ, नयी चौंध लगाये बिना उपाय नहीं। और उसी के प्रतिक्रियास्वरूप एक बार प्रतिष्ठित हो जाने पर कोई परिश्रम नहीं करना चाहता। उन्हें नया कुछ देने की चिन्ता नहीं रहती, यह चिन्ता भी नहीं रहती कि मैं क्या कहने के लिए आया था। अब टीन पीटना ही सहज फलदायक है तो फिर हंगामे की ज़रूरत भी क्या! और उस चीज़ पर एक विशेष आस्था भी रहती है। क्योंकि देख भी लिया है, दरबार का दरवाज़ा खोलने की वही कुंजी है! असल बात क्या है, जानते हैं काका, मननशीलता में स्थिर होने को अवकाश ही कोई नहीं देता है; साहित्यिक, शिल्पी को, एकान्त में रहने नहीं देता है। उसकी उस स्थिरता में धँसकर भीड़ लगाते हैं।"

सनत् काका ने हँसकर कहा, "इसमें शिकायत की बात क्या है? तेरी राय में तो यह सब कुछ 'अनिवार्य' के हाथों का खिलौना है!"

"वह भी भूल नहीं। फिर मुश्किल क्या है कि उन टीन पीटनेवालों से लोग टीन पिटवाना ही चाहते हैं। जैसे, हास्य अभिनेता से हास्य के सिवा और कुछ नहीं, ज़िन्दगी में एक बार जिसने भँड़ैती की, जीवन में उसे कभी सीरियस नायक होने का उपाय नहीं।"

"तो तेरे साहित्य की दुनिया भी बड़ी गड़बड़झाला है?"

"बेहद! एकान्त चिन्तन में निमग्न होने के गम्भीर आनन्द से वंचित होकर सब उद्भ्रान्त हुए-से डोल रहे हैं।"

"तेरी भी वही हालत है क्या?"

सनत् काका ज़रा मज़ाक़ की हँसी हँसे।

"मेरी छोड़िए।" अनामिका बोल उठीं, "लिखने से ही कोई साहित्यिक नहीं होता। मैं कम से कम अपने को साहित्यिक शब्द की अधिकारिणी नहीं मानती। लिखने का अधिकार है या नहीं, यह सोचे-समझे बिना ही एक दिन लिखना शुरू कर दिया था, अब देख रही हूँ, पाठकगण या सम्पादकगण ही लिखवा रहे हैं। इससे अधिक कुछ नहीं। लेकिन इच्छा होती है, विशेष कुछ लिखूँ, नया कुछ लिखूँ," हँस उठीं वह, "मगर उस विशेष की क्षमता हो, तब तो? सच कहूँ काका, इस युग को मैं नहीं पहचानती। पहचानने की कोशिश करूँ, ऐसा परिवेश भी नहीं है। इस युग को लेकर जो सब भयानक चित्र देखती हूँ, सुनती हूँ, उस पर विश्वास नहीं कर पाती।"

"किन्तु" सनत् काका ने धीरे-से कहा, "कई क्षेत्रों में तो 'वास्तव' कल्पना से भी अधिक अविश्वसनीय होता है!"

"शायद होता हो!" अनामिका फिर जाने कैसी अनमनी हो गयीं, "उसका सही

प्रमाण पुलिस की रिपोर्ट है, डॉक्टर की रिपोर्ट है लेकिन साहित्यिक भी क्या उसी सत्य के साक्षी होंगे? साहित्यिक भी उसी सत्य के उद्घाटन के लिए कलम पकड़ेंगे क्या? जानवर से आदमी का फ़र्क़ केवल बाहरी चेहरे में है! और कोई फ़र्क़ है या नहीं, उसकी खोज किये बिना ही हँसकर कह उठेंगे, 'अरे बाबा, रहने दो, फ़र्क़ क्यों रहने लगा? यहाँ भी रक्त-मांस है, वहाँ भी रक्त-मांस है। रक्त-मांस के सिवा और कहाँ क्या है।' "

"आजकल यही प्रश्न प्रबल हो गया है, है न?"

"प्रबल? हो सकता है, लगातार सुनते-सुनते वही विश्वास बन जाएगा।"

सनत् काका ने दृढ़ता से कहा, "उहूँ, लोग तो सदा नयी बात सुनना चाहेंगे, यह बात कब तक नयी रहेगी? यह आदमी नामक जो जीव है, वह बाघ-सिंह जैसा उतना बड़ा तो नहीं, उसका कारबार तो महज़ साढ़े तीन हाथ के शरीर से है। उसका रक्त-मांस ख़त्म होने में कितनी देर?"

"यही तो बात है। वही सोचा करती हूँ। ऊपर अनन्त आकाश, नीचे की ओर पाँव पड़ते ही कीचड़। कौन-सा सत्य है?"

"ना, मैं जो देख रहा हूँ, तुझसे अब नयी बात नहीं लिखी जाएगी।"

सनत् काका हँसे।

"वही हो शायद!" अनामिका भी हँसीं अनमनी-सी हँसी।

उसके बाद बोलीं, "मनुष्य की संज्ञा तो बस 'जीव' ही है, 'शिव' शब्द तो अर्थहीन है—अभी तक जब इसका प्रमाण नहीं मिला, तो लगता है, नहीं होगा। मगर यह भी सही है काका, कि जो मेरे लिए अज्ञात है, उस पर लिखने चलूँ तो क़दम-क़दम पर भूल ही होगी, यह जानी हुई बात है। मैं तो सोचकर अवाक् हो जाती हूँ..."

बाधा पड़ी।

सनत् काका के भतीजे की बहू आकर खड़ी हुई।

कहा, "दवा पीने का समय हो गया है काकाजी।"

कोमल-मधुर कण्ठ। माँ का-सा दुलार भरा।

लगा, मानो एक बच्चे से कह रही हैं।

अनामिका चौंक उठीं, क्योंकि दूसरे ही क्षण जवाब में एक शिशु का कण्ठ-स्वर सुना उन्होंने।

"इस निर्मूल होशियार माँ-जननी से इस बूढ़े बच्चे का छुटकारा नहीं है। दो, कौन-सी दवा है।"

यह बात क़ही किसने?

सनत् काका ने?

हाँ, उन्होंने।

हालाँकि अनामिका के कानों में यह आवाज़ बेहद अपरिचित-सी लगी। आवाज़, उसका सुर, उसकी भंगिमा।

जो लोग हमेशा सजा-गुजाकर छन्द-छन्द जैसा बोलते हैं, उन लोगों जैसा। अनामिका को बुरा लगा, बहुत ही बुरा, लेकिन वैसा बुरा लगने लायक़ हुआ क्या!

जिस महिला ने अपने एक बूढ़े गुरुजन को स्नेह-समादर जताने के लिए महिमामयी मातृमूर्ति के पास आकर माँ के कण्ठस्वर में ही कहा, दवा पीने का समय हो गया, उनका गला सुरीला है, मुखड़ा सुन्दर है, साज-पोशाक में ग्राम्यता नहीं और अंग-अंग में एक मार्जित रुचि की छाप है।

इनसे बात करनी हो, तो वैसे ही स्वर में करनी चाहिए। वह महिला यदि अपने पूजनीय गुरुजन के दूसरे शैशवकाल की सोचकर उनसे शिशुजनोचित व्यवहार करती हैं, तो गुरुजन का क्या श्वसुरजनोचित व्यवहार संगत है?

फिर भी अनामिका को बुरा लगा। सच ही बहुत बुरा।

अब मानो महिला की नज़र अनामिका पर पड़ी। इसलिए दवाई की शीशी और गिलास को टेबल पर रखकर हाथ जोड़ते हुए नमस्ते की मुद्रा में सौजन्य की हँसी हँसते हुए कहा, ''मैंने सुना है, आप मेरे पति की छोटी बहन हैं, फिर भी मैं आपको 'आप' छोड़कर और कुछ नहीं कह सकूँगी।''

एकाएक इस ढंग की बात से विस्मय के साथ अनामिका ने कौतुक का अनुभव किया। मुसकराकर प्रतिनमस्कार करके बोलीं, ''सो क्यों?''

महिला एक सेवानिवृत व्यक्ति की पत्नी हैं, उसकी दूसरी पत्नी भी नहीं, लिहाज़ा नितान्त तरुणी के रूप में नहीं आतीं, फिर भी निहायत तरुणी जैसे गले से भीत-सी, अदब के साथ बोलीं, ''बाप रे, आप तो एक बहुत बड़ी लेखिका हैं! आपसे तो बोलने में भी डर लगता है।''

महिला का उच्चारण बड़ा मँजा हुआ, प्रत्येक शब्द मानो अलग-अलग उच्चारित। बोलना एक आर्ट है, यह बोध उन्हें है, इसमें सन्देह नहीं।

एक बहुत बड़ी लेखिका से बोल रही हैं, उन्होंने इसीलिए यों माँजकर बात की या इसी तरह से बोलती हैं?

बोलती होंगी शायद।

शायद उनके बोलने का यही ढंग हो, फिर भी न जाने क्यों अनामिका देवी को लगा, बोलने की यह कला उन्होंने बहुत दिनों की चेष्टा से प्राप्त की है।

भतीजे की बहू के साड़ी पहनने का ढंग सुथरा, बाल अच्छी तरह जूड़े में विन्यस्त, वदन पर साधारण-से दो-एक अलंकार, आँखों के कोने में काजल की हल्की लकीर, पैरों में हलकी चप्पल, साड़ी ज़मीन की पकड़ में आए कि न आए, ऐसे हलके

धानी रंग की और चश्मे का फ्रेम भी हल्के मटमैले रंग का।

यानी कुल मिलाकर वह हलके वज़न की तरुणी ही लगीं।

अनामिका ने हँसकर कहा, "बड़ी लेखिका शब्द को तो ख़ैर मैं नहीं क़बूल करती हूँ, मगर प्रश्न होता है कि कोई किसी बात में बड़ी ही हो, तो क्या घर के लोग भी उनका ऐसा अदब ही करेंगे?"

"अरे बाप रे, यह भी कहने की बात है भला!"

वह महिला हँस उठीं, "आपके भैया ही जब बड़े अफ़सर थे, भारी बिग् ऑफ़िसर, तो मैं तो डर से सिकुड़ी रहती थी!"

और खिलखिलाकर हँस पड़ीं वह, उस हँसी से एक लीला विच्छरित हुई, जो कि बिग् ऑफ़िसर की गृहणियों को ही सोहती है।

इसी भंगिमा से वह शायद कह सकती हैं, "मकान की मरम्मत कराएँ? कहाँ से? खाने को ही पूरा नहीं पड़ता, तो मकान!"

जब ये सखी सामन्त लेकर बैठती हैं, तब भी इसी लीला-भंगिमा से बाज़ार-दर पर ही रोना रोती हैं।

उस लीलाहास्य-मण्डित मुखड़े की ओर देखकर अनामिका ने कहा, "अब तो डर से सिकुड़ी नहीं रहतीं?"

"उँहूँ, अब क्यों डरने लगीं, अब तो बेकार हैं।"

सनत् काका बोल उठे, "देख रही है बकुल, कैसी ख़ौफ़नाक लड़की है!"

अनामिका ने कहा, "देख तो रही हूँ!"

हाँ, देख रही हैं।

देख रही हैं कि उसकी ख़ौफ़नाक महिमा से सनत् काका तक बना-बनाकर बोलना सीख गये हैं। हो सकता है, सीखने में समय लगा हो, सीखने में खीज हुई हो, मगर सीखा है।

किन्तु सीखने की सचमुच ही ज़रूरत थी क्या?

क्या पता, शायद थी।

परिवेश से घुलना-मिलना नहीं सीखने से आबहवा तो पग-पग पर विषमय हो उठती है।

"दिल्ली में भी तो आपका बड़ा नाम-यश है।"

दवा ढालकर दवा मापने के गले से ही महिला ने यह बात कही।

अनामिका देवी ने मुसकराकर कहा, "फिर तो अपने को बड़ी लेखिका माने बिना कोई चारा नहीं!"

अनामिका की ओर ताककर सनत् काका ने मुसकराते हुए कहा, "स्वीकार करना पड़ा न? तो अब बताओ, इसे ख़ौफ़नाक कहना चाहिए कि नहीं? मेरे सामने तो अभी तक नहीं ही स्वीकार कर रही थी। माँ-जननी की कोई एक समिति है, उसके पुस्तकालय में तेरी कितनी पुस्तकें हैं, जभी तो!"

बहू ने मुसकराकर कहा, "हाँ, कुछ-कुछ हैं। मैंने ही ख़रीदवायी हैं। पुस्तकालय का सारा भार मेरे ही मत्थे मढ़ रखा है न!"

अनामिका के मुँह में आ-जा रहा था, "सौभाग्य से राजधानी में आप मेरी एक भाभी थीं, इसलिए मेरी कुछ-कुछ पुस्तकों का राजधानी में प्रवेशाधिकार मिला!" मगर वह न कहकर बोलीं, "तो आपने पढ़ी हैं मेरी रचनाएँ?"

महिला फिर एक बार वही लीला की हँसी हँसीं, "यह सवाल करें तो जवाब देना मुश्किल है। मुझसे धीरज के साथ बैठकर कहानी-उपन्यास नहीं पढ़ा जाता। और फिर..."

दवा की शीशी और गिलास को यथास्थान रखते हुए उन्होंने कहा, "और फिर आजकल की पुस्तकें तो पढ़ने योग्य ही नहीं।"

"पढ़ने योग्य ही नहीं?"

उन महिला के कथन का अनुसरण करने से पहले ही अनामिका देवी के मुँह से यह प्रश्न टपक पड़ा।

महिला हलकी चप्पल पहने एक पैर को टेबल के पाये से ताल-ताल पर ठुक्-ठुक् करती हुई बोलीं, "सुनती तो ऐसा ही हूँ! बड़ी अश्लील होती हैं!"

"सुनती हैं! ग़नीमत है!" अनामिका हँसीं, "ग़नीमत कि पढ़तीं नहीं।"

महिला का हँसी से रँगा हुआ मुखड़ा क्षण में जैसे काठ हो गया। वह गम्भीर होकर बोलीं, "रुचि भी नहीं है। जिन किताबों पर अदालत में मुक़दमा होता है, पता नहीं, लोग कैसे पढ़ते हैं उन्हें!"

"मैं भी तो वही कहता हूँ," सनत् काका हँसकर बोले, "तुम्हारी महिला समिति की महिलाएँ न जाने आधुनिक साहित्य ही पढ़ने को क्यों छटपटाती रहती हैं!"

महिला ने एक बार अपने श्रद्धेय गुरुजन की ओर कटाक्षपात किया, उनका चेहरा कुछ और काठ हो गया। वह कुरसी से उठ खड़ी हुईं, "सबकी रुचि एक-सी नहीं होती, इसलिए।"

उन्होंने कुरसी को ठीक किया और कमरे से चली गयीं।

और तभी अनामिका देवी ने महसूस किया कि सनत् काका के गले में उन्होंने वैसा एक अपरिचित सुर क्यों सुना था।

महिला चली गयीं तो सनत् काका ने मुसकराकर कहा, "अक़्लमन्द का काम है एडजस्ट करके चलना, क्या ख़याल है?"

अनामिका कुछ बोलीं नहीं, उनके हँसी-रंजित चेहरे की ओर देखती रहीं।

''वैसी बुद्धू-सी ताकने क्यों लगी रे?''

''देख रही हूँ।''

''क्या देख रही है?''

''कुछ नहीं।''

सनत् काका शायद और कुछ बोलते, किन्तु हठात् उनके भतीजे आ पहुँचे, जिनका पूरा नाम ही अनामिका को नहीं मालूम! वह 'नीरू दा' ही जानती हैं।

नीरू दा के पहनावे में गाढ़े रंग की सिल्क की लुंगी, बदन पर टेप् गंजी, हाथ में टोबैको का डिब्बा। पत्नी के बिलकुल उलटे ढंग से हो-हो करते हुए वह दाख़िल हुए, ''अरे वाह, क्या ख़ुशक़िस्मती है हमारी, श्रीमती लेखिका देवी पधारी हैं! ख़ैर, हो कैसी? घर की और क्या ख़बर है? ख़ूब लिख रही हो!''

अनामिका ने कहा, ''एक-एक करके जवाब दूँ, क्यों? हूँ अच्छी ही, घर की ख़बर ठीक ही है; लिख ज़रूर रही हूँ, पर ख़ूब लिखती हूँ या नहीं, नहीं जानती।''

''जानती क्या नहीं हो! सुना तुम बेहद पॉपुलर हो! स्त्रियाँ तो तुम्हारी रचनाओं से पागल हैं।''

अनामिका हँसकर बोलीं, ''स्त्रियाँ ही तो? उनकी छोड़ो। वे किस बात से पागल नहीं होतीं?''

''यह तो एक ही कही तुमने...'' नीरू दा हो-हो कर हँस पड़े, ''बड़ी सही बात। साड़ी देखी तो पागल, गहना देखा तो पागल, लोगों का मकान-कार देखा तो पागल। सिनेमा के नाम पर पागल, खेल-कूद के नाम पर पागल। बाज़ार करने में पागल! नेके के नाम पर पागल, यहाँ तक कि ऊन की एक डिज़ाइन पर पागल! इसके सिवा गुस्से से पागल, सन्देह से पागल! सच तो यह है कि प्रकृति ने उन्हें आधा पागल करके ही भेजा है, बाक़ी वे अपने-आप...''

''स्त्रियों का तुमने बहुत अध्ययन किया है नीरू दा?'' अनामिका हँसीं, ''लिखते तो तुम भी साहित्य में नाम करते।''

''लिखते?''

नीरू दा ज़ोरों से हँसकर बोले, ''वैसा नाम करने की मुझे ज़रूरत नहीं। देश के जवानों को बौराकर, समाज को जहन्नुम में भेजकर, राष्ट्र का सर्वनाश करके नाम और पैसा कमाया जा रहा है। ये जो फ़िल्में बनती हैं, इनकी उत्पत्ति किससे है? तुम्हारे साहित्य से ही न? उनसे हो क्या रहा है? उन्हीं फ़िल्मों से ये छोकरे असभ्यता, अभव्यता, ख़ून-फ़साद, राहज़नी नहीं सीख रहे हैं?''

सनत् काका हँसकर बोल उठे, ''सुन लिया न? अब दे क्या जवाब देगी!''

''जवाब देने को कुछ हो, तब तो?'' अनामिका हँसीं, ''जब कठघरे की मुजरिम

हूँ तो जवाब क्या देना है! और सिनेमा की कहानी को यदि साहित्य माना जाए, तब तो फाँसी की मुजरिम!''

कहने के बाद ही अनामिका कुछ भीत-सी हुई—इनके चेहरे पर भी काठ की खेती नहीं हो जाएगी!

लेकिन वह भीति अकारण थी, नीरू दा बल्कि और भी वीरदर्प से बोल उठे, ''साहित्य क्यों नहीं है, जबकि साहित्यिकों की लिखी कहानी-वहानी ही ली जाती है?''

''बात तो ठीक है!''

''हूँ, स्वीकार किये बिना उपाय है!'' नीरू दा काका के सामने ही टोबैको की टिन ठोंककर तम्बाकू निकालकर सिगरेट बनाते हुए बोले, ''तुम्हारी कहानियों की भी तो फ़िल्म बनती है, क्यों?''

अनामिका ने ग़ौर किया, नीरू दा अब उन्हें तू नहीं कह रहे हैं, लेकिन पहले कहते थे। बल्कि बिना तू के बोलते ही नहीं थे।

मतलब कि अब अदब करने लगे हैं।

या कि दिनों तक दूर रहने से यह दूरी?

ऐसा भी होता है।

कहाँ, सनत् काका ने 'तुम' नहीं शुरू किया।

अनामिका ने पीड़ा महसूस की।

आत्मीय-स्वजन ऐसा अदब करें, यह पीड़ादायक है। लेकिन बहुत मौक़े पर ऐसा होते देखती हैं। पुराने नाते की वह सहज भंगिमा ढूँढ़े नहीं मिलती। जो निरे घर के हैं, कभी-कभी वे भी क्या ऐसी दूरी नहीं दिखाते? जैसे, बकुल नामक स्त्री दूसरे किसी नाम की केंचुल चढ़ाकर और ही क़िस्म की हो गयी है!

सो, वे ही ऐसा क्यों न हो जाएँगे? किन्तु उस छद्म नाम के बारे में उनके अनाग्रह का अन्त नहीं, जानने की थोड़ी भी इच्छा नहीं। एक शम्पा को छोड़कर, घर के और सारे लोग अनामिका देवी के बाहरी जीवन और कर्मकाण्ड के बारे में केवल उदासीन ही नहीं, विद्वेष करते हों जैसे। उनकी बातों के सुर, कण्ठस्वर की भंगिमा से बहुत बार लगता है, अनामिका शायद केवल संसार को चकमा देने के लिए ही मज़े के एक बहाने का आविष्कार करके मन के सुख से स्वाधीनता का उपभोग कर रही हैं।

मानो बकुल का जो प्राप्य नहीं है, कौशल से उसे लूटे ले रही है बकुल।

अनामिका क्या लिख रही हैं, कहाँ लिख रही हैं, कितना लिख रही हैं, इसके लिए किसी को सिरदर्द नहीं, अनामिका बिना परिश्रम के सिर्फ़ काग़ज़ पर कुछ आँकी-बाँकी लकीरें खींचकर बहुत-से रुपये पा जाती हैं, इसी के लिए किसी एक

स्थान पर पीड़ा होती है। उन रुपयों का सुयोग जिन्हें मिल रहा है, सोलह आने के बजाय अठारह आना, उन्हें भी।

अनामिका के भैया-भाभी हाथ फैलाकर कोई ख़र्च नहीं लेते, पर अनामिका को ही उनके सिवा और कौन है? वह कहाँ ख़र्च करें? दूर के रिश्ते के अपने लोग? वहाँ शायद कुछ करना पड़ता है, परन्तु उसमें परितृप्ति कहाँ?

यह रूढ़ और रूखी बात रहने दें, मान के और भी क्षेत्र हैं!

अनामिका की रचना के सम्बन्ध में बर्फ़-शीतल हों चाहे, बाहर अनामिका की अनुपस्थिति में उनके नितान्त अपने हैं, इस रूप में परिचित होने में परम उत्साही हैं, यह बात अनामिका की अजानी नहीं।

जीवन शायद ऐसा ही है।

इससे आहत होना ही निर्बुद्धिता है।

अपने परिचित बन्धु-समाज की ओर अनामिका जब निहारती हैं, तब भी यही अनुभूति स्पष्ट हो उठती है कि 'जीवन ऐसा ही है'।

मनुष्य की मर्यादा का ख़याल नहीं, भुनाकर खाने लायक़ आदमी को भुनाकर खाने की चेष्टा ही प्रबल है। आज की सम्भवतः सबसे बड़ी कला आदमी को भुनाकर खाने की कला है।

अनामिका नाम की व्यक्ति को भुनाकर यदि कुछ सुविधा कर ली जा सके, तो वह सुविधा उठानेवाले अनामिका के स्नेही बन्धु हैं। परन्तु अनामिका यह ख़ूब जानती हैं, जिस क्षण वह यह जानने देंगी कि यह भुनाकर खाने को वह समझ रही है, उसी क्षण सारी भक्ति हवा।

और यदि स्वयं कुछ प्रत्याशा करके कहें, भई मुझे बहुत भुनाया, अब मेरे लिए कुछ भुनाओ न, कि बस, लज्जा, घृणा, दुःख धिक्कार से ऐसे बन्धु सहस्र योजन दूर हो जाएँगे!

हाँ, यही दुनिया है।

तुम यदि बुद्धू होओ, अबोध होओ, अपने स्वार्थ से उदासीन होओ, बन्धुओं के गुण के बारे में नज़रवाले और दोषी के बारे में अन्धे होओ—यह मत भाँपने दो कि तुम सब कुछ ताड़ जाते हो—तुम्हारे मित्र तभी तुम्हारे प्रति सहृदय रहेंगे।

नहीं तो?

हृदयहीन!

अभी ही देखिए न, नीरू दा नामक इस विज्ञ, वयस्क और अपनी पिछली पद-मर्यादा के बारे में काफ़ी सजग आत्मीय—ये अनायास ही बच्चे की तरह हलकी उक्ति कर रहे हैं। परन्तु उनकी उक्ति बचपना-जैसी है, अनामिका देवी एक बार उच्चारण तो करें भला!

तुरन्त वह दूसरा ही रूप धारण कर लेंगे, इसमें सन्देह नहीं। जैसा कि उनकी स्त्री ने किया। वह शायद 'शिरीष कुसुम सम' अति सुकुमार हैं, ये शायद उनकी अपेक्षा कुछ सहनशील हैं, मगर गागर में गेहुँअन है ही।

सो हँसते हुए उनके बचपन का आनन्द लो।

सो कह दो, "बाप रे, तुम्हारे उस विराट् कर्मचक्र की घर्घर-ध्वनि में भी तुम्हारे पास तक इतनी ख़बर पहुँची है? इतनी दूर से?"

"नहीं पहुँचेगी?"

नीरू दा बड़ी रसिकता-भरी हँसी हँसकर बोल उठे, "तुम्हारी ख्याति के मारे तो कान नहीं दिया जाता। ख़ैर, तुम उन आधुनिक लेखकों की तरह अश्लील नहीं लिखती हो, हमारे लिए यही कुशल है।"

अनामिका मन ही मन हँसीं।

भले आदमी शायद जीवन-भर ऊँचे सरकारी कर्मचारी के रूप में काफ़ी कुशलता का परिचय देते आये हैं, हो सकता है कि सूक्ष्म दृष्टि की क्षमता से अपने से नीचेवालों की नज़रों में सरसों और ऊँचेवालों की आँखों की निष्कृति की जोत खिलाते आये हैं, किन्तु दुनियादारी में 'और किसी की नज़र' से दुनिया देखते आ।य हैं, इसमें शक नहीं।

यह एक टाइप है।

वंशवद स्वामी का उदाहरण।

ख़ैर, बातचीत मज़ेदार है।

इसलिए अनामिका ने मुसकराते हुए कहा, "मैं वैसी वाहियात चीज़ें नहीं लिखती हूँ, यह किसने कहा तुमसे?"

"अहा, यह भी कोई कहने जैसी बात है क्या? तुम वह सब लिख ही नहीं सकोगी? हज़ार हो, भले घर की हो न? हमारे घर की लड़की। तुम्हारी रुचि वैसी 'कु' कैसे हो सकती है?"

"सो तो है!"

अनामिका ने अमायिक गले से हामी भरी, "सो तो है। और फिर मैं तो आधुनिक नहीं हूँ।"

"उम्र की कह रही हो," नीरू दा ने उदात्त गले से कहा, "वह आजकल अब मानता कौन है? सुना है, दुनिया-भर के बूढ़े भी सींग तुड़ाकर बछड़ों की ज़मात में आ रहे हैं! क्या हैं ये? समाज के शत्रु नहीं? सम्भवतः यही लोग कॉलेज के प्रोफ़ेसर हैं, सम्भवतः समाज के माथे की मणि, किन्तु पैसे के लोभ से वैसा वाहियात लिखकर..."

वक्तव्य के उपसंहार को जँचने लायक़ बनाने के लिए ही शायद नीरू दा ने

व ुछ दम लिया, उसी मौक़े से अनामिका ने बड़े निरीह गले से पूछा, "किसका किसका लिखना तुम्हें वैसा वाहियात लगता है नीरू दा?"

"किसका किसका?" नीरू दा ने सबको एक साथ जहन्नुम में डालने के सुर में कहा, "किसका नहीं? सबका। आजकल कौन लेखक सुरुचिपूर्ण लिख रहा है? लिखे भी क्यों? आजकल तो असभ्य लिखने में ही पैसा है। है न? जो किताब असभ्यता के दोष से अदालत में दाख़िल होगी, उसके उतने ही अधिक संस्करण होंगे।"

अनामिका ने हँसकर कहा, "अदालत नहीं पहुँचीं, ऐसी किताबों के भी बहुत संस्करण होते हैं।"

"हो सकता है। मैं इसकी उतनी खोज-ख़बर नहीं रखता।"

"ओह! सिर्फ़ आधुनिक साहित्य ही पढ़ते हो शायद?"

नीरू दा आसमान से गिर पड़े, "मैं वैसी गन्दी नापाक दुर्गन्धित किताब पढ़ूँगा? रबिश! किसी की जिल्द तक उलटकर नहीं देखी। मेरे हाथ में यदि क़ानून होता तो एक ओर से मैं ऐसे लेखकों को क़ैदख़ाने में ठूँस देता, समझीं? आजीवन कारावास! जिससे बच्चू इस जीवन में फिर कलम न पकड़ सकें।"

जवाब देने की बात बहुत थी, लेकिन बेमतलब। अनामिका उस बेकार की चेष्टा में नहीं गयीं, केवल ख़ूब एक भीति का भान करके बोलीं, "बाप रे, ग़नीमत कि नहीं हो, बेचारे खा-पहनकर जी रहे हैं!"

जिनकी आँखों से नीरू दा दुनिया देखते हैं, अनुभूति की सूक्ष्मता उन जैसी नहीं अर्जित कर सके हैं वह, यह ठीक है। इसीलिए उन्होंने श्लेष के सुर में कहा, "सिर्फ़ खा-पहनकर? मकान-कार से नहीं? हालाँकि सदा से यह सुनता आया हूँ, सरस्वती से लक्ष्मी का वैर है। पैसों की कमी से माइकेल ने किताबें बेचकर खाया, गोविन्ददास या कौन तो भूखों मरे। गीत में भी आया है, 'हाय माँ, जो तुम्हारे जितने भक्त हैं, वही उतने निःस्व हैं?' पर आज?"

सनत् काका चेहरे पर मज़ा लेने की हँसी मले चुपचाप सब सुन रहे थे, अब वह हठात् बोल उठे, "अहा, क्यों न हो! ये कुछ माँ सरस्वती के तो भक्त नहीं, भक्त हैं दुष्ट सरस्वती के, इसलिए लक्ष्मी से विरोध नहीं है। क्यों बकुल!"

"ऐसा ही लग रहा है..." अनामिका हँसकर बोलीं, "लेकिन तुम जो भी कहो नीरू दा, सरकार के एक उतने बड़े दायित्व का जुआ कन्धे पर लेकर तुमने साहित्य पर इतना सोचा है, उसकी इतनी चर्चा कर रखी है, ताज्जुब है। यहाँ तक कि इतना याद रखना..."

"चर्चा मेरी बला रखे..." सिगरेट का धुआँ उड़ाते हुए नीरू दा ने अम्लान वदन से कहा, "तुम्हारी भाभी बोलती है, इसी से सुनता हूँ। वह तो कहती है, 'यह नाटक-उपन्यास, कहानी निश्चिह्न हो जाएँ, तभी शायद देश की कुछ उन्नति हो।

आख़िर ये चीज़ें हैं क्या? कुछ बनी बनायी बातें, और क्या? उनके लड़के ने इनकी लड़की से प्रेम किया, या कि इसकी बहू उसके साथ भाग गयी—बस। इसी पर खींच-तानकर, रो-गाकर सात सौ पन्ने की किताब, बीस रुपये दाम, दस संस्करण। आजकल एक क्लास वन् के अफ़सर से नामी लेखक की आमदनी ज़्यादा है। रबिश!' ''

अनामिका को एकाएक लगा, यह जलन दरअसल आय के नाते ही है। और सहसा हाथ के निकट एक घोर पापी को पाकर...

सोचने में बाधा पड़ी।

ख़ूबसूरत-सी एक ट्रे लिये कन्धे पर अँगोछा रखे एक नौकर का आविर्भाव हुआ।

कहना नहीं होगा, ट्रे में अनामिका के लिए चाय और 'वाय' थी।

नीरू दा ज़रा हिल-डोलकर बैठे।

कुछ असहाय तथा अप्रतिभ-से बोले, ''मेमसाहब कहाँ हैं?''

नौकर के गले में लेकिन गहरी आत्मस्थता।

''कमरे में हैं। सिर दुख रहा है।''

''सिर दुख रहा है। हो गया!''

नीरू दा विचलित हो उठे, ''यही एक व्याधि बेचारी के संग की साथिन है।''

सनत् काका उद्विग्न होकर बोले, ''जा, जा—देख तो जाकर।''

''नहीं, देखना क्या है''—नीरू दा का स्वर लटपटाया-सा, ''वह तो है ही!''

उसके बाद मानो ज़बरदस्ती अपने को चंगा करके बोले, ''अच्छा बकुल, काका को कैसा देख रही हो, यह बताओ।''

''अच्छे तो हैं।''

''अच्छा ही तो कहोगी अब। जो दशा हुई थी और जिस प्रकार से इस अच्छे की हालत में रखा गया है! बात तो सुनते ही नहीं थे। और आर्गुमेण्ट क्या सो जानती हो? इतनी सावधानी से अपने को जिलाये रखकर और कुछ दिन दुनिया में रहने की क्या ज़रूरत है? सुनो ज़रा! ऐसा सुना है तुमने? तुम्हारी किताब में है ऐसा कैरेक्टर?''

''ऊँहूँ।'' अनामिका ने ज़रा गम्भीर स्वर में कहा, ''मेरी क्या मजाल कि मैं ऐसा कैरेक्टर आँकूँ?''

नीरू दा ने खुले गले से कहा, ''मजाल होगी, बशर्ते कि मेरे पास दो दिन बैठकर डिक्टेशन लो। लेकिन हाँ, एक जगह पर ये क़ाबू में हैं!''

हँसी की एक झलक से नीरू दा का चेहरा उद्भासित हो उठा, ''बहूरानी के आगे चीं-चपड़ नहीं चला सकते। कहने से तुम पतियाओगी नहीं बकुल, अब काका

को रात-दिन माँ-जननी के अलावा...''

अचानक नीरू दा ने कैसी तो चंचलता महसूस की। शायद माथे के दर्द से पीड़ित उस बेचारी की पीड़ा की चिन्ता ने हृदय में धक्का दिया।

वह उठ खड़े हुए।

''अरे, तुमने तो कुछ खाया ही नहीं। कम-से-कम सैण्डविच खा लो...'' कहते कहते शिथिल चरणों से चप्पल घसीटते हुए वह आगे बढ़े।

सनत् काका कुछ सेकेण्ड उस ओर ताकते हुए धीमे से हँसकर बोले, ''इस लड़के के लिए दुःख होता है।''

''सो क्या काका!''

अनामिका ने गाल पर हाथ रखा, ''वह तो स्वयं सुख के सागर में तैर रहे हैं!''

''यही तो और दुःख का कारण है।''

सनत् काका की बात क्या पहेली है?

या बड़ी सीधी?

बिलकुल पानी जैसी साफ़।

ज़ो सुख के सागर में उतराते हैं, चिन्ताशीलों को इतना दुःख उन्हीं के लिए! उनके दुःखबोध को जगाकर उसके निराकरण के लिए सिर पीटना!

किन्तु–

मन ही मन कुछ हँसीं अनामिका देवी, परन्तु जो जगते हुए सोते हैं? जो जान-सुनकर कृत्रिमता के देवता को पूजा चढ़ाते-फिरते हैं?

क्यों चढ़ाते हैं भला?

चमड़ा उड़े हुए केवल रक्त-मांस के चेहरे को सह नहीं सकते, इसलिए? रूप-रस-रंग लावण्यहीन पृथ्वी पर वास नहीं कर सकेंगे, इसलिए?

सनत् काका के घर से अनामिका के घर की दूरी कुछ कम नहीं है। टैक्सी पर सवार होकर चिन्ता को छोड़ वह मानो गहराई में डूब गयीं।

नीरू दा के उठकर चले जाने के बाद और कुछ देर तक सनत् काका के पास बैठी थीं। कितनी ही बातें हुईं और, सनत् काका की हँसी के सुरलगा प्रश्न जैसे कान के परदे से लगा ही हुआ है–''आँखों से धुल ज़ाए अगर सारा रंग, सारा अनुराग; मरने को फिर किसका ऋण, यहाँ काटने होंगे दिन, लेने को दाना-पानी का भाग?''

सनत् काका कविता लिखते हैं?

धीरे-धीरे अपने भीतर से एक प्रश्न उठा। लिखने पर तो बहुत-बहुत हँसी मज़ाक़ हुआ, मगर रोकड़ में जमा का अंक क्या रहा?

सच ही क्या कुछ लिखा है?

ऐसी रचना, जो मात्र नक़द विदाई लेकर चली नहीं जाती, कुठ पावना छोड़ जाती है?

सचमुच ही क्या मैं किसी की बात कह सकी हूँ? सच्चे जीवन की तसवीर उतार सकी हूँ? या कि नीरू दा के शब्दों में--कुछ काल्पनिक चरित्र खड़ा करके गल्प बनाया है?

हो सकता है, गुज़रते हुए सामाजिक जीवन की कुछ छवियाँ अपने लिखने में रह गयीं, लेकिन जो सामाजिक जीवन वर्तमान के स्रोत में उत्ताल है? घड़ी-घड़ी जिसका रंग बदल रहा है, रूप बदल रहा है? अपनी अभिज्ञता में मैं पकड़ सकी हूँ उन्हें? पकड़ पा रही हूँ? नहीं। नहीं पा रही। उसका कारण है, समाज का आज कोई चेहरा पूर्ण नहीं है, वह खण्ड़ित है, छिन्न टुकड़ा-टुकड़ा। वे टुकड़े असमान हैं, तीखे हैं, उनमें जितनी धार है, उतना भार नहीं है। और वह तीखापन मानो अदूर भविष्यत् में भोथरा हो जाने की सूचना वहन करता है! फिर भी अभी जो उसे पकड़ पा रहे हैं, वे समाज के उन पैनी धारवाले टुकड़ों को उठाकर और शान चढ़ा रहे हैं।

तो, अनामिका अब कलम को छुट्टी दें?

कहें कि तुम्हारी दौड़-धूप अब समाप्त हो?

हो सकता है, अनामिका देवी के भक्त पाठक उस अनुपस्थिति से हताश हों पर यदि उन्हें नया कुछ न दे सकूँ, तो नयी बोतल में पुरानी शराब भरकर क्या होगा?

गाड़ी ने एक मोड़ लिया। चालक को उन्होंने कुछ निर्देश दिया। उसके बाद फिर सोचा, लेकिन वह नयी बात क्या है? निष्ठुर हाथों से सबकुछ का परदा उघारना?

नहीं तो?

नहीं तो बाक़ी सभी कुछ तो पुराना है।

जीवन से ही साहित्य, चरित्र से ही कल्पना। आदिकाल में जो था, आज भी क्या वही नहीं है? भिन्न जो है, वह तो परिवेश है। समाज में जब जैसा परिवेश, उसकी परत-परत में जीवन को जैसा देखा जा सकता है—वही साहित्य का उपजीव्य है। आज का परिवेश यदि बेमेल, पालहीन, पतवारहीन हो, तो साहित्य ही—

''नहीं-नहीं, बायें नहीं, दायें।''

चालक को बताया।

उसके बाद शिथिलता त्यागकर उठ बैठीं, अब ठीक जगह उतरना है।

जिस मन को छोड़ दे रही थीं, उसकी ओर ताका। फिर धीरे-से बोलीं, ''परिवेश

साहित्य पर जयी होगा या परिवेश पर साहित्य? साहित्य की भूमिका क्या हारे हुए की है?"

घर के सामने टैक्सी से उतरीं। कुछ चकित हुईं—दरवाज़े के पास छोटे भैया खड़े, बड़े भैया के लड़के भी।

ये इस तरह से रास्ते पर खड़े क्यों हैं?

अनामिका को विलम्ब हुआ, इससे उद्विग्न होकर?

यह तो अलीक कल्पना है।

अनामिका की गतिविधि से किसे सिरदर्द है?

वैसी परेशान नहीं हुईं। सोचा, ज़रूर ही दूसरा कारण है।

धीरे सुस्ती ही से मीटर देख रही थीं। बड़े भैया का लड़का बढ़ आया, जल्दी से पूछा, "शम्पा से भेंट हुई है?"

"शम्पा से?"

"हाँ-हाँ, वह तुमसे मिली-विली है?"

भतीजे के गले में एक निश्चित सन्देह का सुर था, जैसे, वह जो पूछ रहा है, जवाब उसके अनुकूल ही होगा।

अनामिका को आश्चर्य हुआ।

बोलीं, "सवेरे के बाद तो मैंने उसे देखा ही नहीं। क्यों, क्या बात है?"

"जो होना था सो हुआ!" बड़ा भतीजा मानो बुआ को ही तुच्छ करने के सुर में बोल उठा, "चम्पत हो गयी है! सवेरे से मिल नहीं रही है वह।"

सोलह

पानी का दूसरा नाम 'जीवन' क्यों है, पारुल शायद इस बात की इस तरह से उपलब्धि ही नहीं कर पाती यदि वह चन्दननगर के उस मकान में आकर अकेली नहीं रहती होती, और यदि घण्टों केवल चुपचाप गंगा के पानी की तरफ़ ताकती नहीं रहती।

अकेली गंगा के कितने रूप, कितने रंग, कितने ढंग, कितना वैचित्र्य! अलग-अलग ऋतु में ही नहीं केवल, दिन में, रात में, सवेरे-साँझ, प्रखर धूपवाली

दोपहरी और छाया-छाया जैसे तीसरे पहर, शुक्लपक्ष और कृष्णपक्ष में—उसके रूप. रंग भंगिमा में परिवर्तन होता रहता है।

इस अशेष वैचित्र्य में मानो अनन्त जीवन का स्वाद।

उस युग का बना मकान, छोटा होते हुए भी छोटा नहीं। आज के फ़्लैटनुमा मकान की छोटाई से उसकी छोटाई की तुलना ही नहीं हो सकती। बहुत सारे कमरे-बरामदे, अकारण अर्थहीन थोड़ा-सा दालान—इस मकान में केवल अकेली पारुल अपनी नितान्त संक्षिप्त जीवनयात्रा में डूबी हुई। कहीं गले की आवाज़ नहीं, जीवन का स्पन्दन नहीं।

अकेली पारुल को घेरकर ही एक अशेष प्राण-प्रवाह। निःसंग पारुल सिर्फ़ उस पानी को ताक-ताककर ही जैसे अशेष संग का स्वाद पाती है, जैसे अशेष प्राण का स्पर्श पाती है।

परिवर्तन का अर्थ ही तो जीवन है। जो अडिग, अचल है, अपरिवर्तित है, उसमें जीवन का स्पन्दन कहाँ? अचलायतन में ही मृत्यु का बसेरा है। पल-पल जीवन ही रंग बदलता है। इसीलिए नदी-प्रवाह जीवन-प्रवाह का प्रतीक है। फिर भी नदी के उस नियत रूप-वैचित्र्य की गहराई में जो एक स्थिर सत्ता है, पारुल की प्रकृति में सम्भवतः उसकी एकात्मकता है। पारुल उस सत्ता की गहराई में निमग्न रहकर उस रूप-वैचित्र्य में से ही ग्रहण करती है जीने की ख़ुराक, जीने की प्रेरणा।

पारुल जैसी अवस्था में दूसरी कोई स्त्री अनायास ही सोच सकती थी, अब किस सुख के लिए जीऊँ? सोचती, जीकर अब लाभ क्या है?

पारुल यह नहीं सोचती।

निःसंग पारुल जैसे अपने जीवन पात्र को हाथ में लिये चख-चखकर उपभोग करती है।

हर दिन ही जैसे पारुल के निकट एक गहरी उपलब्धि का उपचार हाथ में लिये आकर खड़ा होता है!

पारुल बहुत दिन पहले गुज़र गये मात्र अमल बाबू नामक भले आदमी की स्त्री ही नहीं, पारुल मोहनलाल और शोभनलाल नाम के दो-दो क्लास वन अफ़सर की माँ ही नहीं, पारुल बहुतेरे अपने सगों में से ही एक नहीं, पारुल एक सत्ता का नाम है—वह यही अनुभव करती। अनुभव के ऐसे ही एक क्षण में उसे माँ की याद आयी।

पहले पारुल माँ को समझ नहीं पाती थी। माँ के सदा उत्तेजित स्वभाव प्रकृति से चिढ़ती थी, अपनी माँ के दर्जन-भर बाल-बच्चों को बरदाश्त नहीं कर सकती थी। परन्तु अब वह जैसे दर्शक की भूमिका में बैठकर माँ को देख सकती है।

एक निःश्वास निकला।

उसने सोचा, माँ यदि बहुत कम उम्र में विधवा हो जाती, तो शायद जी जाती!

यह दृष्टि शायद बकुल ने ही पारुल को दी है। उसने ही काल्पनिक चरित्र के द्वारा माँ की अपरिसीम निरुपायता का इतिहास लिपिबद्ध किया है। अवरोध के उस असहाय युग में प्रायः सभी बंगाली स्त्रियों का जीवन बकुल-पारुल की माँ के जीवन की छाया का प्रतिफलन है।

इतना ही था कि कोई अन्ध-अबोध थी और कोई दृष्टिशक्ति एवं बोध की यन्त्रणा से जर्जर थी। पारुल ने अपनी माँ के उस बोध-जर्जरित जीवन की ज्वाला देखी है।

उस समय वह माँ को इस जलन से ऊबते-खीझते देख आजिज़ होती थी, अब दूर लोक से ममता की दृष्टि से ताकती है।

कभी-कभी वह जैसे माँ को गंगा-तट के इस बरामदे पर लाकर बिठाती है और उसके बाद मुक्ति की कंगाल उस स्त्री के लिए एक गहरा निःश्वास उत्सर्ग करती है। पारुल के विधाता पारुल के प्रति कुछ प्रसन्न तो हैं, जभी पारुल को बहुत दिनों तक एक स्थूल पुरुषचित्त की क्लेदाक्त आसक्ति की शिकार होकर पड़े नहीं रहना पड़ा है, जो आसक्ति एक चिपचिपे लार-सी घेरे रखती है, जो आसक्ति कहीं, किसी तरफ़ मुक्ति की खिड़की नहीं खोलने देती।

अब समय ने पलटा खाया है शायद।

हाँ। अब शिकार और शिकारी ने अपनी-अपनी जगह बदली है।

पारुल को अचानक ही अपने दोनों लड़कों का ख़याल हो आया।

लेकिन वे क्या मुक्ति की खिड़की खोजा करते हैं? पारुल के लड़के? या परम परितोष से एक आसक्ति की चिपचिपी लार बदन में लगाये अपने को सुखी-सुखी समझते हैं? शायद यही हो।

हो सकता है। अधिकार बोध में वे तीखे, पैने, सचेत हैं, परन्तु अभिमान आरक्त उस एक 'प्रभुचित्त' के निकट समर्पित प्राण होकर रहना ही उनका आनन्द है। प्रभु की इच्छा में अपनी इच्छा को विलीन करने में ही उनके जीवन की चरम सार्थकता है।

अपने बाल-बच्चों को ही क्या पूरी तरह पढ़ा जा सकता है? बहुत कुछ पढ़ा जा सकता है, शायद, सम्पूर्ण नहीं। बहुत कुछ जाना जा सकता है, इसीलिए शोभन के लिए एक गहरी वेदना का बोध है। मानो पारुल यह समझ सकती है, शोभन की शान्तिप्रियता ने ही उसे बहुत हद तक असहाय कर रखा है।

कभी-कभी बड़ा अजीब-सा लगता है पारुल को। ऐसा लगता है जैसे अनेक रस्सी-डोरी की गिरह काटकर किसी भयंकर जीव के जबड़े से कुछ दूर भागकर वह साँस लेकर जी रही है।

वह भयंकर क्या है?

समाज? लोक-समाज?

शायद वही।

लोक-समाज का मुँह निहारकर पारुल को अब अपनी इच्छा के ख़िलाफ़ कुछ करना नहीं पड़ता। जाने कब अचानक लोकनिन्दा की उस परम हास्यकर दिशा की उपलब्धि करके वह उससे फिसलकर निकल आयी।

अब पारुल के ससुर-वंश के कोई व्यक्ति पारुल से किसी प्रकार की प्रत्याशा नहीं करते। विधवा पारुल, झंझट-झमेले से मुक्त पारुल आत्मीय-स्वजन के सुख-दुःख में जाकर खड़ी होगी, यह आशा अब किसी को नहीं। पारुल जब किसी को बीमार जान देखने जाती है, तो वह विगलित हो जाता है, पारुल अगर किसी के यहाँ ब्याह के न्योते में जाती है, तो वह धन्य हो जाता है।

नहीं जाने से भी कोई कुछ नहीं सोचता, क्योंकि अब सबने यह समझ लिया है, 'वह वैसी ही हैं।'

पारुल की समधिनें अब पारुल की बेटा-पतोहू की कर्तव्यहीनता पर आलोचना-मुखर नहीं होतीं, उन लोगों ने भी मान लिया है, 'वह वैसी ही हैं।'

परन्तु यह मुक्ति-आहरण सबके वश की बात है?

नहीं।

क्योंकि बन्धन तो बाहर नहीं, अपने ही में है। वह बन्धन है 'मैं'। वह 'मैं' लोगों की निगाह में सब समय झक-झक चकचक निर्मूल रहे, कोई जिससे उसे त्रुटि का अपराधी न बना सके—यह तो चेष्टा रहती है इनसान की।

किन्तु इस 'मैं' को वास्तव में परिशुद्ध करके निर्मल-निर्मूल होने की चेष्टा कितनों की होती है? 'मैं' को सँवार कर दिखानेवालों की ही संख्या अधिक है।

दिखावे के इस मोह का त्यागकर सकने पर शायद त्याग की राह से परिशुद्धि आए भी। परन्तु 'मैं' का बन्धन बहुत बड़ा बन्धन है।

पारुल को शायद यह बन्धन सदा से ही कम था, अब और भी नहीं रहा।

परन्तु इस बन्धनहीन पारुल के सामने हठात् बन्धन की एक डोरी आ गिरी।

आ गिरना ही कहिए।

क्योंकि बिना किसी नोटिस के ही घटना घट गयी।

आज थोड़ा-बहुत कुछ पकाने-चुकाने की तैयारी कर उसने स्टोव जलाया ही था कि बाहर के दरवाज़े पर एक साइकिल-रिक्शा के रुकने की आवाज़ हुई और साथ ही साथ रिक्शावाले का स्वर सुनाई पड़ा—"माईजी, माईजी!"

यानी सवारी ने पुकारने का भार उसी पर दिया।

ऐसे समय में कौन आया?

कौन आया पारुल के पास?

लड़कों के सिवा और कौन? जो अपने कर्मस्थल से कलकत्ता आने-जाने क समय माँ को दर्शन दे जाते हैं या दर्शन कर जाते हैं।

परन्तु वे तो पहले ही आ जाते हैं, सामान लेकर रिक्शावाला पीछे-पीछे आता है।

तो क्या कोई हठात् बीमार होकर—

पारुल झट नीचे तल्ले पर उतर आयी।

और उतरते ही ठिठककर खड़ी हो गयी।

सीढ़ी के झरोखे से रिक्शे में बैठी दुबली-दुबली-सी जिस लड़की को हठात् शोभन की बहू समझने की भूल कर बैठी थी, वह एक अपरिचित लड़की थी। बग़ल में एक अपरिचित पुरुष-मूर्ति।

तो क्या वह लड़की बिलकुल ही अपरिचित है?

कहीं देखा है न इसे?

अरे रे, आश्चर्य! यह लड़की पारुल के पितृकुल की है न? पारुल की भतीजी!

फिर भी बिना पूछे रहा नहीं गया, 'कौन?'

'मैं।'

वह लड़की उतर आयी। मानो तकलीफ़ से झुककर प्रणाम जैसा करके बोल उठी, "मैं शम्पा हूँ। आपके भाई की लड़की। बुआ को यानी छोटी बुआ को मैं तू ही कहती हूँ। मगर आपसे तो बिलकुल ही जान-पहचान नहीं है, इसलिए आप ही कह रही हूँ। यदि यहाँ कुछ दिन रह जाना सम्भव हुआ तो फिर देखा जाएगा। अभी प्रश्न है रह जाने का।...एक अजीब परिस्थिति में पड़कर अचानक आपके यहाँ चली आयी। क्यों आयी, यह मैं नहीं जानती। सात जनम में आपको पहचानती भी तो नहीं! बुआ के लिफ़ाफ़े पर बराबर आपका पता देखते-देखते मुखस्थ हो गया था, इसीलिए। अब माजरा सुन लीजिए..."

"मुझे तू 'तुम' ही कह।" पारुल हँसी, "मैं नाराज़ नहीं होऊँगी।"

"नहीं होओगी न? ख़ैर, जी गयी बाबा! अब बोलना सहज हुआ। सुनो, मैं न जिसे असुबिधा में पड़ना कहते हैं, मतलब बड़ी असुविधाजनक स्थिति में पड़कर, बिना सोचे-विचारे ही तुम्हारे यहाँ चली आयी, समझीं? ना, बिलकुल सोचा ही नहीं, ऐसा नहीं। सोचने-विचारने में तुम्हारा नाम मन में आ गया। आयी अवश्य उपकार की ही आशा में हूँ, उपकार करना न करना तुम्हारी मरज़ी। रिक्शे पर उस लड़के को देख रही हो न? उसका नाम सत्यवान दास है। माने और क्या, समझ ही रही हो, ब्राह्मण-सन्तान नहीं है। और माने यह कि तुम लोग जिसे भला आदमी कहती हो वह भी नहीं है। सिर्फ़ कुली-मजूर। ख़ैर जो हो, उसी के साथ ब्याह करने का निश्चय किया है, इसलिए उसी के साथ घूम-फिर रही हूँ। एकाएक श्रीयुत् मेरे

पिताजी, माने और क्या, तुम्हारे छोटे भैया—कैसे इसका अता-पता पाकर आग-भभूका हो गये...उफ़्, वह गुस्सा कि पूछो मत। 'उस अभागे से मिलने-जुलने से इस घर में रहना नहीं होगा...' आदि-इत्यादि। मगर मैं भी तो उसी बाप की बेटी ठहरी, मैं ही उन्नीस कैसे होऊँ? 'कहा, ठीक है। मैं अब उसे नहीं छोड़ सकती,' तो घर ही छोड़ दिया।...बस, चल दी। इधर इन महाप्रभु के मेस में पहुँची तो देखती क्या हूँ, श्रीमान् मज़े में एक सौ चार डिग्री बुख़ार लिये कम्बल ओढ़े पड़े हैं। ज़रा मेरी हालत समझो! मेस का कमरा, और भी दो-दो रूम मेट हैं, वहाँ इस रोगी को लेकर करूँ क्या? उसी के भरोसे घर छोड़कर चली आयी और उसने क्या तो यह दुर्व्यवहार किया? तो उपाय? बस यही उपाय सूझा।...मानो और क्या, मुसीबत में पड़ने पर बुआ के पास ही जाने की आदत है न! लेकिन बुआ तो अपने गण्यमान्य बड़े भाई के पास है। तब याद आया, और भी तो बुआ है, उसी के पास जा धमकें।...हाँ, लेकिन सभी एक ही तरह के नहीं होते। तुम भी छोटी बुआ जैसी ही होगी, ऐसी कोई बात नहीं। न-जानी न-पहचानी एक बेचारी भतीजी रास्ते से बुख़ारवाले और एक अभागे को जुटाकर 'तुम्हारे यहाँ रहूँगी, बुआ' कहकर लाड़ करते ही तुम आह्लाद से गलकर 'रहो-रहो' कहोगी, ऐसी कोई बात नहीं, मगर करूँ क्या? कोई उपाय ही नहीं था। जैसा भी हो, नीचे के ही किसी कमरे में एक बिछौना बिछा दो। इसे लिटाना ज़रूरी है। देख रही हो न, किस तरह से गरदन सिकोड़े बैठा है। लुढ़का कि क़िस्सा ख़त्म!...हरगिज़ आना नहीं चाह रहा था, मैं ही ज़बरदस्ती..."

उसकी बातों के बहाव में बह गयी पारुल ने अब स्रोत के बीच में अपने को लाकर कहा, 'ख़ैर, तेरी कहानी फिर सुनूँगी, अभी उसे ले चल। भई रिक्शावाले, तुम ज़रा बाबू को सहारा दो..."

तब तक रिक्शे पर का वह आदमी स्वयं भी सीधा होकर बैठा। लड़खड़ाते स्वर में बोला, "नहीं-नहीं, सहारा देने की ज़रूरत नहीं..."

"हुँः, ज़रूरत नहीं। सरदारी हो रही है।"

प्रबला अभिभाविका ने उसका एक हाथ पकड़कर उतरने में मदद देते हुए कहा, "उसके बाद बीच रास्ते में आलू का दम, और क्या! चलो धीरे-धीरे, रिक्शावाले, सावधान..."

जितनी जल्दी हो सका, नीचे तल्ले में ही सदा अव्यवहृत बैठकख़ाना में पड़ी हुई चौकी पर एक बिस्तर डाल पारुल ने भी पकड़ने में कुछ सहायता दी, कहा, "अभी तो नीचे ही लगा दिया बिस्तर, बुख़ार कम हुए बिना तो सीढ़ी चढ़ना सम्भव नहीं होगा। कुछ चैन मिले सोकर, फिर डॉक्टर का उपाय करूँगी।"

छोकरा लेटकर मानो जी गया।

एक अख़बार से हवा करते हुए पारुल ने कहा, "रिक्शेवाले, चले मत जाना।

मैं तुम्हारे रिक्शे से ज़रा जाऊँगी। बाज़ार के पास कहीं पर एक दवाख़ाना है न? डॉक्टर बैठते हैं वहाँ?''

'ख़ैर, जान में जान आयी!''

धप् से चौकी के एक ओर बैठ पड़ी शम्पा। उसके बाद अख़बार उठाकर खुद को झलते-झलते बोली, ''देख रही हूँ, अपनी दादी जी के लड़के जिस मिट्टी के बने हैं, लड़कियाँ उस मिट्टी की नहीं हैं। बड़ी बुआ, मँझली बुआ के बारे में अवश्य नहीं जानती, मगर तुम दोनों भली हो। ऐ, उस समय तुम कह रहे थे, प्यास लगी है, पानी पियोगे?''

''पानी छोड़ो, डाब है घर में। ठहर, ला देती हूँ। उसके बाद डॉक्टर जैसा कहेगा...'' यह कहकर पारुल उठकर चली गयी।

पारुल के लिए यह काम अभावनीय ही है। हठात् ऐसी परिस्थिति सामने नहीं आ जाने से पारुल क्या सोच सकती, बाज़ार के मोड़ तक जाकर वह डॉक्टर को बुला ला रही है!

सोच नहीं सकती थी, लेकिन इस समय वही काम कर बैठी, सहज ही, अनायास। मनुष्य परिस्थिति का दास मात्र है, इसमें सन्देह क्या?

उसे दवा-पथ्य खिलाने के बाद शम्पा हाँफकर बैठती हुई बोली, ''अब तक कहने में शर्म आ रही थी, क्या पता, तुम सोचोगी, यह छोरी कैसी पिशाचिन है रे बाबा, ऐसी बुरी घड़ी में उसे अपनी भूख का ख़याल आया। मगर अब तो रहा नहीं जा रहा है।''

''इस् हाय रे!'' पारुल ने लज्जित-स्वर में कहा, ''छि-छि, मैं भी कैसी हूँ, यह तो तेरे कहने की बात नहीं, मुझे पहले ही तुझे जलपान देना चाहिए था।''

''चाहिए क्या था! अकस्मात् जो एक गन्धमादन पर्वत ला पटका है तुम्हारे माथे!''

सत्रह

"मेरे घर में कोई अच्छी चीज़ मौजूद नहीं रहती।"

शम्पा को बिठाकर उसके सामने बिस्कुट और हलुआ रखकर चाय ढालते हुए पारुल ने कहा, "रसगुल्ला खाने का मन हो तो फिर बाज़ार जाना होगा।"

"बहरहाल तो नहीं, लेकिन इच्छा ख़ूब ही होगी।" शम्पा पहले ही गट-गट करके एक गिलास पानी ख़त्म करके बोली, "यह छोरा चंगा हो जाए, फिर जाया जाएगा। बेहद पेटू है वह, समझी? मिठाई का तो यम है। मुझे अकेले खाते देख ईर्ष्या से जल मरेगा। लेकिन तुम्हारा हलुआ भी बुरा नहीं है। अभी तो स्वर्ग का अमृत नहीं लग रहा है। चाय भी ढाल रही हो? गुड़! तुम्हारा पकाना-खाना हो चुका?"

पारुल हँसकर बोली, "वाह, तू आ रही है, मैं खा-पीकर बैठी रहूँ?"

"मतलब?"

शम्पा ने आँखों को कपाल पर उठाकर कहा, "तुम क्या जानती थीं कि मैं आ रही हूँ..."

"क्यों नहीं?" पारुल हँसी, "जाना जाता है।"

"हाय मेरी माँ, ज्योतिष-वोतिष जानती हो क्या?"

होठ दबाकर हँसते हुए पारुल ने कहा, "मान ले, जानती हूँ।"

"जानती हो? सच?"

शम्पा झटपट उछलकर बोली, "तो खाने के बाद मेरा हाथ तो देखना ज़रा। प्रेम, विवाह, पारिवारिक सुख, शिक्षा-दीक्षा—इन सबका क्या फलाफल है।"

एकटक उसके मुँह की ओर ताककर पारुल ने कहा, "सारे ही फल अच्छे हैं।"

"यह तो टालना हुआ, देखना होगा...अरे, तुमने चाय नहीं पी?"

पारुल हँसकर बोली, "मैं ऐसी दोपहरी में चाय नहीं पीती।"

"अरे बाबा, यह नहीं करती, यह नहीं खाती, इन सबके कोई मानी है! जी चाहे जो करो।"

"तो मान लो, इच्छा नहीं होती।"

"यह और बात है। तो मुझे ही क्यों न एक कप और दे दो। अच्छा बुआ, उसे थोड़ी-सी दें तो कोई हर्ज़ है?"

"उसे? ओ! यानी चाय? नहीं-नहीं, धूप में बुख़ार रहते—अभी तो दवा पी है।"

"तो फिर छोड़ो! चाय के नाम पर मरता है न! इसी से जी ज़रा कैसा कर रहा है।"

और अनमनी होकर प्याले की कोर पर ठकठक करके चम्मच को ठोंकने

लगी शम्पा।

''क्या तो बताया नाम उसका?''

खा-पीकर ज़रा जी में जी पाकर मुँह पोंछते हुए शम्पा बोली, ''मानो माँ-बाप का दिया हुआ नाम सत्यवान है, मगर मैं जाम्बवान-फाबवाना कुछ कहती हूँ, और क्या!''

इस लड़की की बातों से पारुल क्रमशः और आकृष्ट होती गयी। ग़ज़ब है, वह पारुल के छोटे भैया की बेटी है! छोटे भैया का चालचलन, ढंग-ढर्रा सभी तो सनातनी है। उस सनातनी आबोहवा में ऐसी लड़की कैसे उग आयी?

बोली, ''अच्छा ही करती हो। लेकिन हठात् जाम्बवान के गले में माला डालने की कैसे सूझी?''

''वही, तुम लोग भाग्य का लिखा या क्या कहती हो, वही। और क्या।''

''हम भाग्य के लिखे की विश्वासी हैं, यह तुझसे किसने कहा?''

''अरे बाबा, यह भी कहना पड़ता है। सबको विश्वासी होना ही पड़ता है किसी न किसी समय। मुझे ही देखो न, मानती भी नहीं हूँ कुछ, पर इस अभागे के लिए मन्नत माने बैठी हूँ। अब कैसे वह...''

पारुल हँस उठी, ''इसमें आश्चर्य क्या है, बाप दादा का ख़ून कहाँ जाएगा! लेकिन इस निधि को तूने जुटाया कहाँ से?''

''हाय राम, तुमने तो ठीक बुआ जैसी बात कही। सहसा लगा, बुआ ही बोल उठी शायद। तुम्हारा स्वर भी बुआ-सा ही है। हालाँकि देखने में तुम और भी ख़ूबसूरत हो। तुम्हारे बूढ़े पिता देखने में ख़ूब सुन्दर थे न?''

''थे।''

पारुल ने ज़रा गम्भीर गले से कहा, ''माँ भी सुन्दर थीं!''

शम्पा भी हठात् गम्भीर स्वर में बोल उठी, ''सोचने से कभी-कभी सहसा ख़ूब आश्चर्य होता है। घर एक ही है—वही कमरा, दालान, खिड़की-दरवाज़ा, लेकिन लोग बदलते जा रहे हैं, संसार की रीति-नीति बदलती जा रही है, एक दल जा रहा है, दूसरा आ रहा है...''

पारुल ने धीमे हँसकर कहा, ''हाँ, एक दल दीवार में सिर ठोंकता है, दूसरा उस दीवार को तोड़ता है...''

कुछ ताककर देखते हुए शम्पा फिर बोली, ''तुम दोनों बहनों में बड़ी समानता है—बात में, विचार में। लेकिन यह तो कहो, तुम्हें क्या लग रहा है, जो तोड़ रहे हैं, वे भूल कर रहे हैं?''

पारुल वैसी ही धीमी हँसकर बोली, ''मैं कहनेवाली कौन होती हूँ? क्या ग़लत है, क्या ठीक है, यह राय देने का मालिक सिर्फ़ इतिहास है। केवल इतना ही कह सकती हूँ, जो हो रहा है, वह अनिवार्य है। इतिहास का नियम है। उसी नियम के रक्षार्थ मेरे पिता की पोती जाम्बवान के गले में माला डालेगी।...अब यह बैठकबाज़ी तोड़ो, चलकर देखूँ, बुआ भतीजी क्या खा सकती हैं। हाँ, मेरी रसोई से किसी समारोह की उम्मीद मत करना, केवल आलू का भुरता और भात। बहुत हुआ, तो खिचड़ी।''

''बस, बस, उसी से चल जाएगा।''

शम्पा बोल उठी, ''दुरदुराकर निकाल नहीं दिया, घर में स्थान दिया यही बहुत है। राजभोग की ज़िद लिये बैठूँ? मुझे ज़्यादा बातें नहीं आतीं, नहीं तो तुम्हारे लिए 'महत्-वहत्' कहकर एक प्रशस्ति गा दे सकती थी।''

''ख़ैरियत है कि ज़्यादा बातें नहीं आतीं। जा, उधर देख कि तेरे रोगी का क्या हाल है। अभी भी सो रहा है या जग गया?''

''जाती हूँ...'', शम्पा एकाएक गम्भीर भाव से बोली, ''सोचकर अवाक् हो रही हूँ, तुम्हें जाने-सुने बिना ही आ कैसे पड़ी?''

''जानती-सुनती नहीं थी, किसने कहा?''

''जानती थी, कह रही हो? हो सकता है। शायद जानती थी, तभी साहस हुआ। अचानक उसे बुख़ार होकर ही—माने कुछ दिन पहले ख़ूब सख़्त बीमार पड़ा था, बचे कि नहीं ऐसी हालत हो गयी थी। ठीक से चंगा होते न होते फिर खटने लगा और यह हुआ। कुली-मजूरे का काम है न! ख़ैर, अपनी ही गाती जा रही हूँ, तुम्हारी सुनूँ। तुम्हारे दोनों लड़के तो दूसरी जगह रहते हैं, तुम्हारे पास कौन रहता है?''

''मेरे पास? मैं ही रहती हूँ।''

''ख़ूब! बहुत ख़ूब! लगता है ख़ूब मज़े में हो। गंगा के किनारे बरामदा वाला ऐसा मकान, केवल अपने को लेकर रहती हो...''

पारुल ने हँसकर कहा, ''केवल अपने को लेकर रहना तेरे लिए बड़ा आदर्श है, क्यों?''

''मेरे लिए?''

शम्पा हँस उठी, ''मैं तो वह सोच ही नहीं सकती। मुझे तो लगता है—कोई मुझे प्यार नहीं करता, कोई मेरे लिए अकुलाकर मरता नहीं, मेरे अभाव में कोई दुनिया को अँधेरा नहीं देखता, ऐसा जीवन असह्य है। लेकिन तुम्हारी बात अलग है। उमर हो गयी है।...अच्छा, नीचे चलती हूँ।''

पारुल शायद विदा-याचना सुन नहीं पायी, इसलिए धीरे-से बोली, ''इतनी बात तूने सीखी कहाँ?''

“क्या जानें। शायद अपने आप ही। लेकिन माँ कहती है, बुआ ने ही मेरा बारह बजा दिया है। बुआ के दृष्टान्त ने ही मेरे परकाल को साफ़ कर दिया। लेकिन देखो, समानता कुछ भी नहीं। बुआ ने जीवन-भर गढ़ी हुई प्रेम-कथाएँ ही लिखीं, सच्चे प्रेम के पास कभी नहीं फटकीं और मैं तो आठ साल की उम्र से ही प्रेम में पड़ती आ रही हूँ।”

“शाबाश! तो सब शायद सच्चा प्रेम ही है?”

“उस समय तो वैसा ही लगता है, लेकिन है क्या, जानती हो, डाँट पर नहीं टिकता। दो-चार दिन कुछ प्रेम होते ही ये कम्बख़्त छोरे मान बैठते हैं, ब्याह होगा। यह फूटी आँखों नहीं सुहाता। सिर्फ़ प्यार शायद बड़े मज़े की चीज़ है, नहीं?”

पारुल ने ज़रा गम्भीर गले से कहा, “मज़े की तो है! मगर बात यह है कि फिर इसी को फूटी आँखों सुहाता कैसे देखा? ब्याह का प्रश्न उठाने से ही तो बाप से झगड़ा हुआ?”

शम्पा भी हठात् गम्भीर गले से बोल उठी, “इसमें मामला और है। यहाँ यह अभागा ही ब्याह के ख़िलाफ़ है। हरदम यही कहता है, 'खिसक पड़ो बाबा, मेरी ओर से खिसक पड़ो। तुम्हारे पिता किसी दामी पात्र को लाकर ब्याह करा देंगे। मैं अभागा हूँ, रहने-खाने का ठिकाना नहीं, नौकरी की स्थिरता नहीं, बीवी को क्या खिलाऊँगा? मुझसे दोस्ती क्यों?' इसी से मुझे ज़िद सवार हो गयी...”

उसकी ओर ताककर पारुल ने धीरे-से कहा, “इस ब्याह से सुखी हो सकोगी?”

शम्पा ने अम्लान वदन से कहा, “होने में रुकावट क्या है? सुखी होना तो अपने हाथ में है। हाँ, कम्बख़्त मर-मरा जाए तो बात अलग है।”

पारुल ने कहा, “तेरे मुँह में क्या कुछ भी नहीं अटकता?”

“बुआ भी यही कहती है।”

शम्पा हँसती हुई चली गयी।

एक बहुत बड़ा अभावनीय भार कन्धे पर आ पड़ने पर भी पारुल में अच्छा लगने जैसा भाव आया।

अठारह

बहुत दिनों के बाद चन्दन मायके आयी। यानी भाइयों के यहाँ।

अप्रत्याशित आविर्भाव।

स्वर्गीय प्रबोधकुमार की बड़ी लड़की चम्पा बल्कि कभी-कभी यहाँ आती है। पके बालों के बीच गंजी पड़ी गोल-सी जगह में सिन्दूर लेपकर, कपाल में सिन्दूर का बड़ा-सा गोल टीका, ढीले समीज पर चौड़ी कोर की साड़ी, सँवरकर आकर पाँव फैलाकर बैठती है। जबतक रहती है, अपने घुटने के वातरोग, अम्लशूल और पति की हँफनी-खाँसी, रक्तआमाशय तथा चिड़चिड़े मिज़ाज की गप करती है, भाई, भाई की स्त्री और भतीजों की बहुओं पर बीस-पचीस दफ़ा नालिश ठोंकती है, बँधे दाँतों की पाटी उतारकर रखकर मसूड़े से दबा-दबाकर समोसा, कचौड़ी, सन्देश-रसगुल्ला खाकर बकुल के बारे में कुछ तथ्य और उसकी लिखी दो-चार पुस्तकें बटोरकर चली जाती है। बकुल से कभी भेंट होती है, कभी नहीं होती। भेंट होने पर हर बार नये सिरे से एकबार पूछती है, ''अरे, अपना वैसा अच्छा नाम रहते हुए भी वैसे एक अनामा-विनामा नाम से किताब क्यों लिखती है?''

उसके बाद पोपले मुँह से भरमुँह हँसकर कहती है, ''मेरे देवर की बेटी और जेठ के बेटों की बहुएँ तेरा ख़ूब नाम करती हैं। ये किताबें उन्हीं लोगों के लिए। मैं तो भैया, सात जनम में भी नाटक-उपन्यास नहीं पढ़ती। उन्हीं लोगों को सौ कौतूहल हैं। तू कैसे लिखती है, कैसे चलती-फिरती है, उठती-बैठती है—यही सब। मैं कहती हूँ, 'अरे बाबा, हमारी ही बहन तो है। हम जैसी ही। चार पाँव भी नहीं हैं, माथे पर दो सींग भी नहीं। लेकिन शादी-ब्याह नहीं किया, बदन में हवा लगाकर जीवन काट दिया, इसीलिए तन्दुरुस्त है।' छोरियों को तुझसे मिलने की बड़ी इच्छा है, समझी, मैं ही नहीं लाती।''

बकुल हँसकर कहती, ''तो ले क्यों नहीं आती हो?''

चम्पा पिच् से दालान या सीढ़ी के कोने में पान की पीक फेंककर मुँह को हल्का करके कहती, ''लाने का मतलब मेरा ही झमेला। उनके लिए किराये की गाड़ी ठीक करो, हा किये बैठी रहो, कब साज-शृंगार होगा, लौटने का तक़ाज़ा रहेगा—इतना अच्छा नहीं लगता। यह तो स्वाधीन भाव से आयी, दो घड़ी बैठी, खुलकर घर-गिरस्ती की गपशप की, चुक-चुका गया। इसीलिए उनसे कहती हूँ, 'अरे, उस अनामी देवी को देखकर तुम लोगों के चार हाथ हो जाएँगे क्या?' तब वे कहती हैं, 'ठीक है, तो उनकी किताबें ले आना।' दे, दो-चार किताबें ही दे दे।''

चम्पा सुवर्णलता की लड़की-सी लगती ही नहीं।

लौटते समय किताबों का पैकेट बाँधते-बाँधते और भी एक बात कह जाती चम्पा, "नये क़ानून से अब तो लड़कियाँ भी पिता की जायदाद पा रही हैं, हम लोगों के नसीब में सब क़ानून बेकार, जो घास-पानी, वही घास-पानी। तू फिर भी चालाकी से पिता के घर ख़ूब भोग किये ले रही है।"

बकुल मुसकराती।

वह हँसी क्या अपनी चालाकी की महिमा की?

चम्पा का आना दैवात् घटना होते हुए भी घटती है कभी-कभी।

किन्तु चन्दन?

उसका तो चेहरा ही भूल गये हैं घर के लोग।

हालाँकि वह ख़ास ऐसी दूर नहीं रहती।

राणाघाट में रहती है।

फिर भी उसके पैरों की धूल इस घर को दुर्लभ है।

चन्दन के ससुर राणाघाट के मशहूर वकील थे। वहाँ वह काफ़ी सम्पत्ति अर्जित कर गये थे—जगह-ज़मीन, बाग़-पोखर, धान-चावल। चन्दन के पति जीते-जी वही भुनाकर खाते रहे। अब चन्दन ही मालिक है। चन्दन को छह लड़कियाँ हैं, लड़का नहीं है। प्रायः सभी लड़कियों का ब्याह हो गया है। एक ही शायद क्वाँरी रह गयी है। फिर भी चन्दन को फ़ुरसत नहीं।

उसी दुर्मूल्य समय से कुछ फ़िज़ूल में ख़र्च करके, रेल किराया देकर हठात् चन्दन यहाँ क्यों आयी, यह दुर्बोध था। लड़कियों के ब्याह में डाक से न्योता भेजने के सिवा और तो कोई नाता ही नहीं रखा है। इन लोगों ने भी नहीं।

पत्र के उत्तर में कुछ मनिऑर्डर, बस।

आकर खड़े होते ही विस्मय, आनन्द और कौतूहल के प्रश्न को ताक़ पर रखकर चन्दन टैक्सी से उतारे गये सामानों में ही व्यस्त हो गयी।

घर के सभी की हाँडी एक है या अलग-अलग, इस प्रश्न ने उसे उतावला कर दिया। यदि हाँडी अलग-अलग हो, तो जो कुछ लायी है, जैसे राणाघाट का मशहूर रसगुल्ला और मानकच्चू, भिण्डी, सहजन, कच्चा पपीता—सबका हिस्सा अलग-अलग करना पड़ेगा।

लेकिन पूछना भी तो कठिन है।

लेकिन बातों की चतुराई से दुनिया चलती है, यही भरोसा। चन्दन ने आवाज़ दी, "कहाँ हो गृहिणियो, सभी रसोई में हो?" उसने दृष्टि पैनी की, यह देखेगी कि कौन किधर से आ रही है।

ख़बर इसी बीच फैल गयी थी और सब चौकन्नी होकर ताक-झाँक रही थीं।—अचानक यहाँ कैसे? अप्रतिभ होने की बात उसी की थी, किन्तु वह अप्रतिभ होनेवाली स्त्री नहीं, वह अपनी दादी मुक्तकेशी की हड्डी की बनी है। इसलिए वह किसी ओर न ताककर साथ के आदमी को निर्देश देती रही, ''मछली को आँगन में रखकर उस नल में हाथ धोकर तब दूसरी चीज़ों में हाथ लगा। ठहर-ठहर, बेरों को मत कुचल। अचार बनाकर ही लाने की सोची थी, पर झटपट आना हो गया। हर समय संगी तो नहीं मिलते। भाई-भाभी तो कभी बुलाने से रहे, फिर भी बाप का घर, माँ-बाप की स्मृति आँखों से एक बार देखने की भी तो इच्छा होती है।...बड़े तालाब में जाल नहीं डलवा सकी, इसी का खेद रह गया। हठात् आना हुआ न!—यह लड़की किसकी है? ब्याह नहीं हुआ है देख रही हूँ।...सिर पर वह जूड़ा काहे का है रे? आम की टोकरी रखकर उस पर जूड़ा बाँधा है क्या? यह एक वाहियात क़िस्म के जूड़े का फ़ैशन चला है। हमारे राणाघाट में भी कमी नहीं। जिनके पेट को भात नसीब नहीं, उनके सिर पर इतना बड़ा जूड़ा!...कानू की बहू को नहीं देख रही हूँ?...और बकुल कहाँ है—किताब लिखनेवाली हमारी बहन? उसका तो बहुत नाम है! राणाघाट में भी कम नहीं...बकुल घर में नहीं है? कहाँ गयी है?''

अपूर्व की बहू अलका होठ दबाकर मुसकराकर बोलीं, ''कहाँ गयी हैं, यह जानने ही कौन जाता है?''

''हाय राम! कहाँ जाती है, बताकर नहीं जाती? जितनी मीटिंग करे चाहे, जितना ही लेक्चर झाड़े, औरत ठहरी, जाते समय घर पर बताकर नहीं जाएगी? आज़ाद ज़नाना हो गयी है शायद। मेरी लड़कियाँ तो रोज़ ही अख़बार लाकर दिखाती हैं, 'माँ, यह देखो, तुम्हारी बहन की तस्वीर,' 'माँ यह देखो तुम्हारी बहन का नाम।' मैं कहती हूँ उस अनामी देवी को तुम्हीं लोग देखो, तुम्हीं लोग गद्गद होओ। मेरे आगे तो वही सदा की बुद्धू मुँहचोर बकुल ही है। मुँह में बोली नहीं थी, कोई ख़ामख़ा शासन करता तो यह कहना नहीं जानती थी—'नाहक़ ही क्यों डाँट रहे हैं, मैंने तो वह क़सूर किया नहीं है।'...वही बकुल लेक्चर देती फिरती है, सुनकर हँसी आती है। अवश्य पिताजी तो हम लोगों को बहुत पहले ही गला दबाकर घर से निकाल बाहर करके छुटकारा पा गये थे। बाद में पारुल-बकुल को आधुनिक-वाधुनिक करके तैयार किया होगा। मैं तो बेटियों से कहती हूँ, 'अरे, हम सब एक ही माँ के पेट की हैं, तुम्हारी माँ को बहुत ही सवेरे गुहाल में नहीं डाल दिया गया होता तो वह भी तेरी मौसी जैसी हो सकती थी!'

लेकिन हाँ, यह भी कहूँगी, बकुल ने ब्याह नहीं करके एक कीर्ति रख जाने का काम किया है। इस वंश की तीन पीढ़ियों में कोई दूसरा दृष्टान्त नहीं दिखा सकता। शुरू-शुरू में तो ससुराल में मुँह नहीं दिखा सकती थी, बाप के घर आना इसी कारण

से बन्द हो गया था..."

अपूर्व की बहू अलका ने मुसकराकर कहा, "ये तो क्लाइव के अमल की बातें हैं।"

चन्दन ने अधिक उत्साह से कहा, "तुम लोगों के लिए वही है, हमारे लिए तो यही उस दिन की। ख़ैर जाने दो, कोई मिठाई को उठाकर रखो, चींटी लगेगी। बेरों को इसी समय धूप में देना था!"

मानकच्चू, कच्चा पपीता, कतला मछली—सबके साथ घर का प्रसंग मिला-मिलाकर अकेली ही सबकुछ कहती जा रही थी चन्दन।

अलका बेटी के साथ कमरे में जाकर हँसती हुई बोली, "विचित्र चीज़!"

कानू की बहू ने कमरे में बैठी-बैठी ही कानू से कहा, "ग़नीमत है कि इनका पिता के घर आना बन्द हो गया था! नहीं तो हम लोगों को हँसते-हँसते ही मर जाना पड़ता। लेकिन एकाएक यों आने का कारण कुछ समझ रहे हो?"

कानू ने कहा, "वही तो सोच रहा हूँ!"

ये मँझले बाबू और मँझली गृहिणी सात-पाँच में नहीं रहते, घर में किसी प्रकार की घटना घटे, ये निर्लिप्त की भूमिका में अभिनय करते जाते हैं। फिर भी चन्दन के आगमन के बारे में उन्हें भी कौतूहल हुआ। सभी को एक ही चिन्ता, 'एकाएक ये क्यों?'

बकुल सन्ध्या के बाद लौटी।

दरवाज़े पर छोटा नौकर बैठा था। वह झट बोल उठा, "बुआजी, आपकी कोई बहन आयी हैं, परदेश से।"

बकुल का कलेजा आनन्द से धक् कर उठा, पारुल का झकमक मुखड़ा उसकी आँखों के सामने तिर उठा। पारुल के सिवा और कौन होगी? दीदी के माने ही तो पारुल।

सच पूछिए तो चम्पा-चन्दन कभी भी उन्हें अपनी दीदी जैसी नहीं लगीं। एक तो उनके ज्ञान होने के पहले ही उनका ब्याह हो गया, और फिर उनसे बकुल-पारुल का मानसिक व्यवधान आकाश-पाताल का है।

पारुल के 'आविर्भाव' की आशा से बकुल के मन का भार बहुत हलका हो गया।

हाँ, मन में एक भार था तो!

शम्पा के चले जाने का सारा दोष छोटे भैया और भाभी अप्रत्यक्ष रूप से उसी के मत्थे मढ़े हुए हैं।

या बिलकुल ही अप्रत्यक्ष भी नहीं। जब यह मालूम हो गया कि बाप की नाक के सामने से ही पैरों में चप्पल डालकर 'अच्छा, तुम्हारा आदेश याद रखूँगी' कहकर शम्पा निकल गयी, वही उसका अन्तिम जाना—उस समय तो उसके भैया भाभी बकुल पर ही टूट पड़े थे। यहाँ तक कि भतीजा अपूर्व और उसकी स्त्री-कन्या भी।

बकुल जब स्वयं ही बहुत चिन्तित थी कि वह छोरी कहाँ जा सकती है, यह सोचकर (क्योंकि बकुल को तो जाने के समय का वह इतिहास मालूम नहीं था) तब, जिस छोटे भैया ने जीवन में कभी तिमंज़िले के इस कमरे की छाँह तक नहीं हुई, एकबारगी पत्नी सहित यहाँ आ धमककर कह दिया, "श्रीमती अनामिका देवी के क़ीमती समय को थोड़ा नष्ट करने आया हूँ।"

अनामिका देवी!

बकुल ने एक बार छोटे भैया के मुँह की ओर ताका, उसके मुँह में आया, अचानक यह पागलपन क्यों शुरू कर दिया। लेकिन उसने वैसा नहीं किया, वह तुरत अनामिका देवी ही बन गयी। बिलकुल बाहर के आदमी से बोलने जैसे शान्त स्वर में बोलीं, "बैठो, क्या कहना है, कहो।"

"नया कुछ नहीं कहना है..." पीछे खड़ा अपूर्व बोला। इसके पहले अपूर्व को अपने छोटे चाचा के इतना आसपास उन्होंने देखा है या नहीं, गाम्भीर्यमयी अनामिका देवी याद नहीं कर सकीं। उस गाम्भीर्य की आड़ में हलकी-सी व्यंग्य हँसी खेल गयी—ओह, पारिवारिक मान-मर्यादा का प्रश्न जो है! इस घर में जिसने सदा पुरुषों को मैत्री के बन्धन में बाँधा है। पिता से भैया को हृद्यता की बला कभी नहीं थी, किन्तु निर्मल के यहाँ बकुल के आने-जाने के मामले में बाप बेटा बदस्तूर एक हो गये थे।

अनामिका ने अपूर्व के उस उत्तेजित चेहरे को केवल देखा, कुछ बोलीं नहीं। अपूर्व ने बाक़ी बात कही, "शम्मा के बारे में ही बात हो रही है। उसका पता तो चाहिए?"

अनामिका ने बहुत स्थिर भाव से कहा, "वह पता मेरी कॉपी में लिखा है, क्या तुम लोगों की यही धारणा है?"

अबकी छोटे भैया ने जवाब दिया, "वह धारणा बेशक बहुत अस्वाभाविक नहीं।"

"मुझे तो बहुत अस्वाभाविक लग रही है।"

"यह तुम्हारी टालने की बात है बकुल, उसकी बातचीत, गपशप सब तुमसे ही थी।"

यह बात छोटी भाभी ने कही।

अनामिका देवी की भंगिमा में ही बकुल धीमे से हँसी, "देख रही हूँ, तुम्हारा

तो त्रिशक्ति सम्मेलन है, मैं अकेली पार पाऊँगी? मगर यह तुम लोगों के भूल जाने की बात नहीं है शायद, कि शम्पा किसी पूर्व-योजनानुसार अपना बोरिया-बिस्तर समेटकर नहीं गयी है। बातों से अपनी ज़िद की झोंक में चली गयी है, जैसा कि तुम लोगों से सुना। अतएव उसका पता मैं जानती हूँ, यह बात अजीब ज़रूर है। यदि तैयार होकर जाती तो शायद मुझे बताकर जाती।''

''शायद क्यों, ज़रूर। सब राय-सलाह तो तुमसे ही होती थी...'' छोटी भाभी सारी जमी हुई भड़ास झाड़ती हुई बोली थी, ''माँ मूरख है, उस युग की गँवई; बुआ विदुषी हैं, आधुनिका, सभ्य, फलस्वरूप माँ से बुआ का मान-सम्मान ज़्यादा होगा, यही स्वाभाविक है। लेकिन यह भी कहूँगी कि तुम अगर वास्तव में उसकी हितैषी होती तो उसे उसका इष्ट-अनिष्ट समझातीं। सो तुमने नहीं किया, उकसा-उकसाकर उसे केवल अपने दल में खींचा किया है।''

''दल में!''

अनामिका का चेहरा हठात् ख़ूब लाल दीखा, फिर भी बात उन्होंने निरुत्तेज भाव से ही की, ''मेरा कोई अपना दल है, यह ख़ुद मुझे ही मालूम नहीं था भाभी। लेकिन दल हो, तो दल में खींचना भी स्वाभाविक है।''

''यह झगड़ने का समय नहीं है,'' छोटे भैया गम्भीर स्वर में बोल उठे थे, ''पारिवारिक सुनाम-दुर्नाम की बात है। तुम्हें यदि मालूम हो बकुल तो कह देना उचित है, उसने मना कर रखा हो, तो भी।''

''मेरा जवाब तो पहले ही सुन चुके हो भैया! शम्पा यदि ठिकाना ठीक करके कहीं जाती, तो मुझे पता दे ही जाती। परन्तु घटना वैसी तो नहीं है।''

''परन्तु माँ-बाप को न बताकर तुम्हें ही क्यों बताती!''

अनामिका हँस पड़ी थीं, ''इस क्यों का उत्तर मुझे मालूम नहीं छोटे भैया! वह रही होती तो उससे यह पूछा जा सकता था।''

''प्रश्रय पाकर ही वह ऐसी हुई,'' छोटी भाभी तीव्र स्वर में बोलीं, ''किनसे मिलती थी यह तो मालूम है तुम्हें, न हो तो वही सब बताओ।''

''जिनसे वह मिलती-जुलती थी, उनकी आकृति-प्रकृति का परिचय कभी-कभी वह देने आती थी, परन्तु पता-वता, इसकी तो याद नहीं आती।''

''यानी तुम यह कहना चाहती हो कि जीती-जागती वह लड़की कपूर की तरह उड़ गयी—यही मान लेना होगा?''

छोटी भाभी की आँखों में अचानक आँसू बह आये थे।

अनामिका ने उधर ताककर देखा। फिर धीरे-से बकुल के प्रसंग में आ गयीं, नम्र-कोमल गले से कहा, ''तुम यह क्यों सोच रही हो भाभी, कि मैं यह अजीब-सी बात चाहती हूँ, विश्वास करो, मैं तुम लोगों की तरह ही अँधेरे में हूँ।''

"इतना कहकर तुम निश्चिन्त हो उपन्यास लिखने बैठ सकती हो बकुल, हम वैसा नहीं कर सकते।"

छोटी भाभी के गले में कठोरता किन्तु आँखों में अभी भी पानी था। लाचार बकुल को नम्र और कोमल ही रहना पड़ा। कहना ही पड़ा, "बात तो सही है भाभी! माँ-बाप के मन-प्राण से किसकी तुलना हो सकती है?"

छोटे भैया भी अब नरम हो गये थे। बोले, "नहीं-नहीं, सो बात नहीं। तू भी उसे उसके माँ-बाप से कम प्यार नहीं करती, बल्कि ज़्यादा ही करती है। और इसीलिए तुझे परेशान करने आये। लगता है, वह ढीठ और घमण्डी लड़की यदि कोई ख़बर देगी तो तुझे ही देगी। यदि कुछ बताए तो तुरत हमें बताना।"

नज़र उठाकर बकुल ज़रा हँसी थी।

बोल पाती वह हँसी, तो उसका अर्थ होता, "भला यह भी कहने की बात है!"

बकुल को उसी समय अचानक ख़याल हो आया था, युग-युगान्तर के बाद छोटे भैया ने आज उसे 'तू' कहा था।

बकुल की यही एकान्त कामना होने लगी कि शम्पा की ख़बर कल ही आ पहुँचे और वह पहुँचे उसके माँ-बाप के ही पास। बकुल का गर्व खर्व हो, यही प्रार्थना। यह प्रार्थना पूरी नहीं होने तक बकुल मानो सिर नहीं उठा सकेगी।

लेकिन उसके बाद भी कई दिन बीत गये। किसी का गर्व नहीं रह सका। शम्पा की कोई ख़बर नहीं आयी।

न तो बुआ के पास, न ही माँ-बाप के पास।

तो क्या अब लोग यह सोचें कि ग़ुस्से की झोंक में जाते हुए शम्पा किसी दुर्घटना में पड़ी? किन्तु यही सोचने की कहाँ गुंजाइश थी? ऐसी ख़बर भी दबी रहती है कहीं?

ऐसी ख़बर बेशक दबी नहीं रहती।

कोई भी ख़बर दबी नहीं रहती।

विशेष करके वह अगर बुरी हो।

बुरी ख़बर की एक दुरन्त गति और वेग होता है, वह हवा के आगे-आगे दौड़ती है। ऐसा नहीं होता, तो शम्पा के लापता हो जाने की ख़बर अपने सभी सगे-सम्बन्धियों के पास कैसे पहुँच जाती?

पहुँच जाती है। नहीं तो एकाएक आत्मीय-जनों, मित्र-बन्धुओं की पदधूलि घर में क्यों पड़ने लगी? और गपशप करके जाते-जाते वे पूछ ही बैठते, "शम्पा दिखाई दी?"

शम्पा का और भाई विलायत में है, घर में और भी लड़कियाँ हैं सँझले बाबू की तरफ़, सबके बारे में तो सब लोगों को याद नहीं आती?

बने-बनाये जवाब से लोग सन्तुष्ट नहीं होते, सन्तोष का भाव-सा दिखाते केवल। लेकिन मुद्रा उनकी कुछ और ही कहती।

लेकिन यह प्रश्न खोये हुए राजा का पता ले आएगा, इस घर के मालिक की बहुत दिनों से खोयी हुई-सी मँझली लड़की राणाघाट से वह प्रश्न ढोकर लाएगी, ऐसी आशा किसी ने नहीं की थी।

चूँकि आशा करने योग्य नहीं थी, इसलिए नहीं की थी।

इसीलिए 'परदेश से बहन आयी है' इस संवाद से आशा और आनन्द से बकुल का कलेजा उद्वेलित हो उठा था।

बकुल की आँखों के सामने पारुल का चमकता चेहरा तिर आया था।

किन्तु—

किन्तु उसके बदले?

उसके बदले चिर-अव्यवहृत 'मँझली दी' शब्द की बनावट वाली अज्ञात अपरिचित महिला ने बकुल के कमरे में आकर उसके मुँह के पास मुँह ले जाकर फुसफुसाकर कहा, "हाँ रे, मानू की लड़की किसी छोटी जात के लड़के के साथ निकल गयी?"

बकुल चौंक उठी।

इस प्रश्न से उसके भीतर का 'रुचि' नामक शब्द ही सिटपिटा गया। और साथ ही साथ यह ख़याल हो आया कि ये मेरी सँझली दी की भी सहोदरा हैं! ये हमारी माँ के पेट की हैं!

ताज्जुब है!

सोचने से कैसा अजीब आश्चर्य-सा लगता है। एक ही आदमी के भीतर कितना वर्ण-वैचित्र्य, कितना जाति-वैचित्र्य जन्म लेता है!

मँझली दी और सँझली दी क्या एक ही जाति की हैं?

बड़ी दी और मैं? या सब परिवेश की कारसाज़ी है?

उस उलझन में ही मँझली दी फिर पूछ बैठी, "तो, बात सही है? बाबूजी के वंश में मतलब सब प्रकार का हुआ?"

बकुल अपना मुँह हटाकर ज़रा सख़्त होकर बोली, "अपने ही बाबूजी के वंश में क्यों मँझली दी, आजकल सबके ही वंश में सब प्रकार का हो रहा है!"

"हो रहा है! सबके हो रहा है?"

"हो ही तो रहा है। और यह होना ही पड़ेगा। समय-परिवर्तन नहीं होगा? युग-परिवर्तन नहीं होगा? समाज की रीति-नीति, आचार-विचार एक ही-सा रहेगा? मनुष्य सदा एक ही साँचे का रह जाएगा?"

इस तरह की बात बकुल विशेष बोलती नहीं। बोली यह देखकर कि वह एकान्त

अन्तरंग होकर एकान्त में अपने भाई-भाभी-भतीजी की आलोचना कर रही है।

चन्दन के लिए बकुल के ऊपरवाले कमरे में ही बिस्तर लगाया गया और न-नू किये बिना ही बकुल को यह मान लेना पड़ा। इसीलिए पहले से ही बकुल अपने बचाव के लिए सचेत है।

युग बदलता है, काल बदलता है, यह बात स्पष्ट करके वह अपने को इस आलोचना के फन्दे से मुक्त रखना चाहती है।

मँझली दी बोल उठी, "तू तो कहेगी ही। तू तो उपन्यास लिखती है। इस नाटक-उपन्यास और सिनेमा से ही तो देश रसातल में जाने को है।"

"यह बात तुमसे किसने कही?"

"कहेगा कौन?" चन्दन गम्भीर और आत्मस्थ गले से बोली, "आँखें तो वही दो हैं? देख नहीं रही हूँ? समाज क्या था और क्या हो रहा है?"

"कुछ बुरा हो रहा है?"

"बुरा नहीं," चन्दन ने गाल पर हाथ रखा, "आजकल जो हो रहा है, बुरा नहीं, अच्छा हो रहा है? लड़कियाँ जो धरती पलट कर रही हैं, यह अच्छा है? मेरी सँझली बेटी की ननद, ब्याह हुआ और दूल्हे के साथ अमेरिका चली गयी, तू इसे बहुत अच्छा कहती है?"

बकुल मुसकराकर बोली, "बुरा भी क्या, दूल्हे के साथ ही तो गयी?"

"बाप रे, तुझसे बात करना आफ़त है। तू भी अति आधुनिक हो गयी है। दूल्हा हुआ नहीं कि उसे टेंट में खोंस लो? अरे दो दिन सबर कर। जहाँ ब्याह हुआ, वहाँ के लोगों से ज़रा जान-पहचान कर। सो नहीं, संसार में बस दूल्हा और दुलहिन! जैसे जीव-जन्तु, मैना-पंछी। त्रिभुवन में और कोई नहीं, केवल वह और मैं। यह भी तो टिक नहीं रहा है, जब जी में आया, किसी और से गाँठ बाँधकर टूटे संसार को फिर से बसा लेते हैं। आख़िर संसार में इतने दिनों से इतने वेद-शास्त्र, पुराण आदि क्यों बनाये गये? ऐसा ही चलता रहा तो आदमी पेड़ के फल-पत्ते खाएँगे और नंगे घूमा करेंगे।"

उसके मतवाद से बकुल चौंकी, शंकित भी हुई—इन्हीं के साथ बकुल को रात बितानी है। एक ही रात नहीं, हो सकता है, एकाधिक रात।

किन्तु पारुल आ सकती थी।

ताज्जुब है, पारुल को माँ-बाप की स्मृति-जड़े इस घर की एक बार भी याद नहीं आती?

चन्दन को मिनट-मिनट तम्बाखू खाने की आदत है। उस विजातीय गन्ध से अपने को ज़रा दूर हटाकर बकुल बोली, "एक समय था जब आदमी वैसे ही घूमा करते थे। सँझली दी तथा और ऐसे ही लोग उसी समय को सतयुग कहते हैं!"

"ऐसी बेसिर-पैर की बातें मत कर बकुल, देख रही हूँ, तेरी मति-गति बिलट गयी है। छोटी बहू ने दुःख से जो कहा, मैं देखती हूँ, वह सत्य ही है।"

बकुल चौंकी नहीं। चुप रही।

छोटी बहू ने क्या कहा, वह समझ गयी।

डिबिया खोलकर चन्दन ने पान निकालकर मुँह में डाला, "लेकिन तुझे भी वैसी जवान छोरी को उकसाते नहीं रहना चाहिए। लेखिका बनकर नाम कमाया है तो क्या दिल दिमाग़ ख़रीद लिया है? सोचेगी भी नहीं कितना बड़ा वंश है अपना?"

उससे तर्क करने की इच्छा नहीं हुई बकुल को। फिर भी जवाब न देना असौजन्य होगा, यह सोचकर शान्त गले से बोली, "बड़ा वंश किसे कहते हैं, यह तो कहो?"

मँझली दी ज़रा सहम-सी गयी, "किसे कहते हैं, यह मैं तुझे समझाऊँगी? यह वंश पहले कभी इधर-उधर हुआ है?"

"बड़े वंश का यही सर्टिफ़िकेट है?"

लेकिन मँझली दी इससे हारी नहीं, इसलिए बोल उठी, "हम लोग उसी को बड़ा कहते हैं। सभी वंश में क्या रामकृष्ण-विवेकानन्द पैदा होते हैं?"

"सो तो है।"

बकुल ज़रा हँसी।

चन्दन छत पर से पान की पीक फेंक आयी, "छोटी बहू के जी में भी तो कुछ कम जलन नहीं है। एक तो वह लड़का, पढ़ना-लिखना ख़त्म करके भी विलायत में बैठा है, भगवान जानें क्या इरादा है, तिस पर लड़की यह करतूत कर बैठी..."

"प्रसून तो विलायत में नौकरी करता है..."

"तू रुक भी तो बकुल! विलायत में नौकरी कर रहा है। विलायत में नौकरी करने लायक़ और आदमी नहीं हैं! बंगाली लड़के को पकड़कर नौकरी दे रहे हैं लोग! यह सब गपड़चौथ सुननेवाली नहीं है चन्दन। बच्चू ने किसी मेम से ब्याह कर लिया हो, क्या पता!"

बकुल ने फिर एक बार निःश्वास छोड़ा।

यह भद्र महिला बकुल की सहोदरा है!

चन्दन फिर बोल उठी, "लेकिन दोष मैं लड़के-लड़कियों को नहीं, माँ-बाप को ही दूँगी। जैसा बना रहे हैं, वैसे ही बन रहे हैं। तुम अगर बन सको तो शिव बना सकती हो, न बना पाओ तो बन्दर।"

बकुल ने धीमे से हँसकर कहा, "यही क्या ठीक है मँझली दी? हमारे माँ-बाप ने तुम्हें भी बनाया है और मुझे भी..."

मँझली दी की भौंहें सिकुड़ आयीं, ''क्या कहा?''

''और कुछ नहीं। तुम्हारी, बड़ी दी की कितनी शिक्षा-दीक्षा है, कितना शास्त्र-ज्ञान—उसकी तुलना में मैं और सँझली दी तो जो-सो हैं। किन्तु इसी माँ की...''

चन्दन इस बात को हज़म करके बोली, ''अरे बाबा, हम लोगों की सब शिक्षा-दीक्षा ससुराल की है। इस घर से तो कब की विदा हो गयीं। घर का निहायत ही आकर्षण है, इसलिए मानू की बेटी के निकल जाने की सुनकर...''

बकुल ने शान्त गले से कहा, ''अपनी बेटियों की ख़बर बताओ मँझली दी...''

चन्दन झट अपनी दुनिया में जा रही।

एक-एक करके अपनी पाँच बेटियों की जीवनी सुनाने लगी।

क्लान्त बकुल के माथे कुछ भी नहीं पड़ा।

परन्तु बकुल का उद्धार कौन करे?

वैसी कातर प्रार्थना शायद भगवान सुनते हैं।

नहीं तो भला रात के साढ़े नौ बजे एक भद्र महिला अनामिका से मिलने आतीं?

छोटे नौकर को भाषा मुखस्थ हो गयी है। आधी सीढ़ी चढ़कर ही उसने आवाज़ दी, ''बुआजी, एक भद्र महिला आपसे मिलने आयी हैं।''

भद्र महिला!

रात के साढ़े नौ बजे!

बकुल कुछ-कुछ अवाक्, लेकिन यह एकबारगी अ-पूर्व अघटित नहीं। ऐसे भी लोग हैं, रात के दस बजे के बाद भी धावा बोलते हैं।

बकुल झट उठ खड़ी हुई। कहा, ''पूछ आ, कहाँ से आयी हैं।''

''पूछ लिया है। जानता हूँ न, बिना पूछे आने से फिर दौड़ना होगा। बोलती हैं, 'जाकर कहो, जलपाईगुड़ी की नमिता है। इसी से समझ जाएँगी'।''

लड़का चौकस है।

छोकरा पायजामा-पैण्ट के सिवा दूसरा कपड़ा नहीं पहनता, रोज़ साबुन से बिना धुले कुरता-गंजी को हाथ भी नहीं लगाता और पावरोटी छोड़कर तवे की रोटी का जलपान नहीं करता। हफ़्ते में एक बार सिनेमा जाना निश्चित है और बंगाली होते हुए भी बांग्ला नाटक से हिन्दी को अधिक प्रधानता देता है। बड़े-बूढ़ों के सामने हिन्दी फ़िल्मों के गीत की कड़ियाँ गुनगुनाने में ज़रा भी शर्म नहीं महसूस करता और दशहरे के समय उसे धोती दो तो नहीं पहन सकता, 'पाँव से लिपट जाती है' कहकर

लौटा देने में हिचक नहीं है।

ऐसे नौकर से बाहर का काम कराने में असुविधा नहीं है।

और फिर बुआजी के काम में छोकरा बड़ा उत्साही है। अनामिका के पास लोग-बाग तो बहुत आते हैं, वह चाय का पानी चढ़ा देने को एक पैर पर खड़ा रहता है।

हाथ हिलाकर बकुल ने कहा, ''अच्छा तू जा, मैं आती हूँ।''

•

जलपाईगुड़ी की नमिता!

नाम साफ़ याद आ रहा है, उसकी बातें भी।

लेकिन चेहरा?

वह साफ़ नहीं, धुँधला-धुँधला-सा याद आता है।

सोचते हुए वह उतरीं।

मँझली दी खीजकर बोल उठी, ''यह दो पहर रात को कौन रे बाबा! मरण! जभी वह सब कह रही थीं, 'घर तो नहीं, हाट-बाज़ार है। रात-दिन लोग आते हैं!' तूने ख़ूब दिखाया लेकिन।''

बाद की बात बकुल सुन नहीं पायी, वह उतर चुकी थी।

जलपाईगुड़ी की नमिता!

वही, आधी रात को आकर धीरे-धीरे बात कर रही थी, उदास-उदास-सी लड़की। एक ही दिन की मुलाक़ात में जीवन की कहानी कहने बैठ गयी थी। अनामिका के भाग्य में ऐसी अभिज्ञता अवश्य बहुत है। जिसे देखा नहीं, वैसा आदमी भी टेलीफ़ोन पर अपने जीवन की दुःखगाथा सुनाने बैठ जाता है। किन्तु इस बहू का दुःख मानो कुछ और क़िस्म का है।

किस क़िस्म का?

याद करके नीचे जाना चाहिए, नहीं तो लज्जित होना पड़ेगा। आहत होकर कहेगी, ''अरे, मेरी बात आपको याद नहीं है?''

आ गयी याद।

पति साधु होकर हरिद्वार या हृषीकेश, कहाँ तो चला गया है। लेकिन उसका चेहरा क्यों याद नहीं आ रहा है? नमिता का चेहरा देखने में कैसा है? सोचते हुए नीचे आकर कमरे में पाँव रखते ही अनामिका ने बड़ी लज्जा का अनुभव किया। इतनी पहचानी हुई शकल को याद नहीं कर पा रही थी। गरचे अब बिलकुल ही

परिचित-सी लग रही है।

ऐसा लगने का कारण था उसका एकान्त विश्वस्त चेहरा। वह मानो अपने किसी परम आत्मीय के पास आयी है। चेहरे पर उसी आश्रय-प्राप्ति की छाप।

उस छाप ने ही याद दिला दी, चेहरा बहुत ही परिचित है। आश्चर्य है, यही नहीं याद आ रहा था!

अनामिका के साथ ऐसा आजकल प्रायः ही होता है। नाम याद आता है तो चेहरा नहीं। और चेहरा याद आता है तो नाम किसी भी तरह से नहीं। स्मृति के दरवाज़े पर सिर पीटने से भी नहीं।

'उम्र हो जाने का' शायद यही पहला लक्षण है। अवश्य, प्रत्येक आदमी की उम्र इसी हिसाब से नहीं बढ़ती। सनत् काका को किसी की शकल पहचानने में देरी होती है? या कि लोगों का नाम याद करने में ? क्या जाने!

अनामिका को देखते ही नमिता झट खड़ी हो गयी। अनामिका हाँ-हाँ करती रही, फिर भी आगे बढ़कर पैरों की धूल लेकर ही रही। और अनामिका के कुछ कहने के पहले ही झट बोल उठी, "इतनी रात गये आकर आपको ख़ूब परेशान किया न?"

ऐसे में जो कहना चाहिए, अनामिका ने वही कहा। उन्होंने बड़े अच्छे ढंग से बताया, "परेशानी का कोई प्रश्न ही नहीं।"

फिर कहा, "क्या ख़बर है?"

नमिता ने अपने स्वभाव-सिद्ध धीमे गले से कहा, "ख़बर कोई नहीं, आपको देखने की बड़ी इच्छा हो रही थी..."

सिर्फ़ मुझे एक बार देखने की इच्छा से?

अनामिका हँसी, "ग़ज़ब है! उसके लिए इतना कष्ट करके? कलकत्ते कब आयीं? किसके साथ आयीं यहाँ?"

उसने एक-एक करके कहा, "मेरा एक भतीजा पहुँच गया। इसी टोले में उसकी मौसी का घर है। वहाँ से आकर मुझे ले जाएगा फिर। दिन दसेक हुए, कलकत्ता आयी हूँ। आपको देखने आने में कष्ट की बात कह रही हैं? कष्ट क्या है? भाग्य कहिए बल्कि। आप जैसों को देखने से ही प्राणों में साहस आता है।"

मतलब कि नमिता नाम की स्त्री प्राणों में साहस पाने के लिए ही इस रात में कोशिश करके संगी जुटाकर यहाँ आयी है। मतलब कि किसी कारण से नमिता को अभी साहस की आवश्यकता है।

लेकिन पूछकर विपन्न होने का साहस अनामिका को नहीं हुआ। उन्होंने यों ही पूछा, "जलपाईगुड़ी की क्या ख़बर है?"

"ख़बर अच्छी ही है। मामा मज़े में हैं। और फिर बेतुकी-सी बोल उठी, "मैं

वहाँ से सदा के लिए चली आयी हूँ। लौटकर अब नहीं जाऊँगी।''

अनामिका ऐसा ही कुछ अनुमान कर रही थीं। उसे देखकर ही समझ में आ रहा है, वह जितने ही धीमे छन्द में बात करे, फ़िलहाल वह किसी छन्द-पतन की शिकार है। 'लक्ष्मी बहू' की जो भूमिका उसकी थी, नमिता अब उस भूमिका में बन्दी नहीं है।

अनामिका फिर भी प्रश्न में नहीं गयीं, सावधानी से बोलीं, ''अच्छा!''

''हाँ, मैंने निश्चय कर लिया है। क्यों लौटकर जाऊँ, कहिए तो? वहाँ मेरे लिए आशा ही है क्या?'

अनामिका को लगा, वह बदल गयी है। फिर सोचा, 'मैं यह क्यों सोच रही हूँ कि वह बदल गयी है? वह शायद ऐसी ही थी। एक-दो दिन में आदमी को पहचाना ज़ाता है? मैं क्या उसके जीवन का सारा इतिहास जानती हूँ? हो सकता है, मूल केन्द्र से च्युत होने पर ऐसी ही अवस्था होती हो।'

पति का घर एक विधिसम्मत अधिकार की माटी होता है, वहाँ खड़े होकर जीवन-युद्ध में जूझा जा सकता है। वहाँ प्रेम नाम की वस्तु के लिए दिमाग़ नहीं खपाने पर भी काम ठीक ही चल जाता है। लेकिन और सब तो अनधिकार की ज़मीन है। वहाँ मात्र मनोरंजन की क्षमता पर टिका जा सकता है। इसलिए पग-पग पर हताश होना पड़ता है।

नमिता वैसी ही हताश हुई है शायद।

चेष्टा करके देखा है, किसी का मनोरंजन नहीं किया जा सकता। कहीं कोई मन आप ही रंजित हुआ तो हुआ, नहीं तो श्रम ही सार।

परन्तु ये बातें पूछी नहीं जा सकतीं, इसलिए अनामिका बोलीं, ''कलकत्ते में तुम्हारे बाप का घर है न?''

अन्दाज़ से ही ढेला फेंका। वहाँ उस दिन रात में नमिता ने अपनी परिचय लिपि पेश की थी, पर सब याद रखना सम्भव नहीं। परन्तु यह सम्भव नहीं, यह दूसरे को समझाना कठिन है। वह सोचेगी—आश्चर्य है, उतनी बात याद नहीं रही? फिर भी नमिता इस प्रश्न से आहत हुई।

उसी आहत सुर में ही बोली, ''बाप के घर मेरा कौन है? आप तो सब जानती हैं। आपसे तो सब कहा है।''

मुसीबत!

अनामिका मन-ही-मन बोलीं, 'कहा तो सब है पर मुझे ख़ाक याद है!' मुँह से तो लेकिन कहा नहीं जा सकता। बोलीं, ''हाँ सो तो जानती हूँ। मगर, मतलब, कह रही थी, अब तो कलकत्ते में ही रहना होगा?''

स्वर तापहीन, निर्लिप्त था, परन्तु नमिता उस निर्लिप्त भंगी को पकड़ नहीं

सकी। उसे लगा, यह निर्देश है। इसलिए वह ज़रा उत्तेजित गले से बोली, ''रहना ही पड़ेगा, इसके कोई माने नहीं। अब मैं स्वाधीन हूँ, अब मैं जो चाहे कर सकती हूँ!''

आश्चर्य!

ऐसी स्वाधीनता एकाएक किस सूत्र से पा बैठी नमिता?

सो, वह सूत्र नमिता ने स्वयं पकड़ा दिया। उसके उत्तेजित चित्त के परस्पर विरोधी संलाप ने।

''एक दिन सहसा आँखें खुल गयीं, समझीं? एकाएक अपने-आप से ही पूछा, ''तू यहाँ इस तरह से दासी की तरह पड़ी क्यों है?' जवाब मिला, 'सिर्फ़ दो मुट्ठी अन्न के लिए।' अपने ऊपर घृणा हो गयी।''

अनामिका ने शान्त गले से कहा, ''केवल अन्न के लिए क्यों कह रही हो नमिता? उससे कहीं बड़ी बात है 'आश्रय'। आश्रय, सुरक्षा, सामाजिक परिचय—इन्हीं सबके आगे मनुष्य निरुपाय है।''

नमिता लेकिन इस युक्ति से विचलित नहीं हुई। क्योंकि नमिता की आँखें सहसा खुल गयी थीं।

दृष्टिहीन की दृष्टि का हठात् खुल जाना बड़ा भयानक है। उस तुरत की खुली दृष्टि से जब वह अपने अतीत को देखने लगता है और उस देखने में अपने अन्धेपन की शोचनीय दुर्बलता का आविष्कार करता है, तो लज्जा और धिक्कार से अधीर हो उठता है। वैसे में उस दुर्बलता की त्रुटि को पूरा करने की चेष्टा में दिग्ज्ञान-शून्य हो जाता है।

''मुझे सबने ठगकर खाया है, समझीं, मुझे सबने भुनाकर खाया है। मैं रक्त-मांस की मनुष्य ही हूँ, मेरे भी सुख-दुःख-बोध है, श्रान्ति-क्लान्ति है, भला-बुरा लगता है, यह बात कभी किसी के ध्यान में नहीं रही।''

खुद नमिता के भी ध्यान में नहीं आयी, अभी यह बात उसे कौन समझाए? 'लक्ष्मी बहू' कहाने के लिए, असहाय के एकान्त आश्रय को मज़बूत रखने के लिए नमिता ने अपने को पत्थर जैसा कर रखा था। इसलिए नमिता का परिवेश भी भूल गया था कि नमिता भी रक्त-मांस की बनी है।

लेकिन उसकी उत्तेजित अवस्था में यह बात कही नहीं जा सकती। कहा नहीं जा सकता है, नमिता, एक बार पत्थर की देवी बन बैठने पर रक्त-मांस की माटी पर उतर आना बड़ा कठिन है। अपनी मुक्ति की बाधा तुम आप ही होगी। या हो सकता है, तुम अपनी पायी हुई इस नयी स्वाधीनता का अपव्यवहार करके नाम-परिचयहीन अन्धकार में खो जाओगी।

किन्तु यह सब तो अनुमान मात्र है, कहने की नहीं। और कहने की बात है

भी क्या? किसी के जीवन की समस्या का समाधान दूसरा कोई कर दे सकता है क्या?

परन्तु नमिता वही समाधान माँगने आयी है। केवल देखने की इच्छा से दौड़ आने का जो मधुर भाष्य नमिता ने अनामिका को दिया, उसमें जो अधिकांश फाँकी ही है, यह नमिता खुद नहीं भाँप सकी।

इसीलिए नमिता वह कहने के बाद सहज ही कह पा रही है, "आप बताएँ, अब मुझे किस रास्ते जाना चाहिए? यही पूछने के लिए इतना कष्ट करके यहाँ आयी हूँ।"

अनामिका ने धीरे-से कहा, "किसी के कर्तव्य का दूसरा कोई निर्णय कर दे सकता है नमिता?"

"आप लोग ज़रूर कर सकती हैं।" नमिता आवेग-भरे स्वर में बोली, "आप लोग, कविगण, साहित्यिक ही हमारे पथ-प्रदर्शक हैं।"

"वह अनजानते आ सकता है..." अनामिका मुसकरायीं, "प्रत्यक्ष रूप में गाइड बनकर कुछ कहना कठिन है। पथ के बारे में तुम्हारी अपनी तो निश्चय ही कोई परिकल्पना होगी?"

नमिता ज़रा चुप रही। हताश-हताश-सा एक निःश्वास छोड़ती हुई बोली, "मैं विशेष रूप से एक कुछ नहीं सोच पा रही हूँ। अनेक रास्ते अनेक ओर चले जा रहे हैं। सुनकर शायद आप हँसें, अचानक ही क्या जी में आ रहा है, जानती हैं? लॉटरी में किसी ग़रीब को अचानक बहुत रुपया मिल जाने से उसकी जो हालत होती है, क्या करे सोच नहीं पाता—मुझे मानो वैसा ही हुआ है। मेरा यह जीवन मानो पहली बार मेरे हाथ में आया है, सोच नहीं पाती, उसे लेकर क्या करूँ!"

अनामिका फिर हँसीं, "तुम्हारी उपमा लेकिन बड़ी सुन्दर है नमिता, मुझे ही इच्छा हो रही है, कहीं इसका उपयोग कर दूँ। बूढ़े आदमी का परामर्श यदि सुनो, तो कहूँ, लॉटरी से मिले रुपये को कैसे ख़र्च करें, इसके लिए आकाश-पाताल सोचने से पहले पहला ज़रूरी कर्तव्य है उन रुपयों को बैंक में रखना। उसके बाद सोच-विचार कर शान्त-स्थिर मन से..."

नमिता ने थके हुए गले से कहा, "लेकिन शान्त-स्थिर मन से कुछ करने का मुझे समय कहाँ? कल फुफेरे भाई के यहाँ आकर ठहरी हूँ। वहाँ कितने दिन रहा जा सकता है, कहिए? यहाँ से जाना ही होगा। किन्तु किस ओर जाऊँ?"

अनामिका ने कोमल भाव से कहा, "कुछ ख़याल मत करना नमिता, मैं पूछती हूँ, जलपाईगुड़ी में रहना क्या सचमुच ही सम्भव नहीं हुआ ?"

नमिता ने नज़र उठाकर ताका।

वह शायद हँसी भी ज़रा, फिर बोली, "असम्भव कुछ नहीं था। जैसे रह रही

थी, ठीक उसी तरह से रह जाने पर मरने तक रह जा सकती थी। मुझे किसी ने भगाया तो नहीं? और नया कोई मतभेद, मनमुटाव भी नहीं हुआ। अब तक जीवन की बही के दिन के पन्नों को उलटती ही जा रही हूँ, दिन से रात, रात से दिन। बही का पन्ना हठात् कहीं पर ख़त्म हो जाता। लेकिन कभी एक हिसाब-किताब तो करना ही होगा! वही करने बैठी तो लगा, फ़िज़ूलख़र्ची का पहाड़ हो गया है।''

''न तुम्हें तो भैया साहित्यिक ही होना चाहिए था।'' अनामिका ने कहा, ''ऐसी सुन्दर-सुन्दर उपमा देती हो तुम! लेकिन मैं क्या कह रही थी, फ़िज़ूलख़र्ची का वह अंक सब ठीक नहीं है। शायद उसमें भी कुछ काम का ख़र्च है।''

''कुछ नहीं, कुछ नहीं। आप नहीं जानतीं, इतने दिनों की प्रणिपात सेवा का पुरस्कार–ज़रा भी प्यार नहीं मिला। सिर्फ़ स्वार्थ...उसी के लिए मीठी बोली। आप ही कहिए, जहाँ ज़रा-सा प्यार नहीं, वहाँ कोई चिरकाल रह सकता है?''

अनामिका मन ही मन हँसीं।

अनामिका को लगा, तुम्हारी आँखें हठात् ही खुली हैं। और अन्धापन बहुत ज़्यादा था, इसलिए खुली आँखों दोपहर की धूप असह्य लग रही है।

फिर भी प्यार चाहनेवाली उस बेचारी के लिए करुणा हो आयी, उसके लिए ममता का अनुभव किया।

'छोटे-से बसेरे' के कँगले छोटे-से पंछी को देखकर जैसा लगता है उसी बसेरे की आशा में पंछी आँधी के सामने पड़ने जा रहा है।

बोलीं, ''दुनिया ऐसी ही है नमिता।''

''ऐसी ही?''

नमिता उत्तेजित हुई, ''कह क्या रही हैं आप? दुनिया में प्यार नहीं है? ममता नहीं है, हृदय नहीं है? नहीं है तो आपने मुझे इतना प्यार क्यों किया? आप मेरी कोई नहीं हैं?''

अनामिका को हठात् जैसे हथौड़ी की चोट लगी। मर्म से भर गयीं वह। उस नितान्त निर्बोध स्त्री के इस सरल विश्वास के सामने अपना आप बड़ा क्षुद्र लगा।

प्यार!

कहाँ है वह ऐश्वर्य?

शम्पा के लिए जो अकुलाहट, शम्पा के लिए जो प्रार्थना, शम्पा के लिए जो अगाध प्यार है, उसके शतांश का एक अंश भी क्या इस लड़की के लिए अनामिका में संचित था?

अनामिका तो इसे भूल ही गयी थीं।

और वह यह सोचे बैठी है कि अनामिका उसे प्यार करती हैं!

इस्, सचमुच ही यदि यह होता?

अपने ही सामने जैसे अनामिका का अपना सर काटा जा रहा है।

हमारा चित्त कितना दीन है!

हमारी प्रकृति में कितनी छलना है!

हमारे व्यवहार में कितना असत्य है!

कहाँ, अनामिका साफ़-साफ़ उसके मुँह पर कह सकीं, "प्यार? कहाँ, वह चीज़ तुम्हारे लिए है ऐसा तो नहीं लगता? देख तो नहीं पा रही हूँ? जो है, वह तो है मात्र ज़रा-सी करुणा मिली ममता!"

नहीं, यह नहीं कह सकीं वह।

मिथ्या के मोह से गढ़ी कुछ मीठी बातें ही कहीं, "तुम भी तो मुझे ख़ूब प्यार करती हो। प्यार ही प्यार को बुला लाता है।"

"ख़ाक बुला लाता है। दुनिया को देख तो लिया।"

अनामिका को लगा, अभिमान जब 'मनुष्य के छोटे संसार' की परिधि से छलककर सारी धरती पर टूट पड़ता है, तो उसकी स्वाभाविक स्वस्थता को लौटा लेना मुश्किल है।

फिर भी कुछ तो कहना ही है, इसीलिए बोलीं, "ख़ैर, स्वयं कुछ भी तो सोचोगी?"

"वही तो!" नमिता ने नज़र उठाकर कहा, "मैं उसकी तरह संन्यासिनी बन जाऊँ? उसके पास चली जाऊँ? कुछ दिनों से सिर पर यही धुन सवार है। उस जीवन में कितना मान-सम्मान-गौरव है! पर और के आश्रित जीवन में क्या है? मान नहीं, सम्मान नहीं, गौरव नहीं..."

अनामिका को सचमुच बहुत दुःख हुआ।

उन्होंने अनुभव किया कि पीड़ा कहाँ है।

फिर भी धीरे-से बोलीं, "उनके पास चली जाऊँ, यह कहने ही से तो जाया नहीं जा सकता? उनसे पूछना होगा, जानना होगा कि वहाँ रहना सम्भव है या नहीं..."

"आप भी वही कह रही हैं?" नमिता मानो आहत होकर अभिमान से फुफकार उठी, "जलपाईगुड़ी के मेरे आत्मीयों की तरह? रहना क्यों नहीं सम्भव होगा? मैं उनके साथ गिरस्ती तो नहीं बसाना चाहती हूँ। और, राय की बात क्यों आती है? मैं क्या उनकी ब्याहता स्त्री नहीं हूँ? मेरा क्या कोई अधिकार नहीं?"

अभी-अभी जगे अधिकार-बोध और स्वाधीनता की चेतना ही उसे परेशान कर रही है, इसमें सन्देह नहीं। उसकी अस्थिर-चंचलता की माटी पर उपदेश का बीज डालना बेकार है। फिर भी अनामिका बोलीं, "जीवन को और भी कितने प्रकार से गढ़ा जा सकता है!"

"कुछ कहा नहीं जा सकता। मेरी जैसी स्त्री के कुछ नहीं होता। मैं क्या साहित्यिक हो सकती हूँ कि लोगों के सामने बड़ा मुँह किये खड़ी हो सकूँगी? मैं क्या बड़ी गायिका हो सकूँगी? मेरे क्या बहुत रुपये हैं कि दान-ध्यान करके नाम कमाऊँगी? अपने लिए बड़े होने का तो बस वही एक रास्ता देख पा रही हूँ, ईश्वर का नाम लेते-लेते अध्यात्म-जगत् में काफ़ी ऊँचे उठ सकती हूँ।"

अनामिका ने उसके आवेग-भरे मुँह की ओर ताका। एक निःशब्द निःश्वास छोड़ा हताशा का। बड़ा होने की क्षमता नहीं रहते हुए भी जो होना चाहता है, उसको बचाना कठिन है।

और इधर रात बढ़ती जा रही है, वह नौकर छोरा दो बार दरवाज़े के पास चक्कर काट गया, क्योंकि यह बैठका ही उसके रात का शयन-मन्दिर है।

कितनी कम क्षमता है हममें, निःश्वास छोड़कर अनामिका ने सोचा, किसके लिए कितना-सा कर सकते हैं?

हम, हो सकता है, बीमारी में लोगों की सेवा कर सकते हैं, अभाव में मदद कर सकते हैं, दुनिया में चलने की राह का कंकड़-पत्थर हटा दे सकते हैं, पाँव का काँटा निकाल दे सकते हैं—पर, यदि किसी के जीवन में विशृंखलता आ जाए? यदि किसी का मन उसकी शुभबुद्धि की पकड़ से बाहर हो जाए?

कुछ भी करने का नहीं। कुछ सूखे उपदेश देकर मन को आँख दिखा सकते हैं। सोच सकते हैं, "इतना तो कहा। न सुने तो क्या करूँ?"

प्रत्यक्ष रूप में भी कितना करने की क्षमता है मुझमें? अनामिका ने सोचा, मैं अपने साथ ले जाकर इसे इसके भागे हुए पति के पास पहुँचा देने की सहायता ही कर सकती हूँ? नहीं कर सकती। सिर्फ़ आर्थिक सहायता कर सकती हूँ इसकी। ख़ूब सावधानी से कहा, "तुम उनका, यानी अपने पति का ठिकाना जानती हो?"

"जानती हूँ!"

"पत्र-वत्र देती हो?"

नमिता की आँखों से अचानक आँसू बह निकले। बोली, "शुरू में बहुत लिखा, जवाब नहीं देता है। एक बार मामा को एक पोस्टकार्ड में लिखा, 'वहाँ से जो चिट्ठी आती है, यह मैं पसन्द नहीं करता।' बस, वहीं तक..."

अनामिका ने उस अश्रु लांछित मुँह की ओर ताककर देखा, अपने आपको ही बड़ा अपराधी-सा लगा। जैसे, इस स्त्री के दुःख के कारण में इनका भी कुछ हिस्सा है। जीवन-भर उन्होंने जो कुछ लिखा है, उसका अधिकांश ही स्त्रियों की चिन्ता के छुटकारे की सोचकर। लेकिन छुटकारे का रास्ता कहाँ है, यह नहीं दिखा सकीं।

कोई दिखा सकता है क्या?

कोई कवि, कोई साहित्यिक?

कोई समाजसेवी?

समग्र भाव से कुछ करने की क्षमता इनमें नहीं है।

"अबकी सोचा है, बिना सूचना दिये ही जा धमकूँगी। देखती हूँ कि वह मुझे कैसे भगाता है।"

अनामिका देवी चिन्तित हुईं।

बोलीं, "यह ठीक होगा क्या? कह रही हो, आश्रम है, वहाँ ज़रूर ही दूसरे साधु-संन्यासी होंगे!"

नमिता छिटक-सी उठकर बोली, "आपसे मैं नया कुछ सुनने आयी थी। मगर आप मेरे अन्य आत्मीयों-जैसी ही बातें कर रही हैं।"

अनामिका लज्जित तो हुई।

मगर एकाएक पागल हो गयी इस स्त्री से कौन-सी नयी बात कहें वह? दुनिया को वह उसकी तरह कम दिनों से तो नहीं देख रही हैं?

धीरे-से अपराधी की भाँति बोलीं, "मैं भी तुम्हारी आत्मीय ही हूँ नमिता! इसीलिए नयी बात कहकर मैं तुम्हें विभ्रान्त नहीं कर सकती। लेकिन तुम यदि सचमुच ही जाओ, तो साथ में किसी लड़के को लेना होगा। ख़र्च तो काफ़ी होगा—यदि नाराज़ न होओ तो कहूँ..."

नमिता ने टोक दिया।

वह नम्र गले से बोली, "आपका स्नेह याद रहेगा। परन्तु बहुत ज़्यादा ज़रूरत होने पर भी मैं आपसे रुपये की सहायता नहीं लूँगी। मेरे बदन पर अभी भी थोड़ा-बहुत सोना तो है।"

"किन्तु नमिता..."

अनामिका रुक गयीं।

अभी ही क्या उसे हताशा की बात सुनाना ठीक होगा? गरचे निश्चित समझ रही हैं कि नमिता को लौट ही आना पड़ेगा।

सावधानी से ही बोलीं, "लेकिन नमिता, मान लो, वहाँ अगर तुम्हें अच्छा न लगे, मान लो वैसी सुविधा न हो..."

"यह कहिए न, यदि तुम्हें भगा दे..." नमिता बेतुकी हँसी हँस उठी। बोली, "वैसे मैं फिर आपके पास आऊँगी। आपसे सुनूँगी कि जीवन को और ऐसे किस उपाय से गढ़ा जाए जो मेरे साध्य के अन्दर हो।"

आदत के मुताबिक़ वह बालक नौकर किसी समय एक प्याला चाय और दो सन्देश रख गया था, नमिता ने उसे छुआ तक नहीं। अनामिका कई बार उस-खुस

करती रहीं। अब बोलीं, "चाय तो पानी हो गयी नमिता।"

नमिता अजीब-सी हँसी हँसकर बोली, "वही तो देख रही हूँ। ठीक मेरे जीवन की भाँति है न? यह भरा था, गर्म था, किसी ने नहीं पिया। अब क्या..." उसने चट प्याले को उठाया, एक ही साँस में ढक-ढक करके चाय को पीकर बोली, "पी ली फिर भी। बरबाद होने से तो अच्छा है, है न?"

अनामिका अवाक् हुईं। उसके मुँह से इस तरह की बात अप्रत्याशित थी।

मानसिक व्याधि का पूर्वलक्षण तो नहीं?

प्याले को रखकर नमिता ने घड़ी की ओर देखा। कुछ चंचल-सी हुई। बोली, "मेरे भतीजे का हाल देख रही हैं न! लगता है, मौसी के यहाँ से खा-पीकर आएगा। दूसरे के भरोसे की यही मुसीबत है!"

उसके सहज गले की बात से अनामिका को राहत मिली। उन्होंने भी सहज भाव से कहा, "लेकिन आजकल तो औरतें इतनी पर-निर्भर नहीं हैं, अकेली ही आती-जाती हैं।

नमिता उठ खड़ी हुई। कहा, "जानती हूँ। परन्तु आज तक तो पैरों में ज़ंजीर थी। आदत तो नहीं रही। राह-बाट भी नहीं पहचानती। अब ज़रा जी-जान से लगकर जान लेना होगा।" ज़रा हँसकर बोली, "ज़ंजीर को मन के ज़ोर से ही तो काटा है!"

आगे बढ़कर झुककर फिर प्रणाम किया।

दो डग पीछे हटकर अनामिका बोलीं, "क्या हो गया?"

"लिवा जाने को आ रहा है। आपको बहुत परेशान किया आकर। शायद फिर जाऊँ।"

बाहर निकल गयी।

हठात् पिंजरे से निकली उस मैना की ओर अनामिका ताकती रहीं।

सचमुच ही क्या यह आकाश में उड़ पाएगी?

या कि अनभ्यस्त डैनों से उड़ने की कोशिश में गिरकर अपने डैने तोड़ लेगी?

"इस स्त्री को मैं कौन-सा रास्ता दिखा सकती थी?" अनामिका नीचे से उठकर सीढ़ी के खिड़की-कटे दरवाज़े से निकली दो फ़ुट बाई चार फ़ुट की छोटी-सी बालकॅनी पर खड़ी होकर सोचने लगीं, "वह अगर मेरी कहानी की नायिका होती तो उसकी कौन-सी परिणति निश्चित करती मैं?"

कि हवा का एक ठण्डा झोंका आकर बदन पर लगा और सहसा ही उन्हें याद हो आया, बहुत-बहुत दिन हुए, यहाँ आकर खड़ी नहीं हुई हूँ। यह बालकॅनी है, यही कभी याद नहीं आता था। कमरे में मँझली दी की मौजूदगी से आज याद आया! ठीक इसी क्षण उस अति-संसारी महिला के पास जा पड़ने की इच्छा नहीं हुई। जो

महिला निकट-आत्मीय के दावे से नितान्त अन्तरंग सुर में बोलना चाहती है, मगर जिससे बोलना चाहती है, वह अनुभव करती है कि दोनों के बीच कितने योजन का व्यवधान है। दोनों बिलकुल ही अलग ज़ात की हैं।

यह योजन व्यवधान लेकर ही तो आत्मीय से अन्तरंगता होती है। हर क्षेत्र में न सही, बहुत क्षेत्रों में।

हरदम बिजली-पंखे की हवा के अभ्यस्त शरीर को अधिक रात की यह उड़ी-उड़ी-सी हवा मानो आच्छन्न किये दे रही है।

इस छोटे-से बरामदे की योजना बकुल की माँ सुवर्णलता की थी। मकान बनते ही खिड़की तोड़कर दरवाज़ा करके बरामदे की बात कहती आ रही थीं वह। कहती थीं, "सीधे चढ़ते-उतरते कभी-कभी ज़रा दम मारने की जगह होनी चाहिए।"

बकुल के पिता बिगड़ जाते थे, "कौन-सी वेणीमाधव की ध्वजा की सीढ़ी है कि कभी-कभी दम मारने की ज़रूरत होगी, इतनी साँस लेने की ही क्या ज़रूरत है, मैं नहीं समझता! दीवार फोड़कर बाहर जाकर साँस लेनी होगी? अजीब है!"

परन्तु सुवर्णलता के चल बसने के कुछ ही दिन बाद हठात् पिताजी ने मिस्त्री बुलाया, ख़ासा कुछ ख़र्च करके खिड़की काटकर दरवाज़ा निकालकर ऊपर-नीचे की सीढ़ियों पर दो छोटे झूलते बरामदे बनवा दिये।

लेकिन साँस लेने को कब कौन यहाँ आया? कब कौन आता है? नया-नया जब बना, बकुल के तो पाँव ही आने को नहीं उठे। लगा शायद कहीं बैठी माँ करुण दृष्टि से ताकती हुई कहेंगी, "आख़िर बना, मैं ही केवल नहीं भोग सकी। तुम लोग तो..." हाँ दरवाज़े की चौखट पर आते ही इस तरह की अनुभूति बकुल को हठात् ठिठका देती। गरचे उस समय बकुल को भी बीच-बीच में दीवार के बाहर साँस लेने की ज़रूरत थी।

ज़रूरत थी अपने चित्त की, ज़रूरत थी एक शर्मीले आदमी के आवेदन की। मौक़ा मिलते ही वह कहा करता था, "उतना अच्छा 'अलिन्द' बना तुम्हारा ज़रा खड़ी नहीं हो सकती हो वहाँ?"

मगर बकुल से नहीं बनता।

दरवाज़ा खोलते ही आसमान के तारों पर नज़र पड़ जाती। कैसा तो अपराध-बोध-सा हो आता।

उसके बाद ?

उसके बाद तो बकुल अनामिका हो गयी। अनामिका को हवा का मुट्ठी-भर दाक्षिण्य लेने का अवकाश कहाँ रहा?

किन्तु इस घर में अवकाश है ही किसे? ज़रूरत भी कहाँ? दौड़ते-दौड़ते चढ़ना-उतरना, बस तो। सब जानते हैं, सीढ़ी की इतनी ही ज़रूरत है।

ऐसा ही होता है शायद। हवा की जिसे सख़्त ज़रूरत है, उसे नहीं मिलती। जो उसे अनायास ही पाता है, उसे उसकी आवश्यकता का ही अनुभव नहीं होता। फिर भी आज सामयिक एक कारण से अनामिका ने ज़रूरत महसूस की और कृतार्थ हो गयीं मानो।

सोचने लगीं, नमिता यदि मेरी कहानी की नायिका होती, तो उसे कौन-सी परिणति देती मैं?

बेशक संन्यासिनी बनाकर देवतात्मा हिमालय की शान्तिमय गोदी में बिठाकर निश्चिन्तता की साँस नहीं लेतीं!...तो, फिर से उसे संसार आश्रय की निश्चिन्तता-छाया में लौटा देती? उत्तर बंग के उसी समृद्ध परिवार में?

नहीं-नहीं। छिः।

तो?

तो क्या बाज़ार के चालू समाधान से नर्स बनाकर छोड़ देती? और एक दिन उसके उस झूठे संन्यासी स्वामी को व्याधिग्रस्त करके उसके हाथों सौंप देती?

धत्!

तो क्या एकबारगी उसने डैने मरोड़कर उसे कहीं प्रान्तर-पथ में गिरा देती? चुपचाप ज़रा सोचा, फिर लगभग अपने मन को ही कहा, कहानी की नायिका नमिता के साथ अन्त तक शायद यही करती। परन्तु आँखों देखी उस सच्ची स्त्री की यह परिणति मैं सोच ही नहीं सकती। उसके उस पति को सबक़ देने के लिए भी नहीं—उसे मनमाना जवाब देने के लिए भी नहीं। अच्छा, प्रगतिशील मन किसे कहते हैं? वह मन क्या नितान्त प्रियजनों के लिए, निकट सम्बन्धियों के लिए वैसी दुस्साहसिक प्रगति का पथ दिखा सकता है? वह पथ, जिसमें अमंगल है, ग्लानि है।

वैसा प्रगतिशील होना अपने वश का नहीं, अनामिका ने सोचा। फिर? क्या होगा उसका? मतलब—क्या करेगी वह? लगता है, उसमें इस समय एक सर्वनाशी आग जल रही है, वह आग उसके सिवाय और किसे जलाएगी?

उसके बाद बड़ी हलकी-सी और निहायत ही दुनियादारी की एक बात मन में आयी, यह घर-गिरस्ती यदि मेरी होती, तो हो सकता है, उसे कुछ दिन अपने पास रहने को कहती! लेकिन सच पूछिए तो मैं ही तो आश्रित हूँ! यह तो पिताजी के वसीयत में क्या तो है, निहायत इसीलिए...

फिर मन ही मन हँस उठीं, लेकिन उससे ही क्या लाभ होता नमिता का? वही पराये की आश्रिता का परिचय होता! और वह निश्चित रूप से अपने स्वभाव से मेरा मनोरंजन करने लगती! नः, यह तो समाधान का रास्ता ही नहीं। उसे वास्तविक ज़रूरत है प्यार की! करुणा की नहीं, दया की नहीं, ममता की नहीं, केवल गौरवमय प्यार की! इसके अलावा बचने का उपाय नहीं है उसे। परन्तु वह वस्तु उसके हाथ

में लाकर कौन देगा?

सुपथ एक ही हो सकता है, यदि उसका पति झूठे संन्यास की खोली को उतारकर उसके पास आ खड़ा हो...

सोचने में पता नहीं क्यों, मन कैसा तो विरूप हो गया। लगा, एक बड़ी पनछा और फीकी बात सोच रही हैं। नः, वास्तव में विधाता होने की साध्य 'द्वितीय विधाता' में नहीं है।

परन्तु विधाता में ही प्लाट की बहादुरी कहाँ?

नवीनता का तो नाम ही नहीं देखती। सब कुछ तो वही पनछा-पनछा...

बग़ल के मकान की ओर ताका। दस-साढ़े दस बजे रात में ही मकान अँधेरे से लद गया है।...उसी के कोने के एक कमरे में दीन-हीन ज़रा-सी गृह-सज्जा के बीच निर्मल की बहू शायद गहरी नींद सोयी है, शायद अनिद्रा की शिकार होकर रह-रहकर निःश्वास फेंक रही है। उसे देखकर अब लगता ही नहीं कि कभी वह परम सुन्दरी थी।...

भाभियों की बातचीत में कभी-कभी सुनाई पड़ जाता है, उसके बेटे की बहू लड़की सुविधा की नहीं, कैसे तो उसे एक कोने में डालकर ख़ुद ही सर्वग्रासी बन गयी है।...घर में और है ही कौन? निर्मल की ताई ने एक भतीजे को पाला था, इन दिनों वही शायद घर का आधा हिस्सा दख़ल किये हुए है। और शायद उसी से निर्मल की पतोहू की बड़ी घनिष्ठता है। कैसा पुराना प्लाट!

पहले यही मकान रात के बारह बजे तक गमगम करता रहता था। बड़ी रात तक ग्रामोफ़ोन का गाना सुनाई पड़ता था, हर कमरे में बत्ती जलती थी।

अब? यह अँधेरा ही उसका जवाब दे रहा है।

तो!

विधाता के प्लाट में नवीनता का नाम भी नहीं। बत्ती जलाना और बत्ती बुझाना यही उसका प्लाट है।

मैंने इस मकान की ओर कितने दिनों से नहीं ताका है!

ताकते-ताकते एकाएक मानो अवाक् हो गयीं अनामिका। यह मकान इतना जीर्ण-शीर्ण कब हो गया? ऐसा मलिन विवर्ण?

एक दिन में नहीं हुआ है।

धीरे-धीरे ही हुआ।

इसके माने दिन और दिन, बहुत-बहुत दिन—मैंने ताककर देखा नहीं। मतलब, 'निर्मल' नाम की एक अनुभूति भी आहिस्ता-आहिस्ता वैसी ही ज़रा-जीर्ण, विवर्ण हुई जा रही है।

लेकिन फिर भी...

लेकिन इस सिर्-सिर् करती हवा में रात के आसमान के नीचे चिरपरिचित किन्तु अपरिचित जगह में खड़ी होकर उस विवर्ण खिड़की की ओर ताकते-ताकते अनुभूति फिर मानो प्रकाश से भर गयी...वह प्रकाश जाकर उस खिड़की पर पड़ा मानो। खुली खिड़की के फ्रेम में प्रकाश की एक छवि दीखी।

कमरे से ग्रामोफ़ोन का गीत कानों में आ रहा है—'खड़े हुए हो तुम मेरे गीतों के उस पार...'

परस-पकड़ नहीं, फिर भी वक्तव्य का आभास कहीं है। जो लजीले हैं, जो भीरु हैं—वे दूसरों की बात में ही अपनी बात मिलाकर निवेदन करते हैं। जानते हैं, जिसके पकड़ने की है, वही पकड़ेगा; जिसके छूने की है, वही छुएगा—छूने पकड़ने की मजाल और किसी की नहीं।

"दे सकते जो देवता को देते हैं, वही प्रियजन को..." इसीलिए "सुर मेरे पाते हैं पद को, मैं न पाता हूँ तुम्हें।"

आजकल वैसे बुद्धू की तरह, बेचारे की तरह कोई प्यार नहीं करता। उस मृदुता को, उस चारुता को वह युग प्रेम ही नहीं कहेगा! देखकर होठ बिदकाएगा, 'रबिश' कहेगा, या फीकी भावुकता कहकर हँसते हुए उड़ा देगा। आज का युग जानता है, प्यार एक भोग्य वस्तु है, उसे तोड़कर लाना चाहिए, उस पर दख़ल करना चाहिए।

ये ही ठीक हैं शायद।

या इन्होंने भी कुछ नहीं जाना, वास्तविक जानना आज भी किसी एक भावी युग की अपेक्षा में है। यद्यपि शम्पा जैसी लड़कियाँ यह सोचकर गर्व करती हैं, "हमने ही ठीक जाना है।"

फिर भी इतना तो नसीब होता है इन्हें! वह आत्मप्रसाद! ये सोच तो रही हैं, "हमने लिया, हमने पाया।" उस युग के भाग्य में इतना भी न था।

परन्तु वह युग भी सोचता था, प्यार किया। सोचता था, इसी का नाम प्यार है! शम्पा आदि...

ताज्जुब, शम्पा ने मुझे भी कुछ नहीं लिखा। गरचे मैंने ईश्वर से प्रार्थना की थी, हे ईश्वर, मेरा अहंकार ख़र्व हो, उसके माँ-बाप के पास ही पहले चिट्ठी आए। फिर भी जाने कहाँ एक शून्यता-बोध ने हर समय हर कुछ को निरानन्द कर रखा है।

मन ही मन निश्चित सोच रखा था, कम से कम मुझे वह अवश्य बताएगी।

शम्पा मानो अपने जीवन को बाज़ी पर रखकर बाप के साथ खेलने बैठी है! वैसी ही लड़ाकिन है वह। कौन जाने, इस खेल में कौन जीतेगा? शम्पा या शम्पा का बाप? बाप का जीतना तो बेहद दुःख का है, पर बाप का हारना भी दुःख का है!

इस घर में और भी एक लड़की है, उसकी माँ उसे अपनी सम्पत्ति समझकर खेलने

बैठी है। यह और भी दुःख की बात है, बल्कि भयावह भी।

उसकी माँ इस परिवेश से—अपनी धारणा के अनुसार 'ऊँचे' उठना चाहती है। बहुत ऊँचे। जिस ऊँचाई को पाने के लिए किसी ख़ासी बड़ी चीज़ की बाज़ी रखकर जुआ खेलना पड़ता है।...जीवन ही सबसे बड़ा है और सबसे ज़्यादा मुट्ठी की चीज़।

लेकिन उस अभागिन लड़की की माँ का अपना जीवन अब ऊँचे दाम पर नहीं बिकेगा, इसीलिए दामी चीज़ को मुट्ठी में रखा है। उस लड़की को यह समझने की जुर्रत नहीं कि उसका क्या किया जा रहा है, उसे कितना भुनाया जा रहा है।

लेकिन जिन्हें समझने की क्षमता है, वही क्या कोई प्रतिकार कर पाती हैं? कर सकती हैं?

आश्चर्य है, हमारी क्षमता कितनी सीमित है!

अपनी क्षमता के दायरे को और एक बार नापकर लज्जा से मानो भर गयीं अनामिका।

कितनी अक्षम हूँ मैं!

मेरी आँखों के सामने एक निर्बोध एक बोधहीन लड़की को हाथ पकड़कर कीचड़ की फिसलन से गहरे पानी के घाट में उतारने जा रही है और मैं टुकुर-टुकुर देख रही हूँ। बड़ी दूर से भी नहीं देख रही, बल्कि पास ही पेड़ तले बैठी हूँ।

मैं टुकुर-टुकुर देखती रहूँगी और वे फिसलेंगी, डूब जाएँगी।

उनका यह निश्चित परिणाम जानकर भी चीख़ नहीं उठती हूँ, दौड़कर उनका हाथ पकड़कर खींचते हुए लौटाने की कोशिश नहीं करती हूँ, मैं केवल एक भयानक बेचैनी महसूस करती हूँ, निरुपायता की एक पीड़ा का अनुभव करती हूँ।

क्योंकि मैं माने ही बैठी हूँ कि मेरी भूमिका दर्शक की है।

माने बैठी हूँ कि वे मेरी सुनेंगी नहीं, मेरी मनाही नहीं मानेंगी। इसीलिए नाहक़ अपमानित होने क्यों जाऊँ, यह सोचकर चूँ भी नहीं करती। कोशिश किये बिना ही उस कल्पित अपमान के डर से उदास निगाहें फैलकार उनका डूबने जाना देखा करती हूँ।

हमारी अक्षमता हमारी अहमिका है। हमारी निरुपायता है हमारा एक निरर्थक आत्मसम्मान-बोध। इसलिए अपनी सन्तान को भी ग़लत रास्ते पर जाने से रोकने के लिए हाथ नहीं बढ़ातीं। बुराई के पथ से खींच लाने को दौड़ती नहीं। यही सोचकर निढाल बैठी रहती हैं, "कहीं मेरा कहा न माने!"

कहा न मानने से ही तो अपनी अहमिका जाती रहेगी, अहंकार पर आँच आएगी।

अपने इस 'मैं' को किस क़दर प्यार करते हैं हम!

कहाँ, मैं कभी छोटे भैया से पूछने जा रही हूँ, "भैया कोई चिट्ठी आयी?" गरचे

कभी-कभी सन्देह होता है, "हो सकता है आयी हो, या तो जानकर या मान गँवाकर कहने को नहीं आ रहा है मुझे।"

इस 'मान' ने पत्थर के कैसे प्राचीर से घेर रखा है हमें! उससे निकलने का कोई दरवाज़ा हमें नहीं है। और आश्चर्य, कैसे तुच्छ कारण से यह चीज़ गँवायी जाती है!

वह मानो कोई बड़ी क़ीमती चीज़ है, जिसके खो जाने के डर से सदा सन्त्रस्त रहते हैं। वह मानो हमारा प्रभु है, हम इसीलिए उसकी गुलामी करते हैं।

अच्छा, उसे अपने अधीन नहीं किया जा सकता? मैं ही उस पर प्रभुत्व करूँ? या यह सोच लें, इसे हरगिज़ नहीं खोने देंगे, देखते हैं, किसे लेने की मजाल है? जतन से पहरा देकर नहीं, लापरवाही से रखकर यदि बचाएँ उसे?

नः, ये ऊल-जलूल बातें!

असल में मैं अपनी मँझली दी के सोने की प्रतीक्षा में हूँ। उम्र हो गयी है, रेल से आयी हैं, दिन में भी बोलती रही हैं—और कितनी देर नींद से लड़ सकेंगी? ज़रूर ही सो गयी होंगी अब तक।

अलका और अपूर्व से मँझली दी को इन्हीं कई घण्टों में ख़ासी घनिष्ठता हो गयी है। सम्मिलित परिवार में यह मज़े का नाटक सदा ही होते देखा जाता है। बाहर के अतिथि यानी आ पहुँचे आत्मीय लोग सहसा जाने कैसे तो उस 'एक' में 'एकाधिक' का पता पा जाते हैं! और जाने कैसे तो किसी एक दल में शामिल हो जाते हैं! अवश्य बाहरी ठाट सबमें समान रहता है, परन्तु धीरे-धीरे दलभेद मालूम हो जाता है और नोनावाली जो दीवार फिर भी छत को थामे हुए थी, वह ढहकर छत को गिरा देती है।

ये बातें होतीं ज़रूर, धीरे-धीरे होतीं, आत्मीय अतिथि उसे त्वरित किये देते हैं। यह नाटक घर-घर में सदा होता है।

लेकिन वे लोग झट दुष्ट दल को ही कैसे पहचान लेते हैं?

यही एक आश्चर्य रहस्य है!

हाँ, उसी खूँटी को पकड़ना नियम है।

नाव को बाँधना हो तो बड़े पेड़ से ही बाँधना चाहिए। और, यह किसे नहीं मालूम है—शक्ति में शिष्ट से दुष्ट ही बड़ा होता है।

मँझली दी ने पता नहीं कैसे उस बड़े पेड़ को पहचान लिया और नाव को बाँधा।

लेकिन वह तो यहाँ रहने के लिए आयी नहीं हैं।

आयी नहीं हैं, सही है, पर उनके एक क्वाँरी लड़की है, उसे वह कलकत्ते की आबोहवा में रखना चाहती हैं, यह उनकी उस समय की बात से मालूम पड़ गया।

जब खाने के लिए सब बैठे थे, और अनामिका अठपहरी साड़ी को अठपहरी

ढंग से ही लपेटकर बकुल होकर जाकर बैठी थीं, उस समय मँझली दी आमिष भोजन से दूरी रखते हुए बड़ी भाभी के पास खाने बैठी थीं और अपनी वह इच्छा उन्होंने ज़ाहिर की थी, "कलकत्ते का हालचाल देखकर तो बदन में आग लग जाती है, मगर आज के लड़कों को तो यही पसन्द है, बेटी को यहीं चालान कर दूँगी। कहूँगी, कितना हालचाल सीखना चाहती है, ले सीख।"

कहना बेकार है, इस इच्छा पर सुननेवालियों में से किसी ने उत्साह नहीं दिखाया। मँझली दी भी फ़ौरन यह समझकर बोल उठी थीं, "लेकिन मेरी सुपुत्रीजी रहना चाहेंगी या नहीं, सन्देह है। माँ के सिवाय उसे और कुछ नहीं चाहिए। गोद की है न।...मगर मैं ही कहती हूँ, पराये घर जाना है न? सो हरामज़ादी हँसते-हँसते बेहाल। कहती है, 'जाऊँगी ही नहीं'।"

सिर झुकाये बकुल को वहाँ खाना ही पड़ता। छोटे भैया की बहू भी इधर ही रहती है, बड़े भैया की ब्याही गृहस्थिन हुई बेटी हेना भी। वह अपूर्व की अपनी बहन है, मगर नैहर आने पर खाती इधर ही है। कहती है, "बाप रे, अलका के यहाँ कौन खाए? बरतन माँजनेवाली नौकरानी रसोई करती है, नौकर बासी कपड़े से ही मसाला पीसता है।"

बकुल मन ही मन हँसती।

सोचती, "तुम्हारे महाविश्व में खोता कभी न कुछ भी..." न, कभी नहीं खोता।

हेना जब भी आती है, काफ़ी कुछ दिन रह जाती है, क्योंकि उसका पति दफ़्तर के काम से दौरे पर जाता है और वही समय हेना के मायके आने का होता है। आते ही कहती है, "आ गयी! दुलहारहित ससुराल! छिः, नमकहीन बासी भात-जैसे!"

हेना के बाल-बच्चा नहीं, इसीलिए इतनी अधिक स्वाधीनता। चन्द्र-सूर्य की गति के नियम से ही हेना अपने भाई-भाभी से ज़्यादा चाचा-चाची को ही भजती है। माँ? वह तो अब नख-दन्तहीन हैं, उनपर बहुत हुआ तो थोड़ी-सी दया की जा सकती है। उनके पास आश्रय तो नहीं है!

बड़े भैया के और भी लड़की हैं। बाप के मरने के बाद से आतीं नहीं, जैसे सुवर्णलता के गुज़र जाने के बाद चम्पा और चन्दन ने आना छोड़ दिया था। कहा था, "अब कहाँ जाऊँ?"

लेकिन पारुल?

भावनाएँ मानो पारे जैसी हैं, हाथ से पकड़कर हरगिज़ नहीं रखी जा सकतीं, लुढ़क पड़ती हैं, जहाँ-तहाँ छिटक पड़ती हैं। हाँ, जहाँ गिरती हैं, चमकती आँखों ताकती हैं।

पारुल की याद आते ही पारुल मानो सामने खड़ी होकर हँस उठी।

वह बोली गोया, "क्यों रे बकुल, तो समय तुझे नहीं मिला? तूने कहा था, 'तेरे पास आऊँगी सँझली दी। तेरे साथ मिलकर बकुल को सम्पूर्णता में ढूँढूँगी।' मेरे पास तो टूटे-फूटे टुकड़े ही हैं।"

कहा था बकुल ने।

लेकिन सम्पूर्णता में खोजने का समय सच ही आज तक नहीं मिल सका।

क्यों?

खाता-पत्तर का जंजाल साफ़ नहीं कर पाती, इसीलिए? पहाड़ पर फिर पहाड़ खड़ा हो आता है, इसीलिए? और उन सबका 'किनारा करूँगी' सोचकर दृढ़ संकल्प करते ही ये फ़ंक्शनबाज़ लोग बाज़ की तरह झपट्टा मारकर उठा ले जाते हैं, इसीलिए?...उसमें से भी फाँक निकालकर जाए, इस चेष्टा के समय भी दर्शनार्थी और सेंत में रचना माँगनेवालों की भीड़ जुटती है, इसलिए?

जब जी में आए, चिल्लाकर कहूँ, "यह तो मुश्किल है भैया। आप देश-भर के लोग पत्रिका निकालेंगे और उस यूपकाष्ठ की बलि हम हों?"

तब मीठा-मीठा हँसकर कहना होगा, "करूँ क्या भैया, समय तो बिलकुल ही नहीं है, हर रोज़ कितनी पत्रिकाएँ निकल रही हैं, इसीलिए?"

समुद्र में बालू के बाँध की तरह उनकी बातों के बहाव में इस बात का बाँध बह जाता है, इसलिए?

ये ही बातें सबसे ज़रूरी हैं?

इन ज़रूरतों की ढेरी के उस पार बैठी सँझली दी मिटमिट हँसेगी, फिर मुँह फेर लेगी, और उसके भी बाद धीरे-धीरे बूढ़ी हो जाएगी, बदल जाएगी? शायद हो कि चीन्ही हुई उस सँझली दी को फिर ढूँढ़े कभी नहीं पाया जा सकेगा, शायद मर ही जाएगी किसी दिन और बकुल बैठी-बैठी मेज़ की जमी ढेरी को साफ़ करती रहेगी—यह जानकर भी कि यह कभी भी साफ़ होने की नहीं, और जमती ही जाएगी?

इसमें से एक बार भाग निकला नहीं जा सकता?

एकाएक पहुँचकर यह नहीं कहा जा सकता, "देखो, पहचान सकती हो कि नहीं?"

दफ़्तर के काम से ही मोहन को पश्चिम से पश्चिम बंगाल आना पड़ा था, फिर भी वह कुछ इस ढंग से आ खड़ा हुआ कि देखकर लग सकता है, मोहन सिर्फ़ माँ से ही यह पूछने आया था, जिस प्रश्न का जवाब अभी-अभी पारुल ने हँसते हुए दिया, "हाय राम, तो भगा दूँ? बुआ के पास दस-पाँच दिन रहने के लिए आयी है..."

गुस्से को छिपाने की कोशिश किये बिना ही मोहन बोला, "अकेली होती तो

पाँच-दस दिन क्यों, पाँच-दस महीने रह सकती थी, आपत्ति की कोई बात ही नहीं। लेकिन जो सुना...''

''क्या सुना?''

पारुल ने पूछा।

मोहन ने मन ही मन होठ काटा।

मन ही मन चीख़ा, ''माँ, तुम्हारा यह सूधापन नहीं गया। बचपन से लेकर बुढ़ापे तक देख रहा हूँ, तुम ठीक शरत् बाबू के उपन्यास की नायिका के पैटर्न की बात बोलती हो! हम इतना-वितना नहीं जानते। गृहस्थ हैं, गृहस्थ जैसी बात करेंगे, जवाब मिलेगा, झमेला मिटा, सो नहीं। तुम समझ क्यों नहीं रही हो, मैंने और क्या सुना? समझ तुम ठीक ही रही हो, फिर भी मेरे मुँह से कहला लेना चाहती हो। बेटों की बहुएँ क्या यों ही इतनी विमुख हुई हैं! मैं तुम्हारा अपना लड़का हूँ, फिर भी मेरी हेठी कराने में ही तुम्हें आनन्द आता है!''

वह मन के मुँह से चिल्लाकर कह रहा था, परन्तु था वह आख़िर पारुल का ही बेटा। आत्मस्थ, अचंचल।

''जो सुना है, वह तुम समझ नहीं सकीं, ऐसा नहीं। मैं कहना चाहता हूँ—कुली-मजूर क़िस्म के एक वाहियात आदमी को लेकर वह आयी है और वह आदमी शायद रोगग्रस्त है?''

''रोगग्रस्त? नहीं तो...'' पारुल ने विस्मित-सी होकर कहा, ''तुझे जिसने बताया है, उसने ठीक से खोज-ख़बर लिये बिना ही...''

''मुझे किसी ने कोई ख़बर नहीं दी है।''

मोहन बोल बैठा।

पारुल को क्या याद नहीं आ रहा है, मोहन रेल से दूर का सफ़र तय करके आ रहा है, उसे प्यास लगी हो सकती है, भूख लगी हो सकती है? और यह नहीं याद आता कि मोहन पारुल के अपने पेट का लड़का है! पारुल मोहन की माँ है?

याद ही नहीं आया शायद।

जिनका मन किसी और ही धातु का बना होता है, उन्हें शायद ऐसी छोटी-मोटी बात याद ही नहीं आती। वे केवल ठोस वास्तव को ही देखते हैं। उसी वास्तव दृष्टि से पारुल मोहन को अपने 'अपराध का विचारक' के सिवाय और किसी भी दृष्टि से नहीं देख पा रही है, इसलिए वह अपनी सफ़ाई मौजूद रखने में ही तत्पर है। और यह भी दृढ़ निश्चित है कि यदि कोई बिना अधिकार के विचारक बनकर जिरह करने आए, तो पारुल उसे रिहाई नहीं दे सकती। बेटे के नाते भी नहीं।

इसीलिए बेटे के थके मुँह की ओर ताके बिना ही पारुल ने ज़रा हलकी-सी हँसी के साथ कहा, ''किसी ने ख़बर नहीं दी? अरे, यह बात! तो तुमने आजकल

शायद गणना सीखी है? किसी की किताब पढ़ रहे हो? कीरो की?"

बोलकर मोहन अप्रतिभ हो गया था, सही है, लेकिन उनके लिए ऐसी मलामत? मोहन गम्भीर हो गया। उसका क्लिष्ट मुखड़ा आरक्त हो उठा, तीखापन छोड़कर गम्भीर लहज़े में ही कहा, "मैं ज़्यादा समय के लिए नहीं आया हूँ माँ। सीधे और सहज ढंग से बोलने से मामला जल्दी चुक जाएगा।"

"ओ, यह बात है!"

पारुल ने झट अपने को भी तनकर खड़ा करते हुए कहा, "तो फिर तू ही झटपट बता कि तुझे क्या जानना है? किस इरादे से अचानक आ गये? नम्बर एक़, नम्बर दो करके बोल, जवाब में जल्दी हो जाएगी।"

उफ़्, असह्य है!

यह मोहन के मन का मुँह बोला।

बाहर का मुँह फिर भी सह्य के भान में रहा, "मैं जानना चाहता हूँ, तुम्हारी इस भतीजी के साथ कोई है कि नहीं?"

"है।"

पारुल का जवाब यान्त्रिक-सा।

मोहन के मन का मुँह फिर चिल्लाने लगा, "ओः, मैं क्या ख़ामख़ा ही सोचता हूँ, पिताजी बहुत पहले मरकर जी गये!"

"वह आदमी है कौन, इसकी खोज-ख़बर की थी?"

"उसकी ज़रूरत नहीं समझी।"

"ओ, ज़रूरत नहीं समझी? सात जनम में भी जिसको देखा नहीं, तुम्हारी वह भतीजी एक वाहियात आदमी को लेकर आयी, तुमने उसका परिचय तक जानने की ज़रूरत नहीं समझी?"

"मेरी भतीजी ले आयी है, मैंने इसी को यथेष्ट परिचय समझा..."

"ख़ूब! तुम्हारी भतीजी यदि राह-बाट के एक कुली को ले आए..."

"उसे भी मान लेना होगा, जब उसी को उसने भावी पति मान रखा है।"

"लिहाज़ा घर में उसे पनाह देकर जमाई की ख़ातिर से रखने में आपत्ति नहीं, क्यों? तुम्हारी इस भतीजी की उम्र बेशक इतनी नहीं हुई कि वह आदमी पहचान सके। वह आदमी जेल से फ़रार असामी है या नहीं..."

मोहन की बातों की घनी बुनाई के बीच भी पारुल ने एक पतली छुरी चलायी, "उम्र ज़्यादा होने से ही आदमी को पहचानने की क्षमता आती है, यही तुझसे किसने कहा मोहन? तेरी उम्र तो काफ़ी हुई, जनम से ही मुझे देख भी रहा है, कहाँ, मुझे कहाँ पहचाना तूने?"

उन्नीस

नमिता यों तड़ी मारकर भाग सकती है, जलपाईगुड़ीवाले यह सपने में भी नहीं सोच सके थे। जिस नमिता के मुँह से बोली नहीं निकलती थी, उसने हठात् ही कह दिया साफ़ गले से, ''मैं चली जाऊँगी!'' कह बैठी, ''दासत्व के इस बन्धन से मुक्ति चाहती हूँ!''

आश्रयदाताओं के लिए ये बात लज्जा की भी है, दुःख की भी। सर्वोपरि अपमान की।

मामी-सास फट पड़ीं, मामा-ससुर काठ हो गये और नानी-सास ने गालियाँ देनी शुरू कर दीं।

''अरी ओ अभागी नमकहराम की बेटी, जिस मामा-ससुर ने दुर्दिन में सिर पर उठा लाकर तुझे आश्रय दिया था, उसके मुँह पर इतनी बड़ी बात? वह तुझे दासी-वृत्ति कराने ले आया था? अन्दर-ही-अन्दर इतना पेंच? मैं पूछती हूँ, जाएगी किस भाड़ में? जाने की जगह ही थी तो किरतारथ होकर आयी क्यों थी? और इतने दिन रही ही क्यों?''

अनिल बाबू थके-से स्वर में बोले, ''आः, तुम रुको। बहूरानी को यदि एकाएक यहाँ असुविधा महसूस हुई, और उसके प्रतिकार का उपाय हमारे पास नहीं है, तो बाधा देने का प्रश्न ही नहीं।''

नमिता की इस दृढ़ घोषणा के बाद मामी-सास सारी गिरस्ती की ओर ताक-ताककर देख रही थीं और उनका भीतर फफक-फफक उठ रहा था, यह सारा काज उन्हीं के कन्धे आ पड़ा! नमिता चली जाएगी, इसका मतलब, पाँच बजे भोर में उन्हीं को उठना पड़ेगा, उठते ही घर-भर के लोगों के मुँह धोने के लिए पानी गरम करना होगा। इस समय हाथ-मुँह धोने का पानी भी गरम किये बिना उपाय नहीं, जाड़े का दिन! समझ-बूझकर कैसे ऐन मौक़े से इसने यह चाल चली! कुछ दिनों से ही ऐसी बेरुख़ी दिखाई पड़ रही थी, मानो इस घर में काम करके, सेवा जतन करके अब कृतार्थता का भाव नहीं, जैसे लाचारी में करना ही है, ऐसा भाव। फिर भी कर रही थी। अब वह सारा कुछ उन पर आ पड़ा। उनकी तबीयत ठीक नहीं, ख़ास करके जाड़े में बिलकुल नहीं रहती। आठ बजे से पहले बिस्तर छोड़ना बरदाश्त नहीं होता। बैड-टी गले में पड़ने पर ही जो थोड़ा बल मिलता है। अब से वह बैड-टी उन्हें ही बनानी पड़ेगी, सबके मुँह के पास पहुँचानी होगी। हो सकता है, उन गरम प्यालों के लिए जिनके हाथ मच्छरदानी से निकलेंगे, वे उन्हीं के पति-पुत्रे-पुत्री हों, लेकिन तबीयत के आगे तो कुछ नहीं!

लेकिन यहीं तो काम का अन्त नहीं? नाश्ता बनाना, फिर चाय सहेजकर टेबल पर रखो, उसके बाद सब्जी काटो, रसोई बनाओ, परोसो और फिर बैठकर देखती रहो, किसे क्या चाहिए। ऐन स्कूल जाने के वक़्त ही किसके कुर्ते का बटन टूट गया, किसके किताब के बैग के फ़ीते ने जवाब दिया, किसकी पैण्ट मैली है, किसकी गंजी नहीं सूखी...और भी कितना क्या।...उस कुरुक्षेत्र काण्ड के बाद नहा-धोकर सास की निरामिष रसोई। गरमी में बूढ़ी एकाध दिन दो मुट्ठी उबाल भी ले सकती हैं, जाड़े में तो कदापि नहीं। और, खाने की चीज़ों की भरमार इसी समय! गोभी, मटर, नया आलू, पालक, मूली, बैंगन—अनाज का समारोह। बूढ़ी के हाथ-पाँव में शक्ति नहीं है, हज़म करने की शक्ति ख़ासी है। निरामिष रसोई में रोज़ ही धूम रहती है। और बाबू की चौकस निगाह रहती है, माँ का जतन ठीक से हो रहा है या नहीं।

सो, सास का राजभोग सजाकर फिर शाम के जलपान में लगो। नित्य नया खिला-खिलाकर नमिता देवी ने तो मुँह और मिज़ाज को लम्बा बना दिया है। बनाए भी क्यों न, पराया पैसा, पराया भण्डार—उदार हाथों ख़र्च करके सबकी प्रिय बनना! अब सब उनके मत्थे लादकर खिसक पड़ने की ताक में। बच्चों को सादा जलपान, रोटी-मक्खन या पूरी-पराठा अब रुचेगा? यह झमेला कौन झेलेगा?

जलपान ही? रात का भोजन?

एक-एक करके गरम पूरियाँ निकालकर पत्तल में देने की क्षमता उनमें है? न कर सको तो बाबू-बीबियों को शायद रुचेगा ही नहीं। नमिता यह सब करती थी। फिर भी तो उछल-कूद की कमी नहीं थी। ये बुरी आदतें नमिता ने ही लगायी हैं। मतलब यह कि चुपचाप उसने मामा-ससुर का भण्डार साफ़ किया और मामी-सास का भविष्य साफ़ किया। सोची हुई शत्रुता के सिवाय क्या है यह?

इसीलिए नमिता को देखकर उनका ज़हर उबल रहा है।

और देखो कि हठात् कैसी निडर-सी हो बैठी है! बैठी है सोने के कमरे में और तीसरे पहर के जलपान के लिए झटपट आ नहीं रही है!

क्यों? किसलिए?

असमय में जो आश्रय देता है, आश्रित पर उसका कोई ज़ोर नहीं रहता? जाए तो यह, कैसे जाती है?

पति की वह बदन झाड़ने-जैसी बात से इसीलिए वह भद्र महिला आगबबूला हो गयीं। रूखे गले से बोल उठीं, "क्यों? बाधा देने की बात कैसे नहीं आती? अचानक 'जाऊँगी' कह दिया और जाना हो गया? होटल में रह रही थी क्या? कि 'यहाँ मेरा नहीं चलेगा' कहकर चली जाएगी? तुम कह दो उससे, अभी जाना नहीं हो सकता।"

अनिल बाबू मुलायम आदमी हैं, नर्म स्वर से ही बोले, ''नाहक़ ही माथा मत गर्म करो मृणाल, मैं रोकनेवाला कौन होता हूँ?''

''तुम कोई नहीं?''

''ज़ोर देने योग्य कोई नहीं।''

''ओ! फिर इतने दिन, इतने काल तक गले में बाँधकर ढोते क्यों रहे?'' मृणाल चीत्कार करके बोलीं, ''तुम अगर कोई नहीं हो तो अन्न-वस्त्र से इतने दिनों तक उसकी परवरिश क्यों की? इसे लिवाने क्यों गये थे?''

''शोरगुल से लाभ क्या है मृणाल, इन सारे 'क्यों' का उत्तर तुम खुद भी अच्छी तरह से ही जानती हो। नीपू, नीता, खोका, वीरा—सभी उस समय छोटे थे, तुम्हारी सेहत भी ख़राब थी, माँ बीमार पड़ गयीं—उस समय बीजू का संन्यासी होकर चल देना हमें भगवान के आशीर्वाद-सा ही नहीं लगा?''

मृणालिनी ने दबे तीखे गले से कहा, ''ओ, यानी कि उपकार केवल हम लोगों का ही हुआ था, उसका कुछ नहीं?''

''सो क्यों, उपकार परस्पर का ही हुआ था, पर अब यदि वह इस जीवन से थक गयी हो, तो कहने को क्या है?''

''ख़ूब! कुछ नहीं है? जवान स्त्री, तेज़ दिखाकर अकेली चली जाएगी, कहाँ रहेगी, क्या करेगी, यह देखने की ज़िम्मेदारी तुम्हारी नहीं? तुम उसके गुरुजन नहीं हो?''

अनिल बाबू ने धीमे से हँसकर कहा, ''गुरुजन का गुरुदायित्व तभी तक है मृणाल, लघुजन जब तक गुरु-लघु का ज्ञान रखे। वह यदि उस ज्ञान का उपदेश नहीं मानना चाहे तो फिर दायित्व क्या? नाबालिग़ तो नहीं है?''

''मुझे लगता है, भीगी बिल्ली-सी बनी रहकर भीतर ही भीतर किसी से प्रेम करके...''

''आः, मृणाल!''

''ख़ैर, चुप हो जाती हूँ। लेकिन यह ख़ूब जान लो, मुझे चुपाने से भी टोलेवालों को चुप नहीं कर सकते।''

''इससे पड़ोस के लोगों से सब-कुछ का वास्ता है?''

''वास्ता है! पड़ोस के लोगों से सब-कुछ का वास्ता रहता है। वे क्या सोचेंगे नहीं, अचानक यों चली गयी, ज़रूर कोई बात है!''

''यदि ऐसा सोचें तो अपनी लाचारी है।''

''तुम्हारा क्या! लाचारी कहो और छुट्टी। दूसने को लोग मुझे ही दूसेंगे। कहेंगे, निगोड़ी मामी-सास ने दुर्व्यवहार करके भगाया है।''

''किसी के कहने से बदन पर फफोले नहीं पड़ते।''

"जिनके बदन पर कछुए की खोली है, उनके नहीं पड़ते। आदमी का चमड़ा हो तो पड़ते हैं फफोले।"

"फिर तो फफोले की जलन सहनी ही होगी।"

"सहनी होगी। लेकिन तुम उसे रोकोगे नहीं? एक नेक सलाह भी न दोगे?"

"ठीक है, दूँगा।"

अनिल बाबू ने कहा था और नमिता को बुलाकर कहा भी था "मैं कह क्या रहा था बहूरानी, यों अचानक चल नहीं देकर एक चिट्ठी में विस्तार से बीजू को लिखकर..."

"विस्तार से लिखने को तो कुछ है नहीं मामाजी!"

"न-न, तुम अब यहाँ नहीं रहना चाहती हो, यह जानता, तो..."

"कुछ भी नहीं करेंगे!" कष्ट से आँसू को दबाकर नमिता बोली, "करने की इच्छा होती तो चिट्ठी तक लिखने की मनाही नहीं करते।"

अनिल बाबू ने सिर झुकाकर ही कहा था, "सो तो है। लेकिन यहाँ तुम्हें क्या-क्या असुविधा हो रही है, यदि यह बताती, तो कोशिश करके देखता, उसका कुछ प्रतिकार..."

अब तक नमिता की आँखों से आँसू ढुलक पड़े थे।

नमिता ने भी सिर झुकाकर कहा था, "असुविधा कुछ नहीं है मामाजी, यहाँ जिस सुविधा में थी, घर में भी वैसी सुविधा में कमी नहीं रही। किन्तु..." ज़रा रुककर बोली थी, "असल में अब केवल यह सवाल ही मुझे स्थिर नहीं रहने दे रहा है—इस जीवन का कोई अर्थ है या नहीं ?"

मामा-ससुर से हाँ-ना के सिवा और कभी कुछ बोली नहीं थी नमिता, इसलिए बोलकर जैसे काँप रही थी, मगर बोली थी।

अनिल बाबू ज़रा मुसकराये थे। कहा था, "यदि यह पूछने बैठो, तो हम लोगों के किसी के भी जीवन का कोई अर्थ ढूँढ़े मिलेगा बहूरानी? लेकिन ख़ैर, मैं तुम्हें बाधा नहीं दूँगा। देखो, यदि कहीं शान्ति मिले।"

अनिल की माँ ने बेज़ार गले से कहा था, "नत-बहू, तुझसे इतना क्या बोल रही थी रे?"

"उतना क्या भला! यही जाने के बारे में!"

"तेरी सलाह मानी? कु-मतलब छोड़ा?"

"मैं तो कोई सलाह नहीं देने गया था माँ, हम उन्हें बाधा नहीं देंगे, मैंने उन्हें यही कहा।"

"वाह-वा! भला रे मेरे बुद्धिमन्त बेटे! ऐसे बुरे दिन में, जब आदमी का अकाल है, ऐसी एक कामकाजी लड़की को कोई छोड़ देता है?"

"हम लोगों ने उन्हें दाई नहीं रखा है माँ!" कहकर अनिल बाबू चले गये थे।

और सहसा तभी उनके जी में आया, नमिता क्यों अपने जीवन का अर्थ खोजकर नहीं पा रही है?

घर के सभी लड़के-लड़कियों ने व्यंग्य करके नमिता को बेधा था, इसी से शायद नमिता में जो भी दुविधा थी, वह पुँछी जा रही थी।

सिर्फ़ नीपू ने कहा था, "ख़ैर, तो सचमुच ही चली जाओगी भाभी! हम सबको एकबारगी मृणालिनी देवी के हाथों छोड़कर?"

नमिता की आँखों में उसी समय आँसू आ गये थे।

फिर भी चली गयी थी नमिता।

क्या जानें, जीवन का कौन-सा अर्थ खोजने के लिए!

लेकिन नमिता कितनी निश्चिन्त रह सकती थी, यदि वह जीवन का अर्थ खोजने नहीं निकलती!

जलपाईगुड़ी शहर में अनिल बाबू का काफ़ी मान-सम्मान है, उसी घर की एक होकर तो थी वह। कहीं, किसी के यहाँ न्योता होने से अनिल बाबू की स्त्री-कन्या के साथ बराबर के स्तर से ही तो जाती थी, बुरा न लगे, इसलिए मामी-सास अपने या बेटी के साड़ी-गहनों से सजाकर ही ले जाती थीं उसे। दूसरों के सामने 'हमारी एक बहू है' कहकर परिचय देती थीं।

यही क्या काफ़ी दाम नहीं मिल गया? बहुत-बहुत मान?

और फिर अपने बच्चों से नमिता के खानपान में भद्र महिला ने कोई भेदभाव नहीं रखा। कोई भेदभाव हुआ, तो वह नमिता ने ही किया। जला, कच्चा, टूटा-फूटा—उसने सदा अपने ही हिस्से में रखा। ख़ैर, छोड़िए इसे। दूसरी ओर देखिए, 'आश्रयहीन हुई' नमिता ने कितने बड़े भरोसे का एक आश्रय पाया था। यह आश्रय सदा बना रहता। फिर कोई यह तो कहे कि इस घर में कभी किसी ने उसे दुर्-छिः की है?

सबके ऊपर रही। नमिता के कर्तृत्व पर कभी किसी ने दख़ल दिया? बहुत तो अनिल बाबू की माँ ने कभी कहा, "रोज़ ही रसोई का ऐसा समारोह? पराये पैसे से हाथ धन्य करना! ज़रा सोच-समझकर काम करना चाहिए बहू।"

कभी शायद अनिल बाबू की स्त्री ने कहा, "यह नमिता ही हम लोगों का परकाल खा गयी! इसके बाद रसोइये के हाथ की रसोई किसी को रुचेगी ही नहीं! हाँ, रसोइये को तो हमारी बातों में रहना होता है, अपने हाथ की बहादुरी दिखाने की गुंजाइश उसे नहीं रहती।"

नमिता को वह गुंजाइश है। लिहाज़ा नमिता अच्छी रसोई करके हाथ की महिमा दिखा सकती है। नमिता रसोई की सर्वमयी कर्त्री है! अपने स्वभाव की नम्रता से

यद्यपि वह दोनों ही वेला पूछा करती, "मामीजी, क्या बनेगा, कहिए?"

लेकिन मामीजी वह भार नहीं लेतीं, उदार महिमा से कह देतीं, "जो तुम्हारा जी चाहे, करो बिटिया, क्या बनाना सोचते ही मुझे बुख़ार हो आता है।"

तो?

इस अखण्ड अधिकार की मर्यादा में भी नमिता को जीवन का अर्थ नहीं मिला?

और ढूँढ़ नहीं पाने का कुछ भार फिर अनामिका के सिर पर रख गयी?

वह माने अनामिका को ही क्या मिल रहा है?

माने—उनके अपने जीवन का माने?

अतीत की स्मृति टटोलने से तो जीवन कहने को एक टूटी-फूटी, असमान, चमक-दमकविहीन वस्तु ही नज़र आती है, इसीलिए आज की रीति के अनुसार उनके पास 'साक्षात्कार' लिखने के लिए जब लोग आते हैं, तो अतीत की स्मृति-कथा कहने में कोई सम्पद-सम्बल कहीं नहीं मिलता है उन्हें।

लेकिन दूसरों के कुछ न कुछ है। मतलब कवि-साहित्यिकों को, लेखक-लेखिकाओं को। इसीलिए साक्षात्कारी के प्रश्नों से वे स्मृतियों में निमग्न हो जाते हैं अथवा स्मृति-कथा की बही की सीढ़ी से बड़ी गहराई में उतर जाते हैं, जहाँ हाथ डालते ही मुट्ठी में मणि-मुक्ता आ जाते हैं।

उन्हीं झकमक सुन्दर मणि-मुक्ताओं से स्मृति-कथा की माला गूँथी जाती है।

अनामिका के गोपन भण्डार में मणि-मुक्ता की बला नहीं।

इसीलिए किसी-किसी पत्रिका के विशेष फ़ीचर की तालिका में जब अनामिका देवी की बारी आती है, तो प्रश्नों का उत्तर देने में मुसीबत में पड़ जाती हैं वह।

कहती हैं, "मेरे जैसा जीवन तो बंगाल की हज़ार-हज़ार स्त्रियों का है। उनमें से कोई गिरस्ती करती हैं, कोई नौकरी करती हैं, कोई गाती हैं—मैं कहानी लिखती हूँ, बस। इससे अधिक कुछ तो नहीं देख पाती मैं!"

वे कहते हैं, "आपमें विनय बहुत है। लिखने के तो माने ही है, उसकी ओट में बहुत कुछ है। प्रेरणा कहाँ से मिली, किस पीड़ा से उद्‌बुद्ध हुई, आप पर किन-किनका प्रभाव पड़ा है?" आदि।

जवाब देने में बड़ी आफ़त में पड़ना पड़ता है।

ये क्या कहने की बातें हैं?

या कहने जैसी बातें हैं?

फिर भी लोग बक-बक़ करा करते हैं।

अभी-अभी उसी दिन तो एक दुबला-पतला निरीह-सा छोकरा किसी एक पत्रिका की ओर से आया था। नाक में दम कर दिया था उसने।

बात वही एक ही, भाषा भी वही, "हमारी पत्रिका में सभी साहित्यकारों की

स्मृति-कथा छप गयी, लेकिन आपकी नहीं मिली अभी तक..."

बँधी-बँधायी यह बोली समझने में किसी को देर नहीं लगती। अनामिका की ज़बान पर आ रहा था, "मिली नहीं कि ली नहीं!" परन्तु ज़बान पर आयी बात को रोक न सकें तो सभ्यता क्या?

इसीलिए सिर्फ़ कहा, "ओ!"

उस छोकरे ने कहा, "पता मालूम नहीं था न। आपका पता मालूम करने में क्या कम मुसीबत उठानी पड़ी! बड़े कष्ट से..."

अब भी अनामिका कह सकती थीं, "ताज्जुब है! कम भी होगी, तो बाज़ार में सौ किताबें तो बिक रही हैं मेरी, उनके प्रकाशक भी हैं, और प्रकाशकों के पास मेरा पता भी है। और चलनेवाली बहुतेरी ही पत्रिकाओं में मेरी रचनाएँ छपती रहती हैं। वहाँ भी ज़रा पूछताछ करते तो पता मिल जाता। ज़्यादा कष्ट भी नहीं करना पड़ता, इसलिए कि टेलीफ़ोन नाम का एक यन्त्र आदमी के बहुत परिश्रम को बचाने के लिए सदा तैयार है।"

लेकिन कहने से लाभ क्या?

बना-बनूकर एक ढंग की कैफ़ियत बेचारे ने तैयार की है, उनके उस आवेग पर बर्फ़-पानी ढालकर क्या होगा?

उससे तो यही कहना ठीक है, "इस्, बड़ी तकलीफ़ हुई तुम्हें!"

इसके बाद उस ओर की बारी, "नहीं-नहीं, तकलीफ़ कैसी! आख़िर भेंट जब हो गयी तो कष्ट का प्रश्न क्या! अब यह कहिए, किस अंक से शुरू करेंगी? अगले अंक से? विज्ञापन दे देता हूँ..."

"अरे रे, आफ़त है। सुन तो लूँ पहले।"

"कहा तो, हमारे 'ज्योतिर्मय स्वदेश' की 'स्मृतिकथा' सीरीज़ में..."

"वह कोई सीरीज़ है?"

"जी। देखा नहीं है? यह तो कोई दो-ढाई साल से चल रही है। बंगाल के जितने भी साहित्यिक हैं—सबकी एक-एक करके..."

बात ठीक तरह से पूरी न कर पाने के कारण ही शायद छोकरा एकाएक चुप हो गया।

अनामिका को लगा, वह शायद कहना चाह रहा था, एक-एक करके क़त्ल किया है या एक-एक को यूपकाष्ठ में डालकर काटा है। कहा नहीं सिर्फ़ भद्रता के नाते, जिस नाते ज़बान पर आयी बात को दबा लेना पड़ता है।

फिर भी अधूरी बात का ही उत्तर दिया उन्होंने, "श्रेष्ठ साहित्यिकों की? तो उसमें मुझे क्यों...?"

"कह क्या रही हैं? आपके बिना तो सीरीज़ पूरी ही नहीं हो सकती!

नवीन-प्रवीण मिलाकर प्रायः अस्सी का स्मृति-चारण हो चुका...''

उसका यह स्मृति-चारण शब्द अनामिका को हठात् गोचारण-सा लगा। शायद उस अस्सी शब्द की प्रतिक्रिया से ही।

अनामिका के पुलकित ही होने की बात थी।

बंगाल में इतने श्रेष्ठ साहित्यिक हैं, यह ख़बर तो पुलक की ही है। पर समझ में नहीं आया, पुलकित हुईं या नहीं। बल्कि मुसीबत में पड़ी-सी ही बोलीं, ''फिर क्या है, काफ़ी तो हो ही चुका...''

''वह कहने से तो नहीं चलेगा, आपकी तो चाहिए ही।''

''मगर मैं तो अपने को क़तई श्रेष्ठ नहीं सोचती...''

''आप न सोचें, देश सोचता है।'' उस छोकरे का कण्ठ उद्दीप्त हो उठा, ''देश जानना चाहता है कि यह प्रतिभा कैसे विकसित हुई। शैशव, बाल्य, यौवन–सबमें कैसे...''

''मुझे तो लेकिन कुछ भी नहीं दीखता...'' अनामिका के गले में हताशा आयी, ''रेल की खिड़की से मुँह निकालकर छोड़कर आये हुए रास्ते को देखने से रेल की दो पटरियों के सिवाय और जैसे कुछ नहीं दीखता, अपना भी लगभग वही हाल है। बधी-बँधायी लीक पर चली आयी। कभी पैदा हुई, कभी न कभी निश्चित मरूँगी ही। इन्हीं दो जंक्शनों के बीच का रास्ता है। बीच के स्टेशनों में कभी रुकी, सुस्ताया, फिर दौड़...''

''बात में आपसे कौन जीतेगा? बातों से ही तो मात किये दे रही हैं। लेकिन मैं इन बातों से भूलने का नहीं। मैं सम्पादक से कह आया हूँ, आप विज्ञापन दीजिए, मैं उनसे सब ठीक-ठाक किये लेता हूँ।''

''तुम्हें तो मेरा पता ही नहीं मालूम था, प्रत्यक्ष कभी देखा भी नहीं मुझे, ऐसा कह कैसे आये?''

वह छोकरा एक अलौकिक हँसी हँसा। फिर बोला, ''अपने ऊपर आस्था होनी चाहिए। ख़ैर, यह कहिए, लिखकर दे कब रही हैं?''

''कब क्या, दे ही नहीं रही हूँ, बिलकुल।''

''ऐसा कहने से छोड़ता कौन है? शुरू में सब यही–मतलब सभी ठीक यही कहते हैं, 'मेरी स्मृति में लिखने लायक़ क्या है, साधारण घर का हूँ' आदि–इत्यादि जो भी रोना-धोना! उसके बाद? देख ही तो रही हैं एक-एक। सबमें किसी न किसी दिन 'निर्झर का स्वप्न भंग' हुआ है, उसी का इतिहास...''

''मेरे तो भैया, वह कुछ भी नहीं हुआ-हवाया।''

''ऐसा भी हो सकता है भला? उसे तो होना ही है। चूँकि आपमें विनय बहुत है, इसीलिए दबा ले रही हैं। परन्तु हम लोगों को आप टाल नहीं सकतीं। लिखना

शुरू कर दीजिए।"

"अजीब है! मैं सच कह रही हूँ, लिखने लायक़ कुछ भी नहीं है। मध्यवित्त बंगाली परिवार की लड़की, सात-आठ भाई-बहनों में एक, खाना-पहनना नसीब हुआ, जहाँ पैदा हुई, वहीं हूँ, आशा करती हूँ, वहीं मरूँगी, बस। इसमें लिखने जैसा क्या है?"

"ख़ूब! इतना ही? और बीच की यह विपुल साहित्य-कृति?"

"देखो, वह भी क्या बताऊँ, महज़ एक घटनाचक्र। कभी शौक़ हुआ, लिखूँ। लिखा। छपा। वह समय भी अच्छा था, सम्पादक लोग स्त्रियों की रचना क्षमा-घृणा करके छाप देते थे और फिर माँगते भी थे। उनकी उसी माँग से फिर नये उत्साह से लिखा, फिर छपा, फिर—ग़र्ज़ कि जैसा कहा, घटनाचक्र की पुनरावृत्ति से तुमने 'विपुल कृति' या क्या कहा, वही हो गयी।"

लेखिका बनने के लिए प्रेरणा-स्रोत के बारे में कुछ कहना चाहेंगी?

"कहना क्या चाहूँगी, कह ही तो रही हूँ। पाठक, सम्पादक और प्रकाशक इन्हीं लोगों ने मिलकर मुझे लेखिका बना दिया। और क्या..."

"ठीक है, आप यदि इसे टाल ही जाना चाहती हैं, तो अपने जीवन की विशेष-विशेष बातें ही लिखें। जीवनसंग्राम के कड़वे अनुभव या..."

"मैंने शुरू में ही कहा, 'विशेष' जैसा कुछ नहीं है। जीवनसंग्राम भी कहाँ? जीवन में कभी पाइस-होटल में नहीं खाया, कभी गमछा नहीं बेचती फिरी, मकानमालिक की ताड़ना से कभी फ़ुटपाथ पर नहीं जा खड़ी हुई, राजनीति नहीं की, जेल नहीं गयी, और तो और बंगाल के गाँवों के अनन्त प्राण-प्राचुर्य में उमंग से घूमने का भी मौक़ा नहीं मिला। शहर कलकत्ते में चारदीवारी के बीच ज़िन्दगी कट रही है—कहाँ है कोई विशेष बात?"

छोकरा फिर भी पस्त नहीं हुआ। बोल उठा, "तो सृष्टि कीजिए। कलम के ज़ोर से क्या नहीं होता है?"

"बना-बनूकर लिखूँ?" अनामिका हँस पड़ीं।

छोकरा हँसा नहीं, बल्कि मुँह को भारी-सा बनाकर बोला, "बना-बनूकर क्यों, अपनी अनुभूति के रंग से रँगकर। तुच्छ-सी घटना को उस रंगीन रोशनी में चमकाकर—माने सब लोग जैसा करते हैं।" उसने अचानक होठ टेढ़ा किया, "राँगे को सोना कहिए तो सोना। जो-जो लिख रहे हैं, उसमें कितना सत्य है और कितनी कल्पना की कारीगरी, यह जानना तो बाक़ी नहीं है..."

अनामिका हठात् ज़रा सख़्त गले से बोलीं, "वही जब नहीं है, तो फिर उसकी ज़रूरत ही क्या है?"

"वाह रे, मैं यह थोड़े ही कह रहा हूँ कि सभी गढ़कर लिख रहे हैं? मैं कह

रहा हूँ कि आप लोगों की लेखनी के जादू से साधारण घटना भी असाधारण हो उठती है, साधारण जीवन भी साधारणोत्तर लगता है।''

''मेरे लिखने में यह चमत्कार होगा, मुझे ऐसा विश्वास नहीं है भैया। अनुभूति के रंग से रँगना—न-न, यह मेरे वश का नहीं।''

''यानी यह कहिए, आप रचना नहीं देंगी।''

''नहीं दूँगी, यह तो नहीं कह रही हूँ। कह रही हूँ, मुझसे हो नहीं सकेगा।''

''उसका मतलब वही है लेकिन मुझको आप लौटा नहीं सकतीं। मैं क्या मुँह दिखाऊँगा! कुछ न कुछ लिये बिना मैं नहीं छोड़ूँगा। आपके अच्छे उपन्यासों की नायक-नायिकाओं के चरित्र किन्हें देखकर लिखे गये, कम से कम यही लिखिए। 'आत्मकथा' की सीरीज़ में उसे ही डाल दिया जाएगा।''

उसके कहने में एक निश्चिन्तता-सी फूटी।

''अजीब है। अरे, कहानी-उपन्यास के माने ही तो काल्पनिक।''

''यह ग़लत है। सभी अच्छे लेखकों के श्रेष्ठ चरित्र लोगों को देखकर लिखे गये हैं। शरच्चन्द्र, विभूतिभूषण, ताराशंकर, वनफूल—देखिए आप, कहिए इन्होंने बिना कुछ देखे लिखा है...''

''बात दरअसल यह नहीं।'' अनामिका बोलीं, ''देखना तो ख़ैर है ही। देखने की दुनिया से ही लिखने की दुनिया है! मैं सिर्फ़ यह कह रही हूँ, मैं कम से कम किसी विशेष एक को देखकर ठीक उसे अंकित नहीं कर पाती। अथवा वह मेरे हाथ आता ही नहीं। बहुतों को देख-देखकर किसी एक को चित्रित करती हूँ, बहुतों की बातें चुनकर किसी के मुँह में डाल देती हूँ—मेरी पद्धति यही है। इसी से शायद बहुत-से लोग सोचते हैं, यह मुझको देखकर लिखा है। और इसीलिए तुम लोग भी यह ढूँढ़ने लगते हो, 'देखें, किस पर लिखा है'।'' अनामिका ज़रा रुकीं, फिर बोलीं, ''मैं कह नहीं सकती, किसी एक आदमी को यथादृष्टि रखकर कहानी लिखी जा सकती है या नहीं? श्रीकान्त क्या हूबहू है? छोड़ो, औरों की बात मैं नहीं कर सकती, मैं अपनी ही कहती हूँ, मैं सबको लेकर ही लिखती हूँ या किसी को लेकर नहीं लिखती।''

छोकरा उत्तेजित हुआ।

मेज़ पर एक घूँसा जमाकर बोला, ''तो आप यह कहना चाहती हैं, आपकी वह कौन-सी किताब तो है, हाँ, 'एकाकी', उसकी नायिका में आपके जीवन की छाप बिलकुल ही नहीं पड़ी है?''

अनामिका चौंकीं, ज़रा, अवाक् होकर बोलीं, ''एकाकी? उस पुस्तक की नायिका तो एक गायिका है!''

''उससे क्या! आप लेखिका तो हैं! उतना तो छिपाएँगी ही। उसके सिवाय तो

सब कुछ मिलता है। वहाँ भी नायिका अविवाहित है, आप भी...''

अनामिका कुरसी से उठ गयीं। मुसकराकर बोलीं, ''फिर क्या चिन्ता। आत्मकथा तो लिख ही चुकी हूँ मैं। चाहो तो उसे ही अपनी पत्रिका में छाप दो।''

''उसे ही? यानी उस छपी हुई पुस्तक को?''

''इसके सिवाय और उपाय क्या है? एक आदमी का जीवन तो आख़िर एक ही है। लिहाज़ा आत्मकथा भी दस-पाँच नहीं हो सकतीं।''

''यह आप गुस्से से कह रही हैं।'' नाछोड़बन्दा वह छोकरा धीरज से बोला, ''हो सकता है आपके अनजानते ही वह छाप आ गयी हो। लेखकों का ऐसा होता है...''

''ऐसा होता है? कह रहे हो?''

कठघरे से जैसे उतरीं, इस तरह से राहत की साँस लेकर अनामिका बोलीं, ''जी गयी तब तो!''

''मज़ाक़ कर रही हैं आप।''

''मज़ाक़ क्यों करने लगी? राहत मिली इसलिए कहा। लेकिन मुझें काम है, अब तो बैठ नहीं सकती !''

इस इशारे से ही काम हो सकता है?

पागल!

अन्त तक वचन लिये बिना सम्पादक का भेजा छोकरा पिण्ड छोड़ सकता है?

आख़िर शीर्षक तय हुआ—'स्मृति-कथा क्यों नहीं लिखी...'

अनामिका दवची को लिखना पड़ा था। 'ज्योतिर्मय स्वदेश' की उसी आत्मकथा सीरीज़ में लोगों ने उसे डाल दिया था।

लेकिन यह लिखना उनके लिए सहज हुआ था?

क्यों नहीं लिखा गया?

अस्सी नवीन और प्रवीण लेखक-लेखिकाओं ने जो किया, मैंने वह क्यों नहीं किया, यह लिखना वैसा आसान नहीं।

लेकिन अनामिका स्मृति के किस समुद्र में ग़ोता लगाएँ? किस स्मृति-सौरभ की महक लें?

वह क्या अपने घिसे पैसे से शैशव को निखार धरें, कहें ''देखो-देखो, कैसा तुच्छ है! इसीलिए नहीं लिखा!''

यह नहीं होने का। इसीलिए 'क्यों नहीं लिखी' में काफ़ी कुछ लिखना पड़ा।

लेकिन सचमुच लिखा क्यों नहीं!

लिखा क्या नहीं जा सकता था? बकुल के जीवन को ही क्या सजा-सँवार कर नहीं रखा जा सकता था?

'निर्झर का स्वप्न भंग' जैसा कुछ हुआ नहीं हो अचानक, किन्तु पत्थर की दरार से फूटकर झरने के पानी ने पछाड़ नहीं खायी है क्या?

खायी है। उसकी कल-कल गूँजी है।

उसी से शायद एक 'आत्मकथा' हो सकती थी।

परन्तु अपने बारे में अनामिका को बड़ी कुण्ठा है। अपने मूल्यबोध की बड़ी कमी है। अपने अन्तर के अन्तस्तल में 'बकुल' नाम की उस तुच्छ लड़की के अलावा और किसी को नहीं देख पाती है वह।

निन्दा-यश, प्रशंसा-अप्रशंसा की माला में मुड़ी अनामिका देवी ने उस बकुल को ही केवल आश्रय दे रखा है, ढँक रखा है उसकी तुच्छता को।

इसीलिए आग्रह-अनुरोध की छाया देखते ही टालना चाहती हैं।

लेकिन यह आग्रह-अनुरोध क्यों?

उन अस्सी लोगों के बाद भी और अस्सी के लिए दौड़धूप क्यों?

कहीं कोई श्रद्धा है? आग्रह, प्रेम, मान है?

यदि है, तो बार-बार यह क्यों लगता है, यह सीरीज़ और फ़ीचर, भेंट और समाचार, हस्ताक्षर-संग्रह और अभिमत—क्या मूल्य है इसका? व्यावसायिक मूल्य के अलावा?

इस युग में उस प्रतिभा के प्रति मोह कहाँ है? बड़ों के लिए श्रद्धा? पण्डितों की बातों पर आस्था?

यह युग आत्मप्रेमी है।

दुबला-दुबला काला-काला-सा छोकरा, जो कि नाछोड़बन्दा बनकर अब तक बक-बक करा गया, उसने सच ही क्या भेंट के माध्यम से अनामिका देवी नाम की लेखिका को समझने की चेष्टा की थी? उनके कहने में जो सुर है, उसे सुनना चाहा था? कम से कम कौतूहल की दृष्टि से ताका भी था?

पागल हो!

जो करने आया हूँ, उसे करके ही रहूँगा—इसके सिवाय और कोई मनोभाव ही नहीं था उसमें। और, अपने 'ज्योतिर्मय स्वदेश' के पन्नों पर जिनके नामों को सजाकर रखा है तथा रखना चाहता है—उन्हें उसने धन्य किया है, ऐसी एक आत्म-सन्तुष्टि थी उसमें। थी, है, रहेगी।

ख़ास करके लेखिकाओं के बारे में तो यह भाव रहता ही है कि ज़ात में ला रहा हूँ।

रहे भी क्यों नहीं, युग-युगान्तर का संस्कार जाने को है?

उस छोकरे के चले जाने के बाद अनामिका मेज़ के पास आकर बैठीं। काफ़ी कुछ दिनों से एक उपन्यास का प्लाट मन में घुमड़ रहा है, उसके आरम्भ की बुनियाद डालने के दो-एक पन्ने उस दिन लिख रखे थे, उसी को पलटकर देखने की इच्छा हुई। लगता है, आज कहीं जाना नहीं है, लेखन को कुछ आगे बढ़ाया जा सकता है।

उन्होंने कॉपी खींच ली, नज़र डाली...। जिस जीवन को कहीं कोई प्रत्याशा नहीं, कोई ज्योति, आशा, रंग नहीं, उस जीवन को भी बचाये रखने का यह आप्राण प्रयास क्यों? दुनिया में और कुछ दिन टिके रहने के लिए क्यों यों लटके रहना!...डॉक्टर के चले जाने के बाद बिस्तर के बग़ल की खिड़की से वेला ढलते आकाश की ओर ताककर प्रौढ़ शिवेश्वर खास्तगीर ने एक गहरी साँस ली—तो क्या मनुष्य की सबसे बड़ी प्रेम की वस्तु यह धरती ही है? तमाम के सारे आश्रयों के चूर हो जाने पर भी, जीवन के सारे आकर्षणों के धुँधले हो जाने पर भी यह धरती ही अपने अनन्त आकर्षण की बिसात बिछाकर कहती है, "कोई न हो, मैं तो हूँ! और तुम भी हो। मैं और तुम—इतना ही क्या कम है? इतना ही तो सब है। तुम और मैं में ही तो सारी सम्पूर्णता है, सारा स्वाद है।"

"शायद! नहीं तो मैं ही अब डॉक्टर को क्यों भुला रहा हूँ, दवा खा रहा हूँ, सावधानता के सारे नियमों का पालन कर रहा हूँ? क्या सिर्फ़ इसलिए कि मेरे पास बहुत पैसा है? अपरिमित पैसा नहीं रहने से क्या मैं जीने की चेष्टा में..."

इसके आगे लिखना नहीं हुआ था।

टेलीफ़ोन बज उठा।

जैसा कि सब समय बजता है चिन्ता की निमग्नता से झोंटा पकड़कर खुले आँगन में पटक देने के लिए।

फिर भी बड़े शान्त गले से पूछना पड़ा, "जी, आप? हाँ, मैं अनामिका देवी बोल रही हूँ। क्या कहा? नाम? लड़की का? इस्, कतई भूल गयी। ढेरों काम में ऐसी मुसीबत होती है..." लज्जा-संकोच से मर जाना पड़ा मानो, "कृपा करके कल सवेरे अगर आप—कल ही नामकरण उत्सव है? ओ। तारीख़ डायरी में लिख रखने को कहा था? जी, अब सब याद आ रहा है। यानी लिखकर रखा भी है, खोलकर देख ही नहीं पायी। अच्छा, आप बल्कि आज ही साँझ को एक बार कष्ट करके—नहीं तो अपना फ़ोन नम्बर ही—घर से ही बोल रहे हैं न?"

टेलीफ़ोन रखकर एक हताश निःश्वास फेंका। मानो वचन देकर महाजन का कर्ज़ नहीं दे पायीं! कण्ठ में कम-से-कम यही कुण्ठा। इस कुण्ठा के सिवाय उपाय भी नहीं। सौजन्य पर ही तो संसार है!

सच ही भूल गयी थीं, अभी याद आया, भले आदमी ने अपनी सद्यःजात कन्या

के नामकरण के लिए आग्रह करते हुए आवेग-मुग्ध गले से कहा था, "और साथ ही यह आशीर्वाद भी देंगी कि आप जैसी हो सके!"

और अनामिका ऐसी बात भूल गयीं!

बुरा, बहुत बुरा है, गरचे सचमुच ही लिख रखा था। ग़नीमत कि रखा था! खोलकर देखा, और भी बहुत-से वायदे हैं। इन अदेखे भलेमानस की लड़की का नामकरण ही नहीं, मुहल्ले के लड़कों की हस्तलिखित पत्रिका का भी नामकरण करना है।...टोले की सरस्वती पूजा की स्मारिका के लिए सम्मति, 'सबुज समारोह' क्लब की रजतजयन्ती की स्मारिका के लिए कहानी, 'भारतीय चर्म शिल्प प्रतिष्ठान' के कर्मचारियों के रिक्रिएशन क्लब के वार्षिक अधिवेशन की स्मारिका के लिए जैसी भी हो, चर्म शिल्प पर कोई रचना, निभाननी बालिका विद्यालय के चालीस वर्ष पूरे हो जाने के उपलक्ष्य में समयोपयोगी कोई लेख।...प्रधानाध्यापिका की शक्ल याद आ गयी उन्हें, गोल-सा काला-काला चेहरा, काली दोनों आँखें भी गोल, उन्हीं आँखों को विस्फारित करके दबें हुए गले से भद्रमहिला ने कहा था, "आप कह रही हैं, लड़कों के स्कूल में ही सारा झमेला है, लड़कियों के स्कूल में फिर भी शान्ति है? भूल है अनामिका देवी, भूल, यह आपकी बिलकुल ग़लत धारणा है। प्राइमरी सेक्शन को छोड़ दें, साढ़े चार सौ लड़कियों को लेकर घर कर रही हूँ, मैं क्या कहूँ आपसे, साढ़े चार सौ ही जैसे फन खोले गेहुँअन! कुछ कहो कि फोंस! अपनी इज़्ज़त बचाते हुए किस तरह से जो चलाये जा रही हूँ, यह मैं ही जानती हूँ।...और इसी स्थिति में सभी कुछ करना पड़ता है। लड़कियों की उमंग है, चालीस साल पूरा होने के उपलक्ष्य में कुछ धूमधाम हो। यानी नाच-गान, अभिनय-प्रहसन। लेकिन लड़कियों के स्कूल में आजकल फ़ंक्शन करना जो क्या दारुण प्रोब्लेम है! लड़कियाँ जानती सब हैं, पर फिर भी नहीं समझतीं। बीते साल, यानी पिछले दशहरे के समय लड़कियों ने एक 'सोशल' किया। पता चल गया और मुहल्ले के लड़के धावा बोल उठे। कहते क्या हैं, हमें देखने देना होगा।...देख लीजिए हालत! ये लड़के अब नटखट तो नहीं, पूरे गुण्डे हो गये हैं, समझाने से काम नहीं चलता। आख़िर उनके अगुए को अकेले में बुलाकर हाथ जोड़ करके कहना पड़ा, 'बेटे, तुम लोगों की बात रख लूँ तो लड़कियों के अभिभावक स्कूल को सही-सलामत रहने देंगे? हो सकता है, क़ानून-कचहरी हो जाए, शायद इतने दिनों का यह स्कूल ही उठ जाए। और लड़कियों का अच्छा स्कूल तो यही एक है। तुम लोगों की ही बहनें, भतीजी, भानजियाँ पढ़ने आती हैं' आदि-इत्यादि बहुत कुछ कहने पर भाग्य कहिए कि मान गये। वचन भी दिया, 'ठीक है।'...तो कहिए, बार-बार यह रिस्क लेना ठीक है? लड़कियाँ लेकिन सुनने की नहीं। आपसे मैं क्या कहूँ, लगता है, अधिकांश लड़कियाँ ही मानो यह चाहती हैं कि हमला हो, हो-हल्ला कुछ हो, उन गुण्डे लड़कों के

आमने-सामने कुछ निबटे। यह कैसी सत्यानाशी बुद्धि है, कहिए। इसीलिए कह रही हूँ, लड़कियों को जिसमें शुभ बुद्धि हो, ऐसा एक लेख हमारी स्मारिका में आपको देना होगा।"

अनामिका देवी ने शायद कहा था, "आप लोग तो सदा इसके लिए प्रयत्नशील हैं, मामूली एक लेख से उससे ज्यादा क्या होगा?"

महिला ने आवेग से काँपते हुए गले से बड़ी दृढ़ता के साथ कहा था, "होगा तो आपकी बात से ही होगा। बंगाल के लड़के-लड़कियाँ किस क़दर चाहती हैं आपको..."

उस समय अनामिका क्या मन ही मन ज़रा हँसी थीं? यह सोचा था क्या कि मैं चूँकि 'ज्ञान-चेतना' नहीं देना चाहती हूँ; इसीलिए चाहती हैं। वह चेष्टा करने से...

लेकिन यही हँसी ज़ाहिर तो नहीं की जा सकती।

साहित्यिकों की ज़िम्मेदारी शायद बहुत बड़ी है। समाज के उठने-गिरने का अदृश्य-सूत्र शायद उन्हीं के हाथों है। केवल निभाननी बालिका विद्यालय की प्रधानाध्यापिका का ही नहीं, यह ध्वनि तो सर्वत्र गूँज रही है। परन्तु—इतनी बातों के बावजूद अनामिका देवी उस गुरुदायित्व की एक कणिका के पालन को भी बिलकुल भूले बैठी हैं!

देखा, उनकी चालीस-वर्ष-पूर्ति के अब कुल सोलह दिन बाक़ी हैं, लिहाज़ा आज ही दे सकें तो अच्छा हो। आख़िर छपाने का भी समय तो मिलना चाहिए।

बाक़ी सब तो आज ही कल में माँग बैठेंगे। कैसे भूल बैठी हैं वह! फिर देखा, मेज़ पर बहुत-सी चिट्ठियाँ जमा हो गयी हैं। जवाब देना चाहिए।

उपन्यास के प्लाट को हटा ही देना पड़ा। हो सकता है, काफ़ी कुछ दिन ही हटाकर रखना पड़े। इन सबके समाप्त होते-होते और भी तो कुछ-कुछ आ जुटेंगे!

लेकिन कवि-साहित्यिकों के प्रति आजकल हर-हमेशा एक शिकायत हो रही है, अब कोई भी मननशील कुछ नहीं लिखते। सब टालने के लिए, सब रुपया कमाने के लिए। पहले के लेखक प्राण-मन से लिखते थे, अपनी समग्र चेतना से लिखते थे—इस युग के लेखक सिर्फ़ उँगली की नोक से लिखते हैं!...हाँ, उस दिन किसी कॉलेज की साहित्य-सभा में प्रधान अतिथि के नाते छात्र-सभा के सदस्यों के आवेग-उत्तप्त भाषण में बैठे-बैठे उन्हें यही अभियोग सुनना पड़ा था।

सिर झुकाकर दोष मानना ही पड़ा था, नहीं तो क्या यह कहतीं, साहित्य को इस युग की तरह और किस युग ने तुड़ाकर खाया है? समाज की एड़ी-चोटी निगाह उठाकर देखो, आज साहित्य ही सबका हथियार है। साहित्यकारों को हाथ में रखने के लिए कैसा-कैसा जाल फैलाया जाता है। रुपयों का चारा, सम्मान का चारा,

पुरस्कार का चारा—समाज-सरोवर के हर घाट पर क्षमता का चारा डाला हुआ है। और फिर आग्रहों की यह बाढ़!

ऐसे में किस एकान्त-निश्चिन्तता में मननशील साहित्य की रचना होगी?

भरोसा केवल नयों का है।

जिन्हें भुनाकर खाने के लिए अभी हज़ारों हाथ नहीं फैले हैं। लेकिन कब तक? अवसरवादियों की नज़र जैसे ही पड़ेगी कि "उनकी कलम ज़ोरदार है, उनमें सम्भावना है"—बस, उसी समय उनकी सम्भावना की समाप्ति हो जाएगी। उनकी उस सशक्त लेखनी को किस-किस काम में लगाया जाए, यही चिन्ता का विषय होगा।

यदि आज-कल, परसों-नरसों, उसके बाद के दिन यदि सिर्फ़ वह उपन्यास लिख पातीं! जीवन के सारे ही मूल्य गँवाकर भी जीने की चेष्टा जिसकी अव्याहत है—उस शिवेश्वर खास्तगीर की कहानी!

एक निःश्वास छोड़ते हुए 'निभाननी बालिका विद्यालय' की लड़कियों के ज्ञान-दान का ख़ाका खींचते-खींचते एक टुकड़ा काग़ज़ पर कुछ नाम लिखकर रखा। सुनने में मीठा पर असाधारण, किसी ने कभी लड़की का वैसा नाम नहीं रखा, ऐसा दुरूह, महाभारत के अप्रचलित अध्याय से, अजानी कोई नायिका, ऐसे ही कुछ नाम।

शायद इनमें से एक भी न रखे, आप ही अपनी पसन्द की रखे, फिर भी अपने कर्तव्य का तो पालन हुआ!

परन्तु कलम रखकर सोचने क्यों बैठ गयीं अनामिका?

किसकी बात?

उस लड़की की बात?

जिसकी अब घर में कोई चर्चा भी नहीं करता। नहीं, घर से भागी हुई उस लड़की का नाम अब घर में उच्चारित नहीं होता। उसे ढूँढ़ने की भीतर ही भीतर जो आप्राण चेष्टा चल रही थी, अब वह भी बन्द हो गयी।

उस नाम पर मानो एक काला परदा पड़ गया। प्राण-चंचल, बेपरवा, दुस्साहसी उस लड़की की मृत्यु हो गयी।

पर—ख़ूब गहराई में अनामिका के एक निःश्वास छूटा—पर, कम से कम उसकी माँ भी उसे समझती! नहीं समझ सकी। बचपन से वह अभिभावक के साँचे में न ढलकर अपने ही ढाँचे में ढल रही है, इसी अपराध से तिरस्कृत हुई। उसके पास सत्य की जो एक मूर्ति है, उस मूर्ति की ओर किसी ने ताककर नहीं देखा—उसे सबने उच्छृंखलता माना।

परन्तु अनामिका?

घर में और बहुत-से लड़की-लड़के हैं, फिर भी उनके नारीचित्त के सहजात

वात्सल्य की व्याकुलता बराबर उसी उद्धत, अविनयी, बेपरवा लड़की को घेरकर ही घूमती रही है।

बीस

"तुम्हारी बुआ के मत्थे और कब तक रहा जाएगा?"

सत्यवान दास नाम के उस छोकरे ने कहा, शम्पा ने जिस नाम को ज़रा बदलकर जाम्बवान कर लिया है।

शम्पा ने उसी शब्द का व्यवहार किया, थर्मामीटर को झाड़ते हुए अकातर कण्ठ से बोली, "सामने जब तुम्हारी किसी मौसी-बुआ का मत्था नहीं पा रही हूँ, तो उपाय क्या है?"

"मेरी मौसी-बुआ? वे मत्था देंगी?" सत्यवान हँस उठा, "उस भद्र महिला जैसी बुद्धू महिला दुनिया में और हैं क्या?"

"है। और भी एक है..." शम्पा ने गम्भीर भाव से कहा, "फ़िलहाल एक जाम्बवान को माथे उठाकर जिसकी ज़िन्दगी महानिशा हो गयी है..."

"सच, शम्पा..."

"रहने दो, भलमनसाहत, सौजन्य, आक्षेप आदि फिर, अभी तापमान देख लें।"

"नहीं।"

"नहीं? मतलब?"

"नहीं का मतलब साफ़—नहीं। बुख़ार उतर गया है। फिर भी वह वाहियात चीज़ लिये क्यों पीछे पड़ी हो?"

"ताज्जुब! तुम्हारे जैसा बेहया तो दूसरा नहीं देखा। दो-दो बार क्यों पटकाये?"

"दो बार पटका गया, इसका यह मतलब नहीं कि बार-बार पटकाऊँ। मैं ख़ूब स्वस्थ अनुभव कर रहा हूँ। कल चला जाऊँगा।"

शम्पा ने गम्भीर होकर कहा, "ठीक है। डेरा ठीक हो गया है?"

"डेरा? ख़ूब! डेरा कब ठीक किया?"

"तो? कल ही जा रहे हो..."

"अजीब है! मेरा कमरा क्या चला गया। इस पूरे महीने का किराया दिया

हुआ है।''

''ओ, फिर तो ठीक ही है...'' शम्पा कुछ ऐसे बोली, जैसे बहुत आश्वस्त हो गयी, ''मेस में स्त्री के रहने पर आपत्ति तो नहीं करेगा तुम्हारा मैनेजर?''

''स्त्री!'' सत्यवान आसमान से गिर पड़ा, ''तुम भी चलोगी क्या?''

शम्पा और भी ऊँचे आसमान से गिरी, ''हाय राम, जाऊँगी नहीं तो कहाँ रहूँगी?''

सत्यवान सचमुच ही मुसीबत में पड़ा।

इसलिए वह सँभालते हुए-सा बोला, ''अहा, अभी तो कुछ दिन यहीं रह सकती हो, उसके बाद...''

''क्या उसके बाद?''

''उसके बाद डेरा ठीक करके...''

शम्पा ज़ोर-ज़ोर से बोली, ''ओ इसी आशा से बैठी रहूँगी मैं? फिर तो हो चुका। तुम्हारे भरोसे बैठे रहने से राधा भी नहीं नाचेगी, नौ मन तेल भी नहीं होगा।''

''मुझपर अगर इतना ही अविश्वास है, तो इतना जला क्यों रही हो?'' सत्यवान बोल उठा, ''खिसक पड़ो न बाबा।''

''फिर तो तुम जी ही जाओ। लेकिन वह जी जाने की आशा छोड़ दो। मगर जबड़ा बैठा दे तो बाघ भी नहीं छुड़ा सकता है। समझे?''

''वाह, अपने ऊपर कैसी असीम श्रद्धा है!'' सत्यवान ने कहा।

शम्पा ने गम्भीर भाव से कहा, ''बेशक! श्रद्धा है, इसीलिए सत्य बोल रही हूँ। ख़ैर, अभी यह तो लो...''

थर्मामीटर सत्यवान की ओर बढ़ा दिया।

सत्यवान से अब ना नहीं करते बना। हाथ बढ़ाकर थर्मामीटर लिया और देखकर लौटा दिया।

शम्पा ने उसे रोशनी के सामने रखा, पारे की स्थिति देखकर हृष्टचित्त से बोली, ''ख़ैर बाबा, इस बार तो भी तुमने मेरा मुँह रखा...''

''मुँह रखा।'' सत्यवान को समझने में शायद देरी हुई, इसलिए उसने दिमाग़ पर बल डाला, ''मुँह रखा माने?''

''न, इस आदमी को शायद इस जीवन में आदमी नहीं बनाया जा सकेगा। मैं पूछती हूँ, इस बुख़ार से टें हो जाने से मेरा मुँह रहता? इसलिए तुम्हें धन्यवाद दे रही हूँ।''

''ख़ूब। तुम लोगों का मुँह रखने के लिए ही मेरे बच जाने की सार्थकता है?''

''और नहीं तो क्या! इसके बाद जितनी बार जी चाहे मरो, कोई आपत्ति नहीं! केवल यह यात्रा काट दी, इसी से मेरा सर ख़रीद लिया।''

''इसके बाद जितनी बार चाहूँ, मर सकता हूँ?''

''मज़े में।''

''बाप रे, कैसी ख़ौफ़नाक लड़की है! अब समझ रहा हूँ, तुम्हारे साथ लटककर बड़ी ग़लती की है।''

''यह भी कहने की बात है...'' शम्पा ने बड़ी सहानुभूति के स्वर में कहा, ''हज़ार बार! तुम्हारे लिए दुःख होता है मुझे।''

''हुँः, दया की अवतार! मगर मैं सच ही कहे देता हूँ, इस तरह से बुआ के कन्धे पड़े रहना मुमकिन नहीं। यह कैसा! मैं एक तगड़ा जवान, ज़रा-सा बुख़ार के बहाने काम-काज छोड़कर एक अपरिचित महिला के कन्धे पर पड़ा हूँ। सोचते ही गुस्सा आता है।''

''गुस्सा आना अच्छा है। मेरी नानी कहती है, गुस्सा ही मर्द का लक्षण है। फिर भी यह समझूँगी कि एक मर्द के ही गले से झूल रही हूँ। परन्तु ब्याह कब होगा?''

''ब्याह?''

''हाँ, ब्याह। जिसे शुद्ध भाषा में 'विवाह' कहते हैं। गरचे वह मुझे प्रहसन-सा ही लगता है, फिर भी उस प्रहसन के बिना तो चैन नहीं।''

उसके मुँह की ओर ज़रा ताककर सत्यवान ने कहा, ''सोचने का अभी भी समय है शम्पा, ज़िद में एक काम करके बाद में पछताओगी।''

सत्यवान सभ्य-भव्य बात से वास्ता नहीं रखता, वह ऐसे ही बोलता है, ''छोड़ दो बाबा, मैं भी जी जाऊँ, तुम भी जी जाओ।''

शम्पा थर्मामीटर को हिलाते-हिलाते बोली, ''तुम जी जा सकते हो, मेरी बात क्यों?''

''तुम्हारी कहता हूँ, तुम्हारी दुर्गति की सोचकर। जाने क्या है तुम्हारे नसीब में...''

''जो है, वह तो ठीक ही हो गया है। बस, जाम्बवान। उस पर भी अपना ऐसा नसीब कि उसे भी 'खोया-खोया' करके मरना पड़ रहा है।''

सत्यवान ने ज़रा कड़े स्वर में कहा, ''उसी मरण से मरने को तो मना किया जा रहा है!''

''परामर्श के लिए धन्यवाद।''

सत्यवान ने हताश होकर कहा, ''किसी भी प्रकार से तुममें सुमति न ला सकूँ, तब तो उपाय नहीं। दुर्गति तुम्हारे कपाल में नाच रही है। बहरहाल, पहली दुर्गति तो है अनशन। खाना नहीं जुटेगा, यह पहले ही कह रखा है, याद है?''

''है।''

"तो फिर क्या किया जाए? दो, खाने को कहाँ क्या है? बड़ी भूख लगी है।" शम्पा फ़ौरन घूमकर कमरे से निकल गयी। सीढ़ी चढ़ते-चढ़ते चिल्लायी, "बुआ, बुख़ार उतरते ही कुम्भकर्ण खाँव-खाँव करने लगा..."

पारुल चिट्ठी लिख रही थी। उसे समेटकर रखती हुई अनमनी-सी बोली, "कौन क्या करने लगा?"

"वही हतभागा...चिट्ठी किसे लिख रही बुआ?"

अन्यमनस्कता के राज्य से उतर आकर पारुल हलके गले से बोली, "किसी को लिखूँ, तुझे क्यों बताऊँ?"

"अहा, तुम भी तो वो..." शम्पा ज़रा रुककर फिर फट् से बोल उठी, "वैसे किसी को तो नहीं लिख रही हो..."

"वही नहीं लिख रही हूँ, यह किसने कहा तुमसे?"

"आहा!"

शम्पा हँस पड़ी। "कहा भी नहीं जा सकता, तुम कवि ठहरीं। और उम्र होने पर भी तुम बूढ़ी नहीं हो गयी हो..."

"तो?" पारुल हँसकर बोली, "तू झटपट ऊपर जो आयी, यही कहने को?"

"हो गया..."

शम्पा ने काली मैया की तरह जीभ काटी, "बिलकुल भूल ही गयी। जाम्बवान कह रहा था, बड़ी भूख लगी है..."

"देख लो। वह भूलकर तू बुआ की चिट्ठी का भेद लेने लगी? चल-चल।"

पारुल झट कलम रखकर उठ पड़ी।

पारुल के अपने आप में मग्न तरंगहीन जीवन में उत्पात है यह लड़की। यह छोकरा, छोरी—दोनों भार हैं, तो भी पारुल को खीज क्यों नहीं आती? पारुल के लड़के देखते तो क्या कहते?

"वह कह रहा था, कल ही चला जाएगा..." पारुल के पीछे-पीछे जाते हुए शम्पा ने कहा, "कहता है, तुम्हारी बुआ के मत्थे और कितने दिन पड़ा रहूँगा। अच्छा बुआ, अभी क्या उसे अकेला छोड़ा जा सकता है?"

"पागल!"

उड़ा देने की नीयत से पारुल बोली, "दिमाग़ ख़राब है!"

"तो ? तुम इतनी बुद्धिमती हो, तुम भी जब कह रही हो..."

"मैं जाने दूँ, जब तो?"

"जी गयी बाबा!" शम्पा बच्ची की नाईं फिर बोल उठी, "लेकिन बताओ न बुआ, चिट्ठी तुम अपने भाई को तो नहीं लिख रही हो?"

पारुल ने सहसा गम्भीर गले से कहा, "मुझे तू वैसी विश्वासघातक

समझती है?''

शम्पा फट् से बुझ गयी।

धीरे-से बोली, ''नहीं-नहीं, सो नहीं। असल में वे लोग भी तो सोच रहे हैं, यही सोचकर यदि तुम...''

''नहीं-नहीं, वैसे सोच की बला नहीं है। मैं जो सोचती हूँ, करती हूँ।''

''इस् बुआ, तुम्हारे जैसा मन का ज़ोर मुझे होता!''

टोस्ट सेंकते-सेंकते पारुल बोली, ''तेरे मन का ज़ोर मुझसे भी ज़्यादा है।''

शम्पा ज़रा चुप रहकर बुझे-बुझे गले से बोली, ''पहले यही सोचती थी, लेकिन देख रही हूँ...''

''क्या देख रही है?''

''देख रही हूँ, मन कैसा-कैसा वाली बात से बिलकुल उड़ाया नहीं जा सकता। बुआ के लिए कभी-कभी इतना यह होता है! उस समय स्वयं जैसे भीरु, स्वार्थी-सी लगती हूँ...''

''मनुष्य मात्र ही स्वार्थ पर है रे शम्पा, कोई समझ-बूझकर और कोई बिना समझे ही। स्वार्थत्यागी के उदाहरण में लोग संन्यासी का नाम लेते हैं, स्वार्थत्यागी संन्यासी। वास्तव में क्या सही है? मुझे तो लगता है, वही लोग सबसे अधिक स्वार्थपर हैं...''

''धत्त!''

''धत्त क्या! सच ही। दूसरों की ओर न देखकर खुद को अच्छा लगे, वही करना स्वार्थपरता है। कृच्छ्रसाधन में उसे सुख है, वही करता है। संसार के बन्धन से प्राण बचाकर भागने में उसे सुख है, इसीलिए भागता है। इसमें निःस्वार्थता कहाँ है?''

''लो, गयी! तुमने तो मुझे बिठा दिया बुआ!''

''आँख खोलकर अगर दुनिया में देखेगी तो देखेगी कि हर घड़ी ही बैठे रहना पड़ता है।''

''वही तो देख रही हूँ।''

शम्पा ने अन्यमनस्क की नाईं कहा, ''बुआ, मैं क्या तो कहने आयी थी, तुम्हें।''

पारुल हँस पड़ी। बोली, ''जो कहने आयी थी, वह तो सहेजा जा रहा है प्लेट में।''

''ओ, हाँ। दो-दो। हाय रे, अभी तक तो घर-द्वार ही खा बैठा होगा। दो।''

''मैं ही चलती हूँ, चल।''

''तुम? वह अभागा इससे लजाता है।''

पारुल मुसकराकर बोली, ''क्यों, लाज काहे की? माँ-बुआ क्या खाने को देती नहीं हैं?''

"बुआ!"

शम्पा का गला हठात् रुँध आया। वह धीरे-धीरे बोली, "तुम बहनें और तुम्हारे भाई लोग बिलकुल दो तरह के हो।"

"सभी क्या एक-से होते हैं? तू अपने बहन-भाइयों-जैसी है?"

"सो नहीं हूँ। फिर भी..." शम्पा ज़रा रुककर बोली, "अच्छा बुआ, लोगों के बाल-बच्चे खो जाते हैं, तो वे विज्ञापन देते हैं न?"

पारुल ने उसके मुँह की ओर ज़रा ताककर देखा, उसके बाद हलके गले से बोली, "देते देखा तो करती हूँ।"

शम्पा का गला मानो और भारी-भारी-सा लगा, "और अगर झगड़-रूठकर चला जाता है, तो यह भी लिखते हैं लोग, 'फलाँ, तुम कहाँ हो, सूचित करो। हम सब चिन्ता में हैं।' "

पारुल हँसकर बोली, "यह लड़कों को लिखते हैं, लड़कियों को नहीं।"

"ओह! लेकिन क्यों, यह तो कहो? माँ-बाप का स्नेह भी क्या उन दोनों के लिए दो तरह का होता है?"

"होता तो वैसा ही है," पारुल ने अनमनी-सी होकर कहा, "लेकिन होता नहीं है ऐसा। लड़की के खो जाने की ख़बर बताने में लोक-लज्जा है न। लड़की के खो जाने का अर्थ है न! ख़ैर छोड़ो, उसको भूख लगी थी..."

हाथ में थाली लिये पारुल तेज़ी से उतर गयी।

शम्पा भी उतरी।

धीरे-धीरे।

शम्पा की यह भंगी बिलकुल अपरिचित है।

•

गंगा के बिलकुल किनारे एक टूटा शिवाला अपनी विदीर्ण देह और ढुलक पड़ा-सा सिर लिये काल का स्वाक्षर ढोता हुआ खड़ा है। कब से है, कौन जाने! स्थानीय बहुत बूढ़े लोग भी कहते हैं, बचपन से वे मन्दिर को इसी रूप में देखते आ रहे हैं, ऐसा ही परित्यक्त, पीपल का पेड़ उगा।

इधर कोई ख़ास नहीं आता। क्योंकि ऐसे उपेक्षित मन्दिर के आसपास साँप बिच्छू के होने की बड़ी सम्भावना रहती है।

नटखट लड़के अवश्य साँप, बाघ आदि के डर की परवाह नहीं करते, परन्तु अगल-बग़ल आकर्षक किसी फूल-फल का पेड़-पौधा नहीं है कि उन्हें खींचकर वहाँ लाए। इसलिए जगह वह सुनसान है।

तीसरे पहर से कोई एकान्त जगह खोजते-खोजते जब वे हताश-से हो पड़े थे

कि इस जगह का आविष्कार करके खिल पड़े, 'ख़ैर, अब मिली!'

मन्दिर के पीछे का चौंतरा लगभग गंगा पर झूलता-सा। उसके सीमेण्ट-सुर्ख़ी उठे बदन में कहीं-कहीं पालिश की निशानी जाते-जाते भी मानो टिकी रह गयी है। वैसी ही एक जगह को रूमाल से झाड़कर वे बैठ गये।

शम्पा और सत्यवान।

ढलती वेला में गंगा की शोभा अनोखी ही, तिस पर यह जगह तो बिलकुल गंगा के ऊपर ही थी। शम्पा ने गद्‌गद स्वर से कहा, ''मार्वलस!'' फिर बोली, ''अब तक तो जगह नहीं मिल रही थी, हड्डी जली जा रही थी गुस्से से, अब देखती हूँ, अच्छा ही हुआ।''

''तुम्हारी हड्डी सहज ही जलने लगती है।'' सत्यवान ने कहा।

इस बात पर शम्पा दप्प से जल उठी, ''सहज ही का मतलब? ज़रा बैठने लायक़ जगह के लिए चालीस मिनट तक परेशान हो रही थी न? मिल रही थी? ओह, दुनिया में इतने लोग क्यों हैं, कह सकते हो? असह्य है!''

''ख़ूब कही! दुनिया में तुम्हारे सिवाय और लोग नहीं रहेंगे?'' सत्यवान बोला।

इससे ज़्यादा सुलझा-सँवारकर बोलने की क्षमता उसमें नहीं है, इसलिए इतना ही कहा। शम्पा के दोस्तों के भाई होते तो इतने-से ही प्रसंग के सहारे क़ायदे की भाषा जुटाकर जमा देते। जो देखते-देखते और सुनते-सुनते शम्पा इतनी बड़ी हुई है। लेकिन अनेक प्रेम में पड़ते-पड़ते फ़िलहाल वह ऐसे एक प्रेम में पड़ गयी है, जिसका नायक कारख़ाने का एक मजदूर ही है।

अतएव वह सिर्फ़ बोल सकता है, बात की रचना नहीं कर सकता।

इसीलिए वह यह कह बैठा, 'ख़ूब कही! दुनिया में तुम्हारे सिवाय और लोग नहीं रहेंगे?'

शम्पा ख़ास अपने ढंग से बोली, ''रहेंगे क्यों नहीं, लेकिन जितना चाहिए। नारकीय तौर पर इतने अधिक लोग क्यों रहेंगे? इतने लोगों का रहना एक प्रकार की अश्लीलता है।''

''अश्लीलता!''

''और नहीं तो क्या! दो जने चैन से दो घड़ी बैठना चाहें, तो कमरे की कुण्डी बन्द करने के सिवाय चारा नहीं, यह अश्लीलता नहीं तो क्या है? बीभत्स, घिनौनी अश्लीलता...''

''हमें देखकर दूसरे लोग भी यही सोचते हैं।''

''सोचते ही नहीं हैं, कहते भी हैं।'' शम्पा खीजी हुई हँसी के साथ बोली, ''सुना नहीं, उस समय उन दो बुड्ढियों ने क्या कहा? नितान्त ही तुमने मेरा मुँह दबा दिया, मैं उचित जवाब दे नहीं पायी, नहीं तो सबक़ सिखा आती उन्हें।''

"अहा, वे बुड्ढियाँ ज़रूर तुम्हारी नानी-दादी की उम्र की होंगी।"

"हो सकता है। मगर इसीलिए जो मुँह में आए वही कहने का हक़ नहीं है। दस-पाँच दिन पहले पैदा हो गयीं, इसलिए उन्होंने माथा मोल ले लिया? कहती क्या है, 'कैसा पाप! गंगा-तट पर बैठकर ज़रा जप करना भी मुहाल। तमाम छोरे-छोरियों के कीर्तन! ये दोनों फिर किस भाड़ से आ निकले'?"

"सारी बातें सुन पायी थीं तुम?"

"नहीं सुन पाती? कुछ हमारे कान बचाकर बोली थीं? बल्कि ख़ूब अच्छी तरह से कानों में पहुँचे, इसकी कोशिश थी।"

"मैं लेकिन उतना सारा नहीं सुन पाया।"

"अपनी बात छोड़ो। दिमाग़ में भेजा नाम की चीज़ हो, जब तो?'

"इतनी-सी बात के लिए भेजे की ज़रूरत नहीं होती।"

"बेशक होती है। भेजा नहीं रहने से श्रवण-शक्ति कम होती है।"

"समझ गया।"

सत्यवान हँस पड़ा, "लेकिन एक बूढ़ी ने बाद में कहा, वह शायद तुम नहीं सुन सकीं। सुना होता तो ज़रूर उसकी गर्दन का मांस नोच लेतीं।"

"अच्छा, अच्छा!"

शम्पा प्रायः लाठी-सी तन गयी, "सुनूँ तो ज़रा।"

"सुनने से आग हो उठोगी।"

"हो उठूँ तो उठूँ, तुम कहो तो।"

"वह बात मेरे लिए ख़ुशी की नहीं है।"

शम्पा की प्रकृति में धीरज की बला नहीं है, इसलिए वह झुँझलायी-सी बोली, "तुम्हारे लिए ख़ुशी की नहीं, तो मेरे लिए भी नहीं। मगर सुनूँ तो सही।"

"सुनने से कोई लाभ नहीं। उधर के घाट की सीढ़ी के कोने पर सिन्दूर लगा जो एक वृद्धा बैठी थीं, वहाँ झाँककर हमारे हट आते ही वह बोल उठीं, 'अहा रे, मर जाऊँ, छोरी की पसन्द की बलिहारी। एक हब्शी छोकरे को जुटा लायी है...' "

सत्यवान ने हँसकर कहा, "अन्तिम बात सुन नहीं पाया।"

शम्पा सख़्त गले से बोली, "और उस बुढ़िया को तुम 'बैठी थीं, बोल उठीं' यह सम्मान देकर बोल रहे हो? बुढ़िया नहीं कह सकते?"

"कहने का फ़ायदा? उनके कानों तक तो नहीं पहुँचता?"

"न पहुँचे," शम्पा हाथ के पास से एक घास उठाकर उसी के टुकड़े-टुकड़े करती हुई बोली, "ये बुड्ढियाँ, इन्हें मैं फूटी आँखों भी नहीं देख सकती। ये ज़रा सभ्यता के साथ बोलना भी नहीं जानतीं? क्यों, लड़की कहें तो क्या होता है? क्या होता है लड़का कहने से? सो नहीं, छोरा और छोरी! सुनकर माथे में आग

लग जाती है।''

''हम उन्हें बुड्ढी कह रहे हैं। क्यों, महिला कहने से क्या होता है?''

''महिला कहने की ग़रज क्या पड़ी है मुझे। वैसी असभ्यों को बुड्ढी ही कहूँगी।''

''वे भी तुम्हें छोरी ही कहेंगी। कहेंगी, 'एक हब्शी लड़के को जुटाकर...' ''

''छोड़ो, रुको। मूँगफली खाओ।''

वैनिटी बैग से शम्पा ने एक ठोंगा मूँगफली निकाली। थोड़ा-सा सत्यवान के हाथ में देकर ख़ुद एक दाना छुड़ाती हुई खीजे हुए गले से कहा, ''जब ख़रीदी थी, इतनी गरम थी मूँगफली कि हाथ में लिया नहीं जा रहा था और जगह खोजते-खोजते ठण्डी ही हो गयी!''

अतएव अब समझ में आया कि अब तक मन मुताबिक़ जगह खोजते-फ़िरने का कारण क्या था। महज़ मूँगफली के उस ठोंगे के सदुपयोग के लिए! सत्यवान ने गरचे कहा था, ''ओह, अभी-अभी तो बुआ के पास से भर पेट खाकर निकले, अभी ही मूँगफली क्या!''

''क्या, यह तुम नहीं समझोगे बुद्धू। छुड़ा-छुड़ाकर मूँगफली खाना और उसके छिलके फेंकने में ही तो सब कुछ है। वही प्रेम का माध्यम है!''

''होगा!'' सत्यवान हँस उठा, ''तुम बहुत-बहुत बार प्रेम में पड़ी हो, तुम्हीं भली तरह जानती हो।''

''बजा फ़रमाया। तुम तो बिलकुल 'रॉ' माल हो। बेचारा!''

और कई मूँगफली उसकी ओर बढ़ाते हुए शम्पा ने कहा, ''अच्छा, अब तुम अपनी बात कहो। सवेरे से ही तो कह रहे हो, एक बात है...''

''बात कोई नयी नहीं है, वही, जो पहले ही दिन से कहता आ रहा हूँ। कल मैं चला जाऊँ...''

शम्पा ने गम्भीर भाव से कहा, ''हाँ। उसके बाद?''

''उसके बाद क्या? जैसे अपना काम-काज करता था...''

''ठीक। बहुत ठीक। तो अकेले ही जाने का संकल्प?''

''उसके सिवाय क्या हो सकता है, समझ जो नहीं रहा हूँ।''

''तुम कभी कुछ नहीं समझोगे। मैं जो समझ रही हूँ, सब कुछ सदा मुझे ही समझना होगा। मेरे नसीब का जैसा ग्रह! अपने हाथों ज़हर खाकर मर रही हूँ।''

''शम्पा!'' सत्यवान ने गम्भीर स्वर से कहा, ''अभी जो कहा, वही ठीक है। मैं हर पल ठीक वही सोच रहा हूँ। झोंक पर मेरे साथ लटक जाना तुम्हारे लिए ज़हर खाना ही है।''

हाथ के छिलकों को गंगा में फेंककर शम्पा गम्भीर गले से बोली, ''उपाय क्या

है? अवस्था तो वैसी ही है। उन छिलकों को फिर उठा ला सकोगे?"

"यह तो महज़ तुलना है।"

"कौन-सा क्या है, यह समझ हो, जब तो। ख़ैर, ठीक है, जो करना है, मैं ही करूँगी। अपनी व्यवस्था आप ही कर लेनी होगी। ख़ैर, मैं अभी तुम्हारे साथ नहीं जा रही हूँ, तुम पहले जाकर देखो कि तुम्हारी वह महामूल्य नौकरी है या नहीं, फिर देखती हूँ, अपनी बी. ए. की डिग्री का कुछ किया जा सकता है या नहीं। परन्तु यह बाद की बात है। अभी कलकत्ता जाकर तुम्हें एक काम करना होगा! मैं एक चिट्ठी लिख दूँगी, जाकर उसे बुआ के हाथों देकर कहना..."

"वाह-वाह, तुमने तो कहा था, मैं जिसमें तुम्हारे घर की छाँह भी न छूऊँ कभी!"

"वह हुक्म अभी भी बरक़रार है। कहीं घर से बाहर उनसे मिलकर—माने बुआ को हरदम बाहर जाना ही पड़ता है, वैसे ही किसी मौक़े से..."

हाथ के छिलकों को फूँक से उड़ाकर सत्यवान ने कहा, "यह भला कैसे सम्भव है? उन्होंने भी मुझे कभी नहीं देखा, मैंने भी उन्हें कभी नहीं देखा है—पहचानूँगा कैसे?"

"उन्होंने तुम्हें कभी नहीं देखा, यह ठीक है...." शम्पा ने ज़ोरों से सिर हिलाया, "तुम ऐसे कोई द्रष्टव्य पदार्थ नहीं हो कि देश-भर के लोगों ने तुम्हें देख लिया है। लेकिन मेरी बुआ? रात-दिन पत्र-पत्रिकाओं में उनकी तस्वीर छपती है। या कि यह भी कभी नहीं देखा?"

धीरे-धीरे वेला ढल रही थी, गंगा के उस पार छाया उतरती आ रही थी, उसी ओर ताकते हुए सत्यवान ने धीरे से कहा, "जानती ही तो हो, मैं एक गँवार कुली-मजूर हूँ, साहित्य की ख़बर से क्या वास्ता? छुटपन में जो कुछ भी पढ़ा-वढ़ा, बस। उच्च शिक्षा की ऊँची आशा को जलांजलि देकर पेट के धन्धे में घूमता हूँ। लेकिन हाँ, अभी उस आकाश की ओर देखकर कब की पढ़ी एक कविता याद आ रही थी, 'बादल पर बादल जम आया, रंग के ऊपर रंग; मन्दिरों में काँसर घण्टा बजा ढँगा ढँग ढँग।' ज़रा ताककर देखा, वैसा ही है या नहीं? चारों ओर मन्दिर में आरती शुरू हो गयी है, घड़ियाल बज रहे हैं और रंग-ढंग तो—तुम्हीं ठीक समझती हो।"

मुसकराकर सत्यवान ने बात समाप्त की।

सुनकर शम्पा ने भी उसे ताककर देखा—ढलती वेला की आभा में शम्पा का चेहरा झकमक लगा। वही झकमकाता हुआ मुखड़ा सत्यवान की ओर फेरकर शम्पा ने कहा, "तुम भी कुछ कम नहीं समझते हो—जबकि डूबती वेला के आकाश को देखकर तुम्हें रवीन्द्रनाथ की कविता याद आ जाती है! इस आसमान की उन्होंने

चिता से भी तुलना की है, 'वह देखो सन्ध्या के तट पर चिता साँझ की जलती!' पढ़ी है?''

''क्या जानें, याद नहीं आता।''

''न आए याद, बाद में तुम्हें सब पढ़ाऊँगी। रवीन्द्रनाथ को बिना पढ़े—ख़ैर बाद की बात बाद में, अभी तुम मेरे दादाजी के घर के बाहर कहीं दादाजी की बेटी से भेंट करना। भेंट करके वह चिट्ठी देकर कहना, 'शम्पा ने कहा है, आप किसी को यह बता मत दीजिएगा कि आपको शम्पा की ख़बर मिली है।'

''ठीक है, मगर वह अगर पूछ बैठें, तुम कौन हो भैया? तो?''

''तो?''

शम्पा हँसकर बोल उठी, ''तो कह देना, मैं जाम्बवान हूँ। समझ जाएँगी।''

''ओ, तो इस नाम से मेरा परिचय दे रखा है?''

''और नहीं तो क्या! जिसका जो परिचय! सुनकर बुआ ने कहा अवश्य था कि तेरे नसीब में एक जाम्बवान के सिवाय और कुछ नहीं जुटा? मैंने कहा, 'जाम्बवान की गर्दन बड़ी सख़्त होती है, इसलिए पहाड़ की चोटी उसी पर चढ़ाने में सुविधा लगी।' ''

''अच्छा ही कहा। अब देखता हूँ, तुम्हारे हुक्म का पालन क़र पाता हूँ या नहीं।''

''नहीं कर पाओगे माने? तुम्हारी गर्दन करेगी?''

''अहा, समझती नहीं हो, वे ठहरीं ऊँची सर्किल की, घर से बाहर का मतलब किसी सभा-वभा में न? वहाँ मुझे उनके पास तक पहुँचने देगा कौन? कहने पर शायद बाहर से ही भगा दिया जाऊँ।''

''हाय, मर जाऊँ! भगा दिये ज़ाओगे और तुम खेद के साथ भाग जाओगे! छल-बल-कौशल, जैसे भी हो, काम बनाना ही चाहिए—यह है महाभारत की शिक्षा।''

''ठीक है।...देखो, बिलकुल अँधेरा हो गया।''

''हो गया तो क्या?''

''अब यहाँ बैठे रहना ठीक नहीं, साँप निकल सकता है।''

''तो उठो...'' शम्पा झुँझलाकर बोल उठी, ''मेरा नसीब कि मैं ऐसे हतभागे से प्रेम करने बैठी। गंगा का ऐसा किनारा, ऐसा एकान्त। ऐसी नैसर्गिक शोभा—और तुम साँप की ले बैठे!''

''करूँ भी क्या? वही बात दिमाग़ में आ गयी।''

''रबिश! मूँगफली का लोभ देकर ले भी आयी तो शून्य!''

अँधेरा गाढ़ा होता आ रहा था, एक-दूसरे का मुँह नहीं दिखाई दे रहा था, सत्यवान का ही गला अन्धकार में गहरा होकर बज उठा, ''मेरे साथ गुँथ जाने से

तुम्हारा सारा भविष्य ही यही होगा शम्पा—यही शून्य! मैं यह दिव्यचक्षु से देख रहा हूँ। इसीलिए बार-बार तुम्हारी खुशामद कर रहा हूँ, तुम खिसक पड़ो शम्पा। मुझ जैसे बदनसीब से अपनी क़िस्मत को मत जोड़ो।"

शम्पा ने खड़ी होकर तीखे गले से कहा, "देखो, फिर अगर उस बात का एक बार भी उच्चारण किया तो पानी में ढकेल दूँगी। कोई बचाने भी नहीं आएगा। जिसके सुनते ही मेरे माथे में आग लग जाती है, केवल वही बात! बुआ को जो पत्र दूँगी, मैं उसका उत्तर आने तक इन्तज़ार करूँगी, उसके बाद सीधे जा पहुँचूँगी तुम्हारे मेस में। यही मेरी अन्तिम बात है! ज़रा रजिस्ट्री हो जाने दो, फिर देखो कि क्या दुर्गत करती हूँ मैं तुम्हारी!"

हठात् पलटकर सत्यवान ने उसके कन्धे पर एक हाथ रखकर कहा, "किन्तु मुझे क्या लग रहा है, जानती हो? इतना सुख शायद मेरे नसीब को नहीं सहन होगा। लगता है, यही अन्तिम है, फिर कभी शायद हम दोनों एक साथ बैठकर बात नहीं कर सकेंगे?"

बेपरवाह शम्पा का साहसी कलेजा भी हठात् मानो काँप उठा, उसे भी लगा, सच ही ऐसा होगा। परन्तु ज़बान से वह हार नहीं मानने की। बोल उठी, "हाथ से पुचककर भागने की ताक में जो जी चाहे बनाकर बोलो, मेरा कुछ आता-जाता नहीं। मैंने बुआ को हुक्म दिया है—मेरे लिए तुरत एक छोटा-सा फ़्लैट ठीक करके रखें, मेरे लिए कोई नौकरी जुटा दें और हम दोनों की गवाह बनें। बस!"

सत्यवान ने हँसकर कहा, "गवाह बनना तो ख़ैर हो गया। मगर बाक़ी दो? वह दोनों तो कोई पेड़ का फल नहीं कि तोड़कर तुम्हारे हाथ में दे देंगी?"

"पेड़ का फल नहीं है, जभी तो बुआ को भार दे रही हूँ। पेड़ का फल होता तो किसी भी दोस्त-मित्र से कह सकती थी।"

"अच्छा! बाबा! अपनी तुम आप निबेड़ो! मुझ पर जो हुक्म है, बजाऊँगा।"

"ठीक है। आओ, माँ गंगा को प्रणाम करो।"

शम्पा ने हाथ जोड़े।

लाचार सत्यवान ने भी।

और फिर दोनों ही टूटे-फूटे मन्दिर के चौंतरे से उतर आये। कुछ देर मानो अखण्ड निस्तब्धता में खो गये दोनों। केवल उनके पाँवों से पिसते हुए सूखे पत्तों की आर्तनाद-ध्वनि सुनाई पड़ रही थी।

अचानक एक समय सत्यवान बोल उठा, "मेरी यह धारणा नहीं थी कि तुम यह सब मानती हो..."

शम्पा मानो किसी और ही दुनिया में चली गयी थी। उसकी बात से चौंककर बोली, "क्या सब?"

"यही माँ गंगा, प्रणाम..."

"मुझे ही क्या ख़ाक धारणा थी!" शम्पा कैसी हँसी हँसकर तो बोली, "अपने आपसे अनपहचाना और कोई नहीं होता।"

कुछ देर निस्तब्धता में कटी, दोनों धीरे-धीरे चलते रहे, शम्पा एक समय बोल उठी, "ब्याह के बाद हम फिर यहाँ आएँगे—सँझली बुआ के पास।"

सत्यवान ने कोई जवाब नहीं दिया।

ब्याह वास्तव में होगा, यह मानो वह निश्चित रूप से सोच ही नहीं सकता। सामने की ओर ताकने से कैसा धुँधला-धुँधला-सा लगता है। यह जो सुन्दरी सुकुमारी विदुषी आधुनिका नारी अभी उसके पास-पास चल रही है, सच ही क्या वह आजीवन उसके पास रहेगी? क़दम मिलाकर चलेगी?

सोचते ही वह चिन्ता एक भयानक अवास्तविकता के अँधेरे में खो जाती।

लेकिन सत्यवान नाम के युवक के लिए एक और अँधेरा गह्वर अपेक्षा कर रहा था, यह क्या जानता था वह?

कलकत्ता लौटने पर देखा, जो आग बहुत दिनों से भीतर ही भीतर धुआँ रही थी, वह धधक उठी है। कारख़ाने में लॉक आउट। मालिक बिलकुल तने। और उधर यूनियन के पण्डे भी हरगिज़ नहीं झुकनेवाले, इसलिए गला फाड़कर आसमान फाड़नेवाले नारे बुलन्द हो रहे थे। फ़ैक्टरी के चारों ओर—साँझ-विहान दोपहर।

वही एक ही ध्वनि, "नहीं चलेगी, नहीं चलेगी"।

सत्यवान ने देखा, उसे देखकर उसके सहयोगियों ने मुँह टेढ़ा कर लिया। केवल उसका दोस्त कन्हाई पाल बोल उठा, "अब तक कहाँ दुबके पड़े थे चाँद मेरे!"

सत्यवान ने सूखे गले से कहा, "दुबका क्या, बीमार था।"

"बीमार! अहा रे, ला-ला! चुक्-चुक्! और हम सब यहाँ सुख के समुद्र में उतरा रहे थे!"

"अवस्था तो बहुत गम्भीर देख रहा हूँ।"

"अभी और कितना देखोगे दादा!"

फ़िजूल की कुछ बातें हुईं। उसके बाद सत्यवान दास सोचता हुआ चला, बँगला की उस विख्यात लेखिका अनामिका देवी से कैसे भेंट की जाए?

मन विषण्ण लग रहा था।

कन्हाई पाल के गले में उसने मानो पहले की अन्तरंगता का वह सुर नहीं पाया। इस लम्बी अनुपस्थिति में उसकी जगह खो गयी मानो।

अजीब है! तो क्या ऐसा ही होता है?

हृदयभूमि के दख़ली स्वत्व को बरक़रार रखने के लिए नियमित लगान देना पड़ता है?

तो फिर अनामिका देवी की उस भतीजी के हृदय से...

पर, सत्यवान जैसे एक तुच्छ नाचीज़ हतभागे के लिए सचमुच ही क्या उस अनोखे अलौकिक हृदय में ज़मीन का बन्दोबस्त हुआ है?

"लहू के बदले लहू चाहिए।
"ख़ून के बदले लाल ख़ून।
जुल्मोसितम बन्द करो
नाश हो, नाश हो।"

गाड़ी के मोड़ घूमते ही मानो समुद्र ग़रज उठा। गाड़ी रुक गयी।

रास्ते के एक ओर से दूसरी ओर जा रहे थे वे। ज़रा दम मारते न मारते फिर गर्जन। गाड़ी को रुकी ही रहना पड़ा। क्योंकि तब तक सामने गाड़ियों की एक बेहिसाब लम्बी लाइन लग गयी थी।

उनकी यह लम्बी अजगर देह जब तक रास्ते के अन्तिम मोड़ पर न गुम जाए, इन्तज़ार करने के सिवाय उपाय नहीं।

जेठ का अपराह्न। आसमान तमाम दिन आग बरसाता रहा, उस दाह की ज्वाला भीतर लिये धरती तप्त निःश्वास छोड़ रही है। आसमान हठात् अभी गुम्म हो गया है।

रुकी गाड़ी के अन्दर दम घुटता आ रहा है। अनामिका निरुपाय होकर उस अजगर देह की ओर ताक रही थीं।

गाड़ी की खुली खिड़की से हवा के बदले माटी से उठता हुआ एक ताप आ रहा था। गाड़ी जब तक रुकी रहेगी, यही हाल रहेगा। उत्ताप बढ़ता ही रहेगा।

लेकिन चारा क्या था?

अब तो गाड़ी को पीछे घुमाकर दूसरे रास्ते से जाने की बात भी सोची नहीं जा सकती। पीछे कम-से-कम तीसेक गाड़ियाँ खजूर की तरह लिपटी खड़ी थीं। टैक्सी, प्राइवेट कार, लारी, रिक्शा, ठेलागाड़ी। बस-ट्राम नहीं थी, ग़नीमत।

यह अभिज्ञता नयी नहीं।

घर से कहीं दूर जाने में रोज़ ही दो-एक बार अजगर के मुँह में इस तरह से पड़ना ही पड़ता है। रुक जाना पड़ता है। उनका रास्ता तो बेरोक रखना ही है, वे तो दूसरे के लिए रास्ता देकर रुक नहीं सकते।

'लाल ख़ून' क्या होता है, अनामिका देवी नहीं जानतीं। आज की कितनी ही चीज़ों को वह नहीं जानतीं। इतना ही जानती है कि यह 'ख़ून' शब्द ही एक, ख़ौफ़नाक लाल का इशारा देता है।

किस ख़ून के लिए यह 'लाल ख़ून' का ऐलान हो रहा है, समझ में नहीं आ रहा था, क्योंकि उनके बाक़ी शब्द बड़े तेज़ और अस्पष्ट थे।

गरजते हुए समुद्र से पानी की जो वलय-रेखा श्रवण यन्त्र पर आ-आकर पछाड़ें खा रही थी, वह थी, 'लहू चाहिए, नाश हो।'

लेकिन 'नाश हो' के इस अभिशाप से कौन कहाँ जर्जर हो रहा है, यह सुनने की ग़रज नहीं थी किसी को। वास्तव में ही रातों-रात यदि किसी का नाश होगा, तो कल सवेरे ही अख़बार में तो आ जाएगा। अभी लोग अपने-अपने गन्तव्यस्थल पर नहीं जा पा रहे हैं, यही सबसे बड़ी बात है।

और शायद तीस-चालीस गाड़ियों के बीच अनामिका देवी की गाड़ी का अटक जाना ही सबसे भयानक बात है।

साढ़े छह बजे सभा है। साढ़े छह तो यहीं बज गये। अभी-भी पूरी चार मील की दूरी बाक़ी है।

एक तो जिन भलेमानुस ने उनके जयन्ती उत्सव के लिए दो-एक घण्टे के लिए गाड़ी को उत्सर्ग किया है, उन्होंने ही भेजने में देर कर दी, फिर जो दो जवान सभानेत्री को साथ लिवा जाने के लिए आये थे, उनमें से एक का सर गरमी से चकराने लगा था, इसलिए रास्ते में कोका कोला पीने में देर हो गयी थी।

सोचा था, मेक-अप कर लेंगे कि यह आफ़त आयी।

यम को ही पता है, "नेपाल दा अभी क्या कर रहे हैं। अब तक तो सभानेत्री को लेकर पहुँच जाना था। करते क्या होंगे, सिर के बाल नोच रहे होंगे!"

मुख्य अतिथि ने कहा था, "सभा ठीक समय पर शुरू करनी होगी, मैं अपना भाषण देकर ही चला जाऊँगा।" क्योंकि 'सबुज शोभा संघ' के लिए मात्र पैंतीस मिनट का ही समय दिया है उन्होंने, इसके बाद उन्हें और भी दो सभाएँ हैं।

पौर-प्रधान को मुख्य अतिथि करना चाहें तो और क्या होगा? और हो क्या सकता है? उन्हें तो सभी चाहते हैं न!

अवश्य, क्यों चाहते हैं, यह वह भली तरह ही जानते हैं, परन्तु वह ज़ाहिर तो नहीं किया जा सकता। उन्हें सिर्फ़ 'उन्हीं' के लिए चाहते हैं, यही सुनने में भी अच्छा लगता है, कहने में भी। वह विनय गलकर कहेंगे, "आख़िर मुझ जैसे अयोग्य को क्यों? मैं कवि नहीं, साहित्यिक नहीं..."

आयोजन हावड़ा-नवीनगर 'सबुज शोभा पाठागार' में था—पाठागार की आयु भी कम नहीं। लेकिन उसका अपना भवन नहीं, मुफ़्त में एक टुकड़ा ज़मीन मिल जाए, तो भवन बन जाए। उसी 'नहीं रहने' की पीड़ा को धो डालने के लिए पाठागार के कार्यकर्ता प्रयत्नशील हुए हैं। उस प्रयत्न का प्रधान सोपान है पौर-प्रधान के गले में माला डालना।

वह पौर-प्रधान तो ज़रूर ही आ पहुँचे होंगे। लगता है, कोई-कोई आर्टिस्ट भी आ गये होंगे। क्योंकि उन्हें भी तो कई जगहों का बयाना होगा।

महीना कौन-सा है, यह भी तो देखना है!

बांग्ला पंजिका में जेठ होते हुए भी असल में तो मई का महीना है। मतलब रवीन्द्र-जयन्ती का महीना। और फिर बांग्ला के हिसाब की सुविधा से नज़रुल जयन्ती पड़ जाती है। यदि दो-दो 'करणीय' आयोजन साथ ही कर लिये जा सके, तो कम सुविधा है?

आयोजकों ने उस सुविधा को समझा है। रवीन्द्र-संगीत और नज़रुल गीत गवाकर, दोनों ही दल को एक ही गुहाल में ठूँसकर कर्तव्य-पालन के महत् आनन्द का अनुभव कर रहे हैं।

इन दोनों ने आसपास की तारीख़ में जन्म लेकर काफ़ी सुविधा कर दी है। गानेवालों के दो दल होने पर भी हाल, सभापति, मुख्य अतिथि, फूलदानी, धूपदानी, माइक, मंचसज्जा—यह तो दो बार नहीं लग रहा। यह कम सुविधा है?

मगर इन जुलूसवालों ने यह किस मुसीबत में डाला!

दोनों युवक गाड़ी पर हाथ-पाँव पटकने लगे।

अनामिका पसीने से तर होती हुई बोलीं, "और किसी तरफ़ से नहीं जाया जा सकता?"

"कैसी बात करती हैं? ज़रा आगे-पीछे ताककर तो देखिए!"

"लेकिन तुम लोग तो बता रहे थे, केवल दो ही घण्टे के लिए हाल किराये पर लिया है, साढ़े आठ बजे तक समाप्त करना ही होगा, फिर दूसरा फ़ंक्शन है वहाँ!"

"सो तो है। देर होने से गरदनिया देकर निकाल देंगे।"

"अरे, ऐसा क्या कह रहे हो!"

अनामिका उस मुसीबत में भी हँस पड़ीं।

उन युवकों ने उदास गले से कहा, "आप जानते नहीं हैं सर, सॉरी, मौसीजी, वे कैसे आदमी हैं! समय हो जाने पर पट् से रोशनी-पंखा बन्द कर देंगे।"

"तब तो लगता है, तुम लोगों का अनुष्ठान आज होगा ही नहीं। यहीं तो सवा सात बज गये। जुलूसवालों का दल तो अपार है, लोग धीरे-धीरे आ रहे हैं। ये सब निकल जाएँगे, उसके बाद सामने की गाड़ियाँ पार होंगी—उसके बाद तीन-चार मील..."

"सब सोच रहे हैं मौसीजी, दिमाग़ में आग जल रही है। इस्, हम लोग अगर इसके पहले पार हो गये होते! पुलिन बाबू ने ही बेड़ा गर्क किया।"

"पुलिन बाबू!"

"नहीं पहचानेंगी आप।" एक युवक मानो लकड़ी पर लकड़ी ठोंककर बोला, "हमारे सचिव के साले ने गाड़ी देने की कही थी, इसलिए टैक्सी-फैक्सी नहीं की गयी। मगर गाड़ी दी लास्ट मोमेण्ट में! इधर मेयर आकर बैठे होंगे..."

अनामिका ने मुसकराकर कहा, "वह क्या सभा की अध्यक्षा के लिए बैठे रहेंगे? अब तक भाषण देकर जा भी चुके होंगे।"

"हो सकता है! उन्हें तो आप लोगों जैसा अगाध समय—मतलब उन्हें तो बहुत काम..."

रूमाल निकालकर कपाल पोंछती हुई अनामिका बोलीं, "क्यों नहीं!"

वह युवक बोला, "आप ही के द्वारा उनके आगे एक प्रस्ताव कराना था..."

"अच्छा! कैसा प्रस्ताव?"

"और क्या, ज़मीन का। जाने पर पता चलेगा। इसीलिए सोच रहे हैं, आपको न ले जा पाएँ, तो नेपाल दा हमारी खाल उधेड़ लेंगे।"

इस मधुर भाषा की चोट से अनामिका प्रायः चौंक उठकर बोलीं, "तुम्हारा क्या दोष है इसमें?"

उन दोनों में से दूसरा उदास गले से बोला, "यह कौन समझेगा, कहिए? कहेंगे, तुम लोगों को तीन बजे भेजा था..."

"तीन बजे? कह क्या रहे हो?"

उन दोनों ने एक-दूसरे का मुँह देखा। कहा, "मतलब, उन्होंने भेजा था पुलिन बाबू के यहाँ, पुलिन बाबू ने गाड़ी दी साढ़े पाँच बजे, उसके बाद गरमी से सिर चकरा गया, इसलिए यह शर्बत पीने के लिए उतरा। आपका घर भी कुछ कम दूर नहीं!"

अनामिका कुछ नहीं बोलीं, मुसकरायीं केवल। किससे दूर और किसके आसपास होना था, यह उन्होंने नहीं पूछा।

आख़िर किसी समय रास्ता साफ़ हुआ। सामने की गाड़ियाँ खिसकीं, गाड़ी नवीनगर की ओर बढ़ी।

ये लोग जब सभानेत्री को लेकर पहुँचे, तो समाप्ति संगीत हो रहा था। सभानेत्री की ओर फिर किसी ने विशेष ध्यान नहीं दिया, सचिव ने तमतमाते चेहरे से हाल के पीछे से एक बार उन्हें मंच पर पहुँचाया। घोषणा की, विवशता से सभानेत्री समय पर नहीं पहुँच सकीं, अब आ गयी हैं।

वह 'विवशता' किनकी ओर से थी, यह नहीं कहा गया।

गीत चलता रहा।

हाल के मालिक तक़ाजा कर रहे थे, सभानेत्री के भाषण का समय अब नहीं

है, फिर भी वह सभानेत्री ही हैं, यह बताने के लिए माइक पर आना ही पड़ा।

उससे पहले अनामिका से प्रश्न किया, माने सिर्फ़ ज़रा बोलने के लिए ही बोलीं, "मुख्य अतिथि आये थे?"

सचिव ने खीजे मुँह से कहा, "नहीं, किसी ज़रूरी काम से नहीं आ सके। फ़ोन करके बताया!"

हाल छोड़ देना था, फिर भी अनामिका को रिहाई नहीं मिली। उन्हें जाकर पाठागार में बैठना पड़ा। खिलाये-पिलाये बिना कैसे छोड़ सकते हैं? और फिर पुस्तकालय की जन्मपत्रिका दिखाने से लेकर उसके तेईस वर्ष के जीवन का सारा इतिहास भी तो सुनना है! अनामिका देवी से मेयर की जान-पहचान है, यदि वे...

ग़र्ज़ कि इतना पेट्रोल जलाकर लाने के बाद किसी उपयोग में नहीं लगा पाने से...

रास्ते के विघ्न की बात उठी।

स्थानीय एक भले आदमी ने खुले गले से कहा, "उनका क्या दोष है, कहिए? उनके सामने कोई आशा नहीं, भरोसा नहीं—उनके सर पर बेकारी की यन्त्रणा से हमेशा ही ख़ून सवार है—पता है, बंगाल में आज शिक्षित बेकारों की संख्या कितनी है? नौकरी नहीं कोई..."

साधारणतया ऐसी बातों पर अनामिका तर्क नहीं करतीं, करना सोहता भी नहीं, इसके विरोध का मतलब ही तो सहानुभूतिहीनता है, अमानविकता है—लेकिन आज बड़ी तकलीफ़ हुई। ख़ामख़ा ही तकलीफ़, इसलिए बोल उठीं, "ख़ून किस पर कब सवार होता है, इसका लेखा रखा जा सकता है? नौकरी नहीं है, तो क्या करने को कुछ भी नहीं है?"

"क्या करेंगे?"

वह सज्जन क्रुद्ध स्वर से ही बोले, "व्यापार? पूँजी कौन देगा?"

अनामिका आख़िर तर्क में उतरीं, क्योंकि उन सज्जन के ढंग से सोचा जा सकता था कि बेकारों की इस विपुल संख्या की अनेकांश में अनामिका भी दोषी हैं।

अनामिका ने कहा, "कोई किसी को कुछ नहीं देता, समझे? वैसी आशा करना ही बेकार है। अपने जीवन की पूँजी से ही संग्रह करना चाहिए।"

"चाहिए कहने से ही हो गया।" भले आदमी खिजला उठे, "कोई युक्ति-सम्मत बात बोलिए!"

अनामिका गम्भीर हँसी हँसकर बोलीं, "मेरे पास युक्तिग्राह्य एक ही बात है। बंगाल में बंगाल से बाहर के लाखों-लाख बेकार लोग आते हैं, साल में करोड़ों-करोड़ों

रुपये कमाते हैं, वे सब लोग अपने साथ ढेरों रुपये लेकर आते हैं, मुझे यह विश्वास नहीं। लेकिन इन रुपयों की लूट वे करते हैं, यह तो अस्वीकार नहीं कर सकते आप? इस बंगाल से ही लूटते हैं। यह आख़िर कैसे होता है?"

वह सज्जन पल-भर चुप रहे, फिर उसी ज़ोर से बोले, "उनकी बात छोड़िए, वे लोग एक वेला सत्तू खाकर और एक वेला मिर्च के अचार के साथ रोटी खाकर 'ब्योसाय-योसाय' करके चक्कर काट सकते हैं। हमारे घर के लड़के तो वैसा नहीं कर सकते!"

"लेकिन क्यों?"

भले आदमी ने तीखे गले से कहा, "यह मैं क्या बताऊँ, कहिए? बंगाली का कल्चर अलग है, रुचि अलग है, शिक्षा-दीक्षा अलग है..."

"फिर तो क्या उपाय है!"

अनामिका हँसीं।

ठीक इसी समय एक ने आकर कहा, "आपको एक आदमी ढूँढ़ रहा है।"

"मुझे?"

अनामिका चौंकीं।

"कैसा आदमी है?"

"कैसा क्या, ऐसा ही। ख़ूब काला है, ज़रा वो क्लास का..."

ख़ूब काला!

ज़रा वो क्लास का!

एक लमहे में अनामिका ने आकाश-पाताल सोच लिया। बोलीं, "क्या कह रहा है?"

"आपसे मिलना चाहता है।"

"कोई वजह नहीं बता रहा है?"

"बता रहा है। किसी की कोई चिट्ठी आपको देनी है।"

कैसी चिट्ठी?

किसकी चिट्ठी?

मन आलोड़ित हो उठा। धीरे-से बोलीं, "यहीं बुला लाओ उसे।"

कमरे में हलकी गुंजन-सी हुई।

यहाँ क्यों रे बाबा।

जानें कौन है, किस मतलब से खोज रहा है। आजकल समय बुरा है। खोज ही करनी है, तो इनके घर आए न। एकाएक यहाँ?

परन्तु सभानेत्री को यह तो कहा नहीं जा सकता कि आप बाहर जाकर देखें। इसलिए सभी ज़रा ठीक से बैठ गये।

वह आदमी आकर दरवाज़े के पास खड़ा हुआ। सम्भवतः सबको ही उसने नमस्कार किया, उसके बाद बड़ी सावधानी से बोला, ''आपके लिए एक चिट्ठी है।''

अनामिका ने एड़ी-चोटी उस पर नज़र डाली और तुरत कोई बोल उठा, ''यही है वह!''

अनामिका ने उसे अपनी आँखों कभी देखा नहीं, फिर भी पहचाना हुआ-सा ही लगा। कुरसी से उठकर ज़रा बढ़ती हुई बोलीं, ''किसने दी है चिट्ठी?''

''पढ़कर ही जानिएगा।''

पैण्ट की जेब से निकालकर चिट्ठी बढ़ा दी।

बन्द लिफ़ाफ़ा।

पर उस पर लिखे हरूफ़ों में ही तो तिर आया एक झकमक चेहरा!

अनामिका ने धीरे-से कहा, ''कहाँ है वह?''

''सब उसी में लिखा है।''

''अच्छा, तुम ज़रा रुको, चले मत जाना।'' वह मुड़ीं। इन लोगों से बोलीं, ''देखिए, मुझे एक ज़रूरी काम से तुरत जाना है, कृपा करके अगर गाड़ी...''

''अरे, आपने तो चाय भी नहीं ली?''

''छोड़िए। पीने का जी भी नहीं है। ज़रा गाड़ी...''

ज़रा!

मतलब जल्दी?

लेकिन यह हो कहाँ से?

पुलिन बाबू की गाड़ी तो है नहीं, वह तो सभानेत्री को पहुँचाकर ही पुलिन बाबू के पास पहुँच गयी!

तो?

टैक्सी।

लिहाज़ा काफ़ी देर इन्तज़ार किये बिना कोई उपाय नहीं।

चिट्ठी उनके हाथ में आग-सी जल रही थी।

परन्तु यहाँ कहाँ खोलें उसे?

यह चिट्ठी यहाँ खोलकर पढ़ने की है?

जिन सज्जन ने तर्क शुरू कर रखा था, वह हताश होकर चले गये और बाहर जाकर बूढ़े दा से बोले, ''जबरन तर्क, समझे बूढ़े दा। इतनी बड़ी एक समस्या को यह एक ही बात में बिलकुल उड़ा देना चाहती हैं। गोया यह बेकारी की समस्या कोई समस्या ही नहीं!''

''क्यों न कहें भैया, बड़े आदमी की बेटी, ब्याह-शादी की नहीं, बाप की अट्टालिका में रहती हैं, ख़ुद कलम घिसकर मोटी रक़म कमाती हैं, बेकारी की मुसीबत

क्या है, वह इसे कैसे समझें?"

"लेकिन यह निग्रो पैटर्न का छोरा कौन है, यह तो कहो? और चिट्ठी ही किसकी है? देखा, हाथ में लेते ही चेहरा कैसा हो गया?"

"देखा, लेकिन लिफ़ाफ़ा खोला नहीं, यह देखा?"

"सब देखा। मतलब की जानी बात थी, चिट्ठी आएगी और क्या चिट्ठी आएगी!"

"कोई बात है, समझे? चिट्ठी देखते ही जाने के लिए कैसी उतावली हो गयी, देखा? कहा, ज़रूरी काम है। अरे बाबा, ख़त को तुमने खोला नहीं, उस आदमी ने कुछ कहा नहीं, और तुम जान गयीं, ज़रूरी काम है, तुरत जाना होगा?"

"कहा तो, जानी हुई बात है। क्या पता, किसी पार्टी का माजरा है या नहीं, अन्दर ही अन्दर कौन जो क्या करता है, जानने का तो उपाय नहीं।"

"छोरे का चेहरा बिलकुल भले आदमी जैसा नहीं है।"

"छोड़ो। अभी भले-भले उन्हें पहुँचा दो।"

"साथ में कौन जा रहा है?"

"स्वपन ले आया है, वही जाएगा।"

"इस छोरे को तो रुकने को कहा। जहाँ तक समझता हूँ, उसे भी साथ लेंगे।"

"फिर तो मुश्किल है। स्वपन को साथ भेजना ठीक होगा? क्या पता, पार्टी-वार्टी..."

जब तक टैक्सी नहीं आयी, यह गुप्त बैठक चलती रही और निश्चित विश्वास के साथ यह घोषणा हुई, इन महिला पर आवरण चाहे जो हो, किसी पार्टी के साथ इनका सम्पर्क है ही।

सन्देह निश्चित विश्वास में बदल गया, जब अनामिका देवी ने कहा, "गाड़ी जब घर की नहीं, टैक्सी है, तो ये लड़के ख़ामख़ा कष्ट करके इतनी दूर क्यों जाएँ, लौटने में असुविधा होगी। यह लड़का मेरा जाना-सुना है, यह उधर ही जाएगा, इसी के साथ..."

एक-दूसरे की ओर ताककर ये लोग गूढ़ अर्थपूर्ण हँसी हँसे, उसके बाद विनयपूर्वक बोले, "ठीक होगा यह? हम लोग लिवा लाये..."

"उससे क्या? मैं तो स्वयं कह रही हूँ, चिन्ता की कोई बात नहीं।"

गाड़ी पर सवार हुईं।

उस हब्शी-से छोकरे को कहा, "आ जाओ।"

गाड़ी के स्टार्ट होते ही वे बोले, "रुकिए ज़रा, आपका वो..." जेब में हाथ

डाला।

अनामिका ने कहा, "ठीक है, ठीक है।"

उन लोगों ने पॉकेट से हाथ निकालकर कहा, "नहीं, नहीं...आप क्यों..."

गाड़ी चलने की आवाज़ में उनकी आवाज़ खो गयी।

कुछ दूर जाने पर अनामिका ने कहा, "तुम्हारा नाम सत्यवान है?"

सत्यवान ने सिर झुकाकर कहा, "जी।"

"उससे तुम्हारी कहाँ भेंट हुई?"

"वह तो बहुत-बहुत बात है।"

"मुख़्तसर में समझा दो न?"

सत्यवान सिर को सीधा करके बैठ गया।

साफ़ शब्दों में कहा, "बिगड़कर घर से भागकर वह मेरे मेस में गयी थीं, उसके बाद मुझे साथ लेकर चन्दननगर में सँझली बुआ के यहाँ..."

"चन्दननगर! सँझली बुआ के यहाँ ?"

अनामिका प्रायः आर्त स्वर में बोल उठीं, "वहीं है शम्पा?"

"जी हाँ। मैं भी था। लौटने का उपाय नहीं था। बहुत बीमार पड़ गया था..."

धीरे-धीरे शम्पा की ख़बर मालूम हुई।

अनामिका को सँझली दी पर हठात् भयानक अभिमान हो आया। बकुल को कितनी तकलीफ़ हो रही थी, इसका ख़याल होना उचित नहीं था उसे?

मन के अगोचर कुछ नहीं। स्वयंवरा शम्पा की पसन्द की विशेष तारीफ़ नहीं कर पा रही थीं अनामिका। फिर भी शम्पा के लिए मन में प्रत्यय था। इसीलिए उससे ममता से ही बात कर रही थीं।

"क्या लिखा है, तुम्हें मालूम है?"

"जी नहीं। मुझे बन्द लिफ़ाफ़ा ही दिया उन्होंने?"

उन्होंने!

अनामिका को ज़रा हँसी आ गयी।

इसी अदब से ये गिरस्ती करेंगे? शाहज़ादी और काफ़ी क्रीतदास की तरह?

रात हो गयी थी। सूने रास्ते पर गाड़ी बड़े मज़े में ही चल रही थी। एकाएक फिर उसी समय की तरह रुक जाना पड़ा। फिर जुलूस!

नहीं। इस समय जुलूसवाले ख़ून के बदले ख़ून नहीं माँग रहे थे। रोशनी से आँखें चौंधियाते हुए बैग पाइप बजाते हुए जा रहे थे।

दुलहा जा रहा है ब्याह के लिए।

अनामिका के होठों पर ज़रा हँसी फूट उठी। आज की यात्रा बुरी नहीं। चलते वक़्त 'ख़ून के बदले ख़ून' और लौटते वक़्त बाजा-गाजा, रोशनी-बत्ती!

लेकिन रास्ता दोनों रोक रहे हैं।

यही है कलकत्ते का चरित्र!

यह एक आँख से हँसता है, एक आँख से रोता है। एक हाथ से छुरी पजाता है, दूसरे से बाँसुरी बजाता है।

घर के पास पहुँचने के पहले ही सत्यवान ने कहा, "मैं उतर जाऊँ!"

"लेकिन चिट्ठी तो मैंने अभी पढ़ी ही नहीं। पढ़कर देख लूँ, यदि जवाब देने को कुछ हो!"

"नहीं-नहीं, जवाब आप ख़त से ही दीजिएगा। मैं तो अभी जा नहीं रहा हूँ।"

अनामिका ने अब साफ़-सीधे पूछा, "तुम लोगों की शादी हो गयी?"

उसने सिर झुका लिया, "नहीं।"

"तो इस तरह से इतने दिनों से साथ घूम रहे हो?"

अनामिका का गला सख़्त था।

मुजरिम ने मुँह उठाकर कहा, "आप क्या सोचती हैं, शादी होना उचित है?"

"मेरे कहने पर कुछ मुनहसर नहीं। सँझली बुआ ने इस पर कुछ नहीं कहा?"

"नहीं।"

सत्यवान सहसा कुछ उच्छ्वसित होकर बोला, "वह अद्‌भुत हैं! अद्‌भुत अच्छी। मैंने अपने जीवन में इतनी उच्चकोटि की महिला नहीं देखी। देखूँ भी कहाँ से? गँवई गाँव का हूँ, कुली-मजूर का काम करता हूँ–हाँ, उनके मुँह से आपके बारे में सुना है, यानी शम्पा देवी के मुँह से..."

अनामिका हँस पड़ीं, "ख़ैर, मैं तुम लोगों की सँझली बुआ से ईर्ष्या नहीं करूँगी, लेकिन मेरी राय में ब्याह जल्दी ही कर लेना ठीक है।"

"वह भी यही कहती हैं, माने शम्पा देवी। मैं ही टालते-टालते..."

"क्यों, तुम्हारा मन स्थिर नहीं है?"

सत्यवान ने म्लान मुख से कहा, "ठीक कह रही हैं आप। मुझे डर लगता है। वास्तव में मैं योग्य तो नहीं हूँ।"

"अपनी योग्यता का विचार हर समय खुद से नहीं किया जाता भैया। अनिवार्य को मान ही लेना होता है। लड़की घर से भागकर जब तुमसे ही लटक पड़ी है, तो तुम्हें अब करने को क्या है? पर, तुम ज़रा रुककर नहीं जाओगे?"

अनामिका को लगा, बहुत दिनों की अनावृष्टि के बाद बड़ी अच्छी बारिश हो गयी एक।

उतर आयीं।

ख़ुशी से मन लबालब भर गया।

कितना आनन्द, कैसी मुक्ति!

लेकिन भार ऐसे दो कामों का दे दिया है, जो गन्धमादन के बराबर है। फिर भी बड़ा हल्का लग रहा है।

अब किया क्या जाए लेकिन?

छोटे भैया और भाभी को नहीं बताएँ?

अहा, यह उचित है? बेचारे किस अवस्था में हैं!

और छोटे भैया से कह रखा है, ख़बर मिलते ही बताऊँगी।

बता देने की बात और है।

लेकिन शम्पा के माँ-बाप ख़ास वैसी बुरी अवस्था में नहीं हैं।

असल में उन्हें ख़बर बहुत पहले ही मिल चुकी थी। पारुल का बेटा मोहनलाल अपने मामा के यहाँ बता गया था।

मामा लोगों से सात जनम से भी सम्पर्क नहीं। तो क्या हुआ! ऐसी एमरजेंसी में वैसा मान-अभिमान नहीं रखा जाता।

अवश्य मामा के यहाँ ख़बर देने का उद्देश्य ठीक मामा की दुश्चिन्ता दूर करना नहीं था, सोचा था, ख़बर मिलते ही मामा बेटी को गरदन पकड़कर ले आएँगे। और उस बर्बर बन्दर को पुलिस के हवाले कर देंगे।

बुद्धिमान मामा उधर फटके ही नहीं।

पारुल के पास है।

फिर क्या है?

परन्तु अनामिका तो नहीं जानती थीं यह, यह चर्चा कैसे उठाएँ। ये यदि यह कहें कि दिखाओ तो चिट्ठी!

नीचे आयीं!

खाने के कमरे के सामने भाभी खड़ी थीं।

अनामिका को देखते ही बोल उठीं, "तुम आते ही ऊपर चली गयीं, एक बात कहनी थी..."

अनामिका चकित हुईं।

माजरा क्या है? कौन-सी बात कहने के लिए वह तैयार खड़ी हैं? सत्यवान को

किसी ने गाड़ी पर साथ आते देखा है क्या? शायद देखा हो।

ग़र्ज़ कि ननद को वह कठघरे में खड़ा करेंगी। अनामिका ने शान्त हँसी हँसकर कहा, "क्या बात? कहो।"

भाभी बोलीं, "अच्छा अभी रहने दो, पहले खा लो।"

भाभी के स्वर में जैसे कुछ करुणा हो।

जैसे जो भी कहेंगी, खिला-पिलाकर कहेंगी।

मतलब कि बात कुछ और ढंग की है। या कि फाँसी ही देंगी, इसीलिए उसके पहले...

"खाने का क्या है? हुआ क्या है? हठात् हुआ क्या?" खड़ी होकर अनामिका ने कहा।

लेकिन क्या हुआ है, क्या हुआ, यह क्या अनामिका की धारणा के आसपास भी था?

लेकिन नहीं होने की भी बात नहीं थी। अस्सी साल की उम्र हो चुकी थी, सनत् काका की।

किन्तु यही क्या सान्त्वना की अन्तिम बात है? उम्र हो चुकी थी, इसलिए दुनिया की क्षति के इतिहास में उनका नाम नहीं आएगा? पृथ्वी उनके चले जाने की ओर उदासीन दृष्टि से देखती रहेगी?

दुनिया के हिसाब से यही होता है। इसीलिए अनामिका के कानों में एक घर्घर शब्द मानो होता ही चला जा रहा था, 'दुःख की कोई बात नहीं, उम्र हो चुकी थी।'

'उम्र हो चुकी?' लिहाज़ा दुनिया से उसका कोई पावना नहीं। उसके लिए यदि कहीं कोई हाहाकार उठे, तो वह हास्यकर अति है।

सोने के पुराने होने जाने पर उसका दाम घट नहीं जाता, पर प्रेम पुराना हो जाए तो उसकी क़ीमत कम हो जाती है। क्योंकि वह अब प्रयोजन में नहीं आता। विचार करके देखो, 'शोक' की मूल बात है प्रयोजनीय वस्तु को खोना। जो जितना प्रयोजनीय है, उसके लिए उतना ही शोक। जो दुनिया के किसी काम नहीं आता, न आएगा, उसे अम्लान चित्त से विदा देकर कहो, "उम्र हो चुकी थी!" कहो, "आदमी तो सदा के लिए नहीं है!" और अगर उस पर कुछ सौजन्य का रंग चढ़ाना चाहो तो कहो, "मृत्यु अमोघ है, मृत्यु निश्चित है, मृत्यु अनिवार्य है। मृत्यु जैसा सत्य और क्या है?"

अतएव जिसके भीतर क़र्ज़ का बोझ, जिसके मन में मूल्य घटने का प्रश्न नहीं, उसे सबके साथ गला मिलाकर कहना होगा, "सो तो सत्य है!"

उसे यह कहना नहीं सोहेगा, "ठीक इसी क्षण खाने की थाली पर बैठना मेरे लिए कठिन हो रहा है।"

और फिर अनामिका जानती हैं, इस अक्षमता के प्रकट करते ही मुट्ठी-मुट्ठी सान्त्वना की वाणी आकर हृदय की गम्भीरतर अनुभूति पर हथौड़े पीटेगी। उसी के साथ लोग एक बार फिर तुम्हें याद दिला देंगे, जिसके लिए तुम्हारी यह अक्षमता है, उसकी उम्र हो चुकी थी।

उससे कहीं बेहतर है, खाने की थाली पर चुपचाप जा बैठो, चुपचाप जितना बने, गले से नीचे उतारो। परन्तु, इसी से पूरा छुटकारा मिलता है?

अनामिका को जो लोग चाहते हैं, अनामिका के लिए जिन लोगों को दर्द है, ममता है, वे क्या नहीं कहेंगे, "यह क्या हुआ? एक कौर भी तो मुँह में नहीं डाला! दिन-भर के बाद—बाहर भी तो कहीं कुछ नहीं खाती हो तुम, छि-छि, इस्, सब तो पड़ा ही रह गया! इसीलिए कहा था कि खाने-पीने के बाद सुनना। तुम भी हड़बड़ा गयीं और मैंने भी कह दिया। मेरी ही ग़लती है, बाद में ही कहना था। ख़ैर, कम-से-कम वह दूध पी लो..."

अनामिका को इस तरह से माया-ममता दिखाने का सुयोग घर को कब मिलता है? भाग्य से अनामिका का स्वास्थ्य अटूट है, लिहाज़ा उधर से सुविधा नहीं है। लेकिन जो प्यार करते हैं, उनको तो ख़्वाहिश होती है, कभी ममता की दो बात कहें। इसीलिए छोटी भाभी, जिस छोटी भाभी को छिटक उठने के अलावा बोलने की आदत नहीं, उन्होंने भी नर्म गले से कहा, "जानती ही थी कि यह ख़बर सुनकर तुम्हारा मन ख़राब हो जाएगा, सच, अपने काका जैसा ही चाहते थे तुम्हें, लेकिन आक्षेप का तो कुछ नहीं। आदमी को जाना तो एक दिन पड़ेगा ही।"

अनामिका की छोटी भाभी ज्ञान देने लगीं।

उम्र में अनामिका से छोटी होते हुए भी बड़े भाई की स्त्री के नाते रिश्ता मर्यादा का है।

एक साँस में दूध पीकर अनामिका उठ पड़ीं।

और बोल उठीं, "हाँ, तुम्हें भी एक ख़बर देनी थी—सुख़बर। आज शम्पा की एक चिट्ठी मिली है। वह चन्दननगर में सँझली दी के पास है।"

छोटी भाभी को इसलिए चौंक उठना पड़ा। कह उठना पड़ा, "मतलब? सँझली दी के पास। हम लोग इधर मरे पड़े हैं? तुम्हारे छोटे भैया तो भीतर-भीतर धरती उकट रहे हैं।"

अनामिका ने सिर्फ़ कहा, "वही तो।"

जिस ख़बर के लिए रात-दिन का हर पल उन्मुख था, जिस ख़बर के लिए सारा मन मानो छलक उठने के लिए उद्वेलित हुआ था, वह ख़बर क्या एक व्यर्थ घड़ी

में ही आकर पहुँची!

और ऐसे हास्यकर भाव से परिसमाप्ति! इतना उद्वेग, इतनी उत्कण्ठा, इतनी दुश्चिन्ता के बाद यह! बाप से नाराज़ होकर लड़की बुआ के यहाँ जाकर बैठी है! उफ़, कैसी लज्जा! सचमुच मानो शर्म ही आयी अनामिका को यह हास्यकर ख़बर देते। इससे कहीं अच्छा है, शम्पा यदि किसी विपत्ति में पड़कर बहुत कष्ट पाने की ख़बर देती।

मन के अगोचर पाप नहीं। अनामिका को सच ही यह लगा था, शम्पा ने कहीं से विपन्न होकर क्यों नहीं चिट्ठी लिखी! अथवा शम्पा गौरव के साथ क्यों नहीं यह ख़बर भेज सकी, ''बुआ, ब्याह कर लिया, अब सोचा, वह शुभ समाचार तुम लोगों को बताना ज़रूरी है। तुम्हें बताने से ही सभी जानेंगे।''

सो नहीं, ऐसी एक दीन-हीन ख़बर भेजी है कि उसे बताने में अनामिका को शर्म हुई।

फिर भी यह बताने के ही समय इस ख़बर पर यदि और एक हिम शीतल ख़बर नहीं आ पहुँचती! अब अनामिका किसकी सोचने बैठें? जिनके प्रति आकण्ठ ऋण का बोझ है, और जीवन में कभी चुकाया नहीं जा सका, या जो चुकाया नहीं जा सकता, सिर्फ़ अपने मन में निमग्न हो सिर नवाकर स्मरण करना होता है, उसकी? या कि उस लड़की की, जो दो हाथ बढ़ाकर गम्भीर विश्वास की निश्चिन्तता में दौड़ी आना चाहती है?

शम्पा जानती है, वह जितना भी दोष करे, जितना ही उत्पात करे, अनामिका के हृदय-कोटर में उसके लिए अक्षय सिंहासन बिछा हुआ है।

अब छोटी भाभी आक्षेप पर आयीं, ''मैं यह कहती हूँ भाई, सँझली दी को क्या चुपचाप हमें यह बताना लाज़िम नहीं था? हम किस स्थिति में हैं, इसका पता उन्हें नहीं चल रहा था?''

अनामिका को खड़े रहने की इच्छा नहीं हो रही थी। प्रकाश और शब्द के इस जगत् से हटकर ज़रा अन्धकार में पनाह लेने का जी हो रहा था, पर वह इच्छा मिटे कैसे? नहर काटकर मगर तो खुद ही ले आयीं!

वह क्या समझ नहीं सकीं, शम्पा की ख़बर देते ही शब्द का यह मगर उन्हें ग्रास करने आएगा, सहज ही पल्ला छुड़ाकर भाग नहीं सकेंगी?

समझ तो बेशक रही थीं, शायद इसीलिए कहने में ज़रा आगा-पीछा कर रही थीं, बहरहाल भूल जाने का भान करें तो क्या हो? यदि कल सवेरे कहें, ''देखो, घर आते न आते वह ख़बर सुनकर शम्पा की चिट्ठी की बात भूल ही गयी! तो?''

तो क्या और भी शब्दों के झुण्ड के सामने नहीं पड़ना पड़ता? यह हिसाब नहीं लगता कि अनामिका के सामने किसका दाम ज़्यादा है? जो खो गया उसका या

जो खोकर लौट आया, उसका?

भविष्य के शब्दों के उस झुण्ड से डरकर आगा-पीछा करके भी उन्होंने अभी ही नहर काटी। और ममता ने ही क्या कुछ काम नहीं किया? यह नहीं लगा कि ख़बर पाकर जी जाएँगे ये?

किन्तु बच जाने से ही क्या उबर जाएगा आदमी? दूसरे के उचित-अनुचित की ख़बर लेने नहीं बैठेगा?

अनामिका ने निर्जीव गले से कहा, "बात बिलकुल सही है। शायद शम्पा ने निहोरा करके मना किया होगा।"

"वाह, ख़ूब कही भाई!"

छोटी भाभी के क्षण-भर पहले के उस ममता-बोध का अब परिचय नहीं पाया गया, वह बदस्तूर क्रुद्ध और क्षुब्ध गले से बोलीं, "तुम बहनें एक दूसरे ही विधाता की गढ़ी हो! माना, उसने मना ही किया, मना तो करेगी ही, जो लड़की बाप को तेज दिखाकर घर छोड़ेगी, वह कहने से मना नहीं करेगी? लेकिन यही क्या कर्तव्य की बात हुई?"

नहीं हुई, अनामिका भी इसे मन ही मन स्वीकार किये बिना नहीं रह सकीं। सँझली दी पर एक ज़बरदस्त मान से उसका मन भी तो सख़्त हो उठा था। फ़िर भी हामी भरने की एक ज़िम्मेदारी है। वह मानो गला मिलाकर निन्दा करने जैसा लगा उन्हें। इसीलिए धीरे से बोलीं, "छोरी बड़ी ज़बरदस्त है न!"

अब छोटी भाभी को ख़ास अपनी अदा से छिटक उठने का मौक़ा मिला। बोल उठीं, "कहने से तुम नाराज़ होगी, बाहर तुम्हारा कितना नाम-गाम है, कितना मान-सम्मान, तुम्हारी बुद्धि लेकर बोलना मुझ जैसी मूरख को नहीं सोहता, फिर भी बिना कहे रहा नहीं जाता, बुआ के सहारे से ही छोरी वैसी दुर्धर्ष हुई।"

यह अभियोग कुछ नया नहीं है। मौक़ा मिलते ही छोटी भाभी यह कहती हैं, सदा कहती आयी हैं, आज तो एक निहायत ही अच्छा मौक़ा मिला है, सो नाम-गामवाली गण्यमान्य अनामिका देवी को चुप बैठने के सिवाय उपाय नहीं।

छोटी भाभी ने फिर शुरू किया, "अब तो और बल बढ़ा। जिस बुआ को उसने जन्म से आँखों भी नहीं देखा, उसका सुहाग भी जुट गया। भीतर-भीतर चिट्ठी-चपाटी ज़रूर चलती होगी, नहीं तो छोरी के इतना दुस्साहस ही कहाँ से आता और वह धड़ से वहाँ कैसे जा पहुँचती? ख़ैर तुम लोगों को क्या दोष दूँ, अपना ही नसीब! अपनी बेटी को मैंने कभी अपने हाथ में नहीं पाया। इसीलिए मन-मुताबिक़ उसे गढ़ नहीं सकी।"

एकाएक धीरज का बाँध टूटा। जो अनामिका के स्वभाव के विरुद्ध है, वही हो गया। वह अचानक बोल उठीं, "बेटी को अपने हाथ में पाकर मन-मुताबिक़ गढ़ने

का नमूना भी तो देख रही हूँ...''

मुँह से बात निकालते ही अपने-आपको अनामिका ने धिक्कारा, ''छि-छि, यह मैंने क्या किया। एकाएक ही अधीर होकर प्रकट किये इस मन्तव्य के लिए भविष्य में कितनी धैर्य-शक्ति सँजोनी होगी। छोटी भाभी इस बात को अपूर्व-अलका के कानों तक पहुँचाये बिना मानेंगी?''

उसके बाद? और तो कुछ नहीं, अनामिका को कोई मारेगा नहीं, लेकिन वही शब्द। सैकड़ों शब्द बाणों के लिए अनामिका को तैयार रहना पड़ेगा।

गरचे छोटी भाभी स्वयं ऐसा मन्तव्य हरदम ही प्रकट करती रहती हैं, उनके जेठ के बेटे की बहू अलका फ़ैशन दिखाने के लिए बेटी का परकाल चौपट किये दे रही है, यह वह कारण-अकारण कहती ही रहती हैं। और सम्भवतः अकारण भी नहीं। अलका की वह लड़की, जिसके पुकार का नाम बहुत तरह का है, अच्छा नाम सत्यभामा है, उस लड़की के बारे में बहुत प्रकार की बातें सुनने में आयी हैं। प्रबोधचन्द्र के इस पवित्र कुल में, कुल की उस कन्या के द्वारा काफ़ी कुछ कालिख पोती गयी है, परन्तु माँ-बाप उसके सहाय हैं, भीतर-ही-भीतर पोंछ भी दी गयी है। आधुनिक सभ्यता तो असतर्कता के अभिशाप को ढोते फिरने को मजबूर नहीं करती!

मगर बहरहाल लड़की से जो करा रही है अलका, वह प्रबोधचन्द्र के कुल में कलंक लगानेवाला हो चाहे, अलका उसे गर्व के साथ ही ज़ाहिर करती है। कुछ दिनों एयर होस्टेस की नौकरी लेकर काफ़ी जगमगाहट दिखाकर अब सत्यभामा दूसरी एक जगमग दुनिया के दरवाज़े को पहचानकर घुस पड़ी है। चिन्हाया उसकी दूर के नाते की एक मौसी की लड़की ने, लेकिन अब सत्यभामा उसको पीछे छोड़कर बहुत आगे निकल गयी है।

वह शायद होटलों में कैबरे नाच रही है। स्वयं अलका ही गर्व के साथ गाती-फिरती है, एक जगह की बँधी नौकरी में लोग उसे टिकने नहीं देते, बहुत सारे होटलों से बुला-बुलाकर खींच ले जाते हैं। गुण होने से गुण-ग्राहकों को उसका पता चलता है, यह जैसा स्वाभाविक है, गुणी के लिए खींचतान करना भी वैसा ही स्वाभाविक है। लिहाज़ा यह मान लिया जा सकता है कि अलका यह सब गढ़-गढ़ाकर नहीं कहती।

अवश्य पहली बार जब सत्यभामा की एयर होस्टेसवाली नौकरी की ख़बर प्रबोधचन्द्र की इस संसार-भूमि में पहुँची थी, तो धुएँ की एक बहुत बड़ी कुण्डली उठी थी, काफ़ी आलोड़न हुआ था।

अनामिका तक ने अलका को बुलाकर अधीर होकर पूछा था, ''बात सच है अलका?''

अनामिका ने आश्चर्य नहीं दिखाया, आश्चर्य दिखाया अलका ने। बोली, ''इसमें

सच नहीं होने की कौन-सी बात है बुआ जी? लड़कियाँ तो आजकल कितने ही ढंग की नौकरी करती हैं। और यह तो ख़ास करके लड़कियों की ही नौकरी है।''

यह आश्चर्य ही उसका बल है, यह सोचकर अनामिका ने बात नहीं बढ़ायी। सिर्फ़ बात के धागे की नोक को मोड़ने के लिए ही कहा, ''सो है। लेकिन नौकरी कष्ट की है। खाने-सोने के समय का ठिकाना नहीं। शायद हो कि नाइट-फाइट ड्यूटी देनी पड़े...''

''वह तो होगा ही।'' अलका नें माँजे हुए-से चिकने मुँह से जवाब दिया, ''कण्ट्रेक्ट में वह बात तो है ही। लेकिन यह समस्या तो दुनिया के पवित्रतम पेशावाली नर्सों की भी है...''

अनामिका ने और कुछ नहीं कहा, कहा था अनामिका के छोटे भैया ने। अलका से नहीं, अपूर्व को बुलाकर।

अपने को वंश का धारक-वाहक मानकर प्रबोधचन्द्र की छोड़ी हुई मशाल को उठाकर उन्होंने तीखा प्रश्न किया था, ''घर में यह सब क्या हो रहा है अपूर्व? तुम लोगों ने क्या सोच लिया है, छाती पर बैठकर दाढ़ी उखाड़ोगे? घर बैठकर जो जी चाहे, करोगे?''

अपूर्व ने ख़ूब शान्त गले से कहा था, ''अचानक किस बात पर इतने उत्तेजित हो रहे हो छोटे चाचा, समझ नहीं पा रहा हूँ।''

छोटे चाचा और भी उत्तेजित हों, इसमें ताज्जुब नहीं। वही होकर वह बोल उठे, ''सीधे मत बनो अपूर्व! बेटी को एयर होस्टेस की नौकरी करने को भेजा है, इस बात से इनकार करोगे?''

''क्यों, इनकार क्यों करने लगा?'' अपूर्व ने कहा था, ''बेटी को मैंने चोरी-डकैती करने के लिए तो नहीं भेजा? नौकरी करने के लिए ही भेजा है। इस पर आपत्ति करने से...''

छोटे चाचा ने भतीजे को बात पूरी नहीं करने दी, प्रबोधचन्द्र के उत्तराधिकारी के स्वर से कहा, ''मैं कहूँगा, तुमने चोरी ही करने को भेजा है। तुम लोगों ने—तुम पति-पत्नी ने मिलकर चुपचाप सेंध मारकर इस वंश के मान सम्मान, सभ्यता, सब की चोरी करायी है उस लड़की से।''

''बाप रे, बड़ी चुन-चुनकर उपमा दे रहे हो छोटे चाचा! फिर तो यह कहना होगा, डकैती का भार तुमने शायद अपनी बेटी पर दिया है?''

उस समय शम्पा भागी नहीं थी।

लेकिन उड़ तो रही थी।

और आकाश में उड़ता हुआ वह चेहरा सबको ही दिखाई दिया था। छोटे चाचा ने फिर भी कहा था, ''बाप-चाचा को छोटा दिखाने में कोई सभ्यता नहीं है अपूर्व!''

ऐसा कहा प्रबोधचन्द्र के छोटे लड़के ने। जवानी में जिन्हें इसी में बदस्तूर आनन्द था।

लेकिन जवानी तो सदा की नहीं, जवानी तो जानें कब किस फाँक से अपनी उद्धतता और उन्नासिकता, अहमिका और आत्ममोह, प्रतिवाद और बेपरवाही का पोर्टफ़ोलियो वापस देकर चुपचाप खिसक पड़ती है! सब-कुछ गँवाया बुढ़ापा उस समय अपने अतीत को भूलकर यौवन की खोट निकालता फिरता है, यौवन का औद्धत्य देखकर क्रुद्ध होता है।

अपूर्व के छोटे चाचा भी क्रुद्ध हुए। कहा, "अपनी बेटी की मैं कुछ तारीफ़ नहीं किये फिरता हूँ, और उसे प्रश्रय भी नहीं देता। और फिर घर में नाचे-कूदे, जो चाहे करे, बाहर वंश की प्रेस्टिज का सवाल है।"

"लड़कियों के नौकरी करने से वंश की प्रेस्टिज चली जाती है, आज के युग में यह बात बड़ी हास्यकर है छोटे चाचा!"

"नौकरी करना गुनाह है, मैंने यह नहीं कहा, वह नौकरी भले घर की लड़की के लायक़ नहीं है, मैं यह कह रहा हूँ।"

अलका कहीं आस ही पास थी। वह आ पड़ी और आहिस्ता से बोली, "यह बात यहाँ कही सो कही, बाहर मत बोलिएगा छोटे चाचा! बल्कि पूछताछ करके देखें, जो लड़कियाँ वहाँ हैं; कैसे घर की हैं।"

छोटे चाचा दिशाहारा-से हो चारों ओर ताककर बुद्धू की तरह बोले, "वे बंगाली नहीं हैं।"

कहना नहीं होगा, अब अलका से हँसे बिना नहीं रहा गया। कहा, "ख़ूब, तो यह हुआ कि जो आपकी तरह बंगाली नहीं हैं, वे भले आदमी नहीं हैं?"

"सो बात नहीं..." छोटे चाचा तीखे हुए, "तुम्हारा तो सदा ऐसा ही बेमतलब का तर्क होता है, अरे, उनके समाज में जो चलता है, हमारे समाज में नहीं चलता। बंगालियों का अलग ही एक कल्चर है..."

"उसी के रहने की खुशी में हम मरे पड़े हैं छोटे चाचा, कभी के मरकर भूत हो गये कल्चर की शव-साधना कर रहे हैं। मैं वह सब नहीं मानता। मैं यह मानता हूँ कि युग के साथ क़दम मिलाकर चलना होगा।"

लेकिन बाद में इसी अपूर्व ने फिर छोटे चाचा की लड़की खो जाने की घटना पर व्यंग्य की हँसी हँसकर उद्विग्न की भूमिका क्यों ली थी? चेष्टा करके बुआ से उसके पते के लिए जिरह करने क्यों गया था?

कारण है इसका, गूढ़ कारण।

युग के साथ क़दम मिलाकर हठात् पाँव चूक जाने से अपूर्व की लड़की सत्यभामा फिर कई दिनों के लिए मामा के यहाँ घूमने के लिए गयी थी—व्यंग्य हँसी

की प्रतिक्रिया यदि उस 'मामा के यहाँ' का ठिकाना ईजाद कर बैठे!

परन्तु लड़की यदि स्वास्थ्य-शक्ति का उद्धार करके मामा के यहाँ से लौटकर फिर बेपरवा की भूमिका ले, अपूर्व के लिए तब फिर से युग के साथ क़दम मिलाने के सिवाय उपाय क्या है! नये इस पाला-बदल में अपूर्व की लड़की 'कैबरे' नाच में रत हुई। अपूर्व लोगों को सुनाकर कहता, "बेटी के मामले में माँ जो समझती है, करती है, मैं उसमें दख़ल देने नहीं जाता। आज के समाज में क्या चलता, नहीं चलता है, यह उसकी माँ ही ठीक जानती है।"

लिहाज़ा दूसरे भी ठीक समझकर चुप हो गये हैं। अपूर्व की माँ का बेटे-बहू से बोल-चाल बहुत दिनों से बन्द है; लड़कियाँ आती हैं, माँ के कमरे में बैठकर मीटिंग करती हैं, चली जाती हैं। अलका कहती है, "शाप में वरदान है मुझे! वरना इन चार ननदों का झमेला मुझे बारहों महीने झेलना पड़ता!"

अपूर्व भी इसे बेशक स्वीकार करता है।

सत्यभामा का यह नृत्य केवल भूत का ही नृत्य तो नहीं । उससे अच्छा ही पैसा आता है। तो? यह भी तो एक नौकरी है! बाज़ार आग हो रहा है, गिरस्ती की चाल काफ़ी बढ़ गयी है, एक की कमाई से वह चाल बरक़रार रखकर चलता ही नहीं! लड़की और लड़का, समाज में जब दोनों समान ही माने जाते हैं, तो बाप की गिरस्ती की अचल गाड़ी को सचल करने का भार लड़की ही ढोये तो शर्म क्या है?...लेकिन प्रबोधचन्द्र ने भी तो लज्जा से लाल होकर अन्तरिक्ष से कभी गाज नहीं गिरायी? कि यह घर कलंक सहित चूर्ण हो जाए?

किन्तु लाज आस-पास के लोगों को।

इसीलिए अनामिका छोटी भाभी के आक्षेप पर बोल उठीं, "बेटी को मन-मुताबिक़ गढ़ने का नमूना तो देखा!"

बोलते ही समझ गयीं, बड़ी असावधानी हो गयी। यह असावधानी छोटी भाभी को शत्रु-शिविर में खींच ले जा सकती है! पर किया क्या जाए! हाथ का ढेला और मुँह की बात—दोनों एक ही हैं, यह तो सदा की बात है।

छोटी भाभी अवश्य फुफकार उठीं।

बोलीं, "सभी एक-से नहीं हैं ननदजी!" गुस्सा होने पर वह ननदजी शब्द का व्यवहार करती हैं। बोलीं, "अलका से मेरी तुलना मत करो। मगर मैं दिखा नहीं सकी, यही मेरी बदनसीबी है!"

इस आक्षेप के सामने अनामिका कब तक जूझें? बोलीं, "अच्छा, यह ख़बर छोटे भैया को दे देना..."

जाने के लिए उन्होंने पाँव बढ़ाया।

छोटी भाभी ने कहा, "चिट्ठी कहाँ है?"

अनामिका बोलीं, "चिट्ठी! वह तो मेरे कमरे में है।"

"अच्छा, तुम जाओ। तुम्हें अब उतरना नहीं पड़ेगा। मैं आकर ले लूँगी।" छोटी भाभी ने कहा।

अनामिका पर पहाड़ टूटा। बोलीं, "अरे पूछो मत, वह एक पागल की ही चिट्ठी है। मोटा-मोटी उसने इतना ही बताया है!"

यानी समझ लो, चिट्ठी वह नहीं दिखाएँगी।

छोटी भाभी ने स्याह हुए मुँह से कहा, "ओ! लेकिन चिट्ठी तुम्हें मिली कब? मैं तो तीसरे पहर की डाक के बाद तक लेटर बक्स देख आयी हूँ—प्रसून की चिट्ठी आयी है या नहीं, देखने गयी थी।"

"चिट्ठी डाक से नहीं आयी है। एक आदमी आकर दे गया।"

"आदमी? कैसा आदमी?" छोटी भाभी के गले में आर्तनाद।

अनामिका ने मिथ्या भाषण नहीं दिया। कहा, "आबनूस-सा काला आदमी..."

"आबनूस-सा काला!" ग़र्ज़ कि निश्चिन्त रह सकती हो।

फिर जाने क्या सोचकर सीढ़ी के पास खड़ी होकर अनामिका ने पूछा, "छोटे भैया कल चन्दननगर जाएँगे क्या?"

"चन्दननगर? तुम्हारे छोटे भैया?"

छोटी भाभी तीखी हुईं, "जान रहते नहीं। और हठात् यदि बुद्धिभ्रंश होकर जाना भी चाहें, तो मैं कमरे में ताला डालकर बन्द कर दूँगी उन्हें।"

अनामिका की बग़ल से छोटी भाभी ही धड़धड़ाकर सीढ़ी से ऊपर चली गयीं। अनामिका धीरे-धीरे सीढ़ियाँ चढ़ने लगीं। तिनतल्ले तक चढ़ना है।

आकर फिर चिट्ठी को उठाया, लेकिर पढ़ा नहीं। सोचने लगीं, अभी सनत् काका के यहाँ एक बार जाने की ज़रूरत है या नहीं।

सुनते ही सोचा था, उसी समय ख़बर आयी थी। दौड़ते हुए जाने से अन्तिम यात्रा-काल में भी देखा जा सकता था। लेकिन नहीं। छोटी भाभी बोल उठी थीं, "अरे अभी जाकर क्या करोगी? वह तो कल सवेरे मरे हैं!"

कल सवेरे! और आज अभी रात!

यानी आकाश-वातास—कहीं चिता का अब धुआँ भी नहीं। नाहक़ ही दौड़धूप से क्या लाभ?

पर, कल? या परसों? किस लिए? शोक में नीरू दा को दिलासा देने के लिए? या कि अभियोग करने के लिए? अनामिका को ख़बर क्यों नहीं दी गयी? अनामिका

पागल नहीं हैं कि यह धृष्टता करने जाएँ! नहीं जाएँ तो क्या होगा? बाद में कभी भेंट होने पर नीरू दा यदि कहें, "क्यों, तुम तो काका को ख़ूब प्यार करती थीं, कहाँ, मरने की ख़बर सुनकर भी तो एक बार नहीं आयीं!"

इस आक्रमण से बचने के लिए?

दुर!

पहले, माने बहुत पहले होने से शायद ऐसा करतीं अनामिका। उस समय अपने को त्रुटिहीन करने का एक बचकाना मोह था उन्हें। उस त्रुटिशून्य होने के लिए प्राणिपात किया है, इच्छा के ख़िलाफ़ लड़ी हैं, अपने बारे में विस्मृत होकर रही हैं।

वह बचकाना मोह अब नहीं है।

अब यह पकड़ में आ गया है कि वह व्यर्थ चेष्टा सिर्फ़ अपने ही भीतर क्षय ले आती है। इसीलिए नीरू दा से सौजन्य करने न भी जाए तो चलेगा।

तो?

तो चन्दननगर चल दिया जाए।

बहुत दिनों से नहीं देखी हुई सँझली दी के सामने जाकर खड़ी हो। एक आग्रह का अनुभव किया। डायरी के पन्ने खोलकर देखा, कल और परसों-नरसों—इन दो-तीन दिनों में कहीं फन्दे में पड़ी हुई हैं या नहीं।

देखा, नहीं हैं। राहत की साँस ली।

लेकिन यह बात घर में बताएँ?

"नहीं कहूँगी, कहने में लाज लगती है और कह-सुनकर जाने में भी बुरा लग रहा है। शम्पा के माँ-बाप स्थिर होकर बैठे रहे और बुआ दौड़ पड़ीं—लड़की को सहारा देकर बरबाद करने की यह एक और बहुत बड़ी नज़ीर रहेगी।"

छोड़ो! क्या किया जाए?

लेकिन इस समय ज़रा कहीं जाने के लिए भी मन व्याकुल हो उठा।

कल ही सवेरे सनत् काका चल बसे, इसी शहर में एक जगह, परन्तु अनामिका ने नियमानुसार खाया, सोयीं। उसी मुहल्ले के पास से 'नज़रुल-रवीन्द्र सन्ध्या' के आयोजन में शामिल होने के लिए गाड़ी से गयीं।

अचानक बहुत दिन पहले के एक उस दिन की बात याद हो आयी। आदमी क्या कर सकता है, क्या नहीं कर सकता है! उस दिन भी तो अनामिका ने सभा की थी, जब सभा-मण्डप में ही निर्मल का समाचार आया था।

सत्यद्रष्टा कवि कह गये हैं, "जानता हूँ, नाट में ऐसे ही बाँसुरी बजेगी और दिन कटेंगे, जैसे आज कटते हैं!"

यह परम सत्य है, इसमें क्या सन्देह! फिर भी दिन कटने की आड़ में कहीं सुर ज़रा कट नहीं जाता है?

अनामिका के निःश्वास छूटा।

कमरे की बत्ती बुझाकर लेट गयीं कि सहसा लगा, उस समय छोटी भाभी के साथ नाहक़ ही बात में उस सुर का सार टूट-फूटकर झूल गया। वह एक मीठे स्वर सुर के स्वाद से वंचित हो गयीं।

शोक भी एक स्वाद है तो! गहरा, पवित्र।

पवित्र माधुर्यमय गहरे-गहरे आस्वाद की अनुभूति टुकड़े-टुकड़े होकर बिखर गयी। उन्हें चुनकर फिर से सम्पूर्णता नहीं दी जा सकती। और फिर से नहीं मिल सकती उस प्रथम मुहूर्त की स्तब्धता। यह भी तो एक बड़ा खोना है!

पारिवारिक जीवन में ऐसी कुछ बातें हैं जिन्हें नहीं चाहते हुए भी किये बिना उपाय नहीं है। नहीं करने से पारिवारिक क़ानून भंग होता है।

उनमें से एक है, अपनी गतिविधि का हिसाब परिवार के दूसरे लोगों के सामने दाख़िल करना। 'चाहते ही अचानक कहीं चल देने की क्षमता तुम्हें नहीं हैं' पर क़ानून का वह भार सवार है।

चला जाना ही तो अन्तिम बात नहीं? उसके पीछे 'लौट आना' नाम की एक बात है। लौट आने पर परिजन वर्ग एक-एक करके अचरज से हतवाक् होकर पूछेंगे नहीं, ''अजीब है, बिना कहे चल दिये? कहाँ गये, किसी से कह नहीं गये?''

पारिवारिक शास्त्र में यह बड़ा गर्हित अपराध है। यह मानो दूसरों की अवमानना करना है। जैसे, जानकर स्वेच्छाचारिता की पराकाष्ठा दिखाना है।

लाचार, नितान्त अनिच्छा के बावजूद सूटकेस सहेजकर अनामिका को नीचे उतरना पड़ा।

नौकर को बुलाकर कहा, ''छोटी माँ कहाँ हैं रे?''

''छोटी माँ? वह तो अभी पूजाघर में हैं।''

सुनकर विस्मित हुईं अनामिका। छोटी भाभी की यह उन्नति कब से हुई? पता नहीं था? ख़ैर, दुनिया में कितना कुछ तो होता रहता है, जानती ही कितना हैं वह? उनकी यह एक अजीब ज़िन्दगी है, न घर की न घाट की। इस घर में हैं, पर इससे मानो सम्यक् सम्पर्क नहीं। चूँकि यथारीति यथासमय दूसरी गिरस्ती में जाकर प्रतिष्ठित नहीं हुईं, इसीलिए अनामिका मानो एक बढ़ती हुई वस्तु की तरह यहाँ अपने को दबाये बैठी हैं। आजन्म के लिए स्थान, किन्तु जन्मगत अधिकार कब जो चला जाता है! औरतों के जीवन में यह एक भयंकर कौतुक है।

अच्छा, घर का कोई लड़का यदि अविवाहित रहता है, ऐसा तो बहुत ही होता है, वे भी क्या केन्द्रच्युत होकर 'बढ़ती' बन जाते हैं?

सोचते-सोचते फिर दुतल्ले पर चली आयीं अनामिका। छोटे भैया के कमरे के सामने खड़ी होकर आवाज़ दी, ''छोटे भैया!''

छोटे भैया ने जवाब नहीं दिया। चाय के प्याले से घूँट लेते हुए बाहर आ खड़े हुए। भँवें सिकुड़ी, अप्रसन्न मुँह।

अनामिका ने उनके पूछने की अपेक्षा नहीं रखी। बोलीं, ''सुना छोटी भाभी तो शायद पूजाघर में हैं, उनसे एक बात कहनी थी, तुम्हीं कह देना—आज, माने—आज-कल-परसों ये दो-तीन दिन मेरे लिए रसोई नहीं बनेगी। मैं ज़रा कहीं जा रही हूँ।'' कहते ही लगा, बात मानो बड़ी बेमेल-सी हो गयी।

चाय ख़त्म करके छोटे भैया ने श्लेषात्मक गले से कहा, ''तीन दिन के लिए? कहाँ है सभा?''

छोटे भैया क्या समझ नहीं सके, अनामिका कहाँ जा रही हैं! उन्हें लगा, समझकर भी छोटे भैया जानकर ही प्रसंग को दूसरी तरफ़ ले गये।

अनामिका की ही भूल।

शुरू में ही स्पष्ट और साफ़ कहना था, ''छोटे भैया, मैं तीन दिनों के लिए चन्दननगर जा रही हूँ, सँझली दी के पास।''

अब बोलीं, ''नहीं, सभा नहीं, सँझली दी के पास घूमने के लिए जा रही हूँ।''

छोटे भैया ने कड़वे स्वर में कहा, ''आशा करता हूँ, आह्लाद से किसी को अपने साथ नहीं लिवा लाओगी!''

''साथ? किसे?''

अबकी अनामिका ने भी दाँव खेला। कहा, ''लिवा लाने की क्या कह रहे हो?''

''क्या कह रहा हूँ, तुम बिलकुल नहीं समझ सकीं, यह अचरज की बात है। तुमने ही कल बताया, तुम्हारी उन धींगड़ी भतीजी जी ने चन्दननगर में दूसरी एक आश्रयदात्री की शरण ली है! और समझ में आ रहा है, तुम वहाँ क्यों दौड़ी जा रही हो...''

अनामिका ने हलके से हँसकर कहा, ''दौड़ी शायद यों ही जा रही हूँ। जी अच्छा नहीं लग रहा था, लेकिन हो सकता है, अनजानते उसे ही देखने के लिए दौड़ी जा रही हूँ—लाने की बात किस साहस से सोचूँ छोटे भैया? एक बिगड़ी हुई दुष्ट लड़की को किसके यहाँ ले आऊँ?''

छोटे भैया के गले में पहले की चाय अटकी थी क्या? कि अचानक सरक गयी? खाँसते-खाँसते बहुत समय चला गया। उसके बाद बोले, ''तुम यह बात नहीं कह सकती हो, इस घर पर पिताजी तुम्हें बहुत कुछ अधिकार दे गये हैं।''

अनामिका ने वैसे ही हँसकर कहा, ''मैं तो उस अजीब फ़िज़ूल की बात को पिताजी का बचपना छोड़कर और कुछ नहीं सोचती छोटे भैया! निहायत तुम लोगों के गोत्र में ही रह गयी, इसलिए तुम लोगों के यहाँ ही पड़ी हुई हूँ। छोड़ो भी। तो मैं जा रही हूँ।''

अब छोटे भैया ने भैया-जनोचित एक बात कही, ''अकेली ही जा रही हो?''

अकेली घूमने की आदत गरचे अनामिका को क़तई नहीं, सभा-समिति में यहाँ-वहाँ सदा जाती ज़रूर हैं, पर वह तो वे लोग खुशामद-बरामद करके ही ले जाते हैं। जाने के ठीक पहले कुछ चिन्ता नहीं की हो, ऐसा भी नहीं, फिर भी ज़रा हल्के गले से ही जवाब दिया, ''यहाँ...से यहाँ—बस तो। सवेरे की गाड़ी है, इसमें अकेली का क्या!''

छोटे भैया ने और कुछ नहीं कहा। वह कमरे में चले गये और उनकी सिर्फ़ ढीली गंजीवाली पीठ देखकर अनामिका का मन एकाएक कैसी तो माया से भर गया। कितना दुबला हो गया है! पीठ की हड्डी गंजी के भीतर से उभर आयी है। बेचारा! मुँह से तेज दिखाकर वह मान बचाये रहता है, भीतर ही भीतर राख हुआ जा रहा है।

गुस्सा, अपमान, दुःख, जलन, दुश्चिन्ता, बेटी के प्रति अभिमान—सब कुछ का भार और जलन अपने में ही ढोये चल रहा है।

ज़रा अन्तरंगता के साथ कुछ अच्छी बात करने का जी हो आया, पर, बोलें भी क्या!

वह अगर और तरह का गुस्सा दिखाकर कहता, ''यदि जा रही है वहाँ, तो उस पाजी लड़की का झोंटा पकड़कर उसे खींचते हुए ले आना''—तब शायद वैसी अन्तरंग होने की सुविधा होती।

लेकिन यह 'किन्तु' और 'शायद' आदि सदा ही चित्त की चंचलता का कारण होने के सिवाय और किसी काम नहीं आते।

अपने मन में सोचने के लिए रेलगाड़ी आदर्श जगह है। डिब्बे-भर आदमियों के बीच भी तुम मज़े में निश्चिन्त मन लिये अकेले रह सकते हो। तुम्हारी शकल देखकर कोई मन के भाव को पढ़ने की कोशिश नहीं करेगा।

इसीलिए अनामिका देवी अभी सोच रही हैं, सँझली दी से पहली भेंट की अवस्था कैसी होगी! देखते ही क्या उमगकर दौड़ पड़ेगी सँझली दी? या शान्त-गम्भीर स्वागत से मन के जमे हुए अभिमान को प्रकट करेगी?

अनामिका ही क्या जाकर शोरगुल मचाएँगी—''ओः, सँझली दी, कितने दिनों के बाद तुझे देखा है!'' या ''क्यों री, पहचान रही है या शकल भूल ही गयी है?'' न, उस बात का उलटा दबाव पड़ सकता है? सँझली दी शायद झट बोल उठेगी, ''शकल भूलने की गुंजाइश कहाँ? पत्र-पत्रिकाओं में तो अकसर 'शकल' देखने को मिल जाती है।''

पत्र-पत्रिकाओं में छपे चेहरे पर हँसी-मज़ाक़ किया जा सकता है, परन्तु मन का चेहरा उसके अनुकूल नहीं। मानो वह मन केवल 'सँझली दी' कहकर ही चुप हो जाना चाहता है। और कोई बात नहीं।

ख़ैर, यह तो रही सँझली दी की बात।

और वह लड़की?

उसे क्या कहेंगी?

वह क्या कहेगी?

वह निश्चय ही दौड़कर लिपट जाएगी, बदन पर नाक रगड़कर एकाकार होने का भाव प्रकट करेगी।

हवड़ा से चन्दननगर। इलेक्ट्रिक ट्रेन। फिर भी लगता है, रास्ता ख़त्म नहीं होना चाहता। उस लड़की के पहले आवेग की आँधी की कल्पना करते-करते धीरज छूट रहा है।

परन्तु कल से अनामिका को भाग्य का थप्पड़ खाना ही लिखा था शायद।

इसीलिए वह आँधी आकर टूट नहीं पड़ी।

सँझली दी उसे देखकर ठिठक गयी। धीरे-से कहा, "तू!"

उसके बाद और धीरे-से बोली, "तू कब आयी!"

हठात् एक भयानक भय से अनामिका का कलेजा हिम हो गया। लगा, कल की तरह आज भी कोई निदारुण संवाद उसके इन्तज़ार में है।

अनामिका क्या सीढ़ी पर बैठ पड़ें?

मुँह देखकर पारुल ने शायद मन की बात समझी। कहा, "डर मत, लेकिन ख़बर सचमुच ही बड़ी बुरी है। वह छोकरा—सभी तो जानती है—कई दिन पहले चला गया था, सवेरे अचानक जानें कौन आकर ख़बर दे गया..."

सँझली दी ज़रा रुकी। उसके बाद बोली, "वह छोकरा शायद किसी कारख़ाने में काम करता था, वहाँ जाने किससे क्या झंझट हुई थी, बम-वम मारा है, ज़िन्दा भी है या नहीं, कहा नहीं जा सकता। सुनते ही लड़की ऐसे चली गयी, ठीक से समझ ही नहीं सकी।"

अनामिका ने निःश्वास छोड़ते हुए कहा, "वह आदमी चीन्हा-जाना था या अनजान?"

"चीन्हा कहाँ से होगा? बिलकुल अनजान।"

"ग़ज़ब है। कल ही उस लड़के से मेरी भेंट हुई है। यह ख़बर बिलकुल सही नहीं भी हो सकती है। कोई बुरा आदमी किस मतलब से..."

"मैंने यह बात उससे कही थी रे, उसने सुनी ही नहीं। उन्मत्त की नाईं उसके साथ दौड़ती हुई चली गयी और तू भी इतने दिनों के बाद आज आयी बकुल!"

बकुल ने निःश्वास फेंका।

बकुल को लगा, कहीं उनका भरा-भराया बक्सा था एक, वह बक्सा अचानक खाली हो गया।

काहे का बक्सा?

क्या भरा था उसमें?

''चल। चलकर बैठ!''

सँझली दी ने कहा। उसके बाद स्वागत का पहला पर्व भी समाप्त किया। परन्तु इतने दिनों के बाद प्यार के दो प्राण एक होकर भी कहीं मानो विच्छिन्न ही रहे। सुर कट गया है। बीच में मानो एक गूँगी दीवार है।

वह पगली लड़की बकुल के कष्टों के दुर्लभ आयोजन को बेकार करके चली गयी।

लेकिन कहाँ गयी!

ढूँढ़े कहाँ मिलेगी वह?

हाँ, जो आदमी कहने आया था, वह अगर सही आदमी हो तो ढूँढ़ने की जगह है। एण्टाली के पास के एक अख्यात अस्पताल का नाम कहा उसने। लेकिन आदमी सही न हो, फिर तो कोई बात ही नहीं। जो लड़की 'खो जाऊँगी' यह प्रतिज्ञा करके घर से निकल आयी थी, फिर भी खो नहीं सकी, उसके दुष्ट नक्षत्र ने अब यह मौक़ा ला दिया। असंख्य लोगों की भीड़-भरी इस दुनिया में कहीं किसी जगह खो गयी वह।

थोड़ी देर के बाद गंगा के किनारे के उस बरामदे पर दोनों बैठीं। और, इतनी देर के बाद शम्पा के सिवाय एक बात बोली बकुल। बोली, ''तू यहाँ से एक दिन के लिए भी क्यों नहीं हिलना चाहती, यह समझ रही हूँ सँझली दी!''

''रही है?'' सँझली दी हँसी, ''तू काम के समुद्र में ऊब-डूब करती है और मैं अकाज के अवसर में गंगा तट पर बैठी लहरें गिना करती हूँ।''

''तुझे देखकर ईर्ष्या हो रही है सँझली दी। मन में होता है, काश, मैं तेरे-जैसा जीवन पाती!''

पारुल की अभ्यस्त कौतुकप्रियता जाग उठी। बोली, ''ग़ज़ब हो जाता! बंगाल एक दुर्दान्त लेखिका नहीं खो देता?''

''उससे कोई हर्ज़ नहीं था।''

''नफ़ा और नुक़सान का हिसाब सब समय अपने आप रहता है?'' पारुल ने कहा, ''इसी लड़की ने समझा भला, पागल की तरह उसके चले जाने से कहाँ क्या नुक़सान हुआ?''

मतलब कि घूम-फिरकर उस लड़की की ही बात आ गयी।

"अद्‌भुत लड़की है!" पारुल ने कहा, "दुर्लभ लड़की! उसे उसके माँ-बाप समझ नहीं सके। अवश्य नहीं समझ सकना ही स्वाभाविक है। आम तौर से जिन माल-मसालों से हमारे दुनियादार लोग तैयार होते हैं, उसमें उन माल-मसालों की बला तो नहीं है न। जो है, वह दुनियादारों का अनपहचाना है।"

"तुममें भी तो वैसा ही उलटा-पुलटा माल-मसाला है..." बकुल मुसकरायी, "तुझे भी इसीलिए कोई कभी समझ नहीं सका सँझली दी।"

"मेरी छोड़, अपने को लेकर आप ढोती हूँ।"

"मोहन-शोभन की क्या ख़बर है रे सँझली दी?"

"अच्छी, ख़ूब अच्छी। अकसर नयी पदोन्नति की ख़बर देता रहता है, पुरानी गाड़ी बेचकर नयी ली है, यह ख़बर भेजता है।"

ज़रा ताकती रहकर बकुल ने कहा, "अच्छा सँझली दी, तो दुनिया में वास्तव में अपना कहने को क्या कोई नहीं?"

"है क्यों नहीं?" पारुल ने कहा, "लेकिन उसे सम्पर्क की सीमा में खोजने जाना विडम्बना है। दैवक्रम से जुट गया तो जुट गया।"

"सोचा था, दो-तीन दिन रहूँगी..." बकुल ने कहा, "लेकिन मेरे भाग्य में उतना सुख हो भी!"

पारुल हो-हो नहीं कर उठी, बोली, "वही देख रही हूँ। कल से कितने सौ मरतबे जो मैं कलकत्ते 'चली गयी' और वह अस्पताल खोजती फिरी, इसका ठिकाना नहीं। लेकिन वास्तव में कुछ करने की जुर्रत नहीं है। तू आयी है, तेरे साथ जाया जा सकता है।"

"तू चलेगी?"

"सोच रही थी। वह लड़का इतने दिन रहा, बीमारी भोगता रहा, माया-सी हो गयी..."

पारुल चुप हो गयी।

और भी कुछ देर तक बातें होती रहीं—इसपर कि उस आदमी ने सच कहा है या नहीं। शहर में ऐसी धोखाधड़ी कितनी होती है।

फिर भी शम्पा नाम की उस लड़की को तो खो जाने नहीं दिया जा सकता!

बड़ी देर के बाद बकुल बोली, "उसी समय अगर उसके साथ चली जाती!"

"बाद में सौ बार यही सोचा, लेकिन घटना इस क़दर आकस्मिक घट गयी! 'कौन पुकार रहा है' कहकर नीचे उतरी, उसके दो मिनट बाद ऊर्ध्व मुँह ऊपर आयी, बोली, 'सँझली बुआ, सत्यवान को किसी ने बम मारा है, शायद मर गया। मैं जा रही हूँ।' "

" 'जा रही है? कहाँ जा रही है? किसने कहा?'—इन सवालों का जवाब ही

नहीं दिया। जिस हालत में थी, उसी हालत में चली गयी। मैं पीछे-पीछे ही उतरी, उस आदमी को देखा, कल-कारख़ाने के आदमी जैसा ही था, सँवारकर बोलना भी नहीं जानता। जो कहा, उसका सार यही। सो भी, ज़रा जिरह करूँ, इसका समय ही नहीं मिला। मुँहजली लड़की बोल उठी, 'पूछने का समय बहुत मिलेगा बुआ, अभी भी अगर मर नहीं गया है, तो जाकर देख पाऊँगी!' कहकर वह आदमी जिस साइकिल-रिक्शे पर आया था, उसी पर चढ़कर उसकी बग़ल में बैठ गयी। आँखों के सामने ही रिक्शा निकल गया।''

''वे ऐसे चले जा सकते हैं!'' निःश्वास छोड़ते हुए बकुल ने कहा, ''पानी नहीं मानते, आग नहीं मानते, काँटों का जंगल नहीं मानते—धड़धड़ाकर चले जाते हैं। यह शक्ति उन्होंने कहाँ से सँजोयी है, क्या जानें!''

पारुल ने हलका हँसकर कहा, ''यह तेरे जैसों के ही तो जानने की है, जिनका काम समाज-तत्त्व और मनस्तत्त्व से है। मैं मगर निकम्मी हूँ, गंगा की लहर गिनते हुए जो कुछ सीखा है, उससे मुझे क्या लगता है, जानती है? सारे ही भय की मूल बात है असुविधा में पड़ने का भय। उसी भय को जीतकर बैठे हैं वे।''

बकुल ने धीरे-से कहा, ''असुविधा में पड़ने का भय!''

''और नहीं तो क्या, बता? मैं कहती हूँ असुविधा का, तू शायद कहे विपदा का। सो यह विपदा ही क्या है? असुविधा के सिवाय और कुछ? हमारे अभ्यस्त जीवन में, हमारी अभ्यस्त दैनन्दिन जीवन-यात्रा में कहीं आँच आते ही हम कहते हैं, कैसी विपदा है! इसीलिए उच्च से तुच्छ विश्रृंखलता मात्र ही हमारे लिए विपदा है। रोग-शोक में जितनी विपदा, बेटे की नौकरी छूट जाने में भी उतनी ही विपदा।...जमाई के यहाँ से मनमुटाव, पड़ोसी से मनमुटाव, ज़रूरी चीज़ों का खोना, क़ीमती चीज़ का खो जाना, बाज़ार का दर बढ़ना, पुराने नौकर का चला जाना—हमारे लिए यह सब विपदा है। इसका मतलब कि उन सब कुछ में हमें असुविधा होती है। मेरे मोहन की बहू तो नौकर बीमार पड़ जाए, 'तो सर्वनाश, मुसीबत, विपदा' यह सब कहती हुई सैरीडन खाकर सो जाती है।''

दोनों ही हँस पड़ीं।

उसके बाद पारुल ने फिर कहा, ''यह सब देख-सुनकर अर्थात् इतने दिनों से मानवचित्त और समाजचित्त का अनुधावन करके समझ लिया है। सारे ही भय का मूल है विपदा का भय। यह जो मैं कल से कितनी सौ बार उसे न-देखे अस्पताल के आसपास घूमती मरी, कहाँ, 'नसीब में जो भी बदा हो' कहकर निकल तो नहीं सकी! डर लगा! क्या पता बाबा, कितनी तरह की मुसीबत में पड़ जा सकती हूँ। वे लोग यही भय नहीं करते। वे सिर्फ़ यह सोच लेते हैं कि यह मुझे करना है और उसके लिए जो भी करना हो, सब करना होगा। असुविधा होगी, विपदा आएगी—इन

बातों की बला ही नहीं उन्हें।"

गंगा में ख़ूब हवा उठी, बदन सिर्-सिर् करने लगा, फिर भी बैठी ही रहीं वे।

बकुल ने अन्यमनस्क-सी कहा, "वे लोग और एक बड़ी चीज़ से नहीं डरते, वह है लोकनिन्दा। 'लोग क्या सोचेंगे' इस पर मग़ज़पच्ची नहीं करते जो कि हमारे समय में चिन्ता की सबसे बड़ी बात थी।"

पारुल ज़रा हँसी, "सो है, नाते में मेरी एक नानी-सास थी, बुढ़िया बात-बात में मुहावरा छाँटती थी। कहती, 'जिसे किया छीः उसका कुछ रहा भी,' कहती, 'लोकभय नहीं जिसके निकट, आदमी वह बड़ा विकट'!"

"हम लोगों के युग ने हमें उस जू-जू का डर दिखा-दिखाकर क़ाबू में रखा।" बकुल ने निःश्वास फेंककर कहा, "लेकिन यह लड़की जिस दिन चली आयी, किस आसानी से चली आयी! बाप ने कहा, 'मेरे यहाँ यह सब नहीं चलेगा–' बेटी ने कहा, 'ठीक है, तो मैं ही तुम्हारे यहाँ से चली।' बस, हो गया! पल के लिए भी सोचा नहीं कि इस आश्रय को छोड़कर मैं कहाँ जाकर खड़ी हूँगी, एक बार को भी नहीं सोचा कि मेरे यों चले जाने को लोग किस दृष्टि से देखेंगे। स्त्री दैवदुर्विपाक में पड़कर भी यदि एक रात घर से बाहर रह जाती, तो उसकी ज़ात जाती थी–यही उस दिन की तो बात है!"

"नंगे को बटमार का डर नहीं..." पारुल ने कहा, "जो 'ज़ात' शब्द को ही नहीं मानते, उन्हें ज़ात जाने का क्या डर? ये देख रहे हैं, सुविधावादी धूनी जला-जलाकर धुएँ का पहाड़ बनाकर कहते हैं, 'यह अलंघ्य हिमालय है। बस, अलंघ्य है। इस युग ने जैसे ही उसमें धक्का लगाकर देखना चाहा, देखा, पत्थर नहीं है, धुआँ है–आसानी से पार हो गया।' "

"हूँ, यह लड़की भी चली गयी, झूठ के पहाड़ को भेदकर। जैसे ही उसने जाना, बाप के यहाँ मेरा चाहे जो भी हो, मर्यादा नहीं है उसी क्षण तय कर लिया, यह घर छोड़ना पड़ेगा। मन का ऐसा ज़ोर हममें कभी था? असम्मान का कितना इतिहास, अमर्यादा की कितनी ग्लानि ढोते हुए हमने आश्रय को बरक़रार रखा। अभी भी रख रहे हैं–अभी भी दृढ़ विश्वास है, राजेन्द्रलाल स्ट्रीट के ईंटों के उस पिंजड़े में ही शायद मेरी मर्यादा, मेरा सम्मान है। उसके घेरे से निकलते ही लोग मेरी तरफ़ कौतूहल की दृष्टि से देखेंगे। उस पिंजड़े के सीखचों में जंग लग गयी है, फिर भी उसी को पकड़े बैठे हैं।"

पारुल ने कहा, "जिसके मन की जैसी बनावट। तू यदि साहस करके निकल आती, देखती, लोग उसी को मान लेते।"

"वही बात तो हो रही है, साहस कहाँ है!"

पारुल ने ज़रा हँसकर कहा, "तू लेखिका है, फिर भी तुझसे मुझमें साहस ज़्यादा

है। देख ले, अकेली रह गयी। अपने सगों की निन्दा से नहीं डरती, लड़कों के गुस्से की परवा नहीं करती, चोर का डर, भूत का डर—कुछ भी नहीं।''

''वैसे ही सबसे अलग होकर पड़ी है। सबने तुझे त्याग दिया है...''

बकुल ने ज़रा हँसकर कहा।

पारुल भी हँसी।

बोली, ''जो बड़ी आसानी से मुझे त्याग सकते हैं, उनके विच्छेद की क्षति कहाँ है बता? जो नहीं है, उसके खोने का नुक़सान क्या? सब तो शून्य पर!''

''तेरा ही हिसाब क्या बिलकुल सही है सँझली दी? उधर भी तो ऐसा एक हिसाब रह सकता है?'' बकुल ने कहा, ''सीधे अपने लड़कों की ही बात ले, वे भी तो सोच सकते हैं, माँ में यदि प्यार रहता, वह हमें छोड़ सकती थी?''

''मामला बड़ा महीन है रे बकुल, यह कहकर समझाना कठिन है, केवल अनुभव से ही पकड़ा जा सकता है। तू तो उस रस से वंचित गोविन्ददास है! दुनिया में जो दो श्रेष्ठ रस हैं, उनसे मज़े में कतराकर काल्पनिक आदमी के दाम्पत्य जीवन और मातृस्नेह लेकर कलम पर धार चढ़ा रही है। मैंने उन्हें मुक्ति दी है, वे कहते हैं, 'माँ ने हमें त्याग दिया है।' मैं अगर उन्हें जकड़ती, वे कहते, 'बाप रे, यह तो आक्टोपस की जकड़ है!' तो बता, माँ में यदि वास्तविक प्यार हो, तो वह क्या करेगी? अपना सुनाम-दुर्नाम देखे ? या सन्तति को उस ऑक्टोपस की जकड़ से मुक्ति दे?''

''तेरा क्या ख़याल है, सभी बन्धन ही सोचते हैं?''

''तेरा क्या ख़याल है?''

''क्या जानें!''

''अरे बाबा, वही तो स्वाभाविक है।''

पारुल ने कहा, ''चिड़िया का बच्चा जब अण्डे से निकलकर उड़ने जाता है, उस समय वह 'अहा, इतने दिनों तक इसी में था' सोचकर अण्डे के छिलके को पीठ पर लेकर उड़ता है? यदि मजबूर होकर उसे यही करना पड़े तो उसके उड़ने का आकाश छोटा नहीं हो जाएगा?''

''तो फिर दुःख करने का क्या है?''

''कुछ नहीं। यह सिर्फ़ आलोचना है। और यह तो कुछ आज की बात नहीं है रे, सदा की है। 'वह कहाँ मिलेगा मुझको, मेरे मन का मानुष है जो!' कहाँ है वह निधि?''

'' 'मन का मानुष' यह 'सोने का पत्थर-कटोरा' है सँझली दी! उसे कोई नहीं पाता। लेकिन 'गोविन्द भोग' न मिले तो साग-सत्तू से ही चलाना है।''

''चलाए। जिसे चलाना है, वही करे।'' पारुल ने कहा, ''जो रास्ते के किनारे

बैठ पड़ा है, उससे राह चलनेवालों का संग-साथ नहीं मिल सकता। वह बैठे-बठ ही देखेगा, चलते-चलते कोई उसके लिए बैठ जाता है या नहीं।''

हवा ज़ोर की हो गयी थी। आपस की बात सुनी नहीं जा रही थी। चिल्लाकर गप्प करना हास्यकर है, यह कोशिश नहीं की।

सरदी लग रही थी। आँचल खींचकर चुप बैठी ज़ोरों की हवा में गंगा का दृश्य देखने लगी।

लेकिन आँधी के सामने रहूँगी, यह सोचकर क्या सचमुच रहा जा सकता है?

कुछ देर बाद पारुल ने कहा, ''भीतर चल।''

पारुल के कमरे की आडम्बरहीन साज-सज्जा ने बकुल की आँखें जुड़ा दीं। कितने कम उपकरण से चल जाता है पारुल का।

बकुल को राजेनद्र लाल स्ट्रीट के मकान की याद आ गयी। ज़रूरत से ज़्यादा वस्तुओं के भार से लदा हुआ वह मकान मानो कुश्रीत्व की पराकाष्ठा दिखाने के लिए टीला हो गया है। उसे हल्का करे, यह इच्छा किसी को नहीं। अलका की इच्छा थी, उसने उस इच्छा को काम में लगाया। अलका के हिस्से के जितने 'ढक्कन-वक्कन' थे, सबको सास के कमरे में चालान करके अपने हिस्से को सजा-गुजाकर सुख से समय बिता रही है।

और अलका की सास?

उन्होंने पुरानी गिरस्ती में जो जहाँ था, सबको कलेजे से लगाकर लाकर अपने कमरे में भर लिया है। श्री-सुषमाहीन वह असबाव-पत्तर केवल बड़ी गृहिणी की मूर्खता का साक्ष्य वहन कर रहे हैं।

उस घर में क्या है और क्या नहीं है।

बकुल को शायद ही घर के सब कमरे-दालान में पाँव रखने का मौक़ा मिलता है, फिर भी जब मिलता है, बड़ी भाभी के कमरे में जाने से दम घुटता है।

बकुल को पता नहीं, घर में दियासलाई की जितनी डिबियाँ ख़ाली होती हैं, सब किस मन्तर से बड़ी भाभी के कमरे में चली जाती हैं? और वे बड़ी भाभी के किस काम आती हैं? बकुल नहीं जानती, किस काम आते हैं उनके घर के इहजीवन के फ़्यूज हुए बल्ब, गिरस्ती के सड़े-फटे कपड़ों की कोर, ख़ाली हुए टिन, डिबिया, शीशी-बोतल।

विधवा होने के बाद से जंजाल जमा करने की यह प्रवृत्ति बड़ी भाभी में चौगुनी बढ़ गयी है। एक ही तकिये से तो चल जाता है उनका, लेकिन सिरहाने में चौकी पर कम से कम एक दर्जन तकिये जमा हैं अपने भले-बुरे, छोटे-बड़े हाल में।

उनका यह बीनते फिरना देखकर कोई हँसता है, तो बहुत खीजकर कहती हैं, ''रखूँ नहीं तो क्या बिखेरकर सब बरबाद कर दूँ?...चले जाने पर कोई मेरे लिए

कर देगा? कुछ यदि ज़रूरत पड़ जाए, तुरत कोई ला देगा?"

बड़ी भाभी का लड़का माँ के बारे में उदासीन है, इसीलिए यह दुश्चिन्ता है?

परन्तु पारुल के लड़के?

वही माँ के लिए वैसे क्या सचेतन हैं?

परन्तु पारुल कभी उनसे कुछ की उम्मीद नहीं रखती। पारुल मानो सम्पूर्ण है। लगता है, 'ज़रूरत' नाम की चीज़ को पारुल ने जीवन से निर्वासित कर दिया है।

पारुल का कमरा इसलिए रिक्तता में सुन्दर है, जैसी सुन्दर हैं पारुल की निराभरण दो कलाइयाँ।

बाहुल्य कहने को दीवार पर रवीन्द्रनाथ की एक बड़ी-सी तसवीर। बाक़ी सारी ही दीवारें ख़ाली, सादी।

पारुल का कमरा देखकर बकुल अवाक् हो रही थी, अच्छा लग रहा था। हँसकर बोली, "तेरा घर-द्वार देखकर मुझे ईर्ष्या हो रही है सँझली दी।"

"मेरा घर देखकर तुझे ईर्ष्या हो रही है!"

"हो रही है।"

"तो कर ईर्ष्या। लेकिन बहुत बड़े मूर्ख को भी यह नहीं होती।"

"मूर्ख को न होती शायद। मैं तो अपने को मूर्ख नहीं सोचती।"

पारुल ने कहा, "कितने दिनों से किसी की कोई ख़बर नहीं जानती। बता। मेरे अजाने में अब तक घर में क्या-क्या हुआ है?"

बकुल ने हँसकर उत्तर दिया, "किससे पूछा तूने! मेरे जानने की परिधि बड़ी छोटी है। मैं घर का कुछ भी नहीं जानती सँझली दी।"

"प्रसून तो नहीं लौटा है?"

"वही एक दुःख का इतिहास है। सुना है, चिट्ठी की संख्या घटते-घटते शून्य हो गयी है।"

"छोटे भैया की सोचकर खराब हो जाता है, कैसी स्थिति है उसकी! अपने बाल-बच्चों से भी इतनी यन्त्रणा!"

"वह सब छोड़ सँझली दी, अपनी बता।"

"मेरी? मेरी क्या बात है रे? बात को ही जीवन से निर्वासित किये बैठी हूँ। और समाज-संसार की ओर ताककर देखती हूँ।"

"देखती क्या है?"

"देखती हूँ, उसकी वज्रगाँठ से कैसे बचकर भागी।"

"ग़नीमत कि वह 'अकवि आदमी' तेरे लिए ऐसा एक घर बनाकर रख गया है, जभी तो इतना कवित्व है तेरा?"

पारुल ने निश्छलता से कहा, "सो सच है। अब केवल इसी के लिए उस आदमी

के प्रेम में पड़ना शुरू किया है।"

पारुल ने कहा, "तो अब पूछूँ, बकुल की कहानी का क्या हुआ?"

बकुल बोली, "मैं भी वही सोचती हूँ, क्या हुआ?"

उसके बाद धीरे-से बोली, "अब लिखकर भी क्या होगा, निर्मल तो पढ़ेगा नहीं।"

दोनों ही चुप हो गयीं।

शायद बहुत दिनों पहले खो गये निर्मल नाम के उस पुरुष के मुखड़े को याद करने की चेष्टा की।

बड़ी देर के बाद पारुल ने कहा, "निर्मल की स्त्री कहाँ है रे?"

"ठीक नहीं जानती, शायद वहाँ, जहाँ उसका लड़का काम करता है।"

बकुल ने कभी किसी भी कारण से किसी के सामने निर्मल का नाम लिया है? कहाँ, याद तो नहीं आता। आज ही हठात् बोल बैठी, "लिखकर ही क्या होगा, निर्मल तो पढ़ेगा नहीं।"

यह स्वीकारोक्ति बकुल के अपने कानों को भी अजीब नहीं लगी? बकुल खुद ही अचम्भे में नहीं आ गयी? बकुल ने कभी क्या सोचा है, "लिखकर क्या होगा, निर्मल तो पढ़ेगा नहीं?"

नहीं सोचा। यह सोचने के लिए भी जिस एकान्त, गहरी निभृति की ज़रूरत है, वह बकुल के जीवन में कभी है ही नहीं। बकुल हाट की है, क्योंकि वह स्वेच्छा से हाट में उतरी थी, उससे उसे कभी छुट्टी नहीं मिली। इसीलिए खुद ही उसे कभी पता नहीं चला कि अनेक गहराई में आज भी कभी की छद्मवेशहीन बकुल उदासीन मन से बैठी है, सोचती है, "लिखकर क्या होगा, निर्मल तो पढ़ेगा नहीं।"

आज का यह नितान्त निर्जन परिवेश; गंगा के किनारे के बरामदे पर ज़ोरों की हवा और बचपन की संगिनी सँझली दी के आमने-सामने यह बैठना...सबने मिलकर मानो उस कुण्ठित-संकुचित-नाजुक बकुल को उसके अवचेतन के गहरे स्तर से खींच निकाला।

शायद सिर्फ़ इतना ही नहीं। उस लड़की का घड़घड़ाकर चले गये रिक्शे का पहिया बहुत बड़ा एक धक्का दे गया। उस लड़की ने बकुल को धिक्कार दिया है, धिक्कार दिया है बकुल के काल को। वह काल सिर झुकाकर कहने को मजबूर हुआ, "तुम लोगों से हम हार गयीं। हम लोगों ने सबसे ज़्यादा भय निन्दा से किया था, तुम लोगों ने उस चीज को जीता। तुम लोगों ने समझा, प्यार से बड़ा कुछ नहीं, तुम लोगों ने जान लिया है, अपना जीवन अपने से आहरण करना चाहिए, वह कोई किसी को हाथ में उठाकर नहीं देता। उस जीवन का आहरण करने के लिए तुम लोग अपने रथ को गड़गड़ाकर काँटावन में ले जा सकती हो!"

बकुल के छद्मवेश ने काफ़ी पाया, काफ़ी पा रहा है, शायद और भी काफ़ी पाएगा। वहाँ कितनी उज्ज्वलता है, कितना समारोह, लेकिन जब अपना छद्मवेश उतार धरती है बकुल...कैसी निःस्व, कितनी दीन, कितनी दुःखी !

किन्तु केवल बकुल ही? कितनों का जीवन बाहर-भीतर समान उज्ज्वल है!

''सनत् काका की याद है तुझे सँझली दी?''

बकुल ने बड़ी देर के बाद कहा।

पारुल से सनत् काका का ख़ास सम्पर्क नहीं था, वह तो बहुत पहले ही, ब्याह के बाद ससुराल चली आयी थी।

सनत् काका के एक विशेष बन्धु ने कभी बड़े समारोह के साथ एक पत्रिका निकाली थी। उसी पत्रिका के ज़रिये बकुल को एक विशाल वट की छाया मिली थी। उसके पहले बकुल ने जाना भी न था कि दुनिया में छाया है? वह तो जानती थी, दुनिया में सिर्फ़ चिलचिलाती धूप होती है। उसे मालूम था कि दुनिया में प्रकाश है? आकाश है? यह सब जानने का अधिकार मुक्तकेशी के मातृभक्त पुत्र प्रबोधचन्द्र के घर में रहनेवालों को नहीं था।

सनत् नाम के वह आदमी प्रबोधचन्द्र के अचलायतन के घेरे को तोड़कर बकुल को खुले आकाश के नीचे ले गये थे, ले गये थे दूसरी एक दुनिया में। सनत् काका का सहारा नहीं मिला होता, तो बकुल के जीवन का इतिहास शायद और ही होता।

पारुल को पता है, फिर भी शायद सब नहीं जानती। इसलिए पारुल ने कहा, ''हाय राम, याद क्यों न हो? पिताजी के कैसे भाई थे न? दूसरी ज़ात की लड़की से ब्याह करके ज़ात से बाहर हुए थे? उनके उस मित्र की पत्रिका में ही तो तुम्हारी पहली रचना निकली? पिताजी उन्हें फूटी आँखों भी नहीं देख सकते थे? है न?''

''हाँ, दुनिया में जो थोड़ी-सी उदारता लिये आते हैं, उन्हें कोई नहीं देखना चाहता।''

पारुल ज़रा हँसी। ''आज इस एक पुराने आदमी को देखकर तुझे शायद सभी पुराने लोगों की याद आ रही है।''

बकुल ने ठीक उस बात का जवाब न देकर धीरे-से कहा, ''सनत् काका चल बसे।''

''चल बसे।''

पारुल अचानक एक बिना छोर की बात बोल पड़ी, ''ऐं, अब तक ज़िन्दा थे?''

उसके बाद सम्भवतः बकुल का चेहरा देख पाकर बोली, ''किसी की कोई ख़बर मालूम तो नहीं होती मुझे, ''मैं रखती भी नहीं। बहुत दिनों के थे न वह, इसीलिए सोच रही थी...''

बकुल ने शान्त गले से कहा, ''हाँ, बहुत-बहुत दिनों के थे।''

"थे कहाँ?"

"कलकत्ते में ही थे। अन्तिम दिनों नीरू दा ही के पास रहना पड़ा था। रहते दिल्ली में थे। नीरू दा सेवा-निवृत्त होकर कलकत्ता चले आये तो वह भी चले आये उनके साथ। मिलने गयी थी तो बोले, "नीरू की गिरस्ती के सामानों में मैं भी तो एक हूँ, मुझे साथ लाने के सिवाय उपाय क्या था इन्हें?' "

पारुल ज़रा चुप रहकर बोली, "नीरू दा भतीजा था, इसीलिए सनत् काका को उसकी गिरस्ती का सामान हो जाना पड़ा था, यह मत सोच बकुल! नीरू दा उनका अपना लड़का होता, तो भी कोई फ़र्क़ नहीं पड़ता। उन्हें ख़ूब अवहेलना में रहना पड़ा, क्यों?"

बकुल प्रायः हँस उठी। कहा, "उँहूँ, बिलकुल नहीं। आदर-जतन की धूम देखने लायक़ थी। नीरू दा की बहू ने गोद के बच्चे की तरह शासन करके दूध पिलाया, दवा पिलायी, नीरू दा शहर के अच्छे डॉक्टरों को उन्हें दिखाने के लिए लाया।"

"सनत् काका के काफ़ी रुपये थे, न?"

पारुल ने मुसकराकर पूछा।

"नः, देख रही हूँ, तू पहले जैसी ही कुटिल है।" बकुल इस बार गला खोलकर हँस उठी, "गंगा की यह पवित्र हवा तेरा कोई परिमार्जन नहीं कर सकी। पहले ही की तरह कार्य के पीछे के कारण का झट आविष्कार कर ले सकती है।"

उसके बाद वह फिर गम्भीर हो गयी। पारुल के चेहरे पर कौतुक-भरी रेखा की ओर ताककर बोली, "काफ़ी रुपये थे शायद, कभी-कभी जाती थी न, एक दिन उन्होंने कहा था, 'सदा सोचता था, आजीवन व्यय से आय ज़्यादा हो जाने से जो भार जमा है, मरने से पहले उसे किसी मिशन को दे जाऊँगा—लेकिन अब देखता हूँ, वह बाज़ाब्ता पापकर्म होगा। अतएव सदा की उस इच्छा को छोड़ता हूँ। तुझे क्या लगता है, यही ठीक है न?'

"मैंने कहा, 'मैं आपको सही-ग़लत बताऊँगी?'

"सनत् काका ने कहा, 'ऐसा कहने से चलता है? शिशुओं को तो बड़ों की बुद्धि लेनी चाहिए और मेरा अभी दूसरा शैशव चल रहा है।'

"कहा था मैंने, शायद हँसकर ही कहा था, 'यही ठीक है शायद, किसी के आश-भंग का शाप नहीं लगेगा।...लेकिन उस दिन बड़ा दुःख हुआ था। बहुत-बहुत समारोह की ओट में सहसा जब भीतर का नितान्त दैन्य दिख जाता है, देखने में कैसा करुण लगता है! केवल बहुत रुपया रहने से ही कुछ नहीं होता है रे सँझली दी, गद्दी बरक़रार रखने के लिए बड़ी मशक़्क़त करनी पड़ती है। उन दोनों की छलना से गढ़े उस ऊँचे आसन को क़ायम रखने के लिए उस बूढ़े आदमी को कम खटना पड़ा? उस घर में जाने से क्या लगता था, जानती है? लगता था, स्टेज पर एक

नाटक का अभिनय हो रहा है, सनत् काका भी उसकी एक भूमिका के पात्र हैं।''

पारुल ने कहा, ''तुझे अभी भी यह सब नाटक-फाटक देखकर अचरज लगता है—यही तो एक महान आश्चर्य है!...मोहन-शोभन कभी-कभी दो-एक वेला के लिए बीवी-बच्चों को लेकर घूमने आते हैं, देखने पर तुझे बेशक बहुत अच्छा लगता। अभिनय का उत्कर्ष तो एक देखने लायक़ चीज़ है।''

''फिर कहने को क्या है?'' बकुल ने कहा, ''मतलब कि ऐसा ही होता है।''

''व्यतिक्रम भी ज़रूर होता है, नहीं तो इह-संसार चल किस मोह से रहा है? परन्तु अपने जीवन में तू क्या दर्शक की भूमिका में रह सकी है? ठीक जानती नहीं, परलोकगत प्रबोधचन्द्र के संसार-मंच पर जो तुम्हें देख रहे हैं, देखने की आँख हो तो वे भी शायद यही कहेंगे।''

बकुल ने निःश्वास छोड़कर कहा, ''शायद नहीं, शायद वही। तुझ-जैसे कितने लोग मंच से हटकर दर्शक की कुर्सी पर बैठे रहना जानते हैं, बता?''

''कह शायद ग़लत नहीं रही है,'' पारुल धीरे-से हँसकर बोली, ''उस कुरसी का टिकट कटाने में दाम तो काफ़ी देना होता है न! सच पूछो, तो दिवालिया बनकर ही ख़रीदना पड़ता है।''

बकुल ज़रा चुप रहकर बोली, ''तेरे और मेरे मन की बनावट सदा भिन्न है। मेरा है अब सब कुछ से समझौता और तुझे कभी किसी नापसन्द से समझौता नहीं।''

बहुत दिनों के बाद छुटपन की तरह प्रायः रात ही बिता दी बकुल और पारुल ने।

जब छोटी थी, जब मन का कोई वक्तव्य नहीं था, तब भी इन दोनों बहनों ने इसी तरह से काफ़ी रात तक बातें की हैं—पिताजी की नींद टूट जाने के डर से फुसफुसाकर।

माँ-बाप के कमरे के पास ही तो इन दोनों का बसेरा था। पतली एक टुकड़ी जगह-से उस कमरे में आजकल बेकार का जंजाल भरा रहता है! बकुल कभी-कभी उधर जाती है, तो देखती है। कमरे को अब पहचाना नहीं जा सकता। अवश्य उन दिनों भी केवल इन्हीं दो बहनों का कमरा नहीं था वह, उसकी दीवाल के किनारे ट्रंकों की क़तार थी। जालवाली अलमारी, पानी की सुराही रहती थी। बकुल-पारुल के लिए खाट-चौकी भी नहीं थी, रात में ज़मीन पर बिस्तर लगाकर सोया करती थीं दोनों। फिर भी कमरा, कमरा-जैसा लगता था, अब पहचाना नहीं जाता।

जब पहचाना जाता था, तो वह दो तरुणी स्त्रियों की अप्रयोजनीय, अवान्तर अर्थहीन बातों से मुखरित हो उठता था। रात हुए बिना तो पारुल की कविता की कॉपी नहीं खुलती थी। और बकुल की कॉपी तो उस समय मानस-लोक में ही थी।

उसके बाद ब्याही पारुल बीच-बीच में आया करती थी, तो रात-भर गप्पें हुआ

करतीं। बकुल की कॉपी तब धीरे-धीरे प्रकाश का मुँह देख रही थी। और पारुल की कॉपी प्रकाश का मुँह देखने की कल्पना त्यागकर अँधेरे में डूबती जा रही थी। सन्देह रोग-ग्रस्त, किन्तु बिलकुल पत्नीगत-प्राण पति अमल बाबू का सारा आक्रोश उस कॉपी पर है, यह ताड़कर उदासीनता की हँसी हँसकर पारुल ने कॉपी को बक्से के नीचे डाल दिया।

बकुल कहती, "इस्, यहाँ भी नहीं ले आयी? मैं तो देखती।"

पारुल कहती, "दुर्, मैं अब लिखती ही नहीं, बेकार की बातें लिखकर क्या होगा?"

यह पारुल की विनय थी, लिखना वह छोड़ नहीं सकी, केवल उससे गहरे अन्तराल की चीज़ करके रखा।

अभी भी क्या कभी-कभी लिखती नहीं है?

बकुल ने कहा, "मेरी सोना सँझली दी, निकाल न, देखूँ मैं कि इस अनिर्वचनीय एकान्त में इतने दिनों में तूने क्या लिखा है?"

पारुल हँसी। उठी वह। बत्ती जलाने गयी, तो देखा, जाने कब तो फ़्यूज हो गयी है।

"देख लिया न..." बच्चे की तरह हँसकर पारुल ने कहा, "मेरे जीवन और कविता का यही प्रतीक है! बत्ती फ़्यूज़्ड!"

बकुल हँसी नहीं। थोड़ा चुप रहकर बोली, "सुबह की गाड़ी से जाना है, तुझे तो बहुत पहले ही उठकर सब सहेज लेना था, अँधेरा हो रहा..."

पारुल के गले की उस हँसी का ख़ुमार जाता रहा, "न रे बकुल, मेरा जाना नहीं होगा।"

"नहीं जा रही है तू?"

"नहीं। मैंने सोच देखा, मेरे इस जाने का कोई मतलब नहीं होगा। मैं तेरे साथ-साथ घूमकर सिर्फ़ बाधा ही खड़ी करूँगी। और फिर..." ज़रा क्षुण्ण हँसी हँसकर बोली, "यह बेशक मेरी इच्छा की फ़सल है, फिर भी सोचती हूँ, कहीं वह लड़की घटनावश आज-कल में लौट ही आए !"

बात यह युक्तिहीन नहीं।

बकुल ने कहा, "तो सो जा। जाते वक़्त मैं तुझे जगाकर कह जाऊँगी।"

पारुल ने कहा, "उससे तो बल्कि तू ही सो जा। मैं जगा दूँगी।"

फिर दोनों हँस पड़ीं।

पता था कि नींद किसी को नहीं आएगी।

इक्कीस

बकुल जब घर के सामने गाड़ी से उतरी तो आकस्मिक भाव से ही छोटे भैया से भेंट हो गयी। एक ढीली-ढाली गंजी और अधमैली धोती पहने दरवाज़े पर खड़ा था। गले की खुली जगह से जनेऊ झाँक रहा था।

छोटा भैया घर के रसोइये जैसा लग रहा था। उसे देखकर फिर बकुल का मन कैसा कर उठा। बचपन में सभी भाइयों में छोटा भैया ही शौक़ीन था।

वह कहने जा रही थी, "क्यों छोटे भैया, यहाँ?"

उससे पहले ही छोटा भैया बोल उठा, "क्यों, तू आज ही लौट आयी?"

बकुल ने देखा, छोटे भैया ने गाड़ी के अन्दर खोजी निगाहें डालीं।

हो सकता है, बकुल की आँखों का भ्रम हो; हो सकता है, उसके मन की कल्पना हो, लेकिन उसे लगा, उन खोजी निगाहों में आशा का एक दीया जल उठा था, वह बुझ गया।

मीटर देखकर टैक्सी का किराया चुकाकर बकुल बोली, "चली ही आयी।"

छोटा भैया अब कुछ नहीं पूछेगा, जानी हुई बात है। और दिन होता, तो बकुल भी शायद नहीं बोलती, पता नहीं आज वह क्यों तो आप ही बोल उठी, "लड़की से भेंट नहीं हुई।"

असावधानता में ही शायद छोटे भैया के मुँह से आर्तनाद-सा निकल पड़ा, "भेंट नहीं हुई?"

"नः, कल ही सवेरे चली गयी।"

छोटा भैया ज़रा चुप रहकर बोला, "गयी कहाँ?"

"सँझली दी ने तो कहा, कलकत्ता ही लौट आयी है। कुछ गिचपिच मामला है।"

बोली वह। सोचा, कहना ही ठीक है।

छोटा भैया धिक्कार के गले से बोल उठा, "अच्छा है। इस युग के लड़के-लड़कियाँ तो झमेला करने में ही बहादुरी सोचते हैं। निर्मल के बेटे का उतना छोटा-सा लड़का जो कर रहा है, ख़ैर, पीछे सुनना, अभी भीतर जाओ।"

"निर्मल के बेटे का उतना छोटा-सा लड़का..."

यह कौन-सी भाषा हुई?

उन कई शब्दों का अर्थ बकुल नहीं निकाल सकी। उसने अवाक् होकर छोटे भैया के मुँह की ओर नहीं, निर्मल के घर की ओर ताका। गोया उस घर की जीर्ण दीवार में अर्थ लिखा हुआ हो!

उस घर से 'निर्मल' नाम का अस्तित्व बहुत-बहुत दिन पहले मानो पुँछ गया था, उसकी ओर ताकने की इतने दिन याद नहीं आयी।

निर्मल की नौकरी बदलीवाली, छुट्टियों में घर आता था, कब की घटना है? बकुल को उसके बाद ख़बर मिलती, भाभियों की कल-काकली से। सुना था, माँ-बाप के मरने के बाद निर्मल अब कलकत्ता नहीं आता, छुट्टी होने पर बल्कि और कहीं चला जाता है।

और सारा घर?

जो निर्मल की प्रबल प्रतापी ताई के ताबे में था? उसके दख़लदार उस समय ताई के दो भतीजे थे। ताई के कोई बाल-बच्चा नहीं है, ऐसे में उनके भतीजे उत्तराधिकारी होंगे, यही स्वाभाविक है। अन्तिम दिनों में उनकी देखभाल के लिए भी तो कोई चाहिए?

उन निःसन्तान भद्र महिला ने जिनके लिए जीवनपात किया, देवरानी, देवर, देवर के लड़के, लड़की—उन सबनें उन्हें देखा? देवरानी-देवर तो मज़े में उनसे पहले मरकर कर्तव्य से कतरा गये, और देवर का बेटा, बहू मौज से 'डेरे' में रहने लगे तो वह पितृकुल की शरण न लें तो क्या करें?

देवर के बेटे को तो ख़ैर नौकरी है, वह क्या करे, दूसरे की दासता—मगर उसकी बहू क्या बच्चों को लेकर कलकत्ते नहीं रह सकती थी? कलकत्ते में बच्चों को पढ़ाने लायक़ स्कूल नहीं है? 'नानास्थानी' बाप आख़िर बच्चों को बोर्डिंग, होस्टल में रखकर पाल रहा है? सो तो नहीं। असल में मियाँ-बीवी एक-दूसरे को छोड़कर रह नहीं सकेंगे।

तो, दुनिया में सभी जब अपना स्वार्थ ही देखते हैं, तो ताई जी ही क्यों न देखें? देखा उन्होंने। अपने भतीजों को बुलाकर प्रतिष्ठित किया।

ये ख़बरें छिटककर बकुल के कानों पहुँचती रही हैं, उनके साथ यह भी कानों पहुँचा, इसी को कहते हैं राजा के बिना राज्य अन्धकार! क्या घर था, क्या हो गया! ताई के भतीजे कहाँ से उड़कर आये, जुड़ बैठे और घर को नरककुण्ड बना दिया! बनाएँ भी क्यों न, कोई मौरूसी घर तो है नहीं कि उसके लिए कोई माया हो? इसलिए घर के दड़बे-दड़बे में किरायेदार रखे हैं। यहाँ टिन का घेरा, तो वहाँ कैनवास का परदा, कहीं निरावरण ईंटों की दीवार। यहाँ तक कि गेट के पास नौकर का जो कमरा था, उसमें भी पान के दूकानदार को बिठा दिया है।

सो नरककुण्ड कहना अतिशयोक्ति नहीं। तो? नरककुण्ड की ओर ताकने कौन जाता है? बकुल के तिनतल्ले की सीढ़ी से उतरते समय बीच के चौंतरे से आकस्मिक रूप से जो बरामदा निकला हुआ है, वहाँ से भी उसके घर का सिर्फ़ कोनेवाला हिस्सा दिखाई पड़ता है, जिधर ताला पड़ा रहता है।

उसके बाद तो हठात् एक दिन ख़बर आयी, उस अंश का मालिक 'छुट्टी पाकर' अन्यत्र चला गया। यह आशा नहीं कि कभी आकर वह ताला खोलेगा।

निर्मल की स्त्री कभी-कभार आयी, उसके बाद बेटे के पास कहाँ तो रही। वह लड़का इतना बड़ा हो गया कि उसका लड़का झमेला कर सकता है—बकुल को यह समझने में देर लगी।

उसके बाद धीरे-धीरे ख़याल आया, असम्भव क्या है? समय तो अपने ठीक नियम से बीतता जाता है।

हम यदि किसी को भूल जाएँ, भूले रहें, तो वह बढ़ना भूल जाएगा? लेकिन वह 'उतना छोटा-सा' कितना छोटा-सा है? उसने झमेला कहाँ किया? उस ज़रा-जीर्ण दीवार के उस पार के ताला बन्द कमरों के ताले खोले गये हैं क्या? रास्ते से सिर्फ़ वह पान की दुकान और दुतल्ले के बरामदे की रेलिंग की खिड़कियों के कार्निश पर किरायेदारों के कपड़े-कुरते, लुंगी, बिस्तर, दरी आदि के सिवाय कुछ भी नहीं दिखाई देता।

फिर बुद्धू जैसी आँखों से बकुल ने उस घर की ओर ताका। मानो छोटे भैया के उन शब्दों का पाठोद्धार वहाँ की दीवारों में होगा।

छोटे भैया ने बकुल को भीतर जाने को कहा, बकुल उसे भुलाकर धीरे-से बोली, ''कितना बड़ा लड़का है?''

''अरे, कितना बड़ा होगा? बारह-तेरह साल का! उसकी अपनी शादी जैसे बहुत दिन में हुई थी, लड़के की भी तो वैसे ही की। कर दी थी शादी, अच्छा ही किया था, जीवन का काम-कर्तव्य चुकाकर गया। मेरा ही कुछ नहीं हुआ। ख़ैर, पीछे सुनना...''

छोटे भैया की बात में आक्षेप का सुर-सा था। मानो निर्मल नाम का वह चालाक-चतुर आदमी बकुल के छोटे भैया से जीत गया।

बकुल की चिन्ता में अभी उम्र का वह अंक नहीं पैठा। उसे सिर्फ़ यह ख़याल आया, जीवन का काम-कर्तव्य क्या बेटा-बेटी का ब्याह कर देना है? छोटे भैया से वह नहीं बन पाया, इसलिए वह क्षुब्ध है?

छोटे भैया ने फिर कहा, ''पीछे सुनना।''

वह झमेला क्या है? जो उतने छोटे लड़के से हो सकता है?

रास्ते पर खड़े होकर और सवाल-जवाब नहीं चल सकता। फिर भी बकुल ने और एक बात कही, बोली, ''तुम इस समय इस तरह से रास्ते के पास खड़े हो?''

छोटे भैया ने जैसे आत्म-धिक्कार के स्वर में कहा, ''हम लोगों के लिए इस तरह और उस तरह! घर में छटपटाहट थी, इसलिए खड़ा हूँ।''

''तुम्हें...'' बकुल रुक गयी।

उसे एकाएक याद आ गया, छोटे भैया को जल्द ही सेवानिवृत्त होना था, शायद वही घटना घटी हो। इसीलिए "तुम्हें दफ़्तर की देर नहीं हो रही है?" कहते-कहते वह रुक गयी।

अन्दर जाते ही एक और लज्जा के सम्मुखीन होना पड़ा बकुल को। उसने सचमुच ही यह नहीं सोचा था। उसे घर में दाख़िल होते देखकर ही छोटी भाभी बोल उठीं, "अपनी दुलारी भतीजी को अपने ही कमरे में ऊपर ले जाओ, तुम्हारा भैया देखेगा, तो आग हो उठेगा। एक तो यों ही नाना काण्डों से वह क्षिप्त हो उठा है।"

मतलब कि इन लोगों ने मान ही लिया कि ख़बर पाकर बकुल शम्पा को लाने के लिए ही दौड़ी गयी है। और यह भी मान लिया था कि हम लोग मना चाहे जितना करें, वह जो करने जा रही है, उसे ठीक ही करेगी।

छोटे भैया पर माया हो आयी थी, परन्तु अब मानो वह माया वैसी नहीं हुई। बकुल अपनी स्थिरता की केंचुल में घुसकर बोली, "गाड़ी से उतरते ही छोटे भैया ने भी वैसा ही कुछ कहा। मतलब समझ नहीं सकी, तुम्हारे कहने का मतलब भी नहीं समझ रही हूँ। मैं शम्पा को ले आयी, ऐसी धारणा तुम लोगों को कैसे हुई?"

छोटी भाभी इस साफ़ और पैनी बात के जवाब की ओर ही नहीं गयी, जाने कैसा फीका पड़ गया मुँह लिये बोली, "नहीं आयी?"

बकुल ने वैसे ही स्थिर गले से कहा, "आने की बात ही कैसे उठ रही है! समझ नहीं रही हूँ, फिर तुम लोगों ने ख़ासतौर से मना कर दिया था।"

कि एक काण्ड हो गया।

अप्रत्याशित और अभूतपूर्व भी।

छोटी भाभी को सहसा रोते कब किसने देखा है?

कम से कम बकुल ने तो कभी नहीं देखा, यह निश्चित है। उसी रुआँसे विकृत गले से छोटी भाभी बोल उठी, "वह मना कर देना ही तुम्हारे लिए इतना बड़ा हो गया?"

बकुल स्तब्ध हो गयी।

अपने-आपको बड़ा छोटा लगा बकुल को। बकुल बराबर जिसकी (अस्वीकार करने का उपाय नहीं) अवज्ञा ही करती आयी है मन ही मन, वह मानो एकाएक बकुल से काफ़ी ऊँचे आसन पर उठ गयी।

बकुल को इच्छा हो आयी, वह छोटी भाभी के ख़ूब क़रीब हो जाए, उसके बदन पर ज़रा हाथ रखे, ममता से कहे, "यह तो मैंने मन के दुःख से कहा था छोटी भाभी, उससे भेंट होती तो शायद मैं उसे साथ लाये बिना नहीं छोड़ती, लेकिन भेंट ही नहीं हुई।"

लेकिन चूँकि आदत नहीं थी, इसलिए बकुल से बना नहीं।

अन्तरंगता के इस सुर को बकुल ने बहुत पहले खो दिया है। या कि कभी था ही नहीं।

शायद वही हो।

कभी था ही नहीं।

बचपन से निःसंगता के एक अनोखे क़िले में वास है बकुल का।

उसमें वहाँ से निकल आने की क्षमता नहीं, क्षमता नहीं है किसी से अन्तरंग होने की। उस क़िले का एक ही दरवाज़ा है, जिसकी कुंजी दूसरे के पास है।

किन्तु लोग कितनी आसानी से अन्तरंग हो सकते हैं। छोटी भाभी के ही मामले में देखा है, कभी जब बड़ी भाभी से मुँह देखादेखी बन्द, ऐन उसी समय छोटी भाभी के पिता के चल बसने की ख़बर आयी। बकुल काठ-सी होकर छोटी भाभी के आसपास ही थी, देखा, बड़ी भाभी किस क़दर देवरानी को प्रायः कलेजे में खींचकर दुनिया का 'नियमतत्त्व' समझाने लगीं। समझाने लगीं, माँ-बाप सदा नहीं रहते।

गोया और सब कुछ सदा रहता है।

बाद के दृश्य में देखा गया, बड़ी भाभी देवरानी को ज़ोर देकर शरबत पिला रही हैं। हविष्य की अवधि में नशे की चीज़ नहीं लेनी चाहिए, यह मानते हुए भी चाय पीने का विधान दे रही हैं और देवरानी की चतुर्थी का इन्तज़ाम करने के लिए कमर कसकर जुट पड़ती हैं।

देख-देखकर बकुल 'हा' हो गयी।

बकुल को वैसा करने की साध्य नहीं।

लेकिन यह न कर पाना एक बड़ी अक्षमता है, बकुल के मन में यह कभी नहीं आया। आज बकुल को पता चला, उसमें एक बहुत बड़ी अक्षमता है। फिर भी उससे जो बना, किया। गले को नर्म करके धीरे-से बोली, "मना करना बेकार की बात है भाभी, उससे मेरी भेंट ही नहीं हुई।"

"भेंट ही नहीं हुई?"

छोटे भैया वाला ही प्रश्न किया भाभी ने, मगर स्वर जुदा।

छोटे भैया ने कैसे तो अवाक् और हताश स्वर में कहा था, छोटी भाभी के गले में अविश्वास की झाँस है।

अचानक रो उठने से वह झाँस बेमेल-सी लगी और वह और भी बेचारी-सी लगी।

बकुल ने धीरे से कहा, "सच ही भेंट नहीं हुई छोटी भाभी! मेरे पहुँचते ही सँझली दी बोल उठी—'तू आज आयी बकुल? कल भी आयी होती तो उससे भेंट हो जाती!' "

"इतने दिन तो थी..."

प्रश्न था या उक्ति?

भर्राये गले से शम्पा की माँ ने जो कहा।

इतने दिनों तक वहाँ थी, यह तो शम्पा की माँ जानती थी। हरगिज़ नहीं झुकूँगी, सिर्फ़ इसी आन पर चुप थी। शायद निरापद आश्रय में है, यह जानकर भी निश्चिन्त थी, पर अन्दर से मन टूटता तो आ ही रहा था! शान्त, आज्ञाकारी, विनीत सन्तति की विच्छेद-व्यथा माता के हृदय को जितना कातर करती है, उससे कहीं ज़्यादा कातर करती है उद्धत, दुरन्त सन्तान की विच्छेद-व्यथा। उस अबाध्य सन्तान के स्मृतिमन्थन में जो दुर्वह बोझ जमता है, वह बोझ तो अपने अपराध का बोझ होता है।

अबाध्य सन्तान पर निष्ठुर शासन किये बिना उपाय नहीं, कटु बात सुनाये बिना उपाय नहीं, दुर्व्यवहार किये बिना उपाय नहीं, उन्हीं की स्मृतियाँ उस हृदय को तेज़ चाक़ू की धार से हर पल क्षत-विक्षत करती रहती हैं।

सारे निष्ठुर शासन सौ गुने होकर आप पर ही लौट आते हैं।

भीतर ही भीतर चूर हो जानेवाला मन शम्पा की माँ का बाहर सख़्त रहने की साधना में और भी चूर हो रहा था, इसीलिए शायद मन ही मन भगवान से एकान्त प्रार्थना कर रही थीं, उनकी मनाही न मानकर बकुल लड़की को ले आये।

वह दुखियारी लड़की बकुल की बात को टाल नहीं सकेगी।

किन्तु बकुल के कहने से आशा का वह पात्र चूर-चूर होकर बिखर गया, इसीलिए शम्पा की घमण्डी माँ सदा से उस अहंकार को भी नहीं रख सकीं।

चूर हुआ अहंकार और चूर-चूर हुआ आशा का पात्र—बकुल ने दोनों ही को देखा। निःश्वास फेंकती हुई बोली, "मेरा भाग्य! इतने दिन तो थी, परसों तक थी। मैं कल गयी और कल ही सुना। मुसीबत यह कि कहाँ जा सकती है, यही नहीं समझ में आ रहा है..."

बकुल ने धीरे-धीरे वह सब कहा, जो पारुल से सुना।

छोटी भाभी की रोती हुई आँखें सूख गयी थीं। पत्थर जैसी बैठी सब सुनकर वह बोल उठीं, "यह मेरे ही पाप का फल है बकुल, मैं समझ रही हूँ। सब जानकर भी हम अब उसे नहीं पाएँगे बकुल। उसे ज़रूर कोई बदमाश ग़लत समझाकर ले गया है। ठीक ही हुआ, मुझे उचित सज़ा मिली। सदा तुम पर ईर्ष्या के आक्रोश से उसे मैंने माँ के प्राण को समझने नहीं दिया; और, उसे भी समझने की चेष्टा नहीं की..."

बकुल ने चौंककर देखा।

इस स्पष्ट स्वीकारोक्ति के आगे बकुल ने फिर एक बार सिर झुकाया। यह सत्य बकुल के लिए अबोध्य नहीं था, लेकिन उस आदमी को भी यह बोध था,

यह तो कभी विश्वास नहीं किया। सोचा था, यह वह नितान्त ही अवचेतना से करती जा रही है।

या कि यही है।

सिर्फ़ आज ही उस लड़की को वास्तव में गँवाकर उसके बोध का दरवाज़ा खुल गया। चोट ही तो चैतन्य को ठोकर देकर जगाती है।

बकुल ने उसे सान्त्वना देने की चेष्टा नहीं की, वह तो खुद भी उसी हाहाकार में शामिल थी। उसने सिर्फ़ नर्म गले से कहा, "छोटे भैया से परामर्श करके देखती हूँ, क्या किया जा सकता है। लेकिन छोटे भैया निर्मल के यहाँ की कौन-सी बात कह रहा था?"

कपाल पर हाथ छुलाकर छोटी भाभी बोलीं, "वह भी एक काण्ड!...बारह-तेरह साल का लड़का...बम बनाने में हाथ-पाँव गँवाकर अस्पताल गया।"

"बम बनाने में?"

बकुल ने अवाक् होकर ताका।

वह लड़का निर्मल का वंशधर है?

वह बम बनाने गया था?

छोटी भाभी ने कहा, "यही तो सुना! कुसंगति में पड़कर जो होता है! जाने कहाँ किस बस्ती में किसी अड्डे पर यह सब चल रहा था। आसपास के भी किसी को ख़ाक ख़बर नहीं थी। हठात् बम के फट जाने से..."

"कहाँ थे वे?"

बकुल ने यन्त्र की भाँति उच्चारण किया।

"हाय राम, निर्मल बाबू की स्त्री तो कब से यहीं है। डेढ़ेक साल होगा। लड़का तो बदली होने के कारण सात घाट का पानी पीता फिरता है। बापवाली नौकरी ही मिली है, कम्पनी ने दया-धरम करके दी है। पोते की पढ़ाई नहीं हो रही है, इसलिए दादी उसे लेकर इस सड़े घर में ही रह रही थी। स्कूल में भरती भी करा दिया था, लेकिन बेचारी और घर बैठे कैसे जाने कि गुणधर पोता स्कूल नहीं जाता, स्कूल का वेतन पार्टी के चन्दा में देता है और अपने नाश का रास्ता साफ़ करने के लिए..."

लेकिन बकुल के माथे में अब छोटी भाभी की ये बातें जमती जा रही थीं? उसकी पहली ही बात से बकुल के माथे में इंजन चलने लगा था।

निर्मल बाबू की स्त्री तो बहुत दिनों से यहाँ है!

और, बकुल को इसकी ख़बर नहीं!

बकुल उसको देखने नहीं गयी!

माधुरी बहू क्या यह जान रही है कि बकुल को किसी ने यह कहा नहीं? किसी

ने यह ख़बर नहीं दी? न, यह बात विश्वास योग्य नहीं। निर्मल की स्त्री जानती है, जानकर निश्चिन्त है कि बकुल नाम की स्त्री 'अनामिका देवी' हो गयी है। यश के मारे और अर्थ के अहंकार से बकुल को उसने पुराने कपड़े की तरह त्याग दिया है।

हो सकता है, निर्मल की स्त्री ज़रा दार्शनिक हँसी हँसी हो।

पर, अब कौन-सा काम करे बकुल?

अपराधी का मुँह लिये उस दार्शनिक हँसी के सामने यह कहने को जाए—यक़ीन मानो, मैं जानती नहीं थी, किसी ने मुझे बतलाया नहीं!

या कि शम्पा नाम की विद्युत्-शिखा कहाँ खो गयी, उसे ढूँढ़ने जाए?

वह तीन-तल्ले पर अपने इलाक़े में उठ गयी।

टेबल की ओर देखा, बहुत चिट्ठियाँ आकर पड़ी हैं। पेपरवेट से दबाकर जतन से रख गया है।

बकुल अचानक अवाक्-सी हो गयी।

सोचा, इस घर से मैं यह सेवा-जतन-सहृदयता पाती हूँ, परन्तु कभी सोचा तो नहीं, यह सब पा रही हूँ! इसे जन्म के अधिकार से प्राप्य ही समझा है, या कुछ सोचा ही नहीं। शायद यह सोच देखना उचित था, हो सकता है, वह देखने से मेरी प्रकृति में कुछ परिवर्तन होता। अपना चेहरा साफ़ देख पाती।

उठ खड़ी हुई वह।

इधर की खिड़की को खोलकर देखा। परन्तु इस खिड़की से तो उस घर के पीछे की दीवार ही दिखाई देती है।

सेवार और चित्ती-से बदरंग।

हमारा मन भी क्रमशः वैसा ही होता जाता है, ऐसा ही सेवार और चित्तीवाला। सोचते हैं, वह विवर्ण चेहरा दूसरों को दिखाई नहीं देता। लेकिन सच ही क्या नहीं दिखाई देता?

बाईस

माधुरी बहू ने कहा, "तुम भी क्या कहती हो बहन! तुम जानकर मुझे भूल गयी हो, यह मैं सोचूँ? जानती हूँ, तुम कितनी व्यस्त हो।"

उसके बाद हँसकर बोली, "हम स्त्रियों की तुम गौरव हो। कितना नाम-गाम है तुम्हारा, कितने भक्त हैं तुम्हारे। उनमें से मैं भी एक हूँ।"

उसके एक निराभरण हाथ को अपनी मुट्ठी में दबाये बकुल चुप बैठी थी, उसे हलके से दबाकर बोली, "बहुतों में एक, अपने बारे में यह बात न कहो।"

माधुरी चुप रही।

बकुल ने कमरे की ओर ताककर देखा। ग़ज़ब, उसने अपने छुटपन में इस कमरे की जो साज-सज्जा देखी थी, अभी भी हूबहू वैसी ही है। एक ओर की दीवार में दो तरफ़ पाये जैसे पालिश किये लकड़ी के दो स्टैण्ड पर एक आईना। कमरे में घुसते ही सामने की दीवार के ऊपर हिरन के सींग के ब्रैकेट में पीतल की एक मूर्ति लक्ष्मी की, पूरी दीवार में तसवीरों की माला, आईने के स्टैण्ड जैसे ही मोटे-मोटे वाज़ूदार पलँग, उनके उधर भरी हुई अलगनी, उसके पास पतली टाँगों की एक छोटी टेबल पर दो-चार किताबें, इधर की दीवार से लगी लम्बी बेंच पर क़तार में ट्रंक, बक्स; छोटी-छोटी पेटियाँ।

हर कुछ में केवल समय की धूल-धूसर विवर्ण छाप।

आईने के काँच पर काले-काले दाग़, गोल-गोल, तसवीरें धुँधली-मलिन, ट्रंक-बक्स के ढक्कन जीर्ण, और दीवारें बालूझरी, सीलवाली, गूँगी-गूँगी।

आँखों को दीखने जैसा परिवर्तन सिर्फ़ अलगनी में। उस समय अलगनी में चौड़ी कोर की चुनी हुई साड़ियाँ और समीजें रहती थीं। अब उन पर हैं मारकीन की सफ़ेद साड़ियाँ, सादे साया-ब्लाउज़।

यह कमरा निर्मल की माँ का था। घर-भर में इसी कमरे पर बकुल का खुला अधिकार था। बकुल बैठी-बैठी देखती और कहा करती, "बाप रे, पतली-पतली दो काठियों से इत्ते छोटे-छोटे घर बनाकर इतनी बड़ी-बड़ी चीज़ें बनाना! देखते ही मेरा माथा झिमझिम करने लगता है, सीखूँ क्या?"

निर्मल की माँ हँसतीं।

कहतीं, "देखना, सीखने से नशा सवार हो जाएगा।"

"तो वैसा सीखने से बाज़ आयी मैं!"

निर्मल की माँ कहतीं, "बिना सीखे ब्याह नहीं होगा।"

मीठी हँसी, मीठी बोली, मीठी महिला।

जेठानी के डर से सदा सन्त्रस्त रहतीं। सुविधा होती तो मानो इसी कमरे में दुबकी रहतीं।

दुनिया से अपने को छिपाये रखने के लिए ही क्या माधुरी बहू ने तीनतल्ले पर के इस कमरे को अपने लिए चुन लिया है? किन्तु आज की दुनिया किसी को अपने-आप में निमग्न रहने देती है क्या? अपना कोई छिपा-छिपाया बसेरा रहता है तो उस पर चोट कर-करके बिना गिराये छोड़ती है।

बकुल मानो अवाक् होकर घर का पुराना चेहरा देख रही थी। बकुल के घर के कमरा-दालान, खिड़की-दरवाज़े के अलावा और कहीं कुछ है, जिसमें बकुल की माँ के हाथों की छाप है?

धीरे-से बोली, "कमरे का कहीं भी कुछ बदला नहीं, किसी भी चीज़ को हटाया नहीं, सब ज्यों-की-त्यों है। ताज्जुब!"

माधुरी ने ज़रा उदास हँसी हँसकर कहा, "सामानों को हटाकर कौन-सा नयापन लाऊँ भाई, जब जीवन ही अचल हो बैठा है!"

बकुल सिर झुकाये बैठी थी।

अब वह सीधी होकर बैठी। कहा, "अचल रह कहाँ सकती हो? आज का युग तो जीवन की मूल जड़ को ही पकड़कर झिंझोड़ रहा है!"

"सो तो रहा है..." माधुरी बोली, "मतलब, सुना तुमने?"

"छोटे भैया से मालूम हुआ..." बकुल ने कहा, "सुनकर विश्वास करने में देर लगी। लड़के की उम्र की सोचकर सब गिचपिच हुआ जा रहा था।"

"तुम्हारा क्या, मेरा ही होश हवा है। लगता है, सच ही उसकी उम्र तेरह की है!"

बकुल ज़रा चुप रहकर बोली, "अभी कैसा है?"

"डॉक्टर ने तो बताया, ठीक होने में समय लगेगा। वह सदा के लिए निकम्मा हो गया। दायाँ हाथ तो उड़ ही गया है।" गला रुँध गया, माधुरी शायद इसीलिए चुप हो गयी।

कोई बात ढूँढ़े नहीं पाकर ही बकुल बोली, "देखने जाती हो?"

माधुरी ने निगाहें खिड़की के बाहर कर रखी थीं। बोली, "देखने को एक ही दिन जाने दिया था। पुलिस की निगरानी में है न? उसके माँ-बाप भी वैसे ही। एक ही दिन के लिए आये थे, चले गये। बोले, 'जब मिलने ही नहीं देगा तो!' और..."

कैसी तो ज़रा हँसकर रुककर माधुरी बोली, "और कहा, वह चंगा होकर

आजीवन क़ैद काटे, यही हमारी प्रार्थना है।''

बकुल माधुरी का मुँह ताकने लगी।

अभी यदि कोई माधुरी को दिखाते हुए कहे, कभी यह सोने-सी गोरी सुन्दरी थी, इसकी हँसी देखकर लगता था, माधुरी नाम सार्थक है, तो लोग हँस उठेंगे। उतना गोरा रंग इतना काला हो जा सकता है, आँखों देखे बिना विश्वास करना कठिन है। जल गये जैसे रंगवाले उस मुँह की ओर बकुल ताकती रही। उसके सामने के बालों में काले-से सफ़ेद बालों की संख्या ज़्यादा है। उसके शीर्ण गाल पर पेशी की रेखा।

गरचे बकुल प्रायः ठीक-ठाक ही है।

बकुल की अपनी सँझली दी ही कह गयी, ''क्यों न रहेगी बाबा! ससुराल की गंजना नहीं सहनी पड़ी, गिरस्ती के झमेले-झंझट नहीं झेलने पड़े, हम लोगों की तरह हर दो साल पर प्रसूतिघर में नहीं घुसना पड़ा—जैसी क्वाँरी लड़की थी, वैसी ही रह गयी। नहीं तो माँ की पेट की ढब यही थी।''

ग़र्ज़ कि बकुल की माँ के पेट की चमकते चेहरेवाली सन्ततियाँ उन्हीं सब झमेलों से बदल गयीं।

लेकिन माधुरी बहू?

माधुरी बहू के तो वह सब-कुछ नहीं रहा।

वह पति के साथ-साथ घूमती रही, गिरस्ती के झमेले क्या होते हैं, जाना ही नहीं। जाने किस अतीत काल में माधुरी बहू दो बार प्रसूतिघर में गयी, बस! तो?

निर्मल जब छुट्टी-वुट्टी में आता था, तब माधुरी बहू कैसी लगती थी, बकुल ने मन में वह लाने की कोशिश की।

लेकिन उस समय क्या उसकी ओर नज़र रहती थी बकुल की?

फिर भी सोचकर मन में आया, उसका कनक-चम्पा रंग ही याद आया, गोकि अब रंग-जली माधुरी बकुल से मैली लग रही है।

बकुल ने मन ही मन कहा, ''तुमको सिर नवाती हूँ मैं। प्रेम में तुम्हारा सर्वस्व समर्पित था।''

क्षुण्ण हँसी की छाप लगे उस मलिन मुँह की ओर ताकते हुए बकुल ने कहा, ''माँ ने भी यही कहा?''

''माँ ने ही ज़्यादा कहा। उसके साथ ही अवश्य मुझे भी बहुत कुछ कहा।'' शीर्ण मुँह से एक बार और वैसा ही हँसकर माधुरी ने कहा, ''कह ही सकती है, विश्वास करके मेरे पास लड़के को छोड़ रखा।''

ज़रा देर और चुप रहकर बोली, ''भगवान के सहस्र नामों में 'दर्पहारी' नाम ही प्रधान है, समझी बकुल? मन ही मन दर्प तो था! दर्प करके ही तो सोचा था, घूसख़ोर बाप और लोभी माँ के पास रहकर लड़का बिगड़ जाएगा। इनके दायरे से

बाहर इसे अपने पास ले जाकर रखूँ। यह धारणा नहीं थी कि संसार में और भी कितने दायरे हैं।''

ये अन्तिम बातें चौंक उठी बकुल के कानों पहुँची थीं?

'घूसख़ोर बाप'—इस शब्द ने ही बकुल की अनुभूति को बोदा कर दिया था। घूसख़ोर? निर्मल का बेटा घूसख़ोर!

बकुल ने ज़रा देर बाद पूछा, ''तुम्हारा छोटा लड़का?''

''छोटा? वह तो कब का सबके दायरे से अपने को मुक्त करके स्वाधीनता का स्वाद ले रहा है। मयूरभंज में नौकरी करता है, वहीं ब्याह कर लिया है, आता नहीं है...''

माधुरी बहू के लड़के ऐसे उलटे-पुलटे क्यों हुए?

बकुल मन से ही पूछ रही थी। फिर भी उत्तर माधुरी ने दिया। कहा, ''हमारी अक्षमता। लड़कों को ठीक से समझ नहीं सके। पढ़ाना-लिखाना ही आदमी बनाने का एकमात्र उपाय है, यही सोचा था। ऐसा सोचना ठीक नहीं हुआ, जब यह समझा, तब तक कोई उपाय नहीं रह गया था। तुम्हारे निर्मल दा आदमी बहुत भले थे, और मैं?''

माधुरी फिर ज़रा व्यंग्य मिली क्षुब्ध हँसी हँसी, ''मैं बिलकुल हिन्दू नारी। पति के अलावा और कोई चिन्ता नहीं। लिहाज़ा आँख-कान बन्द करके सिर्फ़...'' चुप हो गयी।

बकुल किन्तु जीवन में विध्वस्त हुए मुख में भी एक ग़ज़ब की उज्ज्वल रोशनी का आभास देख पायी। उसे लगा, 'विध्वस्त' है, पर व्यर्थ नहीं।

माधुरी ने उसके बाद कहा, ''लेकिन यह सब तो साधारण घटना है, जाने हुए जगत् की बात। इस तेरह साल के छोरे ने ही मुझे दंग कर दिया! बहरहाल बड़े-बड़े बोल बोलता था। घर में ताईजी के जो भतीजे भरे हैं, उन्हीं में से किसी के साथ ख़ूब मिलना-जुलना था। दोनों आपस में ख़ूब बातें करते थे, मेरे कानों तक आती थीं। बच्चे के मुँह से पकी-पकी बातें सुनकर हँसी आती थी। कहता था, 'इस बुर्जुआ समाज की मृत्यु का दिन आ रहा है, इन लोगों ने आप ही अपनी क़ब्र खोदी है, अपनी चिता रची है।' कहता था, 'क्रान्ति आ रही है। उसे रोकने की क्षमता बड़े-से-बड़े शासक में भी नहीं।' और भी जानें दालान में बैठे वे क्या-क्या बोला करते थे। 'आँखों में पट्टी बाँधे रहने से तीखी धूप को नकारा नहीं जा सकता, धूप अपना काम करती है, वह चमड़े को जलाती है।' ताईजी के भतीजे का लड़का तो कितना बड़ा है, लेकिन बुबुन उसके साथ बराबर अड्डा मारता। मैं सोचती थी, बुबुन, सुनी-सुनायी बातें बोलता है, हँसी आती। कहती थी, 'बुबुन, बुर्जुआ का हिज्जे जानता है!' कहती, 'तो देश में क्रान्ति की रक्त-गंगा बहाने का ज़िम्मा तुम लोगों

ने ही लिया है बुबुन, तू और तेरे उस पलटू दा ने?' इन मज़ाक़ों से वह शर्माता नहीं था, कैसी तो एक अवज्ञा की दृष्टि से ताका करता। धीरे-धीरे उन आँखों में अवज्ञा, घृणा, विद्वेष और निठुरता फूट उठते देखी। फिर भी उस समय तक उसकी गुरुता नहीं समझ पायी। बल्कि बीच-बीच में उससे कहती रही, 'तू अपने उस पलटू दा से मिलना-जुलना कम कर तो! वह तेरा हमउम्र है क्या? वह दुनिया-भर की पकी-पकी बातें तेरे दिमाग़ में ठूँस रहा है।' देखा, धीरे-धीरे उनकी आलोचना का वह अड्डा घट गया, पलटू तो घर में नज़र ही नहीं आता। बुबुन भी समय पर खा-पीकर स्कूल जाता। स्कूल से लौटने में ज़रूर काफ़ी देर होती। रंज होने से कहता, 'काम था।' यदि गुसाकर कहती, 'इत्ता-सा तो है तू, तुझे कौन-सा काम है?' तो अवज्ञा की दृष्टि से ताककर कहता, 'वह समझने की शक्ति नहीं है। सिर्फ़ सुबोध-सुशील बालकों को खिला-पिलाकर मोटा बनाना ही तो जानती हो।!' मगर तुमसे मैं कहूँ क्या बकुल, फिर भी यह धारणा नहीं कर सकी कि वह स्कूल नहीं जाता है, स्कूल का शुल्क लेकर पार्टी का चन्दा देता है, बम बनाने में साथ देता है। बल्कि यह सोचा कि अब वह पलटू के शिकंजे से बाहर है। सोचा ही कब था कि पलटू ने उसे ग्रसित कर लिया है!''

माधुरी रुकी।

निराभरण हाथ को उठाकर कपाल पर की मक्खी को उड़ाया।

फिर धीरे-से बोली, ''एक हमारा बुबुन ही नहीं बकुल, देश के हज़ारों-हज़ार बुबुन इसी तरह से प्रतिग्रसित हो रहे हैं। लेकिन इसकी बुनियाद में शायद और भी बड़ा कारण है। आज के लड़की-लड़कों की सबसे बड़ी पीड़ा यह है कि उन्हें श्रद्धा करने जैसा आदमी नहीं मिलता। ऐसे माँ-बाप उन्हें नहीं मिलते, जो उनके मन को छू सकें। ऐसे प्रेम को वे नहीं देख पाते, जो उन्हें अपने बन्धन में बाँध सके। हम अपने मन जैसा प्यार करना जानते हैं, उनके मन जैसा नहीं। हो सकता है, पिछला युग उसी से सन्तुष्ट रहता था, इस युग का मन-मिज़ाज, दृष्टिकोण भिन्न है, क्योंकि जिस कारण से भी हो, इनके आँख-कान बहुत कम उम्र में ही खुल गये हैं। इसीलिए इन्होंने लोभ को लोभ समझना सीखा है, दुर्नीति को दुर्नीति के रूप में पहचानना सीखा है। इसीलिए इन्हें अपने सबसे निकट के लोगों पर ही सबसे ज़्यादा घृणा है।''

''तुम तो बहुत सोचती हो...''

बकुल ने आहिस्ता से कहा।

माधुरी सम्भवतः एक आवेग से ही बोलती चली जा रही थी। अब अचानक लजा गयी। लज्जा की ही हँसी हँसकर बोली, ''अब तक तो इतना कुछ सोचा नहीं बकुल। जिस दिन बुबुन के बम बनाने की ख़बर मिली, ख़बर मिली सदा के लिए उसके निकम्मे हो जाने की, उस दिन से सोचने लगी हूँ। सोचते-ही-सोचते जैसे

धीरे धीरे आँखें खुलती जा रही हैं। समझ रही हूँ—उनमें प्यार न करने का भार, श्रद्धा नहीं कर पाने का भार, आँखें खुल जाने से मन की ज्वाला का भार—इन्हीं सबमें उनमें सब कुछ को ध्वंस करने की आग जलायी है। नहीं तो उतने छोटे एक लड़के में उतनी घृणा, उतनी अवज्ञा कहाँ से आती? जिस दिन उसे देखने गयी थी, उसने कहा क्या, जानती हो? 'क्या देखने आयी हो? जैसा कर्म, वैसा फल? सोचो, फिर भी जान रखो कि जो हाथ साबित है, उसी से फिर वही काम करूँगा।' तब से सोचती ही चली जा रही हूँ। और सोचती हूँ, हमारी बुद्धिहीनता, हमारी अन्धता और हमारे आपात जीवन के प्रति लोभ ही हमें टूटने की ओर ले जा रहा है।" माधुरी बहू फिर ज़रा लज्जा की हँसी हँसी। बोली, "लो, 'अब रुकूँ' सोचकर भी बड़ी-बड़ी बात कहे चली जा रही हूँ। बात असल यह है कि ऐसी एक भारी-भरकम लेखिका को देखकर जीभ खुल गयी। सच बहना, बोलने का मौक़ा पाना भी तो एक बड़ी प्राप्ति है। जैसे-जैसे दिन बीत रहे हैं, इसे समझ पा रही हूँ। तुमसे बात करके बहुत दिनों के बाद मानो जी गयी मैं।"

बकुल को बार-बार इच्छा हो रही थी, पूछ देखे, निर्मल दा को हुआ क्या था।

मगर उस नाम का उच्चारण हरगिज़ नहीं कर सकी।

मानो उस उच्चारण के साथ ही एक पवित्र वस्तु की शुचिता जाती रहेगी, जैसे एक गहरा गम्भीर संगीत हलका हो जाएगा।

माधुरी बोली, "अभी तक तो टोकरी-भर अपनी ही बात की, ज़रा अपनी बताओ।"

"मेरी बात भी क्या?" बकुल कुछ हँसकर बोली, "मेरे कुछ बेटा-बहू, पोता-पोती तो हैं नहीं कि उन पर कुछ कहने को हो।"

"तुम्हारे जो हज़ारों-हज़ार बाल-बच्चे हैं, उन्हीं के सुख-दुःख, तोड़-जोड़ की दुनिया को लेकर तुम सदा ही व्यस्त हो!"

"ख़ूब!"

"इतना ग़ज़ब का अच्छा लिखती कैसे हो, सो कहो?" माधुरी हँसी, "मैं तो सोच ही नहीं पाती, मन की ठीक बात कैसे समझ जाती हो। तुम्हारे लिखने की यह ख़ूबी है कि वह प्रत्येक आदमी के जीवन और चिन्तन से मिल जाता है। पढ़ने से लगता है, मेरी ही बात सोचकर लिख रही हो। इतना प्लाट मिलता कहाँ से है, सोचकर रह जाती हूँ।"

इस बात का जवाब ही क्या।

बकुल चुप ही रही।

उसे कैसे समझाए कि लिखने में प्लाट ही सबसे गौण है। उसमें हैरान होने जैसा कुछ नहीं। लेकिन कोई जब कहता है, 'अच्छा लगता है', तो उस क्षण

चरितार्थता का एक स्वाद आये बिना नहीं रहता। बकुल ने यह बात बहुत सुनी है। सब समय सुनती है, फिर भी नये सिरे से एक सार्थकता का सुख मिला। धीरे से बोली, ''पढ़ती-वढ़ती हो?''

''हाय राम, पढ़ती नहीं? अरे, उसी से तो ज़िन्दा हूँ। इसीलिए कभी-कभी जी में आता है, यह चीज़ नहीं रही होती, तो दिन कैसे गुज़ारती!''

इस मामूली-सी बात से ही एक सूने हृदय की दुस्सहता समझ में आयी।

बकुल के इतने पास रहकर ऐसी एक दुस्सह शून्यता लिये पड़ी है माधुरी और बकुल ने कभी इसकी खोज-पूछ नहीं की? प्यार से अपनी दो पुस्तकें लाकर कभी नहीं कहा, ''माधुरी बहू, तुम्हें कहानी की पुस्तकें पसन्द हैं...''

फिर भी वर्तमान समस्या उस शून्यता से कहीं वास्तव है।

बुबुन के लिए वह क्या सोच रही है, बकुल यही पूछने जा रही थी कि घर से उसकी दाई ने आकर कहा, ''बुआजी, कोई महिला आपको खोज रही हैं।''

बकुल ने खीज से कहा, ''अजीब है! ज़रा आयी कि इसी बीच..., क्या नाम है? कहाँ से आयी हैं?''

दाई सुवासिनी ने कहा, ''क्या जानें बाबा, क्या तो बताया...''

तेईस

बाहर से अन्दर जाते ही पहला कमरा बैठक का है। उससे आकर कमरे में पाँव रखते ही बकुल कुछ क्षणों तक अभिभूत-सी ताकती रह गयी।

उसकी अभिभूत अवस्था में ही जलपाईगुड़ी की नमिता ने नमित होकर प्रणाम किया। खड़ी होकर ज़रा मुसकराकर बोली, ''फिर आपके पास आ गयी...''

झुककर प्रणाम करते समय नमिता बड़ी उलझी-सी लगी। क्योंकि पहनावे की साटन की साड़ी को एड़ी-चोटी पिन लगाकर नमिता ने ऐसे पहना था कि कहीं भाँज नहीं रखी थी। झुककर उठ खड़े होते ही नमिता के कर्णाभरण का झाड़ कुछ इस ढंग से हिल उठा कि पूरे कमरे की दीवारों में उसकी चमक खेल गयी। झाड़-फ़ानूस की तरह गहने के हिलते हुए पत्थर नक़ली हैं, इसी से इतने झकमक हैं।

काफ़ी दूर तक गला-कटे ब्लाउज़ के ऊपर के विस्तृत इलाक़े में नमिता ने जो

कण्ठाभरण पहन रखा था, उसकी चमक से भी आँखें चौंधिया रही थीं। नमिता के माथे में ऊपर दक्षिण भारत के मन्दिर के 'गोपुरम्' जैसा एक जुड़ा, तीखे रँगाये चेहरे पर भावलेशहीन भाव और नमिता के लम्बे नोकदार नाख़ूनों में एक अजब चकमक रंग का एनामेल किया हुआ।

बकुल के मन में अचानक एक वाहियात प्रश्न आया। नमिता ने जलपाईगुड़ी छोड़ते ही क्या नाख़ून बढ़ाना शुरू किया था? नहीं तो नाख़ून इतने बड़े कैसे हुए! बकुल को इसका पता नहीं था कि बाज़ार में तरह-तरह के नक़ली नाख़ून मिलते हैं। बकुल सदा ही एक अलक्षित जगत् की रहस्य-यवनिका के उन्मोचन की चेष्टा में विभ्रान्त घूम रही है—दृश्य जगत् की हाट में कितने रहस्यों की ख़रीद-फ़रोख़्त होती है, इसका उसे पता ही नहीं।

नमिता बोली, "बहुत दिनों से सोच रही हूँ, हो नहीं रहा है। बहुत कुछ साहस की भी कमी है।"

नमिता की जो भी जड़ता है, वह अब शायद केवल पोशाक़ में ही जा रही है, बोलने-चालने में नाम को भी नहीं।

बकुल चमत्कृत हुए बिना नहीं रह सकी।

इसीलिए एक मज़े की हँसी हँसकर बोली, "क्यों, साहस की कमी क्यों?"

"कमी ही तो होनी चाहिए..." हाथ के बैग को हिलाते-हिलाते बोली नमिता।

बकुल ने कहा, "बैठो। खड़ी क्यों हो?"

उसके बाद बोली, "उचित क्यों? यह तो तुम्हारी जानी-चीन्ही जगह है। मैं भी अपरिचित नहीं!"

नमिता बैठी।

फिर काजल आँजी आँखों को ज़रा उठाकर बोली, "सही है। आप मेरी पहचानी हुई हैं, मगर मैं क्या आपकी पहचानी हुई हूँ? मैं क्या आपकी वह जलपाईगुड़ी की नमिता जैसी लग रही हूँ?"

बकुल ने हँसकर कहा, "हाँ, ठीक वैसी तो नहीं लग रही।"

"मैंने यही चाहा था..." नमिता ने ख़ासे दृढ़ और आत्मस्थ गले से कहा, "चाहा था, अपने दीन-हीन जीवन को पोंछ फेंकना। इसीलिए अपने पास से ही मैंने अपने अतीत को पोंछ फेंका है।"

बकुल ने थिर आँखों से उसकी ओर ज़रा देखा। पेण्ट के प्राणहीन सफ़ेद-से रंग के नीचे से एक उत्तम रक्तोच्छ्वास ठेलकर उठ आना चाह रहा था मानो। मतलब कि पोंछ फेंकने की निश्चिन्तता निरी आत्मसन्तुष्टि है। उस नाज़ुक छिलके पर ज़रा ठोकर लगाते ही शायद काजल का गौरव गोबर हो जाएगा।

बकुल उस ठोकर लगाने की तरफ़ नहीं गयी।

उस नाज़ुक को ही सख़्त छिलका मान लेने जैसी अदा से बकुल ने कहा, "यह अच्छा है। दो जीवन का बोझ ढोना बड़ा कठिन है। एक को झाड़ फेंका जा सके तो बाक़ी भार सहज हो जाता है।"

"आपने ठीक ही कहा..." नमिता ने जैसे उल्लसित गले से कहा, "मैंने भी ठीक यही सोचा था। अभी भी सोचती हूँ।"

बकुल मज़ाक़ से कह उठने जा रही थी, "महाजन लोग एक ही ढंग से सोचते हैं..." पर रुक गयी। इस स्त्री से यह कौतुक ही कौतुककर है।

उसने सीधे-सादे गले से पूछा, "अभी तुम हो कहाँ?"

"बहुत बुरी जगह में..." नमिता ने दीवार की ओर ताककर कहा, "वह आपसे कह नहीं सकूँगी।"

अब बकुल ज़रा सख़्त हुई। बोली, "रहने की जगह बुरी हो, पर देखने में तुम तो बुरी नहीं लग रही हो, ख़ासी अच्छी ही हो।"

"हाँ, अच्छे-अच्छे कपड़े, गहने पहने हैं..." नमिता हठात् जंगली-सी होकर बोली, "यही संकल्प किया है। यदि उतरना ही हो तो अन्त तक ही उतरकर देखूँगी। पाताल से रसातल भी जाना पड़े, तो जाऊँगी।"

बकुल को लगा, नाख़ून तो माना नमिता ने जब से जलपाईगुड़ी छोड़ा है, तभी से रखे हैं, परन्तु ये बातें भी क्या छुटकारा पाने के बाद से ही सीखनी शुरू की हैं? या बहुत दिनों से सीख-सीखकर पूँजी जमा कर रखी थी?

कुछ और कठिन तथा निर्लिप्त गले से बकुल ने कहा, "अपने जीवन के लिए अपने ढंग से संकल्प करने का अधिकार सबको है, लेकिन चूँकि मेरे पास आयी हो, इसलिए पूछ रही हूँ नमिता, तुम क्या नीचे उतरने के लिए ही अपने दीनहीन परिचय के बसेरे से निकलकर चली आयी थीं?"

नमिता सहसा मानो काँप उठी।

उसके बाद धीरे-से बोली, "पता नहीं। अभी भी ठीक समझ नहीं पा रही हूँ। मैं केवल उन सबको दिखाना चाहती हूँ कि केवल खाना-पहनना देने के बदले जिसे ख़रीद लिया है समझ रखा था, वह उतना मूल्यहीन नहीं है। और...और अपने उस पति को भी दिखाना चाहती हूँ, वाजिब लगान-मालगुज़ारी बिना दिये ही सम्पत्ति को सदा कब्ज़े में नहीं रखा जा सकता। वह हाथ से निकल जाती है।"

इस प्रगल्भ बात का जवाब दे या नहीं, यह सोचते हुए भी बकुल बोल उठी, "देख रही हूँ, इन्हीं कै दिनों में तुमने बहुत बात सीख ली है!"

नमिता हिल-डुलकर बैठी।

नमिता ने हाथ-बैग के मुँह को ज़रा खोला, छोटा-सा एक रूमाल निकालकर मुँह पोंछकर ख़ासे दृढ़ गले से कहा, "इन कै दिनों में? बिलकुल नहीं, बहुत-बहुत

दिनों से यह सब सोचती रही हूँ, सीखती रही हूँ। फिर भी चेष्टा भी किये जा रही थी कि जिस दायरे में पैदा हुई, रह रही हूँ, वहीं जिसमें रह सकूँ। लेकिन एकाएक एक दिन आँखें खुल गयीं। ख़याल आया, यह 'अच्छा रहने' का मतलब क्या है? इस सत्-जीवन का मूल्य क्या है? किसी लक्ष्मी बहू का दाम देते हैं वे? इस 'मैं' को कौन दाम देता है? तभी मैंने तय कर लिया, अपने दाम की परख करने जाऊँगी। डर हो रहा था, पढ़ी-लिखी नहीं, सहाय-सम्बल नहीं है, इस अनचीन्ही दुनिया में कहाँ खो जाऊँगी। अचानक एक दिन वह डर भी जाता रहा। मेरे नैहर के आत्मीयों ने फिर जब मुझे जलपाईगुड़ी भेज देने की चेष्टा की, तभी मेरे जी में आया, किनके हाथों में खो जाने का डर है? बाहरी दुनिया में स्त्रियों के दो ही भय हैं। एक जो सभी आदमी को है—प्राणों का भय। वह मुझ जैसी स्त्री के लिए अधिक नहीं। दूसरा—दुर्गति में पड़ने का भय। सो अगर संकल्प ही कर लूँ, कोई भी दुर्गति आए, उससे जूझूँगी, तो फिर काहे का भय रहा? उसके बाद तो आप देख ही रही हैं।''

''देखती रही हूँ।'' नमिता के प्रायः फट पड़े-से मुँह की ओर ताककर बकुल आक्षेप की अनुभूति से कैसी तो विषण्ण-सी हो गयी। उस विषण्ण गले से ही बोली, ''आत्मीय समाज के हाथों के सिवा भी खोने का एक और भय है नमिता, वह है अपने पास अपने को खोना...''

नमिता जैसे फिर एक बार काँप उठी। फिर बोली, ''मैं मूरख-गँवार औरत, उतना कुछ नहीं समझती। मैं सिर्फ़ यह दिखाना चाहती हूँ, मैं फेंक देने जैसी चीज़ नहीं थी।''

बकुल ने और बात नहीं बढ़ायी।

उसने फिर सीधे-सादे गले से कहा, ''आज अचानक ही आ धमकी! कहीं आयी थीं इधर, क्यों?''

''नहीं, आप ही के पास आयी थी।''

ज़रा क्षुब्ध गले से नमिता ने कहा, ''आप मुझे आदमी नहीं गिनती हों चाहे, पर मैं आपको श्रद्धा-भक्ति करती हूँ। इसीलिए जीवन में एक नये काम में उतरने से पहले आपको...''

बकुल लज्जित गले से झट बोल उठी, ''ऐसा क्यों कह रही हो नमिता? आदमी नहीं गिनती, यह कैसी बात? किस नये काम में उतर रही हो, कहो?''

नमिता ने फिर दीवाल की ओर ताककर कहा, ''कल से मेरे फ़िल्म की शूटिंग शुरू हो रही है, मानो एक कण्ट्रेक्ट हुआ है। नायिका की ही भूमिका दे रहे हैं।''

''सुनकर ख़ुशी हुई,'' बकुल ने कहा, ''एक कर्मजीवन पा गयी, यह शुभ है।''

''शुभ?''

''बेशक। शायद इसी से तुम्हारे भीतर की शिल्पी-सत्ता आविष्कृत हो।''

"ऐसा?" नमिता ने उत्सुक गले से कहा, "आपको क्या लगता है, मुझमें कुछ है?"

बकुल ने मन-ही-मन कहा, "बहरहाल तो नहीं लग रहा है। तुम कला को प्यार करके यहाँ नहीं आयी हो, आयी हो, अपनी क़ीमत जाँचने। फिर भी कहा नहीं जा सकता, किसमें क्या है?"

मुँह से बोली, "सबमें कुछ-न-कुछ रहता है नमिता, परिवेश से उसका विकास होता है। हो सकता है, तुम भविष्य में एक नामी कलाकार बनो। बड़ा भाग्य है कहो, इतनी जल्दी रास्ता मिल गया। शुरू में ही, नायिका की भूमिका यों किसी को नहीं मिलती।"

नमिता क्षण-भर स्थिर आँखों से बकुल की आँखों की ओर देखती रही। फिर धीर से बोली, "मुझे देखकर आपको क्या यह लगता है, आसानी से पा गयी?"

अबकी शायद बकुल ही काँप उठी।

जलपाईगुड़ी की नमिता ऐसा सवाल कर बैठ सकती है, बकुल की मानो यह धारणा ही नहीं थी।

बकुल ने भी धीरे-से ही कहा, "सो शायद नहीं लगता। फिर भी मैं ईश्वर से प्रार्थना करूँगी कि तुम्हारा शिल्पी-जीवन ही बड़ा हो उठे। तीर्थ के रास्ते में भी कितने कंकड़-काँटे रहते हैं, धूल-कीचड़ रहता है।"

नमिता के काजल का गौरव सहसा धूलिसात् हो गया। शायद उसे छिपाने के लिए ही वह झट उठकर बकुल के पैरों की धूलि लेकर बोली, "आपका आशीर्वाद सार्थक हो। चलती हूँ।"

"अरे, सो क्या!"

आबोहवा को हलका करने के लिए ही बकुल ने हलके गले से कहा, "अभी ही कैसे जाओगी? मुँह मीठा किये बिना जा पाओगी? इतने दिनों के बाद आयी हो।"

"न, आज चलती हूँ..."

और वह झट कमरे से बाहर जाकर खड़ी हुई परन्तु उसके बाद ही नमिता एक आश्चर्यजनक काण्ड कर बैठी।

सारे शरीर में एक हिल्लोल-सा जगाकर वह घूमकर बोल उठी, "जलपाईगुड़ी की नमिता ने कभी आपको अपने जीवन पर कहानी लिखने को कहा था, है न? अब वह लिखने की ज़रूरत नहीं। जलपाईगुड़ी की नमिता मर गयी। उसके नये जन्म का नाम आपको नहीं बताया—वह है रूपछन्दा। समझ गयीं, रूपछन्दा! भविष्य में हो सकता है उस पर लिखने की होड़-सी मच जाए, साक्षात्कार के लिए घर में भीड़ लगेगी। फ़िल्म रिलीज़ होने पर आपको कार्ड दे जाऊँगी।"

यह आकस्मिक आघात लगाकर नमिता जल्दी से गाड़ी पर जा बैठी। रास्ते के किनारे की वह बड़ी-सी गाड़ी नमिता की है, उस घर से आते समय बकुल ने स्वप्न में भी नहीं सोचा था, अभी अपने दरवाज़े पर से देखा। देखा, बर्दीवाला ड्राइवर दरवाज़ा खोलकर खड़ा हो गया, नमिता बैठ गयी।

बकुल कुछ देर खड़ी रही।

बकुल के कलेजे से एक निःश्वास निकला। उसे बहुत दिन पहले का पढ़ा एक प्रबन्ध याद आया। वैसा ही प्रबन्ध, लेखक भी अख्यात। भाषा भी पैनी थी, यह याद नहीं था, पर युक्ति अद्भुत थी।

लेखक का कहना था, दुनिया में आत्मप्रतिष्ठा की क़ीमत चुकाने के लिए आत्मविक्रय कौन नहीं कर रहा है? अर्थोपार्जन का एकमात्र उपाय ही तो अपने को बेचना है। कोई दिमाग़ बेच रहा है, कोई अधीन विद्या बेच रहा है, कोई चिन्तन-साधना स्वप्न-साधना आदि बेच रहा है, कोई केवल शारीरिक श्रम को ही। ऐसे में स्त्रियों के क्षेत्र में शरीर बेचने को ऐसा महापातक क्यों कहा गया है? बहुत-से क्षेत्रों में उसका एकमात्र सहारा देह ही तो है।

लेखक की युक्ति समर्थन करने योग्य है, बकुल यह नहीं सोचने बैठी। केवल एकाएक बात याद आ गयी।

लेकिन उसके सामने दम भरकर वह यह भी तो नहीं कह सकी, "नमिता, तुम्हें 'रूपछन्दा' बन जाने की कोई ज़रूरत नहीं थी। संसार में आख्यात, अवहेलित, अवज्ञात आदमी बहुत हैं, सदा रहेंगे भी। तुम्हें जलपाईगुड़ी की नमिता बहू होकर ही रहना उचित था। इसी से सभ्यता बनी रहती, रहती समाज की शृंखला और रहता तुम्हारा धर्म।"

पीछे कब छोटी भाभी आकर खड़ी हुई थीं, बकुल को पता नहीं। उनकी बात पर चौंक उठी।

"यह औरत कौन थी बकुल?"

बकुल के पास जो लोग आते हैं या बहुत देर तक बात करते हैं, बैठे रहते हैं, चाय पीते हैं—उनके बारे में छोटी भाभी के कौतूहल और विरक्ति मिले मनोभाव की बात बकुल को अज्ञात नहीं, अलक्ष्य किसी स्थान से वह इन्हें देखती-सुनती है और ज़रूरत के मुताबिक़ अवहेलना भी प्रकट करती है, लेकिन इस तरह से कभी रंगे हाथों पकड़ायी नहीं। न-न, इसे 'पकड़ाई पड़ना' कैसे कहा जाए, 'पकड़ाई देना' कहा जा सकता है।

हठात् अपने को पकड़ाने के लिए आयीं क्यों यह?

बकुल कारण ठीक-ठीक समझ नहीं सकी। इसलिए टालते हुए-से कहा, "थी एक...जलपाईगुड़ी में..."

"वह क्या उस दईमारी की कोई सूचना ले आयी थी?"

बकुल को और एक बार चौंक उठना पड़ा।

बाँध टूट जाने से शायद ऐसा ही होता है।

बाँध टूटी उस मूरत की ओर ताककर बकुल ने सिर झुका लिया। और उस झुके सिर से सामंजस्य रखते हुए धीमे गले से बोली, "नहीं तो! ऐसी ही थी एक। जलपाईगुड़ी में भेंट हुई थी..."

"ओ! बड़ी देर से बात कर रही थी न, मैंने सोचा..." छोटी भाभी ज़रा रुककर शायद अपनी दुर्बलता को ढँकने के लिए यों ही हलके भाव से बोलने जैसी बोल उठीं, "बड़े आदमी की बेटी है, न? बाप रे, कैसा सिंगार! मानो न्योते में आयी है। क्या बोल रही थी इतना?"

बकुल धीमे से हँसकर बोली, "क्या बोल रही थी? वह फ़िल्म में उतर रही है, वही बताकर मुझे प्रणाम करने आयी थी।"

"फ़िल्म में उतर रही है? भले घर की लड़की है?"

बकुल हँस उठी, "कहती क्या हो छोटी भाभी? भले घर की लड़की क्यों न होगी? बहुत अच्छे घर की लड़की, अच्छे घर की बहू है।"

छोटी भाभी बोलीं, "हाँ, अब तो इसमें निन्दा नहीं है। पहले जैसी बात नहीं रही।"

उसके बाद एक लम्बी उसाँस के साथ वह बोल उठीं, "वह दईमारी यदि ऐसा कुछ करती!"

बकुल सन्न रह गयी। बकुल को ख़याल नहीं आया कि इसके विरुद्ध हज़ारों प्रतिवाद हैं। सो उसे चुप रहना पड़ा।

शम्पा नाम की लड़की खो गयी, मानो इस घर के सबको वह खाने जैसा कर गयी। सभी हारे हुए की सूरत में बैठे हैं। जब वह स्वयं तेज दिखाकर चली गयी थी, उस समय इन लोगों में भी गुस्सा, तेज, अभिमान था। लेकिन अबकी स्थिति जुदा है। अब वह इस भयंकर दुनिया की किसी साज़िश से खो गयी है, क्या पता, यह शम्पा नाम सदा के लिए धुल जाएगा या नहीं।

किन्तु शम्पा की माँ और बाप कुछ दिन पहले भी यदि अपना अभिमान और अहंकार कुछ छोड़ते तो शायद सब ठीक-ठाक हो जाता। शम्पा की माँ के भीतर का हाहाकार इसीलिए शोक से भी तीव्र है। शोक के हाहाकार को बाहर प्रकट किया

जा सकता है, पर अनुताप का हाहाकार पछाड़ खा-खाकर भीतर को ही चूर करता है।

शम्पा की माँ को जब पारुल के बेटे के पत्र से पता चल गया था कि शम्पा जाकर पारुल के यहाँ जम गयी है, तो ये लोग दौड़कर वहाँ चले क्यों नहीं गये? क्यों अभिमानिनी बेटी का मान भंग करके कहा नहीं, "गुस्से से कुछ कह गयी, तेरे लिए वही इतनी बड़ी हो गयी?"

ऐसा इन लोगों ने नहीं किया।

निश्चिन्त बैठकर अच्छी स्वस्थ बच्ची को खो जाने दिया। उनकी उम्र, बुद्धि, विवेक, हिताहित-ज्ञान—कोई भी काम नहीं आया। एक कच्ची उम्र की बच्ची से इन्होंने इन्हीं चीज़ों की आशा की।

बकुल को चुप रहती देख छोटी भाभी फिर आप ही बोलीं, "मन ख़राब रहने से ही दुनिया-भर की अण्ट-शण्ट चिन्ताएँ आती हैं, और क्या! यह जो औरत थी—क्वाँरी थी? अनब्याही ?"

"ब्याही है। पति साधु-संन्यासी होकर चला गया है, उसी गुस्से से वह घर छोड़कर..."

"साधु हो गया है? उसी गुस्से से? मज़ा देखो! इतने-इतने असाधु पति के साथ औरतें घर कर रही हैं, और..."

बकुल हँस पड़ीं। बोलीं, "अहा, वह तो फिर घर कर रही है! साधु स्वामी ने तो उसी से वैर किया है, गोकि स्त्रियाँ जानती हैं कि घर कर पाना ही सबसे बड़ी प्राप्ति है..."

छोटी भाभी भी हँस पड़ीं। बोलीं, "सभी क्या ऐसा सोचते हैं?"

यह अवश्य बकुल पर कटाक्ष था।

आबोहवा थोड़ी हलकी हो गयी, इससे मानो छोटी भाभी के प्रति कृतज्ञ हुइ बकुल। हँसकर बोली, "जिस स्त्री को घर-वर नसीब न हो, उसे उपाय क्या?"

"वही एक पहेली..."

छोटी भाभी बोलीं, "तुम्हारे बाप-भाई ने ब्याह नहीं कराया या तुमने नहीं किया, नहीं जानती। मैं तो उस समय तुम्हारे भैया की नौकरी के पहिये में बँधी दिल्ली-शिमला की खींच-तान में पड़ी थी..."

यह सब बकुल की छोटी भाभी कभी बोली नहीं थीं। अजीब बदल गयी हैं। वह मितभाषी का ही गौरव लिये इस घर में विराजती थीं। एकाएक बोलने के लिए पिपासार्त हो उठी हैं मानो।

"सो तो ठीक।" बकुल ने बात पर समाप्ति-रेखा खींच दी।

"चलो, खाना खा लो..."

बोलकर भी खड़ी रहीं शम्पा की माँ। बोल उठीं, "अपने जले मुँह से बोलने का मुँह नहीं है, फिर भी तुम हो, इसलिए कह रही हूँ, उस घर की ख़बर मालूम है?"

"उस घर की?"

"उस घर की यानी तुम लोगों के पुराने घर की, तुम्हारे चाचा-ताऊ के घर की?"

"ओ! क्या हुआ है? कोई मर गया?"

रुक गयी। वहाँ कौन-कौन हैं, बकुल ठीक-ठीक जानती नहीं। ताऊजी और चाचा लोग और उनकी पत्नियों में से कोई नहीं बच रहा है, यह जानती है। नहीं, छोटी चाची शायद बहुत दिनों तक थीं, आना-जाना विरल हो गया है।

इसीलिए रुक ही गयी।

छोटी भाभी ने सिर हिलाकर कहा, "नहीं-नहीं, मरने की नहीं, उस घर के ताऊ की पोती साइकिल से 'विश्वभ्रमण' वालों के दल के साथ चली गयी। छह लड़के और वही एक लड़की। बेटी को दुलरुआ बनाकर पाला था!"

सच ही बकुल ज़रा अवाक् हुए बिना नहीं रह सकी। दरज़ीपाड़ा के अपने उन निकट के आत्मीयों की ओर कभी ठीक से ताका नहीं। केवल इतनी ही धारणा थी कि वे बहुत पीछे रह गये हैं, उनकी गली को भेदकर सूरज सहज ही झाँक नहीं सकता। चचेरे बड़े भाई की स्त्री की बहुत दिन पहले देखी शकल याद आयी, गले तक घूँघट, नर्म गला, छोटे-छोटे ननद-देवर तक को किस अदब से बुलाना! और याद आया उनका बायाँ हाथ। शाँखा-चूड़ी के साथ कम से कम एक दर्जन लोहा कलाई में! बोलते हुए पता नहीं क्यों, जब-तब लोहा पहने हाथ को कपाल से लगातीं और दोनों कानों पर हाथ रखती थीं! लगता, सदा अपराध के बोझ से दबी हुई हैं।

कितने दिनों की बात?

यह लड़की क्या उन्हीं की है?

फिर भी इस संवाद से मज़े का ही अनुभव किया बकुल ने। बोली, "अच्छा तो है, एक लड़का एक लड़की के रहने से ही विपद् की आशंका है—यह तो छह जने एक पर पहरा देंगे!"

"पहरा देंगे या सबके सब आहार करेंगे, कौन जाने!" छोटी भाभी ने कहा, "मैं यह सोचकर हैरान हूँ, तुम्हारे उस घर में भी प्रगति की बयार बही!"

"वाह, काल पलटा नहीं खाएगा? युग क्या बैठा रहेगा?"

"उनके घर को देखने से तो लगता था, शायद बैठा ही हुआ है। अचानक एकबारगी..."

बकुल ने अनमने गले से कहा, "शायद ऐसा ही होता है। घर में दरवाज़ा

खिड़की नहीं रहने से घर में क़ैद प्राणी कभी दीवार तोड़कर साँस लेना चाहता है।''

''लेकिन इतनी अति...'' छोटी भाभी बोल उठीं, ''छोड़ो, मेरा कुछ कहना शोभा नहीं देता।''

उनके इस अप्रतिभ भाव को नहीं देख पाने का भान करके बकुल बोली, ''जल्दी कुछ करने में अति करनी ही पड़ती है छोटी भाभी, हठात् जब ख़याल आया, 'छि-छि, बहुत पीछे रह गये', तब मात्रा का ज्ञान नहीं रहता।''

'शायद' कहकर शम्पा की माँ ने निःश्वास छोड़ा। इससे शायद उन्हें अपनी बेटी की बात ही याद आ गयी।

लेकिन इन्होंने ऐसा क्या बन्द कर रखा था खिड़की-दरवाज़ा कि हमारी बेटी दीवार तोड़कर निकल भागी? हमने तो जो किया, उसके भले के लिए ही किया। ख़ैर, हमने उसे नहीं समझा, तो वही हमें क्यों समझे?

विचित्र रूप से टूट पड़ी हैं, इसलिए कुछ समझ नहीं रही हैं शम्पा की माँ। सही-सलामत होतीं तो समझतीं? या कि समझना चाहतीं?

इसी घर के और एक हिस्से में चल रहा था एक नाटकीय दृश्य। अलका घर-बाहर कर रही थी, वह बार-बार खिड़की के सामने खड़ी होती, फिर भी अलका अपने चेहरे की रेखाओं में विशेष चेष्टा से, 'युद्धं देहि' का भाव निखारे हुए थी। क्योंकि काँच से घिरे बरामदे के एक ओर कनवास की कुरसी पर बैठे अपूर्व की ओर रह-रहकर कटाक्षपात कर रही थी वह।

वह मुँह क्रमशः कठिन-कठोर और स्याह-सा होता आ रहा था और उसकी जलती-सी आँखें बार-बार बुककेस पर रखी टाइमपीस पर जा पड़ती थीं।

''उफ़्, यह आदमी कितना धोखेबाज़ है!'' अलका ने सोचा, तब से टेलीफ़ोन के पास बैठा है, एक मिनट के लिए भी नहीं हटा। इतनी देर में एक बार बाथरूम जाने की भी ज़रूरत नहीं पड़ सकती थी! उतने में तो अलका टेलीफ़ोन की मदद से मैनेज कर ले सकती थी! कह दे सकती थी, ''लो, तुम्हारी बिटिया ने अब फ़ोन किया है, 'लौटने में ज़रा देर होगी, बाबूजी को चिन्ता नहीं करने को कहना'।''

उसके बाद ही मामले को बहुत हलका कर देने के लिए हँसतीं हुई लोट पड़ती, ''सुन लिया? 'माँ, तुम चिन्ता न करना' नहीं, 'बाबूजी को चिन्ता नहीं करने को कहना।' जानती है कि उसका बाबूजी ही साँझ से रह-रहकर घड़ी की ओर ताकेगा, खिड़की की तरफ़ ताकेगा। और, दुनिया में जितनी तरह की दुर्घटना हो सकती हैं, मन-ही-मन उसका हिसाब करेगा। बेचारी माँ भी चिन्ता से परेशान हो सकती है, लड़की को इसकी फ़िक्र नहीं।''

हाँ, बातों की फुलझड़ी छोड़कर इस तरह से परिस्थिति को आसान कर ले सकती थी अलका, जैसा बराबर कर लेती है। आज तक ऐसा कितना सँभालती आयी है, कुछ ठिकाना है? लड़की के बड़े हो उठने से पहले से ही अलका का यह सब कला-कौशल चल रहा है।

यह अपूर्व बाबू बाहर के लोगों के सामने प्रगतिशीलता का जितना ही मान करे, उदारपन्थी का मुखौटा जितना ही चढ़ाए, भीतर से क्या है, यह जानना बाक़ी नहीं है अलका को! वही आदिकाल का पुराना सड़ा हुआ मनोभाव! स्त्रियाँ जैसे ही ज़रा सहज स्वच्छन्द जीवन पाना चाहती हैं कि पुराने समाज-पतियों की भाँति आँखें कपाल पर जा रहती हैं। यह तो निहायत ही मैं सख़्त हाथों पतवार थामे हुए हूँ कि आधुनिक युग के सामने मुँह दिखा पा रही हूँ।

लेकिन केवल ज़ोर जुलुम चला पाती हूँ? कितनी ही तरह से मैनेज करना पड़ता है—सजा-गुजाकर बातें करके, रात को दिन और दिन को रात करके।

अभी ही सँभाल लिया जा सकता बशर्ते कि यह आदमी टेलीफ़ोनवाली टेबल पर नहीं जा बैठता।

लड़की पर गुस्से के मारे अलका के माथे में आग लग गयी। सब कुछ तो जानती है, फिर अति क्यों? जो रहे-सहे, वही ठीक।...दोस्तों के साथ पिकनिक में गयी है, ठीक किया है, तो क्या रात के ग्यारह बजे तक घर नहीं लौटेगी? इतनी रात तक कोई पिकनिक में रहता है?

यह सब सोचती रही, पर साथ-ही-साथ लड़की की ओर से युक्ति को सख़्त करने के लिए मन-ही-मन बोल उठी, "बाबा जानें कोई दुर्घटना हुई या नहीं।"

'बाबा' यानी वह अलौकिक शक्तिवाले गुरुदेव। अलका के नैहर के नाते जो अलका के भी गुरुदेव हैं। अलका के ही क्यों, सत्यभामा के भी।

उदार, प्रगतिशील उन बाबा का मत है, "आदमी सोने की ज़ात है, वह कभी अपवित्र नहीं होता। और, यह भी कहते हैं, भला-बुरा, ग़लत-ठीक, इन सबका विचार करनेवाला तू कौन होता है रे? 'मन' महेश्वर है, वह जो चाहे, करने देना होगा, फलाफल के सोचने की ज़रूरत नहीं—सारा फलाफल गुरु के चरणों समर्पित करके चुटकी बजाकर काट दे, बस।"

ऐसे उदारपन्थी बाबा के शिष्या-शिष्यों की संख्या अनगिनत होगी, इसमें सन्देह क्या? अलका के नैहर या ननिहाल का कोई एक हो सकता है, आदि शिष्यत्व का दावा करे, परन्तु बाद में तीनों कुल का कोई बाक़ी नहीं।

लेकिन अलका का ऐसा नसीब कि जवान लड़की तक को बाबा के चरणों में सौंप दे सकी है, पर अपने पति को नहीं झुका सकी। गरचे बाहर की सभी स्त्रियाँ कहती हैं, अलका जैसा वशंवद पति कितनी स्त्रियों को नसीब होता है? और

सास-ननदें तो स्पष्ट ही उस पुरुष को 'स्त्रैण' कहती हैं।

काश, वे जानतीं, लोगों की नज़रों में पति को स्त्रैण साबित करने के लिए अलका को कैसे आकाश-पाताल एक करना पड़ा है, कितनी जीवन-शक्ति लगानी पड़ी है।

यह तो नितान्त गुरु के बल से बलवान है अलका कि चल रहा है।

इसीलिए अभी भी परिस्थिति को बेटी के अनुकूल बनाने के लिए अलका बोल उठी, "बाबा जानें, कोई दुर्घटना तो नहीं हुई..."

सुलगी आग-सा वह आदमी इतनी देर की स्तब्धता को भंग करके दबे गले से गरज उठा, "दुर्घटना!"

प्रश्न या मन्तव्य? समर्थन या प्रतिवाद? कौन जाने!

अलका को लगा, अवस्था की मूठ को शायद वह कसकर पकड़ सकी। इसलिए वैसे ही उद्विग्न गले से बोली, "वही सोच रही हूँ। 'बाई कार' गये हैं न सब। लौटते समय गाड़ी ख़राब हुई या और कुछ हो गया..." स्वर को अलका ने और नीचे उतारा, "कलेजे में क्या जो हो रहा है! आजकल तो रात-दिन दुर्घटनाएँ हो रही हैं!"

आग की लौ और एक बार दमक उठी, "वैसा यदि हुआ हो, तो मैं कहूँगा, तुम लोगों के भगवान मर गये। अब तक तो मैं अपने भगवान से प्रार्थना कर रहा था कि एक्सिडेण्ट ही हो। ऐसा हो कि तुम्हारी उस नाचनेवाली लड़की के दोनों पैर सदा के लिए लँगड़े हो जाएँ।"

जब अलका यह सोच रही थी कि परिस्थिति क़ब्ज़े में आ रही है, तब ऐसी बात! इतना अपमान तो बरदाश्त नहीं किया जा सकता?

वह बदस्तूर तुनक उठी।

झुँझलाकर बोली, "क्या कहा?"

"जो कहा, उसे फिर से दुहरा रहा हूँ। प्रार्थना करता हूँ, तुम्हारी लड़की टाँगें तुड़ाकर घर लौटे।"

अलका तीव्र से तीव्रतर हो गयी। "उतना भी ढँक-ढुँककर क्यों, कहो कि अब घर ही नहीं लौटे। गाड़ी से पिस ही जाए। ग़ज़ब का प्राण है। आख़िर बाप हो न तुम!"

"वही तो! उसी को अस्वीकार करने का उपाय ढूँढ़ नहीं पा रहा हूँ। काश, पा जाता।"

"ओः! ऐसा! कहने में शर्म नहीं आती? घर की एक और लड़की को भी तो देखा। लड़की तेज दिखाकर बाप की नाक के सामने से घर से चली गयी, नहीं लौटी, लेकिन कोई निन्दा नहीं हुई। सारा दोष मेरी बेटी का।"

"निन्दा नहीं हुई, कौन कह रहा है? तुम ही तो निन्दा कर रही हो। लेकिन

यह तुम भी जानती हो, मैं भी जानता हूँ, वह लड़की पाताल की सीढ़ी पर पाँव नहीं बढ़ाने की।''

''रुको भी! स्त्री अकेली बाज़ार में घूमती फिरे तो कौन उसे स्वर्ग की सीढ़ी पर चढ़ाने आएगा?...मैं कहती हूँ...''

अलका क्या कहती, पता नहीं। अचानक सत्यभामा आ पहुँची। बोल उठी, ''ख़ूब रंज हो रहे हो न बाबूजी? जानती हूँ, होगे। उनका क्या बताऊँ बाबूजी, लाख कहा, 'मगर दिन-भर के इतना कुछ के बाद सेकेण्ड शो सिनेमा! बाबूजी, घर में घुसने नहीं देंगे।' मगर कौन सुने? लड़कियाँ कितनी पाजी हैं, जानते हो? कहती क्या हैं, 'हम शायद किसी घर की लड़की नहीं हैं? हमारे माँ-बाप नहीं हैं?' फिर भी सिनेमा समाप्त होने के पहले ही मैं शीला को साथ लेकर चल दी। सबने जा मज़ाक़ बनाया! बाबूजी, बोल नहीं रहे हो? बा...बू...जी...''

बाप के गले से लटक गयी सत्यभामा, ''मैं मित्रों के सामने माथा झुकाकर पहले चली आयी, इसलिए कि तुम नाराज़ होगे और तुम मुँह तुम्बा किये बैठे हो। बाबूजी, हँसोगे नहीं तो मैं बुरी तरह रो दूँगी!''

बाप को नर्म न किये तक वह निश्चित ही नहीं रुकने की।

चौबीस

नमिता के जीवन में नाटक नहीं था, वह एक दीनहीन परिचय लिये बड़ा साधारण जीवन जी रही थी—उसकी प्राप्ति का घर शून्य था! इसीलिए नमिता में प्रतिवाद उठ आया था, वह प्रतिवाद दिन-दिन प्रबल हो उठा था। इसीलिए नमिता ने एक आकस्मिक नाटकीय मोड़ लेकर अपने जीवन को ही नाटक कर डाला। लेकिन बहुत प्राप्ति का गौरव लिये आलोकोज्ज्वल मंच में ही जो घूमा-फिरा करते हैं, उनमें भी प्रतिवाद क्यों उठता है?

पारुल के छोटे बेटे शोभन की बहू रेखा के पति ने तो सम्पत्ति का टैक्स देने में कोई क़सर नहीं रखी? फिर भी वह अपनी सम्पत्ति को क़ब्ज़े में नहीं रख पा रहा है। दस साल के विवाहित जीवन के बाद रेखा ने एकाएक आविष्कार कर लिया, ''धोखे से भरे इस दाम्पत्य जीवन को ढोते रहने का कोई अर्थ नहीं!''

लेकिन आज तक सबने देखा और जाना है कि उनका जीवन बिलकुल भरा-पूरा है। वहाँ फाँक ही कहाँ और फाँकी ही कहाँ है?

ऊपरवाला मुक्त संसार, सुखी परिवार, वशंवद स्वामी, हुक्म के बन्दे नौकर, अगाध प्राचुर्य, अबाध स्वाधीनता, तसवीर जैसा मकान, साहबों के घरों जैसा ड्राइंगरूम, फूलों से भरा बगीचा, फूलों-से बाल बच्चे, अनुरक्त पड़ोसी, पद-मर्यादा से समृद्ध स्वामी के अनुगत नीचे के कर्मचारी—मुख़्तसर में जिस किसी भी स्त्री के लिए ईर्ष्या का केन्द्र—इस जीवन से मण्डित रेखा नाम की महिला तो बिलकुल पादप्रदीप के सामने विराज रही है अब तक—जगमगाती मूर्ति जैसी। रेखा के चलने-बोलने, आचार-आचरण में, आँखों की चितवन में, होठों की बाँकी रेखा में जगमगाहट की वह छटा फूटती रही है—हठात् यह क्या?

उसका जीवन-भार क्या तो दुर्वह हो उठा है! जिस पति से चिन्ता-भावना, इच्छा-वासना, रुचि-पसन्द में उसका कहीं मेल नहीं, वैसे स्वामी के साथ रहना उसके लिए असम्भव हो उठा है!

बेटे के हारे हुए परेशान मुँह की ओर स्थिर आँखों से ताककर पारुल ने धीरे-से कहा, "तू मज़ाक़ तो नहीं कर रहा है शोभन?"

"वह होता तो मेरे लिए ज़रूर अच्छा ही होता," शोभन ने धीरे-से कहा, "लेकिन अचानक तुमसे ऐसा मज़ाक़ करने क्यों आता मैं? बच्चे को तुम्हारे पास रखने आया, बच्ची को उसने नहीं छोड़ा। वह बाप-मरे बेटी जैसी मामा के यहाँ पले!"

पारुल भीतर ही भीतर काँप उठी। बोली, "यानी तुझे दोनों को ही छोड़कर रहना होगा!"

"और उपाय क्या है?"

"रह सकेगा?"

पारुल पूछ बैठी, पर पूछते ही लज्जित हुई। वास्तव में 'नहीं सकने' शब्द का कोई अर्थ है? आदमी क्या नहीं कर सकता?

शोभन ने वही प्रश्न किया, "इस 'नहीं सकने' शब्द का कोई अर्थ है माँ?"

"ठीक ही तो। किन्तु..." कुछ दुविधा से रुककर आख़िर मन के ज़ोर से बोल उठी, "तो तुम लोगों का अलगाव पक्का हो गया है शोभन?"

बेपरवा पारुल के लिए भी 'तलाक़' शब्द मुँह में अटक गया। सन्तान का टूटा हुआ चेहरा बड़ी अजीब चीज़ है।

शोभन एक अजीब हँसी हँसकर बोला, "पक्का? नहीं, कचहरी तक अभी नहीं

पहुँचा है। अभी ही कचहरी जाने में असुविधा है। बड़ा हंगामा है उसमें। सब तो तुम जानती ही हो। धीरे-धीरे सीढ़ी उतरना सुविधाजनक है। तीन साल तक अलग रह पाने पर विच्छेद सहज ही होगा। कोर्ट को एतराज़ करने का रास्ता नहीं रहेगा।''

जब तक साँस, तब तक आस।

पारुल ने फिर भी मन ही मन राहत की साँस ली। शायद अलग रहने के अवकाश में एक-दूसरे का अभाव अनुभव करके ये ग़लती को समझें, शायद नित्य साहचर्य की वितृष्णा धुल जाने से नये आग्रह का अनुभव करें। शायद ये दोनों बच्चे ही एक दारुण समस्या खड़ी करके इनकी समस्या को सहज कर दें।

बच्चे को छोड़कर रह सकेगी रेखा? जो रेखा अपनी वासना की मुट्ठी में सदा सारे परिवेश को ही कसकर दबाये रखना चाहती रही है, जो रेखा अपने सिवाय और किसी को कभी देख नहीं सकी! बच्चे के लिए जी कैसा करेगा कि वह प्रबल हो उठेगी, स्रोत को अपने अनुकूल कर लेगी।

शोभन?

वह तब शायद कृतार्थ होकर सोचे, ''जी गया बाबा!''

इतनी आशा है कि अभी सारी सम्भावनाओं की जड़ पर एकबारगी चोट नहीं पड़ी।

कहानी की एक किताब देकर शोभन के लड़के को गंगा के किनारे वाले बरामदे पर बिठा आयी है, इसलिए बात करने में असुविधा नहीं हो रही थी।

बेटे के आगे चाय की प्याली बढ़ाकर पारुल ने कहा, ''मगर तुम लोगों में रुचि का अमेल कब हुआ? अपने को गला-पिघलाकर एक साँचे में ढाल तो लिया था?''

पारुल ज़रा हलकी ही हुई। जानकर ही।

माँ के मुँह की ओर ताककर शोभन बोला, ''तुम्हें वैसा ही लगता था?''

''मुझे ही क्यों बेटे, सबको लगता था।''

''सबकी छोड़ो, अपनी ही कहो।''

''मुझे ही क्यों न लगे? कुछ देखा तो किया। तुझे खोजकर कहीं पाया नहीं।''

शोभन ज़रा हँसकर बोला, ''तुम-जैसी स्त्री ने भी जिसे खोजकर कहीं नहीं पाया, उस सूक्ष्म गम्भीर चीज़ को तुम्हारी बहू ने ठीक ही ढूँढ़ निकाला माँ! और ढूँढ़ निकालकर ही बिगड़ उठी।''

शोभन ने चाय के प्याले पर ध्यान दिया।

पारुल ने धीरे-से कहा, ''किन्तु तुम लोगों को अपने मन का द्वन्द्व ही बड़ा हुआ? बच्चों की नहीं सोचोगे?''

"यह बात हमारे आगे क्यों सोच रही हो माँ? मैंने कोशिश में तो कमी नहीं की।"

"ठीक है, इनकी माँ से ही वह बात हुई। पर, तेरी मजाल नहीं हुई मैनेज करने की?"

"कहाँ हुई?"

शोभन ने फिर कहा, "हर कुछ की आख़िर कोई हद भी तो है माँ। मैनेज करने की भी है।"

"तो अभी यह रहा कि तू अपनी नौकरी पर चला जा रहा है, वह अपने मैके रहेगी और लड़का यहाँ, लड़की वहाँ रहेगी। मतलब कि भाई-बहन के सुख का जो संग होता है, बेचारे उससे भी वंचित रहेंगे! लड़की तो ग़नीमत है कि माँ को पा रही है, लड़के को वह भी नसीब नहीं।"

शोभन ज़रा हलके गले से बोल उठा, "वह बाप की माँ को पा रहा है!"

"तू रुक तो!" पारुल प्रायः डाँटकर बोली, "फ़िज़ूल की बात रहने दे। बाप की जिस माँ को बेचारे ने जनम से आँखों नहीं देखा, उसे पाकर तो वह एकबारगी कृतार्थ हो जाएगा! सच, मैं तो उसकी ओर ताक ही नहीं पा रही हूँ। बुड्ढी-बुड्ढे माँ-बाप ने अपने हृदय की समस्या को इतना जटिल कर दिया कि यह भी नहीं सोच रहे हैं कि उनका सिर झुक गया! अब तक के आनन्द, उमंग, गौरव के जीवन से एकाएक मानो तुम लोगों ने उन्हें एक दारुण लज्जा, दुःख और असम्मान के जीवन में ढकेल दिया। होश भी है, इस संसार में उनका परिचय-पत्र कितना मलिन-विवर्ण हो गया? अपने माँ-बाप को जीवन में वे कभी क्षमा कर सकेंगे?"

"कर सकें, जभी अवाक् होऊँगा। नहीं कर सकेंगे।"

"ग्लानि का वह बोझ उनके जीवन को भारी नहीं कर देगा?"

स्वभावतया पारुल कभी उत्तेजित नहीं होती, अभी वह उत्तेजित दीखी।

शोभन ने टूटे हुए गले से कहा, "जानता हूँ, कर देगा। असहनीय कर देगा। मगर मैं क्या करूँ, कहो? यह तो नहीं कि ये युक्तियाँ बतायी नहीं?"

"परन्तु तुम्हारी अनबन हुई कब? किस सूत्र से?"

पारुल मानो इसे हलका करके बेटे के मन के भार को लघु कर देना चाहती हो। जैसे, दो अबोध लड़की-लड़का लड़-झगड़कर अपना नुक़सान किये ले रहे हैं, पारुल उन्हें सँभाल देगी।

शोभन शायद माँ के इस मनोभाव को समझ रहा है, शायद नहीं भी समझ रहा; सोचता है, माँ मामले की गम्भीरता को समझ नहीं रही है।

इसलिए वह सीधे माँ की ओर ताककर स्पष्ट स्वर से बोला, "अनबन? हर बात में। सदा। फिर भी अनवरत चेष्टा करता आया। अन्त तक हार गया। वह

कहती है, 'मैंने कभी चेष्टा नहीं की।' "

पारुल के एक निःश्वास निकला। गहरा, गाढ़ा निःश्वास। उसने खिड़की से बाहर निगाहें डालीं, देखा शोभन का लड़का कहानी की किताब को समेटकर रख करके गंगा की ओर ताकता हुआ चुप बैठा है। पारुल बेटे की ओर देखकर बोली, "हार मान गया?"

"हाँ। बना नहीं!"

पारुल दूसरे प्रसंग पर आयी।

बोली, "तेरा लड़का तो वो है, बाप के लड़कों की नाईं विलायती स्कूल में पढ़ता था। यहाँ उसकी क्या दशा होगी?"

"अभी जिस दशा पर पहुँचा है, उसी से सामंजस्य करना होगा। दादी के हाथ की रसोई खाएगा और बँगला स्कूल में पढ़ेगा।"

पारुल का स्वर कुछ कठोर हो गया, "मतलब यह हुआ कि जिस काल को तुम लोग 'वह युग' कहकर नाक सिकोड़ा करते थे—उस काल से डग-भर भी आगे नहीं बढ़े हो। तुम लोग भी उस युग की भाँति बाल-बच्चों को 'अपने सामान' के अलावा कुछ नहीं सोचते। या कि तुम्हारे खिलौने हैं। उस युग में भी तो यही था? कौन उनकी ओर देखता था? वे गोया अपनी शौक़-साध मिटाने के उपकरण मात्र हैं। अपनी सुविधा-असुविधा के अनुसार ही उनकी व्यवस्था है न? परन्तु इस युग में तुम लोगों ने तो बड़ी-बड़ी बोलियाँ सीखी हैं, उनके लिए बहुत व्यवस्था, बहुत-बहुत आयोजन हैं, पर दृष्टिकोण कहाँ बदला? सन्तान के लिए स्वार्थत्याग की ज़रूरत है, अपनी ज़िद और अहंकार छोड़ने की ज़रूरत है, आज के तुम माँ-बाप तो यह नहीं सोचते? उनके जीवन का साँचा तुम्हारी सुविधा का अनुपात है। अब तक तो तुम लोग उन बच्चों को अपनी पद-मर्यादा और ऐश्वर्य के मापदण्ड से—खाने-पीने, पढ़ने-खेलने, प्रत्येक मामले में साहब बनाकर पाल रहे थे, अभी अपनी इच्छा-वासना के साँचे में ढालकर उनके लिए दादी के हाथ के झोल-भात और बग़ल में बस्ता दबाये पाठशाला जाने का हुक्म दे रहे हो, फिर कहीं अचानक ख़याल हो आए तो हो सकता है सर घुटाकर ब्रह्मचर्य आश्रम में भेज दोगे या एकबारगी पासा पलटकर नोकदार जूते और ड्रेनपाइप पैण्ट पहनाकर सीधे अमरीका भेज देना चाहोगे! यह नहीं देखोगे कि उनके भी एक मन है, यह भी नहीं सोच देखोगे कि उस मन में माँ-बाप के लिए क्या संचित हो रहा है?"

शोभन ने एक गहरा निःश्वास छोड़ा।

शोभन ने कहा, "यह मत सोचो माँ, कि मैंने यह सब नहीं सोचा या रेखा को समझाने की कोशिश नहीं की। पर किसी भी तरह न समझे, तो क्या करूँ? फिर तो बच्चों को भी उसी के हाथों सौंप बिलकुल दिवालिया बन जाना पड़े!"

पारुल का मन पीड़ा से टनूटन् कर उठा। अपनी बात पर उसे लज्जा हो आयी। सच ही तो, नितान्त निरुपाय होकर ही तो वह माँ के पास दौड़ आया है! यहाँ तो उसने अहमिका को बड़ा नहीं किया।

सो पारुल ने हवा को हलका करने की चेष्टा की। बोल उठी, "लेकिन बहू की ऐसी काठ-ज़िद ही क्यों है, यह तो बता। इस उम्र में तू और किसी की बीवी के प्रेम में तो नहीं पड़ गया है?"

शोभन ने हठात् माथा झुका लिया, फिर बोला, "श्रद्धा नाम की भी एक वस्तु होती है। वह इसे भी बर्दाश्त नहीं कर सकती।"

पारुल अपलक आँखों से बेटे को देखने लगी। उसे मानो एकाएक रहस्य का दरवाज़ा मिल गया। लेकिन वह इसे कह नहीं बैठी। बोली, "वह भी कोई विरोध की वस्तु है?"

"कहा तो, सिर्फ़ यही नहीं, पग-पग पर भेद; यह जीवन उसे असह्य हो उठा है। मैं संकीर्ण चित्त हूँ, वह उदार है; मैं ग्राम्य हूँ, वह आधुनिक। मैं ईश्वर पर विश्वास करता हूँ, उसकी राय में यह कुसंस्कार है।"

दूसरे दिन रात को पारुल अपना लेटर पैड लेकर बैठी।

शोभन लड़के को रखकर चला गया, क्योंकि छुट्टी नहीं थी। वह लड़का पारुल की चौकी के पास दूसरी एक पतली चौकी पर लेटा है। मसहरी के अन्दर यह समझ में नहीं आ रहा है कि वह सोया है या जग रहा है। खुली खिड़की से गंगा की हवा आकर मसहरी को हिला रही है। लेकिन सदा तो हवा रहेगी नहीं, उमस के दिन आएँगे, तब क्या होगा उसका? जिसे जनम से बिजली के पंखे की हवा की आदत है! पारुल के मुफ़स्सिल के इस मकान में उसकी व्यवस्था तो नहीं!

वही क्यों, बहुत-बहुत चीज़ें ही तो नहीं, जिसका वह आदी है! प्रतिपल उसका मन विद्रोही नहीं हो उठेगा? या अपने को हतभागा-बेचारा समझकर हीनमन्यता का शिकार नहीं हो जाएगा?

"—मुझे लगता है, वही होगा," पारुल ने लिखा, "ऐसे मृदु और दबे स्वभाव के बच्चे वैसे ही होते हैं। दुनिया के प्रायः सभी समाज में है ऐसे हतभागों का दल। हमारे समाज में भी आया। प्रतिरोध का उपाय नहीं। लेकिन बकुल, हम लोगों ने स्त्रियों की इसी स्वाधीनता का सपना देखा था? हम लोगों ने, हमारी माँ-नानी ने? तू तो कहानी-उपन्यास लिखती है, कितने जीवन गढ़ती है, मेरी अभिज्ञता वास्तविक मनुष्य की है, इसीलिए सोच-सोचकर आजकल मानो बल नहीं पा रही हूँ। व्यक्ति-स्वतन्त्रता और स्त्रियों के अधिकार की प्रतिष्ठा के बदले इस युग ने इस देश

में भी क्या एक हतभाग्य जाति की सृष्टि की, जिस दुश्चिन्ता से आज संसार की सभी सभ्य जातियाँ परेशान हैं! जो अभागे शिशुकाल और बाल्यकाल में अपने जीवन के परम आश्रय को गँवाकर क्षमाहीन निष्ठुरता से कठिन हो उठेंगे, उच्छृंखल, स्वेच्छाचारी, समाजद्रोही होंगे या एक हीनमन्यता से पीड़ित हो जीवन का आनन्द खो बैठेंगे, उत्साह खो बैठेंगे, विश्वास खो बैठेंगे!

''विश्वास खोने जैसा भयंकर और क्या है? कई दिन पहले भी यह लड़का नहीं जानता था कि मेरा राजकुमार का यह पद पर प्रतिष्ठित है, मेरा राज-पाट अबूहुसैन की तरह एक फूँक में उड़ जाएगा, आज हठात् ही इस अवस्था में पड़कर वह दुनिया पर ही विश्वास न रख सके, तो उसे दोष कैसे दूँ?

''अवस्था का विपाक ईश्वर की मार भी लाता हैं, परन्तु उसमें दुःख रहता है, पीड़ा रहती है, एक क़िस्म की लज्जा भी रहती हैं, परन्तु अपमान नहीं रहता, ग्लानि नहीं रहती।

''वह जब सोचेगा, उसकी इस दुर्दशा का ज़िम्मेदार उसके माँ-बाप हैं, जिनकी छाया में अब तक नितान्त निश्चिन्त होकर वह रह रहा था, तो उसका भीतर किस ज्वाला से जलेगा, ज़रा सोच देख।

''बकुल, तुझे याद है, जिस दिन हिन्दू विवाह में विच्छेद का क़ानून पास हुआ, उस दिन मैंने मज़ाक़ करते हुए आक्षेप किया था, 'अहा, यह अगर हमारी माँ के अमल में हुआ होता, तो वह भद्र महिला तमाम ज़िन्दगी वैसी आग में जल-जलकर नहीं मरतीं।' था तो मज़ाक़ ही, लेकिन उस आक्षेप में कहीं थोड़ा-सा सत्य भी नहीं था? आज लग रहा है, हमारी माँ के जीवन में ऐसा सुयोग आता तो हमारी क्या दशा होती?

''शोभन के चले जाने के बाद से उस लड़के के मुँह की ओर ताक नहीं पा रही हूँ। सुना, छोटी बहन को जान के समान प्यार करता था, उसे भी उससे अलग कर दिया, कैसी निष्ठुरता! मुझे अपना लड़का ही हृदयहीन पिशाच-सा लग रहा हैं।

''मगर कारण क्या? सिर्फ़ ज़िद, अहमिका।

''सिर्फ़ रुचि में भेद, मत का अमेल। यानी मिलकर रह सकने की अक्षमता। परन्तु मतभेद के कारणों को सुनो, तो लगेगा सब मज़ाक़ है।

''एक ने चाहा, जीवन-यात्रा प्रणाली बिलकुल पाश्चात्यधर्मी हो; दूसरे ने चाहा, प्रणाली पाश्चात्यधर्मी हो चाहे, पर उसमें प्राच्य का कुछ आभास रहे। बच्चे साहब हों, हर्ज नहीं, मगर वे यह न भूल जाएँ कि असल में वे बंगाली हैं।

''सो एक कहता है, 'यह खिचड़ी नहीं चल सकती, जो भी होगा, एक ही क़िस्म का होगा।' दूसरे का कहना है, 'जन्मसूत्र को तो नहीं टाला जा सकता, वह तो बदलने की चीज़ नहीं, इसलिए।'

''अन्त तक विरोध संघर्ष तक पहुँचा।

''एक हिसाब से दोष मेरे बेटे का ही है।

''बिल्ली को पहली ही रात काटना चाहिए।

''शुरू में आत्ममहिमा या उदारता दिखाने में अथवा निहायत मोहाच्छन्न वश्यता से बिल्ली को तुमने खेलने दिया, अब एकाएक 'उसने पत्तल में मुँह लगाया' कहकर तलवार से काटना चाहो तो कैसे होगा?

''प्यार की वश्यता और है, निरुपाय की भूमिका में अन्ध आत्मसमर्पण और। आज के पुरुष इस विभेद की सीमारेखा खींचने में अक्षम हैं, इसीलिए जीवन में अनिष्ट को बुला लेते हैं।

''लगता है, समाज का चक्का अचानक ही आमूल घूम गया है। जहाँ ज़रा-सा हिलने से काम होता, वहाँ एकबारगी उलट जाना आँखों को कैसा तो धक्का मारता है।

''नहीं जानती, मेरे बड़े बेटे की गिरस्ती में भी यह लहर लगेगी या नहीं। वहाँ भी तो बेमेलपन की ही खेती है। और, बच्चों के लिए ही। मोहन का कहना है, 'बच्चों से भूल-चूक हो, तो उन्हें समझाकर, शिक्षा देकर सुधारना चाहिए,' उसकी बीवी के अनुसार पीट-पाटकर दुरुस्त करना ही एकमात्र उपाय है। इस विषय में वह हमारी दादी-परदादी से एकमत है। असल में यह 'ग्राम्यता' एक चरित्रगत व्यापार है। शहरी जीवन का परिवेश पाने से ही वह निश्चिह्न नहीं हो जाता।

''किन्तु यह भी देखती हूँ, मोहन ने यदि बच्चे को ज़रा डाँटा, तो बीवी का ऐसा कलेजा फट जाता है कि तुरत बच्चे को माथे से उठाकर उसे दिखाती हुई दुलारने बैठ जाती है। माँ-बाप के इस द्वन्द्वयुद्ध से उन्हें ख़ासा मज़ा आता है।

''विरोध पग-पग पर। एक की राय में उनके खाने के लिए ज़ुल्म करना पीड़न ही है, दूसरे के मुताबिक़ हरदम दुनिया के सारे पुष्टिकर खाद्य को उनके छोटे-से पेट में चालान करने के फेरे में सदा ज़ुल्म करना ही माता का कर्तव्य है।

''दूसरी ओर, मोहन चाहता है, उसके मातहत कर्मचारी दफ़्तर में ही रहें, 'बॉस' के घर आकर उनकी पत्नी को भाभी कहकर नौकरगिरी न करें, पर मोहन की स्त्री चाहती है, उसके पति के अधीन लोग सभी आकर उसके पैरों पड़ें। 'बॉस' की बीवी मरने को कहे तो मरें, जीने को कहे तो जीएँ।

''मोहन का कहना है, जो भी करो, हिसाब से। बाढ़-पीड़ित कल्याण-कोष में मोटी रक़म देना चाहती हो, दो। नारा लगाकर रास्ते में उतर पड़ने या अभिनय करने के लिए मंच पर जाने की क्या ज़रूरत?

''मोहन यदि कहता है, रात दस बजे तक बाहर अड्डा जमाना अति है, तो बीवी महिला समिति के काम के बहाने दूसरे दिन रात के बारह बजे लौटती है।

"इसपर भी मोहन की स्त्री अपने बन्दी जीवन को धिक्कार देती है। यह केवल मेरे ही घर की नहीं, घर-घर की बात है। घड़े से भूत को बाहर करने से यही दशा होती है।

"या, वह भूत निकल ही पड़ता, इस युग के हतभागे लोग उसी को लोगों की नज़रों से छिपाने के लिए वशंवद पति की भूमिका निबाहते चलते हैं, तब तक, जब तक कि कण्ठ तक न पहुँच जाए।

"एक युग के पाप का प्रायश्चित्त दूसरा युग करता है, यही सम्भवतः इतिहास का नियम है। किन्तु इतिहास जब प्रियजनों पर आवर्तित होता है, तो निर्लिप्त की भूमिका में रहना कठिन होता है। सोचा था, इसमें पटु हो गयी हूँ। देखती हूँ, धारणा दमदार नहीं है।"

सँझली दी की चिट्ठी को पाते ही बकुल कभी जहाँ-तहाँ खड़ी होकर नहीं पढ़ती। लेकिन आज पढ़ रही थी, लेटरबक्स से ज़रा हटकर। उसे लगा, चिट्ठी कोई अच्छी ख़बर ले आयी होगी। शायद खोलते ही देखेगी, "मुँहजली लड़की अचानक ही आ पहुँची रे बकुल! देखकर जी जुड़ा गया। इसीलिए फ़ौरन चिट्ठी लिखने बैठ गयी।"

ऐसा ही सोचकर झट उस पर नज़र फेरते ही बकुल माटी से सट गयी। यह कैसी ख़बर! यह किस तरह की बात!

बकुल नीचे की बैठक में ही बैठ पड़ी। चिट्ठी को फिर से उलटकर शुरू से पढ़ने लगी। थोड़ा-सा पढ़कर फिर मोड़कर रख दिया।

याद आया, विवाह-विच्छेद का बिल जिस दिन पास हुआ, सँझली दी ने ऐसा लिखा था। लिखा था, "हमारी माँ के जीते जी यह क़ानून पास हुआ होता रे बकुल! भद्र महिला शायद..." लेकिन प्रयोजन जहाँ तीव्र होता है, क़ानून की सुविधा क्या वहाँ तक पहुँचती है? यह सुयोग जो है, उसका अप-व्यवहार में ही ज़्यादा व्यवहार होता है। नहीं तो शोभन की स्त्री...

चिन्ता में बाधा पड़ी। बाहर सहसा शोरगुल सुनाई पड़ा। एक साथ बहुत-से कण्ठों का कलरव, हलचल, जाने किसे पुकार रहे हैं।

पास के खुले दरवाज़े से ताककर बकुल ने देखा, लड़के-लड़कियों से भरी एक ट्रक इसी घर के सामने रुकी। सबके हाथ में एक रंगीन रूमाल, उसी रूमाल को हाथ में उठाकर किसे पुकार रहे थे।

बकुल समझ नहीं सकी, कौन हैं वे।

और उनकी साज-सज्जा ही ऐसी अरुचिकर क्यों है? लड़कों ने टाइट ट्राउज़र पर बहुत रंगोंवाली कलरदार गंजी पहन रखी है, वह भी ऐसी सख्त कि सोचकर हैरानी होती है, उसमें सर डालकर शरीर में घुमाया कैसे है! और लड़कियाँ? बकुल को आँखें बन्द कर लेने की इच्छा हुई। कई इंचों के जो ब्लाउज़ उन्होंने पहने हैं,

उनका हाथ और गला इतना ज़्यादा कटा हुआ है कि मन में यह प्रश्न उठ खड़ा होता है, ये कई इंच कपड़े भी क्यों ख़र्च किये? साड़ी पहनना क्या इन्होंने सीखा नहीं है? नहीं तो ऐसी अजब ढीली क्यों? साड़ी कमर से काफ़ी कुछ खिसक आयी है और अन्दर का साया दिखाई दे रहा है। आँचल का जो थोड़ा-सा हिस्सा कन्धे पर रहना चाहिए, वह कन्धे से उतरकर हाथ पर आ गया है। बाल रूखे, बिखरे हुए। कलाई छूछी। दो-एक के कानों में इतनी बड़ी-बड़ी बालियाँ छूछी कलाई से भद्दी और बेमेल लगती हैं।

हाथ से यों रूमाल उड़ाने की उल्लसित भंगी से ही शायद उनके वेश-वास ऐसे असंवृत—लगता है, वह स्वल्पावृत शरीर अभी-अभी पूरा अनावृत हो जाएगा।

बाल उनके? जीवन में तेल तो ख़ैर कभी पड़ा ही नहीं, कंघी भी नहीं।

कौन हैं ये?

इनका ढंग ही इतना भद्दा क्यों? देखने में तो सब भले घर के ही लग रहे हैं। भले घर के लड़के-लड़कियाँ ऐसी कुत्सित अंगभंगी के द्वारा उल्लास प्रकट करते हैं? यह चीत्कार! गीदड़ जैसी एक 'हू' ध्वनि दे-देकर पूरे रास्ते को पल में सचकित कर दिया उन्होंने।

उद्देश्य यही हो शायद।

उनके पार्श्ववलय में जो हैं, उन्हें चौंकाना, उनका ध्यान खींचना। यही पद्धति है उनकी नज़र में आने की।

लगामविहीन ऐसी उल्लास-ध्वनि तो केवल खेल के मैदान में ही मिलती है और बरवाटी पूजा के विसर्जन के धूप-नृत्य में!

लेकिन इस घर के दरवाज़े पर क्यों रुके वे? किसे पुकार रहे हैं?

उनकी पोशाक, भावभंगी से यह भी नहीं लगता कि किसी राजनीतिक पार्टी के हैं—निहायत ही हुल्लड़बाज़ों की टोली। कहीं जा रहे हैं जुटकर। यहाँ से किसी को बुला ले जाने के लिए आये हैं।

लेकिन इस जमात में इस घर का कौन जाएगा? तो क्या...

सोचना नहीं पड़ा ज़्यादा, जिसको चीख़-पुकार कर बुला रहे थे, वह साज-सज्जा समाप्त करके उतर आयी। इसी कमरे से निकलेगी। हाथ के बैग को लोकते हुए आ गयी। और...

बकुल को देखकर ज़रा ठिठककर बोली, "आप यहाँ बैठी हैं?"

अपूर्व की लड़की।

बकुल ने प्रायः विह्वल होकर ही अपनी नतनी को देखा। इस बाने में उन असभ्य लड़कों के साथ हुल्लड़ करने जा रही है अपूर्व की बेटी!

इस लड़की का बहुत इतिहास है, बहुत-सी घटनाएँ बकुल जानती है। फिर भी

आंखों के सामने देखकर और उनके संगियों को देखकर मानो एक अशुचि स्पर्श की अनुभूति से सिमट गयी बकुल।

ब्लाउज़ के गले और पीठ की काट को इतना उतारकर सत्यभामा ने उसे बदन से अटका कैसे रखा है! साड़ी को नाभि के इतना नीचे कैसे पहना है? नाख़ून इतने लम्बे कैसे हो गये? उसने क्या खुद ही समझ लिया है कि उसकी उस देह के सिवाय और कोई सम्बल, और कोई सम्पद् नहीं है? इसलिए उस देह को ही–

कितना अश्लील! कितना अरुचिकर!

इतने पर भी उसकी बात का जवाब देना पड़ा, क्योंकि वह इस घर की है। अपूर्व की लड़की है वह।

बकुल ने कहा, ''वे लोग तुझे ही बुलाने आये हैं?''

''हाँ तो...'' कृत्रिम गले से अबंगाली जैसे बांग्ला उच्चारण से बोल उठी सत्यभामा, ''पिकनिक में जा रहे हैं हम लोग।''

''यही संगी-साथी हैं?''

''तो?''

''कहाँ है पिकनिक?''

''क्या जानें।'' अपूर्व की बेटी ने अपने प्रायः आधा इंच 'फॉल्स' नाख़ूनवाले दोनों हाथों को एक अपूर्व अदा से उलटकर कहा, ''जहाँ जी चाहेगा। अच्छा, टा-टा।''

एक लीलायित छन्द से कमर हिलाकर सामने की दो सीढ़ियाँ टपककर निकल गयी वह।

और ट्रक में एक प्रचण्ड उल्लास रोर जैसे फट पड़ा–आ गयी, आ गयी।

नोकदार दाढ़ीवाले एक छोकरे ने हाथ के रूमाल को हवा में उड़ाकर धुन में शुरू कर दिया–''आ गयी विपिन सुधा, वात की दवा अब न पियो!''

बकुल मानो एकटक देख रही है।

वह क्या मुँह फेर लिया जा सकता है, यह भूल गयी?

सो बकुल ने टुकुर-टुकुर ताककर देखा, ट्रक से टप्प से एक लड़का उतरा और प्रबोधचन्द्र की परपोती को दोनों हाथों से ऊपर उठा लिया, ट्रक के ऊपर से दो लड़कों ने झुककर सँभालकर उसे उठा लिया ट्रक पर।

गाड़ी झरझराकर चल पड़ी।

सामूहिक स्वर में अँगरेज़ी गीत की एक कड़ी सुनाई पड़ी।

बकुल वह सुर देर तक सुनती रही।

बकुल उस सुर से एकबारगी आच्छन्न हो गयी? इसलिए बुत बनी बैठी रही?

कभी बकुल की माँ ने विधाता के आगे सर ठोंककर इस अभागे देश की औरतों के लिए बन्धन-ग्रस्त जीवन की मुक्ति माँगी थी। माँगी उनकी माँ ने भी थी। उस प्रार्थना का वरदान क्या यह रूप लेकर आया है?

उन लोगों ने यही मुक्ति माँगी थी?

अपने ही घर की लड़की के इस स्वच्छन्द विहार के विकास को स्वर्ग से देखकर पुलकित हो रही हैं वे?

बकुल ज़रा देर पहले भी सोच रही थी—वे कौन हैं? किस समाज से निकले हैं?

अब अपने प्रश्न का उत्तर पा गयी बकुल। वे सब प्रबोधचन्द्र के ही समाज से निकले हैं। शायद प्रबोधचन्द्र के भैया सुबोधचन्द्र की जो परपोती साइकिल से भारत-भ्रमण को निकली है, वह भी ऐसी प्रगतिशील है, उसने भी शायद मान लिया है, असभ्यता सभ्यता की चरम सीमा है, मान लिया है कि उच्छृंखला ही मुक्ति का रूप है, मान लिया है, सब-कुछ को तोड़ना ही प्रगति है।

सुवर्णलता! तुम्हारी रुलाई से उद्भ्रान्त होकर ही क्रूर विधाता तुम्हारे कुटिल व्यंग्य का एक उपढौकन तैयार कर रहे थे या अकेले तुम्हारे लिए नहीं, तुम्हारे देश के लिए?

बड़ी देर के बाद बकुल अपने कमरे में ऊपर गयी और उसी क्षण उसकी आच्छन्नता कट गयी, सहज चिन्ता लौट आयी।

यही समाज के सबकुछ नहीं।

ये पिकनिक-पार्टीवाले!

बकुल ने पारुल की चिट्ठी को खोलकर फिर से उस पर आँखें फैला दीं।

पच्चीस

शम्पा नाम की वह लड़की क्या सचमुच ही खो गयी? समाज से, संसार से, प्रकाश के जगत् से?

प्रकाश का जगत् शायद यही हिसाब देगा, लेकिन शम्पा का हिसाब तो सदा सृष्टि से बाहर है, इसलिए उसके हिसाब से वह एक उज्ज्वल आलोक के जगत् में रह रही है।

कम-से-कम अभी उसके मुँह पर अन्धकार का नाम भी नहीं, गरचे परिवेश देखें तो उसके माँ-बाप या परिचित जगत् मूर्च्छित ही गिर पड़ सकता है।

माणिकतल्ला के एक मटकोठे के जैसे-तैसे बाँस बत्ती के बरामदे में वह एक पैकिंग लकड़ी के स्टूल पर बैठी है और सामने जीर्ण कैनवास की एक कुरसी पर सत्यवान नाम का वह आदमी। हिसाब के अनुसार कहा जा सकता है, उसके जीवन का शनि या राहु।

सत्यवान ने स्वयं भी अपने को यहीं आख्या दी है। उसने सदा ही कहा, "मैं ही तुम्हारा शनि, राहु, केतु हूँ। किस कुसाइत में जो मुझसे मुलाक़ात हुई थी तुम्हारी!"

अभी भी वही कह रहा था। एक और आदमी सीढ़ी से बरामदे में आया। सत्यवान से कुछ बड़ा लगता है। शकल बदनसीब जैसी, अधमैला कुरता-पाजामा पहनावे में, तेल के अभाव में बाल रूखे।

उसके हाथ में दो-तीन ठोंगे।

ठोंगों को रखते हुए बोला, "उफ़्, इतनी देर हो गयी! रास्ते में हर समय तो मेले की भीड़!"

शम्पा बोल उठी, "ख़ैर, तुम आ गये वंशी दा, जी गयी मैं। यह अहसान फ़रामोश मुझे गरदनिया देकर प्रायः निकाले ही दे रहा था। और देरी होती, तो तुम मुझे देख ही नहीं पाते।"

एक ठोंगे से निकालकर सन्तरा छीलते हुए वंशी ने कहा, "लेकिन ऐसा दुर्व्यवहार करने का कारण?"

"कारण वही पुराना। किस बुरी साइत में भेंट हुई थी! पहले तो फिर भी कहता था, वही 'मेरे जीवन का शनि है,' अब उलटा गा रहा है। कहता है, 'मैं ही उसके जीवन का शनि हूँ। मुझसे मुलाक़ात होने के बाद से उसका सुख-चैन गया, स्फूर्ति गयी, अन्त तक दोनों पाँव भी गये!' "

छीले सन्तरे की सटी हुई फाँकों को छिलके पर रखकर सत्यवान की ओर बढ़ाते

हुए वंशी ने कहा, "ले, खा।" उसके बाद ज़रा हँसकर बोला, "जम्बो की क्या धारणा है, तूने ही गुण्डों से बम फेंकवाकर उसके पैर उड़वा दिये हैं?"

"नहीं, उसका ख़याल है, मेरा ग्रह-नक्षत्र ही गुण्डा होकर धावा करके उसे गिराकर रहा!"

"ग्रह-नक्षत्र, यह फिर क्या बला है रे शम्पा?"

"वह एक भयंकर चीज़ है वंशी दा! इस दुनिया में जो कुछ भी होता है, सब शायद उन्हीं के निर्देश से। हिमालय पहाड़ से लेकर तिनका तक—सब उनके अधीन हैं।"

"फिर तो कोई बला ही नहीं।" वंशी ने कहा, "यह मर-मसाला ले जा, रसोई बना ले।"

"वंशी दा...", सत्यवान प्रायः चीत्कार कर उठा, "तुम उसे उसके घर पहुँचा आओगे या नहीं?"

"मैं पहुँचा आऊँ? यह नाबालिग़ है क्या?"

"उससे भी अधम। यों बुद्धू की तरह मत बोलो वंशी दा। वह मेरे माथे पर मानो पर्वत-सी सवार है!"

"ओः, देखते हो वंशी दा, इसी को कहते हैं अकृतज्ञ संसार।"

शम्पा ठोंगों को सँवारकर देखते-देखते बोली, "फिर गाजर क्यों ले आये वंशी दा? यह गँवई गाजर का शोरबा नहीं पीना चाहता।"

सत्यवान ने उत्तेजित भाव से कहा, "यों चलाये चलने से मैं अब कुछ भी नहीं खाऊँगा वंशी दा। यह जीवन मुझे असह्य हो उठा है। मुझे तुम लोग निश्चिन्त होकर मरने दो।"

"शान्ति से मरने दूँ?"

शम्पा सँवरकर बैठकर पाँव डुलाते हुए बोली, "देख रहे हो वंशी दा, बाबू कैसी तुच्छ चीज़ माँग रहे हैं! शान्ति से मरना! बड़ा सस्ता है, न? मैं पूछती हूँ, तुमने मुझे शान्ति से मारने दिया?"

"मैंने तुमसे कहा था, गुप्तचर की तरह मेरे पीछे पड़कर अशान्ति से मरने को और मुझे अशान्ति से मारने को?"

वंशी हँस उठा, "कौन किसको क्या कहता है जम्बो? इस दुनिया में कह-सुनकर कौन किससे क्या करा सकता है, कहो? जिसके कन्धे जो चढ़े, जो जिसके कन्धे चढ़े। जो महीयसी प्रेतिन तेरी गरदन पर सवार हो गयी है, क्या सोचता है, वह मरने के बाद भी तुझे छोड़ेगी? शायद हो कि सात जनम तक तेरे पीछे धावा करती फिरेगी।"

"वंशी दा, मुझे तुमने प्रेतिन कहा?"

"अहा, ध्यान दे, उससे पहले एक ऊँचा विशेषण जोड़ा है।"

"वह तो और भद्दा है।"

सामने के स्टूल पर एक घूँसा जमाकर सत्यवान बोल उठा, "जिसका सारा ही भद्दा है, उसके किस स्थान को अच्छा कहोगी? यही समझो, तुम एक प्रतिष्ठित घर की लड़की हो, तुम अपने ऊँचे वंश के मुँह में कालिख-चूना पोतकर माँ-बाप की हेठी करके घर से भागकर मुझ जैसे एक निकम्मे-अभागे के साथ-साथ घूम रही हो, इसमें कहाँ पर अच्छा है, सुनूँ ज़रा?"

शम्पा ने उसे बीच में टोका नहीं, वह सिर्फ़ कौतुक से ताकती रही थी, अब हँसकर बोल उठी, "देख रहे हो वंशी दा, मेरी हवा लग-लगकर जम्बो बाबू के भाषाज्ञान की कितनी उन्नति हुई है? ग़ौर किया? 'प्रतिष्ठित', ऊँचा वंश, और भी जाने एक क्या! नः, तुम्हें मेरी कैपेसिटी माननी ही पड़ेगी, वंशी दा।"

वंशी ने स्नेह से कहा, "छोरे को हर समय ऐसे तंग क्यों करती है शम्पू?"

"वही! वही!" सत्यवान बिगड़-बिगड़कर बोला, "उसका नाम है उसका प्यार।"

"ख़ैर, इतने दिनों में तुमने मेरे स्वरूप को पहचाना?" शम्पा ने और भी ज़ोर-ज़ोर से पाँव हिलाते हुए कहा, "तो फिर नाहक़ विद्रोह की कोशिश न करो।"

"शम्पा!" सत्यवान ने हताश गले से कहा, "सच ही मैं शान्ति से मरना चाहता हूँ।"

"अजी, जो-जो चाहे, वही मिल जाए, फिर तो धरती स्वर्ग हो जाए जनाब! मैंने तो एक चौपाया जीव चाहा था, भाग्यक्रम से पाया भी था, लेकिन वह दो ही पद का हो रहा! चार में से दो गये। सोचो ज़रा।"

वंशी ने हँसकर कहा, "भई, यह झगड़ा ताज़िन्दगी नहीं मिटने का। तुम लोग लड़ते रहो बैठे-बैठे, मैं तेरे बरतन माँजने का पानी ला दूँ।"

सत्यवान ऊँचे गले से बोल उठा, "क्यों? पानी ही भरकर क्यों ला दिया जाएगा? बस्ती की उन औरतों की तरह चापाकल में जाकर झगड़ते हुए बरतन क्यों नहीं माँजतीं?"

शम्पा ने अम्लान गले से कहा, "उस झगड़ने का मश्क़ कहाँ कर पा रही हूँ! तुमसे ही कलह करते-करते..."

उसकी ओर ताककर सत्यवान ने गम्भीर गले से कहा, "मैं सच कह रहा हूँ शम्पा, तुम्हारा यह आत्मत्याग...नहीं-नहीं...आत्महत्या, मुझे मानो बाँधकर मार रही है।"

शम्पा ने ताली पीटकर कहा, "अच्छा! दो शब्द और बढ़े। 'आत्मत्याग', 'आत्महत्या'। नः, कुछ ही दिनों में मैं तुम्हें एक अभिधान बना सकूँगी। वंशी दा,

अरे ओ वंशी दा, ज़रा सुन जाओ।''

सत्यवान फिर नहीं बोला।

स्टूल पर ही हाथ रखकर सिर झुकाये बैठा रहा।

शम्पा ने कुछ क्षण ताककर देखा।

वह आदमी एक खँडहर-सा लगा। तो क्या शम्पा विफल होगी? ऐसा भी हो सकता है कभी? इसे बचाना ही होगा, नहीं तो शम्पा के बचने का क्या उपाय है?

उसके आवेग को दब जाने देने के लिए समय देने को शम्पा चुपचाप आकाश की ओर ताकती रही। और अचानक ही एक सूझ से उसे अनोखे ही एक कौतुक का स्वाद मिला। मटकोठे के बाँसघिरे बरामदे पर बैठकर भी तो आसमान का रंग एक ही जैसा नीला दीखता है।

सोचते ही बुआ के कमरे के सामने की छत पर के बरामदे पर खड़ी हो गयी शम्पा। जिस पर बहुत दिनों से खड़ी नहीं हुई, जिसे वह सहज ही पास नहीं आने देती, आना चाहने पर हाथ से ठेलकर हटा दिया है।

छत के सामने बरामदे के ऊपर का आसमान भी नीला। उस हलके नील की ओर ताकते हुए शम्पा को एक परिचित गले की आवाज़ सुनाई दी, ''शम्पा! तू अब तक कहाँ थी रे? हम तुझे ढूँढ़ते-ढूँढ़ते...''

उस गले की अधिकारिणी को दोनों हाथों से लपेटकर शम्पा ने कहा, ''मैं खो गयी थी बुआ!''

बुआ खींचकर उसे अपने उस सुन्दर-से कमरे में ले गयी। कुरसी पर बिठाकर बोली, ''तू अपने खो जाने की कहानी कह! खोकर कहाँ जा पहुँची थी?''

शम्पा ने दोनों हथेली को उलटकर कहा, ''होनोलुलू भी नहीं, कामस्काटका भी नहीं, बस, अपने में ही खो मरी, खो बैठी हूँ। इससे मुझे ढूँढ़कर नहीं ला सकोगी।''

बुआ ने धीरे-से कहा, ''लेकिन तेरी माँ, तेरे बाप?''

शम्पा ने सिर झुकाकर कहा, ''बुआ, तुम लोग तो सावित्री की कहानी कहती हो, बिहुला की कहानी कहती हो, उसके माँ-बाप की तो नहीं कहतीं?''

''फिर भी तुझे, पाषाण, सोचने को जी नहीं करता है रे शम्पा!''

शम्पा ने धीरे-से कहा, ''मैं उनके सामने जाकर खड़ी हूँगी बुआ, माथा नवाकर आशीर्वाद माँगूँगी। कहूँगी, बाबूजी, पति के साथ हज़ारों दुःख का वरण करना, यह तो इसी देश की कहानी है। सावित्री, दमयन्ती, शैव्या, सीता, द्रौपदी—इनकी कहानियाँ बचपन में तुम लोगों ने ही तो सुनायी हैं, उनकी किताबें ख़रीदकर दी हैं। मेरा सिर्फ़ चेहरा आधुनिक है, मेरी सिर्फ़ बातचीत इस युग की है, मेरी सिर्फ़ गतिभंगी वर्तमान की है। और क्या फ़र्क़ है बताओ?''

बुआ ने धीरे-से पूछा, ''शादी क्या हो चुकी शम्पा?''

शम्पा ने मुँह उठाकर हँसते हुए कहा, "अनुष्ठान कुछ नहीं हुआ है, यह तो तुम समझ ही रही हो बुआ, लेकिन क़ानूनी लिखा-पढ़ी। वह किये बिना उपाय क्या? तुम्हारी 'ब्याह से बड़ी' चीज़ का दावा तो दुनिया में नहीं टिकता। यह लिखा-पढ़ीवाली क़ागज़ पास में नहीं रहने से यह संसार चैन लेने देगा? मटकोठे के सुख पर भी पुलिस को पीछे ला देगा। इसीलिए अस्पताल में ही यह कर्म करके उसे वहाँ से लाकर सुख-स्वच्छन्दता से हूँ अपने अधिकार के बल से। लेकिन तुमसे पहले वही जो कहा था—'हतभागा'। हतभागा ही है! अभी भी कहता क्या है, 'मेरे जीवन का कोई मतलब नहीं। एक पूरे आदमी से एक आधे आदमी का।'—ओ, तुम्हें तो पूरा मालूम भी नहीं है, उसके दोस्तों के दल के किसी एक परम बन्धु ने बम मारकर उसके दोनों पाँव उड़ा दिये हैं—बाक़ी जीवन उसे चक्कागाड़ी पर चढ़कर घूमते हुए बिताना होगा—सो वह यही कहता है, 'एक पूरे आदमी से आधे आदमी का ब्याह क़ानूनसम्मत नहीं। और, मैं उस समय ज्ञानशून्य रोगी था, लिहाज़ा मुझे छोड़कर खिसक पड़ो'।" बुआ के बदन पर माथा रखकर अपने को पसारकर बोली, "वह गँवार कहता क्या है, 'तुम्हारी मौजूदगी मुझे असह्य है।' बांग्ला अच्छी सीख ली है, समझी। कहता है, 'मुझे शान्ति से मरने दो।' मुझ जैसी भगवती को मुट्ठी में पाकर भी नहीं ले रहा, कहता है, 'चल दो तुम। शान्ति से मरने दो मुझे।' वह महज़ हतभागा ही नहीं, दर्दमारा है।"

उसके बाद बुआ और भी बोली।

कहा, "सँझली बुआ को तो ख़बर दे सकती थी!"

शम्पा अपराधी-जैसे गले से बोली, "हाँ, सच ही यह उचित था। मैं कहूँ क्या बुआ, माथे में माथा नहीं था। बम तो उसके पाँवों पर ही नहीं, मेरे माथे पर गिरा था। होश-हवास नहीं था। पागल-सी होकर उसे कैसे बचाऊँ, केवल इसी चिन्ता में—ग़नीमत कि वंशी दा मिल गये, इसी से वह सम्भव हुआ।"

बुआ ने कहा, "वंशी दा कौन?"

शम्पा ने गहरी आँखों से बुआ को देखा, आहिस्ता से बोली, "वंशी दा कौन है, यह कहकर नहीं समझाया जा सकेगा बुआ, कुछ भी कहना न होगा। देखकर समझोगी। तुम तो एक ही नज़र में समझ लोगी। हाँ, उसे तो लाना ही होगा। तुम लोगों से जब आशीर्वाद लेने आऊँगी, अकेले मुझसे होगा? वंशी दा उससे कहता है, 'तेरे दोस्त लोग तेरे पैर न उड़ाकर अगर सर को उड़ा देते तो अच्छा था। माथे में गोबर के सिवाय तो कुछ है नहीं। वह रहा तो क्या और न रहा तो क्या।' समझ लो कैसा मज़ेदार आदमी है।"

शम्पा ही-ही हँस उठी।

चौंककर सत्यवान ने सिर उठाकर ताका, "क्या हो गया, अचानक हँस उठी?"

शिथिल भंगिमा को त्यागकर शम्पा सीधी होकर बैठी। कहा, "पागल तो ऐसा ही करते हैं। कोई केवल हँसता है, कोई केवल रोता है।"

सत्यवान उस एक टुकड़े आकाश की ओर देखकर शान्त गले से बोला, "यों ही कोई नहीं रो रहा है।"

शम्पा ने उसकी ओर ताकते हुए कहा, "वंशी दा ग़लत कहता है? कहता है, पाँव के बदले सर जाने से कम नुक़सान होता। उसमें गोबर के सिवाय तो कुछ नहीं है। देखती हूँ, गोबर सूखकर मज़े के उपले हो गये हैं। बोलते ही समझ लेते हो। पर, मैं तो यों ही के सिवाय कारण कुछ नहीं देखती।"

सत्यवान ने हताश स्वर में कहा, "अच्छा, तुम क्या सहज करके बोलना ही नहीं जानती हो? या नहीं बोलोगी, यह प्रतिज्ञा है?"

शम्पा ने धीमे हँसकर कहा, "जानते हो, बुआ भी ठीक यही कहा करती थी! मैं जवाब देती थी, 'यदि ख़ूब सहज और साधारण बात ही बोलती, तो अच्छा लगता तुम्हें?' वही जवाब तुम्हें भी दे रही हूँ। नहीं जवाब नहीं, सवाल। अब दो इसका जवाब!"

सत्यवान ने धीमे से सिर हिलाया।

"नहीं दे सकूँगा।"

"नहीं दे सके न? बुआ देती थी। कहती थी, दुर्, पागल हुई है!"

छब्बीस

एक अनामी पत्रिका के पन्ने उलट रही थीं अनामिका देवी। यह पत्रिका कभी उनकी नज़रों में नहीं आयी, नाम भी नहीं सुना कभी और पत्रिका की शकल-सूरत देखकर न देखने, न सुनने के नुक़सान का बोध नहीं हो रहा।

फिर भी ध्यान से ही देख रही थीं।

क्योंकि इसे उनके एक हितैषी मित्र ने अपने पैसे से ख़रीदकर भेज दिया था।

ऐसी एक वाहियात-सी पत्रिका यों एकाएक ख़रीदकर भेज देने का मतलब पहले वह नहीं समझ सकीं। जिन अध्यापक बन्धु ने भेजा था, उन्हें 'साहित्य रोग' है, ऐसा सोचने का कोई कारण कभी नहीं आया। लिहाज़ा यह नहीं सोचा कि "शायद उनकी

कोई रचना छपी हो...''

तो?

जिस लड़के के हाथ भेजा था, अनामिका ने उससे पूछा था, ''कुछ कहा है? या कोई चिट्ठी-विट्ठी?''

उसने विनयपूर्वक कहा, ''जी नहीं।'' उसके बाद आभूमि प्रणाम करके चला गया।

पत्रिका को खोलकर देखा, मित्र को जो कहना था, उन्होंने पत्रिका में ही लिख दिया है। सूचीपत्र वाले पृष्ठ के ऊपर लाल स्याही से लिखा था, ''23 पृष्ठ पर दूसरे कॉलम को देखें। कैसी ढिठाई है।''

अनामिका ने मुसकराकर पृष्ठ उलटा।

अनामिका देवी के भक्त पाठक बहुत हैं, हितैषी बन्धु भी बहुत हैं। वे बीच-बीच में ऐसा काम किया करते हैं। उनकी रचना पर कहीं कोई समालोचना देखने पर या तो टेलीफ़ोन से सूचित कर देते हैं या वह पत्रिका ही भेज देते हैं। कहीं वह आलोचना उनकी नज़रों से न गुजरे या वैसा ध्यान न दें—उनकी यह व्याकुल प्रचेष्टा इसलिए।

अवश्य यह नहीं कि सभी आलोचना उन्हें व्याकुल ही करती है। आलोचना में अनामिका-साहित्य की निन्दा या तुच्छ कर देने की चेष्टा देखकर ही उनका बन्धु-हृदय व्याकुल हो जाता है।

बंगाल के बाहर रहनेवाले बन्धु भी बहुत बार डाक ख़र्च करके बन्धु का यह कर्तव्य करते हैं। यह इच्छा महत् ही है, सन्देह नहीं। अनामिका को कौन क्या कह रहा है, उनकी रचना के बारे में किसकी क्या धारणा है, यह अनामिका को जानना ज़रूरी तो है। नहीं तो भूल-सुधार की चेष्टा कैसे होगी?

अनामिका का दृष्टिकोण अवश्य (बन्धु कर्तव्य के बारे में) भिन्न है। अपने किसी बन्धु की विरोधी आलोचना देखने पर वह ईश्वर से प्रार्थना करती हैं, अहा, यह जिसमें उनकी नज़र में न आए। सभा मंच पर यह प्रसंग आने पर झूठ का सहारा लेकर कहती हैं, ''कहाँ, देखी तो नहीं, पढ़ी तो नहीं! जानती हैं, पत्रिकाएँ घर में आयीं कि घूमने चली जाती हैं!''

ख़ैर, सबका दृष्टिकोण समान तो नहीं होता।

पत्रिका का नाम था 'भस्मलोचन'।

नाम की मौलिकता है।

अनामिका ने देखा, किसी छद्मनामी समालोचक ने ख़ासा उष्ण होकर लिखा है—''जो लोग तीस-चालीस साल से बांग्ला-साहित्य की हाट की माटी दाँत से पकड़े हुए हैं, सम्पादकों को उनका बायकाट करना चाहिए। उनके इस लोभ और निर्लज्जता

को प्रश्रय देनेवाले सम्पादकों से मेरा निवेदन है, तथाकथित प्रतिष्ठित लेखकों के नाम के मोह को त्यागकर वे साहित्य में नये चेहरे लाएँ। प्रतिष्ठा के अहंकार से वे लेखक कैसी रविश चीज़ें परोस रहे हैं, सम्पादकों से उनके अनुधावन करने का अनुरोध करता हूँ।

" 'रेणुमर्मर' के ताजे अंक में श्रीमती अनामिका देवी की जो छोटी कहानी छपी है, वह क्या है? उसका कोई सिर-पैर है? कोई युक्ति है? नायक ने वैसा अजीब आचरण क्यों किया, उसका कोई मतलब है? जो जी चाहे चलाने का अधिकार मिल जाने से क्या उस अधिकार का दुरुपयोग करना चाहिए? पहले अनामिका देवी की रचना में जो सूक्ष्म विश्लेषण, जो मननशीलता मिलती थी, आज उसका चिह्न भी नहीं।

"बात असल यह है, तेल चुक जाने के पहले ही बत्ती को बुझा देने की शिक्षा इन्हें नहीं मिली।" अनामिका देवी आदि कुछ वर्तमान नामी लेखकों का नाम लेकर भले आदमी ने कहा है, "कभी पाठकों ने इन्हें अपनाया था, उस समय ये यथेष्ट यश-ख्याति और अर्थ अर्जन कर रहे थे। आज इनका यश बुझ गया, ख्याति लुप्त हो गयी, फिर भी उस अन्तिम वस्तु का लोभ ही उन्हें घाटी अगोरे पड़े न रहकर महफिल से विदा लेने का सबक़ नहीं सिखाता। उन्हीं लोगों के कारण तरुणों के लिए सुयोग का द्वार बन्द है, द्वार पर उन्हीं लोगों की भीड़ है।"

भाषा ज्वालामयी है, सन्देह नहीं।

और ताज़ा ख़ून है, सन्देह नहीं।

अनामिका देवी ने मुसकराकर पत्रिका को हटा दिया। उस छद्मनाम लेखक के प्रति मन ही मन बोलीं, "अजी साहब, तीस-चालीस साल पहले साहित्य की हाट में जब ये लेखक आ खड़े हुए थे, तो पहले के प्रतिष्ठितों ने क्या विवेकताड़ित होकर या समयताड़ित होकर इनके लिए आसन छोड़कर विदाई ली थी? क्या यह कहा था, 'आओ वत्स, यह छत्र-मुकुट लो, अब से दिन तुम्हारे हैं!' "

धीरे-धीरे हँसी खो गयी।

सोचा, लेकिन इस अभियोग के मूल में सत्य नहीं है? सचमुच ही क्या पहले की तरह समय दे पा रही हैं वह? समय के ही कल्याण से तो रचना की मननशीलता, कुशल निपुणता, सूक्ष्मता, चारुता आती है? दौड़-भाग में क्या निर्दोष शिल्पकर्म सम्भव है?

अपनी आज की रचनाओं में वह ख़ुद ही तो ग़ौर कर रही हैं, बड़ी तेज़ चाल की छाप है। रचना भेज देने पर लगता, कुछ और माँजने की ज़रूरत थी शायद।

लेकिन उसके लिए समय कौन देता है?

असंख्य पत्र-पत्रिकाएँ हैं, फिर भी रोज़ नयी पत्रिका का जन्म होता जा रहा

है। आज के तरुणों की मुख्य 'हॉबी' पत्रिका निकालना है।—जैसे-तैसे एक पत्रिका निकालो। और आश्चर्य है, सबकी दृष्टि तेल चुक गये उन अभागे प्रतिष्ठितों पर ही होती है। उनकी उम्मीद पूरी न हो तो वे दुःखी होते हैं, क्षुब्ध होते हैं, क्रुद्ध होते हैं, अपमानित होते हैं।

लिहाज़ा, जो भी हो, कुछ दो।

इसी, 'जो भी हो' की माँग पूरी करते-करते कलम भी चालाक हो जाना चाहती है—और यह असंगत भी नहीं, सबके किये एक ही क्लान्ति है।

और फिर...

कलम को मेज़ पर ठोकते-ठोकते सोचती रहीं अनामिका देवी, आज के युग में हम कैसी एक विराट् आँधी के साथ नहीं दौड़ रहे हैं? हमारे कर्म-मर्म जीवन में, जीवन-यात्रा में, हमारे विश्वास और मूलबोध में : राष्ट्र-चेतना, समाज-व्यवस्था, शिक्षा-संस्कार—सबमें हरदम आँधी का धक्का नहीं लग रहा है? हम प्रतिपल आशान्वित और आशाहत हो रहे हैं। सोने का दाम देकर सोना हाथ में लेकर देखते हैं तो राँगा है! अभिभूत दृष्टि पसारकर देवता की ओर देखते-देखते सहसा दिखाई पड़ता है कि देवता के पाँव कीचड़ में धँसे हैं।

आँखें चौंधियानेवाली आँधी की धूल में उत्क्षिप्त विभ्रान्त मन लेकर दौड़ते हुए पहले की आदर्श-मननशीलता कहाँ बैठकर रची जाएगी?

आज के पाठक का मन भी तो द्रुतगामी है।

फिर भी अपने पक्ष की युक्ति को अनामिका देवी ने तरह नहीं देना चाहा। पीड़ा के साथ उन्होंने स्वीकार किया कि रचना में पहले की तरह प्यार का मन नहीं दे पा रही हैं। जो प्यार का मन अनेक बाधा, अनेक प्रतिबन्धकता, अनेक दुःख को पार करके उनके आत्मप्रकाश की साधना को ढोकर ले जाता था।

तो क्या सचमुच ही लेखनी बन्द करने का समय आ गया? छद्मनामी के छद्मवेश में आ रहा है विधाता का अमोघ निर्देश? बचपन में खेल-खेल में क़दम उठा लेने पर भी कहीं, किसी जगह अंगीकार पालन का एक दाय था शायद, कोई वक्तव्य था—उस अंगीकार का पालन वह कर सकीं? पाठक हृदय तक उस वक्तव्य को पहुँचा सकीं?

या कि वह सब भण्डार के बन्द सन्दूक़ के भीतर पड़ा है और अनामिका केवल आपात की बिसात सजाकर जनप्रियता की पैठ में ख़रीद-बिक्री की झोली को ख़ाली कर रही हैं?

वक्तव्य क्या केवल पूँजी में ही रहता है?

दिन-दिन जमता नहीं जाता है?

आपात की बिसात में उसे सजाया नहीं जाता?

जब शम्पा थी, वह बीच-बीच में कहा करती थी, "तुम दादी-परदादी के क़िस्से छोड़कर हम लोगों पर कहानी लिखो तो! केवल हम लोगों पर। हम लोग, जो इस क्षण पृथ्वी पर चलते फिरते रहे हैं। अपनी चिन्ता-भावना लिये जिसे कहते हैं उद्वेलित हो रहे हैं, अपनी भयंकर-भयंकर उत्कट ज्वाला लिये तड़प रहे हैं।"

अनामिका ने हँसकर कहा था, "बाप रे, तुम लोगों को मैं चीन्हती हूँ?"

शम्पा ने पाँव हिला-हिलाकर कहा था, "चीन्हना होगा। टालने से नहीं चलेगा।"

शम्पा की याद आते ही एक निःश्वास निकला।

कब से तो चली गयी है वह!

अनामिका को कहने का मौक़ा नहीं मिला, "तो इस युग के परम प्रतीक तुझ पर ही हाथ माँजूँ, आ।"

उस दिन एक आलोचना-सभा में आधुनिक साहित्य पर आलोचना करते हुए प्रायः अप्रासंगिक रूप से ही एक उद्धत तरुण सभानेत्री को लक्ष्य कर बोल उठा, "आज के युग पर आप लिखने की चेष्टा न करें मौसीजी। यह आपका इलाक़ा नहीं। आज के लड़की-लड़के बारूद के बोरे हैं, समझीं। वे असभ्य हैं, बिलल्ले हैं, लेकिन मिलावटवाले नहीं। वे सत् हैं, खाँटी हैं।"

अनामिका ने सोचा था, मैं यहीं से युग को पहचनाना शुरू करूँ? या कि असभ्यता, अभव्यता, औद्धत्य, बिल्लापन, भी आँखें चौंधानेवाला नक़ली हैं? जिसमें उनकी अपनी आँखें भी चौंधिया गयी हैं?

उस जवान ने और भी कहा, "आप जानती हैं, हम आज के तरुण किस भाषा में बोलते हैं? वह आप लोगों की रंगीन चिड़िया के सुनहले पंखवाली सुसभ्य भाषा नहीं। पोशाक-पालिश रहित नग्न भाषा है, समझीं? इस सम्बन्ध में क्या धारणा है आपकी? हमारे बीच में आकर बैठी हैं कभी?"

सभानेत्री ने हँसकर कहा था, "लेखकों के और भी एक आँख होती है, जानते हो न? लिहाज़ा तुम्हारे अड्डे पर जाकर बैठे बिना भी एक धारणा सम्भवतः है। परन्तु तुम लोगों का यह पोशाक रहित लिखना अपने वश का शायद नहीं।"

"फिर ?" उसने विजय गर्व से कहा, "जभी कह रहा हूँ, वह आपका इलाक़ा नहीं। समझे-बूझे बिना बारूद में हाथ मत डालिए।"

यह लोग सभानेत्री को बुलाकर ले गये थे, गले में फूल की माला भी दी। सो, हँसना ही पड़ा। हँसना पड़ा 'अमृतं बालभासितं' की नीति से।

फिर भी प्रश्न उठता है मन में।

क्या यही सब हैं?

इन्हीं से युग का विचार होगा?

शम्पा पर कभी-कभी बड़ा गुस्सा आता है। उस दिन भी आया था। वह होती

तो बुलाकर कहतीं, "अजी, बारूद के बोरे का तुम भी तो एक नमूना हो? अब यह तो बताओ इस बारूद का उपयोग तुम लोग आत्मरक्षा के लिए करोगे या आत्महनन के लिए?"

वह कहाँ बैठी क्या कर रही है, क्या जानें।

सोचते-सोचते फिर अपनी ओर ताका।

नः, शायद सच ही अब क़लम को छुट्टी देने का समय आया है, सच ही शायद चुक गयी हैं वह।

सोचा, नहीं तो लिखकर अब आनन्द क्यों नहीं होता? क्यों ऐसा लगता है कि राजमिस्त्री की तरह ईंट पर ईंट जोड़ने जैसा शब्द पर शब्द चुनती चली जा रही हूँ?

कमरे की पूर्वी दीवार के एक बुककेस में अनामिका की पुस्तकों की एक-एक प्रति रखी है। यह शम्पा की ही चेष्टा से है। अवश्य आरम्भ की ओर की पुस्तकें नहीं हैं। देखकर शम्पा बिगड़ उठी थी, यह "कैसी लापरवाही? आख़िर? एक-एक प्रति भी तो रखोगी?"

अनामिका ने हँसकर कहा था, "तब तो तू पैदा नहीं हुई थी न, यह अक़्ल देनेवाला कोई था नहीं न।"

फिर भी उसकी चेष्टा से ही बहुत-सी हैं।

उन सबकी ओर अनामिका ने ताककर देखा, वज़न के हिसाब से ये भी कम नहीं। लेकिन हठात् उनके जी में आया, सब बेकार की बातों की माला पिरोना! जो अंगीकार था, उसका पालन नहीं हुआ। करने की शक्ति नहीं। जो कहना था, नहीं कहा जा सका।

फिर ज़रा हँसी आयी।

जो कर सकी, जो नहीं कर सकी—कुछ भी तो खड़ी नहीं रहेगी। यह युग द्रुत गति का युग है, इसलिए घड़ी में ही सब साफ़ किये देता है। दूसरे ही क्षण भूल जाता है।

अध्यापक साहित्यिक अमलेन्दु घटक की बात याद आयी।

वर्ग में पढ़ाते-पढ़ाते दिल के दौरे से मर गये। कितने दिनों की बात है यह? मौत के सद्यः आघात से लगा था, देश शायद ही इस क्षति को कभी सँभाल पाएगा। देश टूट पड़ा था, टूट पड़े थे देश के लोग।

कितना फूल, कितनी माला, कितनी शोक-सभा! कितना शोक-प्रस्ताव। आश्चर्य, इन्हीं कै वर्षों में देश अमलेन्दु घटक का नाम तक भूल गया।

स्मृति-रक्षा समिति? वह मानो नींद की दवा खाकर सो गयी। किन्तु अपनी

सृष्टि के बारे में घटक को कैसा गहरा मूल्यबोध था। उनके मन में अमरत्व का सपना था।

अमलेन्दु घटक को ही यदि लोग तीन सौ पैंसठ दिन में भूल गये, तो अनामिका को दो भी दिन याद रखने की ग़रज किसे पड़ी है?

एक सहकर्मी का वियोग एक बहुत बड़ी शिक्षा है। उससे अपने भविष्य को जाना जाता है। इसमें शिकायत की कोई बात नहीं, धूल का लगान तो धूल को ही देना पड़ता है।

सभी बातों में शम्पा की बात कैसे जो मन में आ जाती है! सब चिन्ता में उसका चेहरा!

जी में आया, ख़ूब चिल्लाकर, जिससे शम्पा जहाँ है वहाँ उसके कानों में पहुँचे, ऐसे ज़ोर से चिल्लाकर कहें, "तुम्हारे युग का मैं और कुछ जानूँ न जानूँ, यह जान गयी कि तुम लोगों का यह युग बड़ा निष्ठुर है। उसके और सब परिचय से यही परिचय शायद स्पष्ट है।"

चुपचाप बैठे रहने की इच्छा होती है, पर समय कहाँ? उस 'भस्मलोचन' को ही थोड़ा-थोड़ा उलटने लगीं।

सत्ताईस

बकुल को प्रकृति में पारुल की नाईं अपने आप में डूब जाने, अलग गहराई में निमग्न हो जाने का सुख नहीं है। बकुल को इसका भी अवकाश नहीं। वर्तमान के बहाव में दौड़-दौड़कर ही जान गयी उसकी।

पारुल की बात और है।

पारुल सदा आत्ममग्न है। अब तो और भी ज़्यादा हो गयी है। उसकी आँखों के सामने गंगा की अशेष तरंगें हैं। उसका जीवन निस्तरंग है। उस तरंगहीन जीवन में औचक ही बड़ा-सा ढेला गिरने जैसी लहर शम्पा नाम की लड़की ने उठायी थी—उसे अभी भी किसी के लिए कुछ करना है, वह अभी भी किसी के काम आ सकती है, यह स्वाद ला दिया था, परन्तु वह भी तो पल में बुलबुले की तरह खो गयी।

"मुझसे अब किसी को कोई ज़रूरत नहीं।" श्मशान जैसी शान्ति लिए पारुल फिर बैठ गयी थी कि फिर एक लहर आयी उसके जीवन में।

उसका बेटा अपने बेटे को उसके पास रख गया। उसके समारोह-भरे जीवन में माँ की ज़रूरत चुक चुकी थी शहनाई थमे विध्वस्त जीवन में फिर वही ज़रूरत आयी।

पारुल ने कहा था, "वह अकेले इस बुढ़िया के पास रह सकेगा?"

बेटे ने कहा, "रहने का अभ्यास करना होगा। नहीं तो फिर बोर्डिंग का जीवन। मैं वह नहीं चाहता..."

हाँ, पारुल का बेटा अब बेटे को कॉन्वेण्ट में रखकर सभ्य तरीके से आदमी नहीं बनाना चाहता, गो कि कुछ दिन पहले तक भी उसे यह चाव था। ज़रा और बड़ा होते ही वहीं भेज देने का अरमान और इच्छा थी। अचानक ही मन फिर गया, उसका, वह अब प्राचीनकाल के आदर्श और सनातनी प्रणाली से बेटे को पालना चाहता है। इसीलिए माँ के पास ही श्रेय है। पहले दिन इसके लिए पारुल ने बेटे को डाँटा था। कहा था, "बच्ची-बच्चे क्या तेरे हाथ के बल हैं कि अपनी जब जैसी मति-गति होगी, उनकी गति भी तब वैसी ही होगी? अभी-अभी कई दिन पहले तूने उसे कहा था, 'तू साहब बन!' और आज कह रहा है 'तू सनातनी हो।' बच्चा भला यह धक्का सँभाल सकेगा?"

लड़के ने कहा था, "जीवन में इससे भी बड़ा धक्का आ सकता है माँ, समझ लो, यह उसी को सहने की शक्ति लाने की तैयारी है।"

'लेकिन इसे मेरे पास जो रख रहा है, मैं क्या तुझे ख़ूब सनातनी लगती हूँ? मैं तो सर्व संस्कार वर्जित एक काला पहाड़ हूँ।"

बेटे ने माँ के मुँह की ओर ताककर ज़रा हँस करके कहा था, "फिर भी तो खाँटी हो—मिलावट रहित काला पहाड़ ! मिलावट देखते-देखते अब थक गया हूँ माँ!"

"तो फिर रख जा उसे। लेकिन इसकी गारण्टी नहीं दे सकती कि उसे तेरे मन माफ़िक़ गढ़ सकूँगी। तू मुझे जो सोच रहा है, वास्तव में मैं वही हूँ या नहीं, मुझे स्वयं ही इस पर सन्देह है।"

"तुम्हें सन्देह हो तो रहे, मुझे नहीं है।" कहकर लड़का चला गया था।

पारुल को जैसा कभी नहीं होता, वही हुआ था। उसकी आँखों में आँसू आ गये थे। मुझे किसी ने समझा, मुझे उसी बोझे से विश्वास किया, इससे बढ़कर ख़ुशी और क्या हो सकती है? और वह स्वीकृति जब अपनी सन्तान से मिलती है, तो उससे मूल्यवान शायद और कुछ नहीं होता।

स्वयं भगवान भी इस स्वीकृति के कंगाल हैं, वह भी अपनी सन्तानों के आगे

भिक्षापात्र बढ़ाकर कहते हैं, "तू मुझे समझ, मुझे जान। मैं क्या कहूँ, एक बार इसकी उपलब्धि कर।"

फिर? आदमी किस खेत की मूली है!

मगर बेटे के इस बेटे को लेकर पारुल मुश्किल में ही है। इतना गम्भीर हो गया है वह, जैसे पत्थर हो कि काठ! कहाँ से घुसकर उसके मन को ज़रा छू पाए, समझ नहीं पाती।

क़िस्से-विस्से कहकर, अपने बचपन की कहानियाँ बनाकर, उसी के बाप के छुटपन की शरारत और ज़िद-विद की बातें बढ़ा-चढ़ाकर बता करके उसकी गम्भीरता के पाषाण-प्राचीर में ज़रा भी दरार नहीं कर पाती है पारुल।

बिलकुल हँसता ही नहीं, ऐसा नहीं है। हँसी की गप्पें सुनकर ज़रा हँसता है तुरत का शोकग्रस्त उदास आदमी नन्हे शिशु का हँसी-खेल देखकर जैसी प्राणहीन हँसी हँसता है, वैसी ही हँसी। मानो पारुल उसके लिए इतना जो कर रही है, यह समझकर कृतज्ञता की बूँद-भर कुण्ठित हँसी!

पारुल ने कहा, "तू बूढ़ा है। बिलकुल बूढ़ा। तेरा जितना ही अच्छा और शौक़ीन नाम क्यों न हो, मैं तुझे 'बूढ़ा' कहा करूँगी। यही मेरा संकल्प है।"

बूढ़ा ज़रा बूढ़ी-सी हँसी हँसकर बोला, "पुकारो न। ठीक ही तो है।"

पारुल गुस्सा दिखाती हुई बोली, "अच्छा, यह तो बता, तू ऐसी नपी-तुली हँसी हँसना कहाँ से सीख गया? हम लोगों के बचपन में ज़ोर से हँसना गुनाह था, हँसने से डाँट पड़ती थी। मगर हम हँस पड़ती थीं। मगर तूने भैया, कैसी नाप-नापकर हँसने की आदत डाली है!"

जवाब में और भी दुबली हँसी हँसकर बूढ़ा बोला, "मैं तो ख़ूब हँसता हूँ।"

ऐसी स्थिति में पारुल किस दरार से प्रवेश करे?

ऐसी सावधानी से बोलता है, मानो उसके 'अतीत' नाम की कोई चीज़ नहीं है, कुछ था नहीं। वह जैसे मात्र इस चन्दननगर की पारुल का 'बूढ़ा' है! माँ-बाप-बहन या कि अपने खो दिये जीवन की किसी बात का अल्पांश भी असावधानी से कभी उसके मुँह से नहीं निकलता।

वह गोया भुइंफोड़ हो।

कभी अनमनी-सी पारुल कह बैठती, "इस समय तू क्या खाया करता था? छुट्टी के दिन दोपहर को क्या करता था?"

बूढ़ा बोल उठता, "याद नहीं है।"

पारुल ने कहा, "बूढ़े, तेरे बाप की चिट्ठी आयी है। एक ही लिफ़ाफ़े में हम दोनों की हैं। हम भी एक ही लिफ़ाफ़े में भेजेंगे। मैं लिख चुकी, तू अपनी चिट्ठी लिख ले।"

ऐसे ही समझा-बुझाकर बोली।

फिर भी 'बूढ़े' ने अम्लान होकर कहा, "तुमने तो सब समाचार लिख ही दिये..."

"हाय राम, मैंने तो अपने बेटे को लिखा, तू अपने बाप को लिखेगा। दोनों एक ही बात हुई? ले, जल्दी से पढ़कर जवाब लिख दे। डाक का समय निकल जाएगा।"

बूढ़ा नहीं आया। उत्तर लिखना तो दूर, चिट्ठी भी नहीं पढ़ी। हाथ में ली तक नहीं। बोला, "अभी लिखने का मन नहीं हो रहा है, तुम अपनी भेज दो।"

कहा, "अभी हिसाब बना रहा हूँ, बाद में पढ़ूँगा।"

पारुल ठक्-सी ताकती रही।

पारुल को उसका पहले का चेहरा याद आया।

पहले बाप-माँ के साथ दो-एक दिन के लिए घूमने आ जाया करता था।

"बाबूजी! बाबूजी!" कहकर कितनी ज़िद करता था।

"बाबूजी, मुझे तुरत घुमाने को ले चलो। बाबूजी, मैं गंगा में नाव पर चढ़ूँगा। बाबूजी, तुमने कहा था न, तिकोना ऐरोप्लेन ख़रीद दोगे...दो।"

बाबूजी और बाबूजी!

बाप के जीवन को महानिशा कर डालता था—गले से लटककर, पीठ पर सवार होकर।

बाप यदि कहता, "गंगा में अभी ज्वार है, अभी नाव पर नहीं चढ़ते।"

वह कह बैठता, "मारकर तुम्हारी हड्डियाँ तोड़ दूँगा।"

माँ के लिए अवश्य ज़रा डर-अदब का भाव था। माँ को ऐसा कहने का साहस नहीं कर सकता। माँ कहती, "ख़ुद अपना मान नहीं रखना जानता, बच्चे को इसीलिए इतनी हिम्मत है!"

मगर माँ-अन्त प्राण भी तो था।

और उस छोटी बहन के लिए? अहा, बहन के गुणपने पर सात प्राण, बहन की बुद्धूगिरी से अह्लाद के मारे गिलपिल।

पारुल को पुकार-पुकारकर यह कहना, पारुल को याद आया।

"दादी-दादी, सुनो। यह लिलिफूल ऐसी बुद्धू है न! टाफी फेंककर काग़ज़ को ही खाने लगी!"

"दादी-दादी, लिलिफूल को बड़े होने का कैसा शौक है, देखो! अपना जूता छोड़कर बाबूजी का जूता पहनकर घूम रही है..."

उमगता हुआ स्वर।

जो दो दिन रहता था, गंगा तट के इस तरंगहीन घर को मुखर किये रहता।

वही लड़का!

वही लड़का इस घर की चुप दीवारों को दूना भारी किये दे रहा है। कोई नहीं है। कोई बात करनेवाला नहीं है। वह शान्त स्तब्धता और तरह की है। लेकिन एक आदमी है, जिसे हरदम बाँसुरी-सा बज उठना चाहिए, झरने की तरह कलकल कर उठना चाहिए, जब वह ऐसा हो जाए, तो उस स्तब्धता से दम घुट आता है।

दुनिया के क़टु अनुभव से बूढ़ा हो जानेवाले शिशु का भार कितना बड़ा भार है, पारुल पल-पल इसका अनुभव करती है। और यह अनुभव करती है कि उस स्तब्धता की आड़ में पीड़ा की कैसी आँधी बह रही है।

अभी-अभी तो वह गौरव के ऊँचे आसन पर था, हठात् उसे रिक्त, निःस्व, एक अगौरव की रूखी भूमि पर उतर आना पड़ा। वहाँ कहीं भी स्नेह नहीं, ममता नहीं, त्याग नहीं।

न, उनके लिए त्याग स्वीकार करने को कोई तैयार नहीं। वे चूर-चूर हो जाएँ, उनके ऊपरवाले अपने हृदय की समस्या को लेकर अटल रहेंगे।

पारुल ने मन ही मन कहा, ''सभी युग के लिए बलि होती है, इस युग की बलि तुम लोग ही हो। हमारे अँधेरे युग में हमारी कुसंस्कार पर बलि थी, और प्रकाश के इस युग में तुम सब सभ्यता पर बलि हो।''

पारुल ने फिर भी चेष्टा की।

आवाज़ दी, ''बूढ़े आ, ज़रा बूढ़ी के पके बाल बीन दे...''

हाथ में किताब लिये 'बूढ़ा' आ खड़ा हुआ। हरदम ही हाथ में किताब। क़िस्से-कहानी की नहीं, पाठ्य-पुस्तक।

ये कॉपी-किताब ही मानो उसकी आत्मरक्षा के हथियार हैं।

जैसे, तलवार के सामने ढाल। बुलाओ तो हर समय किताब लेकर हाज़िर।

आकर बोला, ''तुम्हारे तो पके बाल नहीं हैं...''

''हैं, हैं। अन्दर में हैं। ढूँढ़कर देख न।''

बूढ़े से निर्लिप्त भाव से कहा, ''उसे कोई देख तो नहीं पाता है।''

कहकर चला गया।

पारुल ने आवाज़ दी, ''बूढ़े, आ। एक फ़र्स्ट क्लास चीज़ बना रही हूँ, झट-पट आकर खा ले।''

बूढ़ा वहीं से बोला, ''अभी भूख नहीं है मुझे।''

''अरे बाबा, तू आ तो सही। देखते ही भूख लग जाएगी। ऐसी चीज़ है, तूने इसका नाम ही नहीं सुना है...''

बूढ़ा निरी अनिच्छुक मूर्ति-सा आ खड़ा हुआ।

बड़ा ही उत्साह दिखाकर पारुल ने कहा, ''बताओ, यह क्या है?''

सोचने की नेक भी चेष्टा न करके वह सिर हिलाकर बोला, ''नहीं जानता हूँ।''

''जानेगा कहाँ से? यह सब पुराने दिनों की चीज़ है। मेरी सास बनाया करती थीं। तेरा बाप कहा करता था, 'दादीजी, रोज़-रोज़ बकुल-पीठा क्यों नहीं बनाया करती हो?' असल में इसका नाम 'गोकुल-पीठा' है, समझा? तेरा बाप समझता नहीं था, कहता था 'बकुल-पीठा'। और इधर उसकी मौसी का, यानी मेरी बहन का नाम बकुल है न? इसलिए तेरे जो दादाजी थे, वह कहते थे, 'अरे तो 'मौसी-पीठा' ही कह न!' ''

ही-ही हँसकर पारुल ने रस से पीठा उठाकर प्लेट में दिया।

लेकिन पारुल की इतनी चेष्टा और कौतुक के आयोजन को बिलकुल व्यर्थ बनाते हुए उसने कहा, ''बाद में खाऊँगा।''

पारुल अब क्या करे?

और कर क्या सकती थी?

वह तो स्वभाव के विरुद्ध ही चेष्टा कर रही है। लेकिन जीवन में चोट खाये शिशु की निरुत्ताप निर्लिप्तता के स्पर्श से वह चेष्टा हास्यकर भाव से व्यर्थ होकर उसी के पास लौट आ रही है।

ऐसे में पारुल को उस बच्चे के आगे अपनी वाचालता पर लज्जा आती, लज्जा आती कृत्रिमता के लिए। लगता कि अब तक वह भँड़ैती कर रही थी! पर वह लड़का अपनी गहरी वेदना के बन्द कमरे का दरवाज़ा ज़रा-सा खोलेगा जिससे होकर पारुल धीरे-धीरे अन्दर जा सके? जहाँ चुप बैठी रहकर उसकी मानसिक पीड़ा का हिस्सा ले सके पारुल!

वह ऐसा नहीं करेगा।

वह अजीब ही कठिन हो गया है।

या अपने अन्दर के गहरे ज़ख़्म को वह दुनिया में किसी को नहीं दिखाना चाहता।

मन ही मन अपने बेटे के प्रति बोली पारुल, ''सोचकर तुझे सन्तोष हो रहा है कि कम-से-कम लड़के को तूने पाया, लेकिन आगे चलकर समझेगा कि उसी को तूने एकबारगी खो दिया है!''

अब अपने में डूबकर सिर्फ़ एक शान्त उपलब्धि के जगत् का स्वाद लेने का समय नहीं, अब हर समय यही है। अब पारुल मुसकराकर सोचती है, संसार में कुछ भी यों ही नहीं पाया जाता, हर कुछ की ही क़ीमत चुकानी पड़ती है। 'मेरा प्रयोजन है उन्हें' इस प्राप्ति के लिए अपने अनाहत अवकाश के गहरे स्वाद को मूल्यस्वरूप देना पड़ रहा है।

अट्ठाईस

पारुल का अवकाश गया इसलिए उसकी आत्ममग्नता का वह रोग उसकी बहन के मत्थे आ रहा क्या?

बकुल तो इस तरह सो-बैठकर अलस भाव से स्मृतिचारण नहीं करती! इतना समय ही कहाँ है उसे? वह तो कब से अनामिका देवी का अँगरखा बदन पर ओढ़कर दौड़ रही है और दौड़ रही है। पाठक समाज ने अभी भी उसे फेंक नहीं दिया है।

बकुल फिर भी जानती है, किसी दिन फेंक ही देगा। सहज ही होठ टेढ़ा करके कहेगा, ''नहीं भैया, उनका लिखा अब पढ़ा नहीं जाता। मनस्तत्त्व के तत्त्व के फेन को फेनाते रहना! गोया 'मनुष्य' नाम के जीव के पास सिर्फ़ मन ही है, रक्त-मांस का शरीर नहीं है।''

इस तरह का मन्तव्य दूसरों के बारे में सुन चुकी हैं, अतएव समझने में कोई कठिनाई नहीं कि उनके बारे में भी यह मन्तव्य रखा हुआ है। उस समय सम्पादकों के पास निमन्त्रण की जो बनी-बनायी सूची है, उसकी ख़ातिर ही कभी-कभी निमन्त्रण-पत्र आता रहेगा, सामाजिक निमन्त्रण की तरह। क्योंकि विज्ञापनदाताओं ने कुछ नाम रट रखे हैं, उन्हीं को वे अच्छा समझते हैं। आधुनिक, अति आधुनिकों के नाम दिमाग़ के मोटे उन कारबारियों के कानों में घुसने में देर होती है।

उस समय सामाजिक दाय से रचना छपने पर भी पाठक अनामिका के नामवाले फ़र्मे को उलटकर दूसरे पर नज़र डालेंगे! जो प्रकाशक अभी भी दौड़-धूप कर रहे हैं, वे छापने के लिए किताब लेकर भी डाल देंगे—उगते हुए नामवालों की पहले छापेंगे।

यह होगा ही।

यही नियति है।

यह नियति तो अपनी नज़रों के सामने ही कितनी देख रही हैं वह। लाइब्रेरी में जिनकी किताब रह नहीं पाती थीं, अब लाइब्रेरी उनकी किताब ख़रीदना नहीं चाहती। इसलिए कि नाहक़ ही पैसा क्यों फँसा रहे? 'जनप्रिय' का देवता 'जनगण' है। वे अगर मुँह फेर लें, फिर तो हो ही गया।

अनामिका के देवता अभी भी शायद विमुख नहीं हुए हैं। लेकिन विमुख होने में देर क्या लगती है? चुपचाप लेटी अनामिका उन्हीं देवताओं की सोच रही थीं।

नहीं, भाग्य के प्रति अकृतज्ञ नहीं होंगी। मामूली-सा सम्बल लेकर इस हाट में आ खड़ी हुई थीं, बदले में अगाध पाया, विश्वास नहीं किया जा सकता।

मन लबालब भर गया है। प्यार के उस दान से ही अपनी अक्षमता की ग्लानि

पुँछ जाती है। लगता है, क्या पाया, क्या नहीं पाया—इसका हिसाब लगाने की चेष्टा में दुःख को बुलाने से क्या लाभ? जो पाया है, उसके हिसाब की साध्य मुझमें नहीं।

बहुतेरे मुखड़े भीड़ लगा बैठे।

प्यार के मुखड़े।

भीड़ लगा बैठे अपने सृष्ट चरित्र भी। अब ये छाया नहीं, माया नहीं, वंचना नहीं—एक-एक जीते-जागते आदमी हैं।

अनामिका जानती हैं, वास्तव में वे अनामिका की सृष्टि नहीं। उन सबने आप ही अपनी सृष्टि की है। उनकी निजस्व सत्ता है, वे अपनी गति से चलते हैं। अनामिका ही उनकी नियन्ता हैं, यह मूल धारणा अनामिका को नहीं है।

सम्भवतः अनामिका के परिचित जगत् के किसी-किसी की छाया में वे विकसित हो उठते हैं, कलम मात्र उनका अनुकरण करके चलती है। अनामिका की भूमिका स्रष्टा की नहीं, दर्शक की है।

वह महज़ समाज को ही देखती रही हैं, ऐसी बात नहीं, अपने रचित चरित्रों की भी दर्शक हैं वह।

इसलिए पारुल के अभियोग पर असमर्थता जताते हुए चिट्ठी लिखी उन्होंने, "बकुल स्वयं आकर पकड़ाई न दे, तो बकुल की कथा लिखी नहीं जाएगी सँझली दी! वह आज भी भागी चल रही है, खोयी जा रही है। शायद हो कि कभी उसकी बातें नहीं लिखी जा सकेगी, क्योंकि वह बड़ी मुँहचोर है, बड़ी कुण्ठित है। अपने को खोलने में वह लाज से मर जाती है।"

अनामिका के भक्त पाठकों से यह अब छिपा नहीं कि अनामिका बकुल का छद्म नाम है, इसलिए अनामिका के रचित चरित्रों में वे बकुल को ढूँढ़ते रहते हैं। आग्रह से उद्भासित मुँह से पूछते हैं, "इनमें कौन बकुल है?"

अनामिका धीमे से हँसकर कहतीं, "पता नहीं भाई। मैं भी तो उस बकुल को ही खोजा करती हूँ।"

लेकिन वह क्या सिर्फ़ बकुल को ही खोजती फिरती हैं। आबाल्य की इस साधना में एक और चीज़ को क्यों नहीं ढूँढ़तीं? यह नहीं खोजा करतीं कि उनके जाने जगत् के समाज और जीवन में इतनी वेदना, इतना अविचार, इतनी निरुपायता क्यों है?

और क्या यह नहीं ढूँढ़तीं कि झकमक पन्नी में मुड़े जीवन की ओट में मरघट की क्या राख है?

फिर भी आज लगता है, शायद और भी देखने का था। दुःसह वेदना के भार से दबी दुनिया को उन्होंने जितना देखा, उतना शायद उसके प्रकाश की ओर नहीं देखा।

प्रकाश भी तो है।

है आनन्द, है विश्वास, है प्रेम, है सतता।

वे तीखी लौ से आँखें नहीं चौंधियाते, शायद इसलिए कम नज़र आते हैं।

अनामिका को उस लड़के का मुखड़ा याद आया, जो एक दिन अपनी पहली कविता छपी पत्रिका दिखाने के लिए ले आया था। उसके चेहरे पर जैसे विधाता के आशीर्वाद का आलोक हो।

ऐसे कितने ही लड़के तो आते हैं।

आज के लड़कों की मुख्य हॉबी तो साहित्य है।

ढेरों लड़के अपनी रचना को लेकर आते हैं। केवल दिखाने को ही नहीं आते हैं अवश्य। आते हैं एक अबोध आशा से। सोचते हैं, ये चाहें तो छपा दे सकती हैं।

'ये' की शक्ति का बोध नहीं है, इसीलिए ऐसा सोचते हैं। अन्त तक उन्हें सहानुभूतिहीन ही सोचते हैं। कहीं जगह नहीं मिलती है, शायद इसीलिए वे अपनी जगह आप बना लेना चाहते हैं, रोज़-रोज़ इसीलिए नयी पत्रिकाओं का जन्म होता है।

दो-एक अंक निकलकर ही यदि उनकी समाधि हो, तो हो। फिर भी तो कुछ लड़कों के चिन्तन के शिशुओं ने प्रकाश का मुँह देखा।

बंगाल में शिशु-मृत्यु की संख्या शायद घट गयी है। ये पत्रिका-शिशु शायद उस संख्या को बनाये रखने की चेष्टा कर रहे हैं। क्षीणकाय उन पत्रिकाओं को हाथ में लेकर जब वे आते हैं, उस समय उनके मुखमण्डल पर ख़ुशी की जो जोत छिटकती है, वही क्या उड़ा देने की है?

फिर भी उस एक लड़के की ज़्यादा याद आती है। लेकिन ताज्जुब है, नाम याद नहीं है। याद है चेहरा, साँवला रंग, पतला-लम्बा, बाल रूखे-सूखे, कपाल पर काफ़ी बड़ा-सा कटा हुआ दाग़ और तीखी नाकवाले चेहरे पर भी ग़ज़ब की एक कमनीयता।

उसकी कविता उन लोगों की अपनी पत्रिका में नहीं, निकली थी एक प्रसिद्ध पत्रिका में। यह असाध्य साधन उसने कैसे किया था, वही जाने। केवल रचना के बल पर यह सम्भव नहीं, यह सभी जानते हैं।

'गुण' है, यह कौन देखता है?

सो उसके भाग्य से ऐसे किसी ने देखा होगा, जिनके हाथ में उस 'गुण' को प्रकाश में ला देने की क्षमता थी। जो भी हुआ हो, उस लड़के का मुँह भुलाया नहीं जा सकता।

उसने कहा था, "जानती हैं, जीवन में यदि मेरी और एक भी रचना नहीं छपे,

तो भी मुझे कोई दुःख नहीं रहेगा!''

अनामिका ने कहा था, ''सो क्यों?''

''जी, सच ही कह रहा हूँ आपसे। मेरे पारिवारिक जीवन के बारे में आप नहीं जानतीं। वहाँ बड़ी वंचना, बहुत दुःख, बहुत अपमान है, मुझे तो भी लग रहा है, आज से सारे कष्ट सहज ही सहने की शक्ति मुझे होगी।''

बातें बेशक बड़े आवेग की थीं, फिर भी जाने क्यों, हँसी नहीं आयी, अत्यन्त आवेग जैसा भी नहीं लगा—उसमें एक दृढ़ प्रत्यय काम कर रहा हो मानो।

कविता प्रेम की ही थी, किन्तु आधुनिक रीति से तो उस प्रेम को पकड़ा-छुआ तक नहीं जा सकता। फिर भी अनामिका को लगा था, उस लड़के ने कविता के द्वारा अपना प्रेम निवेदन करना चाहा था क्या?

खेद है, नाम याद नहीं है।

नये-नये कुछ शक्तिशाली कवियों को देख रही हैं, लेकिन उनके चेहरे तो नहीं देख पातीं। कौन जाने राजटीका की तरह किसके ललाट पर वह कटा दाग़ है।

लड़कों में साहित्य की जितनी 'हॉबी' है, लड़कियों में उसकी चौथाई की चौथाई भी नहीं।

लेकिन लड़कियों में से भी कोई क्या बही का बोझा लिये नहीं आती, बही का बोझा और आशा का पात्र लेकर आती है। लेकिन अनामिका देवी ने ग़ौर करके देखा है, उनमें से कोई लड़की नहीं, वे गिरस्ती की चोट खायी गृहिणियाँ हैं, उपेक्षित बहू हैं। या तो प्रौढ़ा या फिर अधेड़।

उसके जीवन-भर के तिल-तिल संचय होती हैं वे बहियाँ।

परन्तु उन्हें यह कहने में तकलीफ़ होती है कि उन चीज़ों को प्रकाश का मुँह देखने की कभी सम्भावना नहीं। और सच तो यह—उस समय अपना-आप बड़ा स्वार्थमय लगता है।

मानो वह बहुतों का पावना दख़ल किये बैठी हैं। प्राचुर्य का आहार-पात्र सामने लिये बैठे दरिद्र के दीन अन्नपात्र पर नज़र पड़ जाने से जैसा होता है, बहुत-कुछ वैसा ही।

उस बहू की याद आ रही है—उसका नाम भी याद है। बड़ा साधारण-सा नाम—सविता। उसकी रचना भी अवश्य वैसी नहीं। सच पूछिए, तो कुछ नहीं। लेकिन उसकी धारणा थी, चूँकि रचनाएँ पाठकों की निगाह में नहीं आ पा रही हैं, इसीलिए उनकी जय-जयकार का सुयोग नहीं मिल रहा है। इसलिए जैसे भी हो—

इस मूढ़ आशा में बहू मायके गयी छिपाकर गहने बेचकर एक किताब

छपवा ली।

फिर क्या!

लांछना, गंजना, दुर-छिः का अन्त नहीं रहा।

उसके पति ने कहा था, जो औरत इतना दुस्साहस कर सकती है, वह पराये पुरुष के साथ निकल भी जा सकती है।

नतीजा यह हुआ कि उस बेचारी बहू ने जीवन-भर की प्राणों से प्यारी उन वस्तुओं को आग में डाल दिया, किताब की पाँच सौ प्रतियाँ भी झोंक दीं।

सविता का वह चेहरा याद आया।

आकर उसने कहा था, "मौसीजी, अपने हाथ से बच्चे को चिता में डाल आयी।"

अनामिका ने कहा था, "छिः, यह क्या कह रही हो, तुम बच्चे की माँ हो..."

उसने कहा था, "वह बच्चा तो मेरे अकेले का नहीं है मौसीजी। वह अपने बाप का है, अपने वंश का है, अपने परिवार का है, समाज का है। यही जो थी, एकान्त मेरी थी।"

ऐसे व्यर्थ जीवन का कितना कुछ प्रकाश में आता है।

दिन दिन के नियम से चलता है, ऋतुचक्र आवर्तित होता है चिरचिन्तन धारा से, जागतिक काम-काज अनाहत गति से चलता है।

समाज-जीवन के बहु-वैचित्र्यमय लीला खेला का लगान भी अव्याहत धारा से समाजबद्ध जीव—अभागे मनुष्य को जुगाये चलना होता है।

कौन ताककर देखता है कि किसे कहाँ श्रान्ति-क्लान्ति आती है, वितृष्णा-विमुखता आती है? कौन समझता है, कौन हाँफ उठा है, छुटकारा चाहता है?

नहीं, यह कोई नहीं सोचता, नहीं समझता, नहीं देखता।

समाज के लगान का दाय बहुत बड़ा दाय है।

आपको जब किसी मेघमेदुर साँझ में अकेले बैठकर अपने एकान्त जीवन के सुख-दुःख की स्मृतियों में डूब जाने की इच्छा होती है, वैसे में शायद एक अमोघ ब्याह की निमन्त्रण-रक्षा में रोशनी-बाजा-शब्द और लोगों की भीड़ में जा पड़ना पड़ेगा। पहचाने लोगों से भेंट होने की ख़ुशी में आपको शतमुख होना पड़ेगा।

कभी अकारण ख़ुशी के मन से आपको खिड़की पर बैठकर कविता पढ़ने की इच्छा हो रही है, तब आपको किसी आत्मीय की नवजात कन्या का मुँह देखने के लिए दूर के किसी नर्सिंग होम में दौड़ना पड़ेगा।

या वैशाख के किसी हँसते तीसरे पहर में आपको अपने किसी प्रिय मित्र के यहाँ जाकर ज़रा अड्डा देने को जी चाहता है, तब फुफेरी फूआ की शवयात्रा में शामिल होकर महाश्मशान में पहुँचना होगा।

ग़र्ज़ कि अपने को लेकर अकेले पड़े रहने का उपाय नहीं। समाज का टैक्स चुकाते ही चलना होगा।

सो अनामिका को भी 'पुलकसंघ' की वार्षिक साहित्य-सभा के उद्घाटन के लिए तब जाना पड़ा था, जब शम्पा नाम की एक चिरकाल की लड़की का मुँह याद करके प्राण हाहाकार कर रहा था। वह प्राण उसकी खोज में भागने को ललक रहा था।

लेकिन नये सिरे से यह हाहाकार क्यों?

कारण है।

घर में पहुँचकर एक पोस्टकार्ड ने यह जता दिया है—"मैं मरी नहीं, ज़िन्दा हूँ।"

बस, नाम-सम्बोधनहीन वही एक पंक्ति। इस चिट्ठी का दावेदार कौन है, जानने का कोई उपाय नहीं, कहीं किसी का नाम नहीं। ठिकाने की जगह पर बड़े-बड़े हरुफ़ों में केवल ठिकाना।

तो?

यह चिट्ठी मेरी है, यह दावा कौन कर सकता है?

हिसाब से कोई नहीं। या फिर इस ठिकाने पर रहनेवाले सभी।

अनामिका को फिर भी लग रहा था, दावेदार मैं ही हूँ।

परन्तु पता नहीं चला कि चिट्ठी डाक में डाली कहाँ से गयी। 'कालिमा-विहीन' स्वाधीन सरकार के डाकविभाग ने यथारीति स्टाम्प के ऊपर एक अस्पष्ट छाप का भग्नांश दागकर ही अपना कर्तव्य पूरा कर लिया।

मानो, एक पंक्ति का पत्र भेजकर जो मज़ाक़ किया है, उस दुष्ट लड़की ने डाक-कर्मचारियों को सिखा दिया है, साफ़ मुहर मत मारना, वरना मैं पकड़ी जाऊँगी। और इतनी-सी बात लिखकर जताने की ख़्वाहिश उसे इतने दिनों में हुई!

"मैं मरी नहीं हूँ, ज़िन्दा हूँ!"

किसके हाथ का लिखा है यह?

किस स्वर्गलोक की बात?

छोटे भैया ने क्लान्त गले से कहा, "दूसरे मुहल्ले से पोस्ट करना भी असम्भव नहीं।"

छोटी भाभी उन अक्षरों को पत्थर में खोदने जैसा मन में खोद लेने के बाद भी, फिर एक बार उसे घुमा-फिराकर देखती हुई बोलीं, "अच्छा बकुल, हाथ की लिखावट ठीक उसकी लग रही है तुम्हें? किसी और की कारसाज़ी तो नहीं?"

"तुम भी क्या कहती हो भाभी! उसकी लिखावट में धोखा होगा? जी को ठीक

करो भाभी, उसने ख़बर जब दी है...''

छोटे भैया और भाभी से जब यह आलोचना चल रही थी, ठीक उसी समय 'पुलकसंघ' की गाड़ी आयी।

अमोघ, अनिवार्य यह गाड़ी।

'नहीं जा सकूँगी', यह कहने का भी उपाय नहीं।

अनामिका कह गयीं, ''अच्छा, तुम लोग कोशिश कर देखो।''

वह चली गयीं।

अब पुलकसंघ का सारा पुलक-भार वहन करना होगा।

अनामिका गाड़ी पर सोचती चलीं, ''यह ख़बर देने में कौन-सा मनस्तत्त्व काम कर रहा है।''

वह क्या ख़ूब कष्ट में पड़ गयी है? इसलिए लाचार अब लौट आना चाह रही है!

अपराध समझकर वह अब पीड़ित हो रही है?

अनामिका ने चश्मे को खोलकर पोंछा।

और जब प्रकाश से जगमगाते मंच पर जा बैठीं, तो अचानक याद आ गया, एक दिन 'निर्मल चल बसा' सुनकर भी मैंने अविचल होकर सभा का सारा काम क़िया था।

लेकिन आज, उसके ज़िन्दा होने की ख़बर पाकर ऐसा भयानक विचलित हो रही हूँ कि किसी काम में जी नहीं लगा पा रही हूँ। मैं इतनी दुर्बल कब हो गयी?

अभ्यासगत भाव से सब हो-हवा गया।

मंच से उतरते हुए ऑटोग्राफ़वालों ने घेरा। सब कर-कराके जब गाड़ी पर बैठने जा रही थीं, एकाएक पीछे से किसने कहा, ''मेरा एक ऑटोग्राफ़?''

कौन?

कौन?

किसने कहा यह?

अनामिका ने गाड़ी के दरवाज़े को पकड़कर अपने को सँभालकर चारों ओर भीड़ में ताका। लगा, सारे ही चेहरे एक-से हैं। धुँधले। धुँधले।

उनतीस

"तीसरे पहर का तुम्हारा नाश्ता सहेजकर रख दिया, कृपा करके समय पर खा लेना..."

सत्यवान के सामने स्टूल पर डब्बा रखते हुए शम्पा ने कहा, "ऐसा न हो कि मैं लौटकर देखूँ, डब्बा खुला ही नहीं।"

सत्यवान ने भँवें सिकोड़कर कहा, "यह तीसरे पहर का नाश्ता क्या?"

"क्या, क्या? सवेरे नाश्ते के माने जानते हो?"

"जानता हूँ।"

"फिर क्या? सवेरे का जब होता है, तो तीसरे पहर का क्यों न होगा?"

उसके दमकते हुए मुखड़े की ओर अभिभूत आँखों से ताकते हुए सत्यवान बोल उठा, "शम्पा!"

"कहिए सर!"

"इतनी दुर्दशा के होते हुए तुममें यह आह्लाद कहाँ से उमड़ता है?"

"दुर्दशा!"

शम्पा ने भी भँवें सिकोड़कर कहा, "दशा यदि दुर्दशा हो, गरचे मैं नहीं मानती यह आप लोगों की धारणा की बात है, तो भी कहती हूँ, इस आह्लाद नाम की चीज़ का बसेरा कहाँ है, यह तो कहिए जनाब? यह क्या किसी दूकान में मिलता है कि आस्पास के किसी पेड़ में फलता है?"

"तुम्हारी बातें सुनकर मुझे अवाक् हो जाना पड़ता है शम्पा, डर लगता है।"

"डर लगता है? सो क्यों?" शम्पा ने सर्वांग में ख़ुशी छलकाकर कहा, "अवाक् हो सकते हो, ऐसा अवाक् करनेवाली लड़की शायद ही देखने को मिलती है—परन्तु डर?"

"डर ही तो! लगता है, अचानक एक दिन देखूँगा, यह सारा कुछ सपना हो गया, तुम मेरे सामने नहीं हो।"

"सामने नहीं रहना ही स्वाभाविक है।" शम्पा वैसे ही हँसकर बोली, "पीछे रहने से ठेलने में सुविधा है।"

"वही तो, सारा जीवन मुझे ठेलकर ले चलोगी, यह मैं सोच ही नहीं सकता।"

"उस दिन तुम्हें गिरने दिया?" शम्पा ने मास्टर की नाईं गम्भीर गले से कहा, "राजकुमारी और वामन की कहानी नहीं पढ़ी?"

"पढ़ी है। वह सब पढ़ने-सुनने से कोई सान्त्वना नहीं मिलती। मैं किसी भी प्रकार से अपने को तुम्हारे पास नहीं सोच सकता।"

शम्पा बैठ पड़ी। हताश गले से बोली, "अच्छा, तुम चाहते क्या हो, सो तो कहो? अपने को ही तुम्हारे योग्य कर लेने के लिए किसी कौशल का प्रयोग करूँ? ठीक है, क्या किया जाए, कहो? दोनों पाँव काट डालना? उँहूँ, उससे सुविधा नहीं होगी। चार पहिये की गाड़ी न हो, दो चक्के की साइकिल भी चाहिए। कम से कम एक पाँव रहना ज़रूरी है। हाथ? बाप रे, हाथ नहीं रहे, तो तुम्हारे सामने हिलाऊँगी क्या?...आँखें? वे नहीं रहीं तो कटाक्ष गया। हाँ, एक बात हो सकती है। शूर्पनखा की तरह नाक-कान काट डालना। कहो तो वही करूँ। उससे यदि तुम्हें कुछ सान्त्वना मिले!"

"शम्पा।"

"देख लो निकलते समय यह नाटक! एक शुभ कार्य में जा रही हूँ और यह काण्ड! मर्द की आँखों में आँसू—यह मुझे बरदाश्त नहीं होता भैया!"

सत्यवान ने दूसरी ओर मुँह फेरकर कहा, "तुम मुझे क्यों प्यार करने आयीं शम्पा?"

"वही तो!" शम्पा फ़ौरन बोल उठी, "यही सोचकर तो मैं भी चिन्ता से मरती हूँ। मेरी क्या मरण दशा हुई कि तुम जैसे एक उज़बक बुद्धू को प्यार कर बैठी। ख़ैर छोड़ो, जो हो गया, उसका तो अब कोई उपाय नहीं!"

"उपाय नहीं, यह किसने कहा? तुम तो सहज ही..."

"सुनो, अब लेकिन मैं नाराज़ हो जाऊँगी। मेरे गुस्से को तुम नहीं जानते। मेरे बाप ने कहा, 'मेरे घर में रहकर यह सब नहीं चलने का।' मैंने कहा, 'ठीक है, नहीं चलाऊँगी।' जो कपड़े पहने थी, मात्र वही पहने चली आयी।"

"वही तो! तुम्हारा वह भयंकर इतिहास ही मुझे सदा डराता है।"

"तो प्रभुजी, आप अभी बैठे-बैठे डरते रहें, मैं ज़रा हो आऊँ!"

विह्वल दृष्टि से ताकते हुए सत्यवान ने कहा; "यों उमगती हुई कहाँ जा रही हो?"

"क्यों बताऊँ?"

"नहीं चाहती हो, तो मत बताओ।"

"ओह?" हज़रत को गुस्सा कैसा। "बताऊँगी, बताऊँगी—लौटकर बताऊँगी। अभी चलती हूँ, अच्छा? खा लेना और उस किताब को पढ़ डालना।"

"कौन-सी किताब? किताबें तो ढेरों लाद दी हैं।"

"अहा, कहा नहीं—रवीन्द्रनाथ की 'नाव-दुर्घटना' पढ़ लो। आज तक तो तुमने कुछ भी नहीं पढ़ा है। पढ़ देखो। देखोगे, मात्र किताब पढ़ने में ही जीवन का सारा दुःख-कष्ट भूला जा सकता है। तुम्हें मैं इसी नशे का नशेबाज़ बनाऊँगी, देख लेना।"

हँसते-हँसते उमगती शम्पा चली गयी।

धुँधले-धुँधले बहुतेरे मुखड़ों में एक मुखड़ा झलमला उठा।

दुबला, काला, सूखा हुआ-सा एक मुखड़ा।

फिर भी चाँद-सूरज की जोत से आकाश-भरा।

विश्वास करने में कुछ समय लगा।

घड़ी के हिसाब से शायद सेकेण्ड का सामान्यतम भग्नांश मात्र, फिर भी ठिठक गया क्षण सम्भवतः अनन्तकाल का स्वादवाही था।

उस मुँहवाली के हाथ में वास्तव में कोई ऑटोग्राफ़ बुक नहीं था, फिर भी हाथ बढ़ाये हुए थी। दुबला-पतला निराभरण एक हाथ।

उस हाथ को कसकर दबाते हुए अनामिका ने कहा, "चल।"

"अरे, हँसते-हँसते निकली और रोते-रोते लौटी।" उसे कमरे में आते देख सत्यवान ने खुली किताब बन्द करके उसी ओर ताकते हुए धीरे-से पूछा, "क्या हुआ?"

हाथ के बैग को दीवार की काँटी में लटकाने के बहाने दीवारमुखी होकर शम्पा बोल उठी, "रोते-रोते। कहा है तुमसे!"

बोली तो, पर उसके गले से उसके निजस्व कलकण्ठ की झंकार नहीं फूटी। झंकार की कोशिश ही ज़ाहिर हुई।

सत्यवान ने और कुछ नहीं कहा। किताब बन्द करके चुपचाप बैठा रहा।

शम्पा ने पूछा, "खाया था?"

सत्यवान ने कुण्ठित गले से कहा, "नहीं—मतलब वैसी भूख नहीं लगी थी..."

शम्पा अब मुड़ी। बोल उठी, "वैसी भूख जैसा भयानक कुछ दिया गया था?"

"नहीं-नहीं, बिलकुल ही भूख नहीं लगी।"

शम्पा उसके पास स्टूल पर बैठकर हताश गले से बोली, "अच्छा, तुम्हारी हरकत से मैं क्या करूँ, कह सकते हो?"

"करने को कुछ नहीं है। तुम अपने हाथों नहर काटकर मगर को बुला लायी हो।"

शम्पा दीवार की ओर ताककर बोली, "मैं अब नस-नस से इस बात का अनुभव कर रही हूँ कि उस युग की रानी-महारानी एक कोपभवन क्यों रखा करती थीं। किसी भी सम्भ्रान्त चित्त महिला के लिए वह निहायत ज़रूरी है।"

"निहायत ज़रूरी?"

"बेशक। हर समय महाराजाओं की निगाह के सामने रहने से ही तो प्रेस्टिज पंक्चर! कब जो रानी को हँसने का जी होता है, कब रोने का..."

सत्यवान बीच में ही बोल उठा, "हर समय प्रेस्टिज को ही जकड़े रहना होगा, इसका कोई मतलब है?"

"हूँ। वाक्य-वाक्य का तो ख़ूब रब्त कर लिया है देखती हूँ। तो सुनो, कहूँ...प्रेस्टिज ही तो मनुष्य है। उसके सिवाय उसके पास है क्या? चार हाथ-पाँव आँख-कान-नाक, रक्त-मांस-हड्डी—यह सब तो पशुओं के भी हैं।"

"यह तुम्हारा तर्क है।" सत्यवान ने कहा, "मुझे तो लगता है, तुम्हारी यह प्रेस्टिज चीज़ जो है, वह पोशाकी कपड़ों जैसी है। फिर? अपने आदमी से उसे बचाने की इतनी क्या पड़ी है?"

शम्पा ने सिर हिलाकर कहा, "नो-नो। अपने आदमी क्या, अपने आपसे ही बचाने की सबसे ज़्यादा ज़रूरत है।"

सत्यवान ने मुरझाये हुए-सा कहा, "इसीलिए मुझे तुमसे डर लगता है। लगता है, तुम्हारे मन की थाह एक जनम में क्या, सात जनम घूमकर आने पर भी नहीं पाऊँगा।"

"उफ़् ओ, अपने बारे में कैसी विराट धारणा! ख़ैर अभी यह जलपान करते हैं जनाब कि यह भी पहुँच के बाहर लग रहा है?"

सत्यवान ने धीरे-से कहा, "सो तो नहीं लग रहा। लगता भी नहीं। तुम जब दया करके स्वयं ही काफी कुछ उतरकर पहुँच की सीमा में आ खड़ी होती हो, तब लगता है, अब शायद सब सहज हुआ जा रहा है। मगर कितनी देर के लिए? फिर तो वही डर।"

"ओह, अब तो देखती हूँ, तुम ही मेरी पहुँच से बाहर हुए जा रहे हो। यही सब सोचा करते हो तुम?"

"सोचने के अलावा और तो कोई काम नहीं है!"

"मतलब कि अब से मुझे चिन्ता में पड़ना पड़ रहा है। छोड़ो, खाने का प्रश्न मुतलवी रहा।"

"रात तो हो ही गयी। एक ही बार खा लिया जाएगा। तब तक बल्कि तुम्हारे आज के, क्या कहते हैं, अभियान न, उसी की सुनें।"

शम्पा ख़ास अपनी अदा से झलमला उठी, "अभियान! अरे वाह! अब तो शायद तुम्हीं मेरे अभियान हो उठोगे। हाँ, अभियान ही है!"

सहसा रुक गयी। चुपचाप दीवार की ओर ताकती रही, मानो अपने अभियान की स्मृति में खो गयी।

अभी उसके चेहरे क बग़ल दिखाई दे रहा था...बहुत ज़्यादा छिल-छिलाया हो जैसे। पहले जबड़े की हड्डी झलकती थी शम्पा की?

सत्यवान ने निःश्वास छोड़ते हुए कहा, "ओह, किस क़दर दुबली हो

गयी हो तुम!''

''बुआ भी यही कह रही थी...'' कैसे आच्छन्न और अनमने-से गले से बोली शम्पा, ''मैं अवश्य यह नहीं मानती। मैं मोटकी कभी नहीं थी। बुआ से मैंने यही कहा। लेकिन माँ की ज़बरदस्ती से रोज़ ही थोड़ा-थोड़ा दूध-मक्खन, मछली-अण्डा-मिठाई आदि पेट में चालान करने को मजबूर होती थी न। उसका एक असर तो होगा ही।''

''बुआ के पास गयी थीं?''

सत्यवान ने कुछ ठहरकर यह कहा।

शम्पा ने वैसे ही अनमने गले से कहा, ''बुआ के पास? हाँ, बुआ के पास।''

''माँ-बाबूजी से भेंट हुई?''

शम्पा सचेतन हुई।

वह ज़रा हिल-डुलकर बैठी, ''दुर्! मैं क्या वहाँ, यानी घर गयी थी? सवेरे रोटी के लिए निकली थी। अचानक दीवार पर एक पोस्टर सटा दिख गया...'पुलकसंघ के वार्षिकोत्सव में अभिनव आयोजन, श्यामा नृत्यनाट्य, वेराइटी शो, फ़लाँ-फ़लाँ शिल्पी, सभानेत्री देशवरेण्य साहित्यकार श्रीमती अनामिका देवी!' ठिकाना देखकर हाथ-पाँव एकबारगी बर्फ़! क्यों, सोच-समझ रहे हो? बिलकुल दरवाज़े के पास! कुछ देर किंकर्तव्यविमूढ़-सी रही, फिर क्या करना है, सो तय कर लिया। उस समय तुम्हें बताया नहीं। सोचा, क्या पता बाबा, सभानेत्री तक पहुँच भी पाऊँगी या नहीं। कहकर क्यों बेवक़ूफ़ बनूँ! मगर अक़्ल के ज़ोर से अन्त तक पहुँची। सभा ख़त्म हो गयी, तो गाड़ी पर चढ़ते समय देखा, ऑटोग्राफ़ शिकारियों ने उन्हें घेर लिया है, मैंने भी हाथ बढ़ा दिया—मुझे भी एक ऑटोग्राफ़...मेरे पास बही-वही ज़रूर नहीं थी...देखा, बुआ विभ्रान्त की नाईं चारों तरफ़ ताक रही है, उसके बाद उसने खप्प से मेरा हाथ पकड़कर कहा, ''आ जा।' ''

''कहाँ आ जा?''

''ले, और कहाँ, गाड़ी पर!''

''उसके बाद?''

''उसके बाद क्या? आज्ञाकारी लड़की की तरह बैठ गयी। पुलकसंघ का एक छोरा शायद गाड़ी पर था, मैंने परवा नहीं की। करती भी क्या! बुआ-भतीजी दोनों की बोली तो हर गयी थी। ज़रा देर में बुआ बोली, 'तेरा क्या करूँ मैं? तड़ातड़ गाल पर थप्पड़ मारूँ कि झोंटा पकड़कर तेरा सर ठोंक दूँ?' मैंने कहा, 'क्या यही देशवरेण्य साहित्यिक के भाव की अभिव्यक्ति है?' बुआ ने कहा, 'हाँ'।''

''उसके बाद न, बड़ी देर के बाद मैं बोल उठी, 'मैं लेकिन अपने बसेरे से बहुत दूर चली जा रही हूँ...' उसके बाद नाटक की दो नायिका में इस तरह

कथोपकथन हुआ...

" 'कहाँ है तेरा बसेरा?'

" 'पुलकसंघ के पास। काफ़ी दूर आ गयी।'

" 'अभी तुझे छोड़ता कौन है?'

" 'पकड़ाने की बात तो है नहीं। मैं खुद ही आयी।'

" 'अशेष दया तेरी। चल, घर चल।'

" 'आज रहने दो बुआ।'

" 'क्यों, आज क्यों रहने दूँ? अपने माँ-बाप की हालत कभी सोची है?'

" 'वे तो डाटवाले हैं।'

" 'वह डाट तूने रहने भी दी है रे अभागिन लड़की?'

" 'बाप रे, तुम तो बहुत नयी-नयी भाषा सीख गयी हो, देख रही हूँ...'

" 'तुमने बहुतों को बहुत सिखाया है रे पाजी निर्दयी लड़की!'

" 'यह गाली-गलौज़ सुनाने के लिए ही मुझे गाड़ी पर ले लिया?'

" 'और क्या? यह तो कुछ भी नहीं। और भी अगाध है। इतने दिनों से तेरे लिए और क्या जमा करना सम्भव था?'

" 'तो फिर जो-जो है, झटपट ख़त्म कर लो। यानि तरकस में जिसने तीर रखे हैं, सब मारकर तरकस को ख़ाली कर लो। मुझे ज़्यादा दूर खींच ले चलोगी। तो लौटने में बड़ा कष्ट होगा बुआ। तुम्हारा पुलकसंघ पुलकित होकर मुझे मेरे मटकोठे में पहुँचाने तो नहीं जाएगा?'

" 'मटकोठा? तू मठकोठे में रहती है?'

"बुआ जैसे पछाड़ खा गयी।

"देखकर मेरा तो हँसते-हँसते बुरा हाल।

"मैंने कहा, 'तो तुमने सोचा था, दालान कोठा?'

" 'नहीं। तुम्हारे बारे में अब कोई आशा-वाशा नहीं करती। लेकिन इतिहास क्या है?'

" 'इतिहास? इतिहास विशद है। कहूँ तो सात रात में भी नहीं ख़त्म होगा। मुख़्तसर में कहूँ, वह हतभागा छोरा, जिसे तुम जाम्बवानल नाम से जानती थीं, उसके एक जिगरी दोस्त ने पार्टी के विरोध में बिगड़कर उस पर बम फेंका। इस जनम के लिए पद-गौरव ख़त्म कर देने के लिए...'

" 'मतलब?'

" 'मतलब सीधा है। वह अस्पताल से जब निकला, सदा के चीन्हे पैर नदारद।'

" 'शम्पा!'

" 'अहा-हा, यों चीख़ न उठो, रास्ते के लोग क्या सोचेंगे! ख़ैर, और भी संक्षेप

में कह दूँ, जिगरी दोस्त कि सिवाय भी कुछ आलतू-फालतू दोस्त थे उसके, उन्हीं की मदद से मँझधार से किनारे पर आ गयी...'

" 'किनारे आ गयी, माने? मैं तेरी बात कुछ समझ नहीं रही हूँ शम्पा, साफ़-साफ़ खोलकर बता।'

" 'बुआ, और कहना हो तो तुम्हारे भाई के घर में घुस पड़ना होगा। मुझे तुम उतार दो, मैं बस से चली जाऊँ।'

" 'घर नहीं चलेगी?'

" 'आज छोड़ो न।'

"बुआ हठात् ज़रा चुप हो गयी। फिर बोली, 'ठीक है। तू खुद हो आना।'

"उसके बाद उस पुलकसंघ के ड्राइवर से बोली, 'बात करते-करते बड़ी दूर निकल आयी, इसे तुम्हें अपने मुहल्ले में पहुँचा देना होगा...'

"गाड़ी के लिए मैंने बहुत मना किया। एक न सुनी। बोली, 'हाथ छुड़ाकर रास्ते में कूद जा सकती है तो कूद जा।' वह लड़का क्या करता, यहाँ, गली के मोड़ तक पहुँचाकर चला गया। हाँ, टैक्सी का किराया बुआ ने दे दिया था।"

"इस बस्ती के पास पहुँचा गया!"

"चारा क्या था? डेरा देखे बिना भला जी कठोर करके जा सकता था? अब यह सोच रही हूँ, काम यह अच्छा किया या बुरा!"

"कौन-सा काम?"

"यह स्वयं जो पकड़ाई दी? हुआ क्या, जानते हो, कैसा तो लोभ हो आया हठात्!"

ठीक यहीं, एक ही बात बकुल नाम की महिला, सोच रही थी।

"काम यह ठीक किया या बेजा!"

यदि शम्पा के माँ-बाप जान जाएँ कि शम्पा से मेरी भेंट हुई थी, परन्तु मैंने उन्हें बताया नहीं, तो वे मुझे क्या कहेंगे?

लेकिन मैं कहूँ तो कैसे कहूँ, अजी ओ, तुम्हारी बिटिया खुद आकर मुझसे मिली और भाग गयी! तुम लोगों के पास आना गवारा नहीं किया!

रात-भर नींद नहीं आयी।

तीस

डायरी लिखने का अभ्यास पारुल को बचपन से ही है।

इस अभ्यास के चलते अमल बाबू नाम के भले आदमी ख़फ़ा हो उठते थे। उनका ख़याल था, ऐसा कुछ लिखना, जो पति को भी दिखाया न जा सके, स्त्री के लिए अत्यन्त गर्हित है। लेकिन पारुल ने ऐसे अनोखे और ग़ज़ब तरीक़े से धिक्कारा था कि ज़बरदस्ती पढ़ना सम्भव नहीं होता।

अमल बाबू ने कहा था, ''उसमें ऐसा क्या लिखा जाता है कि आधी रात को उठकर लिखने की इच्छा होती है? यह तो तुम्हारी कविता की कॉपी नहीं है?''

पारुल हँसकर लोट-पोट हो गयी थी, ''हाय राम, तुमने मेरी कविता की कॉपी पहचान रखी है? इतना ध्यान है मेरे प्रति तुम्हें?''

''ध्यान में कोई कमी देखती हो?'' अमल बाबू ने कहा था।

हँसना बन्द करके पारुल ने कहा था, ''सो तो है! ध्यान की कमी? नहीं-नहीं, बल्कि उसकी थोड़ी कमी होती तो बुरा नहीं था!''

अमल बाबू ने गम्भीर हो जाकर कहा था, ''हूँ, तो यह कॉपी काहे की है?''

''देख ही तो रहे हो, डायरी है।''

''डायरी? गिरस्तघर की स्त्रियों को डायरी लिखने का क्या काम?''

''कुछ नहीं। केवल पागलपन?''

''देखूँ तो ज़रा, कैसा पागलपन?''

हाथ बढ़ाकर अमल बाबू ने कहा था।

पारुल इस पर बेदम हँस पड़ी थी, ''हाय मेरी माँ! देखोगे? दूसरे की चिट्ठी पढ़ते हो, पढ़ते हो, मगर दूसरे की डायरी देखोगे? नः, तुम भई बड़े गँवई हो! मेरे सामने कहा सो कहा, और किसी के सामने मत कहना। मैं इसे तुम्हारी सभ्यता के भरोसे जहाँ-तहाँ रख देती हूँ, देखना, पढ़ना-वढ़ना नहीं।''

''ऐसी गुप्त बातें हैं कि पति को भी नहीं दिखायी जा सकतीं?''

''दिखाई क्यों नहीं जा सकतीं?'' पारुल ने कौतुक से आँखें नचाकर कहा था, ''मैं कुछ डरती हूँ तुमसे क्या? कि मेरी गोपन बात जान लोगे कहीं, इससे मैं डर जाऊँ? दूसरे की डायरी देखना ही असभ्यता है। यह तो मानते हो कि सभ्य समाज के कुछ क़ायदे-क़ानून हैं?''

'नहीं मानता' अमल बाबू यह नहीं कह सके। इसलिए खीजे हुए मुँह से बोले, ''यह सब विलायताना बात है। बंगाली परिवार में यह सब!''

पारुल ने तुरत चेहरे को बड़ा अमायिक करके कहा था, ''अरे हाँ! बंगालियों

को सभ्यता-वभ्यता की बला नहीं, यह तो याद ही नहीं था! तब तो देखती हूँ, कॉपी को कहीं एकान्त गोपनीय जगह में रखना होगा।''

कहा था, लेकिन वैसा किया नहीं।

भण्डार घर के ताखे पर रख दी थी।

अथवा यही जगह अमल बाबू के लिए दुर्गम-दुस्तर है, यह चाल वह इसीलिए खेली थी। भण्डार घर में ताला लगाने का कड़ा हुक्म अमल बाबू का ही था। नौकर पर उन्हें बेहद सन्देह है।

पारुल ने जब कहा था, ''हरदम ताला-कुंजी डाले रहूँ, भण्डार में ऐसा क्या? रुपये कि गहने या कि शॉल-दुशाला! थोड़ा-सा चावल-दाल, नमक-तेल ही तो!'' तो अमल बाबू ने पारुल को बुद्धू की आख्या दी थी।

लिहाज़ा पारुल एकनिष्ठ चित्त से भण्डार में ताला लगाती है और कुंजी कहाँ रखती है, कौन जाने! आँचल में कुंजी बाँधने की जो एक चिरन्तन रीति बंगाली स्त्रियों की है, पारुल से वह नहीं बनती। आँचल में कुंजी बाँधने की आदत उसे कभी नहीं रही।

पारुल जब भण्डार में रहती है, काम-काज करती है, तब उसके सामने से टप् से कुछ खींचकर नहीं लिया जा सकता। और पारुल जब घर से बाहर कहीं जाती है, तो कुंजी खोजकर नहीं मिलती!

पारुल लेकिन जाती भी कहाँ थी—सम्भवतः बग़ल में कनक मौसी के यहाँ। मुफ़स्सिल में टोला घूमने की जैसी प्रथा है, पारुल से हो नहीं पाता। अमल के डर से नहीं, अपनी ही वितृष्णा। रुचि ही नहीं थी।

समय से मूल्यवान् और क्या है? उस समय से आदमी लुक्का-चोरी खेले? कॉपी-किताब कुछ न रहे, अपना मन तो है? उसी के साथ काट नहीं दिया जा सकता है अवकाश का समय?

कनक मौसी से मन का कुछ मेल था, इसलिए कभी-कभी जाती थी।

उसी मौक़े से दो-एक पन्ने पर अमल बाबू ने आँखें फेर ली थीं—बहाने से भण्डार में ताले के सामने खड़े होकर। पत्नी से बोलते-बोलते अनमने की नाईं पन्ने पलट लिये।

लेकिन देखकर कोई लाभ नहीं हुआ। एक पूरे पन्ने में नीचे केवल एक ही पंक्ति थी—''मनुष्य नाम का जीव कितना हास्यकर है! विधाता की सृष्टि की भूल।''

दूसरे पन्ने पर वैसा ही—''अथवा यह जात अपना यथार्थ परिचय भूलकर अपने को हास्यकर कर लिये हुए है। विधाता की सृष्टि में भूल नहीं थी।''

दूसरे एक पन्ने पर लिखा था—''आज की आधी रात का आकाश कैसा अनोखा! चाँदरहित आकाश किस ग़ज़ब का सुन्दर है।''

यही सब लिखकर आदमी अपना समय बरबाद करता है? और यह किसी को दिखाया नहीं जा सकता? रबिश!

पारुल अभी भी बीच-बीच में डायरी लिखती है।

अभी भी ढंग-ढर्रे का वैसा ही अभाव। और भंगी भी वैसी ही।

मानो आमने-सामने बैठकर किसी से बात कर रही है।

आज लिख रही थी, ''मन में ख़ासा अहंकार-सा हो आया था आज, तुम्हारे नीति-नियमों के उन बहुविध दायित्वों का बोझा ढोकर अब मैं नहीं मरती।...अहंकार था; पतवार डाले बैठी हूँ, किसी के पीछे नहीं दौड़ती। मेरा मन कुछ में भी नहीं है, कुछ में भी नहीं। वह अहंकार टूटने को है। अहंकार था, जिनकी बेड़ी थी, उन्हें बेड़ियाँ लौटाकर बहुत दिनों के बाद आज सिर उठाये खड़ी हुई।

''लेकिन अब समझ रही हूँ, सभी बेड़ियाँ तोड़ना आसान नहीं है। समाज का दाय, चक्षुलज्जा का दाय, ममता का दाय—सब को त्याग देने पर भी एक हरगिज़ नहीं त्यागा जा सकता। वह है मानविकता का दाय।...वह लड़का, जो टेबल पर सर झुकाकर स्कूल का पाठ तैयार कर रहा है, उसके मन में क्या आँधी-तूफ़ान उठ रहा है, उसकी चिन्ता से मेरे मन में तूफ़ान उठ रहा है। स्थिर रहना कठिन हो रहा है।

''अच्छा, यह क्या स्नेह का दाय है?

''मैं इस बच्चे की माया में पड़ गयी हूँ, इसीलिए?

''पागल! पारू ब्राह्मणी इन सब बलाओं की परवा नहीं करती। कल अगर उसके माँ-बाप को सुमति हो, तो कल ही नहीं सोचूँ—'आज यह मेरे पास रहे।'—गरचे मेरी पड़ोसिनें अब बड़े उत्साह से घूमने आने लगी हैं, और यह कह पाकर खुशी के सागर में हिलोरें लेती हैं—'हमारी दीदी अब क़ाबू में आयी हैं। अब राजा भरत की दशा हुई है। हिरनौटे के लिए ज़रूरत है, सब सँजोना पड़ रहा है।'

''और हितैषियों का दूसरा दल, जो खेद के साथ कहता है, 'युग का धर्म देख रही हैं न दीदी! उस दुर्धर्ष लड़के को बूढ़ी दादी के मत्थे मढ़कर माँ-बाप निश्चिन्त बैठे हैं। एक लड़के का कम झमेला है? अहा, उसके लिए मांस-मछली का उपाय करना पड़ता है। लेकिन मैं यह भी कहूँ दीदी, आपकी माया भी ज़्यादा है। क्यों, दूध-घी, पनीर-मक्खन में पुष्टि नहीं है कि इतने दिनों के बाद उस छोटे-से लड़के के लिए आप वह सब छू-छाप रही हैं। मछली बनायी भी तो मांस-अण्डा—इतना क्यों? और जान चाहे जितना ही क्यों न दें, आख़िर को यह अपना होगा? नहीं होगा दीदी, मैं आपको काग़ज़ पर साफ़-साफ़ लिखकर दे सकती हूँ—काम के समय ठीक ही आम दूध मिल जाएँगे, गुठली घूरे पर पड़ी रहेगी। माया से आप ही मरेंगी।'

''सुन-सुनकर ख़ूब हँसी आती है समझे?

"माया नामक वस्तु की संज्ञा क्या है, यह सोचती हूँ। अभिधान में है, 'विभ्रान्ति', 'अलीक', जो जैसा नहीं है, वैसा देखना, 'दृष्टिभ्रम'। फिर भी है, ममता-स्नेह। कौन-सा बिलकुल ठीक लगता है तुम्हें?"

किसे सम्बोधन करके लिख रही है, कौन जाने।

लिख रही थी कि पढ़ते-पढ़ते पोता उठ आया।

बिना भूमिका के बोल उठा, "बाबूजी को लिख दो, मुझे बोर्डिंग में दाख़िल कर दें।"

पारुल प्रायः चौंक उठी।

फिर भी अपने को सँभाल लिया, "क्यों महाराज, अचानक यह आदेश क्यों?"

"यहाँ मुझे अच्छा नहीं लग रहा है।"

"सो तो स्वाभाविक है। लेकिन बोर्डिंग में अच्छा लगेगा, ऐसा लगता है?"

"लगाने की चेष्टा करूँगा।"

"तो वह चेष्टा यहीं कर देखो न?"

"नहीं।"

लड़के ने ढीठ जवाब दिया।

"फिर तो तेरे बाप को लिखना ही होगा। तू ख़ुद ही लिख न!"

राजा, पारुल जिसे महाराज कहती है, उसी उद्धतता से बोला, "नहीं, तुम लिख दो।"

"वाह, तेरा बाप है, तू क्यों नहीं लिखेगा?"

"कहा तो, नहीं।"

उसके शिशुमुख में एक दृढ़ काठिन्य।

पारुल ने भी ज़रा काठिन्य दिखाया।

बोली, "लेकिन मैं क्यों लिखने जाऊँ, बता? तुझे यहाँ असुविधा हो रही है, तू यह बता उन्हें..."

सूखे चेहरे से दीवार की ओर देखते हुए राजा ने कहा, "मैं यह कह रहा हूँ कि मुझे असुविधा हो रही है?"

"हाय राम, नहीं तो एकाएक बोर्डिंग में भर्ती होने की बात क्यों आती? मैं तो सात दिन, सात रात सोचकर भी दिमाग़ में यह बात नहीं ला सकती। मैं यदि यह लिखूँ तो तेरा बाप सोचेगा, मैं तुझे यहाँ से भगाना चाहती हूँ।"

"कभी नहीं सोचेंगे, बाबूजी तुम्हें पहचानते नहीं हैं?"

"पहचानते हैं?" पारुल कौतुक से बोली, "मैं तो जानती थी, मुझे कोई नहीं पहचानता।"

राजा ने बिगड़कर कहा, "तुम्हारी बात के माने समझ में नहीं आते।"

पारुल ने अबकी शान्त गले से कहा, "अच्छा राजा, तेरे बाप से छिपाकर मैं यदि तुझे तेरी माँ के पास रख आऊँ?"

राजा एकाएक खड़ा हो गया। बोला, "तुम सब लोग मिलकर मुझे इतना सता क्यों रहे हो? बेवक़ूफ़ जैसी बात!"

रोया नहीं, चेहरा सिर्फ़ आग-सा जल उठा।

पारुल क्या इस छोटे-से लड़के से डरे?

शायद भीतर-ही-भीतर डरती ही है। सावधानी से हलके गले से बोली, "बूढ़ों की दशा ही यही है समझे? वह सबको सता मारता है और बेवक़ूफ़ जैसा बोलता है। ख़ैर छोड़ो, सच ही कह रही हूँ, मैंने ठीक कहा है, तेरे बाप को बिना कहे-सुने चुपचाप तुझे ले जाकर..."

मामला जैसे बड़े मज़े का हो, इस ढंग से पारुल ने कहा, "सीधे तेरी माँ के पास। बस। तेरा बाप आकर पूछेगा, 'राजा कहाँ है माँ?' मैं बुद्धू बनकर कहूँगी, 'क्या पता, एक दिन सूटकेस-वूटकेस लेकर कहीं चल दिया।' "

बच्चों को फुसलाने जैसी बात पर राजा बेतरह बिगड़ उठा, असहिष्णु गले से बोल उठा, "अच्छा, तुम्हें नहीं लिखना होगा, मैं भी बोर्डिंग में भरती करा देने को लिखता हूँ।"

पारुल गम्भीर हो गयी।

शान्त गले से बोली, "देख राजा, अपने बाप की ख़ामख़याली से सब क्यों कष्ट पाओगे? माँ के लिए तेरा मन कैसा कर रहा है..."

राजा बीच ही में बोल उठा, "ख़ाक कर रहा है।"

"करता है रे, करता है। अच्छा ठीक है, नहीं करता है। लेकिन बहन का? वह तो तुझे नहीं देखकर..."

"तुम लोग मुझे ज़रा शान्ति दोगे?"

यह कहकर राजा चला गया।

पारुल उस ओर देखती हुई चुप बैठी रही। पुकारा नहीं उसे। साहस नहीं हुआ।

ज़रा देर में वह आप ही लौट आया। एक टुकड़े काग़ज़ पर कई लाइन लिखकर पारुल के सामने फेंककर कहा, "लो। अपनी चिट्ठी के साथ भेज देना।"

पारुल अवाक् होकर उन दो पंक्तियों की ओर ताकती रही।

"मुझे बोर्डिंग में भरती करा दोगे? तुम्हारा जो ख़र्च होगा, बड़ा होकर मैं सब चुका दूँगा।"

उस रात पारुल ने अपनी उस कॉपी में लिखा, "एक ख़ामख़याली पुरुष ने परिणाम-चिन्ताहीन एक ख़याल के झोंके में एक स्त्री के पति, गिरस्ती, सन्तान—सब छीन लिया है। सोचा था, उसके बच्चे को उसे वापस कर दूँगी, लेकिन देखती हूँ,

उपाय नहीं है। अब लौटाया नहीं जा सकेगा।''

हाँ, अपना बेटा होते हुए भी पारुल ने पुरुष को ही दोष दिया। शायद पुरुष को ही इस सहजात धारणा में विचक्षण होना होगा।

इकतीस

माँ की चिट्ठी सदा गहरे प्यार की वस्तु होती है। वह जब आती, तो शोभन के आँख-मुँह में आह्लाद की जोत चमक उठती, और एक छोटी-सी चिट्ठी पढ़ने में कितना समय लगता!

पारुल को शायद पता नहीं था, ऐसी घटना होती है। रेखा इस पर मज़ाक़ कसती, ''अजी पढ़ते-पढ़ते तो मुखस्थ हो गया, अब कितनी बार पढ़ोगे?''

शोभन अप्रतिभ होकर कहता, ''न-न, एक जगह ठीक से पढ़ा नहीं जा रहा है, अक्षर कैसा गिचपिच हो गया है।''

रेखा चुस्त गले से कहती, ''अक्षर गिचपिच होने का कोई प्रश्न ही नहीं। तुम्हारी माँ के हाथ की लिखावट तो छापे जैसी होती है।''

शोभन अप्रतिभ क्यों होता था, यह शोभन ही जाने! यह तो कह सकता था, ''अपनी माँ की चिट्ठी तुम भी तो कुछ कम बार नहीं पढ़ती हो!''

लेकिन यह सहज काम शोभन से नहीं बनता। वह चिट्ठी को झटपट रख देता।

गरचे अगर बन पाता तो जीवन ऐसी जटिलता के पथ पर नहीं जा पहुँचता। तुम जितने ही भद्र हो, मार्जित हो, बीच-बीच में प्रतिवाद-मुखर होने की ज़रूरत है।

अप्रतिवाद अन्याय-दुस्साहस का जन्मदाता है।

अब रेखा यहाँ नहीं है। माँ की चिट्ठी सौ बार भी पढ़े, तो कोई हँस उठने को नहीं फिर भी मात्र एक ही बार पढ़कर चिट्ठी को मेज़ पर रखकर शोभन बुत की नाईं क्यों बैठा है?

माँ ने तो चिट्ठी में कोई तिरस्कार नहीं किया, धिक्कारा भी नहीं है। फिर भी वह चिट्ठी जलती आग-सी क्यों लग रही है? सिर्फ़ माँ की चिट्ठी? या कि उसके साथ एक टुकड़ा काग़ज़ में लिखी एक पंक्ति ही अग्निवाही है?

राजा को सोचने की चेष्टा कर रहा है शोभन—उस लिखने से किसी प्रकार भी

मिला नहीं पा रहा है। शोभन अभी राजा के लिए जो करेगा, बड़ा होकर राजा उसकी पाई-पाई चुका देगा—राजा ने अभी से बाप को यह वचन दे रखा।

बहुत बार सोचने की चेष्टा की, यह कोई बात ही नहीं, बिल्कुल बच्चे का बचपना है। वहाँ रहने में मन नहीं लग रहा है, यह ठीक है, परन्तु यहाँ आने का भी उपाय नहीं, इसीलिए बोर्डिंग की बात दिमाग़ में आयी है।

और वह वचन, केवल प्रस्ताव को ज़ोरदार करने के लिए है! कहीं बाबूजी कह बैठें, "बाप रे, बोर्डिंग? वह तो बड़े ख़र्च का मामला है। जहाँ-तहाँ तो नहीं दिया जा सकता..."

इसीलिए पहले से ही वह रास्ता बन्द कर देने की चालाकी खेली है।

परन्तु चेष्टा करके सोची हुई बात को विश्वास की भूमि में प्रतिष्ठित किया जा सकता है? या कि उससे निश्चिन्तता का फल मिलता है?

चिन्ता धुँधली हो जाने लगी और एक अजाना भय शोभन को ग्रास करने को आने लगा। हाँ भय, भय ही।

चाँद के टुकड़े-से एक टुकड़े लड़के राजा के हाथ का एक टुकड़ा लिखना मानो शोभन के सर्वनाश का इशारा ले आया है।

बड़ी देर तक पत्थर-सा बैठा रहकर उसने फिर से माँ की चिट्ठी को उठा लिया, उठाकर पढ़ने लगा। माँ ने लिखा है—

"शोभन, इस लड़के की पीड़ा आँखों से देखी नहीं जा रही थी, इसलिए दिमाग़ में एक दुष्टबुद्धि आयी थी। सोचा था, मेरे नसीब में जो है, रहे, बाद में तू मुझे जेल ही भेज या फाँसी ही दे, माँ से छीनकर लाये हुए लड़के को चुपचाप फिर माँ के पास ही पहुँचा आऊँ। तूने उसका पति छीन लिया है, घर छीन लिया है, सामाजिक प्रतिष्ठा-परिचय छीन लिया है—और फिर बेटे को भी छीन लिया, कलेजे में बड़ी चोट लग रही थी। लेकिन देखा, वह दुष्टबुद्धि यों ही मारी गयी, अब उपाय नहीं है। लौटाया नहीं जा सकेगा।

"लेकिन यह मत समझ, चीज़ तेरी ही रह गयी।

"नहीं, यह आशा मत करना शोभन।

"उसकी दुनिया में अब माँ भी नहीं है, बाप भी नहीं है। एक निर्दोष निश्चिन्त शिशु को केवल अपनी दुर्मति से तुम लोगों ने एक ही साथ मातृ-पितृहीन कर दिया है।

"उस कोमल बच्चे को अब उस भयंकर शून्यता और भयंकर भारी एक पत्थर का भार लेकर भारसाम्य रखते हुए चलना होगा।

"भगवान के हाथ की मार फिर भी सह्य होती है, मनुष्य की मार असह्य है। या कि सब भगवान के हाथ से ही आता है। मनुष्य निमित्त का भागी होता है।

"ख़ैर, छोड़ो यह सब। देख सुनकर इसे तू किसी बोर्डिंग में ही भरती कर दे। ज़बरदस्ती इस पर अपनी इच्छा लादने की कोशिश न कर, अन्त तक रिहाई नहीं होगी।

"अभी क्या लग रहा है जानता है? तेरे परलोकवासी पिता अमल बाबू से असल में तेरा कोई फ़र्क़ नहीं है।

"आदमी के नाते वह भी कुछ बेजा नहीं थे—भद्र-मार्जित, सत्। भले आदमी ने केवल अपने पत्नी-पुत्र को अपने बनाये नक़्शे के साँचे में ढालना चाहा था। असल में वे जो माल-मसाला नहीं हैं, रक्त मांस के मनुष्य हैं—उन्होंने यह ख़याल नहीं किया...तूने भी नहीं किया, नहीं कर रहा है।

"अब तुझे याद है या नहीं, नहीं जानती, लेकिन मेरी याददाश्त कुछ बेहया क़िस्म की ज़्यादा है, इसी से सब याद रहता है, याद आता है।

"याद आता है, रेखा जब तेरे पास आयी तो गंगामाटी का शिव बनाकर पूजा करती थी। उसके बाप के यहाँ यह सब होता था। उसकी उस शिव-पूजा पर तूने ऐसा हँसी-ठट्ठा शुरू किया कि लजाकर बेचारी ने बन्द कर दिया।...उसके बाद जब घर करने आयी, तो सोने के कमरे की अलमारी के माथे पर लक्ष्मी का पट और घट बिठाकर दोनों वेला केवल ज़रा धूप जलाया करती थी, तेरे मज़ाक़-मख़ौल से एक दिन वह भी उड़ गया।

"सच कहने में कोई रुकावट नहीं, मैं भी यह सब देखकर हँसती थी, पर मन ही मन। तू मुँह पर ही हँसा। उसके बाद घड़े के भीतर से भूत निकला।

"तेरी जितनी पदोन्नति होती रही, वह उतनी ही मॉडर्न होती गयी। क्रमशः गुरुमार विद्या में 'पी-एच.डी.' हो गयी तेरी स्त्री। तू फिर उसको पहुँच नहीं सका।

"उसका अभी का जो रूप है, वह तेरी ही सृष्टि है। अब हठात् तू भारतीय भाव-धारा में भीगने लगा, सनातनी बना, और समुद्र में पहुँची हुई नदी को फिर पहाड़ की गुफा में लाने की ज़िद ले बैठा। जो होने का नहीं, उसे करने की चेष्टा करने से ऐसा ही होता है। शोभन! कच्ची मिट्टी को साँचे में ढालकर आग में पकाकर सख़्त करने के बाद फिर क्या उसे नये साँचे में ढाला जा सकता है? नहीं ढाला जा सकता। सिर्फ़ वही किया जा सकता है, जो तूने किया है—तोड़ा जा सकता है। कोई अन्दर टूटता है, कोई बाहर आशीर्वाद।

—माँ।"

अपने सुन्दर क्वार्टर के विराट् लॉन में—बग़ीचे में बैठने योग्य सुन्दर और शौक़ीन कुरसी पर शोभन बैठा था।

पहनावे में दामी टेरिलिन का ट्राउज़र, हल्का फ़ाइन नाइलोन का बुश्शर्ट, पाँवों की चप्पल तक में आभिजात्य की छाप। उसके उस क्वार्टर के अहाते में दाख़िल

होने से ही शौक़ और सुरुचि का आभास मिल जाता है। शोभन का संसार ऐश्वर्य के साथ सुरुचि भी वहन करता है।

शोभन का संसार?

वह क्या है?

वह क्या वह मकान है? खाट, अलमारी, डिवान, फ्रीज, कुकिंग-रेंज, डिनर सेट, टेबल? संसार माने बुककेस पर सजायी हुई पीतल की बुद्धमूर्ति (रोज़ ही जिसे ब्रासो मलकर झकमक रखा जाता है), दीवार पर टँगी नेपाली ढाल, बरामदे में झूलता हुआ आर्किड, खिड़कियों पर कैक्टस का वैचित्र्य?

फिर तो ज़रूर कहना पड़ेगा कि शोभन का संसार यथावत् है। क्योंकि उसके यहाँ एक से ज़्यादा कुशल नौकर हैं, जिन्हें कुशलता की शिक्षा कभी की सुदक्ष गृहिणी दे गयी है।

अभी यदि शोभन पहले की तरह कोई दावत दे, तो सुव्यवस्था में कहीं कोई आँच नहीं आएगी। इसके बावजूद मेहमान अगर सोचें, हम मरघट में न्योता खाने क्यों आये—तो कहने को कुछ नहीं है।

उसके बैठे रहते-रहते ब्वॉय ने आकर पूछा, "साहब की चाय यहीं ले आऊँ?"

कर्मस्थल से लौटकर शोभन ने ख़ास परिवर्तन नहीं किया, आते ही उसने लेटरबक्स का ताला खोला—यह उसने देखा है।

उन लोगों में 'साहब' और 'मेमसाहब' पर जो आलोचनाएँ होती हैं, भाग्य कहिए कि वह साहब के कानों नहीं पहुँचतीं!

शोभन ने कहा, "नहीं। मैं अन्दर आ रहा हूँ।"

और एक समय वह भीतर गया।

फूल जैसी एक लड़की और देवदूत जैसा एक लड़का शोभन के पास दौड़कर नहीं आया—"बाबूजी, आज तुम्हें इतनी देर क्यों हुई?" कहकर शिकायत नहीं की, सिर्फ़ सारा परिवेश ही मानो एक मौन अभियोग की मूर्ति-सा ताक रहा था।

आज क्या हवा ने भी असहयोग किया? परदे उड़ क्यों नहीं रहे हैं? मेज़पोश के कोने? उनके अस्त-व्यस्त उड़ने पर लगता है, मानो कहीं, किसी जगह प्राण का स्पन्दन है।

दो-तीन कमरे ताला बन्द पड़े हैं। मगनलाल उन्हें खोलता है और झाड़-पोंछकर फिर बन्द कर देता है। अच्छा, मकान क्या अचानक ही बहुत बड़ा हो गया! रेखा तो हरदम ही कहा करती थी, "एक कमरा और होता तो यह घर सचमुच ही आइडियल होता!"

मतलब, जगह की कुछ कमी पड़ रही थी। प्रत्यक्ष रूप से 'नहीं' करते हुए भी शोभन यों ही यह अनुभव करता था—सब भरा-भराया है।

महज़ दो-एक आदमी के रहने-न रहने से इतना बड़ा भेद आ जाता है!

शोभन कुछ ऐसा-वैसा किरानी तो नहीं कि मन नहीं लग रहा है, इसलिए बिना खाये पड़ा रहे? उसे तो नौकरों के आगे 'साहब' के सम्मान को बरक़रार रखना होगा!

चाय का अध्याय समाप्त करके शोभन ने सामने के एक कमरे का दरवाज़ा खोला। परदा हटाकर दरवाज़े पर खड़ा हुआ। यह कमरा उन दोनों भाई-बहनों के खेलने का था। था तो दो जने का, पर कमरे का बारह आना बेशक एक ही का था। उसका झूला-घोड़ा, उसकी रेलगाड़ी, मोटर, हवाई जहाज़, उसका कुत्ता, ख़रगोश, हाथी, चिड़िया और रंग-रंग के विभिन्न आकार-प्रकार के बहुत-बहुत विचित्र-विचित्र खिलौनों का मेला।

अच्छा, मुन्नी के इन खिलौनों को रेखा ले क्यों नहीं गयी? कितनी निर्मम है, वह! शोभन ने तो राजा के खिलौने, जितना हो सका, उसके साथ दे दिये हैं। गरचे उन सबका व्यवहार नहीं हो पा रहा है, गंगातट के उस मकान के एक कमरे में भरे रखे हैं। मगर उसकी नज़रों के सामने तो हैं!

और वे पुतले?

उनके आँखें हैं!

बड़ी-बड़ी विस्फ़ारित आँखें।

उन आँखों को फैलाये वे शोभन की आँखों के सामने खड़े हैं।

पुतलों की आँखों में दृष्टि होती है क्या? उस दृष्टि में व्यंजना होती है? भर्त्सना होती है? तीखी? करुण?

शोभन को लगा, हाँ है।

शोभन उस तीखेपन के सामने से झटपट हट आया।

जाने कहाँ तो शोभन को क्या असह्य हो रहा था, इसलिए शोभन ने उन पुतलों के मालिक को चले जाने दिया। और, शोभन यह सब सहता चला जा रहा है।

सहता जा रहा है एक स्त्री के मन के प्यार से तिल-तिल गढ़े इस संसार को, सहता जा रहा है विशाल डिनर-टेबल के एक किनारे अकेले बैठकर खाना, बैठक के एक डिवान में मामूली एक तकिया लेकर लेटे रहना।

सहता जा रहा है, सवेरे नींद से जगकर एक निःशब्द प्रेतपुरी में अभ्यस्त नियम से घूम-फिरकर दफ़्तर जाने के लिए तैयार होना।

कई दिन तक जैसे एक खुमारी में था, ठीक अनुभव नहीं कर पा रहा था कि वास्तव में क्या घटित हुआ है। माँ की चिट्ठी ने आज मानो झकझोरकर उसे जता दिया कि घटना का स्वरूप क्या है।

बत्तीस

बकुल को एकाएक ऐसे प्रस्ताव के सम्मुखीन होना होगा, इसकी उसने कभी कल्पना भी नहीं की।

उस अकल्पित अवस्था की तिरती हुई नाव पर पाँव रखकर बकुल ने प्रायः अपरिचित अपने चचेरे बड़े भाई की ओर ताका।

ज़रा ही देर पहले, बकुल जब अपने 'साहित्य-चक्र' के पुनर्मिलन अधिवेशन से घर लौटी थी, तो बड़ी भाभी की नौकरानी ख़बर दे गयी थी, "बुआजी, दरज़ीपाड़ा या कहाँ तो आप लोगों के कोई अपने हैं, वहाँ से आपके कोई बड़े भाई आपसे भेंट करने के लिए बड़ी देर से बैठे हैं।"

बहुत थकी-सी थी। अब किससे कितनी और क्या बात करनी होगी, क्या जानें! जब वह उससे भेंट करने के लिए इतनी देर से बैठे हैं, तो लगता है, सहज ही छुटकारा नहीं देंगे।

और यह भी नहीं लगता कि बकुल का कोई उपकार या लाभ हो सकता है, ऐसा कोई विषय लेकर वह आकर बैठे हैं।

बाहर के कपड़े बदले। हाथ-मुँह धोते-धोते बकुल ने सोचने की चेष्टा की कि बात क्या हो सकती है? उस घर के छोटे चाचा के लड़के की तरह कोई असुविधाजनक प्रस्ताव लेकर तो नहीं आये हैं? फिर तो मुसीबत है।

उस घर के सँझले भैया, जिन्हें और कहीं देखने पर बकुल के लिए झट पहचान लेना कठिन है, क्योंकि जो सबसे निकट के हैं, उन्हीं से सबसे ज़्यादा दूरी!

आना-जाना रह नहीं गया है। बेटे-बेटियों के ब्याह के समय महिलाओं के प्रीतिभोज का जो कार्ड आता है, उसी सिलसिले में जो जाना-आना है, बस।

फिर भी बकुल के चचेरे भाई ने आकर कहा था, "तुम्हें एक काम कर देना होगा।"

उस दिन भी बकुल ने समझा था, काम आसान नहीं है, नहीं तो भले आदमी आकर इस तरह से बैठे नहीं रहते।

नर्म होकर पूछा था, "क्या, कहिए?"

उन्होंने ख़ूब अमायिक गले से कहा था, "अरे, मुझे यह 'आप' 'जी' क्यों रे? मैं कोई पराया हूँ? चाचा अलग मकान में चले आये थे, इसीलिए ऐसा, नहीं तो घर तो एक ही है। हम सब एक दादी के पोती-पोते हैं।"

बकुल को याद हो आया था, 'एक ही दादा-दादी के वंशधर'—यही प्रसंग उठाकर एक समय ये अपने चाचा को बकुल का ब्याह नहीं करने के कारण जो

मुँह में आया था, वही कह गये थे। इससे शायद उनके कुल पर भी कालिख पुती और उन सबके चेहरे पर भी कालिख-चूना लगा।

गरचे उम्र में वह बकुल से ख़ूब जो बड़े हैं, सो नहीं।

"छोड़िए, वह तो तमादी बात है।" बकुल ने नम्र होकर कहा था, "क्या करना है, सुनूँ?"

यानी 'तुम' 'आप' दोनों को ही टाल गयी।

भैया बोल उठे, "ख़ास कुछ नहीं रे बहन, मामूली-सा काम। मेरे छोटे लड़के ने नौकरी के लिए दरख़ास्त दी है, उसके लिए एक कैरेक्टर सर्टिफ़िकेट तुझे लिख देना है।"

सुनकर बकुल का माथा अवश्य चकरा गया था।

बकुल प्रायः तमतमाकर बोल उठी थी, "लेकिन मैं तो उसे पहचानती ही नहीं, शायद देखा भी नहीं है..."

भैया पिघली हँसी हँसकर बोले, "देखा ज़रूर है, ब्याह-शादी, काज-कर्म में—लेकिन तब वह हाफ़ पैण्ट पहने पानी परोसता होगा। और तू पहचानने की कहती है? पूछता हूँ, मुझे तो पहचानती है? या कि यह भी नहीं?"

इस एकान्त अन्तरंगता में—'तू'-'तू' शब्द कानों में खट-खट लग रहा था, बकुल उससे मन ही मन लज्जित हो रही थी। सच ही तो, नितान्त अपने हैं। इनके पिता और मेरे पिता एक ही माँ के पेट के हैं।

बकुल ने कहा था, "आपको नहीं पहचानती, यह क्या कहते हैं आप! परन्तु यहां के लड़कों के बारे में तपाक से कुछ कहना तो मुश्किल है। कैसे-कैसे दोस्तों से मिलता-जुलता है—शायद हो कि अपने बेटे को सँझले भैया, आप ख़ुद ही ठीक से नहीं पहचानते हों!"

सँझले भैया दमककर बोल उठे थे, "किसी ने आकर कुछ चुग़ली खायी है, क्यों? मगर मैं तुम्हें कहे देता हूँ बकुल, वह कोने के बरामदे में बैठता है, इसलिए लफंगा हो गया! अपने घर के बरामदे में बैठता है? बचपन से जिनसे जान-पहचान है, वही लड़के आकर गपशप करते हैं बस। वे चाहे जो जैसे हों, मेरा प्रभांशु उस ज़ात का ही नहीं।"

अपने बेटे की ज़ात के बारे में सँझले भैया जितना ही बड़ा सर्टिफ़िकेट क्यों न दें, बकुल को उन्हें निराश लौटाना पड़ा था।

कहा था, "बिलकुल नहीं जानते हुए लिखने में हिचक हो रही है सँझले भैया!"

सँझले भैया अपमान की चोट खाकर ही चले गये थे और कहते गये थे, "बाहर तुम्हारा कुछ नाम-गाम है, इसीलिए कहने आया था, नहीं तो सँझली चाची हमें जैसी अवज्ञा की दृष्टि से देखती थीं, उसे सोचते हुए इस घर में पाँव भी नहीं

रखना चाहिए था।''

बकुल गुस्से से लाल हुए उस चेहरे को अवाक् होकर देखने लग गयी थी और ज़रा ही देर पहले के विगलित हास्यवाले मुँह से उसे मिलाने लगी थी।

ख़ैर, एक तो यह घटना उस घर से घट चुकी है। फिर क्या है?

उस दिन छोटी भाभी ने कहा था, ''अरे बाबा, दो पंक्ति लिख ही देती, अपने आदमी के लड़के का उपकार होता कुछ। हम किसी भी काम तो नहीं आते!''

छोटे भैया ने कहा था, ''नहीं-नहीं, इसने ठीक किया है। जाना नहीं, सुना नहीं, कैरेक्टर सर्टिफ़िकेट दे दिया! आज के लड़के तो दूध के दाँत टूटने के पहले ही पॉलिटिक्स करते हैं। कौन किस पार्टी में घुसा बैठा है, किसे पता है?''

''बन्धु-विच्छेद हुआ, यही, और क्या?''

छोटी भाभी ने कहा था।

उस समय शम्पा थी।

उस समय विच्छेद शब्द का अर्थ छोटी भाभी नहीं जानती थीं। उसी को विच्छेद कहा था।

ख़ैर। आज ताऊजी के बेटे फिर जानें किस परिस्थिति में डालें!

फिर भी यह नहीं सोचा था।

अभावनीय है।

उस घर के बड़े भैया प्रस्ताव ले आये हैं—''तुम्हारी तो बहुत जान-पहचान है, सुना 'मैजिशियन अधिकारी' तुम्हारी क़द्र करता है, मेरी इस पोती को यदि उनके दल में दाखिल कर देने का एक चांस दिला दो।''

बकुल को लगा, वह बांग्ला भाषा नहीं सुन रही है। जो सुन रही है, वह भाषा बकुल की समझ से परे है। बकुल ने अवाक् होकर पूछा, ''किस दल में?''

''अरे मैजिकवाले दल में!''

बकुल प्रायः अभिभूत की नाईं बोल बैठी, ''वह मैजिक जानती है?''

''अहा, मैजिक न जाने, मैजिक के दल में लड़कियों को रखते हैं न! ख़ूबसूरत लड़कियों की माँग है। बेबी की तस्वीर मैं ले आया हूँ, तुम यह दिखाना।''

बड़े भैया ने जेब से एक लिफ़ाफ़ा निकाला। लिफ़ाफ़े से सावधानी से एक तसवीर निकालकर टेबल पर रखी।

बकुल ने उसे उठा लिया।

तसवीर की ओर देखती रही।

देखने में बहुत कुछ उसकी दीदी चम्पा जैसी। ख़ानदान का एक गढ़न होता है, पास-दूर, कहीं-कहीं वह पकड़ में आ जाता है।

वह लड़की मानो बड़ी-बड़ी आँखों से ताक रही है। तसवीर अच्छी ली गयी है।

क्या कहे, कुछ सोच न पाकर बकुल एक अवान्तर बात बोल उठी, ''यह तसवीर कहाँ खिंचायी है?''

''भारत स्टुडियो में। क्यों, अच्छी नहीं आयी है?''

''अच्छी आयी है, इसलिए पूछ रही हूँ।''

''कहूँ तो पता नहीं तुम क्या समझोगी बकुल, देखने में और अच्छी है। यह तसवीर तुम दिखाओगी तो प्रभावित होंगे वे। और दूसरा क्वालिफ़िकेशन भी है। उस बार 'साइकिल से बंगाल-विजय' कर आयी, शायद जानती हो। इसके दल में और भी पाँच लड़के थे, यह सेकेण्ड हुई थी। सोचो ज़रा!''

बकुल सोचती रही। सोचते-सोचते पसीजती रही।

बोली, ''लेकिन इतनी सुन्दर लड़की, शादी ब्याह नहीं करके...''

बड़े भैया उत्तेजित होकर बोले, ''ब्याह तो यों ही नहीं होता बकुल! मेरी हालत तुम न भी जानती होओ, तुम्हारे भाई जानते हैं। इसका बाप तो सदा का बेरोज़गार है। ताश-पासा खेलता है, पान चबाता है, मटरगश्ती करता है और काम-काज की बात करो तो कहता है, 'मुझे दिल का दौरा पड़ता है, कलेजा गया!' तो? घर की जो भी पूँजी है, दे-दिवाकर ब्याह मान लो कर दिया, मगर उससे मुझे लाभ? यह महारानी जाकर राज-पाट करें और मेरी बुरी दशा और बदतर हो। न-न, यह तुम्हें कर ही देना पड़ेगा बकुल, बड़ी उम्मीद लेकर आया हूँ। वे लोग वेतन भी अच्छा देते हैं।''

बकुल ने धीरे-से कहा, ''फिर भी, सुनने में बुरा लगता है न, कहीं और यदि किसी काम में...''

बड़े भैया और भी उत्तेजित होकर बोले, ''और कहीं क्या जुटेगा उसे, बता? स्कूल फ़ाइनल भी तो नहीं किया है। सिर्फ़ इसमें-उसमें लगी रहती है। और तुम सुनने में बुरा लगने की कह रही हो?...यह सब आजकल कुछ रह गया है? नहीं। जिसे जिसमें सुविधा हो, वह वही करेगा, बस धिक् सभी दे सकते हैं, भीख कोई नहीं दे सकता। मेरे एक मित्र ने भी उस दिन यही बात कही। कहा, 'देखो भैया, मैंने तय कर लिया है, लड़कियों के ब्याह की अब कोशिश नहीं करूँगा।' उसकी बुढ़ापे की गिरस्ती है। घर में अभी भी क्वाँरी लड़कियाँ हैं। लेकिन ब्याह की कोशिश नहीं करता। 'जिन्दगी-भर दाँत में रस्सी दबाकर जो कुछ जमा-वमा किया है, क्या उन तीन लड़कियों के पैरों पर चढ़ाने के लिए?...नहीं, मैं इसमें नहीं पड़ता।' बल्कि लड़कियों से कहता है, 'अब तक बाप के पैसों से खाती-पहनती रहीं, पढ़ा-लिखा, अब बुढ़ापे में बाप को उसका बदला चुकाओ'...ख़ैर, बड़ी मँझली, ये दो लड़कियाँ जैसा भी हों, कुछ कर रही हैं, छोटी ही एकबग्गी है। कहती है, 'मुझे यह सब अच्छा नहीं लगता।' मैं पूछता हूँ, 'तो क्या अच्छा लगता है? बाप के माथे पर कटहल

फोड़ना? जब बाहर से रुपये कमाकर लाने की जुर्रत नहीं है, तो घर के रुपये फूँककर बाहर क्यों जाओ?' मैं भी यही सोच रहा हूँ, उसने मेरे ज्ञान की आँखें खोल दी हैं। तुम भैया पोती के लिए ज़रा कोशिश करो। कोशिश करो। कहना, बड़ी चालाक-चतुर लड़की है, जो भी सिखाओगे, वही झटपट सीख लेगी।' ''

बकुल ने हताश होकर कहा, ''लेकिन मेरी तो वैसी जान-पहचान नहीं है।''

''यह तुम्हारी टालने की बात है बकुल! मैं क्या अन्दर की ख़बर लिये बिना ही आया हूँ? तुम कह दो कि हो जाएगा।''

शायद हो कि हो जाए।

लेकिन बकुल वह कैसे कहे?

बड़ी देर तक अनुरोध-उपरोध के बाद बड़े भैया खीजकर उठ गये। बोले, ''तुम्हारी लिखी किताबें मैंने अवश्य पढ़ी नहीं हैं, घर में सुनता हूँ, बहू भी कहती हैं, तुम शायद ख़ूब संस्कारमुक्त हो। लेकिन इस एक मामूली-से मामले में कुसंस्कार में तुम हमारी दादी मुक्तकेशी देवी से ऊपर हो गयीं। जीविका के लिए आदमी को कितना क्या करना पड़ता है, 'यह पसन्द नहीं' कहकर बैठ रहने से चलता है? इसके लिए एक आत्मीय का थोड़ा-सा उपकार नहीं करोगी? ख़ैर, उसने कहा है, 'मैं ख़ुद ही अधिकारी से मिलकर कोशिश करूँगी। तुम्हारी अपनी भतीजी तो कारख़ाने के मजूर के साथ निकल गयी है, इससे सिर नहीं झुक रहा है?' ''

वह चले गये।

बकुल बैठी रही।

सोचने लगी, मनुष्य के मर जाने पर भी उसका अस्तित्व कहीं रहता है? मुक्तकेशी देवी नाम की वह महिला कहीं बैठकर अपने वंश की प्रगति को ताककर देख रही हैं?

तो, बकुल संस्कार से बहुत ही आच्छन्न है?

लेकिन उसकी रचनाएँ पढ़कर सब उसे बिलकुल संस्कारमुक्त क्यों कहते हैं?

बकुल में मिलावट है?

जो सोचती है, सो लिखती नहीं? या जो लिखती, सो सोचती नहीं? या कि बकुल के हिसाब से प्रगति शब्द का दूसरा अर्थ है। संस्कार शब्द की दूसरी व्याख्या है।

बकुल अवाक् होकर सोचने लगी, चिरकालीन मूल्यबोध इतनी आसानी से झड़ कैसे जाते हैं! कभी जिन्होंने वंशमर्यादा, कुलमर्यादा, पारिवारिक नियमों आदि शब्दों के चरणों में जीवन की बहुतेरी आशा-आकांक्षा, ऐश-आराम की बलि दी है, वही लोग कैसे उन्हें तोड़कर उनके टुकड़ों को रौंदकर चले जा रहे हैं?

बकुल बार-बार उस 'मुक्तकेशी' शब्द के चारों ओर घूमने लगी।

एक समय का प्रताप कहाँ विलीन हो जाता है, सम्राट् का राजदण्ड शिशु के खिलौने की तरह धूल में लोटने लगता है। जीवन की व्याख्या हर-हमेशा बदलती रहती है, सत्य अपना मुखौटा निरन्तर बदलता रहता है। और, मनुष्य उसी में 'अमरत्व' का सपना देखता है।

'सुविधा' को वह 'संसारमुक्ति' कहता है, 'स्वार्थ' को कहता है 'सभ्यता'।

हमने 'अचलायतन' को तोड़ना चाहा था, लेकिन हमने हथौड़ी, सब्बल, गैंते का ठीक व्यवहार नहीं सीखा, इसीलिए हम अपना सारा कुछ तोड़ बैठे हैं।

आज का युग गैंता-सब्बल हाथ में लेकर बहुत बड़ी-बड़ी बातें करता है और मनमाना आघात करता है। बातें हवा में उड़ जाती हैं और आघातों से पैरों-तले की ज़मीन तक में दरार पड़ रही है।

परन्तु ये बातें हास्यकर हैं।

मंच पर खड़े होकर यही कहना है, ''जो हो रहा है, वही ठीक है। यही प्रगति है, यही सभ्यता है।''

कलम की नोक से लिखता है, ''यह कुछ नहीं केवल सूचना है—और भी चाहिए। और भी बढ़ना है, अन्त तक 'अन्त' पर पहुँचना है।''

लेकिन है कहाँ वह अन्त?

''जिसका अन्त नहीं, उसकी अन्तिम बात कौन कहे?''

तैंतीस

हमारी नानी—जिनका नाम सत्यवती देवी था, इसी प्रश्न को लेकर अपने दीर्घ दिन के विवाहित जीवन के संसार को छोड़कर दुनिया के खुले प्रकाश में निकल पड़ी थीं, ''हो चुके ब्याह को तोड़ा क्यों नहीं जा सकता?''

उन्होंने कहा था, ''मैं इसी प्रश्न का उत्तर ढूँढ़ने जा रही हूँ।''

बकुल और पारुल, दोनों मानो एक साथ ही एक ही बात सोचती हैं। यह एक आश्चर्य है!

अपनी ख़याल-ख़ुशी की डायरी में पारुल लिखती गयी, ''परन्तु वह क्या आज का यह ब्याह था—जो ब्याह 'प्यार' की पताका उड़ाकर लोकचक्षु के सामने जय-गौरव

दिखाकर अपने को माला के बन्धन में बाँधता है?''

सत्यवती देवी की नौ साल की बेटी सुवर्णलता का चुपके-चुपके ब्याह कर दिया गया था, और उस महत् कार्य की नायिका थीं सुवर्णलता की दादी, सत्यवती की सास। सत्यवती ने कहा था, ''यह ब्याह, ब्याह नहीं, गुड़ियों का खेल है...''

परन्तु आज के इस सभ्य समाज का ब्याह? गुड़ियों के खेल से इसी का कहाँ अन्तर है? खेलते-खेलते पुराना हो गया, वैचित्र्य जाता रहा कि फिर नयी गुड़िया लेकर खेलना शुरू कर दिया—यही न! और कहीं नये से खेलना न भी शुरू किया, तो खेलना ही छोड़ बैठे। खेल ख़त्म हुआ कि खिलौने को दे मारा।

हमारी विद्रोहिणी नानीजी ने क्या यही चाहा था? शोभन की यह मुक्ति देखकर वह क्या आज प्रसन्न होतीं? कहतीं वह कि ''जो ब्याह झूठ है, जो ब्याह अर्थहीन है, उसके बोझ को ढोये चलना महज़ मूढ़ता है।''

तो, वास्तविक ब्याह कौन-सा है?

जो आज सत्य है, कल ही तो वह झूठ हो सकता है?

पारुल कलम रखकर कमरे से बाहर निकल आयी। बरामदे में आकर खड़ी हुई। गंगा के किनारे का वही बरामदा। ढलते दिन की गंगा की वह अनोखी शोभा, पानी पर हवा का कम्पन, तिर-तिर करके बहता जा रहा है। किन्तु कल ही अन्धड़ से कैसी उथल-पुथल हो रही थी!

प्रकृति शक्तिमयी है, वह आँधी के बाद फिर स्थिर होना जानती है। आदमी केले के छिलके की नाव जैसा बहता है, डूबकर खो जाता है।

राजा चला गया।

माँ के पास भी नहीं, बाप के पास भी नहीं, गया आसनसोल के एक बोर्डिंग में।

अजब इस्पात-सा नहीं झुकनेवाला लड़का।

कलकत्ते में हरगिज़ नहीं रहेगा।

लाचार आसनसोल में रामकृष्ण मिशन में प्रबन्ध करना पड़ा शोभन को।

पारुल ने हताश होकर कहा था, ''शोभन, तेरा बेटा काहे का बना है, पत्थर का या इस्पात का?''

शोभन ने सूखे गले से कहा था, ''हमने लेकिन लाड़-प्यार से दुलरुआ लड़के के सिवा और कुछ नहीं सोचा कभी।''

पारुल ने मन ही मन कहा था, ''इसका मतलब, तुम लोगों ने ही उसे ऐसा बनाया—पीटकर इस्पात कर दिया।''

ग़ज़ब! जब वह गया, ज़रा भी विचलित होने का लक्षण नहीं। उस बाल गोपाल के वैसे कोमल-सुकुमार मुखड़े पर किस ग़ज़ब की कठिनता की छाप! अब से शायद ऐसी ही एक ज़ात की सृष्टि होगी, जो माँ-बाप को अस्वीकार करेगी, वंश-परिचय को अस्वीकार करेगी, हृदय-वृत्ति को अस्वीकार करेगी। वह सख़्त मुँह लिये अपने को तैयार करेगी, धरती की माटी पर चरते फिरने योग्य क्षमता जुटाकर। और वह अक्षमता आ जाएगी तो बाप से कहेगी—"मुझे लिखाने-पढ़ाने में तुम्हारी जो लागत लगी है, मैं चुका दूँगा।" या यह कि "तुमने जो किया है, वह मजबूर होकर ही किया है। हम लोगों को इस पृथ्वी पर ले क्यों आये? लाने की कोई ज़िम्मेदारी नहीं है?"

जीव-जगत् से मनुष्य का शायद इतना ही अन्तर रहेगा। पशु-पंछी अपने जन्म के लिए माँ-बाप को ज़िम्मेदार बनाना नहीं जानते, मनुष्य यह जानता है।

बड़ी देर तक बरामदे में खड़ी रहकर पारुल फिर कमरे में चली आयी। उसने फिर लिखा, "सत्यवती देवी ने क्या यही चाहा था? अपने सबकुछ के बदले वह परवर्ती युग के लिए यही जवाब खोज लायी थीं?"

पारुल को शोभन के उस समारोहमय जीवन की छवि याद आती रही। पत्नी, बाल-बच्चे और दुनिया-भर का सामान लिये एक दिन या एक वेला के लिए उसका माँ के पास आना। सोचकर हैरान रह जाती थी, पारुल, उन्हें एक दिन के लिए भी कितने सामानों की ज़रूरत होती है! बीवी पैदल चलती तो शोभन के कलेजे में चोट लगती, बीवी की ज़रा-सी असुविधा दूर करने के लिए मुट्ठी-मुट्ठी रुपया ख़र्च करने में उसे झिझक नहीं होती, और उस अभिमानिनी का मुँह ज़रा भार-सा होता कि वह स्वयं चोर-सा बना रहता, काँटा बना रहता कि कहीं माँ अपनी बहू की सूक्ष्म सुकुमार अनुभूति का मर्म न समझकर कोई भोथरी बात न कह बैठें।

ऐसा नहीं लगता था कि शोभन के जीवन में पत्नी की प्रसन्नता के अलावा और कुछ काम्य है। उसके हृदय में पत्नी के सिवाय और कुछ की ठाँव है या नहीं सोचना पड़ता था।

पारुल ने फिर लिखा—"सोचती थी, और विषयों में चाहे जो हो, यही प्राकृत ब्याह है। प्यार के एक ब्याह के सुखमय दाम्पत्य जीवन की मैं दर्शक बनी, यह सोचकर ख़ुशी होती थी।...हमने अपनी माँ का जीवन देखा, अपने समसामयिकों का देखा। कोई फाँकी को क़बूल न कर पाकर पीड़ा से तड़पती रही, किसी ने फाँकी से ही समझौता करके ठाट से चलाया।...पर, सत्य नाम की चीज़ क्या कहीं नहीं थी? ऐसा भी हो सकता है? क्या जानें! अपने भाभी-भाइयों को तो देखा है, लगा

ता नहीं कि ये फाँकी का बोझ ढोते हुए मर रहे हैं? बाहर से क्या समझ में आता है? मोहन की याद आती रहती है!

"वह बहुत दिनों से नहीं आया है। जबसे उसकी बदली नासिक हुई, तभी से नहीं आया। लगता तो है कि वह सुखी-समृद्ध जीवन के स्वाद से भरपूर होकर दिन बिता रहा है। इसीलिए छोड़े हुए अपने-सगों को महज एक ख़त से भी कभी पूछने का ख़याल नहीं रहता। परन्तु, कौन जाने, मोहन के जीवन में भी भीतर ही भीतर दरार पड़ रही या नहीं!

"टूट पड़ने के पहले क्षण तक भी तो बाहर से कुछ भी नहीं समझ में आता।

"हठात् मोहन के लिए जी कैसा तो कर उठा। हो सकता है, शोभन का व्यर्थ और विध्वस्त हुआ चेहरा ही मन को उद्वेलित कर रहा है। रेखा के लिए भी जी कैसा कर उठता है।

"कितनी बार जी में आया, मैं क्या रेखा के पास आऊँ, उससे कहूँगी..."

लेकिन क्या कहूँगी, यह सोच नहीं सकी। अपने जीवन का भार उन्हें स्वयं ही ढोना होगा। वहाँ और किसी की कोई भूमिका नहीं।

चौंतीस

बकुल के इस कमरे में आते ही छोटे भैया ने पूछा, "उस घर के बड़े भैया क्यों आये थे रे?"

बकुल ने अवाक् होकर कहा, "हाय राम, तुम घर में ही थे? मिले नहीं?"

"दुर्, छोड़। मिलने-जुलने के झमेले में मैं नहीं रहता।" और छोटे भैया ने मुँह फेर लिया, रुँधे हुए गले से कहा, "लोगों को दिखाने लायक़ क्या मुँह मेरा रह गया है बकुल?"

बकुल ने हँसकर कहा, "इनको दिखाने लायक़ तो था तुम्हारा मुँह। इनका कहना है, आज के ज़माने में निन्दा योग्य कुछ भी नहीं।"

बकुल ने इसके बाद बड़े भैया के आने का मतलब संक्षेप में बताया।

छोटे भैया ज़रा देर स्तब्ध रहकर बोला, "लेकिन लगता था, वह घर अचलायतन है। उस घर में मुक्तकेशी देवी की हड्डी गड़ी हुई है।"

“गड़ी हो, तो उस हड्डी में निश्चय ही सिहरन लग रही है।”

“और हम लोग कितनी निन्दा के शिकार हुए। हमारी माँ उन-जैसी नहीं हैं, इस कारण उन पर कितनी लांछना लगती रही!”

बकुल ने धीरे-से कहा, “आज भी लग रही है छोटे भैया। जो ज़रा और क़िस्म की होती हैं, उनपर से लांछना की आँधी गुज़रती ही है। आनेवाले युग में हो सकता है तुम्हारे ही वंशधर तुम्हें मुक्तकेशी देवी के साथ उत्तरसाधक के रूप में चिह्नित करेंगे।”

छोटे भैया ज़रा चुप रहकर बोला, “मैंने अपनी ग़लती सुधारने की कोशिश की थी बकुल! मौक़ा कहाँ मिला?”

“सच ही की कोशिश?”

छोटे भैया की आँखें लाल हो उठीं। दीवार की ओर देखते हुए उसने कहा, “तुम्हारी छोटी भाभी की तकलीफ़ अब आँखों से देखी नहीं जाती।”

“सिर्फ़ छोटी भाभी की?”

“मेरी बात रहने दे बकुल!”

“लेकिन इस मसले का हल तो तुम लोगों के अपने ही हाथों है भैया!”

“वह तो मैं प्रतिपल सोच रहा हूँ, किन्तु डर लगता है, हमारी वह बात अगर न सुने! यदि इनकार कर दे!”

बकुल ने मुसकराकर कहा, “तुम यहीं भूल कर रहे हो छोटे भैया! तुम अगर कहो, 'देख, तू मुझे हरगिज़ नहीं निराश लौटा सकती, मैं तुझे वापस ले ही जाऊँगा, ले जाकर ही रहूँगा।' फिर देखो, क्या होता है। हाँ, लेकिन यह याद रखो, उसके प्रेम को अपमानित करके नहीं। उसने अपने लिए जीवन में जिसे चुना है, हो सकता है, तुम्हारी नज़र में उसकी अयोग्यताओं का अन्त नहीं हो—परन्तु योग्यता-अयोग्यता का विचार क्या बाहर से किया जा सकता है छोटे भैया!”

“उसका पता तो तेरे ही हाथों है।”

“वह तुम्हारे हाथों भी चला जा सकता है भैया, बशर्ते कि तुम वास्तविक क्षमा का हाथ उसकी ओर बढ़ा सको।”

छोटी भाभी आकर खड़ी हुईं।

बोलीं, “उस घर के निर्मल की बहू ने तुम्हें ज़रा बुलाया है बकुल।”

बकुल चकित हुई।

ताज्जुब! बकुल अभी भी 'निर्मल' नाम सुनते ही चौंकती है। दुनिया के अनेक रहस्यों में यह एक अद्भुत रहस्य है! बहुत-से आश्चर्यों में एक परम आश्चर्य!

अवश्य बकुल की गहराई की चेतना का वह चौंकना बाहरी दुनिया की नज़रों में नहीं आता। बकुल ने सहज भाव से पूछा, “क्यों बुलाया है, कुछ पता है?”

"ठीक नहीं जानती। उसके उस पोते को उसका बाप अपने पास ले गया है न, अब माँ को भी ले जाने को आतुर है। मज़ा क्या है, मालूम! उस लड़के का हाथ तो काट दिया गया, इसलिए पार्टी में अब उसके लिए जगह नहीं। पार्टीवालों ने कह दिया 'वैसा एक चिह्न लिये घूमने से पकड़े जाने की सम्भावना है।' उस लड़के ने कहा है, 'जरा मुझे सँभल जाने दो, मैं देख लूँगा उन लोगों को। विश्वासघातक बनकर उन्हें विश्वास तोड़ने की सज़ा दिलाकर ही छोड़ूँगा।' "

बकुल ने अनमने भाव से कहा, "ऐसा!"

"हाँ! अलका बहूरानी एक दिन गयी थी न। घर में जो लोग हैं उसके, उन सबसे बहूरानी का बड़ा मेल है। वह वहीं से यह सब सुन आयी है।"

"निर्मल दा की स्त्री ठीक है?"

बकुल ने जानकर ही माधुरी बहू न कहकर निर्मल दा की स्त्री कहा। मानो उसने सबको यह दिखाना चाहा (शायद अपने को भी) कि वह नाम उच्चारण करना बकुल के लिए कुछ भी नहीं। बहुत मामूली बात है।

छोटी भाभी ने कहा, "शायद बिलकुल ठीक नहीं है। शकल देखने से पहचान में भी नहीं आती। वह इस बार जो जाएगी, लगता है, अब लौटकर नहीं आएगी।"

बकुल खाट के किनारे बैठकर बोली, "चेहरा तो बड़ा अच्छा बना लिया है! तो, बेटे के पास जाकर उसे परेशानी में डालने की क्या ज़रूरत! दस-पाँच दिन यहाँ रहने से ही तो सीधे बेटे के बाप के पास चली जा सकोगी।"

"तुम्हारे मुँह में फूल-चन्दन बकुल..." माधुरी बहू ने ज़रा हँसकर कहा, "मैं हर पल ईश्वर से यही प्रार्थना करती हूँ कि इस घर से, इसी खाट-बिछौने में उनके पास चली जा सकूँ। मगर बेटे को धीरज नहीं है। शायद सोचता है, लोकनिन्दा हो रही है, कर्तव्य की त्रुटि हो रही है..."

बकुल ने ज़रा देर ताकते रहकर कहा, "केवल यही सोचता है? और कुछ नहीं सोच सकता?"

अपने शीर्ण हाथ को बकुल की गोदी में रखकर माधुरी बहू ने कहा, "और क्या सोचेगा?"

"क्यों, माँ को तकलीफ़ हो रही है, माँ को असुविधा हो रही है, माँ के लिए जी कैसा करता है..."

माधुरी बहू के होठों के कोने में हँसी की एक रेखा खिंच आयी। व्यंग्य से कड़वी अवज्ञा की हँसी।

बकुल अवाक् होकर ताकने लगी।

माधुरी बहू ऐसी हँसी हँसना जानती है?

परन्तु बात वह बहुत भद्र हो बोली। बोली, ''वैसा हो, फिर तो अच्छा ही है।''

''मुझे बुलाया था?''

''हाँ। तुम्हें कितना काम है। नाहक़ ही बुलाकर तुम्हें परेशान किया...''

''यह ख़ामख़ा का सौजन्य तो रहने दो। कहो, क्या कहना है।''

''कहना कुछ नहीं है...''

माधुरी ने धीरे-से कहा, ''एक चीज़ देनी है।''

बकुल का कलेजा अभी भी काँप उठा—कैसी लज्जा, कैसी लज्जा!

माधुरी बहू यदि अपने पति की एक तसवीर ही बकुल को दे तो क्या हर्ज़ है, जाने क्यों बकुल को अचानक यही ख़याल हो आया।

लेकिन नहीं, तस्वीर नहीं, कॉपी।

या तस्वीर भी?

कॉपी के अन्तिम पृष्ठ पर छोटी-सी एक तस्वीर भी चिपकायी हुई।

''उनकी यह डायरी...'' तकिये के नीचे से कॉपी निकालकर माधुरी ने कहा, ''सोच ही नहीं पाती, इसका क्या करूँ! अपने हाथ से उनके हाथ की लिखावट को जान रहते नष्ट भी नहीं कर सकती, परन्तु डर लगता है, सचमुच ही अगर हठात् मर-मरा जाऊँ, तो इसे कौन देखेगा, कौन इसके पन्ने पलटेगा—इसलिए अन्त तक इसी निष्कर्ष पर पहुँची, अच्छा है, जिसकी चीज़ है, उसी को दे जाऊँ।''

बकुल ने कॉपी को हाथ नहीं लगाया, असहाय-सी बोली, ''जिसकी चीज़ है उसे, क्या मतलब?''

गरचे बकुल प्रौढ़त्व की अन्तिम सीमा पर पहुँच गयी है, वह अनामिका देवी का मुखौटा लगाये राज्य जय करती फिर रही है।

बिस्तर से उठाकर वह कॉपी बकुल की गोद में रखकर माधुरी बोली, ''मैंने जो कहा, ठीक ही कहा है। पन्ने-पन्ने पर जिसका नाम है, यह उसी की चीज़ है, उसी के पास रहना उचित है।''

और सहसा ही माधुरी की गड्ढों में धँसी आँखों की रेखा-रेखा में आँसू भर आये। बकुल अपराधी-सी काठ होकर बैठी रही।

माधुरी ने ही फिर लज्जा की हँसी हँसकर कहा, ''सेहत ख़राब होने से शिराएँ नाकाम हो गयी हैं। बात बोलने से ही आँखों में पानी भर आता है। सच, यह कॉपी तुम्हारे ही लिए रखी थी मैंने।''

उसके दुबले हाथ को हाथ में लेकर बकुल ने कहा, ''यह सोचकर मुझे बड़ा सुख था कि कम से कम तुममें कोई शून्यता नहीं है, कोई फाँकी नहीं है।''

अपने दुबले मुँह से भी वही अभ्यस्त हँसी हँसकर माधुरी बोली, ''नहीं ही तो

है। सब पूर्ण है, केवल उस पूर्णता के एक अंश तुम हो। मैं तुम्हारी बड़ी कृतज्ञ हूँ बकुल, तुम और सबकी नाईं घर-गिरस्ती पति-पूत लेकर मत्त नहीं हुई। वैसा होता, तो यह कॉपी मुझे कब की फाड़ फेंकनी होती।''

बकुल ने हँसने की चेष्टा करके कहा, ''दूल्हा नहीं नसीब हुआ, इसीलिए घर-गिरस्ती की भी बला नहीं रही। इसमें त्याग के महत्त्व को नहीं ढूँढ़ना ही ठीक है माधुरी बहू, बल्कि मैं तुम्हारे ही प्रति–ख़ैर, छोड़ो उसे। सब-कुछ कहना सोहता नहीं। लेकिन 'जाने का दिन' आये बिना तो जाया नहीं जा सकता, लिहाज़ा उस दिन को त्वरान्वित करने की साधना नहीं करना ही उचित है!''

''नहीं-नहीं, वैसा नहीं किया है। लोगों के बीमारी-वीमारी नहीं होती है क्या! अच्छा बहन, उसकी कॉपी पढ़ने से लगता था–अवश्य पहले पढ़ती नहीं थी कभी, सोचती थी, सबका एक निभृत स्थान रहना उचित है। लेकिन जाने से पहले उसने कॉपी मुझे दी। कहा, 'पढ़ देखना। जाने से पहले तुम्हारे सामने निर्मल होकर जाऊँ।' अपना नाम लेकर बहुत बार मज़ाक़ किया करता था न।...पढ़ते-पढ़ते लगता, 'तुम दोनों' पर तुम्हें कुछ लिखना था शायद, कहीं लिखा है? तुम्हारी तो कितनी ही किताबें हैं, सब तो पढ़ नहीं पायी हूँ, जानने को जी चाहता है, क्या लिखा है उनमें?''

बकुल ने धीरे से सिर हिलाकर कहा, ''नः, वह तो कभी लिखी नहीं गयी माधुरी बहू। जब-जब लिखने की सोचती थी, लगता था, लिखने जैसा है क्या? यह तो संसार में रोज़ घटनेवाली घटना का एक टुकड़ा है। इसमें विशेषता ही कहाँ, मौलिकता ही कहाँ–उसके बाद हठात्...''

बकुल ज़रा चुप रहकर बोली, ''तब जी में आया, अब लिखकर भी क्या होगा?...बात वास्तव में यह है कि अपनी बात लिखना बड़ा कठिन है। यह सहज उन्हीं लोगों के लिए है, जो 'अपनी बात' पर काफ़ी रंग-पालिश चढ़ाकर रौनक़ बढ़ा सकते हैं, जिससे चीज़ कीमती लगने लगती है। यह हर किसी से नहीं हो सकता।''

माधुरी ने एक निःश्वास छोड़कर कहा, ''उस पर उसे ज़रा अभिमान था।''

माधुरी की हथेली को ज़रा दबाकर बकुल ने कहा, ''शायद वही अच्छा हुआ माधुरी बहू। लिखने से हो सकता है कि उसका जी नहीं भरता। उसकी प्रत्याशा का पात्र ख़ाली ही रह जाता, वह उस अभिमान से भी वंचित होता। जो होता है, नहीं हुआ, वही अच्छा है।''

''फिर भी समय मिले तो ज़रा देखना, उसके बाद फाड़कर फेंक देना, जला देना, जो तुम्हारा जी चाहे, करना। दुनिया में और किसी की नज़र में पड़ेगा तो वह शायद माधुरी नाम की महिला पर करुणा करने लगेगा। सोचेगा, अहा, इस बेचारी ने शायद कुछ भी नहीं पाया! उन्हें यह तो नहीं समझाया जा सकेगा कि ऐसे भी हृदय होते हैं, जो चुक नहीं जाते, दिवालिया नहीं होते।''

थकावट से माधुरी बहू ने आँखें मूँद लीं।

उन मुँदी आँखों की ओर देखते हुए बकुल ने दूसरे एक मुखड़े को याद करने की चेष्टा की।

नाम मानो छू जा रहा था, मुँह उस आसानी से पकड़ में नहीं आ रहा था। बहुत सोचने के बाद कहीं...

परन्तु उस सरल-सरल भीरु-भीरु निर्बोध मुखड़े में बकुल ने वैसा कुछ आश्वास नहीं पाया, जैसा कि माधुरी ने पाया है।...सच ही पाया है? नहीं। यह सिर्फ़ उसके मन की माधुरी मिलाकर रची हुई मूर्ति है।...

ज़रा देर में आँखें खोलकर माधुरी ने कहा, "आज तुम्हें सारी बातें कहने को बुलाया है। बुलाया है बहुत कुछ पूछने। पूछने को जी चाहता है, तुम्हारे इतने बड़े जीवन में और कभी कोई प्रेम नहीं आया है?"

बकुल ने हँसकर कहा, "बाप रे, यह तो भयंकर प्रश्न है। झट से तो याद नहीं आ रहा है।"

"सोच-सोचकर याद करो। प्रेम की इतनी कहानियाँ लिखीं और..."

"हो सकता है, इसीलिए लिखते-लिखते समय ही नहीं मिला। और फिर..."

सहज परिहास से बकुल ने इस प्रसंग की इति खींची, "मैं तुम्हारी तरह सुन्दरी तो नहीं कि मुग्ध भक्तों की टोली पतंगों की तरह टूट पड़ती?"

"प्रश्न को टाल गयी?"

"वही सोचो। उसमें भी मेरी इज्ज़त रह गयी।"

बकुल उठ खड़ी हुई।

"यह कॉपी लेती आओ।"

"सच ही लेनी पड़ेगी?"

"ख़ूब! यों ही तुम्हें बुलाकर तकलीफ़ दी? तुम्हें देखकर मैं निश्चिन्त हुई।"

पैंतीस

माधुरी के यहाँ से कॉपी लाकर बकुल ने दराज़ में रख दी। बकुल की दराज़ में ताला-कुंजी की बला कभी नहीं रही, इसके लिए उसने कभी कोई कमी भी नहीं

महसूस की।

आज ही सहसा लगा, उसे कुंजी से बन्द रखती तो अच्छा होता। बकुल की दराज़ में कोई हाथ देगा, इसकी चिन्ता नहीं है—ढेर दिन हो गये, वह 'सहेजो-सँभालो', का स्वाद बकुल भूल गयी है।

लिखते-लिखते अधलिखा छोड़ जाने पर भी शम्पा निकाल-निकूलकर पढ़ लेती थी। अब बकुल के टेलीफ़ोन पर शायद ही कभी किसी का हाथ लगता है, उसकी मेज़ की दराज़ में भी हाथ नहीं लगता। घर में और भी लड़के-लड़कियाँ हैं, पर वे बकुल के लिए अनचीन्हे हैं। इधर फटकते ही नहीं।

फिर भी बकुल को लगा, कुंजी बन्द करने से निश्चिन्त होती। गरचे खोलकर एक पन्ना भी नहीं देखा। किसी एक समय देखा जाएगा। आज तो अभी ही बाहर जाना है।

'देशबन्धु' हाल में बांग्ला साहित्य सम्मेलन का विशेष वार्षिक अधिवेशन है। साहित्य की अधोगति हो रही है या नहीं और यदि हो रही है, तो उसका प्रतिकार? इसी पर चर्चा-आलोचना होगी।

इसमें भाग लेना अनामिका देवी के लिए नितान्त ज़रूरी है।

कोई तीनेक घण्टे अनामिका देवी एवं दूसरे बहुतेरे देव-देवी बांग्ला साहित्य के भविष्य के पन्थ का निरूपण करते हुए अन्तिम राय देकर जब निकल रहे थे, तो एक महिला ने अनामिका के निकट आकर नमस्कार किया।

अनामिका चौंकी, "बहूरानी? शोभन की बहू? तुम आयी थीं यहाँ?"

"जी!"

"कब आयीं? कहाँ बैठी थीं, मैंने देखा नहीं?"

"आप लोग देख सकें, हमें भला बैठने को ऐसी जगह मिल सकती है?"

शोभन की बहू रेखा ज़रा हँसी, "हमारे पास क्या वह टिकट है?"

"अजीब है! इसमें टिकट क्या? साथ में कोई है?"

"ज़रूर। उसकी शरण गहे बिना तो प्रवेश-पत्र नहीं मिलता। अपने एक कवि मौसेरे भाई की शरण लेकर आयी हूँ।"

"अच्छा किया। तुम साहित्य से प्रेम रखती हो, है न?"

रेखा ने धीमे से हँसकर कहा, "साहित्य से प्रेम है या नहीं, नहीं जानती, लेकिन एक साहित्यिक के लिए प्रेम है, उन्हीं को देखने आयी।"

अनामिका हँसीं।

किन्तु—अनामिका ने मन ही मन सोचा, मतलब? रेखा क्या नर्म पड़ गयी? वह क्या बकुल के माध्यम से अपने दरार पड़े जीवन की मरम्मत करना चाहती है!

ठीक समझ नहीं सकती अनामिका। वह सावधानी से बोलीं, "बहुत दुबली हो

गयी हो!"

रेखा ने कहा, "कहाँ?"

"ख़ुद थोड़े ही समझ में आता है? बच्चे मज़े में हैं?"

कह चुकने के बाद ही लगा, यह नहीं पूछा होता तो ठीक था। कहाँ लड़का, कहाँ लड़की, कौन जाने!

लेकिन रेखा ने वह नहीं कहा। वह मलिन मुँह से ज़रा हँसकर सिर्फ़ बोली, "शायद अच्छे ही हैं। मुन्ने को तो सुना, आसनसोल के मिशन स्कूल की बोर्डिंग में भरती कर दिया है।"

अनामिका ज़रा रुककर बोलीं, "सुना है!"

रेखा के होठों पर अभी भी हँसी। बोली, "जी। माँ के पास चन्दननगर में था। माँ की चिट्ठी से ही मालूम हुआ।"

चारों तरफ़ लोग।

मगर यह भी एक प्रकार का एकान्त।

बहुतों की भीड़ में एकान्त में बात की जा सकती है।

अनामिका ने शान्त स्वर से कहा, "यह ख़बर माँ की चिट्ठी से जाननी पड़ी!"

रेखा दूसरी तरफ़ ताकने लगी।

अनामिका बकुल नहीं हो गयीं, वह अनामिका देवी ही रहकर मृदु और मार्जित गले से बोलीं, "सब कुछ चुक-चुका जाना क्या इतना आसान है रेखा?"

रेखा ने नज़र उठाकर ताकते हुए कहा, "कठिन ही कहाँ हुआ?"

अनामिका ताकने लगीं।

रेखा का ऐसा प्रसाधनरहित चेहरा उन्होंने कब देखा है? पहनावे में एक टोगाइल साड़ी, चेहरे पर पेण्ट की अतिशयता नहीं।

मन ममता से भर गया।

धीरे-से कहा, "रेखा! टेढ़ा सवाल हल करने में तो समय लगता है।"

रेखा ने भी धीमे से कहा, "सो तो लगता है—शायद हो कि जीवन-भर ही हल करना पड़े।"

अनामिका बोलीं, "तुम लोगों के युग को हम ख़ूब विचक्षण और बुद्धिमान सोचती थीं बहूरानी।"

रेखा चुप रही।

अनामिका फिर बोलीं, "अब क्या कुछ भी किये कुछ नहीं हो सकता?"

रेखा ने कहा, "उस होने का कोई मूल्य है मौसीजी?"

"सो है! मुन्नी स्कूल में भरती हो गयी?"

"कब की!"

आबोहवा को हलका करने के ख़याल से अनामिका बोलीं, "तुम्हारे माँ-बाबूजी सकुशल हैं?"

"उस परिस्थिति में जितने कुशल से रहना सम्भव है। एक चुकाये क़र्ज़ का बोझ फिर से अगर माथे पर आ पड़े, तो अच्छा रह सकना सम्भव है?"

अनामिका इस पर क्या कहें?

इस निष्प्रभ मृतकल्प परिस्थिति में कौन-सी बात कहें...

रेखा ने कहा, "शम्पा को कभी-कभी देखती हूँ..."

"शम्पा..."

"हाँ! एक बार सुना था, वह खोजे मिल नहीं रही है। इसीलिए सोचा, आप।..."

अनामिका ने हँसते हुए कहा, "ठीक तुम्हारी ही तरह उसका भी एक दिन आविष्कार किया था।"

"ओ, ख़बर मिली है!"

"हाँ। लेकिन तुम उसे कभी-कभी कहाँ देखती हो ?"

"मैं जिस दफ़्तर में काम करती हूँ, उसी दफ़्तर की बिल्डिंग में शम्पा भी शायद कहीं काम करती है।"

अनामिका को शम्पा की ख़बर मालूम है।

रेखा की ख़बर ही नयी है। बोलीं, "तुम नौकरी कर रही हो?"

"बिना किये चलेगा कैसे मौसीजी? पिताजी रिटायर हो गये, तिसपर यह भार..."

'बढ़ती समस्या के समाधान से ही क्या यह भार लाघव होगा बहूरानी?"

"जानती हूँ, नहीं होता। मगर कठोर वास्तव नाम की भी तो एक चीज़ है मौसीजी। वहाँ सब चाहिए।"

अनामिका ने अब ज़रा कठिन गले से कहा, "वह अभागा-दईमारा लड़का क्या पत्नी-पुत्री का ख़र्च भी नहीं देता? यह देने को तो वह बाध्य है।"

रेखा हँस पड़ी।

बोली, "नहीं मौसीजी, आपके लड़के ऐसे अभागे-दईमारे नहीं हैं कि जो करने को बाध्य हैं, वह नहीं करे। वह तो बल्कि उसके लिए ख़ुशामद-बरामद ही कर रहा है।"

अनामिका शान्त हो गयीं।

बोलीं, "ओ! लेकिन तुम्हें तो मुन्नी को पालना है?"

रेखा ने दूसरी ओर मुँह फेरकर कहा, "पलेगी। ग़रीब की बेटी जैसी।"

अनामिका कुछ क्षण चुप रहीं, फिर बोलीं, "तुम लोगों के चित्त की दरिद्रता

उन लोगों के जीवन में यह दरिद्रता ले आयी।''

रेखा ने कहा, ''हमारा भाग्य! या उन लोगों का भाग्य!''

''रेखा, हमने उस युग को देखा है, जिस युग में स्त्रियाँ पड़ी-पड़ी मार खाती थीं। हम लोग तुम लोगों के युग को भी देख रही हैं। फ़र्क़ ख़ास समझ नहीं पा रही हूँ। युग की हवा, युग की विद्या-बुद्धि, विवशता—कुछ भी तो काम नहीं आ रही है।''

रेखा ने दृढ़ गले से कहा, ''उसमें अभी और दो-चार युग लग जाएँगे मौसीजी!''

अनामिका ने और भी मृदु स्वर में कहा, ''तुम लोगों की बात ही ठीक है शायद। शायद वह युग आ रहा है, जब कोई किसी से 'हृदय' की प्रत्याशा नहीं करेगा।''

''हृदय!''

रेखा हँस उठी।

बोली, ''बाप रे, वह सब क़ीमती चीज़ें क्या अब व्यवहार में लायी जा सकेंगी मौसीजी! सोने का दाम तीन सौ रुपया तोला होते ही बाज़ार कैमिकल गहने से भर गया। देख रही हैं न, अब उसमें किसी को लज्जा का अनुभव नहीं होता। सोना, मोती, हीरा मयस्सर नहीं होगा, तो काँच, नक़ली मोती, सीसे से ही काम चलाएँगे। अलंकार तो इनसे भी बनते हैं?''

''लेकिन उस अलंकार का मूल्य कहाँ?''

''कहीं नहीं।'' रेखा ने शान्त स्वर से कहा, ''मूल्यबोध ही जो बदल रहा है।''

साहित्य-सभा में भी कुछ आकर्षक आयोजन रखना होता है, नहीं तो लोग नहीं जुटते। इसीलिए अभी तक मंच पर एक अभिनेता का मूक अभिनय चल रहा था। सम्भवतः किसी मजे की घटना की अभिव्यक्ति। ख़त्म होते ही हँसी और ताली की बाढ़-सी आ गयी।

अब इलैक्ट्रिक गिटार।

अनामिका ने कहा, ''यह यम-यन्त्रणा अब बरदाश्त नहीं होगी, चलूँ।''

''मैं भी चलती हूँ।''

रेखा बोली, ''जा रही हूँ मौसीजी। तो, शम्पा की ख़बर मालूम ही थी? भगवान करे, उसका विश्वास बना रहे!''

रेखा चली गयी।

अनामिका प्रायः अवाक् ताकती रह गयीं। आदमी में इतनी जल्दी इतना परिवर्तन हो सकता है? जिस रेखा को उन्होंने पहले किसी ब्याह में या उत्सव-सभा में देखा है, यह महिला वही रेखा है? उसके चेहरे की तेल फिसलनेवाली अहमिका

को कोटिंग धुल-पुँछ कैसे गयी?

गरचे ठीक नम्र नतमुखी नहीं है।

उसके चेहरे पर दूसरे एक प्रकार की अहमिका का प्रलेप पड़ा है। विषण्णता से अनमनीयता का।

शायद यही लोग ठीक हैं।

फिर भी मन के भीतर हाहाकार कर उठा। तो क्या माधुरी बहू वग़ैरह ही ग़लत हैं?

ग़लत ही शायद।

नहीं तो उस कॉपी को वह जी-जान से फाड़कर फेंक नहीं सकी, जला नहीं दे सकी, आख़िर उसी के हाथों उसे सौंप दिया, जिसका नाम उसके पन्ने-पन्ने पर है।

लेकिन कॉपी में अपने पति के हाथों टोले की एक लड़की के नाम लिखे को वह सदा सहती तो आयी। माधुरी सदा से तो आख़िर सब तरह से चुकी हुई-सी बुढ़िया नहीं थी!

परन्तु बकुल धीरज धरकर उस कॉपी को हरगिज़ नहीं पढ़ पा रही है। वह केवल पन्ने उलटती है। उसका मन नहीं टिकता।

कभी-कभी कच्ची भाषा की भाव-प्रवणता पर उसे हँसी आ जाती है।

"बकुल, बकुल! तुम मेरे जीवन के स्थिर लक्ष्य हो। तुम मेरे लिए ध्रुवतारा हो।...मेरे हर कुछ में तुम हो। बकुल, जब मैं अकेले में होता हूँ, चुपचाप तुम्हारा नाम लिया करता हूँ।"

पन्ने पर लिखी साल-तारीख़ को बकुल ने देखा।

मुसकराकर उसने कॉपी को बन्द कर दिया।

सोचा, रेखा बहू ने ठीक ही कहा, जो वस्तु कभी परम मूल्यवान रहती है, कभी वही नितान्त मूल्यहीन हो जाती है...हर पल मूल्यबोध का परिवर्तन होता है।

छत्तीस

''बम्बई में बंगाली सिनेमा-सितारा का शोचनीय-जीवनावसान!''...ख़बर है, परन्तु किसी दैनिक अख़बार की नहीं। एक रद्दी साप्ताहिक में बड़े ठाट से छपी है यह ख़बर। क्योंकि इस पत्रिका का मूल आधार ही सिनेमा सम्बन्धी चटपटे समाचार हैं।...ये लोग फ़िल्मी दुनिया की मामूली से लेकर ऊँची क़िस्म की ख़बरें जुटाकर अपनी रुचि की भाषा और भंगिमा से छापकर अपने पत्र की बिक्री बढ़ाते हैं। लिहाज़ा इनके लिए नामी चित्रतारिका का प्रेम और प्रेम के टूटने की ख़बर जैसी ख़ुशी की है, आत्महत्या की ख़बर भी वैसी ही है।

अब पत्रिका के दो-तीन अंक के लिए मसाला मिल गया। बाँस-फूल के ढाँचे पर महज़ माटी का प्रलेप ही नहीं, रंग-चटक भी इनकी मुट्ठी में है। इन्हें भी एक प्रकार का शिल्पी कहा जा सकता है।

इस पत्रिका के पैकेट को खोलकर उसे पढ़ने की बात ही नहीं, लेकिन चूँकि डाक में निहायत कोई चिट्ठी नहीं थी, इसलिए अनामिका देवी के नाम जतन से भेजी गयी इस पत्रिका को खोलकर बकुल सरसरी तौर पर एक नज़र डाल रही थी कि एक पन्ने पर उसकी दृष्टि स्थिर हो गयी।

यह तसवीर किसकी?

मदिर हास्यमय इस मुखड़े की छवि बकुल ने कभी कहीं देखी है? उस समय तो लेकिन ऐसे मदिर हास्य की छाप नहीं थी।

हाँ, यह मुखड़ा बकुल का देखा हुआ है, पर अब उसे कभी नहीं देखेगी। उसे कभी नहीं देख पाएगी।

उस तसवीर के नीचे के समाचार को बकुल ने बार-बार पढ़ा। लेकिन समझ में नहीं आ रहा था। छाया-छाया-सा लग रहा था।

''बम्बई में बंगाली सिनेमा-सितारा का शोचनीय जीवनावसान?—बम्बई की विख्यात नवागता चित्राभिनेत्री लास्यमयी यौवनवती श्रीमती रूपछन्दा ने पिछले सोमवार को अपने फ़्लैट में—नींद की ज़रूरत से ज़्यादा गोलियाँ खाकर आत्महत्या कर ली।

''आत्महत्या का कारण अज्ञात है।

''श्रीमती रूपछन्दा फ़्लैट में रहती तो अकेली थीं, पर वहाँ बहुतेरे लोगों का आना-जाना होता था। रूपछन्दा की बेपरवा, उच्छृंखल जीवन-यात्रा प्रणाली ने परिचित समाज को क्रमशः विरूप कर दिया था, पर वह उसकी परवा नहीं करतीं।

''लेकिन बहरहाल कोई-कोई उनके जीवन की एक रहस्यमय घटना का ज़िक्र

क्र रहे हैं। आत्महत्या के दो दिन पहले वह जुहू के तट पर एकान्त में कहीं काफ़ी रात तक अकेली बैठी थीं और वहाँ एक गेरुआधारी साधु एक बार दिखाई पड़ा था।

"उस साधु से इस मृत्यु का कोई सम्बन्ध है या नहीं, पुलिस इसकी खोजबीन कर रही है।

"श्रीमती रूपछन्दा का नैतिक चरित्र जो भी हो, व्यक्तिगत रूप में वह बहुत गुणों की अधिकारिणी थीं। ग़रीब-दुखियों पर उन्हें बड़ी सहानुभूति थी। उनकी इस कमज़ोरी के नाते बहुतों ने उन्हें ठगा भी...फिर भी उनका दान करने का हाथ अकुण्ठ ही रहा।...अगले अंक में 'रूपछन्दा का मृत्यु-रहस्य' विस्तार से दिया जाएगा।"

ज़िन्दगी की शुरुआत देखकर कौन कह सकता है कि वह ज़िन्दगी कहाँ जा पहुँचेगी, उसका अन्त कैसे होगा?

जलपाईगुड़ी की वह नम्र नतमुखी बहू नमिता, बम्बई के एक विलासबहुल फ़्लैट में, डनलपिलो गद्दी पर नींद की गोलियाँ खाकर सोयी की सोयी रह गयी?

पर, नमिता ने जो चाहा था, वह सारा तो उसने जुटा लिया था—अर्थ, प्रतिष्ठा, नाम, यश, स्वाधीनता। वह अपने पुराने परिचित जगत् को यह दिखा देना चाहती थी कि वह तुच्छ नहीं है, मूल्यहीन नहीं है। फिर भी नमिता नींद की गोलियाँ क्यों लेने गयी।

धुँधली-धुँधली-सी उसकी याद आ रही है, जिसने कहा था, "मुझ पर कहानी लिखिएगा? मैं आपको प्लाट दे सकती हूँ।"

चूँकि अनामिका देवी ने हँसकर उसे टाल दिया, इसलिए क्या नमिता और भी जटिल प्लाट दे गयी?

लेकिन इस जटिल प्लाट से ही क्या लिखने बैठें अनामिका देवी?

क्या लिखें?

आज के समाज में यह कोई नया प्लाट है? कौन-सा नया रह रहा है? नया आ रहा है और लमहे में पुराना होता जा रहा है। सदा तो यही हो रहा है।

फिर भी बकुल को एक अपराध के भार का अनुभव हो रहा था। परन्तु नियति को कौन रोक सकता है?

बड़ी देर तक बैठी रही। अचानक नीचे ज़ोर-ज़ोर से शंख बज उठा।

दोपहर की भरी धूप में एकाएक शंख की आवाज़? घर में क्या कोई मंगल अनुष्ठान था? बकुल ने जिसे सुना ही नहीं या सुनकर भूल गयी?

लेकिन किसी का हो भी क्या सकता है?

'ब्याह-जनेऊ-अन्नप्राशन' इसके योग्य है कौन? अलका की बेटी का तो ब्याह-व्याह नहीं? हो सकता है, बकुल को कहने की ज़रूरत नहीं समझी।

अहा, यह भी हो सकता है?

फिर तो यह लड़की भी एक जटिल कहानी का प्लाट हो जाएगी।

तो, बकुल शंख की इस ध्वनि से नीचे उतरे? जाकर हँस-हँस करके कहे, ''क्यों जी, मुझे छोड़कर ही जमाई ला रहे हो?''

यह स्वाभाविक होगा?

या कि सजा-सजाया-सा लगेगा?

जो भी हो, बकुल नीचे उतरी और उतरते ही काठ की मारी-सी रह गयी।

उसकी वह स्तब्धता तब भी नहीं टूटी, जब एक आँधी-सी आकर उस पर टूट पड़ी।

''बुआ।''

बकुल अवाक् होकर देखती रही। बड़े दालान के सभी आ धमके—अपूर्व-अलका को छोड़कर।...बड़ी भाभी, उनकी बहू और लड़कियाँ। बीमार सँझली भाभी भी। विभिन्न अवस्था के लड़के-लड़कियाँ।

उनके सिवाय दाई-वाई।

घर में इतनी दाइयाँ हैं, बकुल को पता न था।

पता न था कि इतने लड़के-लड़कियाँ हैं।

बकुल को हठात् ख़याल हो आया, मैं जानती ही क्या हूँ? जानने की कोशिश ही कितनी करती हूँ?

शम्पा की आँखों में आँसू। उसके माँ-बाप की आँखों में आँसू। यहाँ तक कि दालान के बीचोंबीच जिसे एक हाथवाली भारी क़ुरसी पर बिठाकर रखा गया है, उस सत्यवान की आँखों में भी आँसू ।

सिर्फ़ बकुल की आँखें सूखी-सूखी-सी हैं, यह बकुल स्वयं अनुभव कर रही थी। बकुल को सहसा अपने को कैसा तो अवान्तर-सा लगा।...जैसे, बकुल की यहाँ कोई भूमिका नहीं!

लेकिन रह सकती थी भूमिका।

बकुल ने वह सुयोग लिया नहीं।

जानकर ही तो नहीं लिया, फिर भी बकुल का चहेरा अप्रतिभ-सा लग रहा था।

देखकर लग रहा है, आज के इस नाट्य-दृश्य की नायिका स्वयं बकुल की छोटी भाभी है। ठीक ही तो हुआ, यही तो चाहती थी बकुल। फिर भी वह एक ख़ौफ़नाक

सूनेपन का अनुभव करने लगी। मानो बकुल को कोई बड़ी-सी चीज़ पानी थी, अवहेलना से उसने उसे खो दिया।

बकुल बुद्धू बन गयी है।

वह दर्शक की भूमिका में अवाक् खड़ी होकर देख रही है—छोटी भाभी, अपने नये जमाई के सामने जलपान की थाली लिये खड़ी है।

देख रही है, छोटे भैया अनुरोध कर रहे हैं, "अहा, ज़्यादा क्या है? इतना थोड़ा-सा खा लो। भोजन में देर होगी।"

नाटक का जो दृश्य इससे पहले अभिनीत हो चुका है, बकुल को वह मालूम नहीं। इसीलिए बकुल बुद्धू बन गयी है।

सारी राह को छेंककर, सारे मंगल को रोके एक बहुत बड़ा पहाड़ खड़ा था। उस अडिग-अचल को पार किया जा सकेगा, यह विश्वास किसी को नहीं था।

दुर्लंघ्य बाधा।

क्योंकि यह बाधा मन की थी।

मन की बाधा भाग्य की सारी प्रतिकूलताओं से प्रबल होती है। आदमी सबसे अधिक निरुपाय अपने मन के निकट होता है। वह दुनिया के दूसरे सब कुछ पर शक्तिशाली प्रभु हो जा सकता है, परन्तु अपने मन के आगे निर्बल दास मात्र!

इसीलिए अभिमान का पहाड़ हिमालय होकर जीवन के सारे मंगल को ग्रास कर लेता है।

अब तक पहाड़ अलंघ्य की भूमिका लिये निश्चल खड़ा था। किसी ने कभी धक्का लगाकर देखा नहीं कि देखें तो सही, पार किया जा सकता है या नहीं। न तो पहाड़ के उस पार के लोगों ने ऐसा किया, न इस पार के लोगों ने।

गरचे अन्दर ही अन्दर टूटन हो रही है। अडिग रहने का मुखौटा खुल गया है। फिर भी दूरी का व्यवधान दूर नहीं हो पा रहा है।

और फिर मन अत्यन्त रहस्यमय है!

जाने कब, पल में उसमें परिवर्तन आता है। जिसे दुर्लंघ्य पत्थर का पहाड़ सोचा, एकाएक ही वह मेघ के पहाड़ जैसा लापता हो जाता है—और अभिमान आवेग हो उठता है। यह हरगिज़ नहीं होगा—जिसे यह सोचकर निश्चेष्ट बैठ रहे, वैसे में वह किस आसानी से हो जाता है!

नहीं तो शम्पा अपने पिता की गोद में मुँह रखे कैसे दिखाई देती और उसका बाप शम्पा के मटकोठे के डगमग बरामदे पर, उससे भी डगमग करती चौकी पर बैठा नज़र आता!

शम्पा की माँ भी तो दिखाई पड़ी और वह भी अजीब परिस्थिति में। वह जामाता की पीठ पर हाथ रखे बैठी है—उस हाथ में स्नेह का परस!

यह अघटन लमहे में कट गया। इस अंक में बकुल नहीं है।

सुबह की धूप उस समय इस बरामदे पर आकर पड़ी थी। नयी-नयी सर्दी की खुनकी में वह धूप लोभनीय लगी थी। इसीलिए शम्पा सत्यवान को खींच लाकर वहाँ बिठाकर चाय की तैयारी कर रही थी।

शम्पा रोज़ की तरह रोटी पर मक्खन लगा रही थी और सत्यवान नित्य की ही नाईं शिकायत कर रहा था, "एक की रोटी में मक्खन की इतनी मोटी परत लगाने का मतलब ही है, दूसरे की रोटी में मक्खन का नहीं होना!"

ऐन इसी समय वंशी ने आकर कहा, "अरी शम्पा, कौन लोग तो तुझे ढूँढ़ रहे हैं?"

"कौन लोग!"

शम्पा के हाथ से मक्खनवाली छुरी गिरते-गिरते बच गयी।

"मुझे कौन ढूँढ़ने आएँगे वंशी दा? बुआ है? साथ में कौन है?"

"यह मैं क्या जानूँ? तेरी प्यारी बुआ को देखने का सौभाग्य तो हुआ नहीं है। तू तो कहती है, बुआ चिरकुमारी हैं, है न? यह तो बाक़ायदा सिन्दूर लगाये हुई हैं! ख़ैर, क्या है, यहाँ यह चिन्ता छोड़कर झटपट उतर चल।"

"मुझे कैसा तो डर-सा लग रहा है वंशी दा। तुम बल्कि पूछ आओ कि वे कौन है? ये क्या वास्तव में मुझे ही ढूँढ़ने आये हैं?"

"मुझसे अब यह नहीं होगा। यह सब पूछताछ चुका हूँ। चल। तुझे डर! राम के मुँह में भूत का नाम!"

सत्यवान ने धीरे-से कहा, "जाकर देख ही आओ न शम्पा।"

शम्पा चौकी पर बैठ गयी। पूछा, "दो कौन हैं? दोनों ही महिला हैं?"

"अरे बाबा, नहीं। एक महिला, एक उनका अंगरक्षक। नहीं तो..."

वंशी बीच ही में चुप हो गया।

वह झट बोल उठा, "ले, वे आ ही गये! उफ़्, सीढ़ी ऐसी है न, चढ़ गये आप लोग?"

मर्द सूरत ने काँपते हुए गले से कहा, "चढ़ना ही है। बिना चढ़े काम कैसे चलेगा?" और काँपते-काँपते ही चौकी पर बैठ गये।

उसके बाद की घटना बहुत ही संक्षिप्त है, बहुत ही सरल।

और, उसके बाद का दृश्य पहले ही कहा जा चुका है।

अब मुसीबत यह है कि शम्पा मुँह ही नहीं उठा रही है। उसने वही जो बाप की गोदी में मुँह गाड़ दिया है, सो गाड़े ही हुए है।

वंशी बार-बार कह रहा है, "ऐ शम्पा, उठो। बाबूजी को, माँ को प्रणाम करो। उनकी ओर देखो।"

लेकिन लगता है, शम्पा ने कुछ सुना ही नहीं।

यों वंशी शम्पा को 'तू' ही कहता है। अभी उसके माँ-बाप के सामने 'तू' कहने में लिहाज़ हो रहा है। अपने को बड़ा तुच्छ लग रहा है।

वंशी को मानो यह लग रहा है कि अब वह शम्पा नाम की लड़की के जीवन से अवान्तर हो जाएगा—अवान्तर हो जाएगा अपने मित्र के जीवन से भी।

इतने दिनों के बाद ये बाधा को तोड़ने के इरादे से आये हैं, आये हैं शम्पा को पराजित करने का संकल्प लेकर। ये हारकर नहीं लौटने के।

उसके बाद?

उसके बाद वंशी रहेगा और रहेगा उसके मटकोठे का यह अँधेरा-अँधेरा-सा कमरा तथा डग-डग करता हुआ बरामदा।

और तब, कभी क्या सुबह की धूप आएगी यहाँ? साँझ की हवा बहेगी?

शम्पा ने कहा था, "वंशी दा, मेरे साथ चलो। मुझे साहस नहीं हो रहा है।"

वंशी हँस उठा था, "हूँः, तू अपने बाप के यहाँ जा रही है, मैं जाऊँगा तुझे भरोसा देने?"

शम्पा के माँ-बाप ने भी अवश्य अनुरोध किया था, "देखकर ही समझ रहे हैं, तुम्हीं इनके भरोसा हो। तुम्हें भी चलना होगा।"

परन्तु वंशी जाए कैसे?

उसे तो ठीक इसी समय काम है।

वे बेटी-दामाद को ले जाने के लिए उतावले हैं, जमाई की कोई आपत्ति नहीं सुन रहे हैं, बेटी की तो ख़ैर नहीं ही। कह रहे हैं, "बार-बार ग़लती की है, अब उसे दुहराने को तैयार नहीं हैं।"

इसी बीच वंशी अपने निहायत ज़रूरी काम से चला गया। शम्पा ने कहा, "अब कभी मिलोगे नहीं वंशी दा?"

वंशी मुसकराकर बोला, "अरे, अब वंशी दा की याद ही रहेगी तुझे?"

शम्पा ने शान्त गले से कहा, "मैं तुम्हें ऐसी अकृतज्ञ दिखाई देती हूँ?"

वंशी ने कहा, "अरे, नहीं-नहीं, मैंने यों ही कहा। तू तो जानती ही है, मैं ऊँचे लोगों को देखकर डरता हूँ।"

"तुम्हारा दोस्त भी डरता है।"

"उसे तो तू सँभाल लेगी।"

और वंशी भाग गया था।

हाँ, सँभाल लेने की क्षमता शम्पा में है।

लेकिन इसीलिए माँ-बाप के पागलपन की हवा में वह बह नहीं सकती।

माँ ने कहा था, ''लोगों को आमन्त्रित करके बाक़ायदा ब्याह का अनुष्ठान करूँ...''

शम्पा ज़ोर से हँसकर बोल उठी थी, ''दुहाई तुम्हारी, हँसी न कराओ।''

''ऐसा तो आजकल कितना हो रहा है,'' माँ का गला क्षीण होते हुए भी सुनाई पड़ा था, ''हमारे ही आत्मीय-कुटुम्बों में हो रहा है। रजिस्ट्री कब की हुई, नेग-नियम से फिर से ब्याह हो रहा है।''

''उनमें बड़ा अरमान है माँ, मुझे अब अच्छे का अरमान नहीं।''

शम्पा के पिता निश्चित सोचे हुए थे कि वे यहीं रहेंगे, इसलिए बेटी-दामाद के लिए घर की धुलाई-पोंछाई करा रहे थे।

शम्पा हँसकर इस प्रस्ताव को टाल गयी। बोली, ''बाप रे, एक तो ऐसे एक निकम्मे के गले में माला डाले बैठी हूँ, तिस पर यदि वह 'घर-जमाई' बन जाए, तब तो मरने के सिवाय मुझे दूसरी गति नहीं रहेगी। घर-जमाई और दत्तक, सुना है, दुनिया में यही सबसे ओछे हैं।''

वह बोली थी, ''नहीं-नहीं, वैसा तो नहीं करने की। उससे लगता है, तुम लोगों का प्रेस्टिज बड़ा पंचर हो जाएगा। देख-सुनकर किसी कोठाघर में ही जाना होगा। जभी मैं सोचती हूँ, मुझे एक अच्छी-सी नौकरी की विशेष ज़रूरत है। मोटी तनख़ा की कोई नौकरी जुटा दो न बाबूजी। इतने तो बड़े-बड़ों से जान-पहचान है!''

''तू सोचती है, जाने-पहचाने लोगों से कोई काम होता है?''

''नहीं होता है? तब तो ख़ुद ही जी-जान से जुट जाऊँ। फिर देख लेना, कैसी तसवीर जैसी गिरस्ती बसाती हूँ।''

शम्पा की आँखों में आत्मविश्वास की दमक थी।

शम्पा के चेहरे पर दृढ़ता की छाप थी।

लेकिन ऐसा अघटित आख़िर घटा कैसे? शम्पा के माँ-बाप उनके मटकोठे में जा कैसे धमके?

यह एक अभावित ही सूत्र था।

या विधाता द्वारा भावित। अपना काम बना लेने के लिए बहुतेरे कौशल करते

हैं वह। और उसके लिए भी दूसरा आयोजन रहता है।

उस आयोजन का रूप यह रहा—

शम्पा की माँ रमला तीसरे पहर कहाँ जाने किस मन्दिर में गयी थीं। वहाँ भारी साँझ को काली की किसी साधिका पर देवी आती हैं। देवी के आने पर वह दुखी-पीड़ितों के सभी आकुल प्रश्नों का उत्तर देती हैं। रोग-व्याधि से लेकर खोये हुए की प्राप्ति, बेटी का ब्याह, लड़के की नौकरी, मामला-मुक़दमे का नतीजा सब कुछ बताती हैं।

रमला अपना प्रश्न लेकर गयी थीं।

इस अलौकिक की ख़बर देनेवाली थी घर की बरतन माँजनेवाली नौकरानी। रमला किसी को भी कुछ न बताकर उसके साथ चुपचाप चली गयी थीं।

वह सदा आत्मसम्भ्रम में सचेतन, मर्यादाबोध में प्रखर और स्वल्पवाक् हैं। उनका ऐसा अधःपतन अविश्वसनीय तो है। सोचा भी नहीं जा सकता कि वह नौकरानी के साथ एक रिक्शे पर घूमने जा सकती हैं। और उस नौकरानी को इतना साहस ही कब हुआ कि यह अलौकिक कहानी सुनाकर वह उन्हें ले जा सकी?

नौकरानी को काम का निर्देश देने के अलावा उससे दो बातें ही उन्होंने कब की हैं?

परन्तु अभी वह सखी जैसी अन्तरंग है—

विधाता जिसे दूसरे रूप में ढालना चाहते हैं, उसे दुःख के ताप में जलाना ही उनका काम जो है!

केवल वही हृदयहीन लड़की ही तो नहीं, एक और भी बहुत दिनों से तिल-तिल करके रमला का क्षय कर रहा है।

दिन, सप्ताह और महीने बीतते जा रहे हैं—समन्दर पार गया एक और हृदयहीन लड़का न तो लौटकर आ रहा है, न ही दे रहा है कोई पत्र। यदि कभी लिखता भी है तो संक्षिप्त नमूना ही समझिए।

माँ-बाप के इतने अभियोग-अनुयोग, उद्वेग, आकुल प्रश्नों के जवाब में वह लिखता है, "इतनी चिन्ता की क्या बात है, मर जाने पर कोई न कोई ख़बर दे ही देता। जानते ही तो हो, ख़त के मामले में मैं आलसी हूँ।"

या कभी काफ़ी पैसे ख़र्च करके कुशल-संवाद का तार ही भेज देता है। चिट्ठी नहीं लिखने की सफ़ाई तो ख़ैर आलस हुई, पर नहीं लौटने की सफ़ाई?

तू पढ़ने तो गया था पाँच साल की पढ़ाई, नौ साल हो गये, आता क्यों नहीं है—इसका जवाब?

यह तो उसके जीवन की घटनापंजी में ही प्रकाशित है। पढ़ना ख़त्म करके कोई एक साल घूमता रहा।

यूरोप-अमरीका के दर्शनीय स्थानों को देखते-देखते नौकरी मिल गयी, जो नौकरी अब उठते-उठते आसमान छू रही है। यहाँ लौट आए तो उसके दसवें हिस्से के वेतन की नौकरी भी नसीब होगी?

तो?

किस सुख से लौट आए वह? किस आशा से? केवल माँ-बाप को आँखों से देखने के लिए? इतना भाव-प्रवण होने से नहीं चलता।

रमला के अपने ही बड़े भाई और जीजाजी ने रमला को फटकारकर कहा है, "पागल के सिवाय दूसरा कोई लड़के को नहीं कहेगा कि तू अपना राज-पाट छोड़कर चला आ। आकर हमारे साथ नमक-भात, माँड-भात खाकर नौकरी के लिए दर-दर की ख़ाक छानता फिरे। तेरी इस अकुलाहट का कोई मतलब ही नहीं रमला!"

रमला अपने पति से तीखी हुई है, "तुम भी यही कहोगे, कुछ रुपल्लियों के लिए लड़का सदा धरती की उस पीठ पर रहे?"

अभियुक्त स्वामी नहीं कह सका, "नहीं-नहीं, मैं यह नहीं कहता। मुन्ने को देखने के लिए मेरी ही क्या जान नहीं जा रही है!"

जो कहने से पिता के हृदय का परिचय दिया जा सकता था।

परन्तु वह परिचय दे कैसे?

नौकरी के बाज़ार का रंग-ढंग मालूम नहीं है उसे?

इसीलिए उसने सूखे गले से कहा, "कहे बिना उपाय भी क्या है? मैं सर की क़सम देकर उसे बुलाकर यहाँ उसे उसके लायक़ कोई नौकरी दे सकूँगा? वहाँ वह राजा के हाल में है..."

"राजा के हाल में रहना ही सब है? माँ-बाप, अपना देश, समाज—कुछ नहीं!"

"यह उसके सोचने की है।" मानू ने हताश गले से कहा, "मनुष्य मात्र ही तो यही जानता है कि राजा के हाल से रहना ही सब कुछ है।"

"अबकी मैं उसे क़सम देकर चिट्ठी लिखूँगी।" रमला ने उत्तेजित होकर यह घोषणा की थी और दी भी थी चिट्ठी।

भगवान जाने, कौन-सी क़सम दी थी उसने। लेकिन उस चिट्ठी का जवाब ही नहीं आया। आशा के दिन धुँधले होते-होते खोते ही जा रहे हैं।

ऐसी स्थिति में सीधे देवी के मुँह से अपने छलनी हुए हृदय के प्रश्न का जवाब पाने का भरोसा मिले, तो वह दौड़ी-हुई भला जाएँगी नहीं वहाँ? वह भरोसा किससे मिल रहा है, वह इस पर विचार करने बैठेंगी? उन्हें तो उस समय बरतन माँजनेवाली नौकरानी ही देवी का अंश लगी।

किन्तु कुछ दिन पहले भी क्या रमला स्वप्न में भी यह सोच सकती थीं, वह ऐसा एक ग्राम्य काम करने जाएँगी?

अलका भी गुरुभक्ति देकर वह मन ही मन हँसी हैं।

रमला की सास जब जीवित थीं, रमला पति की नौकरी की बदली के सिलसिले में बाहर-बाहर घूमती रहीं–उसे पता नहीं, सास संस्कार से आच्छन्न थीं या संस्कारमुक्त। लेकिन जब कलकत्ते के हैड ऑफ़िस में बदली हुई तो स्थायी रूप से यहाँ रहते हुए उसने जेठानी को देखा है। उनकी नीति-नियम देखे हैं।

किसी के बीमार होने पर जेठानी डॉक्टर की दवा से 'माँ काली के खड्गधोया पानी' और 'मस्जिद का मन्त्र पढ़ा पानी' पर ज़्यादा आस्था रखती हैं।

रमला ने मन ही मन जेठानी को गँवई, मूरख के सिवा और कुछ नहीं सोचा कभी।

परन्तु रमला तो उस समय टटका थी।

रमला का बेटा टपाटप फ़र्स्ट हो-होकर नयी क्लास में जा रहा था, उस समय रमला की तसवीर जैसी बेटी नाचती-गाती, दिन भर अनर्गल कड़ियाँ सुनाती हुई घर को विभोर किये हुए थी। उस समय रमला कैसे जानती कि सन्तान की माँ को भूत-भगवान सब मानना होता है, मानना पड़ सकता है।

बन्द दरवाज़ेवाले कमरे में देवी ने रमला के किस प्रश्न का क्या उत्तर दिया, रमला ही जाने या देवी ही जाने–पर रमला मानो किसी एक आशा से छलकती हुई घर लौटी।

घर आयी तो देखा, पति बिस्तर पर चुपचाप बैठा है। ठिठककर पूछा, "यों बैठे हो?"

मानू ने इसका जवाब न देकर पूछा, "अकेली कहाँ गयी थीं तुम?"

"अकेली नहीं गयी थी।"

छोटी बहू ने संक्षेप में उत्तर दिया।

उसके बाद तुरत आप ही बोली, "एक जगह गयी थी, फिर बताऊँगी।"

"तीसरे पहर मुन्ने की चिट्ठी आयी है, तुम्हें मैं खोज रहा था।"

मुन्ने की चिट्ठी आयी है!

विह्वल-सी ताकते हुए रमला ने कहा, "मुन्ने की? मुन्ने की चिट्ठी आयी है? सच? अजी, फिर तो दुनिया में अविश्वास करने योग्य कुछ भी नहीं। मैं अभी-अभी यह जानकर आयी हूँ, उसकी ख़बर शीघ्र ही आएगी। और आज ही–कहाँ, कहाँ है चिट्ठी, दो। किसे लिखी है?"

रमला के स्वर में उतावलापन।

मानू ने तकिये के नीचे से निकालकर चिट्ठी देते हुए कहा, "चिट्ठी तुम्हारी है,

मैंने लेकिन उसे खोलकर देखा, धीरज नहीं रख पाया...''

''उसके लिए कैफ़ियत देने की क्या पड़ी? क्या लिखा है? ठीक तो है?''

''ठीक? हाँ, ठीक ही।''

मानू के गले के स्वर में व्यंग्य-सा था।

रमला का नियम है, बेटे की चिट्ठी जब आती है, एक बार तो झट उस पर नज़र फेर लेती है, उसके बाद फिर धीरे-धीरे ध्यान से पढ़ती है।

आज लेकिन चिट्ठी पर नज़र डालकर ही रमला बैठ पड़ी, दूसरी बार उसे नहीं पढ़ सकी। उसका चेहरा सफ़ेद हो आया।

''तुम्हारे क़सम देने की प्रतिक्रिया...''

मानू ने व्यंग्य और हताशा के स्वर में फ़ौरन कहा, ''मैं जानता था। यह मेरा जाना हुआ था कि ऐसी चिट्ठी आएगी। ख़ैर, जाओ, बेटे के न्योते पर बेटे के यहाँ से घूम आओ। कितना बड़ा भरोसा दिया है—राहख़र्च भेजूँगा। इसी बेटे के पास तुम दुखड़ा रोने गयी थी? रखा उसका मान उसने?''

कुछ क्षण काठ की मारी-सी रहकर रमला ने धीरे-से कहा, ''वह देश उसे इतना अच्छा लग गया कि एक बार अपनी जन्मभूमि आने को भी जी नहीं चाहता?''

उधर से इसका कोई उत्तर नहीं आया।

रमला ने फिर कहा, ''वहाँ उसने मकान ख़रीदा है, गाड़ी ख़रीदी है, वहाँ का नागरिक बन गया है, तो क्या ब्याह करना ही बाक़ी है?''

''बाक़ी नहीं रहना ही सम्भव है।''

''अपनी दो-दो सन्तान को मैं खो बैठी। पढ़ने को विदेश न भेजा होता, तो ऐसा नहीं होता...''

''शम्पा को हमने पढ़ने के लिए विदेश नहीं भेजा...''

''उसकी बात जुदा है, उसे तुमने घर से निकाल दिया था। उसका पता पाने के बाद भी तुम निश्चेष्ट बैठे रहे!''

पति ने यह याद नहीं दिलायी कि इस दोष में दोषी रमला भी है, वह वैसे ही सिर झुकाये बैठा रहा।

शायद यह सोच रहा है, मैं अपने पाप का प्रायश्चित्त नहीं कर सका! इसी का दुःख रहा।

यह नहीं सोचा कि प्रायश्चित्त करने का समय उसी घड़ी आ जाएगा। एक अजीब सूत्र से वह आ गया।

नहीं तो 'पुलकसंघ' के लड़कों के उस दल का एक लड़का स्मारिका देने के लिए आज ही अनामिका देवी के पास क्यों आता? और ऐन उसी वक़्त अनामिका देवी क्यों अनुपस्थित रहतीं?

ारचे ऐसा अनुपस्थित तो बकुल बारहों महीने रहती है। वह लड़का यदि सिर्फ़ स्मारिका देकर ही चला जाता, तो कुछ नहीं होता। लेकिन बात होनी जो थी!

उस अघटित के घटने का लग्न आ गया था।

इसलिए उस लड़के ने पुस्तिका नौकर के हाथ न देकर घर के किसी व्यक्ति के हाथ देना चाहा। और, पुस्तिका देने के बाद घरवाले से कह गया, "उनसे कह दीजिएगा, उस दिन उन्होंने जिस लड़की को पहुँचाने को कहा था, उन्हें ठीक जगह पर पहुँचा दिया था। और, कह दीजिएगा, अगले महीने यदि हमारी पत्रिका के लिए..."

लेकिन अन्तिम का हिस्सा किसने सुना?

कानों के परदे पर केवल 'जिस लड़की' ही गूँजता रहा।

कौन लड़की?

देखने में कैसी है?

उम्र क्या है?

कहाँ पहुँचा दिया था?

मटकोठे में?

कहाँ है वह मटकोठा? चलो, दिखा दो।

अभी?

हाँ-हाँ, अभी नहीं तो फिर कब? तुम्हें छोड़ने को हूँ?

टैक्सी से?

और नहीं तो क्या? चलो देखें। पहचानें कि सच है या नहीं। उसके बाद देखना है, प्रायश्चित्त कर सकते हैं या नहीं।

रमला ने कहा, "मैं भी जाऊँगी।"

लेकिन रमला उस समय जा नहीं पायी।

कहीं वही न हो। कहीं रमला को यों ही लौटना पड़े? उससे अच्छा तो है कि एकबारगी निश्चिन्त होकर तड़के...

देखता हूँ, वह लड़की कैसे खो जाती है!

सैंतीस

राजेन्द्रलाल स्ट्रीट का वही मकान।

कितनी जन्म-मृत्यु का साक्षी, उत्सव और उत्तेजना, आलोड़न और आयोजन का हिसाब रखनेवाला, कितने सुख-दुःख का नीरव दर्शक! उसकी इन चारदीवारों की ओट में तीन पुश्त से जो जीवन-यात्रा चल रही है, उसकी धारा आपात दृष्टि से सम्भवतः स्तिमित, निरुच्चार है, फिर भी बीच-बीच में वहाँ घूर्णि उठती है।...शायद हो कि इस घर के प्रतिष्ठाता की उस चिर-विद्रोही गृहिणी सुवर्णलता की आत्मा की निष्फल वेदना उसकी ईंट-ईंट के पँजरे-पँजरे में रुँधी साँस लिये पड़ी है, इसलिए वह रुद्ध श्वास विकृत होकर दिखाई पड़ता है। फिर भी उनके नित्य का चेहरा रंगहीन, वैचित्र्यहीन, बुझा हुआ-सा है। रोज़ ही घड़ी के एक ही समय इनकी रसोई से चूल्हा सुलगाने के चिह्नस्वरूप धुआँ उठता है, एक ही समय नौकर बाज़ार जाता है, रसोई की आवाज, बरतन माँजने की आवाज़, मसाला पीसने की आवाज़ और महिलाओं का असन्तोष एवं अभियोग-मुखर कण्ठ से यह जाहिर होता है कि ये हैं, ये रहेंगे।

दुनिया में शायद ये ही लोग रहते हैं, जिनके रात-दिन एक ही-से हैं। इनके केवल उत्सव के दिन, मृत्यु के दिन और तरह के होते हैं।

इस घर के आकाश में वही और तरह की छाया आज उतरी है।

घर के इस ओर के कमरे में जब बहुत दुःख, बहुत पीड़ा और बड़ी आशा के अन्त में पुनर्मिलन का नाटक अभिनीत हो रहा है, दूसरे एक कमरे में वियोग का एक मर्मान्तक दृश्य!

मर्मान्तक, बहुत ही मर्मान्तक!

इस घर की वह चुलबुली झकमकाती बेपरवाह उद्दाम लड़की बिलकुल थिर-सी लेटी है—नीला चेहरा, मुँदी हुई आँखें। उसके कमरे में तीर-बिंधे बाघ जैसा जो आदमी इस दीवार से उस दीवार तक पायचारी कर रहा है, उसकी आँखों की आग बुझ आयी है; लगता है, ज़रा ही देर में कन्धा झुकाये गिर पड़ेगा वह।

और निढाल पड़ी उस लड़की के बिस्तर पर लोटती हुई बिस्तर तथा अपने को विध्वस्त करके जो रुलाई को दबाने की व्यर्थ चेष्टा से और ज़ोर से रो पड़ती है, उसे अब यह याद नहीं आ रहा है कि 'हठात् चीख़कर मैंने क्या कर डाला!' उसका अभी का मन तीखा आर्तनाद करके कह उठना चाहता है, "मेरी मुन्नी, मेरी बेबी, मेरी कृष्णा—मेरी सर्वस ही यदि चली गयी तो झूठ का जाल बुनकर आबरू बचाने की क्या पड़ी है?"

वह निर्दयी हृदयहीन व्यक्ति अलका को डाँट उठा था, "चुप। बिलकुल चुप।

अब तक मैं चुप रहता आया, अब तुम्हारी बारी है।''

परन्तु 'अति आधुनिका' होने की कोशिश में विकृत हो गयी अलका नाम की उस स्त्री से नहीं बना। नहीं बना सुवर्णलता के वंशधर की उस बहू से! जिसे राजेन्द्रलाल स्ट्रीट के इस घर के कुछ हिस्से पर क़ानूनी अधिकार है।

हाँ, उसी क़ानूनी अधिकार के बल पर अलका पेण्ट किये चेहरे और रँगाये होठों को टेढ़ा करके कहती थी, ''मेरे अपने घर में जो जी चाहे करूँगी, मुझे कुछ कहने का किसी को अधिकार नहीं। अपनी लड़की को मैं नचाऊँगी, गवाऊँगी, समाज में छोड़ दूँगी—हाँ, करूँगी। इस घर की घुनायी दीवारों की खाँज-खाँज में जो सनातनी संस्कार अभी भी बैठा है और इस घर की जीवन-यात्रा पर आँखें टँगाता है—मैं उसे नहीं मानती, नहीं मानूँगी। तुम सब कूपमण्डूक हो, तुम्हारे पास अग्रसर पृथ्वी की खुली हवा नहीं आती।...तुम्हारे घर में कोई प्रगतिशील लेखिका है, कम से कम बाहर, पाठक-समाज में यह विशेषण सुना करती हूँ, मगर मैं तो उनकी प्रगति का कोई चिह्न ही नहीं देखती। वह तुम लोगों जैसी ही संस्काराच्छन्न हैं। नहीं तो मुझे इतना जूझना नहीं पड़ता, मुझे थोड़ी-सी अनुकूल हवा मिलती। मैंने कभी किसी की अनुकूलता नहीं पायी, जीवन-भर प्रतिकूलता से लड़ते हुए नाव को किनारे की ओर ले चली हूँ। यहाँ तक कि तुम मेरे पति, मेरे प्रत्येक कार्य, प्रत्येक मामले को नापसन्दगी से देखते रहे हो। कभी कोई मदद नहीं की। फिर भी देख लो, मैं क्या हार गयी? या कि हार मानी मैंने? नहीं, मैं हारने की नहीं। मैंने अपने जीवन में जो नहीं पाया, मैंने जो जीवन नहीं पाया, वह जीवन, वह पाना मैं अपनी लड़की को दूँगी।''

आज तक अलका प्रायः ऐसी ही नाटकीय भाषा में बोलती आयी है। अपूर्व चुप रहता आया है, चुप रहने को मजबूर हुआ है। विरोध करने से अलका ऐसी आँधी उठाती कि घर में इज़्ज़त-आबरू पर आफ़त!

लेकिन आज जैसा समय है, रास्ते के किनारे के इस मकान का हिस्सा छोड़कर मान-सम्मान लिये कहीं चल देना भी आसान नहीं।

इसीलिए अपूर्व को चुप रहना पड़ा है। और, उस 'चुपाने' के आत्मप्रसाद से डगमग-डगमग करती अलका एक अजाने जगत् की ओर दौड़ती रही। उस दौड़ने का वाहन रही उसकी बेटी, जिस बेटी ने कि अब जवाब दिया है।

अलका अब इसे लेकर कभी नहीं दौड़ सकेगी।

इसीलिए अब अपूर्व के दिन आये।

बोलने के दिन।

आग के अंगारे-जैसी आँखों से उस शोकाहत स्त्री की ओर ताककर उसने निर्मायिक की नाईं कहा, ''चुप, चुप! बिलकुल चुप! चूँ भी न करो।''

मगर वह चूँ तो अलका पहले ही कर बैठी। भला माँ का हृदय हाहाकार से फटे बिना रह सकता है।

आत्मग्लानि से हाहाकार करके अलका बोल उठी, ''मैंने क्या किया! मैंने क्या किया! लोक-लज्जा के डर से मैंने अपनी मुन्नी को खोया। हाय मेरी मुन्नी रे, मैं तेरे निर्दयी बाप से डरने ही क्यों गयी? क्यों नहीं तुझे लेकर इनके घर को दौड़कर चली गयी!''

इससे आगे बोल नहीं सकी अलका।

सदा की मुखर उस स्त्री को सदा के 'चुप्पे' उस आदमी ने चुप कर दिया!

मगर उससे लाभ क्या हुआ?

एक ही बार के हाहाकार से तो घर के सारे ही लोगों ने जान लिया कि बात क्या है। नौकर-दाई तक जान गये। लिहाज़ा टोले-मुहल्ले के लोग भी जान ही लेंगे।

इस घर के दूसरे लोग भरसक अलका के कमरे के सामने आकर खड़े नहीं होते थे। अलका की उद्धतता, उसका स्वेच्छाचार, दुनिया को तुच्छ समझने का उसका भाव सबको उससे दूर ही हटाये रखता था।

लेकिन, आज अब अलका का वह गौरव नहीं रहा। उसके चेहरे का रंग पुँछ गया, आँखों का काजल धुल गया, उद्धतता का उच्चशिखर वह जूड़ा टूटकर लोट पड़ा, अलका पराजित का चेहरा लिये पड़ी है।

अब आने में क्या बाधा है?

एक विधवा और एक मरी हुई बेटी के बाल-बच्चों तथा बात की पीड़ा लिये आ खड़ी हुईं स्वयं मँझली ताई, जो कि अलका का मुँह ही नहीं देखती थीं। आयीं बड़ी गृहिणी अपनी जलन लिये। बेटे की बहू उन्हें कभी आदमी ही नहीं गिनती थीं, गुरुजन के नाते लिहाज़ नहीं करती थीं, वह भी इसीलिए अलग हो गये बेटे और बेटे की बहू की छाँह भी छूने नहीं आती थीं।

लेकिन आज की बात अलग है।

ख़ैर, अपने फटे प्राणों, फिर भी अपने अगोचर निरुच्चार उच्चारण से वह बोल बैठीं, ''हे ईश्वर, देखा, दर्पहारी नाम ही तुम्हारा असली नाम है।''

एक हिस्से के कोने की ओर खड़े हैं—शम्पा और उसके माँ-बाप। जो शम्पा बहुत दिनों के बाद आज ही पहली बार लौटने पर आनन्द और वेदना, विस्मय और कौतूहल से चारों ओर ताककर देख रही थी कि सहसा हवा को चीरता हुआ वह आर्तनाद उठा।

''मैंने क्या किया! मैंने क्या किया!''

''भगवान, तुमने क्या किया! तुमने क्या किया! इस शोक की सान्त्वना है! मैंने क्या किया!'' यह शोक सान्त्वना से परे है।

शम्पा मानो अवाक् होकर अपना भाग्य भी देख रही थी। आज तक कुछ नहीं हुआ, दुर्घटना ठीक आज ही हुई!

एक अजीब ही विषाद-वेदना से आच्छन्न हो शम्पा उस नीली पड़ गयी लड़की के स्तब्ध शरीर की ओर ताकती हुई खड़ी थी।

वह लड़की शम्पा के शैशव की संगिनी नहीं, मन की सखी नहीं, यहाँ तक कि नाते से जो बन्धन रहना उचित था, बन्धन की वह गाँठ भी आपस में नहीं थी। मगर तो भी दोनों हमउम्र थीं, जन्मावधि दोनों एक ही छत के नीचे रहीं।

अपूर्व ने जब पत्नी-पुत्री को लेकर चूल्हा-चक्की अलग नहीं कर ली थी, तो शम्पा और यह लड़की साथ ही खाती रहीं, साथ बैठती रहीं।

इतने दिन शम्पा अनुपस्थित थी। वह जान नहीं पायी कि उनके काँच के पार्टीशनवाले कमरे की आड़ में क्या घट रहा है, वह घटना किस परिणति की ओर जा रही है।...आज, अभी-अभी इस चरम परिणति के आमने-सामने खड़ी होकर कुछ सोच सकने की क्षमता खो बैठी है शम्पा, वह खोयी हुई-सी केवल ताक रही है।

और, इस घर की और एक सदस्या?

जो अलका नाम की प्रगतिशील महिला के लिए सदा व्यंग्य की पात्री है?

लेखिका बकुल?

इस घर में जो बेमेलपन-सा है, जो इस घर में अपने को समेटे ही रखने की भूमिका निबाहने की आदी है?

हाँ, उसे भी यहाँ आना ही पड़ा है।

दर्शक के नाते नहीं, हृदय के दाय से।

बकुल के मन में कहाँ तो चिन्चिन् कर रहा है।

हम लोगों ने इस लड़की की ओर ध्यान नहीं दिया, हम लोगों ने अपना फ़र्ज़ नहीं अदा किया। उसे हम लोगों ने उसकी उस निर्बोध तथा आधुनिकता विकार-ग्रस्त माँ के हाथों सौंप दिया। उसके इस भयावह परिणाम की आशंका क्या हमारे मन में जगी नहीं थी?

जगी थी।

फिर भी हम यह कहकर अपनी ज़िम्मेदारी से कतराते रहे कि बकरी उसकी है, जिधर से चाहे काटे। आख़िर वह भयावहता ही चील की तरह झपट्टा मारकर ले गयी लड़की को।

अब करने को कुछ नहीं रहा।

भूल सुधारने का अब कोई उपाय नहीं।

न हमारे लिए, न उसकी माँ के लिए।

लेकिन उसका बाप ही क्या बेक़सूर है?

उसने अपना कर्तव्य किया? या कि वह एक कठोर ईर्ष्या से बैठा इसकी अपेक्षा करता रहा कि उसकी माँ का घमण्ड कब चूर होता है?

असम्भव, यह शायद असम्भव है, फिर भी चुप कर दी गयी अलका बीच-बीच में बाँध को तोड़कर बोल उठती है, बड़ा तीखा अभियोग। ''जान रही हूँ, आज तुम्हें बेहद ख़ुशी है! तुम्हारी दुश्मन की आज हार हुई है। तुम बराबर मुझे धमकाते रहे, 'इस ज़्यादती का फल एक दिन तुम्हें मिलेगा।' मैं वह फल पा गयी। अब तुम्हें ख़ुशी न हो? लड़ाई में जीतने की ख़ुशी !''

बकुल आगे बढ़ आयी।

जो बहू ढिठाई से सदा उसकी बात को तुच्छ करती आयी, उसने उसी से दृढ़ता से कहा, ''यह सब क्या हो रहा है अलका? तकलीफ़ सिर्फ़ तुम्हें ही हो रही है? अपू को नहीं?''

अलका ने सिर उठाया। लाल-लाल आँखें लिये बोली, ''उपदेश देने आयी हैं? मौक़ा मिल गया, उसका सदुपयोग किये ले रही हैं? क्यों नहीं! यह 'मौक़ा' आप लोगों को मिलता नहीं। वह जो निर्दयी है, जिसके दुःख पर आपको हमदर्दी हो रही है, उसी के चलते यह 'मौक़ा' मिल गया। मैं आपके इस सड़े समाज को नहीं मानती, मं 'कलंक' की परवा नहीं करती, केवल इसी के डर से–हाँ, केवल इसी के डर से मेरी मुन्नी...''

बकुल धीरे-धीरे खिसक गयी।

अनुताप से जर्जर, विकारग्रस्त यह औरत अभी पागल के ही बराबर है। उसकी बातों पर कान देना बेकार है।

अभी इस विपदा से उद्धार होना है।

यह मृत्यु-शोक की पवित्रता लेकर नहीं आयी, आयी है विपदा की भयावहता लिये।

बाहर आकर बकुल ने आवाज़ दी, ''छोटे भैया!''

जो भी करना है, छोटे भैया को ही करना है।

बकुल फिर दालान के इधर चली आयी–जहाँ दीवार के ऊपर इस घर के साबिक़ मालिक प्रबोधचन्द्र और उनकी धर्मपत्नी सुवर्णलता की तसवीर टँगी है।

वह उधर नहीं ताककर और ही तरफ़ ताकती हुई मन ही मन बोली, ''माँ, तुमने हर पल इसी युक्ति की कामना की थी? यही शृंखलमुक्ति? जी जान से तुम्हारे चाहने का यही फल है?''

अड़तीस

बकुल के इस प्रश्न की प्रतिध्वनि सुवर्णलता की और एक आत्मजा के कण्ठ से गूँजी।...''लेकिन, हमने क्या यही चाहा था? मैंने, तुमने, हमारी माँ और नानी ने? देश की असंख्य बन्दी स्त्रियों ने? उस स्वाधीनता का यही रूप है? जिस स्वाधीनता के लिए कभी पराधीन स्त्रियों ने पत्थर पर माथा पीटा था, मौन आर्तनाद से विधाता को अभिसम्पात दिया है? यह प्रकाश उसी मुक्ति का है, जिस मुक्ति की आशा में लोहे के क़ैदख़ाने में ज़ंजीर से जकड़ी स्त्रियों ने तपस्या की, प्रतीक्षा की?...नहीं-नहीं बकुल, यह हम लोगों ने नहीं चाहा।''

बकुल के सामने मेज़ पर जो खुली चिट्ठी पड़ी है, उसके ऊपरवाले पन्ने की इन कुछ पंक्तियों पर बकुल बड़ी देर से नज़र गड़ाये रही, मानो अक्षर गिन-गिनकर पढ़ रही हो।

उसके बाद उसने कलम उठा ली, पैड लिया। धीरे-धीरे लिखने लगी। क्या पता, उस चिट्ठी का ही जवाब लिख रही है या अपने ही प्रश्न का उत्तर ढूँढ़ रही है!

''किन्तु, हमारे 'चाहने' के अनुसार ही दुनिया चलेगी? अनन्त काल की यह धरती कभी क्या किसी के 'चाहने' का मुँह जोह कर चली है, चलने की अपनी राह बदली है ? अवहित होने के लिए ठिठककर खड़ी हुई है?...अपने नहीं चुकनेवाली सम्पदा की डाली लिये प्रकृति जिस ऋतुचक्र से आवर्तित होती है, वह क्या किसी के चाहने पर निर्भर है? संसार में जो कुछ हो रहा है, वह किसकी इच्छा से? जो असंगतियाँ हैं, जो भी भला-बुरा है—वह किसकी तपस्या, किसके सिर पीटने से है? किसी के नहीं, किसी के नहीं—मनुष्य की भूमिका कटे सिर वाले सैनिक की है।

हम यह सोचकर मरे जा रहे हैं—मैं कर रहा हूँ, तुम कर रहे हो, वे कर रहे हैं, ये कर रहे हैं, परन्तु यह क्या सत्य है?

पृथ्वी अपने नियम से चलती है, प्रकृति अपने नियम से चलती है और समाज भी अपने ही नियम से चलता है। मनुष्य वहाँ निमित्त मात्र है। मनुष्य लेकिन फिर भी बद्धपरिकर होकर संकल्प करता है, मैं इसका नियन्त्रण करूँगा। इसीलिए हर घड़ी ज़ोर-ज़ोर, हर पल ही ताल ठोंकना और प्रतिक्षण ही सिर पीटना है। 'ताल ठोकनेवालों' का यह दल अपनी बुद्धि के घमण्ड से एक साँचा बनाकर समाज को उसी के अनुसार चलाना चाहता है, नहीं चलता है तो चीख़ता है—गया, सब रसातल गया! जैसे, बाढ़ में जब गाँव, नगर, खेत-पथार डूबते हैं, तो आर्तनाद उठता है—'गया, सब गया!' लेकिन उस आर्तनाद से महाकाल का कुछ जाता-आता नहीं, पृथ्वी पर कहीं ज़ख्म का निशान नहीं रहता।

जो क्षति है, वह क्षति व्यक्ति की, मनुष्य की है। जो नफ़ा-नुक़सान है, वह कुछेक लोगों का है। उन्होंने जैसा चाहा था, नहीं मिला; जीवन का जो सपना देखा, वह साकार नहीं हुआ—चूर-चूर हो गया। बस, यही। इससे ज़्यादा कुछ नहीं। उसी ध्वंस पर फिर नयी फ़सल उपजती है, फिर से नये गाँव-शहर खड़े हो जाते हैं।

अपनी कल्पना से हमने समाज का एक ढाँचा बनाया था। जहाँ-जहाँ हमें हमारे सर्वांग के शृंखल ने हमें असहनीय यन्त्रणा से पीड़ित किया, हमने वहाँ के बन्धन को ढीला करना चाहा था, सोचा था, इस ज़ंजीर के नट-बोल्ट, कब्जे-स्क्रू कुछ ढीले हों, परन्तु हमारा चाहना ही तो अन्तिम नहीं। और भी चाहने की राह से वे कब्जे-पुर्ज़े, नट-बोल्ट खुलकर छिटककर खो जा रहे हैं।...खोना ही है, इसलिए कि दूसरा एक ढाँचा जन्म लेने के इन्तज़ार में है।

अनन्त काल की इस पृथ्वी का अनन्त जीव-जगत् इसी प्रकार से महाकाल का लगान चुकाता आ रहा है। वे सोचते हैं, चेष्टा करते हैं, तपस्या करते हैं, संघर्ष करते हैं और फिर जाने कहाँ विलीन हो जाते हैं।

इसीलिए किसी युग में जो 'साँचा-ढाँचा' निर्दोष होता है, दूसरे युग में वह दोष-भूलों से भरा होता है। बहुतेरे चिन्तकों के चिन्तन का फल, बहुतेरे कल्याण-कामियों की कल्याण-चेष्टा और बहुतेरे तपियों की तपस्या का फल जो समाज-व्यवस्था है—उसे देखकर अगला युग व्यंग्य करता है, मखौल करता है, उसकी अवज्ञा करता है।

सोचता है, कैसे बेवक़ूफ़ थे वे लोग!

कैसे मूरख!

फिर भी समाज सदा ही जीवन की निरख-परख करता जा रहा है, जाएगा। वह किसी के चाहने की परवाह नहीं करता।

बकुल शायद चिट्ठी ही लिख रही है। अपनी सँझली दी की चिट्ठी का जवाब।

नहीं तो सामने की चिट्ठी का पन्ना क्यों उलटती? पारुल ने पन्ने की पीठ पर जो लिखा है, वह उसे क्यों देखने लगी?

ग़लती से ही उसने चिट्ठी की वह पीठ उलटी—इसीलिए कि पिछले पन्ने की बातों का कोई सिलसिला नहीं मिल रहा है।

पारुल सदा इतमीनान से साफ़-साफ़ लिखती है, अभी भी इसीलिए इस मचलते प्रश्न पर भी उसकी लिखावट में हड़बड़ी की कोई छाप नहीं है जैसी कि बकुल की लिखावट होती है। अनामिका देवी होकर बकुल को बहुत लिखना पड़ता है, तभी वह जब 'बकुल की कथा' लिखने बैठती है, तो तेज़ी और व्यस्तता की छाप होती है।

बाहरी जीवन पारुल का सदा शान्त छन्द का है। उसके भीतर का जीवन केवल

सदा-अशान्त है।

तो भी पारुल मोती जैसे अक्षर लिख सकती है। लिखा है–

''कुछ दिन पहले एक अविश्वसनीय घटना घट गयी। तेरे सिवा और कहूँ भी किससे?

''एकाएक ख़बर मिली, शोभन बहुत बीमार हो गया है, दफ़्तर में अचानक चेयर पर ही बेहोश होकर गिर पड़ा था। अस्पताल ले गया है उसके दफ़्तर का ही एक आदमी। मैं जब एक बार गयी थी वहाँ, वह ''मौसीजी-मौसीजी' करता था–ख़बर उसी ने भेजी है।

''तू समझ ही सकती है, किस हालत में दौड़ती गयी।

''गयी तो देखा, अस्पताल से उसे घर ले आये हैं।

''और देखा, रेखा उसकी सेवा कर रही है।

''ख़बर उसे भी भेजी गयी थी।

''मुझे तो जाने के लिए किसी को साथ लेना था–उसी में जो थोड़ी देर हो गयी थी, उसे तो वह भी नहीं हुई। वह आप ही चली गयी।

''मन के अगोचर पाप नहीं है बकुल, उस प्रायः बेहोश-से लड़के को भी देख कर मेरा मन कह उठा था, 'ईश्वर जो करते हैं, भले के लिए ही करते हैं।' इस पर मैं कभी विश्वास नहीं करती थी, आज विश्वास किया। शोभन की इस मौत बराबर बीमारी ने ही उसे फिर से जीवन का स्वाद लौटा दिया। शोभन को बीमारी क बदले सुख वापस मिल गया।

''मैं माता के हृदय की व्याकुलता लिये गयी थी, परन्तु माता के अधिकार के दावे से उसके सिरहाने बैठी नहीं। बाहर के किसी आदमी की तरह सिर्फ़ उसके पास जरा बैठी, सिर्फ़ बहू से पूछा, 'क्या स्थिति है, कौन-सी दवा चल रही है, डॉक्टर क्या कह रहा है, डॉक्टर फिर कब आएगा।' पूछा, 'अस्पताल में कै दिन रहना पड़ा था?' केवल यह नहीं पूछा, 'तुम किस दिन, कब आयीं?'

''ऐसे कि वह है ही।

''जैसे बराबर रहती थी।

''अपने आसन पर जब वह फिर से प्रतिष्ठित हो गयी है, तो उसे यह क्यों याद दिलाऊँ कि 'तुम तो स्वेच्छा से ही यह आसन त्याग कर चली गयी थीं।'

''शोभन की प्यासी आँखें हर पल अपनी स्त्री को ही ढूँढ़ रही हैं, मेरे मन में इसके लिए कोई मान नहीं हुआ बकुल, कोई क्षोभ नहीं हुआ।

''मुझे लगा, मैं जी गयी। जी गयी मैं।

'' 'प्रेम' का वास्तविक चेहरा देखकर सच ही जान में जान आयी। यह देखकर जी गयी कि बहू फिर से नौकर-चाकरों को घर को ठीक से नहीं रखने के कारण

बकझक कर रही है। जी गयी कि बहू फिर से भण्डार और रसोई के केन्द्र में प्रतिष्ठित हो गयी।

''शोभन का जो खाना-पीना है, सब बहू ही करती है और ऐसी निपुणता से करती है कि मुझे यह क़बूल कर लेने में शर्म नहीं कि मैं उसकी चौथाई भी नहीं कर पाती।

''धीरे-धीरे स्वस्थ हो उठा शोभन। उसके चेहरे पर नये स्वास्थ्य और लावण्य के साथ आशा और आनन्द की जो सुषमा फूट उठी थी, उसे देखकर निहाल हो गयी मैं।

''समझ गयी, बहू का आना, दोनों में परस्पर भूल समझने का अन्त होना है—इसी ने उसके लिए मृतसंजीवनी का काम किया है।

''सोचा, अब चल दूँ।

''ज़्यादा स्वाद लेने का लोभ ठीक नहीं। केवल उस अभागे लड़के को बोर्डिंग से मँगवा लेने को कह जाती तो...

''उस दिन शोभन बहुत ठीक था। सोचा, अब कहूँ उससे। जाकर देखा, बिस्तर पर बैठा वह अख़बार पढ़ रहा है, बहू पास ही कुरसी पर बैठी है, वह शायद शोभन की ही कमीज़ में बटन लगा रही है।

''लौट आयी।

''छन्द भंग करने की इच्छा नहीं हुई। इधर-उधर घूमती रही।

''ज़रा देर में इस कमरे में आकर देखा, अलमारी खोलकर बहू ने शोभन के सारे कपड़े निकालकर धूप में दिये हैं। अलमारी की दराज़ें खुली पड़ी हैं।

''ख़ुशी की चंचलता बेहद चंचल होती है बकुल, मैं वह चंचलता अपने में मानो ढो नहीं पा रही थी!

''इसी समय बहू कमरे में आयी।

''मैंने कहा, 'अब किसी पियन के साथ मुझे भिजवा देने का इन्तज़ाम कर दो बहू। अब तो शोभन ठीक ही है।'

''हाय रे बकुल, उसका जवाब सुनकर तो मैं बुद्धू बन गयी!

''पारुलबाला अपने जीवन में ऐसी बुद्धू कभी नहीं बनी!

''लेकिन उसने बड़े सहज ही भाव से कहा, 'ठीक तो है, फिर भी अभी कुछ देखभाल की ज़रूरत है! आप भी चली जाएँगी?'

'' 'मैं भी चली जाऊँगी!'

''यह कैसी भाषा!

''मैंने बुद्धू की नाईं कह दिया, बड़ी बुद्धू की नाईं कह दिया, 'मैं भी माने?'

''रेखा बोली, 'मैं तो कल चली जा रही हूँ। मेरी छुट्टी ख़त्म हो गयी।'

''उसके बाद ज़रा हँसकर बोली, 'आपके तो छुट्टी ख़त्म होने का प्रश्न नहीं। कुछ दिन और रह जातीं तो अच्छा होता।'

''फिर भी मैं पूरा समझ नहीं सकी बकुल।

''हो सकता है, अवचेतन मन की इच्छा ने ही समझने नहीं दिया! आँखों के सामने प्रियजन की मृत्यु होने से उसे निश्चित जानकर भी जैसे बार-बार जी में होता है, शायद छाती धड़क रही है, वह शायद साँस लेने की आवाज़ हो रही है। वैसे ही अबोध प्रत्याशा से ही सोचा, यह शायद हठात् चली आयी है, इसीलिए इस्तीफ़ा देकर नहीं आयी है, इसलिए छुट्टी का सवाल। या शायद यों ही ज़्यादा बीमार पड़ जाने की ख़बर सुनकर सहसा चली आयी थी और आकर देखा, 'हाय, मैं कैसी ग़लती करके दूर बैठी हूँ!'

'' 'प्यार के घर में मन के मीत के साथ नये सिरे से बन्दी होकर अटक गयी। फिर भी वहाँ का ऋण चुकाने के लिए एक बार अभी जाना है।'

''सो मैंने कहा, 'ओ, कै दिनों के लिए जाना है? न होगा, तो मैं तब तक रहूँगी।'

''मुझसे कहीं अधिक अवाक् होकर रेखा बोली, 'कै दिनों के लिए मतलब? अब तो चली ही जाऊँगी!'

'' 'चली जाओगी? यहाँ से फिर चली जाओगी?'

''रेखा अचानक ख़ूब हँस उठी।

''शायद हो कि रुलाई को हँसी में बदलने का कौशल उसने सीख लिया है।

''वह शायद वही हँसी हँसकर बोली, 'हाय राम, तो आपने क्या सोचा कि मैं बराबर के लिए यहाँ रहने आयी हूँ? अचानक बीमारी की सुनकर...'

''मैंने कहा, अचानक बीमारी की सुनकर न रह पाकर दौड़ी आना ही तो बराबर रहने का संकेत है बहू! तुम लोगों ने एक बार भूल की है, अब भूल मत करो। यही तुम्हारा सदा का घर है, सदा रहोगी।'

''वह मेरे मुँह की ओर ताककर बोली, 'आप भी कहती हैं!'

''सहज ही बोल गयी।

''मैं और कुछ बोल नहीं सकी बकुल! उस सहज बोलने के आगे आरज़ू-मिन्नत क्या करूँ? किस भाषा में करूँ?

''मैं शोभन के पास जाकर बैठ गयी।

''शायद रो ही पड़ी कहूँ तो ठीक हो। जो कि पारुलबाला के जीवन में कभी भी नहीं हुआ।

''बोली, 'शोभन, तूने बहू से क्या कहा है?'

''और उसके मुँह की ओर ताकती रही।

''देखकर अवाक् हो गयी।

''इस लड़के ने वह मुँह फिर कहाँ पाया, जो मुँह कि मैंने पहले दिन आकर देखा था! यह मुँह मानो वही मुँह है। वैसा ही स्याह और सूखा। हठात् जो लावण्य आ गया था, वह कहाँ गया? ऐसा अकस्मात् भी जा सकता है?

''उसके सामने अभी भी अख़बार था।

''उसकी आड़ से ही वह सूखे गले से बोला, 'मैं क्या कहूँगा?'

''मैं बिगड़ उठी।

''कहा, 'सामने से वह ओट हटा दे। साफ़ नज़र से देखकर मुझे बता, तूने कुछ कहा ही क्यों नहीं? यह क्यों नहीं कहा, तुम नहीं जा सकती हो?'

''शोभन बोला, 'जो होने का नहीं, उसके लिए कोशिश बेकार है! पागलपन!'

'' 'यही स्वस्थता है?' कहा, 'तेरी बीमारी की सुनकर रेखा किस क़दर दौड़ी आयी थी, यह तूने नहीं देखा? तेरे क्या आँख नहीं हैं? प्यार को नहीं पहचान सका?'

''उसने क्या कहा, जानती है?

''कहा, 'पहचाना ही तो क्या! सबसे ऊपर है प्रेस्टिज। जो चीज़ टूट गयी है–यह कहकर सबके सामने फेंक दिया, उसे फिर से सबके सामने उठाया तो नहीं जा सकता!'

'' 'क्यों नहीं उठाया जा सकता? केवल तुम लोगों ने जो ग़लती की थी, सब जान जाएँगे, यही तो? और क्या? उसे कौन कितने दिन याद रखता है शोभन? कौन किसकी बात पर ज़्यादा दिन तक दिमाग़ खपाता है। दो दिन में सब भूल जाएँगे। मैं कहती हूँ शोभन, तू झूठी 'प्रेस्टिज' के अहंकार से फिर ग़लती मत कर। तू उससे कह।'

''मेरी ओर से आँखें हटाकर दीवार पर नज़र रोपकर शोभन ने कहा, 'प्रेस्टिज की बात अकेले मेरी ही नहीं है माँ। फिर भी कहा था मैंने।'

'' 'कहा था शोभन, उसने क्या कहा?'

''शोभन इस पर ज़रा हँस उठा। बोला, 'जवाब ही दे दिया। कहा, अब नहीं हो सकता।'

''अब नहीं हो सकता! अब नहीं हो सकता!

''जैसी असहायता, जैसी निरुपायता मृत्यु के सामने होती है, यह भी मानो वैसी ही। उनके अपने हाथों का ही दण्ड उनके लिए मृत्यु जैसा अमोघ है। अतएव रेखा इस घर को सँवार दे जाएगी, रेखा अपने निःसंग पति को असुविधा कहाँ है, यह ध्यान से देखकर जहाँ तक बन सकेगा, उसका प्रतिकार कर जाएगी, रेखा बाक़ी जीवन में रुलाई को हँसी में बदलकर दुनिया में हँसती हुई घूमेगी और शोभन नाम का यह आदमी 'अनुशोचना' नाम की दबी आग से तिल-तिल जलता हुआ जल्दी

ही बूढ़ा हो जाएगा, ज़िन्दगी के सारे ही आकर्षण खो बैठेगा और एक तड़पती पीड़ा से छटपटाता रहेगा। फिर भी यह कोई नहीं सोचेगा, इतनी निरुपायता क्यों? उपाय तो हमारे ही हाथों था। हमारे ही हाथों है। क्योंकि हमारा प्यार है। वह अभी मर नहीं गया।

''ऐसा वे सोच सकते थे, बशर्ते उन्हें यह साहस होता, यह शक्ति होती! जिस शक्ति से सबकी उस निगाह की अवहेलना की जा सकती है!

''इसका मतलब यह है, कहीं कोई आगे नहीं बढ़ा है बकुल, आगे बढ़ नहीं रहा है। हम जहाँ थीं, यह लोग भी वहीं हैं।

''रेखा चली गयी। मैं और भी कई दिन थी। वहाँ बैठी बेटे के मुँह की वह पीड़ा देखी, जिस पीड़ा की छाया रेखा के चेहरे पर भी थी।

''अब लौट आयी हूँ।

''गंगा की उठती हुई इन लहरों के सामने बैठकर सोचती हूँ, हमने क्या यही चाहा था?

''यही मुक्ति?

''तुझे तो हमारी नानी सत्यवती देवी के बारे में मालूम है। उन्होंने शायद इसी सवाल का जवाब ढूँढ़ने के लिए घर-गिरस्ती के घेरे को छोड़ दिया था, 'यह ब्याह तोड़ा क्यों नहीं जा सकता?' आज कहीं बैठी अपने उस प्रश्न का अनुकूल उत्तर पाकर वह ख़ूब ख़ुश हो रही हैं? देख रही हैं कि 'तोड़ा क्यों नहीं जा सकता' का वह प्रश्न ही आज हास्यकर हो उठा है।

''हो सकता है, बहुत-बहुत पुरानी, बहुत व्यवहृत ब्याह की प्रथा ही अब दुनिया में नहीं रहेगी। शायद हो कि...''

चिट्ठी के इस पन्ने को हटाकर बकुल ने अपने पैड पर नज़र डाली। और जैसी आदत है, तेज़ी से लिखने लगी—तो क्या हुआ? ऐसा भी समय था, जब यह प्रथा नहीं थी। दुनिया में अभी भी ऐसा 'जगत्' है, जहाँ ब्याह की प्रथा नहीं है। वहाँ लोग जीव-जगत् के नियम से चलते हैं।

अवश्य कोई एक नियम मानकर ही चलते हैं। वह तो पशु-पंछी, कीड़े-मकोड़े भी चलते हैं। स्त्री-पुरुष के निगूढ़ आकर्षण के बन्धन को कोई नहीं टाल सकता।

संसार के इतिहास में कोई भी सभ्यता इस बन्धन से मुक्त होने की राह नहीं बता सकी। वह रहेगा, और देश-काल तथा पात्र की सुविधा के अनुसार नयी व्यवस्था बनेगी। नयी-नयी सभ्यता की सृष्टि होगी।

नये मनुष्य उसी के अनुसार चलेंगे। कहेंगे, यही बिलकुल सही है। वे उस समय की बर्तमान सभ्यता, शिल्प, साहित्य पर, समाजनीति और राजनीति पर गौरव का अनुभव करेंगे।

कहेंगे, "देखो, यह अमर है। यह अविनश्वर है।"

महाकाल अवश्य छिपे बैठे हँसेंगे। इसलिए कि उनका तो यही पेशा है।

कभी ये मनुष्य गुफा से निकल आये थे और इन्होंने नाना चेष्टाएँ शुरू की थीं। केवल जीवित रहने की चेष्टा। और कुछ नहीं। भूख मिटाकर सिर्फ़ ज़िन्दा रहना। धीरे-धीरे उसने देखा, कोशिश से हो नहीं सके, ऐसा कोई काम नहीं। बहुत खुश हो उठा। अपने कृतित्व से वह मुग्ध हो उठा, मोहित हो उठा और अविराम चेष्टा करता चला। और आख़िर, वह गुफा से चाँद पर जा पहुँचा।...वह और भी दौड़ रहा है, बेतहाशा दौड़ रहा है। उसे यह पता ही नहीं चल रहा है कि उसके चलने की राह फिर गुफा की ही ओर होती जा रही है!

होगी ही।

होने को मजबूर है। राह आख़िर वृत्त की जो है!

फिर भी काल के हाथ के नन्हे खिलौने ये मनुष्य अपने क्षणिक जीवन के सम्बल को लेकर ही 'आगे बढ़ रहे हैं' समझकर दौड़ते रहेंगे!

दौड़ेंगे, दौड़धूप करेंगे, उछलेंगे, चिल्लाएँगे, मरेंगे, लोभ में ग़र्क होंगे, हिंसा से उन्मत्त होंगे, स्वार्थ से अन्धे और गुस्से से दिशाहारा होंगे।

अपने दुःख के लिए औरों को दोष देंगे और सम्पदा के लिए अपनी महिमा के अहंकार से फूल उठेंगे।

जिस जीवन की ज़रूरत निहायत ही मामूली है, उस ज़रूरत की सीमा बढ़ाते-बढ़ाते और भी अधिक के लिए अज्ञानी की नाईं दौड़ेंगे; जानते हैं, जिस सोने का कतरा भी साथ ले जाने का कोई उपाय नहीं है, उस सोने का पहाड़ खड़ा करने के लिए जीवन के सारे श्रेयों की जलांजलि देंगे।

इन्हीं में से कुछ लोग चीख़कर कहेंगे, "नहीं चलेगी। नहीं चलेगी।"

फिर भी चलेगी।

कुछ लोग गहरे स्वर से कहेंगे, "वह ठीक नहीं, वह अन्याय है, पाप है।"

गोया पाप-पुण्य का मापदण्ड उन्हीं के हाथों है। गोया आज जो चरम पाप है, वह कल को परम पुण्य होकर सभा में नहीं आ बैठेगा। मगर वे कोशिश करते जाएँगे। सोचेंगे, निर्मूल ढाँचा उन्हीं के हाथों है।

तो क्या, कहीं कुछ नहीं है!

है।

फिर भी कहीं कुछ है।

फिर भी कहीं कुछ रहता है।

रहेगा।

एकान्त तपस्या कभी भी बिलकुल व्यर्थ नहीं होती।

इसीलिए सुवर्णलता के परिवार में शम्पा जैसों का आविर्भाव सम्भव होता है। जो सर्वस्व के मूल्य पर प्रेम को प्रतिष्ठित करके जीवन जीने का दुस्साहस करती हैं।

इसलिए बहुत बड़ी लेखिका अनामिका देवी अभी भी किसी-किसी दिन, जिस दिन कि जीवन का सारा कुछ बेमानी लगता है; बच्चे की नाईं रात के आसमान की ओर ताकते हुए एक उज्ज्वल नक्षत्र को खोजा करती हैं, और फिर निरे बच्चे की तरह असहाय गले से कहती हैं, ''देखो, जो रचना कल ही पानी पर खींची हुई अल्पना की तरह खो जाएगी, मैं ताज़िन्दगी वही लिखती रही, लेकिन बकुल की कथा आख़िर नहीं लिखी जा सकी।...तुम्हारी और बकुल की कथा।

लिखूँ भी क्या, कहो? वे तो हार मान मरीं! भला हार मानने की बात लिखी जा सकती है? और उस हार मानने में जो प्राप्ति है, उसकी कहूँ तो लोग हँसेंगे। कहेंगे, हुँः, कैसी नाचीज़ थीं वे!'' तो?

सो, प्रत्यक्ष में लोग जीत गये हैं, अभी उन्हीं की कथा लिखनी होगी, इसलिए अभी शम्पा की ही बात लिखी गयी, उस शम्पा की, जो मशक़्क़त करते-करते दुबले हो गये मुँह में महा उत्साह की जोत मलकर कहती है, ''मेरी नयी गिरस्ती देखने तुम आयी नहीं बुआ? मैंने जैसा सहेजा-सँवारा है, देखकर तुम मोहित हो जाओगी। दक्षिण के बरामदे पर बेंत के मोढ़े डाल रखे हैं। और तुम्हारे जम्बूवान को तो मैंने आदमी बना दिया है। सोच रखा है, पहियेवाली गाड़ी से ही उसे एक बार सँझली बुआ के पास से जाऊँगी।''

□□□